BASTEI
LÜBBE

Über den Autor:

Cay Rademacher wurde in Flensburg geboren und lebt heute in Hamburg. Er studierte in Köln und Washington Anglo-Amerikanische Geschichte, Alte Geschichte und Philosophie. Von 1991 bis 1999 arbeitete er als freier Journalist, seitdem ist er Redakteur der Zeitschrift GEO.

Cay Rademacher

In Nomine Mortis

Historischer Kriminalroman

BASTEI LÜBBE

BASTEI LÜBBE TASCHENBUCH
Band 15959

1. Auflage: Februar 2009

Vollständige Taschenbuchausgabe

Bastei Lübbe Taschenbücher in der Verlagsgruppe Lübbe

Titelillustration: HildenDesign
Umschlaggestaltung: HildenDesign, München
Satz: hanseatenSatz-bremen, Bremen
Gesetzt aus der Stempel Garamond
Druck und Verarbeitung: GGP Media GmbH, Pößneck
Printed in Gemany
ISBN 978-3-404-15959-8

Sie finden uns im Internet unter
www.luebbe.de
Bitte beachten Sie auch: www.lesejury.de

Der Preis dieses Bandes versteht sich einschließlich
der gesetzlichen Mehrwertsteuer.

Pour Françoise et nos trésors:
Leo et Julie

AN EINEM ORT AM ENDE DER WELT

Anno DOMINI 1388, am Tag des heiligen Dominicus. Vierzig lange Jahre habe ich mich vor dem Tod versteckt. Vierzig Jahre lang habe ich geglaubt, dass ich dem düsteren Schnitter von der Sensenklinge gesprungen wäre. Vierzig Jahre lang hoffte und betete ich, dass der HERR mir meine Sünden vergeben hätte, dass ihn das Leuchten in den Augen meiner Frau und das Lachen meiner Kinder und Enkel so erfreuen, so gnädig und milde stimmen würde wie mich. Doch SEINE Wege sind unergründlich, SEINE Geduld ist grenzenlos, SEINE Strafe fürchterlich. *Et dimitte nobis debita nostra, sicut et nos dimittimus debitoribus nostris.*

Ich bin fortgezogen aus dieser verfluchten Stadt Paris, diesem Sodom und Gomorrha, dieser großen Hure Babylon. Bin an das Ende der Welt gezogen – ein Ende, von dem ich doch weiß, dass es nicht das Ende ist. Meine Stube ist bescheiden, die Decke niedrig, der Kamin verrußt, die grauen Steinmauern angefressen von der salzigen Luft.

Doch wenn ich den Laden vor meinem Fenster öffne, schweift mein Blick hinaus auf den gewaltigen Ozean und das rauschende Spiel der Wogen. Das Grollen der Brandung in den feucht glänzenden Felsen der Steilküste, das Kreischen der Möwen sind mir ein süßerer Lobpreis SEINER Herrlichkeit als der mächtigste Hymnus, den meine Brüder je zum weitgespannten Dach unserer Kirche emporgetragen haben.

Ob einer meiner Brüder heute noch am Leben ist? Ob mir mein alter Prior, ob mir mein Novizenmeister, der mich als elternlosen Jungen voll väterlicher Liebe großzog, vergeben würden, sähen sie mich hier? Sicher würden sie mit mir beten.

Doch ich will nicht klagen. Des Menschen Schicksal liegt nicht ganz allein in SEINER Hand, denn wozu sonst hätte ER uns freien Willen gegeben und die Fähigkeit, das Gute vom Bösen zu scheiden? Und ich habe mich für die Sünde entschieden, obwohl es mir selbst jetzt noch schwerfällt, sie auch als das Böse zu erkennen.

Nun, da ich das Alter spüre und die Kälte des Todes, muss ich mein Gewissen erleichtern. Und auch, warum es verschweigen, da ich fürchte, bald vor SEINEM Richterstuhl zu stehen. Nun also werde ich aufschreiben, wie es dazu kam, dass ich fehlte. Wie die gute Stadt Paris unterging und mit ihr das Abendland. Wie Eltern ihre Kinder und Kinder ihre Eltern verließen, wie Ärzte die ihnen anvertrauten Kranken im Stich ließen und wie – die Feder sträubt sich, dies niederzuschreiben – selbst Mönche, Priester, Männer des HERRN Sterbende in ihrer Not allein ließen.

Und wie sich, fast unbemerkt inmitten dieses Wütens der apokalyptischen Reiter, verschwiegene, gefährliche Männer zu einer Verschwörung vereinten. Einer Verschwörung, so gewaltig, dass sie über Jahrhunderte wirken wird, ja vielleicht für alle Zeiten. Jeden Tag bete ich zum HERRN, dass er den Verschwörern Einhalt gebieten möge. Dann wieder überfällt mich in düsteren Stunden der Zweifel, und Bangigkeit schleicht sich in mein Herz. Und wenn die Verschwörer nun nicht Kreaturen Satans sind, sondern doch Werkzeuge des HERRN? Wenn nun ich in meiner Schwäche nicht mehr erkennen kann, was gut ist und was böse?

Oh, wie gerne würde ich beichten! Wie gerne würde ich meine Seele öffnen! Und wie sehne ich mich danach, auf einer harten Bank zu knien und irgendwann aus dem dunklen Beichtstuhl die erlösenden Worte zu hören: *Deinde ego te absolvo.*

Doch gebeichtet habe ich nicht mehr seit vier Jahrzehnten, obwohl ich allen Nachbarn als guter Christ und Kirchgänger gelte. Mein Wissen und meine Erinnerungen, meine Sünden und meine Qualen bedrücken mich. Statt einem Diener des HERRN werde ich mich nun dem Pergament zur Beichte anvertrauen.

Es ist August, der Monat der Ernte. Es dunkelt schon, die Öllampe flackert und rußt im feuchten Hauch, der vom Ozean herüberweht. Meine Frau ruht, meine Kinder und Enkel schlafen den Schlaf der Gerechten.

Ich muss die geschliffenen Gläser, die Jörge letztes Jahr aus Venedig mitgebracht hat, vor die Augen halten, um die Zeichen klar zu sehen, die ich schon auf das Pergament geworfen habe. Vor vierzig Jahren bedurfte ich dieser kunstvoll geschliffenen Gläser noch nicht. Da waren meine Augen scharf wie die eines Falken. Und doch sahen sie die Zeichen nicht, obwohl sie übergroß geschrieben waren.

Nun will ich berichten von jenem Jahr des HERRN, 1348, da die Pest nach Paris kam und die Verschwörung begann.

DIE STADT VON HIMMEL UND HÖLLE

Es war zu Sankt Quirinus Anno DOMINI 1348, da ich zum ersten Mal in meinem Leben der verheißungsvollen Stadt Paris ansichtig wurde – und es schauderte mich. Ich sah die ersten Einwohner dieses Ortes nicht auf Erden wandeln, sondern den Himmel verdunkeln: Raben, die in schwarzen Wolken aufstoben und niedergingen. Als ich einige Schritte näher kam, da erblickte ich das erste Monument von Paris: Montfaucon. Den größten Galgen im Abendland.

Die Straße, auf der ich seit Tagen gewandelt war – kaum mehr als ein breiter, schlammüberzogener Pfad –, machte einen Bogen und führte um den Hügel herum, auf dessen Kuppe zwei lange Gerüste aus groben Balken eiserne Ketten hielten, an denen insgesamt fünfzig Schlingen befestigt waren. In fast jeder baumelte ein Toter: Die Köpfe waren grotesk verrenkt, Arme und Beine waren ausgestreckt, als hingen unsichtbare Gewichte an Händen und Füßen, die Beinkleider der armen Sünder waren beschmutzt, da sie sich in ihren Todeskämpfen entleert hatten, ihre Schultern verschwanden unter Raben, die auf ihnen hockten und sie gleich schwarzen, gefiederten Mänteln bedeckten. Die Vögel pickten nach den Augen der Toten, nach den verquollenen, aus dem Mund hängenden Zungen; sie hackten den Erhängten den Bauch auf, um sich an den Eingeweiden gütlich zu tun, und ihre scharfen Schnäbel stießen zwischen den Rippen hindurch bis ins Herz.

Ich sah dort viele Männer baumeln in der groben Kluft der Bauern und Wanderarbeiter, ein paar Vaganten und Landsknechte, einige Dirnen, drei oder vier Kinder.

Quoniam enim per hominem mors et per hominem resurrectio mortuorum.

Bruder Anselm und ich, die wir dessen ansichtig wurden, bekreuzigten uns, dann beschleunigten wir unsere Schritte. Weil es schon Nachmittag war und wir nicht noch eine Nacht auf der Straße verbringen wollten. Weil wir den Miasmen des Galgens entfliehen wollten. Und weil wir in der Ferne die Mauern einer gewaltigen Stadt erblickten, Zinnen und Tore, mächtiger als die jeder Burg. Dahinter ein Meer aus Dächern, überragt von den Türmen unzähliger Kirchen und den Wällen verschiedener Festungen.

Paris! Wie hatte ich mich gesehnt nach diesem Ort.

Ranulf Higden ist mein Name. Zumindest ist er es in der Geschichte, die ich zu erzählen habe. Zu jener Zeit, im Frühling Anno DOMINI 1348, da hieß ich noch anders, doch ich ziehe es vor, meinen wahren Namen nicht niederzuschreiben. Es könnte ja sein, ja es ist sogar wahrscheinlich, dass ein Inquisitor meinen Bericht lesen wird. Und die Inquisition ähnelt dem HERRN darin, dass sie keine Sünde je vergisst. Anders als der HERR jedoch kennt sie weder Güte noch Gnade, keine Vergebung, kein Mitleid. Ich weiß es, denn ich bin selbst Inquisitor gewesen.

Ich war in meinem zwanzigsten Jahr, auch wenn ich meinen Geburtstag nicht genau kenne, und ich hatte mit meinem Geist schon die Welt und die Zeiten durchmessen. Nicht jedoch mit meinem Körper: Die Reise nach Paris war die erste meines Lebens, die mich weiter als ein paar Schritte jenseits der Mauern meines Klosters führte. Oder vielleicht die zweite, denn ich bin ein Findelkind. Entdeckt hat mich eine Marktfrau an der Vierlingspforte zu Köln am frühen Morgen des Peter-und-Paul-Tages, da sie sich, geplagt von plötzlichen Krämpfen in den Eingeweiden, im Schatten der Mauer erleichtern wollte. Eingewickelt war ich in ein teures Tuch aus heller flämischer Wolle, doch sonst hatte ich nichts bei mir, das auf meine Herkunft hätte hinweisen können: keinen Ring, keine Kette, kein Medaillon, nicht einmal einen Gulden, obwohl verzweifelte Mütter doch oft ihre ausgesetzten Kinder mit ein paar Münzen auszustatten pflegten, auf dass sich ihrer jemand barmherzig annehme.

Ich störte die Marktfrau bei ihrem Geschäft, also trug sie mich hinter eine Stiege, bevor sie sich entleerte. Dann kam sie wieder zu mir, sah, dass ich noch lebte, und trug mich fort.

Das zumindest erzählten mir die Dominikaner später, zu deren Pforte die Marktfrau mich brachte. Den Namen meiner Retterin habe ich nie erfahren, doch GOTT sei ihrer Seele gnädig.

Quis horum trium videtur tibi proximus fuisse illi qui incidit in latrones. At ille dixit qui fecit misericordiam in illum et ait illi Iesus vade et tu fac similiter.

»Ranulf von der Vierlingspforte« nannten mich die anderen Novizen später häufig oder, zumindest die älteren und stärkeren, »Ranulf vom Abtritt«. Oft ging ich dann, der HERR vergebe meine Sünden, mit den Fäusten auf die anderen Jungen los und büßte dafür in einer dunklen Klosterzelle bei Wasser und Brot.

Jahre sollte es dauern, bis ich erkannte, dass die Schmach eine Probe GOTTES ist, auf dass wir nicht der Todsünde des Hochmuts erliegen.

Die Dominikaner zu Köln hatten mich aufgenommen, bei ihnen blieb ich meine ganze Jugend lang. Manchmal träumte ich davon, dass meine Eltern zurückkehren und sich zu erkennen geben würden. Dass sie hoher, gar königlicher Geburt seien und sie nur ein dunkles Schicksal auf Jahre davon abgehalten habe, mich als ihren Sohn anzuerkennen. Ich hoffte, dass sie mich hinausholen würden in die Welt, dass ich eine Familie hätte, dass ich ein Ritter, ja ein Retter des Reiches sein würde, dass ich gar, wer weiß, als Thronerbe Anspruch hätte auf den Titel Kaiser des Heiligen Römischen Reiches.

Welch nichtige, anmaßende Hoffnung!

Niemals klopfte irgendjemand an die Klosterpforte, um nach mir, um nach irgendeinem der Findelkinder im Kloster zu fragen.

So wurde ich einer von vielen *pueri oblati* im Dominikanerkloster zu Köln, das sehr groß und überaus angesehen war und wo deshalb viele Waisenkinder abgegeben wurden. Dort lernte ich die *disciplina* kennen, die mönchische Zucht.

Wenn sich jemand in reiferen Jahren entschließt, ins Kloster zu gehen, wie schwer mögen ihn da die kargen Umstände ankommen, unter denen man hinter den schweigenden Mauern Jahr um Jahr verbringt?

Doch ich kannte weder Samt noch Seide, nicht einmal Leder oder Tuch, ich hatte nichts anderes als die kratzige Wolle des groben dunklen Skapuliers auf der Haut, darunter nur in bitteren Wintern eine nicht weniger grobe Tunika und am Fuß lederne Sandalen. Ich wusste nicht, dass man in weicheren Betten ruhen konnte als auf dem Strohlager. Ich wusste nicht, dass sich andernorts Menschen zum Schlafen in eigene Räume zurückziehen konnten – ich kannte nur das Dormitorium, wo ich zusammen mit Dutzenden Mitbrüdern lag und wo beständig Seufzer und Schnarchen, hin und wieder auch heimliches Geflüster und wohl auch unflätigere Geräusche durch den dunklen Schlafraum waberten wie Geister in einer Höhle. Ich wusste nicht, oder ich dachte zumindest nie darüber nach, dass die meisten Menschen, vom Kaiser bis zum Bettler, sich abends auf ein Lager werfen, das sie erst am nächsten Morgen wieder verlassen – mir war es ins Blut übergegangen, mich zusammen mit allen Mitbrüdern um Mitternacht zu erheben, durchs nachtkalte Kloster bis in die Kirche zu wanken, um dort in die Vigilien einzustimmen, das erste Gebet des Tages: Singet dem HERRN ein neues Lied; singet dem HERRN alle Welt!

Ich lernte, dass der Körper zwar das Gefäß meiner unsterblichen Seele, aber auch deren größter Verführer ist. Der Todsünde der Völlerei entgingen wir, indem wir kaum mehr als Hirsebrei und Fladen, als Wasser und gelegentlich schales Bier zu uns nahmen.

Und als ich in das Alter eintrat, da den Mann die Fleischeslust ankommt, da wappnete ich mich, indem ich Nächte lang auf dem kalten Kirchenboden ausgestreckt vor dem Bild Unserer Heiligen Mutter betete. Ich schämte mich meiner sündigen Gedanken, die mich heimsuchten, obwohl es kaum je möglich war, auch nur einen Blick auf eine Frau zu werfen. Selten waren die Augenblicke, da ich einmal die Haube einer Magd sah, die irgendetwas vom Markt brachte, oder den Schleier einer der vornehmen Kölnerinnen, die einen ihrer Söhne zur Schule ins Kloster gab. Da mich jedoch selbst solche zufälligen, nie mehr als einen Augenblick währenden Offenbarungen des Weiblichen zutiefst in Verwirrung stürzten, wusste ich bald um die Gefahr der Frau für mein Seelenheil. Schnell lernte ich, die Töchter Evas zu verachten und zu fürchten als wahre Helferinnen Satans.

Nescitis quoniam corpora vestra membra Christi sunt tollens ergo membra Christi faciam membra meretricis absit. An nescitis quoniam qui adheret meretrici unum corpus efficitur erunt enim inquit duo in carne una. Im Alter von vierzehn Jahren wurde ich Novize. Im Jahr darauf legte ich die Profess ab. Der Eid band mich endgültig, wie ich dachte, ans Kloster. Ich verpflichtete mich den drei wichtigsten Regeln eines jeden Mönches: *stabilitas loci* – ich würde im Kloster bleiben; *conversatio morum* – mein Lebenswandel würde stets sittlich sein; und, mehr als alles andere, *oboedientia* – ich versprach Gehorsam.

Nicht in den schlimmsten Träumen hätte ich zu jener Zeit daran gedacht, auch nur eine dieser Regeln zu brechen.

So wuchs ich heran, zusammen mit zwei Dutzend jungen Mönchen. Schon früh strebte ich nach den Früchten des Geistes. Ich lernte in der Klosterschule die Sieben Freien Künste, und der HERR ließ mich Wissen einsaugen, wie der nach einem langen, dürren Sommer ausgetrocknete Erdboden den ersten Herbstregen aufnimmt.

Die anderen Mönche spotteten immer seltener über mich – oder zumindest lästerten sie nur noch heimlich meiner und nicht mehr offen, je weiter unser *curriculum* voranschritt. Meine Mitbrüder liebten mich nicht, der ich ihnen im Unterrricht in allem voraus war, doch brachten sie mir nun wenigstens Respekt entgegen. Und manchmal meinte ich gar schon damals, ein anderes Gefühl zu spüren, wenn sie mich, vermeintlich unbeobachtet, aus den Augenwinkeln betrachteten. Angst.

Arithmetik und Astronomie, Geometrie und Musik fielen mir

leicht, doch verwendete ich nicht mehr Zeit und Mühsal des Gedankens darauf als notwendig. Doch wie sehr liebte ich Grammatik, Rhetorik und, besonders, Dialektik: *questio, disputatio, conclusio*, Frage, Streitgespräch, Lösung. Die Logik offenbart uns GOTTES Gesetz: klar und schön und unerbittlich. Sie hilft uns, auch aus größter Verwirrung und Verdunkelung des Geistes zurückzufinden ans Licht der Erkenntnis. Falschheit und Trug zerreißt sie, wie ein erfahrener Tuchhändler, der ein minderwertiges Vlies mit verächtlicher Geste zerfetzt.

Ich lebte hinter Klostermauern – und doch tat sich mir eine Welt auf, unendlich viel weiter als die Welt der Ritter, ja selbst als die Welt der Kaufleute. Mochte Messer Marco Polo aus Venedig auch bis nach Cathay gelangt sein und bis Cipango am Weltenrand, die Grenzen meiner Welt waren noch viel weiter gesteckt.

Im Armarium, der Bibliothek, studierte ich die Heilige Schrift. Gierig fraßen meine Augen auch die Seiten anderer sakraler Schriften: Sakramentar, Antifonar, Missale – ich las alles. Dann wagte ich mich an Augustinus. Anschließend studierte ich Albertus Magnus und den unvergleichlichen Thomas, die beiden Leuchten der Christenheit und Zierden des Ordens, dessen Tracht ich selbst nun mit jedem Tag um ein weniges stolzer trug. Lehrte Albertus Magnus nicht auch in Köln? Er und Thomas waren mir auch die Führer, die meinen Geist an die Hand nahmen zu den Weisen alter Zeit, welche die Gesetze des Kosmos ergründeten, welche man jedoch nur mit Vorsicht studieren durfte, da sie ja Heiden waren: Aristoteles und Platon zeigten mir, wie ich zu denken hatte.

Als ich dann auch noch die fast tausend Jahre alte »Etymologiae« des Isidor von Sevilla gelesen, ja beinahe auswendig gelernt hatte, da glaubte ich, nun alles zu wissen, was es in dieser Welt zu wissen gab. Oft schlich ich mich nach den Vigilien, wenn die Mitbrüder müde zurück zu ihren harten Pritschen schwankten, in die Bibliothek, entzündete einen Kerzenstumpen und beugte mich über die schweren Folianten, die so herrlich nach Pergament und Leder und Weisheit dufteten.

Meine Oberen sahen das wohl, gaben mir anfangs milde Strafen, doch ließen mich später gewähren. Sind nicht wir Dominikaner in der ganzen Christenheit berühmt für unsere Gelehrsamkeit? Mich dürstete nach Wissen – und der HERR gab mir einen Prior, der meinen Durst gnädig stillte.

Eines Tages hatte er mich in seine Zelle befohlen.

»Bruder Ranulf«, hatte er gesagt, »ich sehe wohl, dass du nach der vollkommenen Erkenntnis strebst. Es gibt tausend Wege zu GOTT, doch für dich kann es nur einen geben: den, der über Paris führt.«

Und so hatte er mich, kaum dass ich meinen Magister in den Sieben Freien Künsten erworben hatte, zum Studium der Theologie entsandt an den Ort, der allein der Lehre der höchsten Wissenschaft von allen würdig war: Paris, die größte Stadt der Christenheit.

Ich weiß wohl, dass unsere gelehrtesten Kartografen Jerusalem für den Mittelpunkt der Weltenscheibe ausgeben. Doch für mich, der HERR möge mir meine Vermessenheit vergeben, lag das Zentrum der Welt an der Seine. Dort erhob sich die berühmteste Universität des Abendlandes. Nirgendwo wurde das Wort GOTTES so intensiv, so inbrünstig, so voller Eifer, so scharfsinnig studiert wie hier. Wer sich der Theologie hingeben wollte, so wie ich danach brannte, es zu tun, für den gab es keinen gesegneteren Ort in der Welt.

Sobald mein Prior mir eröffnet hatte, dass ich nach Paris gehen durfte, sprach ich bei Bruder Richard vor. Ihn hatte es – niemand wusste, warum – einst von Dijon an den Rhein verschlagen, wo er die Gelübde abgelegt hatte, nachdem ihm die Muttergottes im Traum erschienen war. Mit ihm übte ich mich in der Sprache der Franzosen. Selbstverständlich wusste ich, dass die Gelehrten auch in Paris nur Latein sprachen, wie es sich geziemt. Doch wollte ich, der ich mich heimlich fürchtete vor jener Welt jenseits der Klostermauern, nicht gänzlich hilflos sein auf meinem Weg durch das französische Land. Und ich wusste, dass wir, die Dominikaner, auch dem Wort der Predigt verpflichtet sind, auf dass die Gelehrsamkeit – wohldosiert und abgewogen, selbstverständlich – auch unter das Volk käme. Wie aber hätte ich auf Latein oder Deutsch zu den Bürgern von Paris predigen können?

Als dann an einem Tag im April die entscheidende Stunde gekommen war und ich nach der Prim mein kleines Bündel packte und mich von allen Brüdern und vom Prior verabschiedete, musste ich mich stumm zur Ordnung rufen, um nicht in ungebührlichen Jubel auszubrechen. Wer hätte weniger geeignet sein können für eine so lange, so gefährliche Reise als ich? Ich war fast zwanzig Jahre alt, war groß und dürr, meine blonden Haare woben einen wirren Kranz um meine Tonsur, meine Haut war hell, meine Hände lang und fein und unvernarbt, meine Fußsohlen weich, da ich noch nie einen langen Weg gegangen war. Doch meine Augen waren klar, und mein Herz weitete sich vor Glück und Sehnsucht nach Paris.

Bruder Anselm begleitete mich, ein schweigsamer Mönch unbestimmbaren Alters. Er hatte den beschwerlichen Weg nach Paris schon mehrmals auf sich genommen, um rare Manuskripte oder wichtige Botschaften von unserem Kloster an das unserer Mitbrüder in Paris zu überbringen. Diesmal führte er, in drei Lagen feines Leder eingeschlagen und versteckt in einem Sack aus grobem Leinen, auf dass sie nicht die Aufmerksamkeit von Vaganten auf sich ziehen möge, eine Abschrift des Kommentars zu den Sentenzen des Petrus Lombardus von Albertus Magnus bei sich. Unsere Brüder in Paris hatten ihr Exemplar dem Herzog von Orléans ausgeliehen – nicht ganz freiwillig, wie ich vermutete – und bis zu jenem Tage nicht zurückerhalten. Also hatten sie uns um eine neue Abschrift gebeten. Der Prior hatte seine besten Schreiber an diesen ehrenvollen Auftrag gesetzt, und diese hatten binnen weniger Wochen im Skriptorium das Wunder vollbracht, den Kommentar des Albertus Magnus so genau zu kopieren, dass man die Abschrift vom Original nur am Pergament unterscheiden konnte, das neuer war, heller und noch ohne Stockflecken.

Ich war begierig darauf, unterwegs von Bruder Anselm mehr über die legendäre Stadt Paris zu erfahren. Zweihunderttausend Menschen, so hörte ich sagen, lebten in ihren Mauern – eine Zahl so unglaublich, dass mir schien, nicht einmal die Heuschrecken, mit denen der HERR das Land des Pharaos plagte, wären so groß an Zahl gewesen wie die Bürger von Paris.

Doch Bruder Anselm wich all meinen Fragen aus, murmelte Unverständliches, sprach einsilbig, gab unverbindliche Antworten. Nach einigen Tagen wurde mir klar, dass ich wenig von ihm erfahren würde. Und es dauerte noch etwas länger, bis ich glaubte, den Grund dafür erraten zu können. Bruder Anselm hatte Angst vor Paris.

Niemals habe ich herausgefunden, was ihn in Furcht versetzte. Es gelang mir nicht einmal, zu erfahren, ob er nur auf dieser einen Reise verzagt war oder ob ihn jedes Mal die Angst packte, wenn er vom Rhein an die Seine befohlen wurde. Er sprach jedenfalls während der ganzen Reise, außer zu unseren gemeinsamen Gebeten oder wenn es sonst unbedingt notwendig war, kein Wort mit mir.

Wir rasteten, wo immer dies möglich war, in einem Kloster unseres Ordens, wo wir stets in Ehren aufgenommen wurden. Mehr als eine Nacht verbrachten wir jedoch unter einem Baum oder in der Scheune eines barmherzigen Bauern, wo uns Flöhe und Wanzen plagten und Ratten raschelten, wo uns jedoch wenigstens der Regen nicht quälen konnte. In den ersten Tagen schmerzten mir Füße, Waden und Oberschenkel, doch langsam gewöhnte ich mich an das Wandern. Mein Schritt wurde fester, meine Haut verdunkelte sich. Dann juckten mich auch die Bisse der Flöhe kaum noch. Schließlich, der HERR möge mir verzeihen, genoss ich es gar, der Enge der Klostermauern entkommen zu sein; ich saugte die Welt in mich hinein.

Meine Reise fiel in eine äußerst unruhige Zeit. Düsternis und Unfrieden hatten sich über die Christenheit gelegt. Seit einem Menschenalter schon war Rom verwaist. Papst Clemens VI. residierte, wie seine Vorgänger, in Avignon, und die Gerüchte von unaussprechlichen Sünden, begangen hinter den finsteren Mauern seines Palastes, waren selbst bis zu uns ins Kölner Kloster gedrungen.

Hinzu kam, dass in den vergangenen elf Jahren ganz Frankreich zum Schlachtfeld geworden war – wohl zum Zeichen SEINES Zornes, denn ER ist betrübt, dass der Stellvertreter Christi nicht länger dort residiert, wo es ihm geziemt. Der König von Frankreich, Philipp VI., und seine Gemahlin, die im Volk verhasst war und nur die »böse, lahme Königin Johanna« geschimpft wurde, mussten sich Eduards III. erwehren – des Königs von England und, wie er und viele Adelige glaubten, auch rechtmäßigen Königs von Frankreich.

Anno DOMINI 1337 war Eduard in Flandern gelandet, und seine Ritter hatten, angeführt vom schrecklichen Schwarzen Prinzen, die Franzosen das Fürchten gelehrt. Keine zwei Jahre war die Schlacht von Crécy erst her, da die englischen Bogenschützen die hochmütigen französischen Ritter von ihren Pferden schossen. Viertausend Edle blieben auf dem Schlachtfeld zurück, und König Philipp konnte gerade noch fliehen, mit fünf Begleitern. Calais hatten die Engländer eingenommen, und es war, so munkelten viele, nur noch eine Frage der Zeit, bis sie auch in Paris siegreich einziehen würden.

Bruder Anselm und ich zogen manche Tage allein über die verschlammten Straßen. Wir stolperten in den tiefen Rinnen, welche die schweren Ochsenwagen gegraben hatten. Nebel stieg aus Sümpfen und Wäldern auf, und mehr als einmal bekreuzigten wir uns, weil wir die umherirrenden Seelen unbegrabener Toter in den Schwaden erblickten.

Wir waren erleichtert, wenn wir einmal auf Händler stießen, die mit ihren Ochsenkarren und Maultieren ein Stück weit des Weges mit uns zogen. Von den Vaganten und Spielleuten, Bettlern und Studenten, den Schaustellern und Bärenführern, die Musik machten und selbst mitten am helllichten Tag nur zu ihrer eigenen Freude höchst sündige Tänze und noch viel Schlimmeres aufführten, hielten wir uns hingegen fern.

Einmal kamen uns einige Landsknechte des Herzogs von Burgund entgegengeritten. Ich bekreuzigte mich und sprach schnell zum HERRN ein Gebet, dass sie uns nicht unserer wenigen Habe berauben, uns gar erschlagen würden. Sie riefen uns ein paar grobe Spottworte zu, doch als ich ihnen, wenn auch stammelnd und gebrochen, auf Französisch antwortete, wurden sie höflicher. Sie ließen uns laufen, am Ende blieb gar einer von ihnen zurück und erbat sich unseren Segen. Ich erteilte ihn – was mir Bruder Anselms missbilligenden Blick eintrug.

Dass wir uns Paris näherten, erkannten wir zuerst an den Windmühlen – das heißt, Bruder Anselm erkannte es und wies mich in einer seiner seltenen Gesten der Erklärung darauf hin. Sie wurden zahlreicher, und bald reckten sie ihre hell bespannten Arme auf jedem Hügel in die Luft.

»Mehl für Paris«, brummte Bruder Anselm. »Die Stadt ist immer hungrig.«

Es waren die letzten Tage im April. Nur selten schickte der HERR einen Sonnenstrahl durch die graue Wolkendecke, die ER über SEINE Welt gebreitet hatte. Fast ständig nieselte es, und wir froren in unseren Kutten, die schwer wurden vor Nässe. Auf manchen Hängen beschnitten Bauern die Weinreben, auf anderen schlugen sie Pflöcke in den Boden, um neue Zäune auf den Weiden zu setzen. Doch wir sahen auch Felder brachliegen und manchen Hof, von dem nur noch verbrannte Stümpfe kündeten.

»Landsknechte«, murmelte Bruder Anselm jedes Mal düster, und wir bekreuzigten uns.

Dann erblickten wir den Galgen von Paris.

Nachdem wir den Schindanger von Montfaucon passiert hatten, lag linker Hand von uns ein ummauertes Geviert, aus dessen Mitte sich ein schlanker Kirchturm erhob; daneben rotierten die Flügel dreier Mühlen im Wind. Ich hätte es für ein gewöhnliches Kloster gehalten, wenn nicht von den Zinnen der Mauern Glöckchen erklungen wären und rote Kreuze auf den Ziegeln geleuchtet hätten.

»Aussätzige«, murmelte ich erschrocken, bekreuzigte mich und wich auf die rechte Seite des Weges aus.

»Die Brüder von Saint Lazare nehmen sich der Aussätzigen an, bis der HERR die Gezeichneten erlöst«, erklärte Bruder Anselm. Auch er bekreuzigte sich – doch wich er nicht von der linken Seite des Weges ab, sondern schritt im Schatten der Mauer voran.

Et extendens manum tetigit illum dicens volo mundare et confestim lepra discessit ab illo.

Beschämt tat ich es ihm nach und querte wieder den Weg.

Die Pforte von Saint Lazare war fest verschlossen, keine Menschenseele war zu sehen. Doch als wir das Kloster schon beinahe hinter uns gelassen hatten, erklang ein schauerlicher, unmenschlicher Schrei irgendwo aus dem Innern. Mir schien es weniger ein Ruf des Leids zu sein, denn ein Triumphgeheul. Ich fröstelte und murmelte ein kurzes Gebet. Es kam mir vor, als wären wir durch eine verbotene Pforte geschritten, als würde der Antichrist uns höhnisch in seinem Reich begrüßen.

Wir schritten rasch voran, noch schneller als zuvor. Langsam wuchs die Zahl der Menschen, die, gleich uns, der Stadt zustrebten: Händler, welche auf rumpelnden Karren und Maultieren duftende Spezereien, Tuch und wohl tausend andere Schätze nach Paris brachten; Bauern in grober brauner Wolle, die auf Ochsenwagen Heu heranschafften oder an langen Tragstangen gefesselte Hühner transportierten; zwei oder drei Ritter auf mächtigen Streitrossen, gekleidet in rote und blaue Wämser und begleitet von Knappen, die lästerlich fluchten, wenn wir Wanderer nicht schnell genug beiseitestoben; Vaganten in grün und gelb, weiß und blau gestreiften Beinkleidern, die Lauten und Flöten in Leder gewickelt auf dem Rücken tragend; ein Schausteller, der am Nasenring einen erbärmlich stinkenden Bären mit räudigem Fell hinter sich herzog; liederliche Schönfrauen, deren Gesichter mit Bleiweiß gebleicht waren und deren Lippen dank einer schwarzen Kunst, die ich nicht kannte, unnatürlich rot leuchteten und die mehr von ihren Brüsten und Beinen sehen ließen, als es schicklich war – viel mehr; ein

Besessener, die Brust benetzt vom Speichel, der aus seinem Mund troff, während er unablässig etwas rezitierte, das ich zunächst für einen Psalm gehalten hatte, beim Näherkommen aber als sinnloses Gestammel erkannte.

Bruder Anselm ging nun mit energischem Schritt voran. Ich spürte, dass er die Straßen, belebt wie sie waren, mehr scheute als die einsamen Waldwege, auf denen uns Räuber oder Dämonen hätten auflauern können. Er wollte nur noch ins Kloster, verschwinden hinter der Sicherheit seiner Mauern.

Mauern sahen wir auch, doch waren es weder die des Klosters noch die ersehnten von Paris. Wir passierten den Tempel – jene Festung, die sich die Templer einst errichten ließen und die, so munkelt man noch heute, das größte Schatzhaus des Abendlandes gewesen war. Fast auf den Tag vierunddreißig Jahre war es her, dass der König von Frankreich und der Papst Jacques de Molay, den Großmeister des Ritterordens, und sechsundsechzig seiner Mitbrüder zu Paris lebend auf den Scheiterhaufen schickten, da sie den HERRN gelästert und unaussprechliche Sünden begangen hatten.

»GOTT selbst wird mein Rächer sein!«, hatte de Molay noch gerufen, als die Flammen schon züngelten, und den Papst und den König bis in die dreizehnte Generation verflucht. Außerdem prophezeite er, dass er beide binnen Jahresfrist vor dem Richterstuhl des HERRN wiedersehen werde. Und tatsächlich: Papst Clemens V. war nur einen Monat später gestorben, und sieben Monate nach der grausigen Tat war auch König Philipp der Schöne dahingegangen, sechsundvierzig Jahre alt und ohne sichtbaren Anlass. Keiner seiner drei Söhne regierte länger als sechs Jahre, keiner wurde älter als dreiunddreißig Jahre, keiner zeugte einen männlichen Erben. Und nun liegt Frankreich darnieder, verwüstet von den Landsknechten und Bogenschützen der Engländer. Und der Papst sitzt in Avignon, dem neuen Babylon.

Den Schatz der Templer, so sagt man, hat man nie gefunden. Unter dem Fluch der Templer jedoch muss ganz Frankreich, muss die ganze Christenheit ohne Zweifel leiden.

In den folgenden Jahren war die Festung, wie es ihrer finsteren Vergangenheit geziemt, in einen Kerker umfunktioniert worden, in dem der König von Frankreich jene schmachten lässt, die sich seinem Willen nicht bedingungslos unterwerfen. Als wir am Tempel vorbeizogen, erblickten wir auf seinem Mauerkranz Wächter in des Königs Tracht, geschmückt mit Lilien, bewaffnet mit Hellebarden, deren grausige Schneiden in der Abendsonne rot glühten, als klebte an ihnen Blut.

Ich bekreuzigte mich.

Sed misso speculatore praecepit adferri caput eius in disco et decollavit eum in carcere.

Dennoch wurde mir das Herz weit: Denn nun wanderten wir endlich auf der Grande Rue de la Temple – direkt auf eines der mächtigen Stadttore von Paris zu. Und es war offen – wie Arme, die zum Willkommen ausgebreitet sind, dachte ich an jenem Abend. Wie ein Schlund, der mich verschlang, so denke ich heute.

Ich ließ mich drängen und schieben, als sei ich nichts Besseres als ein Bauernlümmel und, ja ich gestehe es, ich wanderte dahin mit vor Staunen offenem Mund. Wie mächtig war die Mauer, bestimmt so hoch wie fünf Männer, und bekrönt von runden Türmen, so weit das Auge reichte. Über dem Tor steckten die abgeschlagenen Köpfe einiger Verbrecher auf Spießen, eingehüllt von schwarzen Wolken aus Fliegen.

Niemand machte sich allerdings die Mühe, den Strom der Menschen zu kontrollieren, der unablässig in die Stadt brandete, obwohl schon die Wachen aufgezogen waren, die bald nach uns die Tore für die Nacht verschließen würden, damit Feinde und Räuber sich nicht anschleichen konnten, und auch keine Wölfe, welche, seit der Krieg das Land heimsuchte, in großen Rudeln bis vor die Mauern der Städte schlichen.

Durch das Tor gelangten wir endlich in die Stadt. Paris besteht eigentlich aus drei Städten, von denen jede einzelne so groß und so berühmt ist, dass sie andernorts jede für sich zur Zierde der Christenheit gerechnet werden würde: Am rechten Ufer der Seine –

von wo Bruder Anselm und ich uns der Stadt näherten – liegt, geschützt von einer in weitem Bogen vom Fluss wegführenden Mauer und mächtigen Festungen, der Teil, den die Franzosen Ville zu nennen pflegen. Dies ist das eigentliche Reich der Bürger, auch wenn hier einige Edle ihre Paläste haben und manche Konvente ihre Häuser. Ansonsten sind die Gassen eng, und die Häuser stehen gedrängt. Hier leben und arbeiten vor allem die Händler und Handwerker, die Diener, Laufburschen und Arbeiter, die Geldwechsler und Treidler, kurz alle, die tief verstrickt sind in weltliche Geschäfte. Hier residiert der Prévôt royal, der königliche Vogt in seinem Palast und wacht mit eiserner Faust über Ruhe und Ordnung der Bürger. Hier treffen sich die zwei Dutzend Ratsherren im Maison aux Piliers, um über die Angelegenheiten der Stadt zu befinden.

Dann, durch Brücken mit beiden Ufern verbunden, kommt eine mächtige Insel in der Seine, welche die Bürger Cité zu nennen pflegen. Dort dominiert der Dienst an den Großen dieser Welt. Auf dem Eiland hat seit Jahrhunderten der König von Frankreich seinen Palast – auch wenn er wegen des Krieges gegen die Engländer zu diesem Zeitpunkt nur allzu oft andernorts weilte, halb als Feldherr, halb als Flüchtling vor den Bogenschützen der Feinde.

Unverrückbar ist jedoch der Dienst an GOTT – und so erhebt sich, zum Ruhme des HERRN, der Muttergottes, der Christenheit und der Stadt Paris, auf der Insel die schöne Kathedrale Notre-Dame. Die mächtigen Blöcke ihrer beiden Türme überragen das Meer der Dächer und lenken die sehnsüchtigen Blicke eines jeden Gläubigen unweigerlich zu ihr hin.

Schließlich, am jenseitigen, linken Ufer der Seine, erstreckt sich die Université. Man könnte sie, geschützt hinter einer machtvollen, bogenförmigen Mauer liegend, für ein kleineres, ansonsten jedoch identisches Ebenbild der Ville halten. Doch während am rechten Ufer das Geld regiert und in der Mitte der Glaube, so herrscht am linken Ufer der Geist. Hier sind die Kollegien beheimatet, auf denen die im ganzen Abendland gerühmten Studien betrieben werden. Außerdem liegen in diesem Teil der Stadt die Klöster der großen Orden – auch das der Dominikaner, das so heiß herbeigesehnte Ziel meiner langen Wanderung.

Ich überließ Bruder Anselm die Führung, verwirrt von tausenderlei Gerüchen und Geräuschen. Eng standen die Fachwerkhäuser nebeneinander. Auf Höhe des zweiten oder dritten Geschosses trugen mächtige schwarze Eichenbalken Erker und vorkragende Etagen, welche die Straße verdunkelten. Nur zu oft kamen sich gegenüberliegende Häuser in luftiger Höhe so nahe, dass kein Licht mehr auf die Straße fiel, sodass sie selbst am Tage einer düsteren Höhle glich. Schlamm und Kot besudelten meine Füße, während ich hinter meinem Mitbruder die Gasse entlangstolperte, von rücksichtslosen Bauern geschubst wurde, gefährlich schwankenden Ochsenkarren aus dem Weg sprang und mich an den halbwilden Schweinen und räudigen Hunden, die in den stinkenden Abfallhaufen wühlten, vorbeidrückte. Einmal bewarf mich gar eine Horde schmutziger Kinder mit Nüssen und schleuderte mir Schimpfworte hinterher, die ich nicht verstand, die jedoch offensichtlich etwas mit meiner Kutte zu tun hatten.

In jedem Haus, so schien mir, öffnete sich im Erdgeschoss ein Laden, eine Werkstatt oder ein anderes Gewerbe, um Geld zu verdienen. Metzger priesen Schinken und Rinderlungen an; aus Backstuben duftete es nach schwarzem Brot; den Schmieden entquollen der Lärm von Hammer und Amboss, der Gestank heißen Metalls und glühender Kohlen, die beißende Hitze von Feuer und Rauch; aus den Tavernen tönte das Gegröle der Betrunkenen, und es stank nach Wein und dem, was von sich gibt, wer davon zu viel trinkt; aus den Badestuben, den sündigen Pfuhlen, kam Nebel wie aus einem Sumpf und der Duft nach Birkenrinden und Gewürzseife.

So betäubt war ich, so überwältigt waren alle meine Sinne, dass ich das Ufer der Seine erst bemerkte, als Bruder Anselm unvermittelt seinen Schritt anhielt und ich in ihn hineinstolperte.

»Die Place de Grève«, sagte er und deutete mit einer halb verächtlichen, halb bewundernden Geste einmal rundum.

Ich fand mich auf einem Platz wieder, der wie ein lang gestrecktes Viereck geformt war, dessen eine Schmalseite sich zum Fluss hin öffnete. Hier hatte die große Zunft der Seineschiffer ihren Hafen, an dem sie all die Kähne mit Wein anlegen ließ. Diese Zunft – die marchands de l'eau – ist so mächtig, dass ihr Wappen mit dem Schiff zum Wappen von Paris geworden ist. Dicht nebeneinander lagen Schiffe und Kähne am Pier. Wie ein schwimmender Wald aus schlanken Bäumen tanzten ihre Masten und Rahen vor dem Himmel.

Glücklich war ich – und verwirrt. Verwirrt von den Schauerleuten, die Fässer rollten oder Säcke schleppten, die in düsteren Lagerhäusern verschwanden, welche die Längsseiten des Platzes einfassten. Dazwischen drängten sich die Tavernen – die Orte, zu denen die Schiffsleute strebten, die Landsknechte, die Gehilfen des Waagenmeisters, die Beutelschneider und Wahrsager, die sündigen Mädchen und die alten Vetteln, deren schwarze Künste mich schaudern ließen.

Ein hoher Herr stolzierte vorbei, ganz Eitelkeit und Tand: die Füße in Schnabelschuhen, so lang wie die größten Kerzen, die im Kloster zu Ostern entzündet werden; die Beine in einer weißen Seidenhose, so schamlos eng, dass sich jeder Muskel und noch ganz anderes so deutlich abzeichnete, als würde er gänzlich nackend gehen; der blaue, mit Gold durchwirkte Mantel so kurz, als hätte sich der Edle vergriffen und versehentlich das Gewand seines Sohnes angezogen. Als ich gar zu sehr gaffte, starrte einer der beiden Knappen, die im Gefolge des Adeligen genauso eingebildet daherstolzierten wie ihr Herr, zu mir zurück, stieß dann seinen Kumpanen an, deutete auf mich und sagte etwas. Beide lachten, und ich drehte mich beschämt weg.

Doch nahmen mich so viele Dinge gleichzeitig gefangen, dass meine Sinne und mein Geist alsbald weiterschweiften.

Ich ließ mich willig fortziehen, als Bruder Anselm mich am Arm packte und zur Brücke wies.

Es waren nur ein paar Schritte nach rechts bis zum Grand Pont.

Die Brücke ist ganz aus mächtigen Eichenbalken gezimmert und spannt sich in fünf Bögen bis zur Insel. Wohl hundert Häuser säumen ihre Seiten, sodass sie einer über den Wassern schwebenden Stadt gleicht und man kaum einen Blick auf die Seine erhaschen kann, wenn man auf ihr entlangschreitet.

In diesen Häusern haben die Juweliere ihre Werkstätten und die Geldwechsler ihre Stuben, sodass man wohl kaum irgendwo in Paris so viele in bunte Wämser gehüllte Edle und reiche Kaufleute sowie in Samt, Seide und Spitzen gehüllte feine Damen auf einem Platz zu finden vermag wie hier. Es war ein Gedränge und Gestoße, denn alle, vom Baron bis zum Bauern, mussten sich den Platz mit Maultieren und Ochsen teilen, und unablässig strömten Menschen hin und fort, von einer Seite der Stadt zur anderen und zurück, sodass man wohl trefflich sagen könnte, dass über dem Strom des Wassers ein zweiter, aus Leibern, in luftiger Höhe den ersteren querte.

Die hölzernen Balken knarrten und ächzten unter der Last der Menschen und Tiere und unter der Wucht der Seine, die, wiewohl längst nicht so groß wie der Rhein, doch imposant genug dem fernen Meer entgegenfloss.

Als wir die Cité erreicht hatten, war ich wie geblendet vom Anblick der mächtigen Kathedrale Notre-Dame.

Wie fühlte ich mich winzig im Angesicht dieser Stein gewordenen Lobeshymne. In Köln bauten die Bürger einen Dom, doch ragten bisher kaum mehr als ein paar Gewölberippen in den Himmel. Notre-Dame jedoch war bereits seit achtzehn Jahren vollendet.

An jenem frühen Abend, meinem ersten in Paris, war ich überwältigt und sah kaum mehr als die beiden wuchtigen Türme, die, engelhaften Zwillingen gleich, ohne Ende in den Himmel strebten. Zwischen ihnen erstrahlte eine Rosette in gelb und rot, grün und blau und allen Zwischenfarben des Regenbogens, sodass es mir wohl dünkt, dass auch das Licht im Paradies schöner kaum leuchten könne.

Wie gerne hätte ich einen Blick in das Innere der Kathedrale geworfen, doch Bruder Anselm drängte mich, das nahe Ziel vor Augen, den Weg zum Kloster fortzusetzen.

Widerwillig folgte ich ihm auf gerader Gasse zum Petit Pont. Als wir am anderen Ende der Insel wieder die Seine erblickten, bemerkte ich dort viele wunderliche, fest vertäute plumpe Kähne. Erst bei näherem Hinsehen erkannte ich, dass es schwimmende Mühlen waren: große Barken, mit Wasserrädern an den Seiten, welche sich in der unablässigen Strömung drehten. Dutzendfach erklang das Knirschen der schweren Mühlsteine, zwischen denen das Korn zu Mehl zerrieben wurde. Wir gingen über den Petit Pont, dann waren wir in der Université, am linken Ufer der Seine.

Direkt von der Brücke aus führte eine große Straße gerade durch diesen Teil der Stadt. Es war die Rue Saint-Jacques. Sie war schlammig, laut und voll, denn unzählige Händler, die, mit Karren beladen, aus dem Süden Frankreichs, aus Spanien und Italien und GOTT allein weiß, woher noch, angereist kamen, drängten sich hier. Zudem sah man hier viele junge Männer: manche im Habit eines der großen Orden, andere in prächtigen Wämsern, wie es Söhnen von Rittern und reichen Kaufleuten wohl geziemt.

»Es sind Studenten«, murmelte Bruder Anselm, dem meine neugierigen Blicke aufgefallen waren. Ich glaubte, dass eine Spur Verachtung mitschwang in der Art, wie er dies aussprach. Für ihn waren Studenten offensichtlich kaum besser als Vaganten.

Ich hingegen schob mich glücklich durch die Menge. Vorbei an düsteren Fachwerkhäusern, aus deren höhlenartigem Innern der Lärm und der Gesang der Tavernen erklang. Nun war ich plötzlich schneller als Bruder Anselm und konnte es kaum noch erwarten, das Kloster – meine neue Heimat – zu betreten.

Dann endlich deutete Bruder Anselm auf eine hohe, dunkle, vom Straßenkot besudelte Mauer, welche – wir hatten schon mehr als den halben Weg zwischen Seine und Stadttor zurückgelegt – einen Teil der linken Straßenseite einnahm. Neben der Mauer erhob sich eine bescheidene Kapelle, deren einzige Zierde ein schmaler Turm auf dem Dach war, der von der Rue Saint-Jacques aus kaum zu erkennen war. Die Tür zu diesem Haus GOTTES stand offen, doch Bruder Anselm führte mich zu einer Pforte in der Mauer und klopfte energisch dagegen.

Ein alter Mönch öffnete ein Guckloch und spähte mit kurzsichtigem Blinzeln hinaus, doch als er unsere Kutten sah, öffnete er die Pforte, so schnell es seine gichtigen Finger erlaubten.

Das Amt des Portarius oblag stets einem älteren Mitbruder – doch so ein Greis wie in Paris war mir noch nie in einem Kloster begegnet: Sein Haupt war kahl, die Haut gelb wie altes Leder und zerfurcht von den Kratern seiner Pockennarben. Aus seinem zahnlosen Mund stank er nach Knoblauch und Fäulnis. Sein Körper war so mager, dass es fast wirkte, als verberge sich ein Skelett unter der viel zu weiten schwarzen Kutte. Ich musste mich, der HERR verzeihe mir, überwinden, ihm den obligatorischen Bruderkuss zu entbieten.

Der Portarius hieß uns durch Gesten willkommen. Es dauerte ein paar Augenblicke, bis ich begriffen hatte, dass er zwar nicht von Natur aus stumm war, aber wohl für diesen Tag oder vielleicht auch für länger ein Schweigegelübde abgelegt hatte – oder vom Prior dazu verurteilt worden war. Wortlos geleitete er uns ins Innere des Klosters, still folgten wir ihm. Kein Laut erklang, als wir durch den bescheidenen Kreuzgang schlichen, kein Mitbruder war zu sehen. Der ewige Lärm der Pariser Straßen war in diesen ruhigen Gängen gebannt, ja nicht einmal eine Meise schien sich am Brunnen oder in den Rosensträuchern inmitten des Kreuzganges niederzulassen.

Am anderen Ende des Kreuzgangs erstreckte sich ein großes, zweigeschossiges Gebäude aus massigen Steinen. Neugierig blickte ich durch die hohen, spitzbögigen Fenster. Dort sah ich, durch das Glas, in dem sich die Abendsonne brach, undeutlich verzerrt, schwarze Schatten an Pulten stehen, gebückt und fast regungslos.

»Das ist das Skriptorium«, flüsterte Bruder Anselm mir zu. »Hier studieren die Mitbrüder fast den ganzen Tag. Im Stockwerk darüber befindet sich die Bibliothek. Es gibt Brüder, die dieses

Haus, außer zu den Messen, jahrelang nicht verlassen. Du wirst sie an ihrer Haut erkennen, die hell ist wie Elfenbein.«

Der stumme Portarius führte uns durch einen engen Gang, dann eine schmale, gewundene Treppe hinauf, bis vor eine verschlossene, massive Eichentür. Respektvoll klopfte er an, dann drückte er die Tür auf: Wir standen in der Zelle des Priors.

Bruder Carbonnet blickte auf. Für einen winzigen Augenblick glaubte ich, dass Verärgerung, ja Furcht über sein massiges Gesicht huschte, doch dann schien er nicht nur erfreut, sondern geradezu erleichtert zu sein, uns zu sehen. Er stand in seinem sechzigsten Jahr. Bruder Anselm hatte mir erzählt, dass der Prior, als jüngster Spross einer Adelsfamilie aus Orléans, schon als Junge zu den Dominikanern gegeben und, dank seiner edlen Abstammung, auch in frühen Jahren bereits zum Prior berufen worden war. Er war ein Doktor der Theologie, und seine Gelehrsamkeit wurde weithin gerühmt, nicht nur innerhalb unseres Ordens. Er war nicht besonders groß, doch dick wie ein eichenes Weinfass. Seine dunklen Augen verschwanden fast hinter zwei Fettwülsten, als er uns nun aufmerksam musterte.

Bruder Anselm und ich verbeugten uns tief und murmelten unsere Begrüßung.

»Willkommen bei den Jacobins, meine Brüder«, antwortete der Prior. Seine Stimme war ungewöhnlich hoch, doch klar und kräftig. Er bemerkte wohl meinen verwunderten Blick, denn er nickte mir wohlwollend zu. »So nennen uns die Bürger von Paris«, erklärte er mir, »weil unser Kloster an der Rue Saint-Jacques liegt.«

»Ehrwürdiger Vater, es ist eine große Ehre, dass ich hier sein darf«, sagte ich demütig. Ich überreichte Bruder Carbonnet den gesiegelten Brief, in dem mein Kölner Prior mich empfahl.

Er studierte das Schreiben sorgfältig, dann nickte er. »Mein Amtsbruder hat mir schon im letzten Herbst einen Brief geschrieben, in dem er mir dein baldiges Kommen ankündigte«, murmelte er. Dann blickte er mich aufmerksam an. Jede Spur von Freundlichkeit war aus seinem Antlitz gewichen.

»Du bist, schreibt mein Amtsbruder, sehr gelehrt, trotz deiner jungen Jahre?«, fragte er.

Ich spürte, wie mir die Röte ins Gesicht schoss, und wusste darauf nichts zu antworten.

Er nickte nur. »Und du bist Deutscher?«, wollte er dann wissen.

»Ja«, antwortete ich, verwundert über diese Frage nach etwas doch so Offensichtlichem – obwohl ich natürlich, genau genommen, selbst nicht wissen konnte, wessen Blut in meinen Adern floss.

Da schien der Prior einen Entschluss gefasst zu haben. Er klatschte in die Hände, und der Portarius erschien wieder vor der Zellentür. »Bring Bruder Anselm ins Gästehaus, auf dass er sich erfrischen und ausruhen kann, bevor wir die Vesper feiern«, befahl er dem Greis.

Als die beiden nach einem gemurmelten Abschiedswort im halbdunklen Flur verschwunden waren, wandte sich Bruder Carbonnet mir zu: »Dich aber, mein junger Freund, schickt der HERR genau zur richtigen Stunde. Es tut mir leid, dir sagen zu müssen, dass du weder mit uns diese Vesper feiern noch dich ausruhen kannst. Ich habe einen Auftrag für dich, der keinen Aufschub duldet.«

Demütig nickte ich und wartete auf eine Anweisung, dabei hoffend, dass keine Geste, kein Zucken im Gesicht, kein aufblitzendes Auge die stolze Erregung verriete, die mich erfasst hatte.

Bruder Carbonnet atmete tief durch. »Es wartet ein Toter auf dich«, verkündete er schließlich.

Der Prior sagte nichts weiter zu mir. Stattdessen rief er einen Novizen zu sich und erteilte ihm flüsternd eine Anweisung. Der Junge nickte eifrig und verschwand. Ich wartete derweil voll Zittern und Zagen, verwirrt und doch neugierig zugleich.

»Ein Mitbruder aus den deutschen Landen hat uns vor einiger Zeit mit seinem Besuch beehrt«, hob Bruder Carbonnet schließlich an, »Heinrich von Lübeck mit Namen.«

Ich blickte nicht auf. Diesen Namen hatte ich noch nie vernommen. Der Prior seufzte schwer. »Bis zu eurem Eintreffen heute

Abend war er der einzige Dominikaner aus dem Reich, der zurzeit an der Seine weilt. Allerdings gibt es ein Problem.«

Nun sah ich auf, fragend. Doch noch immer schwieg ich.

»Heinrich von Lübeck ist vor der ihm zugemessenen Zeit vor den HERRN berufen worden.« Der Prior zögerte, als wage er nicht, den nächsten Satz auszusprechen. Doch dann straffte er seinen feisten Leib. »Er wurde vor wenigen Stunden erstochen. Und das vor einem der heiligsten Plätze der Christenheit: vor unserer geliebten Kathedrale Notre-Dame.«

»Wer wagt es, so einen Frevel zu begehen?«, rief ich.

»Wir wissen es nicht. Noch nicht.« Bruder Carbonnet sah mich aufmerksam an. Und plötzlich fehlte seiner feisten Gestalt alles Gemütliche.

Aufmerksam, ja lauernd starrte er zu mir herüber. Mich fröstelte unter dem Blick seiner dunklen Augen. »Wir sind Dominikaner«, flüsterte er. »*DOMINI canes*, die ›Hunde des HERRN‹. Wir bewachen SEINE Herde und führen verirrte Schäflein auf den rechten Weg zurück. Und wir schützen SEIN Haus vor den reißenden Wölfen – weshalb uns die Wölfe hassen. Aus diesem Grund sind viele von uns Dominikanern zugleich auch Inquisitoren. Wenn jemand herauszufinden vermag, wer unseren Mitbruder ins Reich der Seligen geschickt hat, dann sind wir es. Denn wir stellen die Männer, die furchtlos sind und gelehrt und die sich auch dem abscheulichsten Verbrechen entgegenstellen.«

»Die Inquisitoren«, flüsterte ich nur.

»Und du wirst fortan einer von ihnen sein«, bestimmte der Prior.

In diesem Moment betrat ein Mönch den Raum, der sich vor dem Prior demütig verneigte – und doch spürte ich sofort, dass von dem Neuankömmling, seinem respektvollen Verhalten zum Trotz, eine große geistige Kraft ausging und eine bezwingende Autorität. So wie ihn hätte ich mir den Prior unseres Ordens an einer so bedeutenden Stätte der Christenheit wie Paris vorgestellt: Der Mönch war sicherlich schon fünfzig Jahre alt, jedoch groß und kraftvoll. Um seine Tonsur stand dichtes eisengraues Haar wie der Ring eines Panzerhemdes, und auch seine klaren Augen schimmerten grau. Seine Haut war dunkel, seine Hände waren kräftig; die Linke befleckt mit Tintenklecksen, an der Rechten fehlte ihm der kleine Finger.

Als sich der Mitbruder mir zuwandte und sich leicht verbeugte, da fühlte ich mich unwillkürlich geehrt. Meinerseits verneigte ich mich tief, tiefer noch als ich mich zuvor dem Prior gebeugt hatte.

»Dies ist Bruder Philippe«, sprach der Prior, und Stolz schwang mit in seiner Stimme, Bewunderung und wohl auch so etwas wie Angst. »Philippe de Touloubre, von vielen, nicht nur in unserem Orden, ›Meister Philippe‹ gerufen, denn er ist Doktor der Theologie und unser scharfsinnigster Inquisitor. Er diente noch dem einem Heiligen gleichenden Bernard Guy, als dieser in den Pyrenäen die letzten Katharer aufspürte und ins reinigende Feuer schickte.«

Philippe de Touloubre deutete eine demütige Verbeugung an. »Wir wollen nicht von vergangenen Dingen sprechen«, antwortete er seinem Prior.

Seine Stimme klang ruhig, kräftig und schmeichelte den Ohren. »Willkommen in unserem bescheidenen Haus«, sagte er dann. »Auch wenn es«, er lächelte dünn, »ein etwas ungewöhnlicher Empfang ist, den wir dir bereitet haben.«

»In der Tat«, rief Bruder Carbonnet und klatschte in die Hände. »Meister Philippe wird sich auf die Spur des schrecklichen Sünders begeben, welcher unseren Mitbruder aus deutschen Landen so heimtückisch tötete. Und du, Bruder Ranulf, der du als einziger Gelehrter unseres Ordens aus jenen Landen stammst, wirst unserem besten Inquisitor zur Hand gehen, wenn es denn nötig sein sollte.«

»Das wird es«, sprach Bruder Philippe. Er klang noch immer freundlich. Doch irgendetwas in der Entschlossenheit seiner Stimme flößte mir Unruhe ein.

Wir eilten den Weg zurück, den Bruder Anselm und ich vor kaum einer halben Stunde gekommen waren. Der Portarius geleitete Meister Philippe und mich zum Portal, nachdem wir uns vom Prior verabschiedet hatten. Im Kloster erblickten wir keinen anderen Mönch. Als wir das verschlammte Pflaster der Rue Saint-Jacques betraten, warf sich mein Begleiter die Kapuze über das Haupt und verhüllte sein Gesicht. Ich wunderte mich, denn so kühl war es nicht geworden in den Gassen der Stadt, doch wagte ich nicht zu fragen und tat es ihm nach. Respektvoll hielt ich mich zwei Schritte hinter meinem älteren Mitbruder und schwieg. So bemerkte ich, dass die Menschen, wann immer sie unserer verhüllten Gestalten ansichtig wurden, eilig und demütig zur Seite wichen. Manche verneigten sich, andere hingegen wandten sich ab. Selbst die auf den Straßen streunenden Hunde und Schweine wichen vor uns zurück.

Noch immer drängten sich Menschen und Fuhrwerke auf der Straße, doch die ersten Händler verrammelten bereits die Türen und Fenster ihrer Läden mit schweren eichenen Flügeln und eisernen Ketten. In dem einen oder anderen Fenster in den oberen Stockwerken der verwinkelten Häuser leuchtete schon der rötliche Schimmer einer Kerze, der sich in den Fenstergläsern brach und tausend Lichtkreise tanzen ließ, als glühten im Innern dieser Häuser die Essen der Schmiede.

Meine Gedanken tanzten mindestens genauso unruhig wie jene Lichtkreise umher. Nach Paris war ich gekommen zum Studieren, ein Doktor der Theologie, ja, GOTT strafe meinen Hochmut, »der« Doktor der Theologie wollte ich werden, der größte und weiseste Gelehrte meiner Zeit. Nun hatte ich noch nicht einmal meine Studierstube in Paris erblickt und erst recht keinen Lehrer. Stattdessen wanderte ich durch die finster werdenden Straßen der Stadt, einem grausigen Fund entgegen.

Doch am verwirrendsten von allem war, dass ich, der ich Gelehrter werden wollte, plötzlich zum Inquisitor berufen worden war. Hatte ich überhaupt die Kraft, dem Bösen ins Auge zu sehen, wenn es sich mir offenbarte? Konnte ich die Seelen der Sünder erkennen und sie vor dem Ewigen Feuer erretten? Was geschah mir, wenn ich fehlte? Hatte ich den Platz gefunden, den der HERR mir zugemessen hatte? Oder war ich, durch eine Macht, die ich nicht zu benennen wagte, erhoben in einen Rang, der mir nicht zukam? *Nisi unicuique sicut divisit DOMINUS unumquemque sicut vocavit DEUS ita ambulet.*

Ich fühlte mich plötzlich klein und schwach und unendlich verloren. Meister Philippe, der bislang schweigend und rasch vor mir ausgeschritten war, musste meine Gedanken gespürt und in meinem Herzen gelesen haben. Denn schließlich, wir hatten wohl schon die Hälfte der Rue Saint-Jacques bis zur Seine zurückgelegt, verlangsamte er seine Schritte und bedeutete mir mit einer knappen Geste, an seine Linke zu kommen.

Wir durchschritten gerade einen kleinen Markt an einer Stelle, da sich die Rue Saint-Jacques zu einem Plätzchen erweiterte. Die Händler bauten ihre Stände schon ab, doch noch drängten sich späte Käufer – liederliche Mägde, verschlafene Studenten und ruppige ältere Männer, denen man ansah, dass schon lange keine Frau mehr um sie sorgte – zu den geduldigeren der Verkäufer, die nun in der letzten Stunde des Tages ein gutes Geschäft machten. Heu und Holzscheite erblickte ich da, Fische, Rüben, Kohl und Fett, Wein, Met und Brombeerwein, lebende Hühner und geschmiedete Türschlösser, hölzerne Dachschindeln und große Backtröge und noch vieles mehr – und dies war nur ein unbedeutender Markt!

Meister Philippe folgte meinen staunenden Blicken und lächelte leicht. »Es sind Dinge ganz von dieser Welt, doch immerhin nützliche Dinge«, sagte er. »Ich habe Märkte gesehen, so überquellend vor Gold und Edelsteinen und Brokat, dass die Augen schmerzten, wenn das Sonnenlicht in dieser Pracht funkelte. Und die Sonne schien fast immer über diesen Märkten.«

»Wo findet man eine solche Pracht?«, fragte ich.

»In Avignon«, antwortete der Inquisitor.

»Ihr wart am Hof des Heiligen Vaters?«, rief ich erstaunt aus.

Meister Philippe machte eine beschwichtigende Geste, denn mehrere Männer und Marktweiber hatten sich zu uns umgedreht und uns missbilligende Blicke zugeworfen.

»Oh ja, ich habe Seiner Heiligkeit gedient«, flüsterte Meister Philippe. »Ich bin in einem kleinen Dorf bei Salon geboren, in der Provence, kaum einen Tagesritt entfernt von Avignon. Dort bin ich auch, nach einem Traum, den ich dir nicht erzählen mag, dem Orden des heiligen Dominicus beigetreten. Ein Doktor der Theologie bin ich, ganz wie du einer werden möchtest, wie mir der Prior berichtet hat – und ich diente dem Papst als einer seiner Schreiber. Manche Bulle, manches Breve und so manches Sendschreiben, das kaum je ein Gläubiger mit eigenen Augen gelesen hat, ist von meiner Hand geschrieben worden.«

Schweigend und tief in Gedanken versunken, schritt er eine Zeit lang kräftiger aus, bis wir den Markt passiert hatten. »Von meiner Hand geschrieben, das ja«, hub er schließlich wieder an, »doch nicht von meinem Geist erdacht. Ich las die Texte, welche ich in das sperrige Latein der päpstlichen Kanzlei gießen musste. Ich sah die Schätze, die von den Märkten in die Paläste der Kardinäle und, ja, zuvorderst in den Palast des Heiligen Vaters gebracht wurden. Und ich sah noch ganz andere Dinge.« Wieder schritt er eine Zeit lang schweigend aus.

Wir verließen den Markt und mussten innehalten, denn eine Prozession querte die Rue Saint-Jacques: ein Priester in schäbigem Gewand, der ein schlichtes Holzkreuz hochhielt, gefolgt von ein paar älteren Frauen und missmutig dreinblickenden Kindern in einfacher Tracht. Nur wenige Kerzen leuchteten, schwach klang das *Te DEUM Laudamus* aus ihren Kehlen, bis es verwehte, als sie in einer winzigen Kirche verschwanden, deren Namen ich nicht kannte.

»Ja, lobet den Herrn«, murmelte Meister Philippe und segnete die Singenden. »Euer Glaube ist schlicht und unverfälscht – und das soll so bleiben.«

Er wandte sich mir zu. »Es steht geschrieben, dass der Diener des HERRN den Weinstock schützen muss, selbst wenn er dazu der Flammen bedarf.«

»*Ego sum vitis vos palmites qui manet in me et ego in eo hic fert fructum multum quia sine me nihil potestis facere si quis in me non manserit mittetur foras sicut palmes et aruit et colligent eos et in ignem mittunt et ardent*«, antwortete ich.

»Ich war des Prunks am Hof des Heiligen Vaters überdrüssig und, mehr noch, der leeren Worte seiner Schreiben«, murmelte Meister Philippe und nickte.

Ich staunte über seine Ehrlichkeit. Wäre er nicht selbst Inquisitor gewesen – so ein Satz hätte ihn vor den Richterstuhl der Glaubenswächter bringen können! Deshalb antwortete ich nicht und blickte nur demütig zu Boden, während ich an seiner Seite weiterschritt.

»Je länger ich in Avignon diente, desto stärker fühlte ich, dass dies nicht meine Berufung war«, fuhr Meister Philippe fort. »Ich wollte den Weinstock des HERRN hegen und pflegen, wie es die guten Winzer tun, die an den Hängen der Rhône ihren blutroten Wein keltern. Also bat ich darum, Inquisitor zu werden. Meine Oberen erfüllten mir diesen Wunsch nur zu gerne, denn sie spürten meinen Eifer wohl. Also ging ich los in die Pyrenäen, um in einsamen Bergdörfern und halb vergessenen Burgen Katharer aufzuspüren, die letzten jener ketzerischen Brut, die einst den ganzen Süden Frankreichs mit ihrer Irrlehre verpestete. Ich stellte ihnen nach, bis ich niemanden mehr fand, der Arges im Schilde führte. Die Bischöfe der Diözesen, in denen ich wirkte, lobten mein Tun. Den Ketzern hingegen galt mein Name nur zu bald als Inbegriff des Zornes des HERRN, und die meisten gestanden, ohne dass ich sie in jene finsteren Kammern zu entsenden hatte, in denen die Folterknechte mit glühenden Zangen und straffen Stricken die Wahrheit ans Licht zerren.

Als die Katharer nicht mehr waren, da wurde ich nach Paris geschickt. Hier half ich mit, den heuchlerischen Orden der Templer von der Brust der Mutter Kirche zu reißen. Hier wache ich seither über finstere Wanderprediger, die im eigenen Auftrag gotteslästerliche Lehren verkünden, und über allzu vorwitzige Studenten, die Fragen zu stellen wagen, die sich nicht geziemen.« Er lächelte. »Es waren ein paar ruhige Jahre, verglichen mit meiner Jagd nach verstockten Katharern.«

Er blieb abrupt stehen. Wir befanden uns schon auf der Brücke, die zur Cité führte. Meister Philippe vollführte eine ausholende Geste, mit der er ganz Paris umfasste. »Die Boten des Herrn der Finsternis bestürmen nicht länger die Mauern der Kirche wie Krieger, die eine Stadt erobern wollen. Nein, nun schleichen sie sich ein. Heimlich sind sie nach Paris eingedrungen und unbemerkt – bis jetzt.«

Er lächelte dünn. »Ich vermag nicht genau zu sagen, wann alles begann. Doch seit einiger Zeit spüre ich eine seltsame Unruhe in den Gassen dieser Stadt. Ein respektloses Wort, ein abgewandter Blick, ein unterbrochenes Flüstern. Mal hier, mal dort. Eine Unruhe, wie Hunde sie spüren, wenn ein Gewitter dräut.«

Er stand eine Weile sinnierend auf der Brücke und schien meine Gegenwart vergessen zu haben. Dann kam Meister Philippe wieder zu sich, straffte seinen Körper und blickte mich aufmunternd an. Doch seine Worte waren düster: »Und nun ist ein Mönch unseres Ordens gestorben, im Schatten von Notre-Dame. Es mag ein finsteres Omen sein oder ein bloßer Zufall. Doch als Inquisitor habe ich gelernt, nicht mehr an Zufälle zu glauben.«

DER TOTE VOR DER ROTEN PFORTE

So stand ich nun im Schatten von Notre-Dame. Auf dem großen Platz vor der Kirche lungerte ein Bewaffneter herum: ein großer Mann mit einem buschigen dunklen Bart, gekleidet in ein speckiges Wams, auf das das Wappen von Paris gestickt war. Er stützte sich auf eine Hellebarde, deren Spitze in der Abendsonne rot glühte. An seinem Gürtel baumelte ein großes Schwert.

»Das ist ein Sergeant de la Douzaine, einer aus dem Dutzend, wie die Wachen genannt werden, die dem Prévôt von Paris unterstehen. Sie haben vor weniger als einer Stunde einen Boten zu uns geschickt. So haben wir von dem Toten erfahren«, flüsterte mir Meister Philippe zu, während er gemessenen Schrittes auf den Mann zuging.

Der Sergeant verbeugte sich tief, als wir bei ihm ankamen und mein Begleiter einen Segensspruch murmelte. Doch trotz seines unterwürfigen Betragens merkte ich dem Mann an, dass er gelangweilt war, ja mürrisch.

»Wenn Ihr mir bitte folgen möget, Brüder«, begrüßte er uns. Sein Atem stank so stark nach Zwiebeln und Knoblauch, dass ich kaum einzuatmen wagte in seiner Nähe. Doch Meister Philippe ließ sich nichts anmerken, nickte nur würdevoll und ging schweigend hinter dem Sergeanten her.

Der Bewaffnete führte uns links vorbei am großen Portal und den beiden Türmen, entlang der Nordseite von Notre-Dame, die zur Ville weist. Hier drängten sich enge, verwinkelte Häuser im Schatten der Kathedrale: Erker, Schuppen, kleine, schief gezimmerte Verschläge ragten in die Gasse hinein, berührten fast die Wand des Hauses GOTTES und ließen den Weg eher wie einen Irrgarten wirken denn wie eine Straße.

Wir schritten zunächst am Turm entlang, der schmucklos war, mächtig, wuchtig und, bis auf eine winzige Pforte, ohne Öffnung – gleich dem Donjon einer erhabenen Burg. Dann befanden wir uns auf Höhe des Kirchenschiffes. Schlanke, hohe, von Rosetten gezierte bunte Fenster spiegelten sich in allen Farben der Welt in den Strahlen der tief stehenden Sonne, sofern zwischen Lücken in den Häusern Licht auf sie fiel. Darüber glänzte noch eine Reihe von Fenstern und darüber noch eine. Oh, welche Freude es war, diese Pracht zu betrachten!

Habet omnia ad aedificationem fiant.

Doch der Sergeant schritt mächtig aus, sodass wir ihm mit wehenden Kutten folgen mussten. Vorbei ging es an der gewaltigen Rosette, welche das Querhaus erstrahlen ließ. Darunter öffnete sich ein Portal, das andernorts manch stolzen Dom geziert hätte, hier jedoch kaum mehr war als ein Nebeneingang. Flüchtig blickte ich auf die Skulpturen, welche dieses Portal schmückten. Theophilus war dort zu sehen – jener Priester der alten Zeit, der sich, von einem Juden verführt, mit dem Satan verbunden hatte, dann jedoch vierzig Tage lang bereute, Maria anflehte und letztlich von ihr, der Mutter unseres HERRN, errettet wurde.

Ich schlug hastig ein Kreuz und schickte ein Gebet an die Madonna, auch meiner Seele beizustehen, sollten mich der Herr der Finsternis und seine Diener verführen mögen.

Et consummata omni temptatione diabolus recessit ab illo usque ad tempus.

Wir waren nun schon mehr als die Hälfte der Kathedrale entlanggegangen und standen vor den Kapellen, die sich, hinter einem Dickicht kühn gespannter Strebebögen und Pfeiler verborgen, im Halbrund um Notre-Dame schwangen. Dort, in der dritten Kapelle nach dem Portal, war eine kleine, jedoch reich verzierte Tür eingelassen. Sie wurde Porte Rouge genannt, wie ich später erfahren sollte, die »Rote Pforte«. Maria saß hier als Königin über dem Eingang, der heilige Bischof Marcellus stand ihr zur

Seite. Doch die steinernen Heiligen mussten den Anblick eines Toten ertragen.

Vor den Stufen der Porte Rouge lag die Gestalt eines Mönches in einer großen, dunklen Lache Blut.

Ein zweiter Sergeant lungerte im Schatten einer Hauswand, bis er uns erblickte. Er war größer und dünner als sein Kamerad, doch kaum weniger verschlossen. Mit wütendem Ruck zog er eine gefesselte Person hoch, die er mit einem groben Strick gebunden hatte. Ich konnte nicht viel von diesem Gefangenen erkennen, denn ein zerschlissener Kapuzenmantel unbestimmbarer Farbe verhüllte ihn. Zudem wurden meine Blicke angezogen von dem schrecklichen Anblick des Ermordeten.

»Wir haben jemanden, der etwas gesehen hat, Meister Philippe«, brummte der zweite Sergeant, der den Inquisitor offensichtlich schon besser kannte.

Philippe de Touloubre nickte höflich, doch machte er eine abwehrende Geste. »Das hat Zeit«, antwortete er. »Zunächst möchte ich mir den Toten anschauen. Habt Ihr einen Bader gerufen – falls doch noch irgendeine Hoffnung besteht?«

Der dickere Sergeant lächelte unfreundlich. Wahrscheinlich erfüllte es ihn mit höhnischer Freude, dass Meister Philippe nach einem Bader gefragt hatte, statt nach einem der ehrenhaften Ärzte – welche zwar wesentlich mehr Ansehen genossen und fast wie Adelige galten, deren Kuren und Rezepte jedoch, wie jedermann wusste, oft gefährlicher waren als die der Bader.

Bei dieser Frage hatte sich ein Mann erhoben, der bis dahin von uns unbemerkt auf einem leeren Weinfass im Halbdunkel gesessen hatte. »Ah, der Herr Garmel«, rief der Inquisitor aus, als er der Gestalt ansichtig wurde. Er schien erleichtert zu sein.

»Meister Philippe«, murmelte der Mann und verbeugte sich tief. Er war dick, schwitzte stark, roch allerdings nicht sauer, sondern nach Lavendel und anderen Badeessenzen. Er mochte vielleicht vierzig Jahre alt sein, und doch war er schon ganz kahl. Seine Kleidung schien schlicht zu sein, aber sah man genauer hin, so erkannte man, dass sein dunkles Wams aus Atlasseide gefertigt war und seine hohen, derb anmutenden Stiefel in Wahrheit aus weichem Hirschleder genäht waren.

»Nicolas Garmel, immer zu Diensten«, sagte er höflich und verbeugte sich vor mir nicht weniger tief, als er es vor Meister Philippe getan hatte. »Bader im Haus ›Wappen der Lilie‹ bei der Kirche Saint-Jacques-la-Boucherie, Arzt auch, wenn es belieben, Chirurgicus und Haarschneider.«

»Und der«, Meister Philippe zögerte kurz, als suche er nach dem richtigen Wort, »Mann des Vertrauens, wann immer der Inquisition ein rätselhafter Todesfall zur Untersuchung vorgelegt wird.«

Garmel nickte eifrig. »Hexerei oder andere schwarze Künste waren hier jedenfalls nicht im Spiel«, sagte er.

»Das lasst mich erst sehen«, entgegnete Meister Philippe.

Der Bader bekreuzigte sich und beugte sich mit uns über den Toten. »Niemand hat ihn angerührt«, flüsterte er, als hätte er plötzlich Angst, dass die Gestalt durch ein allzu lautes Wort doch wieder erweckt werden könnte. »Die beiden Sergeanten haben es nicht gewagt, ihn zu betasten.«

»Dann muss es jemand anders gewesen sein«, murmelte Meister Philippe, »denn angerührt wurde er, da besteht kein Zweifel.«

Heinrich von Lübeck war ungefähr fünfzig Jahre alt, als ihn sein Schicksal ereilte: ein mittelgroßer, dünner, kahlköpfiger Mönch im Dominikanerhabit, der an ihm nun viel zu groß wirkte. Er lag auf dem Rücken, die Beine lang ausgestreckt, den linken Arm ebenfalls; der rechte lag etwas angewinkelt, das Gesicht des Toten war in Richtung der rechten Hand gedreht, als sei sie das Letzte gewesen, was er auf dieser Welt erblickt hätte – wenn ihm dies überhaupt noch möglich gewesen sein sollte. Neben seinem Gesicht lag nämlich ein Sehglas aus Venedig im Straßenschlamm, das Gestell war jedoch zerbrochen; ob im Kampf oder durch den Sturz, das vermochte ich nicht zu sagen.

Sorgfältig umging Meister Philippe den Toten – er erinnerte

mich unwillkürlich an eine Katze, die einen Heuballen umschleicht, in dem sie eine Ratte wittert.

Überall an der Kutte schien Blut zu kleben, doch war es schwer, Einzelheiten auszumachen, denn die dunklen Flecken waren auf dem schwarzen Gewand nur undeutlich zu erkennen.

»Es waren zwei Wunden, aber nur eine war tödlich«, murmelte Nicolas Garmel und deutete auf den Oberkörper des Opfers. Über der rechten Brust Heinrichs von Lübeck klaffte ein großer Riss in der Kutte. Darunter kam eine Wunde zum Vorschein, die nun verklebt war von getrocknetem Blut.

»Ein Dolch, würde ich meinen«, erklärte der Bader. Seine Stimme klang ungerührt, er schien seltsam fasziniert, geradezu erfreut. »Für einen Schwertstreich ist die Wunde nicht groß genug, für den Stich einer Lanze oder einen Armbrustbolzen- oder Pfeilschuss hingegen ist sie zu groß und zu länglich. Der Stoß muss mit großer Kraft geführt worden sein. Entweder ist die Klinge zwischen den Rippen hindurchgegangen, oder sie hat sogar eine zerbrochen. Dazu müsste ich mir den Körper des Toten genauer ansehen, doch das habe ich bisher nicht gewagt, ohne Eure Erlaubnis.«

»Er ist ein Mönch«, sagte Meister Philippe. »Bei allem Respekt vor Eurem Metier: Ich würde ihn ungern entkleidet auf dem Tisch eines Baders sehen wollen, wenn es sich vermeiden ließe.«

Garmel nickte beflissen. »Die Todesursache ist auch so klar zu erkennen. Der Stich hat ihn gefällt – wenn er ihn auch nicht sofort tötete, denn er traf nicht seine Herzseite. Heinrich von Lübeck wird hier gelegen haben, für wenige Augenblicke noch am Leben, bis ihm so viel Blut entströmt war, dass seine Seele entfloh.«

Ich bekreuzigte mich und murmelte: *»Hierusalem Hierusalem quae occidis prophetas et lapidas eos qui mittuntur ad te.«*

Der Bader deutete ungerührt auf die rechte Hand des Toten. Sie war so über und über mit Blut bedeckt, dass sie schwarz aussah. Ich hatte dies zunächst für ein Zeichen dafür gehalten, dass er seine Rechte auf die Wunde gedrückt hatte, bis ihn die Kräfte verließen, doch als Garmel uns darauf hinwies, erkannte auch ich, dass ein tiefer Schnitt die Hand verletzt hatte.

»Noch ein Stich«, murmelte der Bader. »Auch wenn die Klinge hier abgerutscht ist.«

Meister Philippe nickte bedächtig. »Heinrich von Lübeck hat gekämpft«, sagte er, mehr zu sich selbst als zu mir. »Mit der bloßen Hand hat er den ersten Stoß pariert, und erst der zweite hat ihn gefällt.«

Der Bader blickte mich an, der ich erstaunt ausgesehen haben musste – so, als sei ich soeben Zeuge schwarzer Magie geworden. »Das haben wir schon öfter gesehen, als wir zu zählen vermögen«, erklärte er mir. »Unbewaffnete, die mit Dolch oder Schwert überfallen werden, schützen ihren Körper mit den Händen und empfangen dort die erste Verletzung. Der Schmerz durchflutet ihren Körper, sie reißen die Hände zurück, lassen die Arme sinken ...«

»... und empfangen dann schutzlos den zweiten Streich«, vollendete Meister Philippe grimmig.

Dann beugte sich der Inquisitor näher über den Toten und griff zu dem großen Lederbeutel, der an der Kordel seiner Kutte hing.

»Seht Ihr, Herr Garmel, Ihr mögt ein guter Bader sein, doch Ihr taugt nicht zum Inquisitor.«

»Wahrlich nicht, Meister Philippe«, erwiderte Garmel, und ich hörte Angst in seiner Stimme aufflackern, wie man ein kurzes, rasch verklingendes heiseres Knirschen hört, wenn ein Stein ins Getreide gefallen ist und zwischen den Mühlrädern zermahlen wird.

Meister Philippe hielt den Lederbeutel in seiner offenen Hand. »Die Verschnürung oben ist gelöst«, erklärte er mir, »so trägt man einen Beutel nicht an der Kordel. Jemand hat ihn geöffnet.«

»Es ist kein Blut an den Lederriemen zu sehen«, antwortete ich und verstand langsam. »Jemand muss den Beutel geöffnet haben, nachdem Heinrich von Lübeck niedergestreckt worden ist. Denn hätte der Sterbende es noch selbst getan, müsste dort Blut zu finden sein.«

Meister Philippe entleerte den Inhalt des Beutels vorsichtig auf ein Tuch, das er aus einer Tasche, die an seiner Kordel hing, herausgezogen und einige Schritte neben dem Toten auf dem Boden ausgebreitet hatte. Es klimperte leise und glitzerte golden, silbern und kupfern, sodass sogar die beiden gelangweilten Sergeanten näher herantraten und Nicolas Garmel einen leisen Pfiff ausstieß: Dutzende Münzen glänzten auf dem Stoff.

Ungerührt strich der Inquisitor mit der Linken durch den Schatz. »Viel französisches Geld, Livres und Sous«, murmelte er. »Doch dazu Nürnberger Taler, Venezianische Dukaten und Soldi aus Florenz sowie ein paar Kölner Pfennige.«

Ich ging neben ihm in die Hocke, beflissen, auch etwas zur Lösung dieses Rätsels beizutragen. Lange besah ich mir das Geld. Irgendetwas kam mir seltsam vor.

»Es handelt sich um unterschiedliche Münzen aus vielen Reichen der Christenheit«, sagte der Inquisitor halblaut. »Man könnte denken, die Börse eines Großkaufmannes vor sich zu haben und nicht die eines Dominikaners. Ich weiß nicht viel über Heinrich von Lübeck – außer, dass er vor einigen Tagen hier ankam, dass er aus dem Norden des Deutschen Reiches stammte und dass er den Doktorgrad des kanonischen Rechtes erlangt hatte. Es scheint, dass er nicht nur ein Mann GOTTES und des Geistes war, sondern, heimlich wiewohl, auch ein Mann des Geldes.«

»Meister Philippe!«, rief ich, da mir endlich aufgefallen war, was mir so ungewöhnlich an dem Fund vorkam. »Seht die Prägestempel der Münzen. Ich möchte meinen, dass alle Münzen alt sind, wenigstens wohl zwanzig oder dreißig Jahre und manche wohl auch hundert. Und keiner Gold- und Silbermünze ist der Rand angeschliffen, kaum eine ist auch nur zerkratzt. Es sieht so aus, als hätten sie sehr lange unberührt gelegen.«

»Ein Schatz«, murmelte Nicolas Garmel andächtig. Er hatte mich gehört, denn ich hatte in meiner Aufregung unwillkürlich die Stimme gehoben.

Meister Philippe warf mir einen tadelnden Blick zu. »*Tu fidem habes penes temet ipsum habe coram Deo.* Du magst recht haben.

Ob es ein Schatz ist, will ich allerdings nicht sagen. Es sieht mir eher aus wie die Rücklage, die ein vorsichtiger und geschickter Kaufmann über Jahre hinweg angesammelt hat. Ich frage mich nur, wie Heinrich von Lübeck an dieses Geld gekommen ist. Und was er damit wohl vorgehabt haben mag.«

»Vielleicht ist er deswegen getötet worden?«, fragte ich, nun wieder mit leiser Stimme.

Meister Philippe strich sich bedächtig über das Haupt. »Möglich wäre es. Jemand hat den Beutel geöffnet – und hat dann vielleicht keine Zeit mehr gehabt, die Münzen zusammenzuraffen. Die Sergeanten haben einen Bürger festgehalten, der etwas gesehen haben mag. Ich denke, dass es jetzt Zeit ist, ihn zu befragen.«

Doch gerade, als wir uns aufrichteten, fiel mein Blick noch einmal zufällig auf die blutverkrustete Hand des Toten. Ich hatte sie mir aus Scheu zunächst nicht genauer angesehen. Doch nun schien es mir, als ob ich neben der im Sterben verkrampften Hand des Toten noch etwas erblicken würde. Etwas auf dem Straßenpflaster. Eine Schrift. »Seht, Meister Philippe!«, rief ich. »Unser Mitbruder hat uns im Sterben noch eine Nachricht hinterlassen. Er hat etwas geschrieben.«

Ich sprang neben die Hand des Leichnams, aufgeregt – ja, ich gestehe es beschämt –, freudig wohl, wie es die edlen Jäger zu sein pflegen, wenn sie, den Spieß erhoben, das Wild stellen. Ich glaubte, dass Heinrich von Lübeck den Namen des Frevlers, der ihn niedergestreckt hatte, mit letzter Kraft niedergeschrieben hätte. *Caelum et terra transibunt verba autem mea non transient.*

Doch meine Worte reichen nicht hin, die Verwunderung zu beschreiben, die mich befiel, als ich die letzten Worte des Toten entziffert hatte. Auf dem Straßenpflaster stand, zittrig, verwischt, blutbesudelt: *terra perioeci.*

»Land der Periöken«, murmelte Meister Philippe. Sein Gesicht zeigte, zum ersten Mal, seit ich es erblickte (und ich würde es auch nie wieder so sehen), einen Ausdruck grenzenloser Verblüffung, die ihn beinahe zu lähmen schien. Wahrscheinlich, dachte ich mir in diesem Moment ehrfürchtig und schaudernd, war selbst ihm, dem erfahrenen Inquisitor, noch nie ein so großes Rätsel gestellt worden.

»Was bedeutet das?«, fragte ich leise und meinte dies in mehr als einem Sinne. Was war dieses geheimnisvolle Land der Periöken? Warum hatte Heinrich von Lübeck in seinen letzten Augenblicken ausgerechnet diese Worte niedergeschrieben? Und wie sollte uns dies zu seinem Mörder führen?

Meine Frage schien Meister Philippe aus seiner verwunderten Starre zu lösen. Er strich sich wieder über das Haupt und, ja, er lächelte. Ein Lächeln, ich ahnte es, vor dem schon unzählige Ketzer gezittert haben mussten. »Ein großes Rätsel, fürwahr«, murmelte er und schien eher erfreut zu sein, denn verzagt. »Doch ist es nicht das höchste Glück eines Inquisitors, Rätsel zu lösen?«

Es war, als sei eine neue Kraft in ihn gedrungen, als er sich aufrichtete. »Komm nun, mein junger Bruder«, rief er. »Es wird Zeit, dass wir endlich unseren Zeugen befragen!«

Wir traten zu den beiden Sergeanten, die sich mit dem Zeugen respektvoll ein paar Schritte weit zurückgezogen hatten. Der dünnere der beiden grinste, als er uns erblickte, dann warf er die Kapuze des Umhangs zurück, welche bis dahin das Gesicht des Gefesselten verhüllt hatte. Erschrocken blieb ich stehen.

Es war eine Frau.

»Sie heißt Jacquette«, sagte der feixende Sergeant, »doch jedermann kennt sie hier als ›La Pigeonette‹, das Täubchen.«

Die Frau wagte nicht, uns anzublicken. Sie war jung, fast noch ein Mädchen – sechzehn Jahre alt, schätzte ich, obwohl ich in diesen Dingen wahrhaft keine Erfahrung hatte. Ihr braunes Haar war lang und verfilzt – und doch schien mir, dass es schimmerte wie polierte Bronze. Ihre Nase war klein, ihre Augen standen eng beieinander, ihre Wangen waren beschmutzt vom Straßendreck und von Tränen, die auf der Haut getrocknet waren – und doch hatte ich nie ein Bildnis der Maria gesehen, dessen Züge mir lieblicher schienen. Unter dem groben Umhang trug sie ein dunkelrotes, verwaschenes Wollgewand, ihre Füße waren nackt – und doch wäre mir keine Königin prächtiger gewandet vorgekommen als sie. Verwirrt war ich und wusste nicht, wohin ich meinen Blick wenden sollte.

»Wir haben sie da drüben aufgelesen«, sagte der Sergeant und deutete auf eine düstere, kaum schulterbreite Gasse, die sich zwischen zwei verwahrlosten Fachwerkhäusern fast genau gegenüber des kleinen Portals von Notre-Dame öffnete, vor dem unser verstorbener Mitbruder lag.

»Sie muss dort einige Stunden gelegen haben«, fuhr der Sergeant fort. »La Pigeonette behauptet, dass sie jemand niedergeschlagen habe. Doch vielleicht war sie auch nur betrunken. Wir haben sie jedenfalls festgehalten und«, er zögerte kurz, dann grinste er verschlagen und deutete uns Mönchen gegenüber eine Verbeugung an, »verzeiht, Ihr Brüder, wir haben sie ein wenig rangenommen. Nur ein paar Ohrfeigen, mehr nicht, ich schwöre es beim heiligen Laurentius. Dann hat sie gestanden, dass sie den Mord gesehen hat.«

»Sprich, meine Tochter«, sagte Meister Philippe. Seine Stimme klang nüchtern, mit einer Spur von Mitgefühl. Ich bewunderte ihn, denn ich hätte in diesem Augenblick nichts herausgebracht.

Doch Jacquette starrte nur auf den Boden und schwieg.

»Ich weiß sehr wohl, dass du eine Schönfrau bist«, fuhr der Inquisitor fort. Er klang noch immer freundlich. »Und du weißt, dass schon der heilige König Ludwig den Dirnen verboten hat, außerhalb der ihnen zugewiesenen Häuser ihrem sündigen Gewerbe nachzugehen. Was hast du hier getan, nachts, in dieser dunklen Gasse?«

Das Mädchen blieb noch immer stumm, doch ich sah, wie ein Zittern durch ihren Körper ging, als hätte sich das Straßenpflaster in Eis verwandelt.

»Du hast getan, was Schönfrauen eben tun, doch außerhalb der euch vom Gesetz zugewiesenen Häuser. Das allein ist ein Verbrechen, für das ich dich nach Orléans schicken könnte«, sagte Meister Philippe jetzt streng.

Da brach Jacquette zusammen: Sie warf sich auf den Boden, riss ihre gefesselten Hände so weit hoch, dass sie die Kutte des Inquisitors zu fassen bekam, krallte sich fest und küsste den Stoff.

»Gnade, oh Herr, Gnade«, flehte sie.

Erschrocken starrte ich sie an. *Dixit autem ad illam remittuntur tibi peccata.* Ich wusste damals noch nicht, dass die Sergeanten und die Inquisitoren in Paris Dirnen, die sie aufgriffen, in die Stadt Orléans schickten. Dort gab es Frauenklöster, in denen diese Sünderinnen wieder auf den Weg GOTTES gebracht wurden. Doch waren diese den Frauen, die ihre Seele dem Teufel verkauft hatten, ein größerer Graus als jeder Kerker.

»Mein Vater war ein ehrbarer Mann«, sagte La Pigeonette nun, und ihre Stimme klang so leise und demütig, dass ich sie kaum verstehen konnte. »Arm war er, aber ehrbar. Er war ein Lastenträger an der Place de Grève, wo er die Schiffe belud. Doch eines Tages stürzte er mit einem Sack Weizen von der Laufplanke in die Seine, wo ihn die Fluten verschlangen. Da war ich zwölf Jahre alt. Und ich hatte vier jüngere Geschwister. Und wir waren arm ...« Ihre Stimme versagte.

Ich war schockiert und gerührt. Doch Meister Philippe verzog keine Miene.

»Das ist eine Geschichte, die ich schon so oft gehört habe, dass ich es nicht mehr zählen mag«, sagte er ruhig. »Alle sündigen Frauen erzählen mir von früh verstorbenen Vätern und kleinen Geschwistern, die ohne ihr frevlerisches Tun verhungern müssten. Ich glaube dir diese Geschichte nicht. Erzähl mir lieber eine Geschichte, die ich noch nicht kenne: die von dem, was du gesehen hast.«

Jacquette richtete sich auf. Zum ersten Mal blickte sie uns an – und ich, der ich doch, wenn auch erst seit wenigen Stunden, Inquisitor war, wandte meine Augen ab von einer Straßendirne, die mich musterte.

»Gestern, zur elften Stunde der Nacht, ging ich mit einem Mann in diese Gasse«, sagte La Pigeonette. »Einem Kanoniker von

Notre-Dame«, setzte sie hinzu, und nun klang ihre Stimme nicht mehr demütig, sondern frech.

»Wer war es?«, fragte der Inquisitor scharf.

Sie zuckte mit den Achseln. »Seinen Namen hat er mir nicht genannt, nur dass er zur Kirche Notre-Dame gehört. Sein Aussehen habe ich mir nicht gemerkt, denn es war schon dunkel, und außerdem will ich mir nicht die Gesichter all der Männer einprägen, die sich meiner bedienen. Nur dass er dick war und kahl und das Gewand eines Priesters trug, das kann ich beschwören.

Er gab mir fünf Sous, und ich dachte, ich müsste tun, was er von mir verlangte, eine Sünde – für ihn genauso wie für mich –, die man jedoch leichtfertig begeht, wenn das Fleisch schwach ist oder der Magen leer. Doch der Priester hatte anderes im Sinn: Plötzlich zog er eine eiserne Kette aus seinem Gewand, eine Kette, die mit Wolle umwickelt war. Damit drosch er auf mich ein, auf meine Brust und meinen Bauch, wieder und immer wieder. Auch als ich noch am Boden lag. Ich bekam keine Luft mehr von all den Schlägen.

Irgendwann ließ er von mir ab und verschwand. Ich lag in dieser Gasse, vor Schmerzen nicht fähig, mich aufzurichten. Ich weiß nicht, wie lange ich so zubrachte.

Da hörte ich irgendwann, es war finsterste Nacht, Schritte, dann Rufen, dann ein Geräusch, als würde ein Sack Weizen auf die Straße fallen, dann wieder Schritte. Danach war es eine Zeit lang still, dann hörte ich wieder Schritte. Ich hoffte, dass mir jemand helfen würde, also zog ich mich, meinen brennenden Körper vergessend, bis zum Ausgang dieser Gasse, wo ich Notre-Dame erblickte – und davor einen Mann. Oder besser gesagt: zwei Männer.«

Sie schwieg. Meister Philippe zeigte keine Regung. Geduldig starrte er die Straßendirne an und wartete darauf, dass sie die Kraft fand, weiterzureden.

»Vor dem Portal lag ein Mensch. Dass es ein Mönch war, haben mir erst die Sergeanten gesagt.« Hierauf warf Meister Philippe den beiden einen strengen Blick zu, schwieg jedoch. »Ich erkannte nur ein dunkles Bündel im fahlen Licht des Mondes. Und darüber beugte sich eine Gestalt …«

»Was tat diese Gestalt?«, fragte der Inquisitor, als Jacquette vergessen zu haben schien, weiterzusprechen.

»Sie hatte sich über den Liegenden gebeugt. Es sah so aus, als zerrte sie an einem Beutel, der irgendwie mit der Gestalt am Boden verbunden war. Jedenfalls bekam sie den Beutel nicht ab. Doch dann sah ich, wie sie ein großes Stück Buch aus dem Beutel zog.«

»Ein Buch?«, fragte Meister Philippe erstaunt.

La Pigeonette nickte. »Ja, so groß wie die Bibeln, welche die Priester in der Heiligen Messe emporheben. Und prachtvoll schien es mir zu sein. Pergament war es, es schimmerte im Mondlicht.«

»Was stand darauf?«, fragte ich, der ich meine Neugier und meine Verwunderung nicht länger bezähmen konnte. Sofort bereute ich meine Frage.

Denn Jacquette warf mir einen verwunderten Blick zu, der sich sogleich in Spott verwandelte. »Ich kann nicht lesen«, entgegnete sie. »Und selbst wenn ich es könnte: Die Entfernung war zu groß, als dass ich irgendetwas hätte erkennen können.«

»Das Buch magst du nicht gelesen haben«, sagte Meister Philippe. »Aber vielleicht kannst du uns wenigstens sagen, wie der Mann ausgesehen hat, der es aus dem Beutel zog?«

La Pigeonette blickte zu Boden. »Ich habe nicht viel gesehen«, murmelte sie. »Er hatte einen Umhang an und war ziemlich groß, glaube ich, vielleicht schien er mir aber auch nur wegen der Düsternis so groß zu sein. In sein Gesicht konnte ich nicht blicken.«

Der Inquisitor nickte. »Und was geschah weiter?«, fragte er.

»Der Mann muss mich gehört haben, als ich über das Pflaster der Gasse kroch«, sagte Jacquette leise. »Er richtete sich auf und sprang von dem Körper weg. ›Jetzt hat er mich entdeckt und wird auch mich erschlagen!‹, dachte ich. Und vor Schmerzen und Schreck wurde ich ohnmächtig. Erst die beiden Sergeanten haben mich«, sie zögerte erneut, »geweckt«, vollendete sie schließlich und warf den beiden Männern einen wütenden Blick zu.

»GOTT hat dich beschützt, obwohl du eine Sünderin bist«, sagte Meister Philippe. »Denn der Unbekannte muss geflohen sein, als er dich hörte. So aber wirst du, obwohl die niedrigste der Frauen, doch zum Werkzeug SEINER Rache. Denn immerhin hast du uns auf die erste Spur gebracht. Ich werde dich nicht nach Orléans schicken.«

Jacquette fiel wieder auf die Knie und murmelte Dankesworte, doch er hob abwehrend die Hände.

»Aber ich brauche dich vielleicht noch«, sagte Meister Philippe. Plötzlich klang seine Stimme eisig. »Führt sie in den Kerker des Grand Châtelet, bis ich nach ihr schicke«, befahl er den beiden Sergeanten.

Jacquette starrte uns einen Augenblick lang zornerfüllt an, dann spuckte sie uns vor die Füße. Ruppig riss der dickere der beiden Sergeanten an ihrem Strick und schleifte sie fort, während sich sein Kamerad beflissen verbeugte. »Sollen wir sie peitschen lassen, Herr?«, fragte er.

Meister Philippe machte eine Geste, als wolle er Fliegen verscheuchen. »Sorge mit Herrn Garmel dafür, dass der Körper unseres Mitbruders mit der Ehre, die ihm gebührt, in unser Kloster gebracht wird. Ich habe nun nachzudenken!«

»Eine Gestalt, verhüllt von einem dunklen Mantel, groß oder vielleicht auch nicht, beugt sich über den toten Mönch und raubt ihm ein Buch, in dem etwas uns Unbekanntes steht«, murmelte Meister Philippe.

»Nach dieser Beschreibung könnte fast jeder Mann in Paris der Mörder gewesen sein«, erwiderte ich, ohne große Hoffnung in der Stimme.

Der Inquisitor sah mich an und lächelte dünn. »*Ne ergo timueritis eos nihil enim opertum quod non revelabitur et occultum quod non scietur.* Du glaubst, dass es ein Mann ist, doch tatsächlich hat die Dirne kaum mehr als eine Gestalt gesehen, verborgen unter einem Gewand. Es kann, selbst wenn es uns wenig wahrscheinlich vorkommen mag, auch eine Frau gewesen sein.«

Ich hob die Hände. »Aber dann kann es ja fast jeder getan haben! Wie sollen wir die Seelen aller zweihunderttausend guten Bürger von Paris prüfen?«

Meister Philippe lachte jetzt. »Der HERR hat uns eine noch kompliziertere Aufgabe gestellt, als du annimmst, mein junger, ehrgeiziger, jedoch leicht zu entmutigender Bruder: Jacquette hat nur gesehen, dass sich die Gestalt über den Toten gebeugt hat. Sie hat nicht gesehen, dass sie ihn auch ermordete. Mag sein, dass Heinrich von Lübeck schon gefallen war, als jener Unbekannte sich ihm näherte.

Ich glaube außerdem, dass uns das Täubchen nicht alles gezwitschert hat, was es in jener Nacht gesehen hat. Jacquette verschweigt uns etwas, ich spüre es. Deshalb ließ ich sie in den Kerker bringen. Ein oder zwei Tage bei Wasser und Brot reichen nach meiner Erfahrung gemeinhin aus, um der Erinnerung auf die Sprünge zu helfen. Mag sein, dass sie uns dann noch etwas erzählen kann, das uns weiterhilft.«

»Doch zunächst haben wir nur das hier«, antwortete ich und machte eine vage Geste hin zu der Gestalt, die von zwei hergerufenen Dienern des Nicolas Garmel gerade verhüllt und auf eine Bahre gelegt wurde. Ein dritter löste den Geldbeutel und brachte ihn zu uns. Er überreichte ihn unter vielen Verbeugungen und verschwand schweigend.

Wäre ich ein wenig erfahrener in solchen Dingen gewesen, ich hätte mich gewundert, warum sich um den Toten keine Neugierigen und Gaffer gesammelt hatten, wo doch selbst jeder sterbende Straßenköter auf den Gassen von Paris die Spötter und die Schaulustigen anzieht. Dass die Gegenwart zweier Dominikaner, in denen jeder Inquisitoren vermuten musste, alle Neugierigen vertrieben hatte, war mir zu diesem Zeitpunkt nicht bewusst. So blickte ich, betrübt, jedoch ungestört, auf den verstorbenen Bruder, dessen sterbliche Hülle nun aus dem Schatten von Notre-Dame fortgetragen wurde.

»Was mag *terra perioeci* bedeuten?«, murmelte ich.

»Der Begriff bezieht sich auf ein Volk aus alter Zeit«, antwortete Meister Philippe. »Heiden. Griechen, soweit ich mich erinnern kann. Ich glaube, Aristoteles erwähnt sie wiederholt in seiner ›Ethik‹. Sie mögen auch bei Herodot und anderen der alten Gelehrten erwähnt sein, doch entsinne ich mich nicht mehr des Wortlauts dieser Texte. Ich kenne allerdings kein Land der Christenheit – oder eines jenseits davon –, das so genannt wird.«

»Es muss eine geheimnisvolle Bedeutung haben, sonst hätte Heinrich von Lübeck es nicht mit sterbender Hand niedergeschrieben«, sagte ich.

»Es mag ein Bild sein, das für etwas ganz anderes steht, als die Worte zu beschreiben scheinen. So wie wir manchmal von Avignon sprechen, obwohl wir doch Seine Heiligkeit, den Papst, meinen. Der Ort, an dem unser Oberhaupt thront, wird zum symbolischen Namen für ihn selbst«, antwortete mir der Inquisitor sinnend. »Es mag ein Hinweis sein auf das ferne Land der Griechen, das dem Kaiser von Byzanz untertan ist. Oder es mag ein Symbol für irgendetwas sein, das aus der heidnischen Zeit auf uns gekommen ist.«

Meine Seele wurde leichter, denn plötzlich schien mir Meister Philippe die dunklen Spuren zu deuten, wie ein großer Doktor der Theologie manch dunkle Stelle der Heiligen Schrift zu deuten versteht und damit den Glauben der Christen leuchten lässt.

»Oder es ist ein Hinweis auf einen Mann, der sich mit dem Studium der Alten beschäftigt. Wir sind in Paris: Nirgendwo auf der Welt leben so viele Gelehrte wie hier«, rief ich eifrig.

Der Inquisitor lächelte mitleidig. »Wenn dies so ist, mein junger Freund, dann hat uns der arme Heinrich von Lübeck einen reichlich unklaren Hinweis hinterlassen. Jeder Gelehrte hier, selbst der jüngste Student, wird mindestens einmal den Aristoteles gelesen haben müssen. Er ist fester Bestandteil des *curriculum*. Wir hätten mehr Verdächtige, als uns lieb sein kann.«

Er schwieg lange, dann schüttelte er den Kopf. »Nein, vorerst müssen wir es mit dem seltsamen Begriff auf sich beruhen lassen.

Er führt uns momentan nicht weiter. Mag sein, dass wir später eine Spur finden werden, die wieder an die *terra perioeci* anknüpft. Wir werden jedoch erst einmal einen anderen Weg gehen, den uns unser toter Mitbruder gewiesen hat.

Unsere bisherigen Hinweise tragen die Aufschriften ›Deutschland‹ und ›Kaufmann‹. Denn dass er aus deutschen Landen kam, ist unbestritten, und dass sein Geld«, hier wog er den Lederbeutel bedeutungsvoll in der Hand, »nicht aus einer Truhe unseres Ordens, sondern eher von einem vermögenden Händler stammt, ist zumindest eine nicht unwahrscheinliche Hypothese.«

Ich nickte stumm, da mir auch nichts Besseres einfiel. »Lasst uns doch einmal in die Kirche gehen, Meister Philippe«, bat ich. »Heinrich von Lübeck wurde vor Notre-Dame erstochen. Vielleicht war er zuvor in der Kathedrale und hat dort schon seinen Mörder gesehen. Mag sein, dass wir im Hause GOTTES etwas finden – auch wenn ich nicht einmal weiß, wonach wir suchen müssen.«

Der Inquisitor dachte kurz nach, dann nickte er. »Ich wüsste zwar nicht, was wir entdecken könnten – doch schaden kann es bestimmt nicht, mit offenen Augen durch Notre-Dame zu gehen.«

Wir schritten durch die Porte Rouge, und ich blieb stehen, bis sich meine Augen an das Halbdunkel im Kircheninnern gewöhnt hatten. Die letzten Strahlen der Sonne fluteten durch die große Rosette, die zwischen den Türmen prunkte. Gold und rot und blau brach sich ihr Licht und wehte gleich Schleiern aus einer anderen Welt durch das Haus GOTTES.

»Wer könnte es wagen, hier auch nur an eine Sünde zu denken, geschweige denn, sie auszuführen!«, flüsterte ich überwältigt.

Der Inquisitor warf mir einen mitleidigen Blick zu. »Junger Freund«, antwortete er, »die Macht Satans reicht nicht in den Himmel, doch sie reicht bis in die Kirchen. Denn selbst die prächtigste Kathedrale ist letztlich doch nur Menschenwerk.«

Wir schlenderten am Kranz der Kapellen vorbei, die links von der Porte Rouge den Chor umgaben und die vom tief stehenden, farbigen Licht kaum noch liebkost wurden. Sie glichen Höhlen, die von Menschen noch vor der Zeit der Sintflut in den Fels hineingemeißelt wurden.

Als ich diesen Gedanken erwähnte, da lächelte Meister Philippe. »Und doch sind sie keine zwanzig Jahre alt. Die Meister Pierre de Chelles und Jean Ravy haben sie entworfen und gebaut, und beide weilen noch unter den Lebenden von Paris. Heilige Orte haben sie geschaffen, mögen sie dermaleinst im Angesicht des HERRN dafür belohnt werden.

Doch kaum war ihr Kranz aus Kapellen vollendet, da fanden sich außen, im Wald der Streben, Pfeiler und kühnen Bögen, in den Winkeln, Erkern und unter den Vorsprüngen Schönfrauen ein, um in diesen Verstecken ihr frevlerisches Tun auszuüben. Ich würde mich nicht wundern, wenn Jacquette, das Täubchen, das nicht einmal seinen Namen lesen kann, den Grundriss dieser Kathedrale besser kennt als so mancher Kanoniker.«

»Zumindest ein Kanoniker dürfte ihr in diesem Wissen gleichkommen«, entgegnete ich unbesonnen, dann senkte ich schnell demütig den Blick. »Verzeiht meine Respektlosigkeit, Meister Philippe.«

Doch mein Mitbruder segnete mich, zu meiner nicht geringen Überraschung. »Spott«, antwortete er, »ist eine gute Waffe des Inquisitors. Nur wer die Scheu ablegt, allen Menschen und Dingen ins Gesicht zu sehen, der wird auf den Grund eines jeden Geheimnisses kommen, und Spott hilft uns dabei, den falschen Respekt, der unsere Gedanken zu vernebeln vermag wie Rauch eines nassen Feuers, aus unseren Herzen zu vertreiben. So spotte nicht im Angesicht der Kanoniker über einen der ihren, denn das geziemt sich nicht. Doch mir gegenüber lege dir keine Zügel an. Ich erlaube dir jedes respektlose Wort, ja ich fordere es. Ich habe nur eine Bedingung.« Er lächelte mich an. »Es darf nicht dumm sein.«

Ich nickte dankbar. Wir gingen durch das gewaltige Kirchenschiff, in dem sich nur noch wenige Gläubige aufhielten.

»Zu so später Stunde, gestern in der Nacht, hätte Heinrich von Lübeck das Kloster gar nicht mehr verlassen dürfen«, murmelte ich.

»Ich habe den Portarius gefragt, gleich nachdem ich von dem Mord erfahren habe«, antwortete der Inquisitor. »Heinrich von Lübeck hat gestern schon bei der Vesper gefehlt. Niemand weiß, wann genau und wie er verschwunden ist. Er muss in nachmittäglicher Stunde unser Haus an der Rue Saint Jacques verlassen haben. Seither scheint ihn kein Mensch mehr gesehen zu haben – zumindest keiner unserer Mitbrüder.«

Wir näherten uns dem gewaltigen Portal in der Westfassade von Notre-Dame – jenem Portal unter der Rosette, durch die das letzte Licht hineinströmte.

»Ich würde gar zu gerne einen der Türme besteigen, um einen Blick auf Paris zu werfen«, sagte ich hoffnungsvoll.

Meister Philippe hob bedauernd die Hände. »Die Glöckner haben die Pforten zu beiden Türmen schon verschlossen«, erklärte er mir. »Doch werden wir an einem der nächsten Tage sicher einmal Zeit finden, den mühseligen Weg nach oben zu gehen. Doch nun lass uns eilen, damit wir wenigstens noch zum letzten Gebet der Vesper im Kloster sind.«

Wir schritten hinaus. So sehr mich das Haus GOTTES beeindruckt hatte, ich hatte nichts entdeckt, das mir irgendeinen Hinweis darauf gegeben hätte, ob – und wenn ja: warum – Heinrich von Lübeck in den letzten Stunden seines Lebens hier gewandelt sein könnte.

Nachdem wir die Seine überquert hatten, fanden wir uns plötzlich bedrängt von einer Menschenmenge. Wir schoben uns durch die Masse schmutziger, schwitzender Leiber, was mir unrein dünkte, denn am liebsten hätte ich niemanden berührt, doch wäre ich dann keinen Schritt vorangekommen. So nahm ich mir denn ein Beispiel an Meister Philippe, der sich unbekümmert seinen Weg bahnte.

Die Menschen achteten nicht auf uns, sondern starrten auf einen kleinen Platz vor einer Kirche, fast direkt gegenüber dem Petit Pont, über den wir soeben geschritten waren. Viele schrien oder lachten, ich hörte Hohnworte und Schlimmeres.

Endlich sah ich, was die Menschen so belustigte: Jemand hatte ein Ferkel an einen Pfahl gebunden, der mitten auf dem Platz stand. In einem wilden Reigen torkelten vier Männer um das ängstlich quiekende kleine Schwein.

»Sie sind blind«, murmelte ich erschrocken.

Jeder der Blinden schwang einen großen, knotigen Knüppel, mit dem er wie wild durch die Luft drosch. Die meisten Hiebe gingen fehl, doch manchmal sauste einer nieder auf das bedauernswerte Ferkel, dessen Fessel ziemlich lang war. Das Tier hinkte schon und blutete aus der Schnauze, doch noch war es flink genug, um den meisten Schlägen zu entkommen – wenn es auch durch Angst und Schmerz fast ähnlich blind gemacht worden war wie seine Jäger.

Die Blinden, in ihrem Eifer, das Schwein zu treffen, versetzten auch einander schwere Hiebe. Es gab keinen unter den vieren, dem nicht schon Blut vom Haupte floss. Immer dann, wenn einer der Blinden etwas abbekam, jubelte die Menge besonders laut. Nach und nach konnte ich unterscheiden, dass manche in der Menge diesem Blinden, andere jenem zujubelten und ihn anfeuerten. Doch ihr allgemeiner Lärm übertönte die Geräusche des Schweins und die Schritte der Blinden, sodass diese, statt von den Worten unterstützt zu werden, noch orientierungsloser waren.

Meister Philippe packte mich am Ärmel meiner Kutte und zog mich weiter.

»Warum tun sie das?«, fragte ich ihn verstört.

»Das ist ein Spaß für das grobe Volk«, antwortete er düster. »Jemand fesselt ein Schwein und verspricht es dem Blinden, der es erschlägt. Also dreschen diese armen Sünder wild durch die Luft, doch verletzen sie sich eher gegenseitig, als dass sie das Ferkel treffen. Es ist schon so mancher erschlagen worden, bevor das Tier fiel. Die Menschen wetten. Sie setzen ihre sauer verdienten Sous lieber auf einen der Blinden, als sie zu sparen oder mit ihnen fromme Werke zu tun. Am Ende gewinnt immer nur einer: der Mann, der die Wetten organisiert.« Er deutete mit der Kinnspitze auf einen in Atlasseide geckenhaft aufgeputzten Mann, der von zwei finster dreinblickenden Hünen begleitet neben einer Truhe auf- und abging und noch lauter schrie als alle anderen.

»Doch ganz am Ende wirst auch du verlieren«, murmelte Meister Philippe und deutete auf den Gecken. »Du wirst dich dermaleinst vor einem Richter verantworten müssen, und dann wirst du wünschen, dass du dein Leben anders zugebracht hättest als mit Blinden und Schweinen.«

»Verumtamen vae vobis divitibus quia habetis consolationem vestram. Vae vobis qui saturati esfis quia esurietis. Vae vobis qui ridetis nunc quia lugebitis et flebitis«, murmelte ich.

»Wie wahr«, antwortete Meister Philippe, während er nun rasch ausschritt. »Wo man auch hinblickt, heben Sünde und Verrat ihre schändlichen Häupter. Die Menschen wetten und trinken und liegen bei den Schönfrauen, so schamlos wie wohl niemals zuvor. Gerüchte gehen um vom Feuerregen im Osten und einem großen Sterben im Land der Muselmanen. Als ob uns Christen dies treffen könnte! Doch für die Sünder ist es bloß ein Vorwand, um sich keine Fesseln mehr anlegen zu müssen.

Und wie sollten sie sich auch erhöhen, wenn selbst ihre Herren es ihnen nicht besser vormachen? Der König von Frankreich ist ein Feigling, seine Gattin ob ihrer Grausamkeit dem Volk verhasst. Und Eduard III., der König von England, der auch gerne der Herr Frankreichs wäre? Ein großer, kraftvoller Ritter ist er, fürwahr. Doch sein Vater und der Geliebte seiner Mutter starben keines natürlichen Todes, und nicht nur am englischen Hof munkelt man, dass Eduard dabei seine Hände im Spiel hatte. Und sicher ist, dass er vor sechs Jahren eine Gräfin schändete. Das ist der Mann, der unser neuer Herr werden will: ein Vergewaltiger und vielleicht auch ein Vatermörder! Und vom Heiligen Vater in Avignon, von ihm wollen wir gar nicht erst reden!«

Der Inquisitor hatte sich in Rage geredet und schritt nun so energisch aus, dass ich ihm kaum zu folgen vermochte.

»Kein Menschenalter ist es her«, fuhr er fort, »dass die Pastorellen vor den Mauern Avignons zum Kreuzzug aufgerufen haben:

verhetzte Bauern, angeführt von einem entlaufenen Mönch und einem sündigen Priester, die Edle angriffen, Klöster plünderten, Aussätzige töteten und wohl auch manchen Juden erschlugen. Am Ende wartete der Galgen auf sie. Dann kamen die Fraticelli aus Italien zu uns, die gegen die Kirche und die Ehre und die Macht predigten. 1318 ließ der Heilige Vater einige von ihnen in Marseille verbrennen, doch das waren nur Bauern. Wer aber hatte sie verhetzt? Die Franziskaner!

Seit einhunderteinunddreißig Jahren steht unser Haus nun in Paris. So lange schon wachen wir, die *DOMINI canes,* über die Herde des HERRN. Doch dankt man es uns? Nein, das Volk meidet die Dominikaner, ja die Leute spucken uns hinterher, wenn sie glauben, dass wir es nicht sehen. Doch die Franziskaner, die sie wegen ihrer Kordel, die sie um die Kutten gewunden haben, ›Cordeliers‹ nennen, die lieben sie und pilgern zu deren Kloster am Tor Saint-Germain wie zu einem Reliquienschrein. Und das, obwohl doch manche von ihnen schlimmere Ketzer sind als die Katharer und Fraticellen und Pastorellen und all die anderen zusammen.«

»Der HERR will uns prüfen, doch am Ende werden wir siegen«, sagte ich, da mir nichts Besseres einfiel.

Meister Philippe lächelte dünn, beruhigte sich jedoch langsam wieder. »Dafür lass uns beten, mein junger Bruder. Lass uns beten dafür, dass wir uns nicht mit Sünde beflecken, obwohl wir uns doch mit Sündern einlassen müssen – ja, obwohl wir ihrer Hilfe bedürfen. Denn wen haben wir, um den schändlichen Mord an unserem Mitbruder nicht ungesühnt zu lassen? Zwei Sergeanten, die kaum besser sind als Straßenschläger, die man zufällig in das Wams der Douzaine gesteckt hat. Eine Schönfrau, die einmal in einem tiefen Kreis der Hölle brennen wird. Und den Bader Nicolas Garmel, der in seinem Haus ›Wappen der Lilie‹ nicht nur aromatische Kräuter zu heißem Wasser in die Zuber gibt, sondern der den Männern auch Mädchen wie Jacquette zuführt, wenn sie ihn dafür bezahlen. Es würde mich nicht wundern, wenn er das Täubchen sogar kennt und sich bloß nichts anmerken ließ. Er kann sich geschickt verstellen, das hat er mir schon einmal gezeigt. Doch nicht geschickt genug für einen Inquisitor.«

»Kein Sünder wird mich vom Pfad des Glaubens abbringen«, antwortete ich. Doch noch während ich dies sprach, formte sich in meinem Geist das Bildnis von Jacquette, und ich spürte, wie die Röte mein Gesicht erhitzte. Obwohl es bereits dunkel war, schlug ich die Kapuze wieder hoch, um mich in ihrem Schatten zu verbergen.

Meister Philippe schien nichts bemerkt zu haben und schritt schweigend weiter aus. Hinter uns marschierten zwei Sergeanten der Nachtwache auf und spannten eine eiserne Kette quer über die Rue Saint-Jacques.

»Paris wird für die Nacht gesperrt. Wir müssen uns eilen«, murmelte Meister Philippe.

So gelangten wir denn zu später Stunde zurück ins Kloster, wo uns der Portarius eilends zur Kirche geleitete. Die Brüder hatten sich dort schon längst versammelt, doch hatten sie die Kapuzen hochgeschlagen, sodass ich nur dunkle Schatten sah, wo Gesichter hätten sein müssen.

Es erklang bereits der Lobgesang, und mir wurde das Herz weit. Die Stimmen der Mönche klangen zum Gewölbe SEINES Hauses und füllten es mit Freude und Demut und Zuversicht. Auf dem Altar brannten sieben große weiße Kerzen. Für jede einzelne von ihnen hätte ein Bauer wohl eine Woche schuften müssen, denn sie waren dick und lang wie der Oberschenkel eines Mannes und das helle Wachs und der Docht waren von solcher Qualität, dass die Flamme rot und gelb züngelte, doch kein Ruß die nach Weihrauch duftende Luft beschmutzte.

Der Lobgesang und das warme Licht, das vom Altar her die Kirche durchflutete und selbst alte Steine milde glänzen ließ, machten mir mein Herz leicht. Für den Moment vergaß ich gar den Toten vor Notre-Dame und stimmte in den Hymnus ein.

Danach las ein junger Bruder einen Vers aus dem Matthäus-

Evangelium. Schließlich erhob sich der Prior und sprach das Bittgebet. *»PATER noster«*, murmelten alle Brüder, dann ließen wir uns den Segen von Bruder Carbonnet geben. Schweigend verließen die Mönche die Kirche.

Ich schloss mich ihnen an, ein Schatten unter vielen. Stumm gingen wir, die Hände gefaltet und unter unseren Kutten verborgen, in Zweierreihen den Kreuzgang entlang. Neben mir schritt Meister Philippe, den Kopf gesenkt und offenbar tief in Gedanken versunken oder vielleicht auch in ein Gebet. Zwei Ölleuchten erhellten das Gewölbe des Kreuzganges. Obwohl wir leise schritten, hallten die Ledersandalen auf dem glatten Steinboden, und es klang, als bewege sich ein tausendfüßiges Tier langsam durch das Kloster.

So gelangten wir ins Refektorium. Der Speisesaal war weiß gekalkt und wurde von einigen Fackeln erhellt. Ein großer Tisch aus polierten Eichenbalken nahm fast die gesamte Länge des Raumes ein, an seinen beiden Seiten stand je eine große Bank. Etwas abseits des großen Tisches, an der Stirnseite des Refektoriums und auf einer Empore leicht erhöht, erhob sich ein kleinerer, feiner gearbeiteter Tisch, der von hochlehnigen Stühlen umgeben war. Hier nahmen der Prior, der Dekan und der Probst, der Bibliothekar sowie Meister Philippe Platz. Danach setzten wir gewöhnlichen Mönche uns auf die Bänke. Ich fand mich am rechten Ende der Tafel wieder, mein Nachbar war ein hünenhafter Mitbruder unbestimmbaren Alters, denn sein Gesicht war von Pockennarben so entstellt, dass man es kaum anzusehen wagte. Er nickte mir zu, doch sprach er, wie alle, während der Mahlzeit kein Wort.

Ein junger Mitbruder – derselbe, den ich eben in der Kirche aus den Evangelien hatte vorlesen sehen – trat an ein Pult, das an der linken Längsseite des Raumes aufgestellt war, und las während des Essens aus dem Neuen Testament. Es war der erste Brief des Paulus an die Korinther – eine Mahnung an die Gemeinde, stark und diszipliniert im Glauben zu sein. Ich war mir sicher, dass der Prior diese Stelle ausgesucht hatte – aus nahe liegenden Gründen. Denn was mochte es zwischen den Brüdern an Geflüster und Gemunkel gegeben haben, seitdem bekannt geworden war, dass ein Dominikaner sein Ende vor Notre-Dame gefunden hatte?

Ich brach ein Stück vom Brot ab, das weiß war, weich und so frisch, dass es noch warm war, und aß es mit etwas Butter. Dazu wurden Zwiebeln und gekochte Eier gereicht, und es gab Wasser, gut gekühlt aus irdenen Krügen. Später reichte uns ein Diener – ein Laie, der zum Kloster gehörte und, wie ich seinem Gesichtsausdruck entnehmen musste, nicht der hellste Bürger der Stadt Paris zu sein schien – Honig und gedörrte Pflaumen.

Das Essen war gut, und doch musste ich mich zwingen, es hinunterzuschlucken. Denn nun, im Schweigen der Mitbrüder, das von der monotonen Lesung aus dem Korintherbrief eher verstärkt als gemildert wurde, fand mein Geist nicht länger Ablenkung. Meine Gedanken gingen zurück zu Heinrich von Lübeck. Und allein die Erinnerung an seinen blutigen Körper nahm mir den Appetit.

Am Ende der Mahlzeit ließ mich der Prior an seinen Tisch rufen. Demütig stand ich auf und schritt nach vorne. Ich spürte die Blicke der Mitbrüder, die meinen Gang verfolgten. Es schien mir ein langer Weg zu sein, bis ich endlich vor dem erhöhten Tisch stand und mich verneigte.

»Ich erteile dir einen Dispens von der *stabilitas loci*«, verkündete mir Bruder Carbonnet. »Du magst – allerdings nur auf Anordnung von Meister Philippe, dem du zu dienen hast – das Kloster zu jeder beliebigen Zeit verlassen und so lange außerhalb unserer Mauern bleiben, wie es notwendig ist. Du magst den Gebeten und sogar der Messe fernbleiben, wenn es denn dem Inquisitor hilft. Du magst in einer eigenen Zelle schlafen, damit du keinen Mitbruder störst – und damit keine neugierigen Blicke und keine neugierigen Ohren etwas von deinem Tun auffangen mögen. Dies alles gilt so lange, bis ihr den Frevler gefunden habt, der unseren geliebten Bruder Heinrich von Lübeck gemeuchelt hat.«

Der Prior hatte so laut gesprochen, dass seine Stimme im ganzen Refektorium gut zu vernehmen gewesen war.

»Ehrwürdiger Vater, ich danke dir«, antwortete ich und bemühte mich, meiner Stimme einen ähnlich festen Klang zu geben, allerdings vergebens.

So fand ich mich denn bald darauf allein in einer Zelle, die so schmal war, dass ich mit ausgestreckten Armen beide Seitenwände zugleich berühren konnte. Durch ein winziges, vergittertes Fenster schien das fahle Mondlicht herein. Eine Pritsche stand in dem Raum, daneben erhob sich eine Truhe, die zugleich als Sitz, Tisch und Altar dienen mochte. Ein schlichtes Kreuz aus zwei mit Lederriemen verbundenen Stöcken war der einzige Schmuck der dunklen, unverputzten Steinwände.

Ich warf mich auf die Pritsche, stolz und unzufrieden zugleich. Stolz, weil ich vom Prior so hervorgehoben worden war und weiterhin an der Suche nach dem Sünder teilhaben durfte. Offensichtlich hatte Meister Philippe mit Bruder Carbonnet über mich gesprochen und mein Tun für immerhin bedeutungsvoll genug gehalten, dass er mir weitere Hilfe zugetraut hatte.

Unzufrieden war ich allerdings auch, denn nun war ich kein Bruder unter Brüdern mehr. Ich schlief nicht im Dormitorium mit den anderen, ja, hatte kaum ein Wort mit einem der Mönche wechseln können. Und ich studierte nicht die heiligen Schriften – weswegen ich doch eigentlich nach Paris entsandt worden war. Das alles musste nun warten. Mir wurde klar, dass ich erst ein Student der Theologie werden würde, wenn wir den Mörder Heinrichs von Lübeck seiner gerechten Strafe zugeführt hätten.

So dachte ich wieder an den Toten, und der Schlaf wollte nicht kommen, obwohl ich erschöpft war. In meinem Geiste glitzerte wieder das Geld golden und silbern: Münzen aus vielen Ländern der Christenheit, alt und doch kaum je berührt. Wo mochten sie herstammen? Wie war Heinrich von Lübeck an sie gelangt? Hatte er sie schon aus seiner Heimat mitgebracht? Oder hatte er sie in Paris gefunden? Waren sie ihm hier gegeben worden? Oder, mich schauderte, hatte er sie gar hier oder irgendwo sonst gestohlen? War er vielleicht deshalb niedergestreckt worden? Aus Rache?

Dann schweiften meine Gedanken ab zu den letzten beiden Worten des Sterbenden: *terra perioeci*. War dies ein Land? Doch welches? Hatte es etwas mit dem Geld zu tun? Und wenn es kein Land war – was sonst mochte sich dahinter verbergen?

Unruhig warf ich mich auf meiner Pritsche hin und her – jetzt doch froh darum, dass ich nicht im Dormitorium neben den Mitbrüdern liegen musste. So sehr sich mein Geist auch anstrengte, so liefen meine Gedanken doch stets im Kreise und kamen dort wieder an, wo sie ihren Ausgang genommen hatten – bis meine Gedanken schließlich eine andere Wendung nahmen. Eine, vor der ich mich fürchtete, ja, die ich abzuwehren mich zwingen wollte. Vergebens.

Ich dachte an Jacquette.

Müssen denn Frauen immer zur Sünde führen?, sprach eine Stimme in mir. Hat nicht Maria den HERRN geboren? Sah nicht Maria Magdalena als Erste unter den Sterblichen das leere Grab vor den Toren Jerusalems? Und haben nicht unzählige gelehrte Doctores, haben nicht Kirchenväter und Heilige gar unsere Kirche als *mater ecclesia* gerühmt? Sollte, ja musste dann nicht ein Mann, selbst ein Mönch, milde sein, wenn er an Frauen dachte?

Doch meine Selbsttäuschung hielt nicht lange. Ich dachte an Jacquette, doch meine Gedanken an das Täubchen waren nicht die eines Heiligen. Ihr Gesicht sah ich vor meinem inneren Auge, ihre Haare, ihre Augen, ihren Mund, ihre Brust – ich fuhr von meiner Pritsche auf, und heiße Scham glühte in mir.

So verbrachte ich schließlich die erste Nacht in Paris – dem Ort meiner Sehnsucht – nicht auf der harten Pritsche meines Klosters, sondern ausgestreckt auf dem kalten Boden vor dem Altar der Kirche. Hierhin hatte ich mich geschlichen, hatte mich niedergeworfen und gedemütigt vor IHM und IHN angefleht, mir Stärke zu geben.

Doch GOTT der HERR beschloss in jener Nacht in SEINER unergründlichen Weisheit, meine Gebete nicht zu erhören, sondern mich zu verdammen.

DIE GEHEIMNISVOLLE KOGGE

Ich erhob mich, als ich den ersten Bruder zur Kirche schleichen hörte. Es war ein älterer Mann, der Nachtwache hatte und nun die Kerzen anzündete vor den Laudes. Der Tag von Sankt Markulf brach an, der Maientag, der Tag der Freude und des Lichts.

Doch meine Gelenke schmerzten, meine Knochen waren kalt, meine Seele verfroren – ich fühlte mich kaum lebendiger als der Tote von Notre-Dame. Mühsam schleppte ich mich in das Dunkel zwischen zwei Pfeilern, damit mich der Bruder, der zu meinem Glück schläfrig war und noch vor Müdigkeit wankte, nicht erblickte.

Als die anderen Mönche in einer langen Zweierreihe eintraten, schloss ich mich dem letzten Bruder unauffällig an.

»Gloria« schollen unsere Stimmen zum Himmel, doch meine Seele mochte nicht folgen; zu sündig fühlte ich mich, beschmutzt und unwürdig, in diesem heiligen Hause zu sein.

»HERR, DU GOTT der Vergeltung, DU GOTT der Vergeltung, erscheine!«, so lasen wir den 94. Psalm: »Erhebe DICH, DU Richter der Welt; vergilt den Hoffärtigen, was sie verdienen!«

Ich schämte mich, denn ich fühlte, wie ER in jenem Augenblick bis ins Innerste meiner Seele blickte. Doch verzweifelt rezitierte ich weiter, auch wenn mir heiße Tränen über die Wangen rannen. »HERR, sie zerschlagen DEIN Volk und plagen DEIN Erbe. Witwen und Fremdlinge bringen sie um und töten die Waisen und sagen: Der HERR sieht's nicht, und der GOTT Jakobs beachtet's nicht.«

Erst in den letzten Zeilen fasste ich wieder Mut. Ja, ER verzeihe mir, in meiner Vermessenheit meinte ich, dass sie allein für mich geschrieben worden waren. Mit neuer Kraft las ich vor, so laut, dass sich mancher Mitbruder verstohlen zu mir umblickte. »Wenn der HERR mir nicht hülfe, läge ich bald am Orte des Schweigens. Wenn ich sprach: Mein Fuß ist gestrauchelt, so hielt mich, HERR, DEINE Gnade. Ich hatte viel Kummer in meinem Herzen, aber DEINE Tröstungen erquickten meine Seele. DU hast ja nicht Gemeinschaft mit dem Richterstuhl der Bösen, die das Gesetz missbrauchen und Unheil schaffen. Sie rotten sich zusammen wider den Gerechten und verurteilen unschuldig Blut. Aber der HERR ist mein Schutz, mein GOTT ist der Hort meiner Zuversicht. Und ER wird ihnen ihr Unrecht vergelten und sie um ihrer Bosheit willen vertilgen; der HERR, unser GOTT, wird sie vertilgen.«

»GOTT wird die Bösen sicher vertilgen, so wie es geschrieben steht«, murmelte ein verhüllter Bruder, der neben mir schritt, als wir kurz darauf zusammen die Kirche verließen. »Aber SEINE Diener müssen ausgeschlafen sein, um IHM dabei zu helfen. Der kalte Boden vor dem Altar ist ein Platz, um zu IHM zu beten, aber nicht, um im Kampf gegen das Böse die Kräfte zu sammeln.«

Der Mönch deutete ein Nicken an, dann ging er durch den Kreuzgang lautlos davon. Ich blickte Philippe de Touloubre nach und fragte mich, ob es auf dieser Welt auch nur ein Geheimnis geben mochte, das dem Inquisitor verborgen bleiben würde.

Am Morgen dieses Tages nahm mich Philippe de Touloubre beiseite. Es war die Stunde nach dem Mahl, es war noch dunkel draußen und still und friedlich. Wir schritten mit verhüllten Häuptern den Kreuzgang entlang. Der Inquisitor murmelte im Gehen – so leise, dass ich ihn kaum vernehmen konnte.

»Klostermauern haben Ohren«, erklärte er mir und deutete ein Lächeln an, als er bemerkte, dass ich meinen Kopf zur Seite neigen musste, um ihn verstehen zu können. »Ich möchte nicht, dass im Dormitorium über unsere Nachforschungen noch heftiger geflüstert wird, als es die geschätzten Mitbrüder sowieso schon tun.«

Dann erklärte mir der Inquisitor, er habe nach den Vigilien den Portarius noch einmal »brüderlich befragt« und tatsächlich dazu gebracht, sein Schweigegelübde aufzugeben. Ich konnte mir inzwischen lebhaft vorstellen, wie dies wohl ausgesehen haben mochte: Philippe de Touloubre, scheinbar ausgeruht und frisch wie nach langem Schlaf, hörte in finsterster Nacht einen verängstigten und übermüdeten Mitbruder aus.

»Der Portarius gab schließlich – gebührend zerknirscht, selbstverständlich – zu, dass ihm Heinrich von Lübeck einen Schlauch Burgunderwein gegeben habe. Dafür sollte der Portarius ihn, wann immer es unserem nun leider verstorbenen Mitbruder beliebte, ohne große Fragen aus dem Kloster lassen. Unser Torwächter, neugierig wie jeder gute Mönch, behauptet, dass er weiß, wohin Heinrich von Lübeck gegangen ist: zu einem deutschen Händler, der in Paris weilt. Angeblich sollen sie sich aus ihrer Heimat kennen.«

»Seinen Namen wusste der Portarius aber nicht?«, fragte ich.

Philippe de Touloubre schüttelte den Kopf, was ich unter der Kapuze kaum erkennen konnte. »Nein«, antwortete er. »Es liegt an uns, den Namen herauszufinden – und dem Kaufmann dann einen Besuch abzustatten. Wir wollen uns nun eilen.«

»Wohin gehen wir?«, fragte ich ratlos.

»Zum Prévôt royal«, antwortete der Inquisitor. »Ihm unterstehen alle Wachen der Stadt. Vielleicht wird er es wissen. Ganz sicher wird er unseren Besuch erwarten, denn er weiß, dass wir den Tod des Mönches untersuchen. Eigentlich wäre es seine Aufgabe, den Mörder zu finden, denn die Tat fand ja auf städtischem Boden statt.«

»Hätten wir ihn dann nicht sofort aufsuchen sollen?«, erdreistete ich mich zu fragen.

Philippe de Touloubre lächelte. »Wir wollen ihm zeigen, wie wichtig wir ihn nehmen«, erwiderte er.

Als wir das Kloster verließen, sah ich mich überrascht um. Allerorten, so schien mir, waren die Häuser geschmückt: Eichen-, Buchen- und Birkenzweige waren mehr oder weniger kunstvoll um viele Hauseingänge gewunden.

Philippe de Touloubre bemerkte meinen Blick und lächelte nachsichtig. »Es ist Maientag«, sagte er. »Ein Tag, der dir und mir nichts bedeutet, wohl aber vielen Jünglingen in Paris. Sie sind des Nachts in den Bois de Boulogne und andere Wälder gezogen, um frisches Grün zu schneiden für ihre Angebeteten. Dies winden sie dann zum Zeichen ihrer Zuneigung um die Hauseingänge ihrer Liebsten.

Dieser Brauch, befürchte ich, mag auf heidnische Zeiten zurückgehen. Und ich befürchte noch viel mehr, nämlich dass mancher Jüngling seiner Angebeteten, aber noch nicht Angetrauten, nicht nur in keuscher Liebe zugetan ist. Nur zu oft wird das frische Grün weniger Zeichen reiner Liebe sein als Symbol des Triumphes der Sünde, denn die Wollust war zu Gast in den geschmückten Häusern. Doch der Kampf gegen diese Sünde muss Sache unserer Brüder sein, die an Sonntagen predigen und mit der Hölle und ihren Qualen drohen. Wir Inquisitoren müssen uns finstereren, doch glücklicherweise auch weniger häufig vorkommenden Sünden stellen.«

Philippe de Touloubre hatte, wie immer, recht. Doch als wir die Straßen Richtung Seine hinunterschritten, warf ich immer wieder verstohlene Blicke auf die Zweige. Ich konnte nicht anders: Ich versuchte, mir auszumalen, was wohl in der vorangegangenen Nacht hinter den geschmückten Mauern vorgegangen sein mochte. Unweigerlich kam mir ein Bild in den Kopf, ein Bild von einer jungen Straßendirne, die in Furcht war vor der Inquisition. Oh, wie sündigte ich im Geiste!

Wir überquerten die Seine und die Cité, bis wir am jenseitigen Ufer angelangt waren. Dort wandten wir uns nach links und gingen die Rue Saint-Honoré entlang, wo sich zu dieser frühen Stunde schon die Fuhrwerke der Händler drängten und die Karren der Bauern, auf denen die Landleute Rüben und Feuerholz zu den Märkten brachten.

Vor allem aber duftete die Rue Saint-Honoré wie keine andere Straße von Paris – denn in den Häusern zu beiden Seiten der Straße standen, dicht gedrängt wie Landsknechte vor einer Schlacht, die Backstuben der Stadt. Mochte es anderswo nach Kot, Kohlstrünken und wilden Schweinen stinken, so waren hier die üblichen Miasmen der Stadt überlagert von einem betäubenden Duft nach weißem Brot und Blätterteig, nach Pastetenrollen, mürbem Gebäck und Torten.

Mein Bauch, der vor jenen Tagen in Paris bloß das dunkle Klosterbrot kannte, zog sich zusammen, mein Mund wurde mir wässrig – und nach der ersten Todsünde, der Wollust im Geiste, beging ich an jenem Morgen schon die zweite: die der Völlerei im Geiste.

Mit knurrendem Magen und beschämt gesenktem Blick schritt ich hinter Philippe de Touloubre einher, vorbei an den Backstuben, wo Diener, Mägde und Bürgersfrauen aus und ein gingen, runde Brote unter den Armen, die in der frischen Morgenluft noch dampften. Manchmal konnte ich durch die geöffneten Verschläge einen raschen Blick erhaschen auf Backöfen, in denen Holzkohlen glühten, und auf hölzerne Regale, auf denen kleine, tellerförmige Kuchen zu kunstvollen Türmen aufgebaut waren.

Endlich, es kam mir wie eine kleine Ewigkeit vor, obgleich wir nur ein paar Dutzend Schritte gegangen waren, verflüchtigte sich der verführerische Duft, und ich roch wieder den Gestank und die Pestilenz von Paris, was mich an die Endlichkeit unseres Daseins und den Schmutz unserer Sünden erinnerte.

Wir standen vor einem wuchtigen Bau – halb Patrizierhaus, halb Burg – mit schmalen, hohen Fenstern und einer großen Tür in der Front, deren mächtige, eisenbeschlagene Flügel weit geöffnet waren. Davor allerdings standen zwei Sergeanten de la Douzaine und hatten die Hellebarden gekreuzt.

Als sie uns erblickten, hoben sie ihre Waffen, grüßten respektvoll und ließen uns ohne weitere Fragen passieren. Wir gelangten auf einen engen, düsteren Innenhof.

»Wo sind wir?«, fragte ich. Mir schien dieser Ort bedrückend zu sein, finster, bedrohlich.

»Im Grand Châtelet«, antwortete der Inquisitor knapp und

schritt zu einer steinernen Treppe, die auf eine Galerie im ersten Obergeschoss führte.

Ich musste in diesem Moment an unseren Herrn Jesus Christus denken, wie er vor Pontius Pilatus geführt wurde. So düster, glaubte ich, musste der Palast ausgesehen haben, in dem der Prokurator über den Messias zu Gericht gesessen und später seine Hände in Unschuld gewaschen hatte. *Et Pilatus adiudicavit fieri petitionem eorum dimisit autem illis eum qui propter homicidium et seditionem missus fuerat in carcerem quem petebant Iesum vero tradidit voluntati eorum.* Mich schauderte.

Philippe de Touloubre führte mich, vorbei an weiteren Wachen, in einen großen Saal, der in ein helles, jedoch seltsames Licht getaucht war, denn die Sonne flutete durch große Fenster mit unterschiedlich dunklem, gelbem Glas. Ein großer Mann in scharlachroter Tracht stand an einem Schreibpult. Er blickte auf, als er unsere Schritte vernahm, und starrte uns finster an.

»Ihr kommt ein wenig spät, verehrte Brüder«, knurrte Ambroise de Loré. Er strich sich mit der Rechten durch seinen gestutzten Bart; an zwei Fingern funkelten goldene Ringe, mit Rubinen besetzt, die wie erstarrte Blutstropfen aussahen.

»Ich wollte nicht mit leeren Händen kommen, Durchlaucht«, antwortete Philippe de Touloubre und verneigte sich leicht.

Dann führte er in knappen Worten aus, was wir am Körper des Toten gefunden und welche Schlussfolgerungen wir daraus gezogen hatten.

Meinen Namen erwähnte er nicht – wohl aber den des Baders Nicolas Garmel –, ja, er stellte mich nicht einmal vor. Auch der Prévôt royal beachtete mich nicht. Es war, als wäre ich ein Geist, durch den beide hindurchsähen. Ich war klug genug, mich nicht zu rühren und mein Gesicht im Dunkel der Kapuze zu verbergen. Der Inquisitor mochte seine Gründe haben, meinen Namen aus diesen Ermittlungen herauszuhalten.

Zuletzt erwähnte Philippe de Touloubre, dass die beiden Sergeanten die Dirne verhaftet hatten, und bat darum, dass man ein aufmerksames Auge auf sie habe, sie jedoch nicht der peinlichen Befragung unterziehe. Der Inquisitor befürchtete wohl, dass Jacquette, sollte sie von den Sergeanten gefoltert werden, sterben würde, noch ehe sie uns gegenüber ihre Seele hätte retten können, indem sie uns endlich alles sagte, was sie wusste.

Ambroise de Loré nickte widerwillig. »Meine Männer haben eigentlich Besseres zu tun, als auf Freudenmädchen aufzupassen«, brummte er. »Seltsame Gerüchte gehen um in der Stadt. Mehr als das übliche Geschwätz der selbst ernannten Wanderprediger und Marktweiber über die Sünden dieser Welt und die drohende Eroberung unserer Stadt durch die Burgundischen oder Englischen. Irgendetwas braut sich zusammen in Paris, ich kann es spüren.«

Der Inquisitor nickte. »Mag sein, dass dieser schreckliche Mord etwas damit zu tun hat. Wir werden die Augen offenhalten und Euch unterrichten, sobald wir etwas Verdächtiges vernehmen.«

Der Prévôt nickte und entließ uns, nachdem er Philippe de Touloubre um seinen Segen gebeten hatte, den dieser auch gnädig gewährte.

»Meister, glaubt Ihr wahrhaftig, dass Heinrichs von Lübeck Ermordung etwas mit den Gerüchten vom Feuerregen und den anderen wirren Geschichten zu tun hat?«, fragte ich, als wir das Grand Châtelet wieder verlassen hatten und ich freier zu atmen wagte.

»GOTTES Wege sind vollkommen, so heißt es im Psalter. Doch wir Menschen sind nicht dazu geschaffen, sie in all ihren Windungen und Verästelungen zu erkennen. Wir schreiten sie nur ab, blind für das, was mehr als ein paar Handbreit vor uns liegt. Was wissen wir also schon?«, antwortete Philippe de Touloubre.

»Ich weiß, dass seine Durchlaucht, der Prévôt royal Ambroise de Loré ein prunksüchtiger Mann ist«, fuhr der Inquisitor dann fort. »Ich weiß, dass er die Schönfrauen liebt und seine Sergeanten deshalb nicht gerade mit der Peitsche antreiben wird, eine dieser sündigen Frauen streng zu bewachen. Ich weiß, dass er wenig weiß und wenig wissen will. Doch in einem gebe ich dem Prévôt, der seine Sorgen hinter seinem rauen Auftreten nur unzulänglich verbergen kann, recht: Irgendetwas geht vor in dieser Stadt.«

Philippe de Touloubre führte mich ein Stück die Straße zurück, Richtung Place de Grève. »Wir werden nun dem Vorsteher der Flussschiffergilde einen Besuch abstatten«, erklärte er mir im Gehen. »Sie ist die mächtigste Gilde der Stadt. Wenn jemand weiß, wer jener Kaufmann aus deutschen Landen sein mag, den Heinrich von Lübeck kurz vor seinem Tod getroffen hat, dann der Gildenmeister.«

Als wir auf der Place de Grève standen, mussten wir uns den Weg durch eine Menschenmenge bahnen. Ich begriff zunächst nicht, was dies zu bedeuten hatte – ja, ich gestehe, dass ich ängstlich war, vielleicht einen jener Aufrührer mit ihren gefährlichen Reden zu erleben, von denen der Inquisitor und der Prévôt royal gesprochen hatten.

Doch dann erblickte ich einen Galgen, der aus ein paar rohen Balken schief und schlecht zusammengezimmert worden war. Zwei Henkersknechte zerrten einen jungen, abgerissenen Burschen zur Richtstatt. Die Leute pfiffen und riefen ihm Schmähworte und Verwünschungen zu; zwei oder drei schleuderten sogar Kohlstrünke und Kot, ein Stein traf den Jungen am Kopf. Er taumelte benommen, Blut floss über seine Stirn, und die Menge grölte.

Wir erfuhren von Schaulustigen, dass der Verurteilte am Tage zuvor auf einem der an den Kais vertäuten Seineschiffen aufgespürt worden war, wie er gerade die Wämser der Matrosen in deren Verschlag durchwühlte.

»Zehn Sous hat man in seiner Tasche gefunden!«, rief uns ein älterer Mann erregt zu, und eine Frau, vielleicht seine Gattin, kreischte: »Seit Tagen verschwinden hier Geldstücke, Kupfernägel und andere Sachen. Das war dieser Kerl, nur kann es ihm niemand mehr beweisen.« Dann erst schien sie unseren Mönchshabit zu bemerken. Die alte Vettel bekreuzigte sich, deutete eine Verbeugung an und murmelte: »Doch GOTT in SEINER Gnade hat uns Gerechtigkeit widerfahren lassen.«

»Vae autem vobis scribae et Pharisaei hypocritae«, antwortete Philippe de Touloubre würdevoll. Die alte Frau, die kein Latein verstand und deshalb nicht wusste, dass der Spruch auf sie gemünzt war, schlug ein zweites Mal das Kreuz über ihrer Brust.

Wir blieben stehen, um den Dieb sterben zu sehen. Die Henkersknechte hatten nun weniger Mühe mit ihm, da ihn der Stein offenbar betäubt hatte. Taumelnd ließ er sich die letzten Schritte zum Galgen zerren, wo er auf eine Kiste steigen musste. Dort legte ihm der in Scharlach gekleidete Henker die Schlinge um den Hals. Dann trat er die Kiste weg.

Der Bursche fiel ein Stück nach unten, die Menge schrie erwartungsvoll auf – doch der Henker hatte das Seil zu lang bemessen. Der Verurteilte traf auf den Boden auf, wo er, halb ohnmächtig vor Schreck und Schmerz, auf dem schmutzigen Pflaster zusammensank.

Die Frauen und Männer verhöhnten den Henker, der sich nun ebenfalls vor Schmutz und Steinen ducken musste, die auf ihn niedersausten. Eilig rissen die Henkersknechte den Burschen wieder hoch, während ihr Meister das Seil mit drei großen Knoten verkürzte. Dann stießen sie den Unglücklichen ein zweites Mal ins Nichts.

Wieder stürzte der Dieb nach unten – und diesmal zitterten seine Füße, nur eine Handbreit über dem Pflaster, in der Luft. Doch der Schwung hatte nicht ausgereicht, ihm das Genick zu brechen. So hing er nun in der Schlinge, das Gesicht zuerst blass, dann rot, dann blau, und würgte und spuckte. Einige Zuschauer verhöhnten den Henker erneut, da sie ihn für einen Stümper befanden. Andere hingegen lobten seine Kunstfertigkeit, dem Sünder den Übergang in GOTTES Reich nicht gar zu leicht und schmerzlos zu machen.

So hing der Bursche wohl so lange am Galgen, wie es dauert, einen Psalm zu singen, und konnte nicht sterben. Urin und Kot troffen ihm aus den Hosenbeinen, rannen an seinen zuckenden Füßen herab und sammelten sich unter ihm auf dem Pflaster. Erst nach einer kleinen Ewigkeit wurden seine Bewegungen schwächer, seine Augenlider flatterten, dann verdrehte er seine Pupillen zur Todesfratze. Endlich baumelte er im Wind, ruhig und erlöst.

»Wir wollen uns nun eilen«, sagte der Inquisitor und schlug das Kreuz.

Wir drängten uns vorwärts. Zu unserer Rechten öffnete sich der Platz zu den Kais der Seine, doch wir wandten uns nach links, wo eine Reihe mächtiger Gebäude stand, welche die Place de Grève flankierten. Aus dieser Reihe stach ein Haus hervor wie ein König aus dem Kreis seiner Ritter: das Maison aux Piliers. Es trug seinen Namen zu Recht, denn wahrhaftig schmückten Säulen die Fassade, stützten Gesimse und Balkons, hoben sie fast so hoch wie die Pfeiler, die in unseren größten Kirchen gen Himmel streben. Wahrhaftig, den Ratsherren gebrach es nicht an Selbstbewusstsein, dass sie sich ein Haus bauten, das mit dem GOTTES wetteifern konnte.

Hier wurde nicht SEIN Name verherrlicht, sondern hier wurde dem Geld und dem Geschäft gehuldigt. Nicht in Gebet und Hymnus erging sich hier die Andacht, sondern in Verhandlung und Niederschrift: Allenthalben erblickten wir, nachdem wir eingetreten waren, Händler, welche sich in den Hallen des Maison aux Piliers versammelt hatten und leise miteinander feilschten. Schreiber trugen Pergamente hin und her, standen an Pulten und füllten lange Listen aus. Es wurde getuschelt, gefordert, gefleht: ein leises, tausendstimmiges Gesumm des Geldes und der Nichtigkeit. Hatte nicht Christus selbst solch weltliches Treiben verdammt? *Et intravit Iesus in templum Dei et eiciebat omnes vendentes et ementes in templo et mensas nummulariorum et cathedras vendentium columbas evertit.* Doch hier studierte man lieber Depeschen und Anweisungen als die Heilige Schrift.

Kaum jemand hatte sein Tun unterbrochen, um der Hinrichtung draußen vor dem prachtvollen Portal dieses Hauses zuzusehen. Doch als wir eintraten, die große Freitreppe ins erste Obergeschoss emporschritten und zum Raum des Gildenmeisters gingen, da folgte uns so mancher erstaunte und wohl auch ängstliche Blick.

Und recht hatten diese Sünder: Wie viele Ewigkeiten Hölle mochten sie hier täglich ansammeln mit ihren goldenen und silbernen Münzen, die sie in prall gefüllten Lederbeuteln herumtrugen!

Über der Tür, die zu den Gemächern des Gildenmeisters führte, prangte ein Gesims, welches, in Marmor gefasst und farbig bemalt, das Wappen der Gilde trug und ihren Spruch: *Fluctuat nec mergitur.* Ein Diener öffnete uns – und vor uns stand der Prévôt des marchands de l'eau, einer der mächtigsten Männer von Paris.

André d'Epernon war wohl fünfzig Jahre alt. Sein Haupt war kahl, auf seiner Nase erhob sich ein Sehglas aus Venedig, doch hinter dessen geschliffenen Gläsern funkelten dunkle, gescheite Augen. Seinen schmächtigen Körper hatte d'Epernon in dunkles Brokat gehüllt, was ihm, trotz seines niederen Wuchses, eine gewisse Gravität verlieh. Vor seiner Brust blitzte die goldene Kette des Gildenmeisters.

»Philippe de Touloubre!«, rief er aus – und schien ehrlich erfreut zu sein. Er eilte uns mit ausgestreckten Armen entgegen, dann verbeugte er sich. »Womit kann ich den Männern GOTTES dienen?«

Auch der Inquisitor neigte sein Haupt und war offensichtlich angetan, den Gildenmeister zu sehen. In wohlgesetzten Worten brachte er unser Anliegen vor.

André d'Epernon kratzte sich am Kopf und dachte nach. »Von dem«, er zögerte vorsichtig, »bedauerlichen Zwischenfall, der sich im Schatten von Notre-Dame ereignet hat, habe ich natürlich gehört«, sagte er schließlich. Er verriet uns allerdings nicht, woher er diese Information hatte. »Ich wusste jedoch nicht«, fuhr der Gildenmeister fort, »dass dieser Mönch – GOTT sei seiner Seele gnädig – etwas mit einem Kaufmann aus deutschen Landen zu schaffen hatte. Wozu sollte er das auch? Und noch dazu in unserer guten Stadt Paris? Doch kann es sich dabei eigentlich nur um einen Mann handeln: Richard Helmstede.«

»Diesen Namen habe ich noch nie gehört«, gab Meister Philippe zur Antwort.

André d'Epernon nickte. »Aber Ihr werdet sein Schiff schon gesehen haben.« Er deutete aus dem Fenster. »Es liegt direkt an der Place de Grève.«

»Der große Segler, der eher einer schwimmenden Burg gleicht denn einem Schiff?«, platzte ich heraus.

»Ja«, bestätigte mir der Gildenmeister, und ich meinte, ein spöttisches Lächeln über sein Gesicht huschen zu sehen. Wahrscheinlich hielt er mich für einen unerfahrenen Jungen, kaum besser als ein Novize – und er hatte damit ja auch recht.

»Es ist eine Kogge«, fuhr er fort. »So zumindest werden Segler dieser Art in deutschen Landen genannt. Sie gehört Richard Helmstede und ankert schon seit etlichen Tagen in Paris.«

»Ich habe nie zuvor eine Kogge in Paris gesehen«, warf Philippe de Touloubre ein.

»Ich auch nicht«, erwiderte André d'Epernon lachend. »Und ich habe weiß GOTT viele Schiffe in meinem Leben erblickt. Richard Helmstede hat die Abgaben für den Liegeplatz und die Steuern für den König ordnungsgemäß und pünktlich bezahlt, ohne zu feilschen oder zu jammern. Er ist höflich, aber verschlossen. Ich bekomme ihn kaum zu Gesicht – ich weiß nicht einmal, wo er hier in Paris abgestiegen ist und wo er sich aufhält.

Niemand aus der Gilde der Flussschiffer kann sich erklären, was er hier laden oder handeln will mit seinem gewaltigen Schiff. Es muss ihn Unsummen gekoster haben, all die Treidler zu bezahlen, die nötig gewesen sein mögen, um diese schwere Kogge die Seine gegen die Strömung hochzuziehen. Und ich weiß nicht, ob sie, sollte sie wirklich einmal beladen werden, nicht zu tief liegt, um ihren Weg stromab bis zum Meer zu machen.

Ganz sicher muss sich Richard Helmstede eilen, denn im Spätsommer wird das Wasser des Flusses so weit fallen, dass er selbst ein leeres Schiff nicht mehr hinausbekommt. Ganz zu schweigen davon, dass er irgendwie an den Englischen und Burgundischen vorbei muss, welche die Gegend zwischen Paris und der Küste heimsuchen.«

Meister Philippe hatte ihm aufmerksam zugehört. »Wisst Ihr, aus welcher Stadt dieser Richard Helmstede stammt?«, fragte er.

»Aus Lübeck«, antwortete der Gildenmeister.

Wir wechselten noch einige höfliche Worte mit André d'Epernon, obwohl ich darauf brannte, aus dem Maison aux Piliers zu stürzen, über den Platz zu eilen und das geheimnisvolle Schiff zu entern wie ein sarazenischer Pirat. Doch selbst nachdem wir das Haus der Flussschiffergilde verlassen hatten, gab mir Meister Philippe eine Lektion in Geduld und Demut.

»Es ist die Zeit der Sext«, sagte er und blickte gen Himmel. »Wir wollen das Gebet nicht vergessen.«

Mir blieb nichts anderes übrig, ich musste mich fügen. Wir gingen ein paar Schritte, die Seine zu unserer Rechten, am Ufer entlang. Sehnsüchtig blickte ich auf den Wald der Masten, in dessen Mitte einer besonders groß aufragte, wie eine uralte Eiche in einem Wald dünner, schlanker Birken.

An diesem Mittag zur zwölften Stunde geschah es – ich gestehe es beschämt –, dass ich zum ersten Mal in meinem Leben mit Widerwillen in das Haus GOTTES eintrat. Saint-Gervais-et-Protais war eine kleine Kirche am Ufer der Seine, doch sah man schon von weitem, dass ihre Gemeinde wohlhabend sein musste. Skulpturen der Mutter GOTTES und der Namenspatrone schmückten das Portal, und ein schlanker Turm ragte hoch in den Himmel hinauf, und sein kupferbeschlagenes Dach funkelte rotgolden in der Frühlingssonne.

»Es ist die Kirche der Weinhändler«, erklärte mir Philippe de Touloubre schmunzelnd, als ob er meine Gedanken erraten hätte. »Es gibt ein Sprichwort in Paris: ›Je mehr die Leute trinken, desto heller erstrahlen die Kerzen in Saint-Gervais-et-Protais.‹ Falsch ist es nicht.«

Und in der Tat: Im Innern flackerten Hunderte Kerzen, deren gelber und roter Lichtschein das Kirchenschiff erstrahlen ließ wie einen Märchenpalast. Ich schämte mich meines Widerwillens, bekreuzigte mich und kniete nieder, um IHM, der alles erschaffen hat, zu danken.

Wir sangen drei Psalmen und hörten eine Stelle aus dem Johannes-Evangelium, die ein junger, rotgesichtiger Priester vortrug. Der Geistliche war des Lateinischen so wenig mächtig, dass ich Schwierigkeiten hatte, seine Worte zu verstehen.

Nach einem weiteren Hymnus segnete er uns und sprach das Abschlussgebet. Neben uns hatten sich nur ein paar feiste Weinhändler in die Bänke gezwängt und einige verschleierte Frauen – Witwen, vermutete ich. Ich spürte die Blicke der Gläubigen in meinem Rücken, die sich wohl ängstlich fragten, was zwei Dominikaner in Saint-Gervais-et-Protais zu suchen hatten.

Endlich durften wir uns erheben und die Kirche verlassen. Mir schien es eine Ewigkeit gedauert zu haben, doch selbstverständlich war es nur eine ganz gewöhnliche Sext.

»Und nun: Klar zum Entern des Schiffes!«, sagte Philippe de Touloubre spöttisch.

Ich wurde rot, verbarg mein Gesicht im Dunkel meiner Kapuze und versuchte, würdevoll dahinzuschreiten, wie es sich geziemte.

»Verzeiht Meister. Es kommt mich hart an, meine Leidenschaft für dieses Rätsel zu zügeln«, antwortete ich demütig.

Philippe de Touloubre lachte. »So lange es nur diese Leidenschaft ist, will ich dir gerne vergeben«, erwiderte der Inquisitor.

An der Place de Grève betraten wir die hölzernen Kais, die Fingern gleich in den Strom ragten. Ihre dicken Planken zitterten unter den Schritten unzähliger Träger, die, mit Säcken und Kisten beladen, unablässig von den Pinassen zu den Lagerhäusern und zurückliefen.

Doch die Männer machten uns respektvoll Platz, als wir uns der geheimnisvollen Kogge näherten. Der Segler lag am größten Kai ganz außen, nur ein paar Schritte stromauf überspannte der Grand Pont den Fluss.

Eine wenig vertrauenswürdig aussehende Planke führte vom Kai aus die vor uns aufragende Bordwand hinauf. Philippe de Touloubre schien dies nichts auszumachen. Mit energischen Schritten betrat er das Schiff. Ich schalt mich einen kleingläubigen Narren und tat es ihm nach. Während ich mit zittrigen Beinen den kaum schulterbreiten Laufsteg entlangging, erkannte ich, dass am Bug der Kogge ihr Name in verblassenden weißen Buchstaben prangte: Ich betrat die »Kreuz der Trave«.

Auf dem Deck roch es nach nassem Holz, nach Salz und Teer und gepökelten Fischen. Ich sah mich um: Vorne ruhten zwei mächtige schwarze Anker auf den Planken, in der Mitte ragte der Mast hoch auf. An ihm war die Rah festgebunden, an der das Segel zusammengerollt war. Mast und Rah zusammen glichen mir einem Galgen für Riesen, und mich schauderte. Am Heck ragte ein Kastell in die Höhe, eine Art quadratisches Haus aus grob zurechtgehauenen Brettern. Quer vor dem Kastell lag eine Winde in mächtigen Verankerungen. Raue Hanfseile führten von ihr zur Rah, als wären es die Fäden eines gigantischen Spinnennetzes. Im Kastell standen ein paar Fässer und Kisten zu beiden Seiten der mit zwei Stricken festgezurrten schweren Ruderpinne.

Alles machte einen von den Gezeiten und dem Wetter geprüften, doch gepflegten Eindruck – zumindest auf mich, der ich nicht einmal den Rhein mit einem Kahn überquert hatte, geschweige denn zur See gefahren war. Doch ich konnte die Kogge mit jenen Pinassen vergleichen, die ich vom Kölner Rheinhafen her kannte – und mit jenen, die neben der »Kreuz der Trave« vertäut waren. Verglichen mit diesen Booten wirkte die Kogge wie ein zwar älterer, doch ehrwürdiger Ritter inmitten einer Versammlung unsolider kleiner Marketender.

Wir erblickten zunächst jedoch niemanden. Im ganzen Hafen von Paris, der vor Geschäftigkeit summte, schien ausgerechnet das größte Schiff von allen so ausgestorben zu sein wie ein Friedhof.

»Ist jemand an Bord?«, rief Philippe de Touloubre.

Da tauchte ein roter Haarschopf an der Luke zum Schiffsbauch auf: Ein vierschrötiger Mann in seinen Dreißigern kam polternd eine Leiter hochgeklettert. Sein Gesicht war oberhalb seines dichten roten Bartes von Wind, Salz und Sonne dunkel gebrannt, doch seine Augen waren ungewöhnlich hellblau – so als wären sie aus Glas und ganz ohne Tiefe. Gekleidet war er in ein dunkles Wams aus Leder und hellen Beinkleidern, die allerdings viele Flecken unbestimmbarer Farbe verunstalteten.

Ich sah, dass er wütend war und einen Fluch auf den Lippen trug. Wahrscheinlich hatten wir ihn unsanft aus einem Mittagsschlummer geweckt. Doch als er unseren Habit sah, schluckte er schnell und verbeugte sich beflissentlich.

»Ich bin Gernot, Steuermann auf der ›Kreuz der Trave‹«, sagte er und machte eine unbeholfen wirkende, einladende Geste. Sein Französisch war schauderhaft.

Meister Philippe grüßte ihn mit einem lateinischen Segenswunsch, dann wandte er sich an mich. »Du wirst übersetzen müssen, fürchte ich. Mein Deutsch ist nicht besser als sein Französisch, und ich glaube nicht, dass wir uns auf Latein unterhalten können.«

So wandte ich mich denn an den Steuermann und entbot ihm einen Gruß in seiner Heimatsprache.

Gernot war überrascht, als ich ihn so ansprach. Misstrauisch und auf unbestimmbare Art auch schuldbewusst blickte er uns an. »Womit kann ich Euch dienen?«, fragte er.

»Mit einer Auskunft«, antwortete der Inquisitor, nachdem ich übersetzt hatte. »Wir suchen Richard Helmstede. Wo mögen wir ihn wohl antreffen?«

Der Steuermann schien erleichtert zu sein, dass wir nicht ihn befragen wollten. Doch seine Haltung blieb die eines Wächters, der einen verdächtigen Laut vernommen hat und nun in die Nacht hineinhorcht. »Mein Herr wohnt nicht an Bord«, gab er zurück.

»Wir sind schon«, er zögerte kurz, »länger in Paris. Da hat er sich ein Haus gemietet. Es heißt das ›Haus zum Hahn‹, doch ich kann Euch die Straße nicht nennen, denn ich verlaufe mich immer in dieser Stadt, die so unglaublich groß ist.« Verlegen sah er zu Boden.

Philippe de Touloubre lächelte freundlich. »Ich kenne das Haus. Es steht bei der Kirche Innocents, an der Rue Saint-Martin. Kein Haus der einfachen Leute.«

»Mein Herr ist Reeder zu Lübeck«, erwiderte Gernot stolz. »Und einer der angesehensten dort«, setzte er dann hinzu, als ob er glaubte, dass uns seine Aussage nicht reichen würde.

»Bist du allein an Bord?«, fragte der Inquisitor.

Der Steuermann wurde sofort wieder nervös. »Nicht ganz«, gab er zurück. »Herr Helmstede hat die meisten Männer der Besatzung zu sich ins Haus genommen, wo sie in den Zimmern der Diener schlafen – auf dass niemand während der Liegezeit den Reizen von Paris erliege und sich davonmache. Nur ein paar Mann und ich sind zurückgeblieben, um die ›Kreuz der Trave‹ zu bewachen. Ich habe die Männer vor einer Stunde fortgeschickt, um Brot und Wein zu holen.«

»Dann bist du ja gut versorgt«, murmelte Philippe de Touloubre und zog eine Augenbraue spöttisch in die Höhe. Ich folgte seinem Blick, der über die Schulter des Steuermanns ging – zum Achterschiff, wo im Kastell eine Luke aufging. Für einen Augenblick gewahrte ich dort die blonden Haare eines liederlich gekleideten Frauenzimmers. Als die Dirne uns erblickte, schlug sie erschrocken eine Hand vor den Mund und verschwand geräuschlos wieder im Bauch der »Kreuz der Trave«. Selbst ein Mönch wie ich konnte sich denken, warum Gernot seine Männer fortgeschickt hatte. Ich zog es vor, dem Steuermann, der das kleine Schauspiel hinter seinem Rücken nicht bemerkt hatte, die Bemerkung Meister Philippes nicht zu übersetzen.

Auch der Inquisitor tat Gernot gegenüber so, als hätte er niemanden gesehen, und blickte sich mit freundlichem Lächeln um. »Die Farben sind abgeblättert, der Teer rissig, die Segel scheinen ein wenig zerschlissen zu sein. Sagt, Steuermann Gernot, hatte die ›Kreuz der Trave‹ eine lange Reise hinter sich, als sie in Paris anlangte?«

Gernot sah unsicher drein. »Nun, Herr, wir mussten ganz Dänemark umsegeln. Im Skagerrak sind Wind und Strömung tückisch, wir mussten vier Tage gegenan kreuzen. Auch die Nordsee ist gefährlich, manchmal mussten wir lange beidrehen. Es war ja noch Winter, als wir gen Frankreich fuhren.«

»Doch könnt ihr kaum mehr als ein paar Wochen unterwegs gewesen sein«, hakte Meister Philippe nach.

»Es waren vier, um genau zu sein«, gab der Steuermann zur Antwort. »Die ›Kreuz der Trave‹ scheint mir aber auszusehen, als sei sie Monate auf See gewesen«, stellte der Inquisitor mit gefährlicher Freundlichkeit fest.

»Das mag sein«, murmelte Gernot. Dem Steuermann standen feine Schweißtropfen auf der Stirn, die in der Sonne glänzten wie ein leichtes Perlendiadem. »Ich kann es nicht sagen, denn dies ist meine erste Fahrt auf der ›Kreuz der Trave‹. Zuvor diente ich Herrn Helmstede auf einem anderen Schiff.«

Er blickte sich nervös um, als fürchtete er, ein Dämon könnte jeden Augenblick irgendwo aus einem finsteren Winkel der Kogge hervorspringen.

Dann fiel er plötzlich auf die Knie – dies geschah so unvermittelt, dass ich erschrocken zurückwich und einen Augenblick innehielt, bevor ich es wagte, das, was nun aus ihm hervorsprudelte, meinem Meister zu übersetzen. Es war, als sei ein Seil in Gernot, das unter hoher Spannung gestanden hatte, ganz plötzlich zerrissen.

Er küsste den Saum der Kutte des Inquisitors. »Betet für mich«, flehte er, »denn dieses Schiff ist verflucht.«

Meister Philippe blieb unbewegt und sah streng auf ihn hinab. »Sag dies nicht leichtfertig, mein Sohn, manchmal kommt das Böse erst zu uns, wenn wir es rufen.«

Gernot blieb auf den Knien und blickte sich wieder gehetzt um. »Die anderen Seeleute sind einfache Matrosen oder liederliches Pack, angeheuert von meinem Herrn in Lübeck und anderen Häfen der Ostsee. Sie verstehen sich nicht auf die Kunst, ein Schiff zu steuern, und sie kümmert es auch nicht, solange sie nur ihr Geld bekommen. Nur mein Herr und ich verstehen uns auf die Navigation, doch ihm wagte ich nicht, zu gestehen, was auf meiner Seele lastet.«

Gernot sprach nun leiser, sodass wir uns zu ihm hinabbeugen mussten, um ihn zu verstehen.

»Im letzten Herbst schleppte sich die ›Kreuz der Trave‹ in den Hafen von Lübeck«, flüsterte der Steuermann. »Lange war sie auf See geblieben, so lange, dass wir sie schon verloren gegeben haben. Im Dom war sogar schon eine Messe für die Seelen der Seeleute gelesen worden, und ihre Frauen trugen Witwentracht.

Nicht zu Unrecht. Denn eines Tages schlich die Kogge in den Hafen, nur ein zerfetztes Segel hatte sie gesetzt. Kräftige Männer mussten ihr in Kähnen entgegenrudern und sie bis an den Kai schleppen.

Als sie an Bord kamen, da fanden sie nur noch einen Mann vor: den Kapitän – und der lag im Sterben. Es war Otto Helmstede, der ältere Bruder meines Herrn. Sonst war keine Seele an Bord zu finden, nicht einmal die Bordkatze.

Herr Helmstede weilte in jenen Tagen in Hamburg, sodass er seines Bruders nicht mehr ansichtig wurde, so sehr er sich auch eilte, denn dieser starb noch an demselben Tag, da die ›Kreuz der Trave‹ Lübeck erreichte. Nur die Gattin meines Reeders war zugegen. Sie hat die Männer befohlen, die an jenem Tag an Bord der Kogge gingen, und alles auf das Beste und Wohlgefälligste unternommen.«

»Was hat der sterbende Kapitän erzählt?«, unterbrach Meister Philippe den Bericht des Steuermannes.

Gernot kratzte sich am Kopf. »Das weiß niemand«, antwortete er. »Oder besser gesagt: Das weiß nur einer. Ein Mönch eilte mit an Bord, ein alter Freund des Kapitäns seit Kindesbeinen und dessen Beichtvater. Er war bei ihm, als der Kapitän im Achterkastell seines Schiffes verschied. Gut möglich, dass der Mönch etwas von den schrecklichen Dingen erfahren hat, die an Bord vorgefallen sein müssen. Der Kapitän wollte sicherlich seine Seele erleichtern, bevor er vor SEINEN Richterstuhl trat.

Doch der Mönch hat niemandem auch nur ein Sterbenswörtchen verraten, selbst Herrn Helmstede nicht.«

»Wie hieß der Mönch?«, fragte Philippe de Touloubre.

»Das weiß ich nicht«, gab Gernot zur Antwort. »Er trug einen Habit in Schwarz und Weiß wie Ihr, und er war dünn und kahl. Ich sah ihn manchmal, wenn ich im Hause der Helmstedes zu tun hatte, doch sprach ich nie mit ihm.«

»Trug er ein Sehglas vor den Augen?«, wollte Meister Philippe wissen. Gernot sah den Inquisitor überrascht, dann erschrocken an. »Ja, in der Tat, manchmal setzte er sich Gläser auf den Nasenrücken, und wir Seeleute lachten darüber. Woher wisst Ihr das?«

»Der HERR hat manche Menschen auf diese Welt befohlen, um Fragen zu stellen, und andere, um diese zu beantworten. Wir wollen doch nicht gegen SEINE Ordnung verstoßen«, gab Meister Philippe zur Antwort. »Was geschah nach dem Tod des Kapitäns?«

Gernot schluckte. »Niemand wollte an Bord der ›Kreuz der Trave‹ gehen, sie galt fortan als verfluchtes Schiff. Auch mein Herr betrat sie nicht. Sie lag an einem verlassenen Hafenkai, und ich glaube, dass selbst die Ratten, die doch sonst jeden Segler heimsuchen, sie mieden. Dann, wohl einige Wochen später, entschied Herr Helmstede plötzlich, mit der ›Kreuz der Trave‹ nach Paris zu segeln.

Das Volk von Lübeck verwunderte sich. Denn erstens war noch nie eine Kogge der Hansestadt bis dorthin gefahren. Zweitens war es zu jener Zeit Winter – die Zeit, in der Schiffe und Seeleute von Gesetzes wegen im Hafen bleiben sollen. Und drittens fragte sich jeder, warum er ausgerechnet mit diesem verfluchten Segler fahren wollte. Doch der Mönch, der alte Beichtvater des Kapitäns, hielt an Bord der ›Kreuz der Trave‹ eine Messe ab, um das Böse aus ihr zu vertreiben. Da Herr Helmstede doppelte Heuer zahlte und während des Winters sowieso keine andere Anstellung zu finden war, gab es dann auch genügend Männer, die auf der Kogge anheuerten.«

»Und einen Steuermann«, ergänzte Meister Philippe.

Gernot blickte zu Boden. »Ja«, murmelte er, »denn ich hatte Schulden bei einem jüdischen Geldverleiher. So ging ich denn an Bord. Die Fahrt gen Paris war, wenn auch langwierig, so doch nicht gefährlich. Aber trotzdem«, er zögerte lange, »trotzdem glaube ich, dass ich nachts Stimmen höre: Die verlorenen Seelen der Seeleute rufen mich. Dieses Schiff ist verflucht. Ich wünschte, oh Vater, dass ich von Bord gelangen könnte, doch ich wage nicht zu gehen.«

»Was glaubst du denn, was mit den Männern auf der Kogge geschehen ist?«, fragte der Inquisitor.

Gernot schüttelte den Kopf. »Es muss etwas Schreckliches gewesen sein, das spüre ich. Doch ich weiß nicht, was es gewesen sein könnte.«

»Redest du nicht mit den anderen Matrosen darüber?«

Der Steuermann schüttelte den Kopf »Niemand wollte in den ersten Tagen unserer Reise darüber reden. Und nun, da wir so glücklich in Paris angekommen sind, glauben die Männer, dass die Predigt des Mönches das Böse tatsächlich aus den Planken der ›Kreuz der Trave‹ vertrieben habe. Sie machen sich keine Sorgen mehr.«

Meister Philippe legte ihm begütigend die Hand auf den Kopf und sprach einen Segen. »Auch du sollst keine Furcht mehr haben«, sagte er dann und fügte noch hinzu: »Der Segen des Mönches wird dieses Schiff fortan vor Unglück bewahren.« Seine letzten Worte überraschten mich nicht wenig, schließlich war Heinrich von Lübeck, um den es sich doch unzweifelhaft handelte, so grausam aus dieser Welt geschieden.

Nach weiteren Worten der Tröstung wandten wir uns zum Gehen. Meister Philippe war nun begierig darauf, ins »Haus zum Hahn« zu gehen und dem Reeder aus Lübeck von Angesicht zu Angesicht gegenüberzutreten.

Wir waren schon an der Laufplanke, als sich der Inquisitor noch einmal umdrehte und den Steuermann wie beiläufig fragte: »War die Kogge eigentlich unbeladen, als sie mit dem sterbenden Kapitän in den Hafen segelte?«

Gernot blickte einen Moment verwirrt drein, dann zuckte er die Achseln. »Ich habe es selbst nicht gesehen, doch man sagt, dass einige Felle an Bord gewesen seien, dazu ein paar Säcke, die vielleicht Linsen enthielten oder Erbsen oder etwas Ähnliches, da widersprechen sich die Leute in Lübeck. Losgesegelt ist sie mit einer ganzen Ladung Bier für Oslo. Dort allerdings ist die Kogge nie eingelaufen. Die Fässer jedoch waren nicht mehr im Frachtraum, als die ›Kreuz der Trave‹ endlich in ihre Heimat zurückkehrte.«

»Und in Paris? Habt ihr etwas gebracht? Habt ihr etwas geladen?«

Gernot schüttelte den Kopf »Wir sind mit Ballast hierher gesegelt. Bisher haben wir auch noch nichts geladen. Weiß der Himmel, was mein Herr hier zu laden wünscht.«

»Er hat dir nichts gesagt?«, forschte der Inquisitor nach. »Keine Andeutung? Keine Anweisung, etwa Fässer zu kaufen oder Kisten oder Säcke?«

»Nein, nichts bislang. Die Laderäume sind leer.«

»Bis auf ein sündiges Weib«, sagte Meister Philippe und lächelte dünn, »obwohl du dir doch so viele Sorgen machst über das Schicksal dieses Schiffes und du doch weißt, dass Frauen an Bord Unglück bringen.«

Als ich dies übersetzt hatte, wurde Gernot dunkelrot und begann zu zittern – doch da war der Inquisitor schon die Laufplanke hinuntergestiegen, und ich beeilte mich, ihm zu folgen.

Wir schritten ein Stück die Seine entlang, stromab, bis wir nach rechts in die Rue Saint-Denis einbogen, die große Straße, die von Nord nach Süd ganz Paris durchquert.

Hier drängten sich Bürgersleute und Mägde, Händler und Mönche, Ritter und Bettler, Vaganten und Juden. Das Pflaster war beschmutzt vom Kot der Ochsen, welche die schweren Karren der Fuhrleute zogen, und der Esel, auf denen Wandertrödler allerlei Waren zu Markte brachten. Schweine und Hunde flitzten zwischen den Menschen dahin, wühlten im Dreck und bekamen wohl mancherlei Tritte, wenn sie nicht schnell genug beiseitesprangen. Das Quieken, Bellen und Heulen der Tiere mischte sich mit dem Rattern der eisenbeschlagenen Karrenräder und dem Geschrei der Marketender und dem Flehen der Bettler; auch hörte ich manch lästerlichen Fluch.

Vor einem Haus hatte sich ein zerlumpter Mann auf ein leeres Fass gestellt und redete wirr. Er war laut und gestikulierte, als wären seine Arme die Flügel einer Windmühle im Sturm. Er sprach vom Ende der Welt und davon, dass die Juden die Brunnen vergiften, um gute Christenmenschen zu töten. Kaum jemand hörte ihm zu. Plötzlich öffnete sich in einem der oberen Stockwerke des Hauses, vor dem er sich aufgestellt hatte, ein Fenster, und auf den selbst ernannten apokalyptischen Prediger regneten die Exkremente einer zehnköpfigen Familie herab. Und holla, nun war ihm alle Aufmerksamkeit sicher!

Schadenfreude ist eine Sünde, der HERR möge sie mir nachsehen – zumal ich doch viel schwerere Schuld auf mich geladen habe –, doch freute ich mich kaum weniger als die Kerle und Dirnen, die sich nun um den Unglücklichen, gewaltig Fluchenden scharten und ihn verhöhnten. Unter Schimpf und Schande schlich er davon, stinkend wie ein Aussätziger, verfolgt von Kindern, die ihn mit Steinen und Stöcken bewarfen.

Si me persecuti sunt et vos persequentur si sermonem meum servaverunt et vestrum servabunt.

Wir bogen nach einigen hundert Schritt links in die Rue Saint-Martin, die schmaler war als die große Straße und deren Häuserzeilen mir etwas weniger hoch und prachtvoll dünkten. Doch schoben sich auch hier Menschen ohne Zahl und scheinbar ohne Ziel mal hier-, mal dorthin, sodass wir uns weniger auf geradem Wege denn in einer Art Zickzack zwischen Menschen und Unrat vorwärtsbewegten.

Wir überquerten den Markt von Les Halles, wo Händler und Bauern Weizen scheffelweise anboten, Starkbier in Fässern, Feuerholz in Bündeln und Wein, so viel, dass man damit einen ganzen

See hätte füllen können. Weiber standen schwatzend am Brunnen – einem der wenigen von Paris, in dem man frisches, sauberes Wasser schöpfen konnte – und wechselten unzüchtige Worte mit den Knechten, die, von schwerer Arbeit und wohl auch ungehörigen Gedanken erhitzt, hier mit einer Kelle Nass ihren Kopf kühlten.

Auf der Mitte des Platzes, direkt neben dem Brunnen, erhob sich einer der berüchtigtsten Galgen der Stadt. Dort hing die halb verweste Leiche eines Strauchdiebes, den man, wie mir Meister Philippe unter Schlagen des Kreuzes erklärte, vor drei Wochen seiner gerechten Strafe zugeführt hatte. Raben umschwirrten ihn, und ich musste daran denken, was mir einst ein altes Marktweib in Köln zugeflüstert hatte: dass jeder Rabe die Seele eines unerlösten Sünders in sich trägt. Auch ich schlug das Kreuz und hastete weiter.

Hinter Les Halles erhob sich die Kirche Innocents – so benannt nach dem Friedhof der unschuldigen Kinder, der sich im Schatten der Mauern des Hauses GOTTES erstreckte.

Das »Haus zum Hahn«, das ich endlich erblickte, lag nicht weit vom Katzenplatz entfernt – dem Ort, an dem sich die Wandertrödler Frankreichs trafen, um alte Kleider, zerbeulte Töpfe und andere windschiefe Waren feilzubieten.

Das Gebäude selbst hatte jedoch nichts mit den schäbigen Händlern vor seinen Pforten gemein: Groß war es, drei Stockwerke hoch, darüber ein schön geschindeltes Dach, aus dessen Giebel ein Kran ragte, mit dem man Säcke und Fässer in den Speicher heben konnte. Die Fenster glänzten in hellem und in gelbem Butzenglas, das Tor war massiv, ein schönes Schild schwankte leicht knarzend im Wind. Auf ihm war, kunstvoller als üblich, das Tier gemalt, welches diesem Anwesen seinen Namen gab.

Meister Philippe klopfte dreimal kräftig an das Tor. Wir mussten nur wenige Augenblicke warten, bis uns eine Magd öffnete, ob unseres Habits große Augen machte und uns unter vielerlei Knicksen und Ehrbezeugungen ins »Haus zum Hahn« bat.

Sie führte uns in ein großes Studierzimmer, dessen Wände mit

Regalen verstellt waren, in denen wohl hundert oder mehr Bücher standen, und dessen Fenster zur Vorderseite hinausgingen und einen guten Blick auf den Katzenplatz und die Straße boten. Doch der Mann, der sich hier an einem Stehpult über einen Folianten beugte, hatte kein Auge für das Leben vor seinem Haus. Er merkte von seiner Lektüre auf und starrte uns für einen Moment erschrocken an, bevor er seine Selbstbeherrschung wiedererlangt hatte und uns würdevoll zunickte.

Richard Helmstede war ein großer, massiger Mann von vielleicht fünfzig Jahren, ein Reeder von imposanter Gestalt, mit rotem Gesicht und dünnem Haarkranz. Er war in Brokat und Atlasseide gehüllt, sein Wams umspannte eine schwere goldene Kette. Seine Füße steckten in Stiefeln aus weichem Cordobaleder. Derartiges Schuhwerk kostete über zwanzig Sous – eine Summe, von der eine Familie in Paris wohl ein Vierteljahr leben mochte.

Nemo potest duobus dominis servire aut enim unum odio habebit et alterum diliget aut unum sustinebit et alterum contemnet non potestis Deo servire et mamonae.

Meister Philippe stellte uns vor und kam ohne Umschweife zur Sache: Er erklärte, dass Heinrich von Lübeck getötet worden sei und wir Inquisitoren nun Helmstede aufsuchten, da der tote Mönch doch der Beichtvater des ebenfalls erst vor kurzem verstorbenen Bruders des Reeders gewesen sei. Er verriet jedoch nicht, woher er dies wusste.

Das gerötete, fleischige Gesicht Richard Helmstedes verfärbte sich, wurde zuerst blass wie Leinwand, dann blau wie eine überreife Weintraube. Einen Moment lang befürchtete ich, ihn würde der Schlag ereilen. Tatsächlich wankte er, hielt sich am Lesepult fest und ging dann mit schleppendem Schritt zu einem hochlehnigen Stuhl, auf den er kraftlos niedersank.

»Auch Bruder Heinrich«, murmelte er. »Oh, welcher Fluch mag nur auf uns lasten?«

»Das genau würde ich auch gerne wissen«, sagte mein Meister, als der Reeder wieder etwas zu Atem gekommen war.

Der Inquisitor setzte sich auf einen Schemel, obwohl ihm Richard Helmstede mit einer Geste den zweiten hochlehnigen Stuhl im Raum angeboten hatte. Dabei sah er den Reeder aufmerksam an. Der Mönch war freundlich, ja man hätte meinen können, er warte demütig auf jedes Wort des Lübeckers. Doch ich war sicher, dass sein bescheidenes Auftreten Richard Helmstede nicht zu täuschen vermochte: Der Reeder wusste genau, wie gefährlich es war, von einem Inquisitor befragt zu werden.

So wurde ich denn die nächste halbe Stunde Zeuge eines Duells der Worte: Meister Philippe war höflich, aber beharrlich. Richard Helmstede war zurückhaltend und übte sich in der Kunst, in langen Sätzen wenig zu sagen.

Der Reeder erzählte uns von der Kogge und dem Schicksal ihrer Besatzung – das, was wir schon andernorts gehört hatten. Meister Philippe vermied es jedoch, zu erwähnen, dass wir schon mit dem Steuermann Gernot gesprochen hatten. Mochte der Reeder selbst irgendwann herausfinden, woher wir wussten, was wir wussten.

»Ich habe meine Ladung verloren, GOTT allein weiß, wo. Und ich habe meinen Bruder verloren sowie zwei Dutzend tüchtiger Seeleute. Ohne Zweifel liegt ein Fluch auf dem Schiff«, lamentierte Richard Helmstede.

»Ohne Zweifel«, gab der Inquisitor ungerührt zurück. »Doch wer mag ihn ausgesprochen haben? Und warum?«

Der Reeder hob die Hände zum Himmel. »Ein Schiffsherr aus Lübeck oder einer anderen Hansestadt? Jemand, der mir meinen Erfolg missgönnt? Oder eine Hexe? Oder ein Jude? Ich weiß es nicht.«

»Und Ihr habt nicht die leiseste Ahnung, wo die ›Kreuz der Trave‹ in all den Wochen, die sie verschollen war, gewesen sein könnte?«, fragte Meister Philippe.

Richard Helmstede schüttelte betrübt den Kopf. Ich mühte mich, ihn unauffällig zu mustern, doch vermochte ich in jenem Moment wahrhaftig nicht zu sagen, ob der Reeder uns anlog oder die Wahrheit sprach.

»Hat Euch Bruder Heinrich denn nie etwas gesagt? Eine Andeutung? Ein unbedachtes Wort?«, wollte der Inquisitor wissen.

»Nein, nie«, seufzte Richard Helmstede.

»Meint Ihr denn, dass unser verstorbener Mitbruder überhaupt mehr gewusst haben könnte?«

Der Reeder blickte Meister Philippe lange schweigend an. Dann seufzte er. »Wie ich ja schon sagte: Bruder Heinrich hat nie etwas Derartiges gesagt. Doch ich glaube, ich spüre es eher, als dass ich es weiß, er muss etwas gewusst haben. Er war so«, er suchte lange nach Worten, »so schweigsam, selbst für einen Mönch, so niedergedrückt. Irgendetwas muss auf seiner Seele gelastet haben – und was könnte dies anderes sein als sein Wissen um das Schicksal meines Schiffes?«

»In der Tat«, murmelte Meister Philippe, »was könnte dies anderes sein? Wenn diese Vermutung stimmt, dann ist der einzige Mensch, der weiß, wohin die ›Kreuz der Trave‹ gesegelt sein mag und was ihrer Besatzung zugestoßen ist, nun tot. Mag sein, dass dies ein Zufall ist, doch als Inquisitor habe ich gelernt, dass hinter jedem Zufall der Teufel steckt.«

Richard Helmstede bekreuzigte sich hastig bei der Nennung von Satans Namen.

»Warum seid Ihr nach Paris gereist? Und warum ausgerechnet mit diesem Schiff?«, fuhr der Inquisitor mit seiner Befragung fort.

Schweißperlen standen auf der Stirn des Reeders. Er wischte sie mit einem spitzenbesetzten Tuch fort. Einen Moment lang glaubte ich, er würde verzweifelt nach einer Ausrede suchen, doch dann schien er sich eines Besseren zu besinnen und zuckte mit den Achseln.

»Ich weiß es nicht«, gestand er müde. Helmstedes Stimme klang schwach.

»Was soll das heißen: Ihr wisst es nicht?«, hakte der Inquisitor nach. Seine Miene war die eines skeptischen Weisen, dem ein amüsantes Rätsel gestellt wird. Doch ich ließ mich nicht täuschen: Es war eine Frage auf Leben und Tod. Hätte der Reeder jetzt die falsche Antwort gegeben, so wäre er auf dem Scheiterhaufen verbrannt worden.

Doch Helmstede sagte einen Satz, der ihm, zumindest in diesem Augenblick, das Leben rettete: »Bruder Heinrich bat mich eines Tages im vergangenen Winter inständig darum, mit der Kogge nach Paris zu segeln. Er sagte mir nicht, warum, und auch nicht, warum er gerade dieses Schiff haben wollte. Ich bot ihm sogar andere an. Er jedoch bestand auf der ›Kreuz der Trave‹. Das Einzige, was er mir in Aussicht stellte, war, etwas für das Heil meiner Seele zu tun.«

»Kein Geld?«, fragte Philippe de Touloubre verwundert.

Richard Helmstede wurde rot. »Nun, Bruder Heinrich deutete an, dass ich dabei reich werden könnte. So reich, wie nur irgendein Kaufmann der Christenheit je geworden wäre.«

»Und Ihr habt Euch darauf eingelassen, obwohl Ihr weder die Fracht noch das Ziel dieser seltsamen Reise kanntet?«

Der Reeder hob in einer entschuldigenden Geste die Hände. »Der Mönch war der Beichtvater meines verstorbenen Bruders!«, rief er. »Jedem anderen hätte ich bei einem solchen Vorschlag ins Gesicht gelacht. Doch Bruder Heinrich …« Er zögerte, dachte nach und schüttelte dann den Kopf »Bruder Heinrich klang so überzeugend«, fuhr er fort, »so bezwingend. Anders weiß ich es nicht zu benennen. Irgendetwas trieb mich, ihm zu Diensten zu sein.«

»Und was habt Ihr seither in Paris getan?«

»Nichts«, er seufzte abermals tief. »Nichts als gewartet. Keine Ladung, kein Ziel. Meine Männer wurden schon unruhig, sie haben schließlich Familien in Lübeck. Doch was sollte ich tun? Mir brennt das Feuer unter den Nägeln, ich muss zurück in mein Kontor, die Zeit der Winterstürme ist vorüber, die Schiffe laufen aus. Doch ich sitze in Paris, gebe ein kleines Vermögen für dieses Haus aus und warte und warte.

Zunächst hat Bruder Heinrich mich hingehalten. Hat mir gesagt, ich müsste mich nur noch ein Weniges gedulden. Aber nun: Was soll ich tun? Muss ich mit leerer Kogge zurückkehren?«

Während dieses Spiel aus Fragen und Antworten noch einige Zeit weiterging, sah ich mich – wie ich glaubte, unauffällig – im Raum um, ohne mich, der ich demütig hinter Meister Philippe stand, von der Stelle zu rühren. Ich schielte zum Lesepult hinüber, auf dem der aufgeschlagene Foliant lag, den der Reeder studiert hatte, bevor wir eingetreten waren.

Es handelte sich um eine Landkarte. So etwas Ähnliches hatte ich schon öfter in Bibliotheken studiert: Sie war aus grobem Pergament. Die Ländereien konnte ich nicht klar erkennen, die Küstenlinien verwirrten mich, in die Meere waren Wale, Kraken und allerlei andere Ungeheuer eingezeichnet. Doch ich sah, dass die Karte nach Norden ausgerichtet war, denn das Symbol dieser Himmelsrichtung – der Polarstern – prangte ganz oben auf der Seite. Eine Kompassrosette war links als Symbol für den Westen eingezeichnet, ein Kreuz rechts im Osten, unten, im Süden, ein halb verschattetes Erdenrund. Doch warum waren kaum Straßen auf dieser Karte zu sehen? Warum keine Burg und kein Kloster? Und warum war, wie es doch jedermann in der Christenheit besser wusste, Jerusalem nicht als Mittelpunkt der Welt eingezeichnet, sondern als eine Stadt unter vielen rechts am Rand?

Die Karte schien mir ein Werk der Ketzer zu sein. Ich täuschte einen Hustenanfall vor, um mich zu krümmen, einen Schritt zur Seite zu treten und rasch auf die Legende unterhalb der seltsam geformten Küstenlinie zu blicken. Ich konnte nur den ersten, größer geschriebenen Satz lesen:

Petrus Vesconte fecit.

Den Namen Petrus Vesconte hatte ich noch nie gelesen, auch wenn er mir vage bekannt vorkam. Mehr konnte ich in jenem Moment nicht tun, als mir diesen Namen zu merken, denn wollte ich nicht unerwünschte Aufmerksamkeit erregen, so musste ich mich nun wieder möglichst still und unbeweglich hinter dem Inquisitor aufstellen.

»Ich möchte Euch im Namen des HERRN bitten, noch einige wenige Tage hier auszuharren«, sagte Meister Philippe gerade gefährlich freundlich. »Bis wir den Sünder gefunden haben, der den Beichtvater eures teuren Bruders so schändlich niedergestochen hat. Vielleicht entdecken wir, sozusagen nebenbei, nicht nur den Täter, sondern auch den Zweck eurer Reise.«

Richard Helmstede nickte eifrig und verbeugte sich tief. »Ich gehorche der Kirche gern und bin ein treuer Diener ihrer Inquisition«, murmelte er.

Doch genau in diesem Augenblick, da Richard Helmstede der Inquisition zu dienen versprach, betrat Satan selbst den Raum in der Gestalt von Klara Helmstede, der Gattin des Reeders.

Sie war kein junges Mädchen mehr, doch war sie deutlich jünger als ihr Mann. Ich schätzte sie auf fünfundzwanzig Jahre – was ihr wohl geschmeichelt hätte, denn sie hatte just in jenem Frühjahr, wie ich später erfahren sollte, ihren dreißigsten Geburtstag gefeiert. Sie war groß: Klara Helmstede hätte mir in die Augen sehen können, wäre sie nicht in den Raum getreten, ohne mir auch nur einen Blick zu gönnen. Sie trug hochgebundene Kleider nach der Mode jener Tage, eine spitzengeschmückte Haube und einen hellen Schleier. Rock, Mieder und Oberkleid, alles kunstvoll geschnürt, betonten ihre üppigen Formen, unter ihrer Haube quoll ungebärdiges blondes Haar in langen Strähnen hervor, und ihr Schleier war so fein, dass er ihre hellen, blitzenden blauen Augen, ihre kleine Nase und ihre sinnlichen Lippen nicht sittsam verbarg, sondern schmeichelnd umhüllte.

Ich blickte erschrocken zu Boden und hoffte, mein flammendes Gesicht vor den anderen verbergen zu können.

»Seid gegrüßt, ihr Brüder, und willkommen in unserem bescheidenen Haus«, sprach Klara Helmstede und blickte Meister Philippe für einen Moment – und ich möchte schwören: herausfordernd – an, bevor sie zunächst vor dem Inquisitor, dann vor ihrem Gatten einen tiefen Knicks vollführte.

Ihre Stimme klang klar wie Quellwasser in den Bergen, und ich hatte für einen Augenblick die Vision, wie sie in einer Kirche sang zum Lobe des HERRN. Ihre Bewegungen, als sie uns formvollendet grüßte, waren fließend und grazil wie die einer Katze. Und ich, ein Sünder und schwach im Fleische, konnte meinen Blick nicht länger am Boden halten, sah auf und blickte – oh, welch sündiger und wonniglicher Moment – für die Dauer eines Wimpernschlages in Klara Helmstedes Kleid, das am Hals ausgeschnitten war und mir, da sie knickste, die Ansätze zweier runder Hügel feilbot – zweier Hügel, die kein Mönch, und wanderte er auch noch so weit, je zu Gesicht bekommen darf.

Ich schauderte und blickte wieder zu Boden. Heiß war mir, wie im Fieber, doch zugleich auch kalt, als seien meine Hände in Eiswasser getaucht.

Meister Philippe deutete eine Verbeugung an und segnete Klara Helmstede. Bewundernd stellte ich fest, dass sein Gesicht unbewegt war und kein Zittern in seiner Stimme erklang. Höflich stellte er sich und mich und unser Anliegen vor, höflich fragte er, ob die Reedersgattin vielleicht etwas wisse, an das der Herr Reeder zufällig und in leicht entschuldbarer Weise nicht gedacht hatte, und höflich lächelte er, als ihm Klara Helmstede in wohl gesetzten Worten ihre Trauer über den Tod unseres Mitbruders ausdrückte und im Übrigen bedauernd verneinte, irgendetwas Gewichtiges beitragen zu können.

»Wenn dies so ist, dann werden wir uns jetzt zurückziehen und Euch Euren Pflichten überlassen«, murmelte Meister Philippe. »Wir werden wieder von uns hören lassen.« Er nickte, segnete huldvoll die demütig gesenkten Köpfe der beiden Eheleute und schritt aus dem Gemach.

Doch ich, der ich hinter ihm herstolperte – begierig, diesen Ort rasch zu verlassen, da die Sünde so mächtig an mir zog –, beging den Fehler, mich im Türrahmen noch einmal umzudrehen.

Richard Helmstede stand noch immer da, den Kopf tief gesenkt, doch seine Gattin hatte sich schon wieder aufgerichtet – und nun blickte sie mich an.

Und ich, ich versank in diesen klaren blauen Augen wie in einem bodenlosen Ozean. Klara Helmstede sprach kein Wort, machte keine Geste, und doch verstrickte sie mich in jenem Augenblick in ein Netz, aus dem ich nicht mehr entkommen sollte. Kurz bevor ich meinen verwirrten Blick endlich von ihrem Gesicht fortreißen konnte, da schenkte sie mir ein Lächeln, das freundlich war und spöttisch zugleich.

Zitternd taumelte ich hinter Meister Philippe ins Freie, der mit energischen Schritten den Rückweg antrat. Er folgte den Straßen, die wir gekommen waren, und achtete weder auf meine Verwirrung noch auf das Gedränge zwischen den Häusern.

»Der Reeder verbirgt etwas vor uns«, murmelte der Inquisitor und schlug die Hände zusammen, bevor er sich besann, wie unschicklich diese Geste war, und die Arme vor der Brust verschränkte, wie ein guter Mönch es tun sollte.

»Mag sein, dass er wirklich nichts über das Schicksal seines Bruders und seiner Kogge weiß. Doch ich glaube ihm nicht, dass er ebenso ahnungslos ist, was den Zweck seiner Fahrt nach Paris betrifft. Er wäre kein erfolgreicher Reeder geworden, wäre er wahrhaft so leichtgläubig, nur auf die Versprechungen Heinrichs von Lübeck hin in diese Stadt zu segeln. Und warum sollte er hier ausharren?

Nein, es muss etwas geben, das ihn an die Seine gelockt hat. Einen Mann wie ihn, den locken weder Seelenheil noch Ruhm – den lockt nur das Geld. Ich muss an die Münzen denken, die Heinrich von Lübeck am Tage seines Todes bei sich getragen hat …« Seine Stimme verlor sich in einem gedankenvollen Murmeln, während wir durch die Stadt eilten.

Während der Geist von Meister Philippe um den toten Mitbruder und den rätselhaften Reeder kreiste, hatte ich nur Klara Helmstede im Sinn.

Als wir das Kloster erreichten, erwartete uns dort bereits das nächste Problem: Ein zerknirscht dreinblickender Sergeant de la Douzaine – allerdings keiner der beiden Kerle, die wir am Ort jenes schändlichen Verbrechens angetroffen hatten – war vom Portarius in den kargen Raum neben der Kirche geführt worden, in dem sich Gäste aufhalten durften. Er verbeugte sich, stammelte etwas Unverständliches und rückte erst nach einigem Hin und Her damit heraus, dass sich Jacquette nicht mehr im Gewahrsam der Sergeanten befand.

»Sie ist geflohen?«, rief der Inquisitor ungläubig.

Der Sergeant, er war noch sehr jung, wurde rot.

»Jacquette La Pigeonette ist eine Dirne«, stammelte der Wächter, »eine sehr raffinierte Dirne und vielleicht eine Hexe zudem. Sie hat die beiden Sergeanten, die sie in den Kerker führen sollten, mit einem magischen Spruch belegt, sodass sie, wie die beiden später aussagten, plötzlich nichts mehr sahen, so als gingen sie durch einen dichten Nebel. Als sich ihre Augen endlich wieder aufklarten, da war die Schönfrau fort.«

»Hinfort auch mit dir«, grollte der Inquisitor und schickte den Sergeanten mit einer verärgerten Handbewegung hinaus, ohne ihm den Segen zu erteilen.

»Welcher Art die Hexerei dieser Schönfrau ist, das kann ich mir denken«, sagte er, nachdem der Wächter gegangen war.

Ich bekreuzigte mich erschrocken, doch Meister Philippe lachte nur grimmig.

»Dazu bedurfte es wahrscheinlich keiner besonderen satanischen Künste, sondern nur jener Sünde der Verführung, die jedes Weib beherrscht. Jacquette wird den Wächtern ihre Dienste angeboten haben. Entweder ließen die Sergeanten die Dirne dann freiwillig laufen, oder sie ist geflohen, während den beiden Wächtern noch die Hosen um die Fußknöchel hingen.«

Ich blickte ihn empört an, doch der Inquisitor atmete nur tief durch, murmelte ein kurzes Gebet und bezwang so seinen aufbrausenden Zorn. »Verzeih, mein junger Bruder«, sagte er dann. »Ich habe einen Moment nicht mehr daran gedacht, dass man dergleichen nicht in unseren frommen Studien lernt. Doch ich habe Ähnliches schon viel zu häufig sehen müssen, als dass mich dies noch überraschen würde. Den Zorn jedoch, den kann ich selbst nach all den Jahren kaum bemeistern. Welche Kräfte hat doch das Weib!«

Fürwahr, da sprach mir der Inquisitor aus der Seele. Denn tief in mir, da jauchzte eine leise, sündige Stimme über den Streich der Schönfrau und freute sich, dass Jacquette nicht im Kerker schmachten musste. In meinem Geiste beschwor ich ihr Bild herauf, wie sie uns, sich aus dem Schlamm der Straße erhebend, im Schatten von Notre-Dame gegenübertrat. Ihre Züge vermischten sich mit denen von Klara Helmstede, und meine Seele brannte in den Feuern von Wollust und Scham.

In jener Nacht gedachte ich der Mahnungen von Meister Philippe und bezwang mein Bedürfnis, mich wieder zum Altar zu schleichen und dort in Demut um die Vergebung meiner Sünden zu flehen. Stattdessen legte ich mich gehorsam auf meine Pritsche, doch der Schlaf wollte auch diesmal nicht über mich kommen.

In meiner Seele tanzten Heinrich von Lübeck mit seinen toten Augen, ein gesichtsloser, sterbender Kapitän, ein verängstigter Reeder und ein Geisterschiff einen wilden, satanischen Reigen um einen riesigen Kopf, der, einer Chimäre gleich, mal die Züge einer sündigen Schönfrau annahm und mal die einer respektablen Lübecker Bürgerin.

Erst nach den Nocturnes um Mitternacht, zu denen ich mich, schwankend vor Erschöpfung, wie ein Kranker geschleppt hatte, fiel ich endlich in einen tiefen Schlummer – doch sollte dieser viel zu kurz sein.

Ich wachte auf, lange vor dem Morgengrauen. Es mochte die letzte Stunde der Nacht sein, bald würde ein Bruder zu den Laudes läuten. Doch noch war es zu früh, um in die Kirche zu gehen. Ich lag, gerädert, als wäre ich von den Folterern der Inquisition befragt worden, auf der Pritsche und fragte mich benommen, was mich wohl geweckt haben mochte.

Da vernahm ich es erneut. Schritte.

Ich hob meinen Kopf und horchte – es gab keinen Zweifel: Jemand ging den Gang vor meiner Zelle entlang. Ich konnte die leisen Schritte von zwei, drei, wohl noch mehr Menschen unterscheiden. Für einen Moment glaubte ich, dass sich alle meine Mitbrüder zu einer nächtlichen Messe versammeln würden und nur ich, der ich aus der Fremde kam, von ihr ausgeschlossen wäre.

Vorsichtig erhob ich mich von meiner Schlafstatt und trat geräuschlos an die Tür, wo ich mit dem Ohr an den Brettern lauschte. Ich konnte leise Stimmen vernehmen, doch konnte ich kein Wort verstehen. Einmal fiel der unruhige Schein einer kleinen Kerze durch den Spalt unter meiner Tür in meine Zelle. Ich presste mich erschrocken an die Wand und wagte nicht mehr zu atmen. Mein Herz hämmerte mir im Halse, und ich glaubte, dass jeden Augenblick ein nächtlicher Besucher – aber wer? – in meine Zelle treten würde.

Doch der Lichtschein verlosch, das Murmeln verklang, die Schritte verhallten.

Erst nach einer Zeit, die mir unendlich lang vorkam, die jedoch kaum mehr als eine Viertelstunde betragen haben mochte, wagte ich es, meine Tür um eine Handbreit zu öffnen und in den düsteren Flur hinauszuspähen.

Nichts. Das Kloster war, soweit ich sehen und hören konnte, ruhig wie eine Gruft.

Ich warf mich wieder auf meine Pritsche und fiel in einen wirren Traum, an dessen Einzelheiten ich mich nicht mehr erinnern konnte, als mich die Glocke zu den Laudes rief. In der Kirche, als meine Brüder und ich die Psalmen anstimmten, sagte ich mir, dass auch die nächtlichen Schritte und Stimmen meinem Traum entsprungen sein mussten. Wer sollte es wagen, nachts durch ein Kloster der Dominikaner zu schleichen? Welcher Mönch würde dies tun? Welcher Fremde so verwegen sein?

So hatte ich mich bis zum Ende der Laudes schon selbst überzeugt, dass ich Opfer einer Täuschung der Nacht gewesen war. Doch als ich erleichtert zu meiner Zelle zurückging, um mir vor dem Morgenmahl die Hände zu waschen, da erblickte ich im ersten fahlen Dämmer des Tages auf dem Gang kurz vor meiner Zellentür einen kleinen weißen Fleck auf dem Boden. Einen frischen Tropfen Kerzenwachs.

Später, beim Morgenmahl, rang ich mit mir, ob ich Meister Philippe von dem nächtlichen Spuk erzählen sollte. Vielleicht hatte er eine simple Erklärung dafür? Womöglich würde meine Erzählung seinen inquisitorischen Ehrgeiz wecken und ihn dazu anspornen, dieses Rätsel zu lösen? Doch schließlich sagte ich mir, dass die nächtlichen Geräusche wohl kaum etwas mit den schwer wiegenden Untersuchungen zu tun haben mochten, die uns der Prior aufgetragen hatte. Außerdem wusste ich viel zu wenig, um Meister Philippe irgendetwas Sinnvolles vortragen zu können – er würde mich auslachen. Und schließlich war ich doch nun selbst Inquisitor. Warum also sollte ich meinen Geist und meine Sinne nicht darin üben, jenes nächtliche Geheimnis allein aufzuklären?

Dann, so sagte ich mir in meiner Vermessenheit, gäbe es ja immer noch Gelegenheit genug, mich Meister Philippe zu offenbaren.

Wie töricht doch der Hochmut macht und wie eifrig das Bemühen ist, seinem Oberen zu gefallen, wenn man gesündigt hat!

Nach dem Morgenmahl begaben Meister Philippe und ich uns zur Kathedrale Notre-Dame.

»Es hätte mir, ich gestehe diese Sünde gern, ein gewisses Vergnügen bereitet, die Schönfrau zur Messe führen zu lassen. Dort sitzen die zwölf Domherren zu Notre-Dame auf ihren hohen Stühlen im Chor, und unser Dirnchen hätte Muße gehabt, sie eingehend zu betrachten. Vielleicht hätte sie sich dann doch erinnert, welchem der fleischeslustigen Diener des HERRN sie in jener fatalen Nacht begegnet sein mag. Doch stark ist die Sünde des Weibes, stärker jedenfalls als mancher Plan eines Inquisitors.« Meister Philippe seufzte, schien jedoch nicht wirklich betrübt zu sein.

»Nun denn, dann werde ich die Domherren nach der Messe einzeln befragen. Wir wollen ja kein unnötiges Aufsehen erregen. Geredet wird in Paris sowieso schon genug.«

So kam es, dass wir uns zum Ende der Messe in GOTTES wundersames Haus schlichen wie zwei Diebe in der Nacht. Unauffällig trat Meister Philippe zu einem großen, rotgesichtigen Domherrn: Es war, wie ich später erfahren sollte, Nicolas d'Orgemont, der Dekan der zwölf Domherren.

Für einen Moment glaubte ich schon, den Geistlichen vor mir zu sehen, der seine Gelüste an Jacquette ausgelebt hatte – passte ihre Beschreibung denn nicht perfekt auf ihn? Doch als ich die unchristliche Wut, die sich meiner Seele bemächtigen wollte – und die meinen eigenen sündigen Gedanken mindestens genauso entsprang wie gerechtfertigtem Zorn –, bemeistert hatte, da erkannte ich, dass elf der zwölf Domherren feist und rotgesichtig waren. Nur einer war hager, hochgewachsen und schon im Greisenalter. Ihm allein traute ich jene nächtliche Unzucht nicht zu.

Der Inquisitor nahm Nicolas d'Orgemont beiseite und flüsterte ein paar Worte mit ihm. Dann zogen sich die beiden, zu meiner großen Enttäuschung, in eine Nische neben einer Kapelle im Chorumgang zurück. Ich erkannte die Absicht von Meister Philippe. Er wollte jeden Domherrn einzeln befragen – doch so, dass es einfachen Gläubigen, die auch jetzt noch in großer Zahl im Kirchenschiff wandelten, beteten, vor den Beichtstühlen anstanden oder Kerzen entzündeten, nicht weiter auffiel.

Und mich, den jungen Mönch aus der Fremde, ließ er bei diesen delikaten Befragungen diskret außer Hörweite warten. Deshalb sagte ich mir denn, dass Demut eine der schönsten Tugenden eines Mönches sei – und ich mich nun in ihr üben durfte.

So kniete ich mich vor den großen Altar und verharrte im Gebet, während der Inquisitor einen Domherrn nach dem anderen in abgelegenen Winkeln der Kathedrale zum brüderlichen Gespräch bat.

Doch mein Flehen zu GOTT kam nicht aus tiefster Seele. Zwar murmelte ich die Bußformeln, doch noch während ich dies tat, schweifte mein Blick ab vom Altar. Ich betrachtete die reich verzierte Chorschranke – dort sah ich fein gearbeitete Skulpturen: Im Mittelpunkt stand der Engel, der Maria verkündete, dass sie den Heiland empfangen habe. *Et ingressus angelus ad eam dixit have gratia plena Dominus tecum benedicta tu in mulieribus.*

Die Heilige Mutter GOTTES hatte der Künstler allerliebst dargestellt. Sie war eine junge Prinzessin, ihr schlanker Körper umhüllt von einem wallenden Gewand, ihre langen wunderschönen Haare kunstvoll geflochten, der Blick demutsvoll gesenkt, das anmutige Gesicht fein und makellos.

Doch Frömmigkeit erfüllte mich nicht bei diesem Anblick, im Gegenteil. Oh, ich schaudere selbst jetzt noch, nach so vielen Jahren und so vielen Sünden, dies dem Pergament anzuvertrauen, doch ich muss gestehen, dass mir an jenem Tag in Notre-Dame der Anblick der Heiligen Maria ganz andere Dinge ins Gedächtnis rief.

So inbrünstig ich auch meine Gebete murmelte, so hoffnungslos waren diese Exerzitien, denn unaufhaltsam stieg das Bild von Jacquette in meinem Geiste auf. Ich blickte auf das liebevolle Gesicht der Mutter GOTTES – und sah doch nur die Schmutz starrenden, müden, verängstigten Züge der Schönfrau. Ich blickte auf das kostbare Gewand der Himmelskönigin – und sah doch nur die Lumpen der Dirne. Und als ich an diese Lumpen dachte, kam mein Geist wie durch einen unentrinnbaren Zwang gelenkt auf den Leib, den jene Lumpen wohl verdecken mochten. Die Hitze lief durch meinen Körper wie ein Fieber, und ich schämte mich, denn ich wusste sehr wohl, dass dies keine Krankheit des Körpers war, sondern eine der Seele.

Ich zwang mich zum Aufstehen, verbeugte mich vor dem Abbild des gekreuzigten Heilands und riss meinen Blick los von jener Szene in der Chorschranke. Doch kaum hatte ich mich umgedreht, da erblickte ich zufällig in einer der Bänke eine reich gekleidete Bürgerin, völlig in ihr Gebet versunken. Sie war eine würdige Matrone mit ergrautem Haar und einem machtvollen Körper, doch sie trug einen Schleier über dem Haupt, ganz ähnlich dem, den ich erst vor kurzer Zeit erblickt hatte.

So wurden meine Gedanken plötzlich auf Klara Helmstede und auf ihr Lächeln gelenkt. Und meine Seele entkam auch jetzt nicht der Sünde der Wollust. Oh, wie ich mich schämte!

Ich weiß nicht, wie weit meine verderbten Fantasien mich noch getragen hätten, doch an jenem Tag war es der HERR selbst, der mich rettete, indem er mir einen vom heiligen Wahnsinn Geschlagenen schickte.

»Das Ende der Welt ist nah! Bereut, solange ihr noch Reue zeigen könnt!«, rief plötzlich ein Mann, der mir bisher gar nicht aufgefallen war. Er war klein und hager, ziemlich alt, fast zahnlos und von der Gicht gekrümmt. Er hatte sich aufgerichtet, und nun rief er mit hoher Stimme, während ihm Speichel aus den Mundwinkeln floss: »Die Menschen werden sterben wie die Ratten! Ohne Trost des HERRN! Denn der HERR zürnt unserem Menschengeschlecht und wird es vertilgen ob unserer Sünden. Furunkel werden die sündige Haut der Menschen überziehen, sie werden aufplatzen, und faulige Miasmen werden ihnen entweichen! Und Weiber wie Männer werden Blut spucken und sterben am dritten Tag! Ich kann dies bezeugen, denn ich habe es schon gesehen zu Jerusalem!«

Für ein paar Augenblicke waren alle Menschen im riesigen Hause GOTTES vollkommen erstarrt, als diese Stimme mit ihren schrecklichen Prophezeiungen zwischen den Säulen hallte und zum Himmel hin verklang. Doch dann lachten zwei Buben lauthals und riefen ihm Hohnworte zu. Und als wäre dies ein Zeichen, so wich unser aller Beklemmung.

Die Matrone vertiefte sich wieder ins Gebet, ich wandelte – äußerlich demutsvoll, wie es sich für einen Mönch geziemt – langsam durch das Kirchenschiff. Kurz darauf eilten einige Knechte der Domherren herbei, griffen dem immer lauter und schrecklicher schreienden Alten links und rechts unter den Arm und zerrten ihn zum Portal, wo sie ihn mit Tritten und Hieben hinauswarfen.

Ich dankte GOTT, dass er mir jenen Wahnsinnigen geschickt

hatte, denn seine erschreckenden Worte lenkten mich von meinen eigenen Gedanken ab.

Oh, hätte ich mich doch an das Wort erinnert, dass aus dem Munde der Verwirrten oft die Wahrheit am reinsten erklingt! So aber dachte ich nur an mich und meine Sünden – und hatte, kaum dass er fortgeschafft worden war, die düsteren Prophezeiungen des namenlosen Alten schon wieder halb vergessen.

In dem kleinen Tumult hatte ich Meister Philippe kurz aus den Augen verloren. Daher war ich überrascht, ja fast erschrocken, als der Inquisitor plötzlich vor mir stand.

»Wir wollen gehen«, sagte er bestimmt.

Wir verließen Notre-Dame durch das Südportal. Zu unserer Linken erhoben sich die Streben des Chores zu einem gewaltigen, sich wölbenden steinernen Wald. Zwischen den Kapellen, Pilastern und Pfeilern stand allerlei Volk: Marketender, die mit lauten Stimmen Esskastanien und Nüsse anpriesen; Krüppel und Bettler, die um Almosen flehten; alte Weiber, die Kirchgängern kleine Kerzen anboten – und einige Frauen, die scheinbar müssig im Schatten der großen Streben standen und manchen Männern, die an ihnen vorüberliefen, Worte zuriefen, die ich nicht verstehen konnte. Ich sah einen Mann, der daraufhin stehen blieb und kurz mit einem der Mädchen flüsterte, bevor sie zusammen tiefer hineingingen ins Dickicht der Streben, wo die Schatten selbst zur Mittagsstunde so dicht sind, dass das Auge sie kaum zu durchdringen vermag.

»Wieder eine Todsünde mehr«, bemerkte Meister Philippe, der meinem Blick gefolgt war, und schlug das Kreuz. »Jetzt, da ich mit den Domherren geredet habe, wundere ich mich allerdings nicht mehr, dass sie diesem wollüstigen Treiben im Schatten von Notre-Dame keinen Einhalt gebieten.«

»Ihr habt den Mann gefunden, der Jacquette …«, fragte ich, doch ließ ich den Satz unvollendet.

Der Inquisitor schüttelte den Kopf »Selbstverständlich leugnen sie alle. Selbstverständlich sind sie empört, dass ich, nur aufgrund der Aussage einer verderbten Sünderin, überhaupt in Erwägung ziehen kann, dass ein Domherr zu Notre-Dame zu so einer Tat fähig wäre. Und selbstverständlich boten sie mir trotzdem ihre brüderliche Hilfe bei meinen Nachforschungen an.«

Meister Philippe schnaubte verächtlich. »Fürwahr, ich glaube, ich könnte jeden dieser feinen Diener GOTTES der Wollust wegen anklagen und ich würde immer den Richtigen treffen. Doch in Paris wird schon so viel geredet, die guten Bürger der Stadt sind in Angst. Du hast ja selbst gerade gehört, wer alles das Wort zu erheben wagt in diesen Tagen. Da kann ich schlecht alle zwölf Domherren von Notre-Dame offiziell vor ein Inquisitionsgericht laden. Was gäbe das für ein Gerede!«

Meister Philippe lachte und schien sich offensichtlich doch genau jene Szene vorzustellen. Dann schüttelte er den Kopf. »Ein paar Zeichen – ein unbedachtes Wort von ihm, die kleine, gehässige Bemerkung eines anderen Domherrn – lassen mich glauben, dass der Dekan selbst jener Mann war, der in der Nacht des Todes die Sünderin Jacquetre schlug, bis ihr die Sinne schwanden.«

»Ihn hatte ich gleich in Verdacht!«, rief ich triumphierend.

»Nur nicht so laut, mein junger Bruder«, beschwichtigte mich der Inquisitor und lächelte dünn. »Selbstverständlich hat die Inquisition das Recht, auch einen Domherrn vorzuladen und, wenn es denn sein muss, sogar auf der Streckbank zu befragen.

Doch Nicolas d'Orgemont ist nicht irgendein Bauer. Er entstammt einer der angesehensten Adelsfamilien der Île de France und ist ein treuer Gefolgsmann des Königs. Könnte ich ihn einer schrecklichen Sünde wegen anklagen, dann würden seine mächtigen Freunde wohl aus Abscheu und auch aus Angst vor der Inquisition ein Verfahren hinnehmen. Doch wenn meine Anklage nur darauf lautet, dass der Domherr eine Dirne verprügelt hat? Dann würden sich Nicolas d'Orgemont und seine Gönner empören und sich in Avignon bei Seiner Heiligkeit beschweren. Selbst wenn ich mich durchsetzte – und dies wäre keineswegs sicher, wenn der Papst sich einmischte –, würde es mich Jahre kosten, bis ich den Dekan verurteilt hätte. Es wäre den Aufwand nicht wert, solange größere Sünder als er ungestraft auf GOTTES Erde wandeln.«

Am Abend jenes Tages warf ich mich auf meine Pritsche und grübelte, warum GOTT es wohl so eingerichtet hatte, dass manche Menschen SEINE Diener mehr zu fürchten haben als andere. Obzwar doch Jacquette und Nicolas d'Orgemont der gleichen Sünde, nämlich der der Wollust, gefrönt hatten, wurde die Schönfrau ohne Federlesens in den Kerker geworfen, der Dekan der Domherren hingegen musste nicht einmal zehn PATER noster aufsagen, zu denen doch selbst Kinder nach harmlosen Streichen verpflichtet sind.

Wog nicht die Sünde des Domherrn sogar schwerer als die der Frau, die ihm dabei zu Diensten war? Denn ihn trieb doch die Wollust, sie hingegen vor allem die Not, sich ein paar Sous zu verdienen. Er war ein Mann der Kirche, von dem die Lämmer GOTTES hoffen durften, in ihm einen Hirten zu sehen, während niemand dieses Vertrauen einer Schönfrau entgegenbringen würde.

Irgendwann wurde mir klar, dass ich in meinem Geiste eine Sünderin wie Jacquette beinahe schon verteidigte, während vor dem Inquisitionsgericht meiner Seele ein Mann der Kirche keine Gnade fand. So verhext das Weib unser Urteilsvermögen!

Um nicht selbst schon wieder sündiger Gedanken schuldig zu werden, erhob ich mich von meiner Pritsche. Es wurde Zeit, dass ich den nächtlichen Geräuschen nachging!

Oh, wie unwissend ich doch war. Ich stellte mir vor, dass ich nur heimlich durchs Kloster schleichen musste, bis ich verdächtigen Lärm hörte, dann würde ich jenen seltsamen Begebenheiten schon auf die Spur kommen. Doch als ich mich – es musste wohl noch eine Stunde sein bis zu den Nocturnes – vorsichtig aus meiner Zelle wagte, da war das Kloster totenstill.

Lautlos brachte ich den Gang hinter mich, der zum Dormitorium führte. Als ich an dem offenen Bogen lauschte, der zum Schlafsaal der Brüder führte, da vernahm ich die üblichen Geräusche von ein paar Dutzend Menschen in der Nacht: Schnarchen und Grunzen, das Rascheln von Stroh, wenn sich ein unruhiger Schläfer von Seite zu Seite wirft, Husten und Keuchen, unverständliches Gemurmel von jemandem, den ein schwerer Traum heimsucht.

Ich tastete mich zum Kreuzgang weiter. Hier, wie überall, brannten nur wenige Talglichter, deren gelblicher Lichtschein kaum ein paar Handbreit weit reichte und den größten Teil des Klosters in Dunkelheit beließ. In den Schatten hätten sich hundert Landsknechte verstecken können, ich hätte sie nicht bemerkt.

Im Kreuzgang erklang das leise Murmeln des Springbrunnens. Ich erschrak, als ich plötzlich ein kaum vernehmbares Sirren mehr spürte als hörte: Schwarze Schatten, noch dunkler als die Nacht, tanzten in der Luft.

»HERR, errette mich«, flüsterte ich und kniete nieder, denn ich glaubte, die Seelen verdammter Toter würden um mich tanzen.

Doch es waren nur Fledermäuse, die in nächtlichen Flügen um mein Haupt kreisten.

So wanderte ich durch das Kloster wie durch ein finsteres Tal, doch niemand war mein Hirte. Das Skriptorium lag verlassen, die Bibliothek ebenso. Die Küche war kalt, der Kapitelsaal leer. In der Kirche war niemand. Und selbst, als ich all meinen Mut zusammengenommen hatte und den Gang entlangschlich, welcher zu den Zellen des Priors, Meister Philippes und anderer hochgestellter Brüder führte, war meine Beherztheit umsonst, denn auch hier war es dunkel und still.

So spukte ich denn im Kloster herum, als wäre ich selbst eine verlorene Seele, bis es Zeit wurde für die Nocturnes. Unauffällig reihte ich mich in die Kette der Mönche ein und schritt in die Kirche – mit Augenlidern und Beinen schwer wie Blei vor Müdigkeit, doch um nichts weiser als zuvor.

Am nächsten Morgen nahm mich Meister Philippe nach dem Mahl beiseite und lud mich ein, mit ihm im Kreuzgang zu wandeln. Langsam schritten wir um das Geviert. Licht fiel in den Hof, der

Brunnen leuchtete, zwischen den Säulen, welche den Kreuzgang trugen, glänzte die Luft wie goldene Schleier. Doch es war noch kühl zu dieser frühen Stunde, und fröstelnd verkroch ich mich in meiner Kutte, schlug die Kapuze hoch und schlang meine Arme ineinander.

Der Inquisitor lächelte mich nachsichtig an. »Verzeih mir, mein junger Bruder«, hub er an, »du hast den langen, beschwerlichen Weg von den deutschen Landen bis nach Paris unternommen. Und hier bist du nun, statt an der Universität zu studieren, von morgens bis abends auf den Beinen, um einen finsteren Sünder zu jagen. Ich war etwas gedankenlos in meinem Eifer, das Böse zur Strecke zu bringen. Nicolas Garmel hat Heinrich von Lübeck aufgebahrt, heute Abend wollen wir ihn in geweihter Erde bestatten als Märtyrer seines Glaubens. Zuvor jedoch möchte ich vom Bader wissen, ob ihm, der den Toten entkleidet und gewaschen hat, vielleicht noch etwas aufgefallen sein mag.«

Er deutete auf mich. »Du jedoch ruhst dich aus. Erstens schickt es sich nicht für einen jungen Mönch, das Fleisch zu betrachten, nicht einmal das eines toten Mitbruders. Und zweitens sollst du einen Tag haben, um zu Kräften zu kommen. Die Jagd nach dem Unhold wird länger dauern, als der Prior und ich zunächst gedacht hatten. Du wirst wohl noch viele Tage mit mir durch Paris streifen, bevor du endlich die Universität betreten darfst. Also nutze diesen Tag, um Seele und Leib zu sammeln.«

Ich hätte ihm gerne widersprochen, denn längst hatte mich die Neugier gepackt. Die Jagd nach dem Sünder schien mir weit spannender und GOTT gefälliger zu sein als das Studium uralter Folianten – auch wenn ich über eine solche Aussage vor ein paar Tagen noch heftig gelacht hätte. Doch am Tonfall des Inquisitors erkannte ich, dass mein Flehen nichts nützen würde. Ich verneigte mich deshalb demütig und murmelte Dankesworte.

Doch wo eine Sünde ist, da sind die anderen nicht weit. Nicht nur hatte ich mich im Geiste längst mit der Sünde der Wollust befleckt, auch Falschheit und Hochmut bemächtigten sich nun meiner. Ich dachte gar nicht daran, der Anweisung von Meister Philippe Folge zu leisten. Warum, so sagte ich mir, sollte ich im Kloster ausharren, wenn irgendwo auf den Straßen von Paris ein Mann herumlief, dessen Seele verdammt war? War nicht auch Faulheit eine der Todsünden? Würde ER es gerne sehen, dass ich untätig herumsäße, während der ältere Inquisitor die beschwerlichen Untersuchungen allein auf sich nahm?

So redete ich mir selbst Mut zu – wie jeder Narr, der bereit ist, sehenden Auges in sein Unglück zu rennen.

Ich wartete, ins Gebet versunken, in der Kirche, bis ich sicher war, dass Philippe de Touloubre das Kloster verlassen hatte. Viele meiner Mitbrüder beugten im Skriptorium oder in der Bibliothek ihre Häupter über heiligen Schriften und hatten keinen Blick für das, was außerhalb der Mauern ihrer Räume geschah. Ein paar ältere Mönche und die Novizen harkten den Kies im Kreuzgang und arbeiteten im Kräutergarten oder in der Küche.

Doch wir Dominikaner beschränken uns ja nicht auf das klösterliche Leben. Brüder, denen GOTT in besonderem Maße die Gabe der Rede geschenkt hat, gehen hinaus in die Welt und predigen SEIN Wort zu den Menschen, wie Jesus es einst getan hat. So gingen auch im Kloster an der Rue Saint-Jacques einige Brüder, manche allein, andere in kleinen Gruppen, auf die Straße und strebten dort verschiedenen Kirchen und Plätzen zu, an denen sie SEIN Wort verkünden wollten.

Ich nahm all meinen Mut zusammen, hüllte mich tief in meine Kapuze – und schritt dann mit der Selbstsicherheit desjenigen, der ein heiliges Ziel vor Augen hat, am Portarius vorbei. Der blickte kaum auf und nickte nur, ohne mich nach meinem Weg zu fragen.

So verließ ich das Kloster – und stand zum ersten Mal allein auf den Straßen von Paris.

Doch was sollte ich nun tun? Ich war so erregt und zugleich auch ratlos, dass ich zusammenzuckte, als mich ein herrenloser Hund anbellte. Dann jedoch lächelte ich und nahm es als ein Zeichen, das ER mir gesandt hatte. War ich nicht einer der *DOMINI canes?* Verbeißt sich nicht auch ein Hund in eine Spur, schnüffelt, die Nase am Boden, und verfolgt sie über Stunden, bis er sein Ziel gefunden hat? Vergräbt er nicht Dinge in der Erde? Sind nicht die Knochen, die er so verbirgt, seine Schätze? Schätze – das war es, was mir in der Seele hängenblieb: das Geld, das Heinrich von Lübeck bei sich getragen hatte! So wandte ich mich denn nach rechts, die Rue Saint-Jacques hinunter Richtung Seine. Nun hatte ich ein Ziel: den Grand Pont, die Brücke der Geldwechsler.

Ich strebte, so schnell es meine Würde als Mönch zuließ, zum Herzen der Stadt. Auf der Straße drängten sich, wie üblich, Mann und Weib, Herr und Diener, Greis und Kind, dazu Schweine, Hunde, Katzen. Ich vermag bis heute nicht zu sagen, woran es lag, doch an jenem Tag glaubte ich zum ersten Mal, dass Menschen und Tiere auf den Straßen von Paris plötzlich lauter geworden seien, zugleich zorniger und ängstlicher. Die Fuhrleute schienen mir noch rascher zur Peitsche zu greifen als sonst; Betrunkene grölten obszöne Vagantenlieder, selbst zu dieser frühen Stunde; zwei Marktfrauen beschimpften sich kreischend; ein räudiger Hund folgte mir wohl hundert Schritte und bellte mich unaufhörlich an, bis ich, die Würde meines Standes vergessend, einen Klumpen Dreck aufhob und nach ihm warf; ein halbes Dutzend Katzen fauchten in einer dunklen, nach Ausscheidungen stinkenden Gasse ein verletztes Schwein an, das vor und zurück rannte, von seinen Peinigern jedoch stets wieder gestellt wurde; und selbst die Ratten, sonst doch tückisch und scheu, waren frech geworden, versuchten nicht mehr, sich zu verbergen, sondern huschten den Bürgern fast über die Füße.

Einige Bengel machten sich einen Spaß daraus, die Ratten mit Stöcken und Steinen zu jagen. Ein paar wurden ihnen zum leichten Opfer, denn sie waren ungewöhnlich langsam und bluteten schon aus der Schnauze, noch bevor sie einer der Jungen zum ersten Mal getroffen hatte.

Ich jedoch ging die Straße hinunter, als gehörte ich nicht in diese Welt. Manche Menschen grüßten mich respektvoll, die meisten allerdings wichen vor mir zurück. Ich erlag der Sünde der Hochmut, denn ich spürte, dass die Bürger Angst hatten – wenn nicht vor mir, so doch vor meiner Kutte. Stolz war ich, und ich fühlte mich wichtig und als Abgesandter des HERRN. Und doch gab es an jenem Tag keinen größeren Narren auf der Rue Saint-Jacques als mich.

Vor dem Grand Pont erblickte ich den jungen Sergeanten de la Douzaine, der uns zwei Tage zuvor die Nachricht von Jacquettes Flucht überbracht hatte. Ich ging auf ihn zu, erwiderte seinen respektvollen Gruß mit segnender Hand und sagte ihm geradeheraus, dass ich einen Geldwechsler suche, der mir Aufklärung geben könne über alte Münzen und solche aus fernen Ländern.

Der Sergeant lachte kurz. »Jeder Geldwechsler kennt Münzen aus den Ländern der Christenheit und sogar solche, die in den Ländern der Heiden geprägt worden sind. Das ist ja ihr Beruf, Bruder«, erklärte er mir – offensichtlich froh darum, mir diesmal keine unangenehme, sondern eine nützliche Neuigkeit kundzutun.

»Und alle Geldwechsler sind Schurken, denen man nicht vertrauen darf! Auch das gehört zu ihrem Beruf.«

»Möchtet Ihr selbst Geld anlegen, Bruder?«, fragte er dann.

»Aber nein«, erwiderte ich empört. »Ich bin Mönch, ich besitze nichts von dieser Welt. Ich verlange nur nach einer Auskunft. Sie wird mir bei einer Untersuchung der Inquisition vielleicht von großem Nutzen sein.«

Der Sergeant blickte mich einen Augenblick lang mit ausdrucksloser Miene an, sodass ich nicht zu erraten vermochte, ob er den richtigen Schluss zog und mein Anliegen mit dem Tode Heinrich von Lübecks in Verbindung brachte oder ob er meine Erklärung nur für eine vorgeschobene Lüge hielt, die verbergen sollte, dass ich doch heimlich ein Vermögen anlegen wollte.

»Der erfahrenste und, wenn man so will, der ehrlichste der Geldwechsler ist Pietro Datini«, sagte der Sergeant schließlich nach einigem Nachdenken. »Ein Florentiner, doch wohnt er schon seit vielen Jahren in Paris. Er hat seine Wechselstube im ›Haus zum

Falken‹. Es ist das größte Haus auf der rechten Seite des Grand Pont. Ihr könnt es nicht verfehlen, Bruder.«

»GOTT segne dich«, erwiderte ich zufrieden und begab mich auf die Brücke.

Der Sergeant hatte recht: Das »Haus zum Falken« erhob sich auf der rechten Seite der großen Brücke, ungefähr auf halbem Wege über den Strom. Es war, wie alle Anwesen auf dem Grand Pont, aus Holzbalken gezimmert, schmal und hoch. Doch es war eine Winzigkeit höher als die Nachbarhäuser. Diese kleine Unregelmäßigkeit musste Datini ein Vermögen gekostet haben, schließlich hatte der König die Höhe der Gebäude auf der Brücke einst genauestens beschränkt. Die Balken waren glatt gehobelt und grün und rot gestrichen, die Fenster verglast, den Eingang zierte feines Schnitzwerk: Eine üppige – und wie ich fand höchst sündige, ja heidnische – Dame schüttete ein Füllhorn aus. Ein Symbol des Reichtums, vermutete ich. Die Barmherzigkeit oder die Freigebigkeit würde es bei einem Geldwechsler wohl kaum darstellen. Über dem Kopf der Frauengestalt war ein vergoldeter Raubvogel mit gespreizten Schwingen angebracht, was diesem Haus zu seinem Namen verholfen hatte.

Ich zögerte kurz und blickte mich um. Gedränge und Lärm herrschten auf dem Grand Pont, doch niemand schien meiner zu achten. Also holte ich noch einmal tief Luft und trat mit einem raschen Schritt über die Schwelle ins »Haus zum Falken«.

Ich fand mich in einem großen, sauber gefegten Raum wieder. Es roch nach Holz und Kerzenwachs. Die großen Fenster ließen ungewöhnlich viel Licht herein, doch dämpften sie den Lärm der Marktschreier und eisenbeschlagenen Karrenräder, die über die Brücke rumpelten. Nur ein ständiges, feines Zittern des Fußbodens verriet einem in dieser Stube noch, dass man sich auf einer Brücke, nur ein paar Mannslängen über der schäumenden Seine befand und nicht auf GOTTES fester Erde.

Zu meiner Rechten erstreckte sich ein großer Tisch fast über die ganze Länge des Raumes. Auf seiner mit Filz überzogenen Platte stand eine bronzeschimmernde Waage, daneben lag ein Rechenbrett. Geldstücke konnte ich keine erblicken, doch hinter dem Tisch gewahrte ich einige eisenbeschlagene, mit je zwei oder drei Schlössern gesicherte Kisten – und es war nicht schwer zu erraten, was darinnen sein mochte.

Zu meiner Linken öffnete sich die Rückwand zu einer schmalen Stiege, die in die oberen Stockwerke führte.

Ein junger Mann in unauffälliger dunkler, doch wohl geschneiderter Kleidung stand hinter dem Wechseltisch und blickte mich einen Augenblick erstaunt und furchtsam an. Dann fing er sich wieder, verbeugte sich und eilte geschäftig um den Tisch herum, um mich zu begrüßen.

»Was kann ich für Euch tun, Bruder?«, fragte er. Sein Französisch hatte einen starken Akzent, der mir unbekannt war.

»Ich wünsche den Herrn Datini zu sprechen«, entgegnete ich und vermied es absichtlich, meinen Namen zu nennen.

Mein Mönchshabit reichte aus, um den Mann von meiner Ernsthaftigkeit zu überzeugen. Ohne mir weitere Fragen zu stellen, führte er mich, unter vielerlei Verbeugungen, die Stiege hinauf.

Im ersten Stock öffnete sich vor mir ein Raum, der zur Rückseite der Grand Pont lag. Ein breites Fenster gab einen berauschenden Blick auf die Türme und Dächer von Paris frei, auf die Pinassen und Wassermühlen, welche die Wellen der Seine bedeckten, und auf die himmelstrebende Kathedrale von Notre-Dame. Das Fenster war geöffnet und ließ eine erfrischende Brise in die Stube. An der Seite standen ein paar Truhen unterschiedlicher Größe, in der Mitte ein Schreibpult und mehrere bequeme, hochlehnige Stühle.

Auf einem saß ein Mann in rotem Wams, der eine Urkunde studierte. Nach dem, was mir der Sergeant gesagt hatte, hätte ich erwartet, dass Pietro Datini schon ein älterer Mann war. Doch er war jünger, als ich vermutet hatte, sicherlich kaum jenseits der dreißig. Er war groß und hager und hatte lange, lockige, dunkle Haare. Sein Gesicht war schmal, seine Augen standen eng beisammen. Am auffälligsten war jedoch seine Nase: Sie war lang, leicht nach rechts gebogen und von Wucherungen entstellt. Sie allein zerstörte Ebenmaß und Schönheit seiner Züge.

Ich zwang mich, nicht auf seine entstellende Nase zu starren, als sich der Geldwechsler mit einer eleganten Bewegung erhob, die Urkunde zusammenrollte, sich formvollendet verbeugte und mich höflich begrüßte.

»Womit kann ich Euch dienen?«, fragte er. Sein Französisch hatte denselben Akzent wie das des jungen Mannes, der sich, kaum dass wir eingetreten waren, auch schon wieder geräuschlos zurückgezogen hatte. Seine Stimme klang hoch und gepresst – eine Folge der Wucherungen, die ihm den Atem nahmen, vermutete ich. Zugleich bot er mir mit einer Geste einen Platz an.

Ich nickte dankend und nahm auf einem der hochlehnigen Stühle Platz. Nie zuvor in meinem Leben hatte ich auf einem so bequemen Stuhl gesessen, doch bemühte ich mich, mir die angenehme Freude, die mich darob erfüllte, nicht anmerken zu lassen.

Unterwegs hatte ich mir den Kopf zermartert, welche Geschichte ich dem Geldwechsler auftischen sollte, um mein Anliegen zu verschleiern. Doch schließlich beschloss ich, zu meinen vielen Sünden nicht auch noch die der Lüge hinzuzufügen. Außerdem fürchtete ich, dass ein Geldwechsler, erfahren in Dingen dieser Welt, mein Lügengespinst durchschauen könnte. Also blieb ich bei der Wahrheit.

»Mein Name ist Ranulf Higden«, hub ich an. »Ich diene dem Inquisitor Meister Philippe de Touloubre. Wir untersuchen den Fall unseres so tragisch dahingeschiedenen Mitbruders Heinrich von Lübeck. Ihr habt davon gehört?«

Pietro Datini blickte mich aufmerksam an, dann nickte er. Kein Wort kam über seine Lippen, seine Züge verrieten nichts: weder Interesse noch Neugier, noch Entsetzen, Abscheu, Trauer oder sonst eine Reaktion, die man doch von einem Christenmenschen erwarten mochte.

»Wir haben bei Heinrich von Lübeck einen Beutel mit Münzen

gefunden. Nun fragen wir uns, wo die wohl herkommen mögen.« Dann beschrieb ich dem Geldwechsler möglichst genau die alten, doch wenig benutzten Gold- und Silberstücke, die der Tote bei sich gehabt hatte.

»Wir Mönche sind arm«, fuhr ich fort. »Heinrich von Lübeck hat dieses Geld auch nicht von unserem Orden bekommen, um dafür irgendetwas zu kaufen. Wir wissen weder, wie er in den Besitz eines solchen Vermögens gelangte, noch, ob und – falls ja – wofür er es hätte ausgeben wollen. Da dachte ich mir, dass vielleicht ein so erfahrener und angesehener Geldwechsler wie Ihr, Herr Datini, etwas gehört habe.«

»Was sollte ich denn gehört haben?«, fragte mich der Geldwechsler. Doch in seiner Stimme lag kein Spott, sondern auf einmal echtes Interesse.

»Nun«, ich wusste nicht recht weiter, sprach jedoch rasch, da Datini meine Ratlosigkeit nicht bemerken sollte, »das Geld ist doch euer Geschäft. Hört Ihr da keine Gerüchte? Spricht es sich nicht in Euren Kreisen herum, wenn da jemand Dutzende, vielleicht Hunderte Gold- und Silbermünzen hat? Sie vielleicht einzahlen will? Oder damit etwas kaufen möchte? Ein Mönch zumal – und noch dazu einer, der erst seit ein paar Tagen in Paris weilt?«

»Wäre Heinrich von Lübeck mit so einem Vermögen zu einem Geldwechsler gegangen, ich hätte davon gehört. Nicht nur, wenn es sich dabei um einen Geldwechsler in Paris handelte, sondern um irgendeinen Geldwechsler im Abendland«, antwortete Datini bestimmt. »Es sei denn …« Er schien plötzlich nachdenklich zu werden.

»Es sei denn was?«, hakte ich nach, plötzlich erregt wie ein Jäger, der einen Hirsch im Unterholz erspäht.

»Es sei denn, er hat es von einem Juden«, antwortete Datini.

Bevor ich empört aufspringen konnte, beschwichtigte er mich mit einer Handbewegung. »Verzeiht, Bruder, ich weiß, dass es ungehörig ist, einen Dominikaner auch nur mit einem Satz in die Nähe eines Juden zu rücken, doch will ich es Euch erklären: Geld –

große Summen zumindest, wie Heinrich von Lübeck sie bei sich getragen hatte – bekommt ihr im Abendland von einigen ehrbaren christlichen Geldwechslerhäusern. Von angesehenen Häusern in Florenz und in der Lombardei, von den Fuggern und Welsern in deutschen Landen, von einigen Herren in Flandern.

Wir mögen Rivalen sein in geschäftlichen Dingen, doch«, und hier lächelte Datini, »letztlich gibt es weniger große Geldwechsler im Abendland als Könige. Wir kennen uns. Alle. Wir hören, wer seine Zinsen zahlt und seine Pfänder wieder einlöst – und wer nicht. Wir wissen, ob ein hoher Herr, gleich ob Fürst oder Kleriker, Geld braucht – und wir wissen wofür. Die Summe, die ihr bei Heinrich von Lübeck gefunden habt, mag längst nicht so groß sein wie das, was wir hohen Herren bereit sind zu leihen, doch, wie Ihr selbst sagtet, wäre es so ungewöhnlich gewesen, dass ein einfacher Dominikanermönch sie erfragt – und auch tatsächlich erhält –, dass sich dies herumgesprochen hätte.

Es sei denn, er wäre zum Juden gegangen. Denn die Juden leihen ja ebenfalls Geld, wie es ihnen der HERR und die Mutter Kirche geboten haben. Auch sie findet ihr überall im Abendland, auch sie kennen sich und hören sich um. Doch wir christlichen Geldwechsler reden nicht mit den jüdischen – und die Juden nicht mit uns. Sollte Heinrich von Lübeck seine Münzen also von einem Geldwechsler haben, dann von einem Juden.«

Ich holte tief Luft, um zu protestieren, doch dann besann ich mich eines Besseren. Datini hatte recht. »Wie viele Juden leben in Paris, bei denen man sich eine solche Summe leihen könnte?«, fragte ich.

Der Florentiner zuckte mit den Achseln. »Ein Dutzend? Zwei Dutzend? Ich weiß es nicht. Wenn euer verstorbener Bruder, wie Ihr sagtet, erst einige Tage in der Stadt war, dann wäre es selbstverständlich auch möglich, dass er sich die Münzen bereits in Lübeck besorgt hat. Oder irgendwo unterwegs.«

Das schien mir von unbestechlicher Logik zu sein, und ich nickte. »In Lübeck ist er bekannter als hier. Er wird dort eher jemanden gefunden haben, der bereit war, ihm Geld zu leihen, als hier in Paris, wo ihn niemand kannte.«

Datini nickte ebenfalls, doch, wie mir schien, nur, um mich nicht durch Widerspruch zu beleidigen.

»Oder denkt Ihr darüber anders, Herr Datini?«, hakte ich nach.

Der Geldwechsler lächelte dünn, zögerte lange und schien dann einen Entschluss gefasst zu haben. »Ich will vollkommen aufrichtig sein zu Euch, Bruder Ranulf, so aufrichtig, als säße ich bei Euch im Beichtstuhl und würde mein Gewissen erleichtern. Ich verrate Euch nun etwas, das kein Geldwechlser gerne irgendjemandem gegenüber erwähnen würde, nicht einmal gegenüber der eigenen Gattin: Die Geschäfte gehen schlecht zurzeit.«

Ich blickte ihn fragend an, war jedoch klug genug, nichts zu sagen. »Seit Jahren schon herrscht Krieg im Königreich. Die Englischen und Burgundischen belagern die Städte und verwüsten das Land. Viele edle Herren, Barone und Grafen darunter, sind in den verlorenen Schlachten in die Hand des Königs von England gefallen. Der gibt sie allerdings nur gegen hohes Lösegeld wieder heraus. Doch woher soll man die Summen nehmen? Die Freunde und Verwandten der Ritter klopfen bei uns Geldwechslern an, doch welche Sicherheiten bieten sie uns? Erträge? Privilegien? Was sind die jetzt wert, in Zeiten des Krieges? Da mag mir ein französischer Ritter die Einkünfte aus einem Bergwerk oder einen Brückenzoll zur Sicherheit übertragen, und dann kommen ein paar englische Bogenschützen oder burgundische Landsknechte und verwüsten das Bergwerk und zerstören die Brücke – und ich bin mein Geld los.«

Datini machte eine entschuldigende Geste und lächelte Verständnis heischend. »Wenn ich den legendären Schatz der Templer hätte, Bruder Ranulf, ja, dann wollte ich wohl jedem Ritter Frankreichs das Lösegeld vorstrecken, und wenn die hohen Herren noch so viele Schlachten verlieren. Doch das Templergeld ist verschwunden, seitdem Seine Heiligkeit den Orden für ketzerisch erklärt hat, und das Geld der guten Christenmenschen steckt fest verschlossen in versteckten Truhen.«

Datini zögerte kurz. »Zudem gibt es da noch Gerüchte …« Er seufzte. »Ich weiß nicht, was ich davon halten soll. Die Muselmanen haben Caffa angegriffen, einen Handelshafen der Genueser am Schwarzen Meer. Doch der HERR zürnte ihrer und schickte ihnen eine Krankheit ins Heerlager, auf dass sich ihre Soldaten in alle Winde zerstreuten. Das taten sie auch – allerdings haben sie zuvor die Leichen ihrer verstorbenen Soldaten mit ihren großen Katapulten über die Mauern von Caffa geschleudert. So ist auch dort die Krankheit ausgebrochen. Seither sterben Christenmenschen an den fernen Gestaden von Mittelmeer und Schwarzem Meer, Byzantiner und italienische Händler. Kein Gebet, so sagt man, hat bis jetzt dagegen geholfen.

In manchen Städten der Levante, so gehen Gerüchte, soll jeder Dritte gestorben sein, ja, es soll Orte geben, in denen keine Seele mehr lebt, in denen nicht einmal mehr Hunde und Schweine streunen. Ich weiß nicht, ob ich selbst solches Gerede glauben soll oder nicht. Ich weiß jedoch sehr wohl, dass andere Menschen es glauben: So gibt es viele Reeder und Händler, die es nicht mehr wagen, mit ihren Galeeren gen Osten zu fahren. Schon herrscht auf manchen Märkten des Abendlandes ein Mangel an teuren Gewürzen und edlen Stoffen, an Elfenbein und Seide und Silber. Wenn derlei wertvolle Waren nicht angeboten werden, dann kann sie auch niemand kaufen. Und wenn niemand kauft, dann braucht auch keiner Geld, das er beim Geldwechsler leihen muss.«

Datini hob die Hände. »Ihr seht also, Bruder Ranulf, ob an diesen Geschichten aus dem Osten nun etwas Wahres dran ist oder nicht, ist für unsereins fast gleichgültig. So oder so will niemand unser Geld. Und wenn niemand mehr zu uns ehrbaren christlichen Geldwechslern kommt, dann gehen noch weniger zum Juden, da es unehrenhaft ist und von der Mutter Kirche gar nicht gerne gesehen wird.

Wenn ich ein Jude wäre«, der Florentiner lächelte dünn und schien diesen Gedanken offensichtlich höchst amüsant zu finden, »dann wäre ich in unseren unsicheren Zeiten auch bereit, einem

Mönch – für welches Vorhaben auch immer – eine hübsche Summe zu leihen. Es ist besser, so ein ungewöhnliches Risiko einzugehen, als gar nichts zu tun.«

Ich dachte lange über seine Worte nach. »Ihr meint also«, sagte ich schließlich, »dass Heinrich von Lübeck dieses Geld sehr wohl auch von einem der Juden von Paris erhalten haben könnte, selbst wenn er hier kaum bekannt war. Und, immer vorausgesetzt selbstverständlich, dass er sich das Geld wirklich geliehen hat, er ist zum Juden gegangen, damit sich sein Vorhaben nicht in der Welt der christlichen Geldwechsler herumspricht.«

Datini nickte nachdenklich. »Das wäre sehr wohl möglich«, gab er schließlich zu.

»Herr Datini«, bat ich ihn, »wärt Ihr so gütig und würdet Ihr Euch ein wenig in eurer Welt umhören? Ihr mögt von den Juden wenig wissen, aber ich mag kaum glauben, dass jemand, der Gerüchte aus dem fernen Caffa kennt, gar nichts weiß vom Juden, der vielleicht nur ein paar Straßen weiter lebt.«

Der Geldwechsler lächelte. Er schien mein Anliegen nicht beleidigend zu finden, sondern, im Gegenteil, aufrichtig erfreut darüber zu sein.

»Ihr seid, obgleich noch jung an Jahren, schon ein guter Inquisitor«, murmelte er. »Eure Bitte ist mir Befehl und Ehre zugleich. Ich werde, verschwiegen selbstverständlich, Erkundigungen nach Eurem Mitbruder und seinem Geld einziehen. Sollte ein Jude etwas darüber wissen, dann, das verspreche ich Euch, werdet Ihr es auch bald erfahren.«

Ich segnete den Geldwechsler und stand ein paar Augenblicke später wieder im geschäftigen Treiben auf dem Grand Pont – nicht unbedingt viel klüger als zuvor, doch sehr mit mir zufrieden.

»Nun, Bruder Ranulf, ist GOTT euch heute besonders nah? Ihr seht so heiter drein.«

Als ich dieser Stimme so plötzlich hinter meinem Rücken gewahr wurde, da zuckte ich zusammen, als hätte Satan selbst mich angesprochen. Noch bevor ich mich umdrehte, wusste ich schon, wem sie gehörte. Klara Helmstede.

Die Frau des Lübecker Reeders trug ein schlichtes, doch teures Gewand aus feinstem dunkelgrünen flämischen Tuch. Das wallende blonde Haar hatte sie nur unvollkommen unter einer hohen Haube und einem durchsichtigen, spitzenbesetzten Schleier verborgen. Für einen winzigen Moment fragte ich mich, warum sich eine Frau wie Klara Helmstede, die ich schon bei unserer ersten, flüchtigen Begegnung für ungemein selbstbewusst, ja geradezu aufreizend frech gehalten hatte, mit diesem zwar edlen, doch schlichten Putz zufriedengab. Dann jedoch sah ich, dass sie offensichtlich ohne Begleitung durch die Straßen von Paris ging. Ihr Gatte war nicht zu sehen, und nicht einmal eine Magd, wie es doch schicklich gewesen wäre, war bei ihr. Ihr Gewand war schlicht genug, dass sie nicht allzu sehr auffiel in der Menge – und doch so fein, dass jeder, der genauer hinsah, erkannte, dass sie weder Bauersfrau noch Dienerin war.

Ich wusste nicht, was ich erwidern sollte. So verbeugte ich mich nur, ungelenker, als mir lieb war.

»Habt Ihr ein Schweigegelübde abgelegt?«, fragte sie mich keck.

Ich schluckte. »Nein, Frau Helmstede«, brachte ich schließlich mühevoll heraus.

»Das beruhigt mich ungemein«, antwortete sie und schenkte mir ein Lächeln – offensichtlich blind dafür, dass sie mitten auf dem Grand Pont stand und sich mit einem Mönch unterhielt. Ich wäre vor Scham am liebsten im Boden versunken, und doch versuchte ich nicht einmal, mich mit einer knappen Geste zu verabschieden. Oh, unsichtbar ist das Netz, welches das Weib auswerfen kann!

»Habt Ihr schon den Sünder gefunden, der unserem armen Bruder Heinrich derart Schreckliches angetan hat?«, fuhr Klara Helmstede fort. Sie schien nicht ernsthaft um ihn zu trauern, zumindest hörte ich kein echtes Bedauern in ihrer Stimme, eher die kecke Neugier eines vorwitzigen Mädchens.

Ich räusperte mich. »Nein, denn Satan steht den Seinen bei und versteht es, Spuren zu verwischen. Doch wir Inquisitoren dienen dem HERRN, und nicht einmal der Teufel selbst kann seine Pläne für immer vor unseren Augen verbergen. Ich war gerade dabei, einer viel versprechenden Fährte zu folgen«, setzte ich überflüssigerweise hinzu. Es war die Sünde der Hoffart, die mich diesen Satz sagen ließ – und ich bereute ihn sofort.

»Eine Spur, die zu den Geldwechslern führt?«, entfuhr es Klara Helmstede. Sie schien überrascht zu sein und interessiert. Ihr Tonfall jedoch verhehlte nicht einen gewissen Spott.

Ich verfluchte meine lose Zunge. Wie oft hatte mich schon der Novizenmeister davor gewarnt, mit dem Weibe zu sprechen – und nun war ich hier, ein gelehrter Magister und Inquisitor dazu, und benahm mich wie ein angeberischer Straßenbengel. »Mehr darf ich dazu nicht sagen«, stotterte ich.

»Wie schade«, rief sie aus und machte mit ihren Händen eine weit ausholende Geste. Dann seufzte sie. »Wisst Ihr, Bruder Ranulf, es ist nicht immer leicht, die Gattin eines wohlhabenden Mannes zu sein. Eines Mannes zudem, der so alt ist, dass er mein Vater sein könnte.«

Ich starrte sie verständnislos an.

Klara Helmstede lächelte nun. »Ich lebe in Lübeck in einem großen Haus. Mägde versorgen mich von der ersten Stunde des Tages bis zum Anbruch der Nacht. Kaum je kann ich das Haus verlassen, wenig nur gibt es für mich zu tun, außer zu sticken.

Ich musste meinen Gatten regelrecht anflehen, dass er mich auf diese Reise mitnimmt. Endlich einmal hinaus aus Lübeck! Und, verzeiht es mir, Bruder Ranulf, wenn dies eine Sünde ist, dann bitte ich Euch um Eure Fürbitte, doch der tragische Tod von Bruder Heinrich ist für mich«, sie schien nach dem richtigen Wort zu suchen, »so aufregend«, vollendete sie schließlich.

»Mein Gatte ist ganz außer sich«, fuhr sie dann fort, »auch wenn er sich mir mir keinem Wort anvertraut. Oh, würden die Männer doch in Dingen, die sie wichtig nennen, ihren Frauen vertrauen! Wie viel Schlechtes ließe sich da verhindern. Nun ja, ich aber bin weder blind noch taub, ich kann auch so manches Zeichen deuten. Mein Gatte jedenfalls weiß nicht ein noch aus, weiß nicht, warum er nach Paris kommen sollte und wie es nun weitergehen soll. Der Tod von Bruder Heinrich jedoch versetzt ihn in Furcht – in eine größere Angst, als es der Tod seines leiblichen Bruders auf jener verfluchten Kogge getan hat.

Ich möchte meinem Gatten helfen. Doch dazu muss ich nicht nur wissen, was passiert ist; ich brauche auch Eure Hilfe. Denn was kann ich allein schon ausrichten? Ihr, Bruder Ranulf, seid doch Inquisitor. Wollt Ihr nicht einmal in unserem Pariser Domizil vorbeischauen und ganz im Vertrauen mit mir reden? Vielleicht vermag ich Euch nützlich zu sein und kann Dinge herausfinden, die einem Mönche verborgen bleiben?«

Klara Helmstede lächelte. »Selbstverständlich könnte ich es so einrichten, dass niemand euer Kommen bemerken würde. Ich würde die Diener wegschicken und …«

»Nein!«, unterbrach ich sie, und ich hörte selbst das Entsetzen in meiner Stimme. »Das ist ganz unmöglich. Das ist … eine Sünde!«, entfuhr es mir. »Nein, ich darf mich nicht mit Euch treffen – und heimlich schon gar nicht.«

Mir wurde abwechselnd heiß und kalt, mein Körper zitterte, als schüttelte mich das Fieber. Flucht vor diesem satanischen Weibe! Das war mein einziger Gedanke in jenem Augenblick. Mit einer hastigen Segensformel verabschiedete ich mich, drehte mich um und ging so schnell über den Grand Pont, dass ich fast lief.

»Auf Wiedersehen, Bruder Ranulf«, rief mir Klara Helmstede lachend nach. In meinen Ohren klang es wie eine Drohung – und doch zugleich auch wie ein Versprechen.

Am Abend jenes Tages standen wir auf dem kleinen Friedhof des Klosters am Grab von Bruder Heinrich. Es regnete, und wir Mönche waren nicht mehr als dunkle Schatten, eingehüllt in unsere Kapuzen, beleuchtet nur von wenigen, flackernden Fackeln. Ich hörte das Totengebet und murmelte die vorgeschriebenen Formeln. Irgendwo erklang dünn das Totenglöcklein, dann senkten wir Heinrich von Lübeck in den schweren, feuchten Boden hinab.

Schweigend stand ich da. Ich hatte Meister Philippe nichts von meinen nächtlichen Nachforschungen im Kloster erzählt, genauso wenig wie von meinem Besuch beim Geldwechsler Pietro Datini oder gar meinem Gespräch mit Klara Helmstede.

Stolz war ich darauf, das gestehe ich, dass ich etwas allein gewagt hatte. Doch verwirrt, ja ängstlich, dachte ich an meine Begegnung mit der Gattin des Reeders zurück. Ich spielte mit dem Feuer. Und wer mit dem Feuer spielt, das ahnte ich selbst in jenem düsteren Moment sehr wohl, der wird sich irgendwann verbrennen.

»Wärest du doch nie gestorben«, murmelte ich Heinrich von Lübeck zu, als zwei Novizen damit begannen, Erde auf seinen Körper zu schaufeln. »Ich hätte meinen Seelenfrieden noch.«

Dann fragte ich mich, welches Geheimnis Heinrich von Lübeck wohl mit ins Grab genommen hatte. Ein Geheimnis, das, wie ich spürte, nicht nur ihn ins Verderben gerissen hatte, sondern auch mich unwiderstehlich hinabzog.

DER MANN MIT DEM ANTONIUSFEUER

Die Zeit verstrich ohne weitere Fortschritte in unseren Ermittlungen. Erst am Tage des heiligen Ivo Hélory stießen Meister Philippe und ich endlich auf eine neue Spur, welche uns aus dem Dickicht der Ratlosigkeit zu führen versprach. Heute, da ich mehr weiß, wenn ich auch nicht unbedingt weiser bin, erscheint es mir wie ein Scherz des HERRN, dass er uns ausgerechnet an jenem Tag in der Mitte des Monats Mai ein Zeichen sandte, da wir erstmals dieses Heiligen gedachten. Denn Ivo Hélory war erst im Jahr zuvor vom Papst in diesen höchsten einem Menschen erreichbaren Rang erhoben worden – und er galt als Patron der Notare, also jener Männer, die das Recht in unzweifelhafte Worte gießen.

Tagelang hatten die Sergeanten de la Douzaine nach der entlaufenen Dirne gesucht – das zumindest hatten sie Meister Philippe immer wieder versichert. Doch Jacquette war von GOTTES Boden verschwunden, als hätte es sie nie gegeben. Meine Gedanken an diese Schönfrau blieben beunruhigend zwiespältig: Einerseits sehnte ich mich danach, sie wiederzusehen, andererseits jubilierte mein Herz darüber, dass sie ihren Häschern scheinbar entkommen war.

Auch Klara Helmstede sah ich in jenen Tagen nicht ein einziges Mal. Doch wahrscheinlich ist es gerade so, dass wir dann, wenn wir eines Menschen nicht ansichtig werden, uns ganz besonders nach ihm sehnen.

Um meiner sündigen Seele Herr zu werden, verbrachte ich so manche Nacht im Gebet und in strengen Exerzitien. Doch selbst im Zwiegespräch mit GOTT schweiften – oh, wie verworfen ich da schon war – meine Gedanken ab. Mehr als einmal ertappte ich mich dabei, wie ich des Nachts, Gebete murmelnd, vor dem Altar lag und doch lauschte, ob ich nicht irgendwo im Kloster Stimmen und seltsame Geräusche vernähme.

Manchmal gar glaubte ich, dass dem so wäre. Doch stets, wenn ich mich dazu durchgerungen hatte, in den düsteren Gängen herumzuschleichen, sah ich so wenig wie ein Blinder und hörte nicht mehr als ein Tauber.

Ich freundete mich ein wenig mit dem Portarius an, der alt war und erfreut darüber, dass ich mir hin und wieder Zeit nahm für ein Schwätzchen mit ihm, da sein Schweigegebot nun offenbar nicht mehr galt. Ich vermeinte, mich geschickt genug anzustellen und ihn dabei unauffällig nach der Ursache jener geheimnisvollen nächtlichen Geräusche auszufragen. Doch entweder war ich doch nicht verschlagen genug, oder der alte Mönch hatte tatsächlich noch nie etwas vernommen. Jedenfalls erfuhr ich von ihm nichts, das mir hätte nützlich sein können.

Auch Bruder Carbonnet, der Prior, erwies mir die Ehre, mit mir zu reden. Ja, es schien, als fände er Gefallen an mir, so wie ein wahrer Vater stolz ist auf einen strebsamen Sohn. Ich war ihm dankbar dafür und verdoppelte, so dies noch möglich war, meinen Eifer, um seine Erwartungen zu erfüllen.

Doch auch der Prior vermochte Meister Philippe und mir nicht mit weiteren Auskünften zu dienen – so sehr es ihn auch traurig stimmte, dass der Tod eines Dominikaners noch immer ungesühnt war.

Manchmal vermutete ich gar, dass der Prior bereits resigniert habe und nicht mehr an den Erfolg unserer Nachforschungen glaubte. Dieser Gedanke betrübte mich noch mehr, doch vermochte ich dagegen nichts zu tun als zu beten.

In jenen Tagen gelang es mir nur ein weiteres Mal, mich unauffällig aus dem Kloster zu stehlen und zum Grand Pont zu gehen. Doch auch dieser Weg war vergebens, denn Pietro Datini hatte sich zwar schon bei diesem und jenem Geldwechsler umgehört, vermochte mir jedoch nichts Neues zu sagen.

Meister Philippe ließ mich des Öfteren allein, weil er ohne Zeugen so manchen Domherrn von Notre-Dame ins brüderliche Gespräch nahm. Nie verriet er mir, was er dabei erfahren hatte. Besonders Nicolas d'Orgemont, der Dekan der Domherren, hatte die zweifelhafte Ehre, regelmäßig vom Inquisitor visitiert zu werden. Doch nichts schien zu fruchten.

Schließlich, an besagtem Tag, zu Sankt Ivo Hélory, nahm mich der Inquisitor nach der Prim beiseite. Es war ein ungewöhnlich kalter und trüber Maienmorgen.

»Wir wandeln auf Wegen, die uns nirgendwohin führen«, sagte Philippe de Touloubre grimmig.

»Wir werden neue Wege suchen müssen«, fuhr er nach einer gedankenvollen Pause fort. »Und diese Wege, fürchte ich, mein junger Freund, werden uns in den Schlamm und in den Bodensatz von Paris führen.«

Meister Philippe führte mich zur Kammer des Portarius, der offensichtlich vom Inquisitor schon einige Anweisungen erhalten hatte. Der alte Mönch verneigte sich nur stumm, fragte nicht nach unserem Begehr und reichte uns zwei weite, zerschlissene Umhänge von unbestimmbarer Farbe.

»Es ist nicht gerade der Mönchshabit«, sagte Meister Philippe schmunzelnd, »doch auch nicht wirklich verboten. Die Regel erlaubt uns ja, uns bei schlechtem Wetter angemessen zu schützen.«

Ich tat es dem Inquisitor nach und warf mir den Umhang über. Er roch nach nasser Wolle und verbarg mein Skapulier fast vollständig. Zog ich die Kapuze hoch, dann war auch meine Tonsur nicht mehr zu sehen. Wer genau hinsah, der konnte in uns immer noch die Dominikaner erkennen. Doch im Gedränge der Straßen mochten wir auf den ersten Blick wie Bauern in schweren Umhängen aussehen und nicht weiter auffallen.

Als wir das Kloster verließen, bemerkte ich, wie nass und kalt das Wetter tatsächlich war. Zwar hatte ich die Feuchtigkeit in der Luft schon gespürt, doch nun blickte ich die Rue Saint-Jacques entlang – und konnte kaum ein paar Schritte weit sehen: Grauer Nebel stand zwischen den Häusern, als hätte sich Paris über Nacht in einen Sumpf verwandelt, aus dem verhängnisvolle Dämpfe aufstiegen. Die Häuser glichen schwärzlichen Felsen zu beiden Seiten, die Menschen hatten sich gegen die klamme Kälte eingehüllt und wirkten wie Gespenster, die durch das Schattenreich gleiten.

»Niemand wird uns erkennen«, sagte Meister Philippe mit grimmiger Befriedigung und schritt weit aus. Er sagte mir nicht, wohin unser Weg führte, doch erkannte ich, dass wir die Straße hinab Richtung Seine gingen. Schon nach kurzer Zeit mussten wir unser Tempo allerdings zügeln, denn das Pflaster war nass und rutschig. Jeder Atemzug fiel uns schwer. Die Luft stank nach fauligen, nassen Abfällen und nach rußigem Qualm, der in diesem Nebel nicht abziehen konnte.

Ich trat auf etwas Weiches – und schauderte. Es war eine tote Ratte, die Schnauze voller Blut. Hastig trat ich sie mit der Sohle meiner Sandale beiseite.

Der Nebel und der dicke Stoff meiner hochgeschlagenen Kapuze dämmten die Geräusche, sodass ich die Schritte anderer Menschen nicht hörte, ja kaum das Klappern eisenbeschlagener Karrenräder vernahm. Es war, als folgte ich dem Inquisitor durch die Landschaft eines düsteren Traumes.

Vorsichtig tasteten wir uns voran. Wir mussten auf jeden Schritt achten, damit wir nicht in Schmutz und Unrat traten. Bald schon erblickte ich das nächste verendete Tier, und mir war klar, dass ich niemals zuvor so viele tote Ratten in den Straßen von Paris – oder irgendeiner anderen Stadt – gesehen hatte. Ich fragte mich, welcher Anblick sich mir wohl böte, gäbe es den Nebel nicht. Würde ich Hunderte toter Ratten erblicken? Oder war es vielmehr der Nebel, der die Tiere aus ihren Verstecken und ins Verderben lockte?

Auch wenn die verendeten Tiere keinen schönen Anblick boten, so dankte ich doch im Gehen dem HERRN dafür, dass er zumindest diese Plage von Paris linderte.

Wir überquerten zögernden Schrittes die Seine auf dem Petit Pont, dann gingen wir über die Insel – die Türme von Notre-

Dame waren nicht mehr zu erkennen –, und schließlich ließen wir auch den Grand Pont hinter uns.

Am jenseitigen Ufer führte mich Meister Philippe durch ein Gewirr verwinkelter Gassen. Bald schon wusste ich nicht mehr, wo ich war, und ich bezweifelte, dass ich selbst dann, wenn sich der Nebel lichten würde, meine Orientierung wiedergefunden hätte.

Schließlich gelangten wir in eine Straße, die mir noch enger, düsterer, schmutziger und lauter erschien als die anderen. Es stank nach beißendem Qualm und Schwefel. Und von überall her erscholl ein düsteres Dröhnen und Hämmern. Ich bekreuzigte mich hastig. Für einen Moment glaubte ich, dass mich der Inquisitor geradewegs in den Schlund der Hölle geführt hätte und ich mich nun im feurigen Reich des Antichristen befand.

»Wir sind in der Rue Ferronière«, sagte Meister Philippe über den Lärm hinweg. »In der Straße der Schmiede.«

Er trat in eine Werkstatt – und mir blieb nichts anderes übrig, als ihm zu folgen. Verwundert und ein wenig eingeschüchtert blickte ich mich um: In der Mitte des lang gestreckten, doch niedrigen Raumes loderte eine große Feuerstelle, deren Holzkohlen glühten wie Satans tausend Augen. Es war heiß und stickig – und laut: Zwei halbnackte Gesellen hoben und senkten die Stange eines großen ledernen Blasebalges. Ein gewaltiger Schmied stand nah am Feuer, holte mit einer Zange in der Linken ein glühendes Stück Eisen aus den Kohlen, hob es rasch auf einen Amboss und schlug es mit einem gewaltigen Hammer zu einem Kreis – möglicherweise dem Ring eines Wagenrades, doch sicher war ich mir nicht.

Meister Philippe warf den Mantel ab. Die beiden Gesellen, die uns im Pandämonium ihrer Werkstatt bis dahin nicht bemerkt hatten, blickten zufällig auf, erkannten den Mönchshabit und hielten erschrocken in ihrer Arbeit inne. Dies wiederum weckte die Aufmerksamkeit des Schmiedes.

Als er uns sah, glaubte ich, dass sein Gesicht, obwohl es von Hitze und Anstrengung gerötet war, doch alle Farbe verlor. Der Schmied sagte etwas zu den beiden Gesellen, das ich nicht verstehen konnte. Dann warf er das noch immer glühende Werkstück in einen großen Zuber mit Wasser, wo es zischend unterging. Er legte die Zange beiseite und bedeutete uns mit einer Geste, ihm in eine Kammer am rückseitigen Ende der Werkstatt zu folgen. Es beunruhigte mich, dass er seinen schweren Hammer in der Faust behielt.

Der Schmied war sicherlich schon fünfzig Jahre alt, doch ein Hüne, dessen Arme und dessen Brust, ja dessen Rücken sogar so dicht mit dunklem Haar bedeckt waren, dass er beinahe aussah, als habe er ein Fell. Lange, gezackte Narben verunstalteten seinen kräftigen Rücken, und auch die Hände zeigten Spuren längst verheilter, doch einst sicherlich äußerst schmerzhafter Misshandlungen. Seine Augen waren so grau wie der Nebel draußen.

»Dies ist Guibert, der Schmied«, sagte Philippe de Touloubre, als wir endlich in der kleinen Kammer standen.

»Meister Philippe«, brummte der Hüne und neigte demütig seinen Kopf, dann grüßte er auch mich. Der Inquisitor hielt es nicht für nötig, meinen Namen zu nennen, und so schwieg ich und neigte nur leicht das Haupt.

»Guibert«, fuhr Meister Philippe mir zugewandt fort, als könne der Schmied uns gar nicht hören, »fertigt nicht nur Wagenbeschläge und Haken. Seinem glühenden Feuer entspringen auch Spieße, Dolche und Schwerter. Nicht unbedingt die Waffen, welche die edlen Ritter Frankreichs führen. Seine Kunstfertigkeit wird eher von den Schlägern und Tavernenwirten, den Räubern und Vaganten geschätzt.«

»Ich habe nichts Unrechtes getan«, brummte Guibert. Schweißperlen standen auf seiner Stirn, und ich vermutete, dass sie nicht länger von der Hitze der Schmiede verursacht wurden.

»Du hast einst sehr wohl Unrecht getan«, korrigierte ihn der Inquisitor in scharfem Tonfall, »doch wollen wir hoffen und beten, dass dies heute nicht mehr so ist.«

Der Schmied schlug unbeholfen das Kreuz. »Womit kann ich Euch dienen, Meister Philippe?«, stammelte er. Ich fragte mich im

Stillen, was dieses Unrecht gewesen sein mochte, an das ihn der Inquisitor erinnert hatte. Ich hoffte, dass es nicht eine im Jähzorn verübte Gewalttat gewesen war, und starrte besorgt auf den schweren Hammer in seiner Faust.

»Hat einer deiner Kunden in den letzten Tagen etwas von einem toten Mönch erzählt?«, fragte Meister Philippe rundheraus.

Guiberts Gesicht wurde grau. »Ich habe davon gehört«, murmelte er. »Der tote Bruder von Notre-Dame. Jeder weiß davon. Viele sagen, ein Fluch liegt über Paris und die Hölle wird sich auftun, wenn dieses Unrecht nicht gesühnt wird.«

Der Inquisitor nickte. »Ein Fluch, fürwahr. Und ein Unrecht, das gesühnt werden wird. Deshalb sind wir ja hier.«

Der Schmied schüttelte so heftig sein Haupt, dass die Schweißperlen wie ein kleiner Regenschauer zu beiden Seiten davonstoben und einige meinen Umhang benetzten.

»Mehr weiß ich nicht«, stammelte er. »Ich schwöre bei Jesus, Maria und allen Heiligen, dass mir niemand etwas gesagt hat! Ich weiß nichts.«

Meister Philippe hob begütigend die Hand. Der Hüne zitterte jetzt. Seine Angst vor dem Inquisitor war körperlich spürbar, ja, ich glaubte, dass ich sie riechen konnte.

»Ich glaube dir«, sagte Philippe de Touloubre und brachte es dabei fertig, seiner Stimme einen sanften und zugleich bedrohlichen Tonfall zu geben. »Ich bitte dich nur, dich umzuhören. Jedermann weiß, dass du nicht über die Männer redest, die in deine Werkstatt kommen, schon gar nicht mit einem der Sergeanten de la Douzaine. Das ist sündig, und du wirst dich dereinst vor einem schrecklichen Richter dafür verantworten müssen. Doch ich habe dich damit nie behelligt und werde es auch fürderhin nicht tun – mit einer Ausnahme: Ich will alles wissen, was über den Tod unseres geliebten Mitbruders erzählt wird. Alles, verstehst du? Es mag dir wie dummes Geschwätz erscheinen, belanglos oder unsinnig. Mir ist dies gleich: Ich will es wissen. Sofort.«

Der Schmied schluckte. »Ja, Herr«, versprach er und bekreuzigte sich wieder. »Ich werde Euch jedes Wort berichten, das ich darüber höre.«

»GOTT segne dich«, sagte der Inquisitor und lächelte.

Ein paar Augenblicke später standen wir wieder in der verqualmten Rue Ferronière. Meister Philippe musste wohl meinen fragenden Blick gesehen haben, denn er lachte und erklärte mir ungefragt: »Guibert stammt aus dem Süden. Ich traf ihn das erste Mal vor vielen Jahren – als Beschuldigten in einem Ketzerprozess. Zunächst war er verstockt, ja hochmütig. Doch nach einigen Wochen in einem Verlies von Carcassonne und ein paar Stunden auf der Streckbank besann er sich eines Besseren.

Es ist immer wieder verwunderlich, wie leicht gerade die jungen, bärenstarken Männer zusammenbrechen, kommt man ihnen mit glühenden Eisen und Daumenschrauben. In ihren gesunden Körpern wohnt eben doch eine gesunde Seele, die sich zum rechten Weg bekehren lässt. Die Kleinen, Schwachen, Verderbten hingegen, die sind oft zäh und verstockt bis zum Ende der Folter.«

Der Inquisitor schritt eine Zeit lang schweigend aus und hing seinen eigenen unergründlichen Gedanken nach. Ich war klug genug, ihn nicht zu unterbrechen.

»Guibert jedenfalls«, fuhr er irgendwann fort, »schwor allen Irrlehren ab. Ich erlegte ihm eine Wallfahrt als Buße auf und verurteilte ihn dazu, zehn Jahre lang das gelbe Ketzerkreuz als Schandmal auf seiner Kleidung zu tragen. Jahre später sah ich ihn wieder – in Paris.

Er schmiedet Waffen für jeden, der ihn bezahlt, und fragt nicht lange nach dem Warum und Wozu. Zunächst wollte ich ihn wieder verhaften, doch dann fand ich es viel nützlicher, ihn dort zu belassen, wo der HERR ihn offensichtlich hingestellt haben wollte.«

Meister Philippe schmunzelte. »Es ist überaus nützlich für einen Inquisitor, seine Augen und Ohren überall zu haben. Guibert ist zuverlässig. Ihm verdanke ich schon so manchen wichtigen Hinweis auf Dolche und Schwerter und diejenigen, die sie führen. So überlasse ich ihn, den kleinen Sünder, der Gerechtigkeit GOTTES und führe doch mit seiner Hilfe den einen oder anderen großen Sünder der irdischen Gerechtigkeit zu.«

Ich bewunderte den Scharfsinn des Inquisitors – und seinen Mut. Denn ganz ohne Furcht, so schien mir, trat er Männern wie Guibert entgegen, die ihn um Haupteslänge überragten und seinen Hals mit einem einzigen Griff hätten brechen können. Es war die Kraft seines Geistes, die über die rohe Gewalt der Muskeln triumphierte.

Der Nebel blieb so undurchdringlich wie am frühen Morgen. Trotz des dicken Mantels, den ich mir übergeworfen hatte, fröstelte ich, denn die Nässe drang durch den Stoff hindurch bis zur Haut.

Glücklicherweise war der Weg, den der Inquisitor mich nun führte, nicht sehr weit. Wir schritten die Rue Ferronière entlang, wanderten dann durch einige Gassen und überquerten die Rue Saint-Denis, bis wir vor der Kirche Saint-Lenfroy standen. Vor dem Portal des Gotteshauses lag ein unregelmäßig geformter Platz, in dessen Mitte eine große Grube ausgehoben war, in der fauliges Wasser schwappte.

Dies war eine der größten Kloaken von Paris. Die Grube wurde im Volk nicht umsonst »das Stinkloch« genannt, denn die Miasmen hier waren noch ungesünder als andernorts in der Stadt. Kohlstrünke, der aufgeblähte Kadaver eines Hundes und einige tote Ratten trieben in der düsteren Brühe. Selbst der Nebel schien diesen Ort meiden zu wollen, denn bis in eine Höhe von vielleicht zwei Mannslängen über der Grube waren die feuchten Schleier weniger undurchdringlich als andernorts.

Genau gegenüber des Stinkloches lag der niedrige Eingang einer der größten und verrufensten Tavernen von Paris: die »Rote Hand«.

»Wir wollen dort unser Mittagsmahl einnehmen«, sagte der Inquisitor und lächelte mir aufmunternd zu.

»Iesus amen dico vobis quia publicani et meretrices praecedunt

vos in regno DEI«, murmelte ich ergeben und folgte Meister Philippe.

Hinter der schäbigen Fassade der »Roten Hand« verbarg sich ein überraschend großer Raum, von dem ich nicht zu sagen vermochte, ob er mehr wegen der niedrigen Decke oder doch eher wegen des trüben Lichtes wie eine in den feuchten Fels geschlagene Höhle wirkte. Die Balken der Decke waren schwarz geteert und bogen sich gefährlich nach unten durch, sodass es aussah, als könne sie jederzeit einstürzen. Die Wände waren stockfleckig, den Boden bedeckte fauliges Stroh. Ich hatte noch keine zwei Schritte in den Raum hinein getan, da juckten meine Füße, denn Wanzen und anderes Getier krabbelten in Scharen über den Boden.

Grob gezimmerte Bänke und Tische füllten die Taverne. An ihnen drängten sich Tagelöhner, Bettler, Diebe und unzüchtige Weiber, die sich lautstark unterhielten, in großer Zahl. Ich schauderte und schlang meinen Umhang enger um mich, auf dass niemand mich beachten mochte.

Doch diese Vorsichtsmaßnahme war kaum nötig: Im trüben, gelblichen Licht war nur wenig zu erkennen. Zudem drang grauschwarzer Qualm aus dem hinteren Teil der Taverne, wo ich irgendwo die Küche vermutete. Es roch nach saurem Wein, Leichtbier, Kohl und Schweiß. Auf einem Tisch standen ein paar Vaganten und spielten zu Flöte, Laute und Trommel ein Lied, dass die meisten Gäste kannten, denn viele grölten mit. Wer nicht sang oder aß, der klatschte in die Hände, denn zu den Vaganten gehörte eine Zigeunerin, die sich wirbelnd drehte und schamlos tanzte.

Niemand achtete auf Meister Philippe und mich, als wir uns, so weit entfernt von diesem musikalischen Pandämonium wie möglich, auf das äußerste Ende einer Bank zwängten. Mit gesenkten Köpfen, damit er unsere rasierten Gesichter, die unseren mönchischen Stand verraten mochten, nicht sah, verlangten wir vom zahnlosen, zittrigen Wirt einen halben Laib Roggenbrot, ein paar burgundische Zwiebeln und Wasser. Wenn ihn diese karge Mahlzeit verwunderte, dann zeigte der Greis es nicht. Gleichmütig zuckte er mit den Achseln, nahm unsere zwei Sous – in der »Roten Hand« wurde im Voraus bezahlt – und schlurfte von dannen.

Ich hatte kaum den ersten Bissen genommen – die Zwiebeln waren klein und schwarz, doch ihre Schärfe weckte meine Lebensgeister –, da hörten die Vaganten auf zu spielen. Nach einigem Hin und Her und lauten Rufen wurde einer der Gäste, halb geschmeichelt von den Anfeuerungen der Zecher, halb verlegen, auf den Tisch gehoben.

Es war ein Mann mit dem Antoniusfeuer. Er war kaum dreißig Jahre alt, und in ihm brannte die Geißel des inneren Feuers. Die schäbige wollene Tunika gab den Blick auf seine Arme frei, deren Haut gerötet war, als hätte er in Brennnesseln gelegen. Seine Finger waren zu schwärzlichen Klauen verformt. Der Mann war lahm, Speichel troff von seinem Mund.

»Erzähle uns Fabliaux, Honoré!«, rief ein dicker Mann neben uns, der schon zur Mittagszeit rot und trunken war.

Honoré hob seine schwärzliche Rechte – und wunderbarerweise kehrte fast klösterliche Stille ein an diesem sündigen Ort.

Ich wand mich in Seelenqualen, auch wenn ich mich bemühte, mein Äußeres unbewegt zu halten. Fabliaux, das immerhin wusste selbst ein Mönch wie ich, waren lästerliche Geschichten. Es ziemte sich nicht für einen Mann GOTTES, ihnen zu lauschen. Doch was hätte ich tun sollen? Ich murmelte ein Gebet und erflehte SEINE Vergebung, doch bewegte ich dabei kaum die Lippen und sprach so leise, dass nicht einmal Meister Philippe neben mir ein Wort vernahm.

Honoré stand schwankend auf dem Tisch, und einen Moment befürchtete – oder erhoffte – ich, dass er hinunterfallen könnte. Er kratzte sich mit seinen Klauenhänden die brennende Haut, sah uns mit irrem Blick an – und begann dann zu erzählen.

Ich vermag seine Worte kaum wiederzugeben. Doch – ich gestehe es zu meiner Schande – ich lauschte jedem seiner Sätze, als wären sie eine Predigt. Seine Stimme war leise, ja sanft, als spräche er beruhigend zu einem Kind. Jedermann konnte sehen, dass sein

Geist nicht bei ihm war – und dass etwas Anderes, Höheres aus ihm sprach.

Honoré hub unvermittelt an, ohne Begrüßung, ohne Einleitung, so, als hätte er irgendwann einmal seinen Monolog unterbrochen und würde ihn nun einfach fortsetzen.

Er erzählte vom Fluch der Templer, der den König hinweggerafft habe und seine Familie bis hinein ins siebte Glied. Den Papst dazu. Und nun auch die Stadt Paris und ihre Bürger. Denn, und hier hob er etwas die Stimme, großes Ungemach drohe uns allen. Ich vernahm aus seinem Munde, dass Menschen in Sizilien starben wie die Fliegen, im Hafen von Messina, wo eine Galeere eingelaufen war mit sterbenden Männern an Bord, ein Totenschiff, so wahr uns GOTT helfe. Auch in Rom, das vom Papst verlassen sei, habe nun der Tod die Herrschaft übernommen. Genauso wie in Avignon, wohin der Herr der Kirche sich unrechtmäßigerweise zurückgezogen habe. Und nun komme das Sterben näher, jeden Tag ein Stück. Auf den Straßen schreite es voran und entlang der großen Flüsse. Ein Geist, ein Gespenst, ein unsichtbares Leichentuch, ein Fluch des HERRN.

Dann, unvermittelt, so als gehöre beides zusammen, erzählte er, wie der Henker von Paris vor einigen Wochen einem Ritter, der eine Jungfrau aus edlem Haus geschändet und erstochen hatte, den Kopf abhauen wollte. Dabei habe der Holzblock, auf den das Schwert niedersauste, bedrohlich hin und her geschwankt – ein böses Omen. Und siehe, kaum eine Woche später habe der Henker selbst im Grabe gelegen. Den Körper des Ritters aber hätten die Armen von Paris, so wie sie es oft mit den Leichen Verurteilter machten, nachts heimlich aus seiner Gruft geholt, Schenkel und Arme abgetrennt und verspeist. Die Burgundischen und die Englischen lägen im Land, der König sei hilflos, die Königin böse – und was sollten die Armen sonst essen?

Er hatte diese abscheuliche Geschichte kaum beendet – wir alle lauschten ihm atemlos –, da zählte er die nächsten bösen Omen auf: Ein Blitz habe eingeschlagen in der Kirche des Leprösenhospizes von Saint-Lazare. Mit seinen Klauenhänden bekreuzigte sich Honoré – und wir taten es ihm nach.

Dann erzählte Honoré plötzlich von einem toten Mönch im Schatten von Notre-Dame – und einem ehrlosen Vaganten, der dahergekommen sei und den Verstorbenen ausgeraubt habe.

»So sind selbst im Tode die armen Brüder nicht mehr sicher«, sagte er mit seiner sanften Stimme.

Weiter und weiter gingen seine Geschichten, doch Meister Philippe und ich hörten nicht länger zu. Ich musste mich bezwingen, um nicht erregt aufzuspringen und zu dem Erzähler zu rennen, ihn zu schütteln und dazu zu bringen, uns mehr zu erzählen, alles, was er über den Tod Heinrichs von Lübeck wusste.

Selbst der Inquisitor war blass geworden. »Wir müssen unbedingt wissen, wer dieser Vagant war«, flüsterte er mir zu.

»Und woher Honoré diese Geschichte hat«, setzte ich ebenso leise hinzu. »Soll ich eilen und einen Sergeanten holen, auf dass er diesen Honoré in den Kerker werfe?«, fragte ich eifrig.

Doch Meister Philippe schüttelte den Kopf. »Vorerst nicht. Honoré ist der Held der Männer hier, sie würden ihn mit Fäusten, Knüppeln und Spießen verteidigen. Du brauchtest eine Hundertschaft Landsknechte und nicht nur einen Sergeanten, um ihn mit Gewalt fortzuschaffen. Außerdem will ich alles vermeiden, was zusätzliche Aufmerksamkeit auf das tragische Schicksal Heinrichs von Lübeck lenkt, ich habe eine bessere Idee: Irgendwann wird Honoré ermüden und mit seinen Fabliaux aufhören. Und irgendwann wird er die ›Rote Hand‹ verlassen. Und dann«, der Inquisitor lächelte mich plötzlich an, »dann werden du und ich, mein junger Bruder, diesem Geschichtenerzähler folgen, und sei es bis ans Ende der Welt.«

Und so war es. Zumindest beinahe, denn wenn wir Honoré auch nicht bis ans Ende der Welt folgten, so doch bis in den Vorhof der Hölle.

So unvermittelt, wie er begonnen hatte, so plötzlich endete der

Vortrag jenes seltsamen, sündigen Propheten mit dem Feuer im Körper auch. Honoré war erschöpft, kletterte schwankend vom Tisch und achtete scheinbar nicht auf die beifälligen Rufe und den nun wieder einsetzenden allgemeinen Lärm, mit dem die Gäste ihn feierten. Irgendjemand reichte ihm einen Krug mit schäumendem Starkbier, den er in einem Zug leerte. Die Kupfermünzen, die man ihm von allen Seiten aufdrängte, steckte er gleichmütig in einen ledernen Beutel an seinem Gürtel. Dann verließ er, halb hinkend, halb schwankend, die »Rote Hand«.

»Ihm nach!«, flüsterte mir der Inquisitor zu.

Wir hüllten uns noch enger in unsere Umhänge und standen eilig auf. Es war nicht leicht, Honoré zu folgen. Zwar war sein Gang schleppend, sodass wir uns nicht sehr eilen mussten, doch zogen noch immer Nebelschleier durch die Gassen, die unseren Augen Trugbilder und Täuschungen vorgaukelten, Schemen, Geister und verlorene Seelen.

Honoré wankte durch die Gassen, bis er die große Rue Saint-Denis erreichte, auf die er stadtauswärts einbog. Meister Philippe und ich mussten unsere Anstrengungen verdoppeln. Denn hier drängten sich Hunderte gesichtslose, wegen des Nebels dick eingehüllte Gestalten, die alle gleich aussahen.

Wir wagten nicht, mehr als ein paar Schritte Abstand zu Honoré zu halten, aus Angst, ihn aus den Augen zu verlieren. Ich flehte den HERRN an, dass der Mann sich nicht plötzlich umdrehen und uns bemerken würde. Was hätten wir dann getan? Ihn ergriffen? Mich schauderte bei dem Gedanken, die vom Antoniusfeuer verbrannte Hand, die schwärzlichen Klauen berühren zu müssen.

Doch wenigstens dieses Mal erhörte GOTT meine Gebete. Honoré schritt langsam die Rue Saint-Denis hinunter, bis er an das gleichnamige Tor kam. Ohne zu zögern, ging er weiter – und wir folgten ihm auf der Landstraße, hinaus aus Paris.

»Ich glaube, ich weiß, wohin er will«, flüsterte mir der Inquisitor zu. »Du wirst deine Seele wappnen müssen vor dem Anblick der Finsternis«, warnte er mich.

Es verging wohl eine halbe Stunde – der Nebel beschränkte nicht nur meine Sicht, er schien auf eine seltsame Art auch mein Gefühl für die Zeit zu täuschen, sodass ich bis heute nicht sicher bin, wie lange wir Honoré nun wirklich über die Straße gefolgt waren –, bis wir den Weiler La Villette erreichten. Und dort erhob sich, zur Linken der Straße, eine Kirche, deren Kreuz auf der Turmspitze grotesk verbogen war. Das Haus GOTTES war von einer hohen Mauer umwallt, über deren Krone ich nur die Dächer zweier weiterer, lang gestreckter Gebäude erkennen konnte.

»Das Leprösenhospiz«, flüsterte ich.

Meister Philippe nickte düster. »Die Mönche von Saint-Lazare nehmen sich der Aussätzigen an – und all jener, denen der HERR schreckliche Spuren in den Körper gegraben hat. Wer Aussatz hat, der darf das Geviert der Mauern niemals mehr verlassen. Doch die anderen können sich frei bewegen. Es überrascht mich nicht, dass ein Mann wie Honoré hier Unterschlupf findet. Saint-Lazare ist weithin bekannt dafür, dass die Gebete, die in seiner Kirche gesprochen werden, das Antoniusfeuer manchmal zu heilen vermögen.«

Ich blickte auf den Kirchturm, der noch vom Blitzschlag gezeichnet war – so, wie es uns Honoré erst vor kurzem erzählt hatte. Dann schlug ich das Kreuz.

Niemals hätten wir – selbst als Inquisitoren in offizieller Mission – das Hospiz selbst betreten dürfen. Doch das war auch unnötig, denn Honoré gesellte sich zu anderen Unglücklichen, die hier Aufnahme gefunden hatten, doch nun, vor den Mauern, unter einer Ulme saßen. Unter normalen Umständen hätte ich vielleicht gelacht beim Anblick der zwei Dutzend Gestalten, die in diesem dichten Nebel unter einem Raum Schatten zu suchen schienen. Stattdessen schickte ich ein Gebet zum HERRN.

Ich erblickte, nachdem ich näher getreten war, Männer und ein paar Frauen, die der Hölle entstiegen zu sein schienen. Zum ersten Mal an diesem Tag war ich dankbar für den Nebel, der manchen Anblick gnädig verschleierte. Ich sah Männer, deren Arme oder Beine grotesk gebrochen und wieder zusammengewachsen waren, sodass sie aussahen, als hätte sie ein ungelenkes Kind gemalt. Ich sah Männer, die auf den Stümpfen ihrer abgehackten Beine stolzierten, und solche, denen nicht einmal Stümpfe geblieben waren und die sich stattdessen, in einer schauderhaften Parodie des aufrechten Ganges, mit den Händen Schritt für Schritt vorwärtsschleppten. Da gab es Gesichter, die unter Blattern verborgen waren, als hätte sie der HERR aus schlechtem Teig geknetet, und solche, deren Haut von Pocken verwüstet war. Da gab es Zerlumpte, die mir auf den ersten Blick einen gesunden Eindruck machten, doch die gekrümmt gingen wie Gerste im Wind, weil schreckliche Schmerzen ihren Unterleib plagten. Meister Philippe erklärte mir, dass diese Unglücklichen Bauern waren, die burgundischen Landsknechten in die Hände gefallen waren. Die Soldaten hatten ihre Opfer, um ihnen das Versteck ihrer kläglichen Besitztümer abzupressen, an den Hoden aufgeknüpft, bis diese ihnen vom Leib gerissen waren. Am meisten jedoch erschreckten mich die Gestalten ohne Augen: Männer und Frauen, manche noch halbe Kinder, deren Augenhöhlen leer waren, schwarz und seelenlos.

»Landsknechte haben ihnen die Augen ausgedrückt«, flüsterte der Inquisitor, der meinem Blick gefolgt war.

»Beati mites quoniam ipsi possidebunt terram«, murmelte ich und schlug das Kreuz.

Meister Philippe führte mich zu einer Mauer und bedeutete mir mit einer Geste, mich ruhig zu verhalten. Still standen wir da und starrten auf die Versammlung der schrecklich verstümmelten Gestalten. Viele gingen ziellos auf und ab, ein paar murmelten Gebete oder redeten wirr, jemand, dem die Zunge herausgerissen worden war, presste gurgelnde Laute hervor, die meisten jedoch blieben stumm. Honoré setzte sich auf eine Bank – niemand sprach mit ihm, niemand schien seiner zu achten.

Er war der Einzige, in dem das Antoniusfeuer brannte, und plötzlich kam mir der Gedanke, dass Honoré an diesem Ort als der Gesegnete galt, als der König der Verkrüppelten, als jemand gar, der auf die größte, allen anderen verwehrte Gnade hoffen durfte: geheilt zu werden.

So still, wie wir uns verhielten, verschwammen unsere dunklen Umhänge mit der düsteren Mauer, an die wir uns drückten. Niemand sah uns, oder falls doch, dann ließ es sich keiner anmerken.

Glücklicherweise mussten wir diesen Anblick des Leids nicht allzu lange ertragen, denn Honoré erhob sich nach einiger Zeit wieder. Langsam wankte er hinter einige Büsche, die am Rand der Landstraße wuchsen. Wir folgten ihm und bemühten uns dabei, keinen Lärm zu machen. Selbst das Knirschen der Kiesel unter unseren Sandalen schien mir hier, außerhalb der Stadt, ungewöhnlich laut zu klingen; ich wagte nicht einmal zu atmen, als wir die letzten Meter zum Gebüsch entlangschlichen.

Hinter den Zweigen hockte Honoré sich hin und erleichterte sich. Der Inquisitor gab mir ein Zeichen und warf den Umhang ab. Ich tat es ihm nach. Dann traten wir plötzlich vor, im vollen Habit der Dominikaner, wie zwei Racheengel, die aus dem Jenseits kamen.

Honoré, hockend, mit der Hose auf den Knöcheln, starrte uns einen Moment sprachlos an, dann schnappte er vernehmlich nach Luft. Seine Augen waren schreckgeweitet, seine Haut unter dem rötlichen Feuer plötzlich leichenblass. Für einen Moment glaubte ich, dass ihn der Schlag getroffen hätte und er vor unseren Augen tot niedersinken würde. Dann sprang er auf, nestelte mit seinen Klauenhänden an seinen Beinkleidern herum, stammelte leise wirres Zeug – und warf sich schließlich, noch immer unschicklich nackt, vor uns ins nebelnasse Gras.

»Fürchte dich nicht, mein Sohn«, sagte der Inquisitor und lächelte. »Wir haben deinen Fabliaux in der ›Roten Hand‹ gelauscht«, fuhr Meister Philippe freundlich fort, als Honoré sich endlich erhoben und leidlich angekleidet hatte.

»Gnade, oh Herr, Gnade, Gnade«, stammelte dieser und wäre wieder auf den Boden gesunken, wenn wir ihn nicht aufgefangen hätten – Meister Philippe hatte ihn am rechten Arm gepackt; ich, der ich das Antoniusfeuer scheute, hatte es nur gewagt, seinen Kragen zu fassen, doch seine Haut wollte ich nicht anrühren.

»Mich interessiert deine Geschichte der Templer nicht und nicht die vom Blitz, der in eure Kirche gefahren ist – sicher zur Strafe unaussprechlicher Sünden, doch das soll heute nicht meine Sache sein. Mich interessiert nur, was du von unserem toten Mitbruder gehört hast – und von dem Spielmann, der seine Leiche entehrte.«

Für einen Moment waren Honorés Augen so blank wie zwei Seen bei Windstille. Ich befürchtete schon, dass er in seinem Wahn seine eigene Geschichte vergessen haben mochte. Doch da lächelte er – ein wenig verschlagen, wie mir schien – und nickte dann eifrig.

»Ja, der tote Mönch von Notre-Dame«, murmelte er. »Welche unaussprechliche Sünde mag er wohl begangen haben?«

»Es steht dir nicht zu, dies zu fragen«, fuhr ihn der Inquisitor an. Nun war der Tonfall meines Meisters scharf, sein Gesicht verriet kalten Zorn. Oh ja, vor diesem Inquisitor musste auch der verstockteste Sünder zittern!

Honoré duckte sich, als sei er geschlagen worden. »Was wollt Ihr wissen, Herr?«, stammelte er, jede Frechheit war aus seiner Stimme gewichen.

Meister Philippe blickte sich um, ob uns auch keiner der anderen Verstümmelten beobachtete. Doch niemand war zu sehen – wenn ich auch nicht ausschließen mochte, dass uns jemand in diesem Nebel unbemerkt belauschte. Dem Inquisitor kamen wohl ähnliche Gedanken, denn er trat näher an Honoré heran und senkte die Stimme.

»Wer war jener Spielmann, der sich an unserem Mitbruder zu schaffen machte?«, flüsterte der Inquisitor.

Honoré kratzte sich die schrundige Haut. »Ich fürchte, da werde ich Euch nicht helfen können, Herr«, murmelte er.

Philippe de Touloubre lächelte kalt. »Wenn du mir nicht hilfst, guter Mann, dann werde ich dir helfen«, erwiderte er. »Ich werde deiner Erinnerung nachhelfen mit einem Feuer, das noch viel heißer ist als jenes, das dich verzehrt.«

Honoré begann zu zittern, als habe er die Schüttellähmung. Speichel troff in langen Fäden aus seinem Mund, seine Augen wanderten wie irr zwischen dem Inquisitor und mir hin und her. Ich starrte ihn, wie ich hoffte, ausdruckslos an. Auf keinen Fall wollte ich, dass er in mir jemanden sah, von dem er sich eher Gnade erwarten könnte als von Meister Philippe. Ich wollte nicht schwach erscheinen.

Schließlich ließ das Zittern seiner Gliedmaßen wieder nach. Honoré nickte unterwürfig. »Jetzt fällt es mir wieder ein, Herr. Verzeiht, einem Mann, Herr, dem GOTT ein Leid in den Leib gesandt hat, das auch die Seele vergiftet. Ich bin ein guter Mann, müsst Ihr wissen. Ich habe Familie und Kinder, und ich hatte einen rechtschaffenen Beruf. Ich …«

Der Inquisitor unterbrach ihn mit einer herrischen Geste. »Den Namen, gib mir den Namen!«, verlangte er.

»Der Spielmann ist Pierre de Grande-Rue«, antwortete Honoré. »Er ist ein Findelkind, gefunden auf der Rue Saint-Denis und aufgezogen von den Oblaten des Klosters ebendort. Doch als Kind schon lief er den Mönchen davon und lebt seither als Vagant.« Honoré kicherte, besann sich dann rasch anders, schlug die Hand vor den Mund und murmelte ein Gebet.

»Er mag wohl in den Zwanzigern sein. Er ist ein Feuerschlucker, spielt die Schalmei – und er öffnet mit geschickten Händen auch die bestverschnürte Tasche, ohne dass deren Besitzer es merkt.«

»Wo finden wir ihn?«, fragte Meister Philippe.

Honoré zuckte die Achseln, dann hob er seine Klauenhand zum Schwur. »Das weiß ich nicht, bei den Seelen meiner Kinder, Herr. Er soll in Paris sein, doch ich habe ihn schon lange nicht mehr gesehen.«

»Woher weißt du denn, dass er es war, der sich an unserem Mitbruder zu schaffen machte?«

»Ein Spielmann hat es mir erzählt, gestern, in der ›Roten Hand‹.

Der will es von Pierre de Grande-Rue selbst gehört haben, als dieser zu viel Burgunder getrunken hatte. Da habe er geprahlt, er hätte sogar die Taschen eines Dominikaners geöffnet – auch wenn sich dieser nicht mehr wehren konnte.«

»Was hat er ihm geraubt?«, fragte der Inquisitor.

Honoré schüttelte den Kopf. »Was weiß ich? Was kann man einem Mönch schon stehlen? Geld? Ich weiß es nicht, Ihr wisst es besser, Herr.«

Meister Philippe überhörte diesen Anwurf. »Wie sieht er aus, dieser Spielmann und Halunke?«

»Pierre de Grande-Rue ist groß wie ein Bär, breit wie ein Fass und rothaarig wie ein Fuchs«, sagte Honoré. »Ihr könntet ihn unter einer Menge von tausend Menschen auf dem großen Platz vor Notre-Dame erkennen.«

Meister Philippe überdachte, was er soeben vernommen hatte. Honoré beobachtete ihn ängstlich; sein schmutziges Wams war an Brust und Bauch dunkel von seinem Speichel, der ihm noch immer unablässig aus dem Mund tropfte.

»Du wirst zur Buße für dein loses Gerede und deine Respektlosigkeit zehn PATER noster beten«, bestimmte schließlich der Inquisitor. »Und du wirst die Mauern von Saint-Lazare einen Monat nicht verlassen, es sei denn, ich lasse dich rufen.«

Honoré nickte eifrig. Er war erleichtert, dass ihm nichts Schlimmeres widerfahren war.

Wir hatten uns schon abgewandt und waren beinahe auf der Straße, als Meister Philippe sich noch einmal zu ihm umdrehte. »Und du wirst nie wieder Fabliaux erzählen. Schon gar keine, in denen von einem toten Mönch berichtet wird. Solltest du mir nicht gehorchen, dann wirst du auf dem Scheiterhaufen brennen.«

Es dauerte wohl zwei Stunden oder mehr, bis wir zu unserem nächsten Ziel gelangten. Die ganze Zeit über schwieg Meister Philippe, sein Gesicht war verschlossen, sein Schritt eilig und energisch. Demütig und gehorsam ging ich eine halbe Mannslänge hinter ihm und ließ ihn allein mit seinen Gedanken.

So eilten wir zurück in die Stadt. Auf der Rue Saint-Denis ging es langsamer voran, denn Karren, Träger und die beladenen Ochsen und Esel der Bauern behinderten unser Fortkommen. An vielen Stellen lagen tote Ratten, ihre Körper von den unzähligen Tritten von Mensch und Tier blutig zerquetscht. Noch schlüpfriger als sonst war deshalb das Pflaster.

Der Nebel wollte sich nicht verziehen, doch waren seine Schleier nun nicht mehr weißlich, sondern grau, ja fast schwarz, denn Rauchfahnen unzähliger Herdfeuer, Backofen und Schmieden waren in den feuchten Schwaden gefangen. Bitter schmeckte die Luft, und mühsam ging mein Atem.

Irgendwann bog Meister Philippe nach rechts ab. Ich folgte ihm durch mehrere Gassen, deren Namen ich nicht kannte, bis ich in der Ferne den düsteren Schatten des Louvre erahnen konnte, jener finsteren Burg an der westlichen Stadtmauer, die sich mit mehreren hohen, runden Türmen und mächtigen zinnenbekrönten Wällen wie ein gezackter Felsen am Ufer der Seine in den Himmel reckt.

Wieder verließen wir die Stadt. Diesmal durch ein Tor, das ein Stück weit neben dem Louvre in die Mauer eingelassen war. Es kam mir wie ein Unheil verkündendes Omen vor, dass dieses Tor – und die Straße, die hindurchführte – ausgerechnet nach Saint-Honoré benannt war. Diesmal jedoch mussten wir den Schutz der Mauer nicht allzu weit hinter uns lassen, denn schon nach wenigen Schritten führte mich Philippe de Touloubre zu einigen Zelten, die abseits des Weges aufgeschlagen waren.

Im Nebel erkannte ich zerschlissene Stoffbahnen, drei Ochsenkarren, die mit schweren Holzkeilen gesichert waren, und deren Zugtiere, die ein Stück weiter auf einer Wiese grasten. Ich sah schmutzige, halbnackte Kinder, die kreischend zwischen den Zelten spielten, und Zigeunerinnen und andere liederliche Frauen, die nähten, kochten oder sich in sündigen Gesten das lange Haar bürsteten.

»Vaganten«, sagte Meister Philippe. Es war das erste Wort, das er in den vergangenen zwei Stunden an mich gerichtet hatte.

Bevor ich etwas erwidern konnte, tauchte aus dem Nebel blitzschnell ein Mann auf, stellte sich breitbeinig in unseren Weg und schwang einen schweren Knüppel.

»Was wollt Ihr hier?«, fragte er. Seine Stimme war tief, sein Dialekt verriet, dass er aus dem Norden Frankreichs kam. Dann erkannte er die Kutten unter unseren Umhängen. Sofort ließ er den Knüppel sinken und stieß einen schrillen Pfiff aus – ob als Warnung an die anderen Vaganten oder um noch versteckten Männern ein Zeichen zu geben, dass sie nicht losschlagen sollten, vermochte ich nicht zu sagen.

»Wo finde ich Pierre de Grande-Rue?«, herrschte Meister Philippe den Mann an.

Wenn dieser überrascht war, dass zwei Dominikaner ohne Erklärung, ja ohne Begrüßung oder Segenswunsch, sondern nur mit harschen Worten nach einem Vaganten verlangten, dann ließ er sich dies nicht anmerken. Der Mann hob und senkte die Schultern, was ich als Geste der Ahnungslosigkeit oder aber auch der Gleichgültigkeit deuten konnte.

»Das weiß ich nicht, Ihr Herren. Bei uns findet Ihr ihn jedenfalls nicht.«

Meister Philippe sah aus, als wollte er im Zorn einen schrecklichen Fluch aussprechen, doch er bezwang sich mühsam. »Ihr seid doch Vaganten. Haust er nicht hier?«

Der Mann schüttelte den Kopf »Wir sind Spielleute aus Le Mans und ziehen durch Frankreich, so lange ich zurückdenken kann und noch viel länger, denn schon unsere Eltern und deren Eltern sind Spielleute gewesen. Wir spielen die Harfe, die Laute und die Fidel zum Tanz und wohl auch zu geistlichen Festen. Wir haben Hunde und Affen, die tolle Kunststücke vollbringen. Jongleure sind wir, Seiltänzer, Marionettenspieler und Messerwerfer. Aber«, und hier schüttelte der Mann den Kopf, »Bürger von Paris sind wir nicht. Ich habe Pierre de Grande-Rue schon ein paar Mal gesehen, in dieser Stadt und anderswo. Doch ich kenne ihn nicht gut. Er gehört einer anderen Truppe Vaganten an, oder vielleicht ist er auch ein Einzelgänger, ich weiß es nicht.«

»Wann hast du ihn zum letzten Mal getroffen?«, fragte der Inquisitor. Der Mann drehte sich halb nach hinten um. »He, Guillaume«, rief er in den Nebel, »wann haben wir das letzte Mal Pierre de Grande-Rue gesehen?«

»Am Ende des Winters«, kam von irgendwoher die Antwort. »Das mag einen Monat her sein oder auch mehr. Wir waren alle in der ›Roten Hand‹. Das große Fest, du weißt schon.«

Der Mann lachte in plötzlich aufkommender Erinnerung. »Ja, in der Tat. Nun, Ihr Herren, verzeiht, dass ich Euch nur so wenig sagen kann.« Er bot nicht an, sich für uns umzuhören.

Meister Philippe nickte. »Messerwerfer gehören auch zu deiner Gruppe, Spielmann?«, fragte er.

Der Mann verzog den Mund zu einem angedeuteten Lächeln. »Ja, Herr. Ich bin der beste Messerwerfer hier. Haltet ein kleines Brot hoch, und auf zehn Schritte Entfernung und wohl auch auf zwanzig vermag ich den Laib zwischen Euren Fingern zu treffen, ohne Euch die Haut auch nur zu ritzen.«

»Ist dies auch eine Kunstfertigkeit, die Pierre de Grande-Rue beherrscht?«, wollte Meister Philippe wissen.

Jetzt lachte der Vagant. »Und ob! An jenem Tag in der ›Roten Hand‹ traten dreißig Mann zum Messerwerfen an. Es gab einen Krug Burgunder zu gewinnen – und ich schmeckte ihn schon auf meinen Lippen, das darf ich Euch sagen! Doch ich war, wie sich herausstellte, nur der zweitbeste Messerwerfer in der Taverne. Und nun ratet, wer als Einziger mit noch sichererer Hand warf als ich!«

An jenem Abend lag ich müde auf meiner Pritsche und konnte doch keinen Schlaf finden. Wir waren noch rechtzeitig zurückgekehrt, um mit unseren Brüdern eine Messe zu feiern für Heinrich von Lübeck. Anschließend hatten wir, noch schweigsamer als sonst, ein karges Abendmahl eingenommen.

»Salvandorum paucitas, damnandorum multitudo«, sagte der Inquisitor zum Abschied. Wenige Worte nur waren es, die er an diesem Tag an mich gerichtet hatte, und diese waren düster.

So lag ich denn da, starrte mit offenen Augen ins Dunkle und grübelte. Sollte Pierre de Grande-Rue meinen Mitbruder vielleicht nicht nur bestohlen, sondern auch umgebracht haben? Geschickt mit dem Messer schien er zu sein. Doch wie mochte er Heinrich von Lübeck kennen gelernt haben? Oder waren sie sich nur zufällig begegnet? Und warum sollte der Vagant, wenn er denn ein berüchtigter Dieb war, ausgerechnet die Münzen des Mönches verschmäht haben? Oder sollten wir in Wahrheit nur glauben, dass er sie übersehen hatte? Wenn er sie jedoch gesehen und nicht genommen hatte – was hatte er dann gestohlen? Hatte er überhaupt etwas gestohlen?

Wie passte dies alles zu Jacquettes Geschichte? Und zu einem der Domherren von Notre-Dame? Und zu jüdischen Geldwechslern? Und zu dem Reeder aus Lübeck und seiner Gemahlin und dem verfluchten Schiff?

Mir schwindelte. Was mich in jenen düsteren Stunden vielleicht am meisten beunruhigte, waren die Unrast und der Zorn, welche Meister Philippe befallen hatten. Ich wurde das Gefühl nicht los, dass der Inquisitor mehr sah als ich – und dass ihn das, was er erblickte und ich nicht einmal zu ahnen vermochte, in höchste Erregung versetzte. Doch was mochte dies sein?

So warf ich mich denn Stunde um Stunde ruhelos auf meiner Pritsche hin und her. Doch genau in dem Moment, als eine Glocke irgendwo in Paris mit dünnem, kläglichen Läuten Mitternacht schlug, vernahm ich wieder leise Schritte auf dem Gang vor meiner Zelle.

Ich warf mir den Umhang über, den ich am Abend in der Eile unserer Rückkehr nicht wieder beim Portarius abgegeben hatte. Vorsichtig trat ich hinaus auf den Gang. Ich konnte niemanden sehen, doch vermeinte ich, leise Schritte zu hören, die Richtung Kreuzgang verschwanden. Also eilte ich dorthin und bemühte mich, so lautlos zu sein wie ein Gespenst.

Im Kreuzgang stand der Nebel, der sich noch immer nicht verzogen hatte, nass, kalt und grau zwischen den Säulen. Ein seltsames Licht schien aus dem Innern der Schwaden zu dringen, die einzige Helligkeit in einer rabenschwarzen Nacht. Ich schlug das Kreuz und sah mich um.

Nichts. Hatte ich den geheimnisvollen Besucher schon wieder verloren?

Da gewahrte ich einen dunklen Schatten am gegenüberliegenden Ende des Kreuzganges. Einen Moment lang zögerte ich: Sollte ich quer über den Innenhof eilen, um an die Gestalt heranzukommen? Ich entschied mich dagegen, denn ich wusste, dass meine Füße auf den kiesbestreuten Wegen ein knirschendes Geräusch machen würden, das mich verriete.

Also den Kreuzgang entlang, immer dicht an der Mauer. Ich wandte mich nach rechts und betete, dass ich in meiner Eile nicht mit dem Unbekannten zusammenstoßen möge, falls dieser denselben Weg gewählt haben mochte.

Doch ich hatte Glück. Ich sah einen Schatten, der vom Kreuzgang aus zur Pforte flog: eine Gestalt in einem dunklen Umhang, wie auch ich ihn trug. Einen Augenblick lang glaubte ich, unter dem schwarzen Stoff eine zierliche Gestalt auszumachen. Handelte es sich etwa um eine Frau? Doch dann glaubte ich, dass meine überreizten Sinne mich täuschten. Als der Unbekannte an der kleinen Kerze vorbeieilte, die neben der Kammer des Portarius loderte, da erschien er mir plötzlich riesenhaft groß und mächtig wie ein finsterer Ritter.

Wer immer es sein mochte: Er war auf jeden Fall schnell. Er huschte an der Kammer des Portarius vorbei – der schlief den Schlaf des Unschuldigen, wie immer –, machte sich an der Pforte zu schaffen und drückte dann lautlos das Schloss auf. Einen Moment später war er draußen.

»PATER in manus tuas commendo spiritum meum«, flüsterte ich, dann eilte ich ihm nach.

Es war leicht, am schlafenden Portarius vorbeizukommen,

und noch leichter war es, durch die Pforte zu schlüpfen. Der Unbekannte hatte nicht wieder abgeschlossen, er hatte die schwere eichene Tür nicht einmal richtig zufallen lassen.

Ich stand auf der Rue Saint-Jacques und blickte mich um. Zu beiden Seiten trieben Schwaden über die Straße, sie schienen aus dem nassen Pflaster, dem Unrat und den zerquetschten Körpern der toten Ratten aufzusteigen. Die Häuser waren dunkel wie Felsen, als lebten in ihrem Innern keine Menschen. Nirgendwo brannte eine Kerze, nicht einmal ein armseliges Talglicht schimmerte hinter einem Fenster – und doch war da dieses Leuchten, das aus dem Nebel selbst kam.

Da sah ich den Schatten. Er war wohl zwanzig Schritte vor mir und eilte Richtung Seine.

Ich hielt mich so nah an den Häusern, dass meine rechte Schulter an den Mauern entlangstrich. Ich lief ein paar Schritte, dann zwang ich mich, langsamer zu gehen. Ich durfte nicht zu schnell werden, durfte dem Unbekannten nicht zu nahe kommen. Der Schatten vor mir bewegte sich nicht gleichmäßig: Mal eilte er ein kurzes Stück des Weges wie ein gehetztes Wild, dann wieder blieb er länger stehen, als es dauert, drei PATER noster aufzusagen. Er schien zu lauschen. Mir stockte der Atem: Hatte er meine Schritte vernommen? Ich krümmte mich zusammen, versuchte, so klein zu werden wie möglich.

Dann bemerkte ich, dass wir nicht allein waren.

Nun, da ich geduckt dastand und mit allen meinen Sinnen den Nebel und die Düsternis zu durchdringen versuchte, nun erst sah ich andere Schatten in engen Seitengassen und Hauswinkeln. Nun erst hörte ich von irgendwoher gedämpfte Stimmen, Flüstern, einen halb unterdrückten Schrei. Nun erst vernahm ich das Knirschen von Kieseln unter einer Sohle, das Kratzen eines langsam zurückgeschobenen Eisenriegels, das Würgen und Stöhnen von jemandem, der sich übergab.

Ich war erleichtert und beunruhigt zugleich: Mir wurde klar, dass ich mich dem Unbekannten nicht so leicht durch ein unbedachtes Geräusch oder eine Bewegung verraten würde, wie ich zunächst befürchtet hatte. Doch zugleich ängstigte ich mich vor den Menschen und, wer weiß, vielleicht auch den verdammten Seelen, die durch das nächtliche Paris spukten.

Der Unbekannte schien noch eine Weile abzuwarten, dann lief er endlich weiter. Ich folgte ihm bis zum Petit Pont. Eine schwere, gusseiserne Kette spannte sich quer über den Zugang zur Brücke, doch war dies kaum mehr als eine symbolische Absperrung. Eigentlich hätten hier Sergeanten de la Douzaine stehen müssen, denn es war verboten, sich ohne Erlaubnis des Prévôt royal nächtens durch Paris zu bewegen. Deshalb versperrten Ketten die wichtigsten Brücken und Straßen der Stadt.

Doch zumindest am Petit Pont war kein Wächter zu sehen. Vielleicht waren den Sergeanten der Nebel zu dicht und die Luft zu feucht. Gut möglich war es aber auch, dass sie sich, wie alle vernünftigen Leute, vor der Nacht und ihren Geschöpfen fürchteten.

Der Unbekannte jedenfalls schien zu wissen, dass an der Kette niemand lauern würde. Ohne auch nur einen Augenblick zu zögern oder nach links oder rechts zu blicken, stieg er über die eisernen Glieder. Die Kette zitterte, ihr angerostetes Eisen gab kratzende Laute von sich. Dumpf klangen die Schritte der Gestalt auf dem hölzernen Boden der Brücke.

Ich zögerte kurz an der Kette. Noch immer konnte ich das dumpfe Klopfen hören, mit dem die Schuhsohlen des Unbekannten auf die Holzbalken trommelten. Musste er mich dann nicht auch hören? Verzweifelt zermarterte ich mir den Kopf und suchte nach einem Ausweg aus meinem Dilemma.

Schließlich, weil mir nichts Besseres einfiel und ich befürchtete, die Gestalt im Nebel endgültig zu verlieren, streifte ich meine Sandalen ab und stieg, Mantel und Kutte hebend, vorsichtig über die Kette. Ich erschauderte. Das feuchte Holz war glitschig und kalt wie der Tod. Ich lief weiter, nur mit den Ballen über die Balken tänzelnd wie ein übermütiges Kind. Ich machte, wie meinen überreizten Sinnen schien, gehörigen Lärm.

Doch der Schemen vor mir verlangsamte nicht seinen Lauf, im Gegenteil: Als er das jenseitige Ende der Brücke erreicht hatte, wurde er schneller und schneller. Er eilte durch die Gassen der Seine-Insel und strebte einem Ziel zu, das düster im Nebel schimmerte wie ein tausendfach gezackter Felsen, wie ein Titanenwald, in den niemals Licht fällt, wie die riesenhafte Burg des Herrn der Finsternis: der Kathedrale von Notre-Dame.

Der Unbekannte verschmolz mit der dunklen Masse, ein kleiner Schatten, der sich auflöste. Mit klopfendem Herzen hatte ich mich bis zum Rand des Platzes vor der Kathedrale geschlichen und starrte in den Nebel. Die Gestalt war verschwunden.

Schließlich schlug ich ein Kreuz, nahm all meinen Mut zusammen und rannte bis zum Hause GOTTES. Ich stand an der lang gestreckten Südfassade der Kirche. Über mir ragten Pfeiler und Türmchen auf. Steinerne Fratzen starrten auf mich herab, Teufel, Dämonen, Fabelwesen. Im milchigen Halblicht vermeinte ich, dass sich ihre Züge in schrecklicher Wut verzogen, da ich es wagte, in der Nacht an die Pforte ihres Reiches zu klopfen. Der Unbekannte war nirgendwo zu sehen.

Da hörte ich, ganz leise, ein Knarren. Nur wenige Schritte zu meiner Rechten erkannte ich schemenhaft eine winzige Tür, die zwischen den Streben zweier Kapellen ins Mauerwerk eingelassen war. Lange stand ich vor ihr, zu lange vielleicht. Schwer ging mein Atem, mein Herz schlug mir im Halse.

Sollte ich hineingehen?

»Du hast dich auf diesen Weg begeben, nun musst du ihn auch zu Ende gehen«, flüsterte ich mir schließlich zu. Oder war es eine andere Stimme, die mir dies eingab? War es GOTT? Oder war es nicht vielmehr sein ewiger Widersacher, der mich lockte und trieb?

Nach einer unendlich langen Zeit jedenfalls überwand ich die Lähmung meiner Glieder und drückte die Pforte so vorsichtig auf, dass ihre Angeln nur ganz leise knarrten.

Im Innern von Notre-Dame war es feucht und kühl, und es roch nach kaltem Weihrauch. Die hohen Pfeiler strebten in die tintenschwarze Düsternis. Die Galerien hoch oben im Kirchenschiff, die Rosetten, die hohen Fenster, das Gewölbe, die Kapellen zu beiden Seiten – alles lag verborgen in undurchdringlicher Dunkelheit. Vor dem Altar jedoch brannten noch immer einige Kerzen, die Gläubige in frommem Eifer gespendet hatten. Rot und gelb flackerte ihr Licht durch den Chor, ließ dort die geschnitzten Stühle der Domherren dämonisch aufleuchten, warf Lichtzungen ins Kirchenschiff und erhellte die Grabplatten auf dem Boden.

Von meinem Unbekannten sah und hörte ich jedoch nichts.

Ich blieb an der Pforte stehen und zwang mich, ruhig zu atmen. Langsam gewöhnten sich meine Augen an das seltsame Licht in der Kirche. Ich konnte die Bänke für die Betenden schemenhaft erkennen, zwei oder drei Beichtstühle, eine Statue der Mutter GOTTES, den goldenen Rahmen eines Bildes, der aufblitzte, als ein verirrter Luftzug einen Lichtstreif bis tief hinein in eine Kapelle warf.

Nichts. In Notre-Dame war es still wie in einer Gruft. Nein, meine Erinnerung will mich hier täuschen: Notre-Dame glich in jener Nacht einem riesigen steinernen Gefäß, einem Reliquiar, randvoll angefüllt mit einer erhabenen, erschreckenden, mit einer jenseitigen Stille. Ich spürte sie, sie schnürte mir die Brust zusammen und verwirrte meine Sinne. Ich erschauderte.

Was sollte ich nun tun?

Zögernd ging ich tiefer hinein ins gewaltige Kirchenschiff. Halb erwartete ich, meine Schritte tausendfach verstärkt von den Kapellen und Pfeilern als Echo zurückgeworfen zu hören. Doch es war, als schluckte die Dunkelheit jeden Ton. Ich konnte keinen meiner Schritte vernehmen, wie in einem Albtraum, in dem man sich bewegt und doch nicht von der Stelle kommt.

Das Licht der Kerzen am Altar war mein Leitstern. Sorgfältig vermied ich es, in den Lichtschein zu treten, um mich nicht zu verraten. Doch ihr Leuchten half mir, mich zurechtzufinden. Vorsichtig ging ich einmal durch das ganze Kirchenschiff: vom Hauptportal und den Zugängen zu den Türmen im Westen bis zu den äußersten Kapellen hinter dem Chor im Osten. Nirgendwo jedoch sah oder hörte ich etwas von dem Unbekannten, ich erblickte keine offene Tür, bemerkte keinen Lichtschein außer dem am Altar.

Und doch wurde ich das Gefühl nicht los, dass mich jemand beobachtete. Ich glaubte, Blicke zwischen meinen Schultern zu spüren, ja fast vermeinte ich, sie greifen zu können, so wirklich erschienen sie mir. Doch stets, wenn ich mich rasch umdrehte, war die Düsternis hinter mir so undurchdringlich wie die vor mir. Meine Haare sträubten sich, Schauer liefen über meine Haut. Ich fror.

»DOMINE, quo vadis?«, hauchte ich und irrte weiter, wohl eine Stunde lang.

Schließlich war ich erschöpft, halb erfroren, mutlos und verängstigt. Ich hatte die Spur des Unbekannten verloren. Langsam schlich ich zur Pforte zurück, durch die ich in die Kathedrale gekommen war. Draußen blieb ich einen Moment im Nebel stehen und sammelte mich.

Da erblickte ich Jacquette. Zumindest gewahrte ich in einer der Gassen, welche zu Notre-Dame führten, eine junge Frau, die sich gegen die Kälte in einen dunklen Umhang gehüllt hatte, der fast ihren ganzen Körper verbarg. Das Haar jedoch trug sie offen – und es schimmerte braun wie das jener Schönfrau, deren Bild ich nicht mehr aus meinem Geist vertreiben konnte. Ihre Bewegungen hatten noch etwas von der Ungelenkigkeit eines heranwachsenden Mädchens – genauso wie es bei Jacquette gewesen war.

Ich musste mich zwingen, nicht laut ihren Namen zu rufen, zu ihr zu eilen, um ihr Gesicht zu sehen und, oh Sünde, ihre Hände zu ergreifen. So nah stand ich bei ihr, dass ich meinte, sie fast berühren zu können. Doch der Nebel täuschte. Tatsächlich trennten uns doch einige Schritte – genug, dass sie mich, der ich mich an die Mauer von Notre-Dame drückte, nicht einmal bemerkte. Genug auch, dass ich ihre Gesichtszüge nicht deutlich erkennen konnte. War sie es wahrhaftig? Oder war es ein Trugbild Satans, mich zu locken und zu verhöhnen? Jacquette – wenn sie es denn war – verschwand nach wenigen Augenblicken in der Gasse. Und ich, ich wagte es nicht, ihr zu folgen.

Nicht, weil ich Angst gehabt hätte vor ihr. Nein, ich hatte Angst vor mir. Ich spürte, dass ich etwas Unaussprechliches tun würde, ginge ich Jacquette nun nach. Ich wäre ihr nicht einfach durch eine Gasse von Paris gefolgt, nein, so gut kannte ich mein Herz nun schon. Ich wäre ihr gefolgt aus dem Kloster, aus meiner Berufung, aus allem, was mir heilig und wichtig dünkte.

So blieb ich denn im Schatten von Notre-Dame und atmete schwer und zitterte am ganzen Leibe, weil ich glücklich war und todtraurig zugleich. Und weil ich wusste, dass mein Leben langsam in Stücke zerfiel und ich nichts dagegen unternehmen konnte.

Viel später erst – als ich endlich wieder im Kloster war, unentdeckt, wie ich hoffte – ging mir auf, dass ich in Notre-Dame, als ich den Unbekannten verfolgte, meine Hand nicht ins Weihwasser getaucht und das Kreuz geschlagen hatte. Es war das erste Mal in meinem Leben, dass ich ein Haus GOTTES betreten und dabei diese Bezeugung von Glauben, Ehre und Demut vergessen hatte.

Noch ein böses Vorzeichen in dieser an bösen Vorzeichen überreichen Zeit.

Ich schwankte vor Müdigkeit in den Vigilien, doch fand ich keine Ruhe in Gesang und Gebet. Auch in den wenigen Nachtstunden, die mir danach noch blieben, konnte ich nicht in das gnädige Reich des Schlafes sinken.

Jacquette lebte, und sie war frei! Das zumindest redete ich mir immer wieder ein. Doch war sie es wirklich? Mein Herz wollte es glauben. Mein Geist jedoch, geschärft vom Studium und mehr noch vom Vorbild des Inquisitors, wollte zweifeln. Hatte ich sie wahrhaftig erkannt? Hatte ich ihr Gesicht gesehen, ihre Stimme gehört? Nein und abermals nein.

Doch falls es tatsächlich Jacquette gewesen war in jener düsteren Gasse: War es bloßer Zufall, dass ich sie im Schatten von Notre-Dame wiederfand? Hatte sie etwas mit dem Unbekannten zu schaffen, den ich zuvor verfolgt hatte? Und wer verbarg sich hinter dieser Gestalt? Und warum Notre-Dame? Wer oder was zog den Unbekannten dorthin? Und Jacquette? Und, ich schauderte, auch Heinrich von Lübeck, der dort sein schreckliches Ende gefunden hatte? Der Unbekannte und mein ermordeter Mitbruder hatten sich zudem im Kloster in der Rue Saint-Jacques aufgehalten. Hatten diese Vorgänge also etwas mit uns, den Dominikanern, zu tun?

So viele Fragen – und nur eine Sicherheit: Ich würde, auch wenn mich mein schlechtes Gewissen bedrängte, Meister Philippe weder von meinem nächtlichen Abenteuer erzählen noch davon, dass ich Jacquette gesehen hatte. Ich würde diese Ereignisse vorerst für mich behalten, bis ich klarer sah.

Als ich zum Morgenmahl ging, quälte mich die Furcht, Meister Philippe könnte mir meine durchwachte Nacht und meine Seelenqualen ansehen. Hätte er mir auch nur eine Frage gestellt – ich hätte es nicht über mich gebracht, ihn anzulügen, sondern auf der Stelle alles gestanden. Doch der Inquisitor kam an jenem Morgen nicht dazu, mich auch nur zu mustern.

Kaum hatten wir uns niedergelassen, bat ihn ein schüchterner Novize hinaus zum Portarius. Meister Philippe bedeutete mir mit einem Nicken, ihm zu folgen. So kamen wir zur Klosterpforte, wo uns einer der beiden Sergeanten erwartete, die uns den Leichnam Heinrichs von Lübeck gezeigt hatten.

Der Mann verbeugte sich würdevoll. Doch selbst mich täuschte er damit nicht, denn ich sah, dass er sein angstvolles Zucken, das ihm über die linke Gesichtshälfte lief, nur unvollständig verbarg.

»Wir haben in der ersten Morgenstunde wieder einen Toten im Schatten von Notre-Dame gefunden, Herr«, verkündete der Sergeant.

Das blasse Gesicht des Inquisitors wurde noch um eine Spur fahler. »Wer ist es?« Seine Stimme war eisig.

»Es ist der Dekan der Domherren, der ehrwürdige Nicolas d'Orgemont.«

»GOTT sei seiner Seele gnädig«, murmelte ich unwillkürlich.

Der Sergeant schlug mechanisch das Kreuz, und der Ausdruck nackter Angst stand ihm noch immer im Gesicht. »Der hohe Herr ist zu den Schönfrauen gegangen«, fuhr er mit sichtlichem Unbehagen fort, »dorthin, wo die Dirnen auf Männer warten: zwischen den Streben der Chorkapellen von Notre-Dame. Einige der Mädchen haben ihn gesehen und erkannt, er kommt ja regelmäßig. Er hat sich eine Schönfrau ausgesucht und ist mit ihr in einer Gasse verschwunden, die von der Kathedrale zur Seine führt. Dort habe ich ihn heute Morgen entdeckt. Erstochen. Von der Schönfrau fehlt jede Spur.«

»Weißt du, welche Dirne mit dem Domherrn gegangen ist?«, fragte der Inquisitor. Plötzlich klang seine Stimme müde – so, als ob er die Antwort schon kannte.

Und, wenn ich ehrlich sein muss, auch mich überraschten die nächsten Worte des Sergeanten nicht.

»Es war Jacquette, das Täubchen«, sagte er und schluckte. »So ein Zufall, nicht wahr, Herr?«

»In GOTTES Plan ist kein Platz für den Zufall«, murmelte der Inquisitor düster.

DIE TOCHTER DES GELDWECHSLERS

In anderen Zeiten hätte das Volk von Paris sich wohl höchlich um die Ermordung des würdigsten Domherrn von Notre-Dame erregt – doch in diesem Frühjahr verhielt es sich anders. Denn genau an jenem Morgen, da uns der Sergeant den Tod des Nicolas d'Orgemont meldete, zogen wohl hundert ärmliche Flüchtlinge aus Lyon durch die Porte Saint-Jacques in die Stadt.

Erschöpft und voller Schrecken erzählten sie allenthalben vom Schwarzen Tod. Großherzige Bürger nahmen sich ihrer an, dazu wir Mönche, die Nonnen der Klöster, die Ratsherren von Paris. Die Neuankömmlinge berichteten, dass in Lyon der Tod herrsche wie nie zuvor. Sie beschrieben eitrige Geschwüre und Beulen, die sich plötzlich auf der Haut zeigten. Die Menschen, so sagten sie uns, begännen zu faulen und stänken nach Verwesung und Tod, noch bevor sie gestorben seien. Leiden müssten sie nicht lange, denn der Schwarze Tod schlug schnell zu. So mancher, der einen Kranken in dessen Haus besucht habe, um ihm Tröstung zuzusprechen, habe die heimtückischen Beulen auf seiner Haut wachsen sehen in einer Zeit, in der man kaum zwei PATER noster sprechen könne. Und noch ehe der Unglückliche sein eigenes Haus wieder erreicht habe, da sei er schon gestorben.

Zunächst wollten wir diese Geschichten nicht glauben, doch den Flüchtlingen folgten noch am gleichen Tag weitere aus Toulon und Marseille. Dann kamen sie sogar von den Häfen des Westens, aus Nantes und La Rochelle und Calais, und von Norden, aus Lilie und Rouen, und von Osten, aus Strassburg und Basel. Manche wankten geschwächt in die Stadt – sie kamen aus Katalanien und Italien und Flandern und weiß GOTT noch woher. Und sie alle erzählten die gleiche Geschichte.

Mein Herz zitterte, auch wenn ich mir sagte, dass der HERR uns alle prüfen wolle und ich, als Mönch und Inquisitor, doch den Bürgern ein besonderes Vorbild an Standfestigkeit und Vertrauen sein müsse. Ich fühlte mich – und da war ich nicht allein – wie in einer belagerten Stadt. Von überall, so schien es mir, wälzten sich unsichtbare, schreckliche Armeen auf Paris zu.

In Notre-Dame und den anderen Kirchen wurden Messen zelebriert, und die Häuser GOTTES waren von Menschen gefüllt wie nie zuvor. Reliquien und Heiligenbilder wurden in Prozessionen durch die Straßen getragen und zu den Klöstern des Umlandes. Überall erschollen die Fürbitten der Menschen zum Himmel. Doch GOTT hatte sich abgewandt und hörte sie nicht.

Zu allem Unglück brach nach dem nebligen, feuchten Mai auch noch eine Maikäferplage über das Land herein. Das braune Getier war plötzlich auf allen Feldern, Wäldern und Wiesen und fraß die Mandel-, Apfel-, Birnen- und Kirschbäume kahl. Die Preise für Obst stiegen ins Unermessliche, sodass sich selbst die Reichen kaum mehr als ein oder zwei verschrumpelte Früchte kaufen konnten. So kam zur Angst auch noch der Hunger nach Paris.

Mit den Flüchtlingen kamen auch viele Dominikaner in die Stadt, vor allem aus dem Süden, wo unsere Gemeinschaft gegründet worden ist und wo sie von jeher besonders stark ist. Ihrer nahmen wir uns natürlich besonders fürsorglich an, und so war unser Kloster bald überfüllt, als wären wir Gastgeber eines Konvents.

Tagelang war gar nicht daran zu denken, unsere Nachforschungen weiterzuführen, so brennend wir dies auch wollten. Demütig übernahm es der Inquisitor, in der Stadt das immer teurer werdende Mehl zu kaufen, Zwiebeln und was er sonst noch auf den Märkten erstehen konnte, damit wir die Flüchtlinge anständig versorgen konnten. Ich ging in den Krankensaal, wusch den erschöpften Mitbrüdern, die oft wochenlang auf den Straßen gewandert waren, die Füße, verband wund gescheuerte Fersen, trug eine Paste, die unser heilkundigster Bruder gemischt hatte, auf sonnenverbrannte Haut auf und linderte mit kalten Umschlägen und Kräutersud wohl manches Fieber. Die Tage verbrachte ich so und auch die meisten Nächte.

Ich empfand, ich muss es gestehen, eine heimliche Freude an dem, was ich tat, denn ich erlegte mir diesen Dienst selbst als Buße auf. Indem ich fast pausenlos arbeitete, vermied ich es, zu viel über die Toten und über die Lebenden nachzudenken – vor allem über die Lebenden.

Trotzdem bekam ich Jacquette nicht vollständig aus meinem Sinn. In jenen Tagen sah ich sie nicht, denn ich verließ das Kloster nie. Doch fragte ich mich manchmal, wo sie wohl sein mochte und wie es ihr erging in dieser unruhigen Zeit.

Auch an Klara Helmstede dachte ich und an ihr aufreizendes Wesen. Vor allem, da Meister Philippe mir nach einem seiner Gänge durch die Stadt gesagt hatte, dass die Kogge noch immer im Seinehafen dümpelte.

»Jetzt ist der Reeder gefangen«, murmelte der Inquisitor grimmig. »Richard Helmstede wird es nicht wagen, mit seinem Schiff durch ein Land zu segeln, in dem der Tod an beiden Ufern regiert. Wenn er uns etwas verheimlicht, dann wird er es uns früher oder später gestehen.«

Vom Vaganten Pierre de Grande-Rue hingegen fehlte jede Spur. Wie hätten wir ihn auch aufstöbern können? Wir waren in unserem Dienst ans Kloster gebunden. Die Sergeanten hatten alle Hände voll zu tun, in der übervölkerten Stadt für Ordnung zu sorgen. Und zwischen all den Flüchtlingen mochte es dem Spielmann noch leichter fallen als zuvor, unentdeckt zu bleiben.

So verging ein Tag nach dem anderen, die Zeit schien zu fliegen, und schließlich wuchs auch in mir die Ungeduld. Ich wollte wieder hinaus aus dem Kloster, wollte suchen, forschen, wollte – doch das gestand ich mir nicht ein – zwei Gesichter sehen, die ich nur in meinem Innern betrachtete.

Der Juni kam, und es wurde heiß und stickig in Paris. Es stank bis hinter unsere Klostermauern, denn mit den zusätzlichen Menschen gelangte auch mehr Unrat auf die Straßen. Immerhin waren wir die Ratten los, denn seit dem großen Sterben im nebligen Frühjahr sah man nur noch wenige Tiere. Dafür plagten uns nun Flöhe und Wanzen und anderes Getier ärger als in anderen Jahren.

Es war zu Sankt Erasmus, am zweiten Juni-Tag, dass ich die Gelegenheit fand, mich aus dem Kloster zu stehlen. Es war nach der Terz: Ich ging zum Portarius und sagte ihm, dass mich unser heilkundiger Bruder hinausschickte, auf dass ich irgendwo in Paris getrockneten Salbei und noch einige andere lindernde Kräuter kaufen möge. Das war nicht einmal gelogen, denn tatsächlich hatte ich mich entboten, an Medizin zu kaufen, was überhaupt noch zu kaufen war.

Tatsächlich streifte ich dann wohl zwei Stunden über die Plätze und durch die Gassen, um bei Apothekern nützliche Dinge zu erstehen. Die Preise waren hoch, ja wucherisch – oft zahlte ich vier, fünf Sous und noch mehr für ein kleines Säckchen mit Kräutern vom letzten Jahr. Doch sagte ich mir, dass es, so, wie die Dinge standen, in den nächsten Wochen kaum besser werden mochte.

Als ich schließlich alle Besorgungen erledigt hatte, ging ich zurück über den Grand Pont. Dort, auf der Brücke der Geldwechsler, sah ich mich im Gedränge rasch um – und trat mit einem eiligen Schritt ins »Haus zum Falken«.

»Endlich seid Ihr gekommen, Bruder!«, rief der junge, höfliche Gehilfe in der Wechslerstube. »Messer Datini erwartet schon seit Tagen mit Ungeduld Euren Besuch.«

Ich verzichtete auf eine Antwort und nickte nur würdevoll, doch am liebsten hätte ich jubiliert: Denn was konnte dies anderes sein als eine gute Nachricht?

Und es war eine gute Nachricht. Pietro Datini hieß mich, auf einem Stuhl in seinem Arbeitszimmer Platz zu nehmen. Ich bewunderte heimlich sein prächtiges blaues Wams, das seiner kurzgewachsenen, hageren Statur etwas Imposantes verlieh.

»Ich habe eine Geschichte gehört, die Euch schwerlich gleichgültig lassen wird«, begann er das Gespräch. Vorsichtig und höflich wie immer; nur sein Florentiner Akzent, der seine Worte noch mehr tränkte als sonst, verriet seine innere Anspannung.

»Vor einigen Wochen«, fuhr Datini fort, »soll ein Dominikaner zum jüdischen Geldwechsler Nechenja ben Isaak gegangen sein. Niemand von denen, mit denen ich sprechen konnte, vermochte mir seinen Namen oder sein Aussehen zu nennen. Doch er ist der einzige Mönch Eures Ordens, der in letzter Zeit bei einem Pariser Geldwechsler vorstellig geworden ist.«

Ich vermochte meine Erregung kaum hinter der Fassade frommen Gleichmuts zu verbergen. »Wisst Ihr, Messer Datini, wann dieser Mönch zum Juden gegangen ist?«, fragte ich und hörte selbst, wie meine Stimme vor Aufregung halb erstickt klang.

Der Florentiner lächelte dünn. »Einen Tag, bevor Heinrich von Lübeck erstochen aufgefunden worden ist.«

Mir schwindelte. »Wie viel Geld hat der Mönch bekommen?«, krächzte ich.

»Darf ich Euch ein Glas Wasser anbieten, Bruder? Oder Wein?«, fragte Datini besorgt. Als ich energisch den Kopf schüttelte, nickte er. Ein Hauch von Betrübnis schien sich für einen Moment über seine ebenmäßigen Züge zu legen, dann wirkte er wieder so gefasst wie zuvor. »Mehr kann ich Euch leider nicht sagen, Bruder. Niemand hat davon gehört, dass dieser Dominikaner eine größere Summe Geldes bekommen – oder eingezahlt – hätte. Bewegt sich irgendwo ein Vermögen von einer Hand in eine andere, dann spricht sich das unter uns Geldwechslern herum. Wenn überhaupt, kann es sich nur um eine geringe Summe gehandelt haben, welche jener Dominikaner beim Juden erhalten oder eingezahlt hat. Vielleicht wollte er sich nur nach den Bedingungen einer solchen Transaktion erkundigen und später wiederkommen – was ihm dann der HERR verwehrte.«

Wir schlugen beide das Kreuz.

»Sagt mir, Messer Datini, was wisst Ihr über diesen Juden?«

»Nechenja ben Isaak?«, Datini machte eine Geste, die ebenso weit ausholend wie vage war. »Er ist schon lange in Paris, sechzehn

Jahre bereits, glaube ich. Gleich mir ist er nicht hier geboren. Manche sagen, dass er aus Deutschland stammt. Andere behaupten, er komme aus Spanien. Aus dem maurischen Teil, nicht dem katholischen. Seine Geschäfte sind jedenfalls solide, wenn auch nicht spektakulär. Ich glaube, dass er wohlhabend ist, doch dass es wohl drei Dutzend Geldwechsler in Paris gibt, die reicher sind als er.«

Datini ließ offen, ob er sich selbst dazu rechnete, doch ich konnte es mir denken.

»Er ist ein Büchernarr, sagt man, und sammelt alte Schriften. Aber das ist ja nichts Ungewöhnliches für einen Juden.« Der Florentiner lächelte wieder dünn. »Wenn überhaupt etwas ungewöhnlich ist an ihm, dann ist es seine Tochter Lea. Eine junge Witwe. Nach dem Tod ihres Gatten ist sie zu ihrem Vater zurückgekehrt. Offiziell hilft sie ihm in seiner Wechselstube, denn seine beiden Söhne sind, so sagt man zumindest, nach Deutschland gegangen, wo sie in großen Städten – in welchen, das weiß ich nicht – als Rabbiner eingesetzt worden sind. Die, mit denen ich geredet habe, behaupten, dass Nechenjas Tochter in Wahrheit die wichtigen Geldgeschäfte regelt.« Datini erlaubte sich ein kurzes Lachen. »Aber ist es nicht oft so, dass es die Frauen sind, die im Namen der Männer das Geld durch unsere Welt pumpen?«

Ich musste unwillkürlich an Klara Helmstede denken und fragte mich, ob auch sie mehr mit Schiffen und Waren zu tun hatte, als ich bislang glaubte. Zögernd nickte ich. »Wo finde ich ihn, diesen Juden?«

»Nechenja ben Isaak wohnt im Haus ›Zum bunten Ochsen‹ in der Rue de la Juiverie, wie alle Juden. Im gleichen Haus hat er auch seine Wechselstube. Es steht direkt neben der kleinen Kirche Saint-Denis-de-la-Châttre. Ihr könnt es kaum verfehlen, Bruder. Saint-Denis-de-la-Châttre liegt auf der Cité am Nordufer der Insel. Nur wenige Schritte vom Grand Pont entfernt.«

»Und wenige Schritte von Notre-Dame«, murmelte ich düster.

Nachdem ich mich von Messer Datini verabschiedet hatte, machte ich mich auf den Rückweg zum Kloster. Unterwegs hatte ich kaum Augen für die Stadt und widerstand auch der Versuchung, vom Grand Pont direkt in die Rue de la Juiverie zu gehen. Ich ahnte, dass die Verstrickungen, in die ich nun hineingeraten war, zu groß waren für einen jungen Mönch allein. Ich musste Meister Philippe meine Eigenmächtigkeit gestehen, sein Verzeihen erflehen und mit ihm zum Juden gehen.

Nachdem ich mich zu diesem Entschluss durchgerungen hatte, fiel mir eine Last von der Seele. Freier, ja fröhlich marschierte ich zurück in die Rue Saint-Jacques.

Nach der Vesper hätte ich mich gerne dem Inquisitor offenbart, doch es war der Prior, der uns, noch in der Kirche, zu sich zitierte.

Bruder Carbonnet wartete vor dem Altar, bis die anderen Mönche lautlos das Haus GOTTES verlassen hatten. Der alte Prior sah müde aus und ungeduldig.

»Nun, Brüder«, begrüßte er uns, »ich hoffe, dass Ihr über der Barmherzigkeit, die Ihr den Flüchtlingen zuteil werden lasst und die der HERR ohne Zweifel gerne sieht, nicht den Tod Heinrichs von Lübeck vergessen habt.«

Ich erschrak. Hatte der Prior irgendwie von meinem Besuch bei Messer Datini erfahren? Warum sonst zitierte er uns ausgerechnet an diesem Tag zu sich?

Doch Bruder Carbonnet gab mir die Antwort, wiewohl unwissentlich, selbst. »Seit gestern«, so fuhr er fort, »lesen die Franziskaner vom ersten Glockenschlag am Morgen bis zum Läuten der Abendglocken pausenlos Messen. Die Cordeliers sind, wie Ihr wisst, im Volk beliebter als wir Dominikaner. Doch auch in das Kloster der Augustiner strömen viele Bürger von Paris. Selbst nach Saint-Julien-le-Pauvre, dem Priorat der Cluniazenser, das sich nur ein paar Schritte die Straße hinunter erhebt, zieht es Ritter und Bauern, Edelfrauen und Marktweiber. Unseren Beistand jedoch sucht kaum jemand, nicht einmal ein Ratsherr der Stadt.«

Der Prior seufzte und breitete die Arme weit aus wie ein etwas ratloser, doch gütiger Vater. Seine Augen jedoch musterten uns kalt. »Früher wenigstens hat uns das Volk ob unserer Gelehrsamkeit geschätzt und ob des Scharfsinns unserer Inquisitoren gefürchtet. Jetzt allerdings, scheint mir, haben wir nichts mehr, das ihnen noch Achtung gebietet.«

Meister Philippe verneigte sich demutsvoll, doch sah ich, dass sein Gesicht weiß geworden war und seine Lippen zitterten vor unterdrücktem Zorn. Ich tat es ihm gleich und senkte ebenfalls mein Haupt.

»Ut omnes honorificent Filium sicut honorificant PATREM qui non honorificat Filium non honorificat PATREM qui misit illum«, murmelte Bruder Carbonnet und ließ seine Worte wirken.

Dann endlich hob er wieder die Stimme: »Man sagt sich auf den Straßen von Paris, dass auf uns Dominikanern ein Fluch liegt, seit einer von uns vor Notre-Dame ein so schreckliches Ende gefunden hat. Der Fluch wird, so gehen die Gerüchte, auf uns lasten, bis dass wir den Schuldigen gefunden und diese Tat gesühnt haben.

Liebe Mitbrüder, ich brauche Euch bestimmt nicht daran zu erinnern, dass die Angst das Volk von Paris gepackt hält wie schon lange nicht mehr. Ihr kennt die Geschichten vom Schwarzen Tod. Wiewohl ich sie nicht glauben mag, so muss ich doch sehen, dass viele andere sie für bare Münze nehmen. Daher sind die Menschen reizbar und bereit, jedes Wort zu glauben, sofern es von finsteren Taten und Blut und Sünde kündet.

Zumal ja nicht allein der Tod Heinrichs von Lübeck ungesühnt ist …«

Die Stimme des Priors verklang, dann jedoch räusperte er sich, stand auf und ging unruhig vor dem Altar auf und ab.

»Der Prévôt royal gab sich gestern die Ehre eines Besuches«, verkündete Bruder Carbonnet, und der Zorn in seiner Stimme war unverkennbar. »Er machte mir in ziemlich deutlichen, um nicht zu sagen unhöflichen Worten klar, dass er mit den vielen Flüchtlingen und ihren Gerüchten und mit den Burgundischen und Englischen, die in der Nähe von Paris die Felder verheeren, schon genug Sorgen habe. Er möchte die Mörder, die Heinrich von Lübeck und Nicolas d'Orgemont ein so schimpfliches Ende bereitet haben – oder den Mörder, sollte es sich in beiden Fällen um ein und denselben Täter handeln – endlich unschädlich machen.

Der Prévôt will sie auf dem Richtplatz vor aller Augen vierteilen lassen, auf dass die Bürger von Paris abgelenkt werden von den Geschichten der Flüchtlinge – und auf dass sie sich beizeiten erinnern, dass es stets besser ist, der Obrigkeit zu gehorchen.

Wir, meine Brüder, sollen ihm endlich die Schuldigen benennen. Ich habe auf den Prévôt mit solch kunstvollen Worten eingeredet, wie ich sie nur selten in einer Predigt finde. So gibt er uns noch ein paar Wochen. Doch spätestens zu Mariae Himmelfahrt wird er dem König Bericht erstatten. Sollte er dies tun, dann wird diese unselige Geschichte unfehlbar auch Seiner Heiligkeit zu Ohren kommen. Der Papst wird in dieser Situation, da uns Krieg und Krankheit drohen, um keinen Preis Streit haben wollen mit Ihrer Majestät. Ich möchte lieber nicht daran denken, was Seine Heiligkeit in so einem Fall zu unternehmen gedenkt.

Also werden wir, ungeachtet aller Schwierigkeiten, die unser Leben zurzeit plagen, die verruchten Täter finden. Das heißt, Ihr, meine Brüder, werdet sie finden.«

»Ich danke Euch für Euren Großmut, Ehrwürdiger Vater«, murmelte der Inquisitor.

Der Prior segnete uns. »Ihr dürft gehen«, sagte er freundlich. »Geht und sucht!«

Als wir das Haus GOTTES verließen, bebte der Inquisitor noch immer vor Wut. Es hätte kaum einen ungünstigeren Zeitpunkt geben können, ihm meine Missetat zu gestehen, doch so sollte es sein: Der HERR lässt uns keine Tat ohne Schwierigkeiten bereuen, denn wenn Reue einfach wäre, dann würden wir schwachen Menschen noch viel mehr Sünden begehen, als wir es sowieso schon tun.

»Meister Philippe, lasst uns bitte für eine Weile durch den Kreuzgang wandeln, bevor wir uns wieder in Paris auf die Suche nach den Mördern machen«, bat ich ihn.

Der Inquisitor sah mich erstaunt an, sagte allerdings nichts, sondern nickte nur zustimmend.

So gingen wir denn langsam unter dem Säulengang dahin, der uns noch kühlen Schatten bot, während die Sommersonne den Innenhof buk. Ich gestand dem Inquisitor meine heimlichen Wege zu Pietro Datini. Immerhin erleichterte es mich, dass sie, wie ich hoffte, nicht vergebens gewesen waren. Denn selbstverständlich erzählte ich auch getreulich all das, was ich von Nechenja ben Isaak in Erfahrung gebracht hatte.

Philippe de Touloubre hörte sich meinen Bericht schweigend an. Er war noch immer sehr blass – ob noch aus Zorn über die Worte des Priors oder nun wegen meiner eigenen Worte, das vermochte ich allerdings nicht zu deuten.

»Nun«, sagte er, als ich endlich geendet hatte, »du wärst ein guter Ketzer geworden, mein junger Bruder. Du beherrschst, wie mir scheint, die Kunst der Heimlichtuerei und der Verstellung geschickt genug. Du kannst deine Zunge im Zaum halten, und du scheust dich nicht, dich auch mit anrüchigen Leuten einzulassen, wie mit Geldwechslern, sogar mit jüdischen. Andererseits«, und nun lächelte Meister Philippe dünn, »sind dies auch genau die Eigenschaften, die einen guten Inquisitor ausmachen. *Deinde ego te absolvo.*«

Ich beugte mein Haupt unter seiner segnenden Hand. Die Last, die in jenem Augenblick von meiner Seele fiel, war so groß, dass ich vermeinte zu fliegen.

»Jetzt aber«, fuhr der Inquisitor fort, »wollen wir zum Juden gehen.«

Die alte Jagdlust leuchtete wieder in seinen Augen auf.

Eilig verließen wir das Kloster. In den Straßen von Paris drängten sich Männer, Weiber und Kinder sonder Zahl, Ritter und Mönche, Bauern, Handwerker, Kaufleute, Mägde, Waschfrauen, Boten, dazu unzählige Flüchtlinge, kenntlich an ihrer fremden Tracht, an ihren seltsamen Dialekten und fremden Sprachen und am verwirrten Blick, mit dem sie jeden Vorbeikommenden musterten. Alle schwitzten sie Furcht aus wie ein Fieber und ich vermeinte, die Angst fast mit Händen greifen zu können. Große, blau schimmernde Fliegen schwebten in dunklen Wolken über den Köpfen der Menschen und quälten uns mit ihrem Gesumm. Lauter noch als sonst waren die Leute, schneller erregt und im Zorn bereit, mit Fäusten und Knüppeln wegen Nichtigkeiten aufeinander loszugehen.

Uns aber schützte noch immer die Ordenstracht. Unbehelligt gelangten wir zur Seine und über den Petit Pont auf die Insel Cité. Wir überquerten den Platz vor Notre-Dame, wo viele Flüchtlinge, die in der Stadt kein anderes Obdach gefunden hatten, unter Stoffbahnen ihr Lager aufgeschlagen hatten und von den mildtätigen Gaben der Gläubigen lebten, welche die Messen in der Kathedrale besuchten.

Auch vor dem Hôtel Dieu, dem größten Hospiz von Paris, das neben dem Hause GOTTES aufragte, hatten sich viele Gestalten eingefunden: Fremde, von der langen Flucht durch Frankreich geschwächt und von Krankheiten gezeichnet; Angehörige, die ihre Lieben im Hospiz besucht hatten – und zwei oder drei erbärmliche Gestalten, die glaubten, die schreckliche Seuche, von der alle Welt erzählte, bereits in sich zu tragen. Laut begehrten sie Einlass, doch da sie offensichtlich am Leib, wiewohl vielleicht nicht an der Seele, gesund waren, verwehrten ihnen die Mönche, die hier Dienst taten, energisch den Zutritt.

Ein paar Schritte hinter dem Hôtel Dieu lag das andere Ufer der Insel. Meister Philippe führte mich ein Stück weit nach Osten, zur Spitze der Cité, die gegen die Strömung des Flusses wies. Ich erblickte von dort aus schon die beiden unbewohnten Eilande Île-aux-Vaches und Île-de-Notre-Dame, die wohl einige hundert Schritt stromauf in der Seine lagen. Sie trugen Ginster und Eiben, Schilf und kleine, versumpfte Weiden, aber kein einziges Gebäude von Menschenhand. An ihren Ufern jedoch waren Wassermühlen festgemacht, welche die Kraft des Flusses nutzten, um Getreide für den ewig hungrigen Magen von Paris zu mahlen. Fischernetze steckten im flachen Wasser entlang der Schilfgürtel. Ein losgerissener Lastkahn, längst von seinem Besitzer aufgegeben und schon halb vermodert, hatte sich in einem der Netze verfangen und schwankte in der Strömung langsam hin und her. Der dunkle, morsche Kahn kam mir in diesem Augenblick vor wie ein riesiger Zeigefinger, der mahnend geschwenkt wurde. Doch wenn es so war, dann wollte dies in ganz Paris niemand sehen.

Auch ich schüttelte die Vision ab und folgte dem Inquisitor in die Rue de la Juiverie, die vom Uferkai abzweigte.

Die Gasse war ungewöhnlich eng und nur ein paar Dutzend Schritte lang. Das Haus »Zum bunten Ochsen« war leicht zu finden. Schlicht war es und schmucklos; nur ein geschnitzter, farbig bemalter Ochsenkopf wies auf den Namen hin.

Der Inquisitor trat energisch auf die Tür des Gebäudes zu. »Dann wollen wir mal zum Juden gehen«, sagte er grimmig. »Möge GOTT, dass es uns besser ergeht als dem letzten Dominikaner, der hier eingetreten ist!«

Ich schlug das Kreuz und folgte ihm.

Der Raum zur Straße hin war weiß gekalkt, schmucklos, sauber und im Übrigen fast so eingerichtet wie jener im Hause des Pietro Datini. Man hätte denken können, dass hier Christenmenschen arbeiteten – wenn nicht die beiden Gehilfen, die gerade am großen Tisch Münzen abwogen, den gelben aufgenähten Flicken an ihren Gewändern getragen hätten. Den gelben Stoff hatte Seine Heiligkeit Innozenz III. vor über einhundert Jahren den Juden als Kennung befohlen. Er symbolisiert, wie jedermann weiß, die Geldstücke, die diesem Volk mehr bedeuten als uns Christenmenschen. So dachte ich damals zumindest. Doch was geschrieben steht, das gilt, so glaube ich heute, für alle Seelen: *Vendite quae possidetis et date elemosynam facite vobis sacculos qui non veterescunt thesaurum non deficientem in caelis quo fur non adpropiat neque tinea corrumpit.*

Die beiden jüdischen Geldwechslergehilfen erbleichten vor Furcht, als sie unserer ansichtig wurden. Der ältere der beiden, der uns ins Hinterhaus führte, zitterte am ganzen Leib, der jüngere, der zurückblieb und eilig hinter uns die Türe verriegelte, auf dass kein Kunde hineinkam und uns erblickte, verzog sein Gesicht, als wolle er gleich in Tränen ausbrechen. Meister Philippe war kalt und höflich und richtete nur wenige Worte an die beiden. Ich schwieg.

Im Hinterhaus wurden wir eine Stiege hinaufgeführt, dann betraten wir eine große Bibliothek. Erstaunt blieb ich an der Türschwelle stehen und hätte wohl auch einen Ruf der Verwunderung, ja des Lobpreises ausgestoßen, wenn mir nicht im letzten Augenblick bewusst geworden wäre, wo ich mich befand.

An der dem Eingang gegenüberliegenden Seite waren drei schmale, jedoch sehr hohe Fenster in die Wand eingelassen. Durch das Glas ging der Blick ungehindert über die Dächer einiger ärmlicher Häuser und die oberen Geschosse des Hôtel Dieu bis zum gewaltig aufragenden, im Nachmittagslicht rot leuchtenden Steingebirge der Kathedrale Notre-Dame.

»Ein Ausblick, welcher der Residenz eines Prälaten würdig wäre!«, rief auch Meister Philippe aus, der im hell hereinflutenden Sonnenlicht die Augen zu Schlitzen zusammengezogen hatte.

»Deine Worte ehren mich, Herr!«, antwortete ein Mann, der hastig von einem Lehnstuhl aufgesprungen war, als er uns erblickt hatte. Nechenja ben Isaak war vielleicht vierzig Jahre alt; ein kurzgewachsener, rundlicher Mann in ledernem Wams und wollenen Beinkleidern. Hätte nicht auch er den gelben Flicken getragen, ich hätte ihn nicht von einem Christenmenschen unterscheiden können.

Doch kaum hatte er erkannt, wer wir waren, da überzogen hektische rote Flecken sein Gesicht, und der Schweiß trat ihm aus allen Poren, dass er ein Spitzentaschentuch hervorziehen musste und sich damit über das Gesicht fuhr.

Der Inquisitor bemerkte dies wohl und lächelte dünn. »Keine Sorge, mein Freund«, fuhr er fort. »Ich möchte dir nur ein paar Fragen stellen.«

»Gerne beantworten wir diese, Ihr Brüder vom Orden des heiligen Dominicus«, kam da eine Stimme aus einer links neben der Tür eingelassenen Wandnische.

Eine Frauenstimme.

Erschrocken fuhr ich herum und erblickte dort, an einem fein geschnitzten Lesepult stehend, eine sehr junge Frau, fast noch ein Mädchen. Ihr Gesicht war schmal und fein, ihre Augen glänzten dunkel wie Opale, und ihr langes schwarzes, lockiges Haar ließ sich nur widerwillig von einer golddurchwirkten Spitzenhaube bändigen. Sie trug ein langes, gegürtetes blaues Gewand aus edlem Florentiner Tuch, das ihr vom schlanken Hals bis zu den Füßen reichte. Ein schlichtes und doch würdevolles Kleid, das jedem Edelfräulein angemessen gewesen wäre, wäre da nicht dieser gelbe Flicken mitten auf der Brust gewesen, der die dünne blaue Wolle verunstaltete wie eine Wunde.

Nun war es an mir, zu erbleichen und vor Angst zu zittern, denn es kam mir vor, als hätte mich diese junge Frau, die uns furchtlos anblickte, hinterrücks überfallen. Oh, ich Narr! Ich suchte den Mörder eines Mönches – und fand doch, wo ich auch hinblickte, bloß Frauen, die meine Sinne betörten und meinen Geist verwirrten.

»Das ist Lea, meine Tochter«, murmelte der jüdische Geldwechsler, und ich konnte sehen, wie unangenehm es ihm war, dass wir ihrer ansichtig wurden.

Wir verneigten uns, das Lächeln auf Meister Philippes Zügen wurde eine Spur milder.

»Was hat unseren so tragisch verstorbenen Bruder Heinrich von Lübeck in dieses Haus geführt?«, fragte der Inquisitor dann unvermittelt. Er machte sich nicht die Mühe nachzufragen, ob jener unbekannte Dominikaner überhaupt der unglückselige Mönch aus Deutschland gewesen war.

Und richtig, Nechenja ben Isaak schluckte und nickte. »Er wollte, er kam zu mir, der Mönch suchte …« Der Geldwechsler brach seine unruhige Rede ab, sammelte sich und hub dann von vorne an. »Heinrich von Lübeck wollte von mir wissen, zu welchen Bedingungen er Geld von mir haben könne.« Er schwitzte wieder so stark, dass er zum Taschentuch greifen musste.

Da, zu meiner großen Enttäuschung und meinem fast ebenso großen Schrecken, nickte Meister Philippe kurz und sagte: »Nechenja ben Isaak, wir wollen uns zurückziehen und unter vier Augen darüber sprechen.«

Einen Moment später waren die beiden durch die Tür verschwunden. Ich blieb ratlos zurück, gedemütigt wie ein Novize – und allein mit Lea.

Scham ließ mein Gesicht glühen, auch wenn ich mir sagte, dass mir dies recht geschehe und mir eine Lehre sein sollte. Hatte ich nicht vor Meister Philippe von meinen Abenteuern geschwiegen? Hatte ich ihm so nicht gezeigt, dass es Gründe gab, mir nicht in allen Dingen zu vertrauen? Jetzt bekam ich die Rechnung dafür präsentiert. Der Inquisitor machte mir deutlich, dass er nicht gewillt war, sein Wissen mit mir zu teilen.

Während mir diese Gedanken durch den Kopf schossen, bebte allerdings auch eine Art freudiger Schrecken in mir. Mir war sehr wohl bewusst, dass die junge Jüdin in der Bibliothek zurückgeblieben war und mich aufmerksam musterte.

Doch was sollte ich nun tun? Wie lange mochte es dauern, bis Meister Philippe und der Geldwechsler zurückkehrten? Welche Worte sollte ich an Lea richten? Sollte ich sie befragen? Oder war es nicht vielmehr unschicklich, überhaupt ein Wort an sie zu richten? War es nicht gar schon eine Sünde, in ihrer Gegenwart auszuharren?

Wenn man bedenkt, dass mich meine Mutter wahrscheinlich direkt nach meiner Geburt an jenem Abtritt ausgesetzt hatte, kann man wohl mit Fug und Recht behaupten, dass ich bis zu jenem Nachmittag im Haus in der Rue de la Juiverie noch nie in meinem Leben mit einer Frau allein war. Selbst an jenem Tag auf dem Grand Pont, da mich die Frau des Reeders angesprochen hatte, war zwar glücklicherweise niemand dabei gewesen, der uns kannte, doch waren Dutzende, vielleicht Hunderte Menschen an uns vorbeigegangen.

Nun aber war ich allein. Mein Hals war wie zugeschnürt, ich wusste nicht, wo ich meine Hände lassen sollte, und mein Gesicht glühte, als quälte mich ein Folterknecht mit seinem Marterwerkzeug.

Es war Lea, die meine Pein zwar nicht vertrieb, doch linderte, indem sie meine Starre löste. Denn sie richtete das erste Wort an mich – mit einer Frage, die mir seltsam dünkte.

»Ihr seid sehr gelehrt, nicht wahr, Bruder?«

»Bruder Ranulf heiße ich, mein Fräulein«, antwortete ich mit zugeschnürter Kehle.

»Frau, nicht Fräulein. Ich bin Witwe«, korrigierte sie mich. Sie blickte mich aufmerksam an, nicht unhöflich, nicht freundlich, sondern so, als wartete sie ab. »Ihr habt meine Frage noch nicht beantwortet, Bruder Ranulf.«

Ich wusste nicht, wohin mit meinem Blick, wohin mit meinen Händen. »Gelehrt bin ich wohl schon«, murmelte ich, merkte dann, wie dumm dies klang, und setzte rasch hinzu: »Selbstverständlich nicht so gelehrt wie Meister Philippe, der Inquisitor.«

»Selbstverständlich«, pflichtete sie mir ohne die Spur eines Lächelns bei.

»Aber ich bin ein Magister der Sieben Freien Künste. Und ich werde, so GOTT es will, in Paris Theologie studieren«, setzte ich hinzu, langsam ein wenig von meiner Selbstsicherheit zurückgewinnend.

»Ihr seid nicht von hier?«, fragte Lea.

Ich schüttelte den Kopf! »Aus Köln komme ich.«

Zum ersten Mal lächelte sie. »Ich bin in Paris geboren.« Dann wechselte sie unvermutet ins Deutsche, das sie mit einem seltsamen Akzent sprach, den ich nicht zu bestimmen vermochte. »Aber mein Vater hat mir oft von Würzburg erzählt, woher er stammt. Ich wünschte, ich würde es einmal sehen können. Genauso wie Spanien, wohin mein Vater für viele Jahre gegangen ist, als er noch ein junger Mann war.«

Ich wusste nicht, was ich darauf antworten sollte, und beschränkte mich daher auf eine unverbindliche Geste.

»Meine Stiefmutter ist dagegen, dass ich reise, denn das schickt sich nicht. Schon gar nicht für eine Jüdin«, fuhr sie fort und musterte mich dabei noch immer aufmerksam. »Mein Mann hätte mir dies wohl erlaubt, doch war er nicht mehr jung, als er mich zum Weibe nahm. Er wurde krank und starb, ohne dass ich auch nur einmal aus Paris herausgekommen wäre.«

»GOTT sei seiner Seele gnädig«, murmelte ich mechanisch.

»Seid Ihr schon weit gereist, Bruder Ranulf?«

Ich rang mir ein Lächeln ab. »Das ziemt sich nicht für einen Mann von meinem Stand. Die Reise von Köln nach Paris ist die einzige, die ich bislang unternommen habe. Doch wer weiß, wohin mich der HERR noch schicken wird.«

»Und trotzdem habt Ihr es besser getroffen als ich.« Lea seufzte, dann wandte sie sich um und ging zu einem der bis zur Decke reichenden Regale, wo acht besonders große, in feinstes Leder gebundene Folianten aus den Reihen der Bücher herausstachen. Sie nahm den ersten der acht Bände zur Hand.

»Ich«, fuhr sie fort, während sie fast träumerisch die schweren pergamenten Seiten umblätterte, »darf nur im Geiste reisen, indem ich die Beschreibungen der Geografen lese.«

»Ihr lest?«, rief ich verblüfft. »Aber«, ich suchte nach Worten, um meiner Fassungslosigkeit Herr zu werden, »Ihr seid doch eine Frau!«

Da lachte die junge Jüdin. »Bruder Ranulf«, tadelte sie mich, doch ihr Ton war plötzlich freundlich geworden, »gelehrt mögt Ihr sein, doch die Welt kennt Ihr nicht. Wir Juden lesen Thora, Mischna und Talmud, wusstet Ihr das nicht? Ich studiere unsere heiligen Texte – und was mir sonst lesenswert erscheinen mag – auf Hebräisch und Latein, auf Französisch und Deutsch, ganz wie es mir gefällt.«

Da ich ihr nicht antwortete, denn ich wusste nichts zu erwidern, fuhr sie nach einer kurzen Pause fort: »Kennt Ihr die ›Geografie‹ des Ptolemaeus?«

Ich erholte mich wenigstens so weit von der Überraschung, ja dem Schock, eine Frau über Bücher reden zu hören, dass ich ihr vernünftig antworten konnte. »Ptolemaeus ist der größte Geograf der Alten«, murmelte ich, während ich versuchte, mich an alles zu erinnern, was ich über ihn gelesen hatte. »Ein Grieche, wenn ich mich nicht irre.«

Lea lächelte. »Immerhin kennt Ihr seinen Namen. Ptolemaeus lebte vor über eintausend Jahren«, fuhr sie dann fort und strich wieder fast zärtlich über den Folianten, »doch vieles von dem, was er in seinen acht Bänden festgehalten hat, ist niemals an Wissen übertroffen worden. Das zumindest behauptet mein Vater – und er sollte es wissen: Das Sammeln von Büchern über Geografie, über ferne Länder und fremde Menschen ist nämlich seine Leidenschaft. Fast alle Werke, die Ihr hier seht, handeln von diesen Dingen, und im Laufe der Jahre habe ich sie alle studiert. Ich gestehe – doch ich hoffe, dass das in Euren Augen keine Sünde ist, Bruder Ranulf –, dass ich Werke über ferne Länder fast lieber lese als den Talmud. Und niemand ist mir dabei so lieb wie Ptolemaeus. Seht her.«

Sie hatte den Band auf einem Lesepult abgelegt und aufgeschlagen. Ich trat näher, bis ich direkt neben ihr stand.

»Seht Ihr?«, fragte sie mich und deutete auf die Seiten. Das Pergament war gelb, aber nicht brüchig. Die Linien, die ich erblickte, waren fein. Doch erst nach einiger Zeit entwirrte sich meinen Augen das Bild: Es war eine Landkarte, hineingezeichnet in den Text: Inseln sah ich und ein Meer, in dessen Wogen Wale, Oktopusse und andere schauderhafte Wesen schwammen.

»Glückliche Inseln« las ich die Beschriftung, die in feiner, sauberer Handschrift neben den Eilanden stand. Es war Griechisch.

Die junge Jüdin lächelte. »Ein schöner Name, nicht wahr? Nein, kein Name mehr«, korrigierte sie sich rasch, »sondern ein Lockruf.«

Sie duftete ganz zart nach Rosenwasser, und ich Sünder stand so nah bei ihr, dass ich vermeinte, die Wärme ihrer Haut zu spüren.

»Wo liegen diese Inseln?«, fragte ich närrisch – nur um einen

Vorwand zu haben, auf den Folianten zu starren und an Leas Seite stehen bleiben zu dürfen.

Sie deutete hinaus aus dem Fenster. »Irgendwo dort draußen im Meer, jenseits der Küsten von Spanien. Jedenfalls steht es so bei Ptolemaeus. Seht her: Hier ist die iberische Küstenlinie, da sind die Glücklichen Inseln. Und dahinter ...« Ihre Stimme verklang.

»Finis mundi«, vollendete ich. »Dahinter ist nur noch der Ozean, der bis zum Ende der Weltenscheibe reicht. Dahin wird mich, so hoffe ich, mein Orden wohl nicht schicken.«

Die junge Jüdin lächelte mich an, dass mir das Blut ins Gesicht schoss. Dann jedoch wurde sie unvermittelt ernst, klappte den Folianten zu und wandte sich zum Regal. »Der einzige ferne Ort, den ich wohl je in meinem Leben sehen werde, wird Orléans sein«, flüsterte sie.

»Orléans?«, fragte ich und atmete dabei tief ein, um noch den letzten Rest ihres Rosenduftes in mich aufzusaugen, denn ich wagte es selbstverständlich nicht, ihr zu folgen, sondern war am Lesepult stehengeblieben.

»Mein Vater und meine Stiefmutter wollen, dass ich im Herbst, wenn mein Jahr Witwentrauer zu Ende geht, Moses ben Joseph heirate«, sagte Lea. »Er ist der reichste Geldwechsler von Orléans.«

Mir war, als hätte sie mir eine Ohrfeige gegeben. Ich musste mich ans Lesepult klammern, um nicht zu wanken.

»Fühlt Ihr Euch unwohl, Bruder Ranulf?«, fragte Lea besorgt. »Soll ich Euch Wasser kommen lassen?«

»Nein, nein«, wehrte ich ab, beschämt darüber, dass ich mich schon zum zweiten Mal an jenem Tag so gehen ließ, dass ich die Aufmerksamkeit meiner Mitmenschen erregte und dass mich Meister Philippe so sehen könnte – das wäre das Letzte gewesen, was mir in jenem Moment behagt hätte.

»Wir sind nur schon seit Stunden auf den Beinen«, versuchte ich eine Erklärung.

»Warum seid Ihr eigentlich hier, Bruder Ranulf? Ihr und der gefürchtetste Inquisitor von Paris. Was sucht Ihr bei meinem Vater?« Alle Freundlichkeit war plötzlich wieder aus Leas Zügen und aus ihrer Stimme gewichen.

Ich schluckte. Sollte ich ihr die Wahrheit sagen? Durfte ich dies überhaupt – oder wäre dies erneut ein Bruch des Vertrauens gegenüber Meister Philippe gewesen? Dann sagte ich mir allerdings, dass Nechenja ben Isaak, kaum, dass wir dieses Haus verlassen würden, mit seiner Tochter über uns sprechen und sie deshalb sowieso alles erfahren würde.

Also entschloss ich mich, Lea die Wahrheit zu sagen. Und je länger ich sprach, desto leichter wurde mir ums Herz. Ich erzählte ihr vom toten Heinrich von Lübeck – und wie ich, der ich doch gerade erst in Paris eingetroffen war, dank der Vorsehung unseres HERRN zum Inquisitor geworden war. Ich berichtete, wie wir Jacquette gefunden und wieder verloren hatten, vom Reeder Richard Helmstede und vom Domherrn Nicolas d'Orgemont – auch wenn ich dessen Sünden nicht beschrieb. Meine nächtliche Verfolgungsjagd durch Paris ließ ich lieber unerwähnt, und ebenso verriet ich nicht, wie ich letztlich darauf gekommen war, dass Heinrich von Lübeck bei Leas Vater gewesen sein musste. Trotzdem hoffte ich, dass die junge Jüdin nun verstand, warum wir in ihrem Haus waren.

Lea nickte. »Ich danke Euch für Eure Offenheit, Bruder Ranulf«, sagte sie ernst. Dann hob sie den Kopf, sah mir direkt in die Augen, und ich hätte schwören mögen, dass sie mir etwas ungemein Wichtiges mitteilen wollte. Doch genau in jenem Moment traten der Inquisitor und der Geldwechsler wieder in die Bibliothek – und Lea senkte das Haupt und trat schweigend und demütig zurück.

Meister Philippe war würdevoll und höflich, als er gemessenen Schrittes das Zimmer durchmaß. Doch ich kannte den Inquisitor inzwischen gut genug, um sofort zu erkennen, dass er loderte von innerem Zorn.

Wir wechselten noch ein paar unverbindliche Worte mit Nechenja ben Isaak. Ich wagte nicht, zu Lea hinüberzublicken, die sich inzwischen zu einem Schreibpult zurückgezogen hatte und dort mit gesenktem Haupt wartete. Ich befürchtete, dass der Inquisitor sonst meinen Blick auffangen und wenig schmeichelhafte Dinge über mich denken mochte. So bemühte ich mich, beflissen zu nicken, als der Geldwechsler seine Abschiedsworte sprach.

Erst, als wir schon an der Tür der Bibliothek standen und Nechenja ben Isaak einem seiner Diener geläutet hatte, auf dass er uns hinausgeleiten möge, wandten wir uns alle, wie es die Höflichkeit gebietet, der anwesenden Dame zu.

Bescheiden trat Lea hinter dem Schreibpult hervor, einen kleinen Kodex in der Hand haltend. Doch gerade in jenem Augenblick, da sie sich zu uns vorbeugte, glitt ein Seidenband, das ihr als Lesezeichen diente, zwischen den Seiten heraus und segelte zu Boden. Rasch hob sie das rote Band auf. So rasch, dass sie strauchelte, einen Schritt nach vorne tat – und für einen Augenblick in meine Arme taumelte.

Oh, welch süße, sündige Wonne mich in jenem Moment durchschauerte, da ich ihren Körper auffangen durfte! Sie, für einen Augenblick wenigstens, in den Armen zu halten, bevor ich ihr – rasch, verlegen und ungeschickt – mit schamrotem Gesicht auf die Beine half.

Plötzlich fühlte ich, wie mir ein Stück Pergament in die Hand geschoben wurde. Lea hatte mir unauffällig einen Fetzen in die Rechte gedrückt, als ich ihr beistand. Für einen winzigen Moment nur blickte sie mich beschwörend an, dann senkte sie schnell das Haupt. Eine Entschuldigung murmelnd und mit einem tiefen Knicks sagte sie uns Lebewohl und verschwand noch vor uns aus der Bibliothek.

Der Inquisitor und ihr Vater mussten denken, dass sie sich ob ihres unschicklichen Sturzes schämte. Ich jedoch stand in der Bibliothek, als hätte mich der Flügel eines Engels gestreift. Das Pergament brannte wie Feuer in meiner Hand. Wohin damit? Meine Kutte hatte ja nicht einmal eine Tasche. Also ballte ich mit schwitzenden Fingern eine Faust und hoffte, so den Fetzen zu verbergen, bis ich irgendwann Gelegenheit fände, ihn unbeobachtet zu lesen. Denn dass er eine Botschaft enthielt, bezweifelte ich nicht einen Augenblick.

Wahrscheinlich hatte Lea sie hastig hingekritzelt, als sie ans Schreibpult getreten war, während Meister Philippe und ich die letzten Worte mit ihrem Vater gewechselt hatten – und keiner sie eines Blickes gewürdigt hatte.

Auf dem Weg zurück zu unserem Kloster bemühte ich mich, stets einen halben Schritt hinter dem Inquisitor zu gehen, damit er nicht meiner eines Mönches so unwürdigen Faust ansichtig wurde.

Doch diese Vorsicht war, wie sich rasch herausstellte, unnötig, denn Meister Philippe ließ nun seinem Zorn und mit ihm seinem Körper freien Lauf. In mächtigen Schritten eilte er die Straße hinunter und achtete meiner so wenig wie der Hitze, welche die Luft über den engen Straßen buk.

»Der Jude lügt!«, schnaubte der Inquisitor. »Ich möchte wissen, was Nechenja ben Isaak alles bei den Mauren in Spanien getan hat und warum er dann fortgegangen ist. Seine beiden Söhne, sagt er, sind Rabbiner geworden. Einer in Speyer – und der andere? Der Geldwechsler wand sich ein wenig, doch schließlich gestand er es mir: Sein zweiter Sohn ist Rabbiner in Lübeck!«

Mir, der ich eine geheime Botschaft von Nechenja ben Isaaks drittem Kind in Händen hielt, schwindelte so, dass ich einen Moment glaubte, auf der Straße zu stolpern. »Das mag die Verbindung zu Heinrich von Lübeck erklären«, warf ich ein.

Der Inquisitor nickte. »Und auch zum Reeder Richard Helmstede.« Er schüttelte den Kopf, als grüble er über ein Rätsel nach. »Nechenja ben Isaak gab unumwunden zu, dass er Geldgeschäfte nicht nur mit manchen Edlen Frankreichs und mit vielen Pariser Kaufleuten macht, sondern auch mit den Burgundischen und Englischen, wiewohl diese doch Feinde des Königs von Frankreich sind. Ein Geständnis also, dass dem Geldwechsler durchaus gefährlich werden kann.

Derselbe Mann jedoch, der in diesen Dingen mir gegenüber so offen ist, leugnet in starken Worten, dass er vor jenem Besuch je von Heinrich von Lübeck gehört oder ihn gar gesehen habe. Stimmen beide Geschichten? Oder spricht er in diesem die Wahrheit und lügt mich in jenem an? Die Juden sind falsch, Bruder Ranulf, hüte dich vor ihren Worten! *Dilexerunt enim gloriam hominum magis quam gloriam DEI.*«

Ich nickte und dachte an die Botschaft Leas in meiner Hand. Ob wahr oder falsch, wie gerne hätte ich sie endlich zu lesen gewagt!

»Nechenja ben Isaak behauptet jedenfalls, dass Heinrich von Lübeck zu ihm gekommen sei, um ihn zu fragen, zu welchen Zinsen er eine größere Summe leihen könne. Der Jude behauptet weiterhin, dass unser verstorbener Bruder weder gesagt habe, wie hoch genau jene Summe sein solle, noch, wozu er das Geld haben wolle. Nechenja ben Isaak gab ihm daraufhin angeblich seine Bedingungen kund, worauf Heinrich von Lübeck, so sagt der Geldwechsler, sich mit den Worten verabschiedet habe: ›Ich muss mir alles noch einmal durch den Kopf gehen lassen. Ich werde zurückkehren, wenn mir das Geldgeschäft tatsächlich zupass kommt.‹ Nechenja ben Isaak behauptet weiterhin, seit jenem Tag Heinrich von Lübeck nicht mehr gesehen zu haben. Aber kann ich dies alles glauben?«

Den Rest des Weges legten wir rasch und schweigend zurück. Es war schon später Nachmittag, als wir das Kloster in der Rue Saint-Jacques wieder betraten. Wir hatten nicht einmal Zeit, den Staub der Stadt aus unseren Gewändern zu schütteln, denn der Prior hatte dem Portarius aufgetragen, uns sofort zu ihm zu führen.

»Ihr habt den Juden nicht verhaften lassen, Meister Philippe?«, fragte uns Bruder Carbonnet und hob missbilligend eine Augenbraue.

»Dazu ist es noch zu früh, Ehrwürdiger Vater«, antwortete der Inquisitor. »Aber was heute noch nicht geschehen ist, kann sich schon morgen zutragen.«

Dann berichtete er von dem, was ihm Nechenja ben Isaak erzählt hatte.

»Und was sind Eure Schlussfolgerungen?«, wollte der Prior wissen.

Meister Philippe durchmaß mit großen Schritten den Raum. »Sicher ist, dass der Jude ein geschickter Mann ist. Er spielt ein doppeltes Spiel und verleiht sein Geld an den König von Frankreich ebenso wie an dessen Todfeinde. So wird er, wie immer dieser Krieg ausgehen mag, stets auf der Seite der Sieger stehen. Verschlagen mag er sein, doch sind dies nicht alle Geldwechsler?

Das allein sagt noch nichts darüber aus, ob er auch etwas mit jenem Todesfall zu tun hat, der uns alle so erschüttert.

Angenommen, Nechenja ben Isaak spricht nur die halbe Wahrheit: Möglicherweise wollte sich unser verstorbener Mitbruder kein Geld leihen. Dann ist das Geld, das wir bei Heinrich von Lübeck fanden, vielleicht eine Summe, die der Unglückselige bei dem Geldwechsler zu gutem Zins anlegen wollte. Doch woher sollte Heinrich von Lübeck dieses Geld haben? Und wozu sollte er damit zum Juden gehen?

Es wäre auch möglich, dass dieses Geld doch geliehen ist – von einem anderen Geldwechsler, der bessere Bedingungen unterbreitet hat als Nechenja ben Isaak. Doch unser junger Bruder hier«, er deutete auf mich, »hat Pietro Datini befragt, in diesen Dingen einer der erfahrensten Wucherer von Paris. Dieser Datini weiß von niemandem sonst, bei dem Heinrich von Lübeck gewesen sein könnte. Wäre es also ein unbekannter Geldgeber – wer könnte dies sein, dass ihn nicht einmal seinesgleichen kennen?

Gehen wir andererseits davon aus, dass der Jude lügt, was folgt daraus? Dass die Summe – eine beträchtliche Summe immerhin – doch von Nechenja ben Isaak an unseren Mitbruder ausgeliehen worden ist. Warum aber sollte Nechenja ben Isaak dies leugnen?

Wenn es sein Geld ist, er es jedoch abstreitet, dann wird er all die Taler und Münzen nie wiedersehen.«

»Er verzichtet lieber auf sein Geld, als etwas zuzugeben, dass ihn in Verbindung mit einem ermordeten Mönch bringt«, vermutete der Prior. »Vielleicht kennt er einen Zusammenhang zwischen diesem Geld und der schrecklichen Untat. Vielleicht ist er gar selbst der Mann, der jenen tödlichen Stich führte. Wir sollten ihn verhaften lassen und verhören. Glühende Zangen und erzene Daumenschrauben haben schon bei vielen Sündern den Panzer der Verstocktheit um ihre Seelen überwunden.«

Der Inquisitor schüttelte den Kopf. »Noch nicht, Ehrwürdiger Vater. Ich lasse nur jemanden auf die Streckbank legen, wenn ich weiß, dass er mir auf präzise Fragen auch ebensolche Antworten zu geben vermag. Unter der Folter gesteht früher oder später fast jedermann alle Sünden – doch was sind solche Geständnisse wert? Wenn ich nicht wenigstens eine ungefähre Vorstellung von dem habe, was wahr ist und was falsch, dann vermag ich auch nicht, die Gültigkeit einer Antwort richtig einzuschätzen. In diesem Fall habe ich so viele Fragen, deren Antworten ich nicht einmal ahne, dass mir die Folter wenig nützt. Was, beispielsweise, hat dieser Vagant mit allem zu schaffen? Gibt es eine Verbindung zwischen Pierre de Grande-Rue und Nechenja ben Isaak? Und von beiden zu Heinrich von Lübeck? Ich kann mir keine vorstellen.

Lege ich den Geldwechsler jetzt auf die Streckbank, dann wird er mir, nenne ich den Namen des Vaganten, sicher vor Angst und Schmerz eine Geschichte vortragen. Doch welchen Wert hätte diese für uns?

Vielleicht gibt es keine Verbindung zwischen Geldwechsler und Vaganten. Oder, noch schlimmer, vielleicht gibt es eine – doch die ist so verschlungen, dass Nechenja ben Isaak sie selbst nicht sieht. Lasse ich ihn jetzt foltern, dann könnte dies eine Verdunkelung seiner Seele oder gar seinen Tod zur Folge haben – und wir hätten keine Möglichkeit mehr, jene hypothetische Spur zwischen ihm und Pierre de Grande-Rue zu entdecken.

Rätselhaft ist auch, wie der Reeder aus Lübeck in unsere Geschichte passt. Soll ich den Juden nach Richard Helmstede fragen? Aber was eigentlich soll ich ihn fragen? Hat der sündige Domherr Nicolas d'Orgemont, den wahrscheinlich eine Schönfrau erstach, irgendetwas mit dem Mord an Heinrich von Lübeck zu tun? Soll ich auch dazu den Geldwechsler befragen?

Nein«, Meister Philippe schüttelte den Kopf, »ich muss erst die Zahl der offenen Fragen verringern, bevor ich irgendeinen Verdächtigen der peinlichen Befragung unterziehen lasse. Sonst bekomme ich zwar ein Geständnis – aber nicht den Mörder!«

Ich litt derweil Qualen der Ungeduld – und ich musste weiterleiden. Denn als uns der Prior endlich entließ, da mussten wir uns eilen, um noch der Vesper beizuwohnen. Oh, wie lange schien mir der Lobpreis GOTTES zu dauern, wie zäh zerfloss die Zeit, wie getragen waren unsere Hymnen zu SEINEM Ruhm! Nie wohl hat es einen Mönch gegeben, der so ungeduldig auf dem harten Boden einer Kirche kniete wie ich.

Dann, endlich, verklang der letzte Psalm. Die Glocke läutete. Gemessenen Schrittes schlichen wir in Zweierreihen aus dem Hause GOTTES. Im Kreuzgang verneigte ich mich vor Meister Philippe und bat ihn demütig, mich in meiner Zelle von den Strapazen des Tages ausruhen zu dürfen.

Der Inquisitor segnete mich und empfahl mir, mich ein wenig auszustrecken. Dann wandte er sich um und eilte fort in Richtung Skriptorium.

Ich zwang mich, meine Schritte zu mäßigen. Langsam ging ich zu meiner Zelle, öffnete die Tür, schlüpfte hinein und schloss die Tür wieder. Zitternd stand ich, ich weiß nicht, wie lange, in dem kargen Raum und atmete schwer.

Dann öffnete ich das Pergament und las: »8,23+24«.

Mehr nicht. Ich drehte und wendete den Fetzen, doch fand ich keine weitere Notiz darauf.

Ich fühlte mich leer, getäuscht, ja verhöhnt. Das war alles? Drei

Ziffern? Hatte sich Lea etwa einen albernen Scherz mit mir erlaubt? Wagte sie es tatsächlich, mich, einen Inquisitor – wenn auch den jüngsten und unerfahrensten Hund des HERRN – derart zum Narren zu halten?

Dann jedoch sagte ich mir, dass Lea eine Vorsicht hatte walten lassen, an die ich nicht einmal gedacht hatte. Hätte sie ihre Nachricht in klarer Sprache niedergeschrieben, sie hätte bei ihr oder bei mir entdeckt werden können. Das wollte sie offensichtlich vermeiden – und so bekam ich einen Fetzen, den man, zumindest auf den ersten Blick, bloß für ein zufällig abgerissenes, gänzlich bedeutungsloses Stück Pergament halten musste. Eine Notiz, wie sie wohl hundertmal gemacht wurde in der Stube eines Geldwechslers.

Was aber mochte sich hinter 8,23+24 verbergen?

Wohl eine Stunde lang grübelte ich. Hatte es etwas mit dem Geld zu tun, das wir bei Heinrich von Lübeck gefunden hatten? Ich kam auf keinen Zusammenhang. Was sonst sollte es sein?

Auf einmal schoss mir die Schamröte ins Gesicht, weil ich nicht eher darauf gekommen war: Was wusste Lea schon von mir? Dass ich Mönch war, sonst fast nichts. Das eine, dessen sie sich sicher sein konnte, war, dass ich einen bestimmten Text kannte.

Raschen Schrittes ging ich hinüber zur Wand, wo ein rohes Brett mir als Regal diente. Dort griff ich zur Bibel, dem einzigen Buch in meinem Raum.

Mit zitternden Händen schlug ich die Seiten des Alten Testaments auf: Doch ob in den Büchern Mose oder in den Psalmen, ob bei den Propheten oder in den Geschichten der Richter und Könige – nirgendwo fand ich unter dem Kapitel 8 und den Versen 23 und 24 ein Zitat, das einen Sinn ergab für mich.

Ich stockte. Konnte es sein, dass Lea, eine Jüdin, die Evangelien kannte? Wer würde dies vermuten? Andererseits hätte ich auch nicht geglaubt, dass sie die Werke der alten Geografen kannte. Vielleicht also war dies nur noch eine weitere Verschleierung.

Hastig blätterte ich nun im Neuen Testament. Und schließlich schwebte mein Zeigefinger über dem Text des Matthäus:

»Et ascendente eo in navicula secuti sunt eum discipuli eius et ecce motus magnus factus est in mari ita ut navicula operiretur fluctibus ipse vero dormiebat«, flüsterte ich: »Und er stieg in das Boot, und seine Jünger folgten ihm. Und siehe, da erhob sich ein gewaltiger Sturm auf dem See, sodass auch das Boot von Wellen zugedeckt wurde. Er aber schlief.«

DAS GESTÄNDNIS DER SCHÖNFRAU

Die nächsten zwanzig Tage litt ich Qualen, deren Bitternis auch zwanzig Jahre hätte füllen können. Zwanzig Tage lang musste ich im Kloster verharren. Zwanzig Tage lang brannte ich darauf, durch die Stadt zu eilen, und musste doch vor Mauern und Pforten kapitulieren wie ein Gefangener im Verlies.

Immer stärker schwoll der Strom der Fliehenden an, die in Paris einen sicheren Hafen sahen. Jetzt kamen auch die Bauern, die doch gewöhnlich als Letzte das Land verlassen: grobe, ungeschlachte Gestalten in grauen und braunen Wollgewändern und Lumpen; Menschen, die, wenn sie denn überhaupt sprachen, einen gutturalen Dialekt gebrauchten, den ich kaum zu verstehen vermochte. Ihre Hände waren hart und kräftig wie eiserne Zangen, ihre Rücken stark gebeugt, ihre Münder ohne Zähne, und ihre Haut stank erbärmlich nach Vieh und altem Stroh.

Wir hatten die strenge Anweisung unseres Priors, den Bauern gegenüber Barmherzigkeit zu üben, auf dass uns niemand nachsagen könne, wir seien weniger mitleidig als die Brüder vom Orden des heiligen Franziskus. Deshalb gebot er uns, in unserer Suche nach dem Unhold noch einmal innezuhalten. Also fügte ich mich, auch wenn das Feuer der Ungeduld in mir loderte. Ich säuberte Wunden, wusch Füße und legte lindernde Salben auf Schultern und Gliedmaße, wo die Krätze sich tief in die Haut gefressen hatte.

Müde war ich, denn selbstverständlich rief uns auch weiterhin die Glocke bei Tage und bei Nacht in die Kirche. Trotzdem schlief ich schlecht, denn wenn ich endlich auf meiner Pritsche lag, dann musste ich an Leas Botschaft denken.

»Et ascendente eo in navicula secuti sunt eum discipuli eius et

ecce motus magnus factus est in mari ita ut navicula operiretur fluctibus ipse vero dormiebat«, flüsterte ich unzählige Male. Ein Boot, ein Sturm und jemand, der schlief! Was mochte das bedeuten? Die einzige Verbindung der biblischen Worte zu unserem Fall, die ich herstellen konnte, war die zur Kogge des Reeders Richard Helmstede.

Mein ermordeter Mitbruder stammte aus Lübeck, ebenso der Reeder. Ein Sohn des Geldwechslers war Rabbiner in dieser nördlichen Hansestadt und mithin ein Bruder Leas: Hatte er seiner Schwester womöglich ein Geheimnis anvertraut? Eine fragile Kette verband diese Menschen und ihre Schicksale, vielleicht handelte es sich aber auch um nichts weiter als eine Reihe von Zufällen.

Andererseits: Hatte Nechenja ben Isaak möglicherweise etwas mit Richard Helmstede zu schaffen? Hatte er ihm Geld geliehen – oder schuldete er es ihm? War Heinrich von Lübeck, ein Vertrauter des Reeders, in diesem Fall vielleicht kaum mehr gewesen als ein Vermittler oder Überbringer von Geld? Waren die Münzen, die wir an seinem entweihten Leib gefunden hatten, dann vielleicht gar nicht die seinen, sondern die des Geldwechslers? Oder des Reeders? Warum jedoch sollte mich Lea auf eine derartige Verbindung hinweisen, die doch ihren Vater in höchste Gefahr bringen könnte?

In einer dieser Nächte, die ich schlaflos verbrachte, glaubte ich, wieder Schritte und Stimmen zu hören. So viele Mitbrüder und Kranke waren inzwischen in unserem Kloster, dass die Nächte längst nicht mehr still waren: Husten und Murmeln hörte ich und des Öfteren unruhige Schritte, denn die Flüchtlinge schienen mir immer in Bewegung sein zu wollen. Kaum waren sie stark genug, dass sie sich wieder von ihren Pritschen erheben konnten, so wanderten sie ziellos den Kreuzgang entlang, selbst zur dunklen Stunde.

Diese eine Nacht jedoch war es anders. Ich hörte Schritte, die verklangen. Dann kamen wieder Schritte. Und wieder. Und wieder. Wie die Male zuvor war es so, als fände irgendwo eine nächtliche Versammlung statt, als würden sich Gestalten tief ins Innere unseres Klosters schleichen, um ein geheimnisvolles Treffen abzuhalten.

Also zwang ich meine bleierne Müdigkeit nieder und glitt hinaus auf den Gang. Nichts. Hatten mich meine überreizten Sinne getäuscht?

Da erblickte ich den schwachen Schimmer eines flackernden Lichts in der Bibliothek.

So eilte ich denn den Gang hinunter und drängte mich im Schatten des Kreuzganges an die Wand. Schritt für Schritt näherte ich mich dem hohen, schlichten Bau, in dem sich Bibliothek und Skriptorium befanden.

Plötzlich war alle Müdigkeit von mir gewichen. Hinter einem der Fenster der Bibliothek glomm, wiewohl schwere Vorhänge vorgezogen waren, ein Talglicht. Ich glaubte, hinter dem Glas Schatten zu sehen, Geistern ähnlicher als Menschen. Wie viele es waren, das vermochte ich nicht zu sagen.

Langsam schlich ich mich näher heran. Vielleicht, so hoffte ich, konnte ich an der Tür zur Bibliothek lauschen und damit endlich herausfinden, wer die Nachtgestalten waren und warum sie sich heimlich versammelten.

Doch ich hatte mich erst wenige Schritte herangeschlichen, als die Tür der Bibliothek aufsprang – und eine dunkle Figur hinaustrat.

Wer immer es war, die Gestalt kam direkt auf mich zu.

Entsetzt floh ich. Ich wusste nicht, ob mich der Unbekannte entdeckt hatte oder ob nur eine Laune seine Schritte in meine Richtung lenkte. Doch musste er mich selbst dann, wenn ihn nur der Zufall hinausgetrieben hatte, bald entdecken, wenn ich mich nicht rasch versteckte. So eilte ich, ohne mich auch nur einmal umzublicken, mit bloßen Füßen zurück zu meiner Zelle. Ich flehte den HERRN an, mich vor der Entdeckung durch den Unbekannten zu bewahren – und GOTT gewährte mir zumindest diese Gnade.

Ich schlüpfte in meine Zelle, schweißgebadet, mit hämmerndem Herzen und schmerzender Lunge – doch ohne dass mich die Nachtgestalt behelligt hätte. Ich hatte noch genug Geistesgegenwart, meine Türe nicht zu schließen, denn das Klicken des Schlosses hätte mich womöglich verraten. So war sie nur angelehnt – und ich stand an der Mauer und lauschte.

Ich hörte keine Schritte mehr.

Wie lange ich so wartete, weiß ich nicht mehr. Irgendwann jedoch wagte ich es, die Tür Millimeter um Millimeter aufzuziehen. Unendlich langsam öffnete sich ein Spalt. Ich legte mich auf den Boden und schob meinen Kopf, die Wange am kalten Steinboden, so weit hinaus, dass ich den Gang entlangblicken konnte.

Da stand der Unbekannte. Zu Tode erschrocken riss ich mein Haupt zurück und flehte den HERRN an, dass er mich ein weiteres Mal vor der Entdeckung bewahrte, auch wenn ich mein Schicksal erneut versucht hatte. Tatsächlich hielt ER wieder SEINE schützende Hand über mich.

Die dunkle Gestalt, das immerhin konnte ich mir nach meinem allzu hastigen Blick zusammenreimen, war ein Wächter. Er stand im Schatten am Ende des Ganges, dort, wo dieser in den Kreuzgang mündete. So würde er jeden sehen, der aus einer Zelle, aus dem Dormitorium oder aus der Krankenstube trat und sich dabei der Bibliothek näherte. Was würde der Unbekannte tun, sollte er jemanden erblickten? Einen Warnruf ausstoßen? Oder einen Dolch ziehen?

Mir war jedenfalls klar, dass ich in meiner Zelle gefangen war. Erst als die Glocke zu den Laudes rief, trat ich hinaus – genau wie alle anderen Brüder.

Da es Juni war und mithin die Sonne besonders früh aufging, lag selbst zum Zeitpunkt dieses Frühgebets schon ein grauer Schimmer Licht in der Luft. Ich sah deshalb sofort, dass der Unbekannte am Ende des Ganges verschwunden war. In der Bibliothek brannte kein Licht mehr. Und in der langen Reihe der Mönche, die durch den Kreuzgang der Kirche entgegenschritten, fehlte niemand.

Erst in der dritten Juniwoche durfte ich das Kloster wieder verlassen. Es war zu Sankt Achatius, da der Prior nach der Terz Meister Philippe und mich zu sich rufen ließ.

Bruder Carbonnet war in den Wochen, da wir uns um all die Flüchtlinge sorgen mussten, alt geworden und abgemagert. Mehr noch als die Hilfsbedürftigen, deren wir uns annahmen, bedrückte ihn jedoch die Missachtung, die das Volk von Paris uns Dominikanern entgegenbrachte. Ganz zu schweigen selbstverständlich vom Tode Heinrichs von Lübeck, der noch immer ungesühnt war. Es gab inzwischen mehr als einen Bruder, der im Speisesaal, im Kreuzgang, ja selbst in der Kirche murmelte, dass allein der Fluch dieser Untat uns alle anderen Ungelegenheiten verursacht habe. Die Mönche hätten Meister Philippe und mir wohl auch manch bösen Blick zugeworfen, da wir den Sünder nicht fingen, doch die Angst vor dem älteren Inquisitor hielt sie davon ab.

»Ambroise de Loré hat mir heute Morgen einen Besuch abgestattet«, eröffnete uns der Prior.

»Der Prévôt royal?«, fragte Meister Philippe erstaunt und, wie ich seiner Stimme anhören konnte, mit aufkeimendem Zorn. »Warum habt ihr mir nichts davon gesagt, Ehrwürdiger Prior?«

Bruder Carbonnet hob begütigend die Hände. »Ich wollte es tun, Meister Philippe, seid dessen versichert. Doch der Prévôt bat mich inständig darum, es nicht zu tun. Er war im ersten Morgenlicht hier. Denkt Euch: sogar ohne Diener oder Wachen! So heimlich ist er zu mir gekommen.«

Der Prior bemühte sich nicht länger, ein Lächeln zu verbergen. »Er ist gekommen, wie es einem Sünder geziemt: zerknirscht und um Vergebung heischend. Vergebung, die ich ihm selbstverständlich erteilt habe«, setzte er rasch hinzu.

»Das wird nicht der einzige Grund für Herrn de Loré gewesen sein, uns zu beehren, Ehrwürdiger Vater«, gab Meister Philippe zu bedenken, noch immer nicht ganz besänftigt.

»Gewiss nicht. Der Prévôt ist nicht mehr Herr von Paris, das ist es. Er weiß nicht mehr, wohin mit den Flüchtlingen. Woher soll er Mehl und Brot nehmen für die Menschen? Wo sollen sie ihre müden Häupter betten? Wo kann er noch Kranke niederlegen lassen? Vor allem aber: Wie kann er die Gerüchte vom Schwarzen Tod und vom Fluch des HERRN eindämmen? Immer wirrer werden die Menschen, immer weniger respektieren sie GOTTES Ordnung in dieser Welt. Manche scheren sich gar nicht mehr um die Sakramente. Sie behaupten, dass ihnen Taufe und Ehe nichts mehr bedeuten, da doch morgen die Welt untergehe. Diese Narren! Gerade wenn dies stimmte, dann müssten sie sich doch nach den Sakramenten sehnen. Doch es gibt Sünder, welche die Kirche nicht mehr achten und die Männer des Königs erst recht nicht.«

Der Prior machte eine bedeutungsschwere Pause. »Heute sind dies noch Worte, doch werden ihnen morgen Taten folgen? Was ist, wenn morgen jemand die Hand zur Faust ballt? Was ist, wenn morgen jemand das Schwert zieht? Wie wird es dann in Paris aussehen, mit all diesen Menschen in seinen Mauern?

Es wird ein Gemetzel geben, ein Strafgericht, wie es die Menschen seit Sodom und Gomorrha nicht mehr erdulden mussten. Das ist es, was den Prévôt umtreibt.«

Meister Philippe nickte. Sein Zorn war verraucht. »Ambroise de Loré will, dass wir hinausgehen und predigen wie nie zuvor«, murmelte er. Bruder Carbonnet segnete den Inquisitor. »Ihr seht in meine Seele, Meister Philippe. Ja, genau dies hat er sich von mir erbeten. Wir sollen hinausgehen und das Wort des HERRN verkünden. Wir sollen predigen, auf dass die Menschen ihre Hoffnung wiedererlangen – und gehorsam bleiben.«

»Das ist eine ernste Sache«, antwortete Meister Philippe. »Das Volk mag uns Dominikaner nicht. Wenn wir nun zu ihm sprechen und kein Gehör finden, dann schadet dies unserem Orden noch mehr. Und sollten wir gar – was GOTT verhüten möge – als Handlanger des Prévôts gesehen werden, dann wird man uns schließlich allgemein verachten. Wir müssen dem Herrn de Loré unmissverständlich klarmachen, dass wir predigen, was wir für richtig halten. Andererseits müssen wir bis ins Detail mit ihm absprechen, wo und wann wir predigen sollen. Ich möchte, dass stets ein paar Sergeanten bereitstehen, wenn einer unserer Brüder zum Volk spricht. So viele Scharlatane und sündige Propheten, so viele Schwätzer und entlaufene Priester verstecken sich inzwischen in den Gassen von Paris, dass wir bedauerlicherweise bei jeder Predigt damit rechnen müssen, dass jemand aus der Menge das Wort ergreift, um die Gläubigen noch ärger zu verwirren.«

»Ihr wollt, dass Sergeanten unsere Mitbrüder während ihrer Predigten schützen?«, fragte der Prior ungläubig.

»Unterschätzt nicht die Unruhe in Paris, Ehrwürdiger Vater«, mahnte der Inquisitor. »Ich will nicht, dass einer unserer Mitbrüder von einigen irregeleiteten Sündern verprügelt wird, und ich will erst recht nicht, dass noch ein Dominikaner stirbt.«

Bruder Carbonnet wurde blass und schwieg für eine lange Zeit. »So weit ist es also schon gekommen, HERR«, murmelte er schließlich. Dann seufzte er und tat uns noch mit allerlei Zeichen kund, dass seine Seele Qualen litt. Doch schließlich nickte er.

»Gut. Geht zum Grand Châtelet, und redet mit dem Prévôt. Besprecht mit ihm alle Einzelheiten. Erst dann will ich die Brüder hinausschicken. *Pax vobiscum.*«

Der Inquisitor verneigte sich und eilte hinaus – und wie selbstverständlich nahm er mich mit.

Draußen auf den Straßen war es heiß und stickig. Die Luft brannte in den Lungen, als würde sie von tausend Flammen erhitzt. Mir war, als seien dies die Feuer der Hölle, und mit einem Mal war mir nicht mehr wohl. Ansonsten hätte dies ein Tag wie jeder andere sein können: Mensch und Tier drängten sich auf den Gassen, die Leute riefen, schrien und lachten durcheinander, ein paar junge Burschen spielten Ball, ungeachtet der Hitze. Ochsen und Esel schwitzten weiße Schaumflocken aus und waren zu müde, um Laut zu geben.

Doch sah man genauer hin, dann fielen einem die Gesichter der Menschen auf: Viele, die fremd waren in Paris, sahen sich staunend um. Bei manchen blitzte die Angst in ihren Augen auf, bei anderen der Aufruhr. So mancher warf uns ein freches Wort hinterher, als wir die Rue Saint-Jacques Richtung Fluss entlangschritten.

»Paris ist ein Kessel, der Teufel schürt das Feuer und braut in den Gassen den Hass zusammen wie einen Hexentrank«, murmelte Meister Philippe unvermittelt.

Ich schlug das Kreuz. »Wie meint Ihr das, Herr?«

»Nun, ich war in den letzten Tagen des Öfteren in der Stadt. Ich habe Augen, um zu sehen, und Ohren, um zu hören. Die Menschen haben Angst vor der Seuche und noch mehr Angst vor den Geschichten, die man allerorten über diese Seuche erzählt. Doch wer sich fürchtet, will einen Schuldigen für diese Misere sehen. Wer aber glaubst du, Bruder Ranulf, ist dieser Schuldige?«

Ich dachte nach. »Wir alle, da wir Sünder sind«, antwortete ich ihm schließlich. »GOTT straft uns, auf dass wir in unserem falschen Tun innehalten und zu ihm finden.«

»So kannst du als Prediger sprechen, und ich werde dich loben dafür«, versetzte der Inquisitor. »Doch so denken die meisten Menschen nicht, wenn sie allein sind mit ihrer Angst. Sie suchen einen Schuldigen – und sie werden niemals glauben, dass sie selbst Schuld auf sich geladen haben.«

»Und was folgert Ihr daraus?«, wollte ich wissen.

»Mich plagt die gleiche Sorge, die auch den Prévôt umtreibt: Die Menge wird sich einen Schuldigen suchen. Vielleicht entlädt sich der Zorn gegen die Vaganten und all die Fremden, die nun in unseren Mauern weilen. Vielleicht gegen den König, den Prévôt und seine Sergeanten. Vielleicht aber auch gegen uns Mönche, vor allem uns Dominikaner.«

Ich erschrak. »Und was sollen wir tun?«

»Predigen«, erwiderte der Inquisitor und lächelte. »Und dem Volk den wahren Sünder präsentieren. Wir müssen ihn nur noch finden.«

Den Rest des Weges legten wir rasch und schweigend zurück. Ich bewunderte den Scharfsinn von Meister Philippe – und fragte mich zugleich, welch geheimnisvolle Aufträge ihn selbst in den letzten drei Wochen, da alle anderen Brüder Flüchtlinge pflegen mussten, durch die Straßen von Paris geführt hatten. Wusste der Inquisitor über die schrecklichen Mordtaten inzwischen mehr, als er mir offenbart hatte?

Endlich gelangten wir zum Grand Châtelet – und mein Verdacht, dass Meister Philippe mehr erfahren hatte, als ich ahnte, verstärkte sich dort noch. Denn wieder einmal hieß mich der Inquisitor draußen zu warten, während er ein wichtiges Gespräch zu führen gedachte. So verneigte ich mich denn demütig und enttäuscht, während der Inquisitor hineinging, um mit dem Prévôt Worte zu wechseln, die offenbar nicht für meine Ohren bestimmt waren.

Um nicht unnütz vor dem massigen Tor des Grand Châtelet herumzustehen, ging ich die wenigen Schritte bis zum Ufer der Seine. Der Boden war in der Sommerhitze hart gebacken und tückisch uneben. Man musste Acht geben, dass man sich nicht den Fuß verrenkte. Ich blieb stehen, starrte auf das Wasser und hoffte, dass sich meine Seele ins Gebet versenken möge. Doch ein Dämon war in mir, der meinen Blick hob, bis ich über all die Barken und Kähne am Seinehafen hinwegsah – auf die Kogge des Herrn Helmstede, die noch immer burggleich die anderen Boote überragte. Einsam lag sie an der Spitze eines Kais. Kein Mensch zeigte sich an Deck.

Kaum hatte ich die Kogge erblickt, dachte ich an die Gattin des Reeders. Musste sie nicht wenigstens ein paar der Geheimnisse ihres Mannes kennen? Wüsste sie vielleicht, wem das Geld gehörte, das Heinrich von Lübeck in seiner letzten Nacht bei sich getragen hatte?

Doch kaum dachte ich an die Frau und den Mönch, da folgte mein Geist seinem eigenen, verhängnisvollen Weg. Erinnerte sich die Reedersgattin wohl noch meiner? Wo mochte Klara Helmstede in diesem Moment gerade sein? Was mochte sie tun? Welche Kleidung mochte sie tragen? Schon schweiften meine Gedanken unwillkürlich zu ihrem Körper, und Hitze wallte in dem meinen auf wie ein Feuer.

»Oh HERR, banne die Sünde aus meinem Geist!«, flehte ich leise.

Doch vergebens. Es gelang mir zwar, meinen Blick mit Gewalt von der Kogge zu lösen und so auch meine Seele von den peinigenden Bildern zu befreien, doch sofort fanden meine Augen die Gassen und düsteren Häuser im Schatten von Notre-Dame. Nur der Fluss trennte die Schiffe im Hafen von der Insel mit der Kathedrale – und den Häusern der Juden.

Nun hatte ich Leas Bild vor meinem inneren Auge. Welches Geheimnis wollte mir die Tochter des Geldwechslers nur mitteilen? Was wusste sie von der Kogge, die nur wenige Schritte von ihrem Vaterhaus entfernt lag? Musste sie das Schiff nicht jeden Tag sehen, wenn sie aus dem Fenster blickte? Hatte sie vielleicht sogar Richard Helmstede und seine Gattin kennen gelernt? In Paris womöglich oder schon viel früher?

Meine Gedanken glichen den Wirbeln, die der Fluss an den Brückenpfeilern bildete: Sie drehten und drehten sich und kamen doch nicht voran. Sie drohten mich zu verschlingen, denn mal dachte ich an den toten Mitbruder, das Geld und was wohl der Reeder und der Geldwechsler damit zu tun haben mochten, dann wieder dachte ich nur an die beiden Frauen, die mir irgendwie in dieses Mysterium verstrickt zu sein schienen.

»Die Schwangeren kommen!«, rief plötzlich eine raue Männerstimme hinter mir und riss mich aus meinen verzehrenden Gedanken.

Der Mann, ein junger, kräftiger Hafenträger, hatte einen staubigen Mehlsack abgesetzt und sich neben mich gestellt.

Jetzt erst sah ich, dass viele Menschen – es mochten wohl einige Hundert sein – entlang des Ufers eine Art unordentliches Spalier gebildet hatten. Sie blickten stromab, gen Westen. Dort, winzig wirkend unter den düsteren Burgmauern des Louvre, erblickte ich eine Prozession. Ein Priester trug ein mit Silber beschlagenes

Kreuz voran, ein anderer schwenkte ein Fässchen mit Weihrauch, dessen graue Rauchfahne sich in der heißen Luft kräuselte. Hinter ihnen schritten, das Haupt gesenkt und unter weiten, dunklen Schleiern verhüllt, wohl zwei Dutzend Schwestern der Augustinerinnen. Ihnen wiederum folgten, Kerzen in Händen haltend und fromme Hymnen singend, sicherlich an die hundert Bürgerinnen.

»Aber«, rief ich erstaunt aus, »die Frauen sind ja alle schwanger!«

Der Träger lachte, doch Hohn lag nicht in seiner Stimme. »Ihr seid wohl nicht von hier, Bruder!«, rief er. »Es sind die schwangeren Frauen aus diesem Viertel. Sie haben eine Wallfahrt gemacht, vor drei Tagen sind sie losgezogen. Endlich sind sie wieder hier.«

»Eine Wallfahrt außerhalb der Stadtmauern?«, verwunderte ich mich. »In dieser unsicheren Zeit?«

»Eben deshalb«, sagte der Träger und nickte nun ernsthaft.

»Fühlt eine Bürgerin von Paris die Frucht in ihrem Leib, so zieht es sie nach Chartres. Dort, in der Kathedrale, wird die Vorhaut unseres Herrn Jesus Christus verwahrt. Eine wundertätige Reliquie, fürwahr, die schon mancher Frau bei einer schwierigen Schwangerschaft und einer gefährlichen Geburt beigestanden hat.«

Er deutete stolz auf sich. »Auch meine Mutter ist nach Chartres gegangen, als sie mich im Leibe trug. Und seht, was aus mir geworden ist!« Er zeigte mir seine muskulösen Arme und entblößte seine gesunden Zähne, dann lachte er wieder. »Gut, dass sie wieder hier sind!«, rief er dann erneut.

Langsam und würdevoll kamen die Frauen näher. Lieblich sangen sie, fromm waren ihre Blicke, und das Volk jubelte. Manch einer fiel sogar auf die Knie und dankte dem HERRN. Als die Prozession nahe bei mir war, da sah ich, dass die Schwangeren zwar alle ein schlichtes weißes Gewand trugen, wie es sich für eine Prozession ziemt, doch erkannte ich sehr wohl, dass kaum eine von ihnen arm war. Sie waren wohlgenährt: Rosig waren ihre Gesichter, und wenn ein Gewand aus Versehen kurz verrutschte, so entblößte es dralle Arme und Beine.

»Es sind Frauen aus deinem Viertel?«, fragte ich den Träger.

Der nickte und deutete ein wenig stromab. »Seht Ihr die Kirche dort, Bruder? Saint-Jacques-de-la-Boucherie heißt sie, denn daneben, in dem prachtvollen Haus, residiert die Zunft der Metzger. Viele Metzger haben ihre Stuben in den Gassen rundum. Es sind, wie Ihr wohl unschwer sehen könnt, ihre Gattinnen und Töchter, die diese fromme Wanderung auf sich genommen haben. Ihre Wallfahrt wird in der Kirche enden, vor der Statue der heiligen Anna.«

»Der Patronin der Mütter«, murmelte ich, doch der Träger hörte mich nicht länger, denn er hatte sich umgewandt und zog nun, beladen mit seinem Mehlsack, gleich hundert anderen hinter den frommen Frauen her, um nach ihnen zur Messe in die Kirche Saint-Jacques-de-la-Boucherie zu gelangen.

Ich stemmte mich, da ich nicht zu weichen gedachte, gegen den Strom der Leiber. Da jedoch spürte ich, wie eine Hand im Gedränge nach meiner Kutte fasste. Ich drehte mich um – und starrte Jacquette ins Gesicht.

Ich war so erschrocken, dass ich keinen Ton über die Lippen brachte. Und das war auch gut so, denn ein Mönch, der mit einem erstaunten Ausruf eine Schönfrau ansprach, hätte wohl selbst unter so vielen erregten Menschen Aufsehen verursacht.

Die junge Dirne hob die Hand an ihren Mund und bedeutete mir, zu schweigen. Dann schob sie mich voran und drängte sich neben mich. Nun musste es für alle Menschen, die unserer ansichtig wurden, so wirken, als gingen wir nur zufällig nebeneinander her: zwei Gläubige, die beide zur Kirche strebten, um die Gebete vor der heiligen Anna mitzusprechen.

Welche Qualen litt ich! Ich wollte nicht vom Grand Châtelet weichen, denn jeden Moment mochte Meister Philippe wieder erscheinen. Welche Schande gar, würde er gerade jetzt aus dem Portal treten und mich in Begleitung von Jacquette erblicken! Was würde er denken von mir?

Ich erschauderte kurz: Musste er nicht gar einen Verdächtigen in mir vermuten? War ich nicht auch Deutscher? Passte meine Ankunft nicht zu der Zeit, da Heinrich von Lübeck erstochen worden war? Wenn mich der Inquisitor nun im Gespräch mit der Frau antraf, die vielleicht mehr als jeder andere Mensch – außer dem Mörder selbstverständlich – über diese abscheuliche Tat wusste, so mochte selbst ein so scharfer Verstand wie der von Meister Philippe in die Irre gehen und in mir den Sünder sehen, nach dem wir alle suchten.

Trotzdem zögerte ich nicht, an der Seite der Schönfrau zur Kirche zu streben. Ich war noch ganz benommen von ihrer Berührung. Doch nicht nur die schändliche Lust des Fleisches durchströmte mich, sondern auch die womöglich noch schändlichere Lust des Geistes. Ich machte mich der Sünde des Hochmuts schuldig – denn mein Geist erregte sich daran, dass mir Jacquette etwas mitteilen würde über jene schicksalhafte Nacht. Denn warum sonst hätte sie mich ansprechen sollen? Bald, das spürte ich, würde ich etwas wissen, das selbst dem klügsten Inquisitor von Paris noch verborgen war.

Saint-Jacques-de-la-Boucherie war eine prachtvolle Kirche, denn die Gilde der Metzger war wohlhabend und sie spendete viel Geld zum Schmuck der Heimstatt GOTTES. Zudem war die Kirche ein Wegpunkt auf der Pilgerreise nach Santiago de Compostela. So sah man stets Wanderer mit der Jakobsmuschel aus- und eingehen, fromme Lieder singend oder versunken in ihre Gebete.

Wir traten in den Schatten des schlanken, wohl über einhundert Ellen aufragenden Turmes. Dann drängten wir uns ins Innere, das dunkel war und – nach der staubigen Hitze der Straßen – erfrischend kühl.

Ich vermochte die Menschen nicht zu zählen, die zum Standbild der heiligen Anna drängten. Hymnen schallten hinauf zum Dach und hoch in den Himmel, Kerzen brannten tausendfach und tauchten den Altar in ein güldenes Licht.

Jacquette berührte kurz meine Kutte und deutete mit der Rechten auf eine kleine, düstere Seitenkapelle, die weit entfernt war von der Statue der Patronin der Mütter.

So kniete ich mich denn vor ein verschlossenes Triptychon und faltete die Hände zum Gebet. Die junge Schönfrau ließ sich eine Bank hinter mir nieder, etwas versetzt, sodass ich sie aus den Augenwinkeln gerade eben noch beobachten konnte, ohne den Kopf unziemlich zu wenden.

Sie hatte ein dunkles Tuch um ihr Haupt geschlungen. Ich sah, dass sie unauffällig ein Stück Fenchel in den Mund schob und kaute, wie viele Frauen es tun, um ihren Atem zu erfrischen. Zugleich bemerkte ich jedoch auch, wie mager ihre Hände waren und wie eingefallen ihre Wangen.

Ich hatte mir, bevor wir das Kloster verließen, einen Beutel umgeschlungen, in dem ein Laib Brot und ein paar Zwiebeln steckten, da ich inzwischen wusste, wie lang die Tage sein konnten, wenn man mit Meister Philippe den Spuren in Paris folgte. Mitleid überkam mich – und ich ging das Risiko ein und schob Jacquette meine kargen Vorräte zu.

Sie sah mich überrascht an, dann dankbar, bevor sie mit einer raschen Geste Brot und Zwiebeln nahm und in einer Falte ihres Gewandes verschwinden ließ.

»Der Teufel will mich holen«, flüsterte die Schönfrau dann.

Ich glaubte, mich verhört zu haben, und schlug doch zugleich das Kreuz. »Weißt du, was du da sagst?«, fragte ich.

Jacquette nickte heftig. »Seit vielen Tagen schon, Bruder, verstecke ich mich bei …« Sie zögerte kurz und entschied, mir den Namen ihres Komplizen lieber doch nicht zu verraten. »Nun, das ist gleichgültig. Doch oft bin ich noch in den Gassen rund um Notre-Dame. Ich muss doch Geld verdienen!«

Ich sah ihren flehenden Blick und bedeutete ihr, ruhig fortzufahren.

Dankbar, dass ich sie nicht getadelt hatte, wagte die Schönfrau ein kurzes Lächeln. Oh, es war mir, als ginge in der Bank hinter mir die Sonne auf und wärmte mich! Welch Sünder war ich doch schon geworden.

Jacquette wurde jedoch sofort wieder ernst und sprach nun hastig weiter. »In den Gassen schleicht eine finstere Gestalt herum, ich schwöre es Euch, Bruder. Ein düsterer Schatten, niemand hat je sein Gesicht gesehen. Dieser Schatten – er sucht mich!« Sie sah aus, als würde sie gleich in Tränen ausbrechen, doch gewann sie die Gewalt über sich zurück.

»Woher willst du wissen, dass dieser Unbekannte gerade dich sucht?«, fragte ich.

»Einmal, da erblickte er mich. Er stand am Ende einer Gasse, in die ich gerade einbog. Ich erkannte sein Gesicht nicht, doch ich sah, wie er erstarrte. Dann flog er direkt auf mich zu!

Ich drehte mich um und lief weg, so schnell ich konnte. Ich weiß nicht mehr, wie lange ich so rannte, durch Gassen und Höfe und Schmutz. Irgendwann war der Schatten weg. Doch er schleicht noch immer durch die Gassen. Das haben mir Freundinnen erzählt, die«, sie zögerte kurz, »die auch des Nachts dort draußen sind. Keine hat ihn je erkannt, keine hat je gewagt ihn anzusprechen. Doch ich weiß, dass er mich sucht. Und ich weiß, dass es der Teufel ist!«

Ich wollte etwas erwidern, doch sie ließ sich nun nicht mehr unterbrechen.

»Die Cordeliers sind gütig, Bruder. Jedermann liebt sie und verehrt sie gleich Heiligen. Euch Dominikaner jedoch fürchtet man, und ich tue es ganz besonders. Ihr lasst auch nach mir suchen, oh ja, das weiß ich wohl.«

»Warum hast du mich denn dann angesprochen?«, unterbrach ich sie nun doch.

»Gerade weil Ihr Inquisitor seid, Bruder«, flüsterte sie. »Die Franziskaner mögen gütig sein, Ihr Dominikaner jedoch seid mächtig – und mächtige Männer GOTTES, die brauche ich wohl, wenn der Teufel hinter mir her ist. Allein deshalb habe ich mich Euch offenbart. Es ist besser, wenn ein Mönch mich sieht, als der Leibhaftige!«

»Warum gehst du nicht zu Meister Philippe?«, wollte ich wissen. »Wenn jemand in solchen Dingen erfahren ist, dann doch er.«

»Ihn fürchte ich fast so sehr wie den Teufel«, bekannte da Jacquette. »Ihr aber, Bruder, Ihr …«, sie suchte nach Worten. »Vor Euch habe ich auch Angst, jedoch nicht so große. Wenn Ihr versteht, was ich meine?«

»Ich verstehe dich«, murmelte ich – und wusste nicht, ob mir dieses Geständnis schmeicheln sollte oder ob es nicht eher einer Beleidigung gleichkam. So sind die Worte der Frauen: Man weiß nicht einmal, ob sie süß sind wie Honig oder bitter wie Galle! Ich zumindest wusste es nicht, und ich weiß es bis heute nicht.

»Wenn ich dir helfen soll, dann musst du mir die Wahrheit erzählen«, fuhr ich fort. »Alles. Ich muss alles erfahren von dem, was du in jener Nacht gesehen und gehört hast.«

»Ich habe gelogen«, gestand Jacquette. »Ich hatte so schreckliche Angst vor dem Inquisitor, da habe ich die Wahrheit verschwiegen.«

»Öffne deine Seele, bevor es zu spät ist«, ermahnte ich sie.

»Ich habe gesehen, wie Euer Mitbruder niedergestochen wurde«, hauchte sie da – so leise, dass ich es kaum vernehmen konnte. Vor der Statue der heiligen Anna stimmten die Pilgerinnen nun einen frommen Gesang an, und ihre Stimmen brausten durchs Kirchenschiff wie eine Sturmböe.

»Sprich lauter – und sprich schnell«, drängte ich die Schönfrau, denn solange die schwangeren Frauen sangen, mochte uns wohl niemand hören.

»Es war der Dekan der Domherren, dem ich in jener Nacht zu Diensten war«, gestand Jacquette.

»Nicolas d'Orgemont?«, fragte ich. »Bist du dir da ganz sicher?«

»Ja, er war schon häufiger bei mir und auch in jener Nacht, da ihn sein Schicksal ereilte, hatte er mich zuvor aufgesucht. Wir gingen zur zweiten Kapelle auf der rechten Seite von Notre-Dame, wo die Schatten besonders düster sind, und ich tat, was er mir zu tun befahl. Doch ich schwöre, dass er, als er mich verließ, gesund an Leib und Seele war! Ich schlich in mein Versteck zurück und hörte erst am nächsten Morgen, dass der Domherr in jener Nacht zu GOTT gerufen worden war. Herr d'Orgemont wird IHM viele Sünden gestehen müssen, denn ich habe die Wahrheit gesprochen, als ich sagte, dass er mich zu seinem Vergnügen schlägt. So war es auch in jener, seiner letzten Nacht.«

»Warum lässt du dies zu?«, fuhr ich auf.

Sie warf mir einen mitleidigen Blick zu. »Weil ich Hunger habe«, antwortete sie.

Ich schlug beschämt die Augen nieder.

»In jener Nacht nun, in der Heinrich von Lübeck ermordet wurde, da schlug mich Nicolas d'Orgemont wieder. Ich war schon zu Boden gegangen und versuchte, mein Haupt mit meinen Händen zu schützen, da erblickte ich plötzlich eine Gestalt, die aus der Kathedrale kam.«

»Langsam!«, unterbrach ich sie. »Jetzt musst du mir alles sehr genau erzählen: Wer kam heraus? Wo?«

Jacquette dachte einen Moment lang nach. »Ich sah eine dunkle Gestalt, mehr nicht. Ich konnte nicht erkennen, ob es ein Mönch war. Die Gestalt kam aus der Roten Pforte von Notre-Dame, über der die Heilige Mutter GOTTES thront. Die Gestalt rannte.

Da kam eine zweite Gestalt aus der Kirche, aus derselben Pforte. Auch sie konnte ich nicht klar erkennen. Der zweite Unbekannte rief etwas, das ich nicht verstehen konnte – da blieb der erste stehen.

Die zweite Person kam nahe an die erste heran. Es schien mir, als würden sie sich unterhalten.«

»Wie lange?«, unterbrach ich sie.

»Nur ein paar Momente. Nicolas d'Orgemont hielt gerade inne mit dem Schlagen, weil es ihn so sehr erhitzte, dass er schwer atmete. Ich aber wagte nicht, mich wieder aufzurichten. Also lag ich da, blickte auf die beiden Gestalten und erwartete den nächsten Schlag des Domherrn.

Da plötzlich schienen die beiden Unbekannten miteinander zu verschmelzen und einen wilden Tanz aufzuführen. Dann fiel die erste Gestalt zu Boden – und die zweite rannte davon, zurück in die Kathedrale.«

»Der Unbekannte stürzte?«

»Ja, besser kann ich es nicht beschreiben. Es ging so schnell. Einen Augenblick standen sich beide noch gegenüber. Dann schien es mir, als umarmten sie sich. Und im nächsten Moment lag einer am Boden, der andere rannte in die Kathedrale Notre-Dame zurück.«

»Es muss ein kurzer Kampf gewesen sein«, murmelte ich. »Doch scheint es mir, als hätte Heinrich von Lübeck seinen Mörder gekannt. Warum sonst hätte er mit ihm reden sollen?« Laut sagte ich dann: »Was geschah danach?«

Jacquette schlug ein Kreuz. »Der Domherr prügelte wieder auf mich ein, bevor ich etwas sagen konnte. Dann, und das schwöre ich bei der Mutter GOTTES und allen Heiligen der Kirche, verlor ich das Bewusstsein.«

»Meinst du, dass auch Nicolas d'Orgemont die beiden Gestalten und ihren Kampf gesehen hat?«

Die Schönfrau schüttelte den Kopf. »Als er mich schlug, da stand er mit dem Rücken zur Kathedrale. Er wandte Notre-Dame stets den Rücken zu, wenn er bei mir war. Er hatte mir einmal gesagt, er könne nicht zu einer Dirne gehen und dabei auf das Haus GOTTES blicken. Doch was geschah, nachdem mich meine Sinne verlassen hatten, das weiß ich nicht zu sagen.«

»Und die Gestalt, die du gesehen hast, nachdem du wieder bei Bewusstsein warst, jener Unbekannte, der sich am Körper des toten Heinrichs von Lübeck zu schaffen machte – die gab es tatsächlich?«, fragte ich, obwohl ich ihr sowieso schon glaubte.

Jacquette nickte. »Ja, das ist wahr. Aber«, sie zögerte, »es war nicht derselbe Unbekannte, der ihn auch niedergestreckt hat.«

Ich zuckte zusammen. »Nicht?«, keuchte ich. »Bist du dir da ganz sicher? Schwöre es!«

»Ich schwöre es bei meinem Seelenheil! Die Person, die Euren Bruder niederstreckte, war recht groß, vielleicht sogar größer als der Unglückselige, vielleicht aber auch nicht, das konnte ich nicht genau erkennen, aber dick war er nicht. Die zweite jedoch war massig wie ein Mastschwein.«

Ich blickte auf das verschlossene Gnadenbild und murmelte ein kurzes Gebet. »Wir suchen also zwei Unbekannte«, flüsterte ich dann, und es war mir, als legte sich mir ein neues, großes Gewicht auf die Schultern. Je länger Meister Philippe und ich suchten, desto weniger schienen wir zu finden. Oder nein: Wir fanden zwar Spuren, doch führte uns die Lösung eines Rätsels stets nur zum nächsten. Es war wie in der Theologie, wo die Behandlung eines Dogmas stets nur zum nächsten führte, das geklärt zu werden verlangte. Niemals, niemals war ein Ende abzusehen.

Es war Jacquette, die mich aus meinen Gedanken riss.

»Glaubt Ihr, Herr, dass mich der Teufel holen will wegen all meiner Sünden?«, fragte sie mich.

Vor wenigen Wochen noch hätte ich diese Frage bejaht, denn wo sonst als in der Hölle sollten Schönfrauen schon enden? Doch nun war ich mir dessen nicht mehr so sicher. Hatte nicht selbst unser Herr Jesus Christus den Sündern verziehen? *Cum autem perseverarent interrogantes eum erexit se et dixit eis qui sine peccato est vestrum primus in illam lapidem mittat.* Waren es tatsächlich die Künste Satans, die Menschen verführten, Sünden zu begehen? Wer brachte denn Not und Hunger und Leid in die Welt, wenn nicht wir Menschen? Waren wir es nicht, die einander zur Hölle verdammten?

»Fürchte dich nicht«, antwortete ich ihr deshalb. »Der HERR ist stärker als der Teufel. Und weil dies so ist, wird es für jeden von uns immer einen Weg geben, dem Finsteren zu entkommen.«

Da weinte Jacquette plötzlich. Es war ein hemmungsloses, unbeherrschtes – ich weiß kein anderes Wort als dieses –, hingebungsvolles Weinen.

Heiß und kalt wurde mir, als ich sie so sah. Hinübergehen und sie zur Tröstung in den Arm nehmen konnte ich nicht, das hätte zu viel Aufsehen erregt. So achtete niemand auf uns, denn obwohl Tränen aus den Augen der Schönfrau flossen wie ein Strom, gab sie dabei keinen Laut von sich.

»Meister Philippe hatte recht, als er mich der Lüge bezichtigte. Es gibt keinen Vater, der Lastenträger war und früh verstarb. Und auch keine jüngeren Geschwister. Ich war ein Bauernmädchen in Rampillon«, flüsterte sie, als sie sich ausgeweint hatte. Ich ahnte, dass sie mir nun ihre Geschichte erzählen musste, auch wenn sie mich nicht darum gebeten hatte, ihr die Beichte abzunehmen – abgesehen davon, dass ich dies auch gar nicht hätte tun dürfen, denn Mönch war ich zwar, doch nicht als Priester ordiniert.

»In Rampillon«, fuhr Jacquette fort, »haben wir eine große Kirche der Templer, errichtet zu der Zeit, da sie noch nicht als Ketzer galten. Viele prächtige Grabplatten schmücken ihr Inneres, steinerne Ritter mit Helmen und Schwertern. Unter irgendeinem, so sagt man, liege der legendäre Schatz der Templer versteckt. Vielleicht ist es diese Geschichte gewesen, welche die Burgundischen letztes Jahr in unser Dorf gelockt hat, ich weiß es nicht.

Eines Morgens jedenfalls waren Landsknechte da und plünderten die Kirche, doch fanden sie wenig, das zu rauben sich lohnte. Da wurden sie sehr zornig und steckten unsere Häuser an.

Meinen Mann«, Jacquette redete jetzt so schnell, dass ich ihr Flüstern kaum mehr verstehen konnte, »meinen Mann zwangen sie, gleich vielen anderen Bauern, in eine leere Mehlkiste. Ihr kennt sie vielleicht, Bruder? Es sind hölzerne Kisten, so groß wie ein Sarg. Während er dort drinnen eingesperrt war, warfen mich einige Landsknechte auf den Deckel und taten mir Gewalt an. Während sie dies taten, da verhöhnten sie meinen Mann und riefen, er solle doch seine Frau retten, wenn er könne. Ich biss mir auf die Lippen, damit er zu ihren Hohnworten nicht auch noch meine Schreie ertragen musste.

Später, ich weiß nicht, wie viele Stunden vergangen sein mochten, verschleppten die Landsknechte meinen Mann und einige andere Bauern. Wir sollten Lösegeld zahlen, wenn wir sie lebend wiedersehen wollten.«

Sie schwieg nun, erschöpft. Dann raffte sie sich mit müder Stimme auf: »Wir hatten doch nichts, unser Dorf war ja niedergebrannt worden, unsere Ernte zertrampelt oder geraubt von den Burgundischen. Wir gingen zum Kloster der Benediktiner, das nicht weit von Rampillon aufragt, doch die Mönche mochten uns nicht einen Sou geben. Sie würden für uns beten, sagten sie.

So mussten wir also die Frist verstreichen lassen, die uns die Landsknechte gesetzt hatten. Mein Mann und die anderen Bauern wurden an einer Eiche aufgehängt wie Verbrecher. Wir durften ihre Körper abschneiden und beerdigen, als die Landsknechte weitergezogen waren.«

Jacquette blickte auf die Kerzen, die vor dem Altar flackerten, doch ich glaube, dass sie deren Licht nicht sah, sondern ein ganz anderes Bild vor Augen hatte. Ein Bild, wie es wohl kein Künstler je wird malen können – und das ist sicherlich auch gut so.

»Also ging ich nach Paris und wurde, was ich bin, Bruder. Denn was sollte ich sonst noch tun? Mein Dorf war zerstört – und meine Ehre hatte ich sowieso schon verloren.«

Ich wusste nicht, was ich darauf antworten sollte. Zu verwirrt war mein Geist, zu unsicher wären meine Sätze gewesen, um der Schönfrau Trost zuzusprechen. Durfte ich dies überhaupt? Was hätte ich ihr schon sagen können?

Schließlich war es Jacquette, die wieder das Wort ergriff. Sie musste lauter sprechen, denn inzwischen hatten die gläubigen Frauen vor dem Standbild der heiligen Anna ein neues Lied angestimmt, das machtvoll durch die Kirche hallte.

»Ich wünsche, dass Ihr eine Messe lest für Euren toten Mitbruder, dem ich nicht habe helfen können«, sagte sie. Sie hob abwehrend die Hände. »Ich weiß, dass eine Messe sechzehn Sous kostet und ein Pfund Kerzen sieben. So viel habe ich nicht. Die Zeiten sind schlecht vor allem jetzt, da jeder sich vor der Krankheit fürchtet und davor, bald vor dem höchsten Richter zu stehen. Da ist es sicherlich nicht gut, zu gestehen, dass man noch vor kurzem bei einer Schönfrau gelegen hat. So geben mir die Männer, die überhaupt noch zu mir kommen, nur zwei Sous – und leben muss ich ja schließlich auch von irgendetwas. Deshalb habe ich nur vier Sous gespart.«

Sie beugte sich rasch vor und drückte mir, bevor ich mich dagegen wehren konnte, vier Kupfermünzen in die Hand.

»Das sollte, so hoffe ich, für eine stumme Messe reichen. Bitte Bruder, ich flehe euch an!«

Ich zögerte. Es war Geld der Sünde, sie hatte es mir ja gerade selbst gestanden. Die Münzen brannten gleich Feuer in meiner Hand. Und doch: Sollte ich es verweigern? Sollte ich es wegwerfen als Ausfluss schändlicher Lust?

Ich schloss meine Faust um die vier Sous und verstaute sie im Beutel an meinem Gurt. »Wir werden für Heinrich von Lübeck eine stumme Messe lesen«, versprach ich – auch wenn ich in jenem Moment noch nicht wusste, wie ich dies dem Prior erklären sollte.

»GOTT segne dich, Bruder!«, flüsterte da Jacquette und lächelte mich an. Oh, ich spürte sehr wohl, dass mein Gesicht nun brannte wie ein Schmiedefeuer. Schnell wandte ich mich ab, dass sie die flammende Röte auf meinen Wangen und meiner Stirn nicht sah.

Ich hätte ihr gerne etwas gesagt. Hätte ihr gestanden, dass nicht alle Hoffnung vergebens sei; dass sie nicht als Schönfrau ihre Tage vergeuden solle, sondern wieder auf den rechten Weg finden müsse; dass sie in meinen Augen nicht entehrt war – nicht durch das, was die Burgundischen ihr angetan hatten, nicht einmal durch das, was sie seither gemacht hatte. Ich – oh ja, ich gestehe es – hätte ihr wohl gar gestanden, dass sie schön sei und liebenswert.

Doch ich sollte niemals dazu kommen, ihr irgendetwas davon zu sagen, denn als ich noch nach Worten rang, da hörte ich plötzlich, wie Jacquette die Luft mit einem erschrockenen Zischen einzog: Zwei Sergeanten standen in der Kirchentür. Sie nahmen ihre

Helme ab, senkten die Hellebarden und gingen umständlich in die Knie, bevor sie ins Haus GOTTES traten.

Ich weiß bis heute nicht, warum der HERR ihre Schritte ausgerechnet in jenem Augenblick in die Kirche Saint-Jacques-de-la-Boucherie lenkte – vielleicht wollte er mich davor bewahren, das zu sagen, was mir auf der Seele lag. Die beiden Sergeanten suchten niemanden hier, sie wollten sich wohl nur das Ende der Prozession ansehen. Jedenfalls blickten sie sich nicht besonders aufmerksam um, sondern drängten sich nur näher an die Statue der heiligen Anna heran.

Jacquette schlug, kaum dass sie die beiden Bewaffneten erblickte, ihr Kopftuch eng ums Haupt, schlüpfte lautlos aus der Bankreihe und verschwand mit eiligen Schritten aus der Kirche, ohne sich noch einmal nach mir umzudrehen. Ein Schatten unter Schatten war das Letzte, was ich von ihr sah.

Wie betäubt blieb ich noch eine Weile sitzen. Ein schmerzliches Gefühl des Verlustes peinigte meine Seele, und ich fühlte eine erschreckende Leere, obwohl ich mich einen Narren schalt, mir von einer Schönfrau so den Kopf verdrehen zu lassen. *Bonus homo de bono thesauro profert bona et malus homo de malo thesauro profert mala.*

Schließlich raffte ich mich auf und ging langsam aus der Kirche, zurück zum Grand Châtelet. Es schien mir eine Ewigkeit vergangen zu sein, seit ich mit der Schönfrau in die Kirche gegangen war, doch wahrhaftig mochte nicht mehr Zeit vergangen sein, als man braucht, um drei oder vier Hymnen zu singen.

Tatsächlich musste ich noch einige Augenblicke warten, bis Meister Philippe wieder aus dem Portal schritt. Er schien meine Abwesenheit also nicht bemerkt zu haben.

»Ich habe alles besprochen«, sagte der Inquisitor. »Morgen werden Brüder mit den Predigten beginnen. Wir werden je zwei auf die Place de Grève und zum Markt von Les Halles entsenden. Nirgendwo werden ihnen mehr Menschen lauschen als dort, und nirgendwo werden ein paar Sergeanten weniger auffallen, wenn man sie nur geschickt genug postiert.«

Ich murmelte zustimmende Worte, doch lauschte ich Meister Philippe nicht wirklich. Zu aufgewühlt war ich noch von der Geschichte, die mir Jacquette soeben erzählt hatte.

Schweigend legten wir den Weg bis zum Kloster zurück, doch als wir dort waren, blieb Meister Philippe unvermittelt stehen. »Was bedrückt dein Herz, mein junger Bruder?«, fragte er mich. Er war nicht misstrauisch, eher freundlich, ja besorgt.

Mich traf seine Frage trotzdem so, als hätte er mir eine Ohrfeige gegeben. Meine Hände zitterten, Schweiß perlte auf meiner Stirn, und in meinem Innern fochten zwei Regungen: Sollte ich mich dem Inquisitor offenbaren, oder sollte ich ihm alles verschweigen?

Ich seufzte tief und entschloss mich dann, meinen Fehler nicht zu wiederholen. So erzählte ich Philippe de Touloubre alles so, wie es sich zugetragen hatte.

Je länger ich sprach, desto blasser wurde der Inquisitor. Zwar blieb seine Miene unbeweglich, doch seine Gesichtszüge wurden fahler und fahler. Als ich geendet hatte, erwartete ich deshalb schon ein schreckliches Zorngewitter.

Doch der Inquisitor hob nicht einmal die Stimme. »Du hättest Jacquette nicht gehen lassen sollen!«, sagte er leise. »Du hättest sie festhalten, du hättest die beiden Sergeanten rufen müssen! Du bist Inquisitor! Sie hätten dir gehorcht!«

»Aber die Schönfrau hat sich mir offenbart«, erwiderte ich. »Sie hat mir vertraut.«

»Welchen Wert hat das Vertrauen von Menschen, die nicht denken können?«, tadelte mich Meister Philippe.

»Sie hat dir vertraut, fürwahr. Doch was bedeutet dies vor allem anderen? Dass sie dir als Mönch und als Mann GOTTES vertraut, dass du ihre Seele zu erretten vermagst. Sind wir Männer geistlichen Standes nicht einzig deshalb herausgehoben aus der Menge der Menschen? Wir retten Seelen. Du jedoch magst sie zwar vor dem Kerker bewahrt haben, hast sie aber desto sicherer dem ewigen Verhängnis ausgeliefert. Außerdem«, und hier lächelte er plötzlich, »hätte ich der jungen Schönfrau gerne selbst ein paar Fragen gestellt.«

Nun musste auch ich lächeln, denn so gut kannte ich Meister Philippe nun doch schon: Es reute ihn, dass er den einzigen Menschen nicht befragen konnte, der uns offensichtlich neue Spuren in Bezug auf diese grausame Tat aufzeigen konnte.

»Ihr habt nur meinen, wahrscheinlich höchst unvollkommenen Bericht«, erwiderte ich und neigte demütig das Haupt.

Der Inquisitor segnete mich. »Immerhin den haben wir. Es mag mir eine Lektion sein wie dir: Ich nämlich vergaß meine Demut. Wärest du so gewesen, wie ich es dir riet, die Schönfrau hätte sich dir vielleicht nie offenbart. Doch da du so bist, wie du bist, und diese junge Dirne tief in deine Seele zu schauen vermag, vertraute sie sich dir an. So haben wir manche Dinge erfahren, von denen wir bis dahin nichts ahnten.«

»Es gibt zwei Mörder«, sagte ich eifrig.

Meister Philippe schüttelte den Kopf. »Es gibt einen Mörder. Und es gibt einen Unbekannten, der sich irgendwann später – genau hat Jacquette das nämlich nicht gesagt, und du hast vergessen, sie noch einmal danach zu befragen – an dem Toten zu schaffen gemacht hat. Ein paar Augenblicke nur? Eine oder gar zwei Stunden? Womöglich war Heinrich von Lübeck noch gar nicht tot, als der zweite Unbekannte sich über ihn beugte. Hat dann seine letzte, in Blut geschriebene Botschaft eher etwas mit jenem zweiten Unbekannten zu tun? Oder hat jener zweite die Hand des Toten genommen, um jene Worte zu schreiben? Doch wozu? Haben Mörder und zweiter Unbekannter etwas miteinander zu schaffen? Oder kam der zweite nur zufällig seines Weges?

Oh, ich hätte die Schönfrau gerne so vieles gefragt: Hinkte vielleicht einer von beiden oder schwankte wie ein Betrunkener? Trugen sie noch etwas am Leib außer ihren Kleidern, einen Beutel vielleicht oder eine Waffe? Trug keiner der beiden, obwohl sie doch nachts in den Gassen unterwegs waren, eine Fackel bei sich? Vielleicht hat sie ja in der Nähe auf dem Pflaster gelegen?«

Beschämt blickte ich zu Boden. »Nichts dergleichen habe ich gefragt«, murmelte ich.

Der Inquisitor nickte. »Gräme dich nicht. Mit klugen Fragen entlockt man Menschen ein Wissen, von dem sie bis dahin nicht einmal wussten, dass es in ihrem Gedächtnis vorhanden ist. Du wirst diese Kunst noch lernen. Jetzt danke ich dir erst einmal für alles, was du mir trotzdem erzählt hast. Ich weiß nun so viel mehr als noch vor einer Stunde, dass deine Lässlichkeiten mehr als aufgewogen sind. Ich danke dir für deine Offenheit.«

Der Inquisitor segnete mich wieder. »Nun werde ich mich in meine Zelle zurückziehen. Ich brauche Zeit, um über diese neuen Entwicklungen nachzudenken.«

Ich verneigte mich und wagte nicht, mein letztes Anliegen vorzubringen. Doch auch dieses hatte Meister Philippe längst erraten.

»Doch bevor ich in meine Zelle gehe, werde ich beim Prior vorbeischauen«, sagte er und lächelte verschwörerisch. »Ich werde ihm sagen, dass eine unbekannte Gönnerin eine stumme Messe für Heinrich von Lübeck wünscht. Ich glaube nicht, dass der Ehrwürdige Vater dieses Anliegen ablehnen wird.«

DIE LOCKENDE PFORTE DER HÖLLE

Der nächste Tag, der der heiligen Edeltraud geweiht war, sollte mich endgültig auf den Weg in die Verdammnis führen.

Ich kniete zur Vesper in der Kirche, umgeben von meinen Mitbrüdern, doch meine Gedanken waren nicht die ihren. Als der Vorsänger im Responsorium die ersten Zeilen eines Psalms anstimmte, da sang ich den Kehrvers im Chor der Mönche.

Seit dem frühen Morgen war Meister Philippe verschwunden – er hatte das Kloster noch vor der Prim verlassen, wie mir der Portarius gestand. Wohin mochte er gegangen sein? Warum war er verschwunden? Ich war enttäuscht, dass er mir nichts gesagt hatte, wenn er es denn schon für notwendig erachtet hatte, auf meine Begleitung zu verzichten.

Während der Lesung aus der Heiligen Schrift durch einen Bruder – es war, soweit ich mich erinnern kann, eine Stelle aus dem Römerbrief – lauschte ich nicht etwa diesen Worten, sondern dachte daran, dass der Inquisitor sich vielleicht auf eigene Faust aufgemacht hatte, um Jacquette zu suchen. Oder hatte etwas, das die Schönfrau mir verraten hatte, in ihm irgendeinen Verdacht erweckt? War er vielleicht gar nicht auf der Suche nach der jungen Dirne, sondern hatte sich zu jemand ganz anderem begeben? Zu wem?

Hymnus, Vers und Lobgesang erklangen im Hause GOTTES – doch ich, ich dachte nur daran, was ich nun unternehmen sollte. Wenn der Inquisitor Nachforschungen betrieb, warum sollte ich dies nicht auch wieder tun? War ich nicht selbst Inquisitor? Hatte uns nicht letztlich alles, was ich getan hatte, weitergebracht auf dem Weg zum Mörder unseres Mitbruders?

Der Florentiner Geldwechsler Pietro Datini hatte mich zum Juden geführt. Nechenja ben Isaak und seine Tochter hatten uns wieder auf Richard Helmstede und seine Kogge verwiesen. Jacquette hatte uns zudem gezeigt, dass wir nach zwei Unbekannten zu suchen hatten.

War es denn so unwahrscheinlich, dass einer der beiden, nach denen wir suchten, Richard Helmstede sein mochte?

»PATER noster«, murmelten wir, doch ich dachte an Leas Botschaft vom Schiff im Sturm. Ich musste den Reeder aufsuchen – und ich durfte keine Zeit mehr vertun. Am liebsten wäre ich aufgesprungen und aus der Kirche geeilt, doch selbstverständlich bezwang ich mich und betete weiter.

»Alma redemptoris mater« erscholl es nun. Endlich legte sich meine Verwirrung und Geistesabwesenheit. Ich sang den Hymnus mit und legte alle Kraft und Sehnsucht in meine Stimme. Oh ja, wie hoffte ich auf die Gnade der Muttergottes. Wie sehr sehnte ich mich danach, endlich, endlich eine Gewissheit zu erlangen in jenem finsteren Fall von Mord und Lüge, von Sünde und Täuschung!

Nach der Vesper gesellte ich mich zu den Mitbrüdern, die auserwählt waren, noch an diesem Abend zum Volk von Paris zu predigen. Ich schlug gleich ihnen die Kapuze hoch und schritt als Teil ihrer Gruppe gemessen durch die Pforte hinaus. Der Portarius hielt mich nicht auf, keiner meiner Mitbrüder achtete auf mich. Jeder glaubte, dass auch ich zum Predigen eingeteilt worden war.

So folgte ich den Mönchen die Rue Saint-Jacques hinunter. Langsamer und langsamer wurde dabei mein Schritt: Aus der Mitte der Gruppe fiel ich unmerklich ans Ende zurück. Dann trennten mich wohl ein, zwei Ellen von den anderen, und schließlich tat ich so, als müsse ich mir einen Stein aus meiner Sandale klauben. Ich lehnte mich an eine Hauswand, beugte mich zu meinem Fuß hinunter, richtete mich wieder auf – und war mit einem raschen Sprung in einer kleinen Quergasse verschwunden.

Auf Umwegen wanderte ich Richtung Seine, auf dass mich keiner meiner Mitbrüder zufällig erblickte. Ich musste langsam gehen, um nicht in Schweiß auszubrechen, denn es war heiß und schwül. Wie eine feuchte Decke lastete die Luft auf der Stadt, der Himmel hatte die Farbe von Milch angenommen. In den Gassen stank es mehr noch als sonst nach Fäulnis, Kot und nach dem Schimmel, der an feuchten Hauswänden in großen Flecken wucherte. Ich hätte gerne meine Kapuze zurückgeschoben, denn mein überhitzter Kopf schien mir zu kochen. Doch selbstverständlich behielt ich sie auf, um mich zu verbergen.

Glücklicherweise schien niemand auf mich zu achten. Vielmehr waren Arm und Reich, Pariser wie Fremde damit beschäftigt, überall auf Plätzen und Kreuzungen Äste und Scheite zu großen Stößen aufzuschichten. Die nächste Nacht war die Johannisnacht. Auch wenn die Angst vor der Seuche und vor unaussprechlichen Sünden umging, auf das Johannisfeuer wollte doch niemand verzichten.

So gelangte ich unbemerkt über die Brücken der Seine bis zum Hafen. Dort blieb ich jedoch erschrocken stehen. Ich wollte meinen Augen nicht trauen: Ich sah Männer auf der »Kreuz der Trave«, Matrosen – und sie machten die Kogge fertig zum Auslaufen. Man musste kein Seemann sein, um das zu erkennen.

Einige Matrosen bestrichen die Außenseite des Rumpfes mit Teer, andere überprüften das Tauwerk, zwei nähten einen Riss im Segel, das ausgebreitet auf Deck lag. Ich sah Gernot, den Steuermann, der am Heck auf und ab schritt. Damit nicht auch er mich erblickte, versteckte ich mich schnell hinter einigen leeren Weinfässern, die am Rande des Kais standen.

»Der heilige Nikolaus allein mag wissen, wohin die segeln wollen«, hörte ich da eine krächzende Stimme hinter meinem Rücken.

Erschrocken fuhr ich herum. Gegen einen Turm weiterer Fässer gelehnt, lag ein alter, von Wind und Sonne gezeichneter Mann im Schatten. Ich versuchte ihm gegenüber gar nicht erst zu leugnen, dass ich zur »Kreuz der Trave« hinübergestarrt hatte, denn der Alte musste mich beobachtet haben.

»Sag, alter Mann, spricht man im Hafen nicht über dieses seltsame Schiff?«, fragte ich ihn, denn ich hielt ihn für einen ehemaligen Lastenträger, der auch die Tage seines Lebenswinters noch am Hafen verbringen wollte.

Der Mann lachte. »Was glaubt Ihr wohl, Bruder! Die Männer zerreißen sich das Maul wie tollwütige Hunde – verzeiht meine Worte, ich bin kein gelehrter Mann, wie Ihr es ohne Zweifel seid, und lebe einfach und bescheiden.«

Ich verstand seine Anspielung und warf ihm ein Stück Brot aus meinem Beutel zu. »Geld habe ich nicht«, sagte ich etwas verlegen.

»Das tut es auch«, antwortete der Alte. Er zerkrümelte das Brot zu kleinen Brocken, denn er hatte keine Zähne mehr. Dann stopfte er sie sich langsam und genussvoll in den Mund und ließ sie dort vom Speichel wässern, bis er den Brei schlucken konnte.

»Ah«, sagte er schließlich, »das stärkt mir Herz und Seele. Diese Kogge also«, kam er endlich auf das Thema zurück, »verwundert nicht wenige, die hier arbeiten. Doch, ich schwöre es Euch, Bruder, niemand hat all die Tage, die sie hier schon im Hafen liegt, Genaueres über sie erfahren. Nichts hat sie in all der Zeit geladen, keinen Ballen Stoff, nicht einmal einen Sack Getreide. Doch vor drei Tagen haben die Matrosen angefangen, Vorräte zu kaufen, wie man sie für eine lange Seereise braucht: Zwieback, Salzheringe, Branntwein, Wasser in Fässern, viel Wasser.«

»Wohin mag der Kapitän bloß wollen?«, murmelte ich, mehr zu mir selbst, als zu dem Alten.

Doch der lachte. »Ihr seid der Dominikaner, Bruder, Ihr müsst das herausfinden. Seit den Geschichten von der schrecklichen Seuche, die irgendwo im Land wüten soll, sind wohl einhundert oder mehr Schiffe hier in Paris angekommen.

Seht Euch im Hafen um! In drei, vier, fünf Reihen liegen Kähne und Barken an den Kais. Kaum ein Schiffer hatte Fracht geladen – außer der auf zwei Beinen. Viele brachten Menschen mit, die vor der Seuche geflohen sind, doch niemand hat sich seither wieder hinausgewagt. Warum auch? Wer fährt freiwillig in ein Land, in dem der Teufel regiert?«

Wir bekreuzigten uns beide.

»Außerdem gibt es ja nichts, was ein Schiff jetzt in Paris laden könnte«, fuhr der Alte fort. »Getreide und Wein brauchen wir selbst für all die Menschen in unseren Mauern. Und feine Stoffe und edles Geschmeide, wie es unsere hochmütigen Gildenmeister fertigen? Wer sollte dies jetzt noch kaufen wollen? Nein«, er schüttelte entschieden den Kopf, »es gibt nichts, was jemand aus Paris bringen könnte in diesen Tagen.

Wenn Ihr mich fragt, Bruder: Der Kapitän der ›Kreuz der Trave‹ will hier verschwinden. Vielleicht hat er Angst vor der Seuche und will nicht warten, bis sie auch Paris erreicht. Wenn er deshalb flieht, wäre dies allerdings dumm von ihm. Denn er muss ja durch ein Land fahren, in dem die Krankheit schon wütet. Oder aber …«

»… er flieht aus Paris, weil jemand hinter ihm her ist«, vollendete ich und erschauderte.

Was sollte ich tun? Meister Philippe alarmieren? Doch wo mochte er sein? Auf die Kogge eilen und die Abreise verbieten? Mit welcher Autorität? Mit welcher Begründung? Würde jemand auf mich hören?

In meiner Ratlosigkeit fiel mir schließlich nichts anderes ein, als zum »Haus zum Hahn« zu eilen. Richard Helmstede hatte ich nicht auf Deck der »Kreuz der Trave« erblickt. Vielleicht, so hoffte ich, war er noch in seinem Anwesen in Paris. Dort wollte ich sehen, ob ich das Rätsel der Abreise zu lüften vermochte.

So dankte ich denn dem Alten, segnete ihn und eilte davon.

Zunächst wandte ich mich zur Rue Saint-Denis, schließlich bog ich ab zum Katzenplatz. Dort, wo noch ein paar Wochen zuvor die Trödler aus ganz Frankreich ihre schäbigen Waren feilgeboten hatten, hatten sich nun Bauern, fahrendes Volk und wohl auch viele Bürgersleute aus anderen Städten niedergelassen. Mann und Weib, Alt und Jung lagerten hier ohne Rücksicht auf den Stand und die Schicklichkeit. Decken, leere Getreidesäcke und altes Stroh dienten überall als Schlafstatt, dazwischen standen Handkarren und abgespannte Ochsenwagen, hoch beladen mit Säcken, Kisten und allerlei Mobiliar. Es stank nach Kot, Urin und all den anderen Ausdünstungen von Menschen, die sich seit Tagen in der Sommerhitze nicht mehr vom Fleck gerührt hatten. Kleine Kinder schrien, ich hörte Dirnen lästerlich fluchen und Männer aufrührerische Reden schwingen. Doch noch machte jedermann mir Platz, als ich mit wehender Kutte durch die Menge eilte.

Hinter einem der mit Habseligkeiten überladenen Karren blieb ich stehen und beobachtete das »Haus zum Hahn«. Prachtvoll stand es da wie eh und je – so, als könne das menschliche Gewühl und Elend vor seinen Mauern ihm nichts anhaben. Ich hatte erwartet, Diener und Matrosen hinein- und hinauseilen zu sehen, beladen mit Vorräten und vielleicht sogar schon dem Gepäck des Reeders und seiner Gattin. Ich hätte, so hatte ich es mir auf meinem Weg vom Hafen kommend zurechtgelegt, einen dieser Diener auf dem Platz angesprochen, ihn unauffällig an einen Ort geführt, wo uns niemand sah, und mit der Strenge des Inquisitors befragt.

Doch nun stand ich ratlos hinter dem Karren und wusste nicht mehr, was ich tun sollte. Da mir nichts Besseres einfiel, nahm ich mir vor, zunächst einmal zu warten. Hätte ich nur Geduld, würde ich früher oder später sicherlich jemanden erblicken.

Doch es kam genau andersherum: »Seht an, der junge Mönch! Wie freue ich mich, Euch endlich wiederzusehen, Bruder Ranulf!«, ertönte eine Stimme hinter mir.

Erschrocken fuhr ich herum – und stand vor Klara Helmstede. Die Reedersgattin hatte sich einen schlichten braunen Schleier übergeworfen, sicherlich deshalb, um auf dem Katzenplatz kein unnötiges Aufsehen zu erregen mit prachtvollen Gewändern und funkelndem Geschmeide. Sie war wieder allein unterwegs, kein Diener, keine Magd war bei ihr. Unter dem Schleier drängte sich machtvoll ihr blondes Haar hervor, ihre blauen Augen blitzten mich spöttisch an, und ihr weites Gewand trug sie so locker, dass ich unwillkürlich auf die helle Haut unterhalb ihres Halses starren musste.

»Pax vobiscum«, murmelte ich verwirrt.

Da lachte sie wieder, so laut, dass es mir peinlich war, hier auf dem Platz, wo uns doch jeder sehen mochte. »Frieden, ja Frieden hätten wir alle gerne!«, rief sie.

Ich beschloss, mich weder zu rechtfertigen, noch lange um den heißen Brei herumzureden. »Warum wollt Ihr Paris verlassen?«, fragte ich. »Und wohin?«

»Immerhin«, erwiderte sie und wurde ernst, »das ist Euch nicht entgangen.«

Dann blickte sie mich forschend an. »Ihr seid nicht zufrieden mit dem, was Ihr schon wisst, junger Inquisitor, habe ich recht? Ihr wollt mehr wissen von meinem Gatten, von meinem Schwager und seiner letzten, verfluchten Fahrt auf dieser Kogge – und von unserem neuen Ziel.«

Ich neigte mein Haupt und verzichtete auf eine Antwort.

»Nun gut«, sagte sie. »Erweist mir die Ehre, und nehmt ein frühes Abendmahl im ›Haus zum Hahn‹ mit mir ein, dann werde ich Euch ein paar Geschichten erzählen, die Euch gewiss zu denken geben werden.«

»Ich soll mit Euch ins Haus kommen?«, stammelte ich – zu verblüfft, um in diesem Moment an meine Würde zu denken.

Da lachte Klara Helmstede wieder ihr beunruhigendes, fröhliches, auffälliges Lachen. »Ja, Bruder, Ihr sollt mit mir ins Haus kommen! Oder wollt Ihr, dass ich Euch hier auf dem Katzenplatz alles erzähle? Oder dass wir uns in die nächste Taverne setzen, um sauren Wein und die Blicke des fahrenden Volkes zu genießen?«

So zögerte ich nur kurz – dann schlug ich meine Kapuze hoch und folgte Klara Helmstede zum Haus. Der Drang, endlich das Geheimnis der Kogge zu ergründen, trieb mich. Das zumindest redete ich mir ein. Doch selbstverständlich – der HERR wusste es längst – trieb mich auch noch etwas ganz anderes.

Klara Helmstede führte mich in eine Stube im ersten Geschoss, wo ein eichener Tisch direkt an einem Butzenfenster stand, durch das man auf den Katzenplatz hinunterblicken konnte. Sie läutete nach einer Dienerin und wies sie an, aufzudecken. Die Dienerin, eine junge Magd, mied meinen Blick.

Auch mir war es unangenehm, dass ich vor einer Zeugin mit der Gattin des Reeders zusammensaß. Noch peinlicher berührt war ich allerdings, als ich sah, dass die Magd nur zwei Teller auf den Tisch stellte. »Euer Gatte speist nicht mit uns?«, fragte ich und hörte dabei, wie meine Stimme zitterte.

Da lachte Klara Helmstede wieder. »Er hat dringende Geschäfte in Paris zu erledigen. Fragt mich nicht, Bruder, welche Geschäfte das sind!«

»Uxori vir debitum reddat«, murmelte ich.

So sicher war ich mir, dass die Reedersgattin kein Latein verstand, dass ich vor Scham am liebsten in den Boden versunken wäre, als sie antwortete: *»Similiter autem et uxor viro.* Mögt Ihr ein wenig Wein, Bruder? Kostet diesen hier, ein weißer Burgunder, eisgekühlt. Das Richtige bei einer Hitze wie heute. Ihr zittert ja, und Schweiß perlt auf Eurer Stirn. So nehmt doch wenigstens Eure Kapuze ab!«

Ich kostete, verschluckte mich und hustete, denn ich trank selten Wein – und sicherlich niemals einen so edlen wie an jenem Abend. Verlegen sah ich mich in der Stube um, während die Dienerin die Speisen brachte. In einer Ecke des Raumes stand die Statue eines Heiligen: Sie war aus Holz geschnitzt und fast mannshoch, doch so grob ausgeführt, dass ich nicht erkennen konnte, wer dargestellt sein sollte.

»Das ist der heilige Nikolaus«, sagte Klara, die sich gesetzt hatte und meinem Blick gefolgt war. »Der Patron der Seefahrer. Mein Gatte hat die Figur von seinem Vater geerbt. Er nimmt sie immer mit, wenn er eine längere Reise tut, auf dass der Heilige ihn alle Zeit beschützen möge.«

Ich deutete auf einen kleinen Ledersack, der an den rechten Arm der Statue gehängt worden war. »Ist dies auch ein Erbstück Eures Schwiegervaters?«

Da lachte Klara Helmstede und schüttelte den Kopf. »Nein, diesen Brauch habe ich in die Ehe mitgebracht: ein Säckchen, gefüllt mit Alraunenwurzeln. Das schützt mich.«

Hastig schlug ich das Kreuz. »Aber das ist Magie. Wenn nicht Hexerei!«, rief ich empört.

»Wollt Ihr mich nun bei Meister Philippe denunzieren?«, fragte die Reedersgattin spöttisch.

Ich rang nach Fassung. Wieso hatte dieses Weib keine Angst, keinen Respekt? Sie schien sich ihrer Sache vollkommen sicher zu sein. Doch war sie das nicht auch? Ich müsste sie in der Tat anzeigen, denn dies war die Pflicht eines jeden Christenmenschen und eines Inquisitors noch viel mehr. Nur wie hätte ich Meister Philippe erklären sollen, was ich allein in einer Stube mit einer ehrbaren Frau gemacht hatte? Mit der Gattin eines Mannes zudem, der möglicherweise in den Tod eines Mönches verstrickt war – eine Schandtat, die wir Inquisitoren aufzuklären hatten? Denunzierte ich Klara Helmstede, so würde ich mich selbst denunzieren. Also schwieg ich und blickte auf meinen Teller.

Die Speisen, die uns von der Magd aufgetischt worden waren, sahen verführerisch aus, und so gab ich mich der Sünde der Völlerei hin. Jakobsmuscheln und helles Brot ließ ich mir zum weißen Burgunder munden, ich hatte dergleichen noch nie gekostet. Dann trug die Dienerin zarten Rinderbraten in dunkler Soße auf. Als ich den ersten Bissen genommen hatte, war mir, als brenne Feuer in meinem Mund – ein Feuer jedoch, das Zunge, Gaumen und Lippen wollüstig kitzelt, das aufflammt, lodert und vergeht mit einem Schluck. Tränen sprangen aus meinen Augen, und doch war ich glücklich.

»Das ist Pfeffer aus dem Land der Feinde Gottes«, bemerkte Klara Helmstede, die sich nicht einmal bemühte, ein triumphierendes Lächeln zu unterdrücken. »Mein Gatte lässt ihn aus Venedig kommen.«

»Pfeffer ist so kostbar, Ihr könntet ihn mit Gold aufwiegen«, keuchte ich, als ich wieder zu Atem gekommen war.

»Gold kann man nicht essen«, erwiderte die Reedersgattin und schenkte mir aus einem großen Zinnkrug kühles Starkbier ein.

Ich wollte nur einen Schluck nehmen, doch der Pfeffer entzündete meinen Durst, sodass ich, kaum das ich mich versah, den Krug geleert hatte.

So aß ich das zarte Fleisch und trank das Bier aus Gerste und verbrannte mir den Mund an der dunklen Pfeffersoße. Später gab es Äpfel aus der Normandie, vom letzten Jahr zwar, doch kaum faltig und noch leidlich süß, dazu Honig und einen großen Krug Brombeerwein, der süßer noch war als die Frucht selbst und dunkel wie Blut.

In all der Zeit plauderte Klara Helmstede mit mir, der ich vor allem aß wie ein Verhungernder. Sie war freundlich, doch weiß ich heute nicht mehr zu sagen, über was sie eigentlich mit mir sprach.

Erst nach dem Mahl, da ich meine Hände in Rosenwasser tunken durfte wie ein edler Herr und meinen Mund mit einem linnenen Tuch abwischte wie ein Kardinal, kam ich wieder zu mir.

»Ich danke Euch für all diese Köstlichkeiten, Frau Helmstede«, so hub ich an, »doch nun verratet mir, seid so freundlich, was Ihr von der seltsamen Unglücksfahrt der Kogge wisst.«

»Verratet mir zunächst, warum Ihr so begierig seid, dies zu erfahren, Bruder Ranulf.«

Es lag mir schon auf der Zunge, ihr zu antworten, dass sich ein Inquisitor nicht rechtfertigen müsse, doch irgendeine Macht hinderte mich, diese Respekt heischenden Worte zu äußern.

So erklärte ich ihr, dass Heinrich von Lübeck, wie sie sicherlich wisse, der Beichtvater des toten Kapitäns – ihres Schwagers – gewesen sei, und wir Inquisitoren müssten nun einmal allen Spuren nachgehen, so dunkel und abwegig sie auch erscheinen mögen.

»Nun gut«, sagte die Reedersgattin schließlich, »ich erinnere mich noch genau an diese Fahrt, denn mein Gatte war natürlich aufs Höchste erregt, als er feststellte, dass sein Bruder nicht zurückkam.«

»Wann war das?«, fragte ich.

Klara Helmstede dachte einen Moment lang nach. »Die ›Kreuz der Trave‹ lief Anfang Mai des letzten Jahres aus Lübeck aus. Genau weiß ich dies nicht mehr zu sagen, denn zu diesem Zeitpunkt schien es ja noch eine normale Fahrt zu sein. Weder ich noch sonst jemand in unserem Hause machte sich Gedanken darüber.

Doch aus dem Mai wurde Juni und aus dem Juni wurde Juli, und als dann immer noch kein Wort kam von der Kogge, da sandte mein Gatte Boten aus zu allen Häfen entlang der Nordsee und der Ostsee, bis nach England und nach Norwegen. Doch nirgends hatte jemand die ›Kreuz der Trave‹ gesehen. So gingen August und September dahin, und wir gaben das Schiff und seine Besatzung verloren und ließen eine Messe lesen für den älteren Bruder meines Gatten und die Seeleute, die mit ihm gefahren waren.

Doch Anfang Oktober – es war der Tag des heiligen Franziskus, ich erinnere mich genau – schleppte sich die ›Kreuz der Trave‹ in den Hafen von Lübeck.

Man sah der Kogge an, dass sie eine lange Reise getan haben musste. Niemand war mehr an Bord, nur Otto Helmstede, mein Schwager, war noch am Leben – wenn auch bloß für wenige Stunden.«

»Habt Ihr noch mit ihm sprechen können?«, fragte ich.

»Nein«, sie schüttelte den Kopf, »auch wenn ich dies gern getan hätte.« Aufrichtiges Bedauern schwang in ihrer Stimme mit. Ich wunderte mich, ob es der enttäuschten Neugier entsprang, nicht mehr von der rätselhaften Fahrt erfahren zu haben, oder ob sie in echter Anteilnahme um ihren Schwager trauerte.

»Otto Helmstede«, fuhr sie nach einer Pause mit ihrem Bericht fort, »lag am Heck zusammengesunken an der Steuerpinne, seine Hände waren fest ins Holz gekrallt. Seine Sinne waren fast geschwunden – doch noch war er so klar im Geiste, dass er jeden, der sich ihm nähern wollte, mit müder Geste und leisen, doch schrecklichen Verwünschungen fortscheuchte.

Nur Bruder Heinrich ließ er zu sich kommen. Der Mönch kniete neben meinem Schwager, flüsterte wohl eine halbe Stunde lang mit ihm, bis dem Kapitän die Sinne schwanden und er sein Leben in den Armen seines Beichtvaters aushauchte. Erst dann durfte ich hinzutreten, und Bruder Heinrich bat einige Matrosen, den Leichnam meines Schwagers von Bord zu tragen.«

Klara Helmstede verstummte und starrte lange aus dem Fenster. »Wie auch immer«, sagte sie schließlich, als müsse sie sich zwingen, ihre abschweifenden Gedanken wieder auf unser Gespräch zu lenken, »ich bat Bruder Heinrich, mir Bericht zu erstatten, doch er verriet mir nicht, was ihm der sterbende Kapitän gesagt hatte. Dann ordnete ich an, die ›Kreuz der Trave‹ an einen abgelegenen Pier zu schleppen.«

»Ihr tatet dies?«, hakte ich verwundert nach.

Sie lachte. »Wer denn sonst? Mein Gatte war doch, wie er Euch sagte, nicht in Lübeck in jenen Tagen. Männer gehorchen meinen Worten, glaubt mir das, Bruder.« Wieder lachte sie, und mir lief ein Schauder über den Rücken.

»Warum ließet Ihr die Kogge so rasch an einen abgelegenen Pier bringen?«, wollte ich wissen.

»Weil das Gerede anfing, kaum dass die ›Kreuz der Trave‹ im Hafen lag. Ein ›verhextes Schiff‹ sei sie, sie habe den Teufel selbst an Bord gehabt – was ja vielleicht auch stimmte.«

Ich nahm gerade einen Schluck Brombeerwein, als Klara Helmstede dies fast gleichmütig sagte, und musste husten vor Überraschung. »Wieso glaubt Ihr das?«, keuchte ich.

»Ich habe die Ladung gesehen«, gab sie zur Antwort.

Ich hustete wieder. »Aber Euer Gatte und der Steuermann Gernot sagten, dass das Schiff nichts geladen hatte!«

Klara Helmstede schüttelte den Kopf. »Die beiden haben nichts gesehen, das ist etwas anderes. Die Kogge hatte fast nichts geladen.

Ein paar Matrosen, die das steuerlose Schiff beim Einfahren in den Hafen geentert hatten, um es unter Kontrolle zu bringen, führten mich hinunter in den Frachtraum. Dort lag«, sie zögerte kurz, »ein Fell.«

»Ein Fell?«

»Ja, ein Fell. Ich kenne mich aus mit Pelzen, glaubt mir, Bruder! Hermelin und Fuchs schmücken meine Gewänder. Ich dachte zunächst, dass dieses Fell, das übrigens stank wie Aas und Schwefel, einem Bären abgezogen worden sei. So groß war es und braun, wie es das der Bären aus den Pyrenäen und aus Polen ist. Doch, denkt Euch, am Fell hingen lange Beine – mit einem Huf. Und ein langer Schwanz. Und auf dem wuchtigen Kopf, da wuchsen zwei Hörner!«

Ich schlug das Kreuz und schluckte. Auch die Stimme der Reedersgattin zitterte.

»Oh ja, es war, als habe jemand dem Leibhaftigen das Fell abgezogen! Die Matrosen flohen, als sie die Hörner und den Huf erkannten. Und ich«, ihre Stimme verlor sich. »Ich blieb unten, in jenem düsteren, stickigen Raum unter Deck, und betete. Da glaubte ich, eine Stimme zu vernehmen: ›Verbrenne es!‹, befahl sie mir.«

»Ihr habt das Fell verbrannt?«, fragte ich ungläubig.

»Was hätte ich sonst tun sollen? Schon flogen Gerüchte durch die Gassen von Lübeck. Ich ließ eilig nach Bruder Heinrich schicken, der in die Kirche geeilt war, um eine neue Totenmesse – denn wir hatten ja schon vor langem eine abhalten lassen – vorzubereiten. Ich beriet mich mit ihm. Auch er glaubte, dass irgendwie – GOTT allein mag wissen, wie – ein Wesen der Finsternis an Bord gekommen sein muss.

Er befahl also auf der Stelle einigen Matrosen, noch am Pier einen Scheiterhaufen aufzuschichten. Da die Männer ihn liebten und fürchteten, überwanden sie ihre Angst, schleppten das scheußliche Fell hinaus und warfen es in die lodernden Flammen. Hinterher schworen alle, die dabei gewesen waren, dass sie eine schwärzliche

Seele gesehen hatten, die schreiend aus den Flammen stob und in einer Spalte der Erde verschwand.

Ich habe meinem Gatten nichts davon erzählt. Ich wollte nicht, dass ihm noch mehr Schmerzen zugefügt werden, als er sie durch den Tod seines Bruders sowieso schon erdulden musste. Mag sein, dass er später trotzdem von der Geschichte erfahren hat. Die Seeleute haben sie sicherlich herumerzählt. Wir beide haben darüber jedoch nie ein Wort verloren.«

Wie betäubt saß ich da. Ich sollte fieberhaft nachdenken, doch irgendwie wollte es mir nicht gelingen, auch nur einen klaren Gedanken zu fassen.

»Gab es noch eine andere Fracht?«, fragte ich schließlich, da mir nichts Besseres einfiel.

»Nein«, Klara Helmstede schüttelte den Kopf. »Das heißt, doch, ja, es gab da noch ein paar Säcke mit einem seltsamen Getreide. Einem Korn, so groß wie Erbsen, doch fahl und hart und ungenießbar. Wir warfen es auch ins Feuer, wie auch einige Lumpen und Papiere, die im Achterschiff verstreut herumlagen.«

»Sonst nichts?«

»Nichts.«

Ich starrte lange auf den Tisch und dachte nach. »Ich mag nicht glauben, dass die ›Kreuz der Trave‹ in die Hölle gefahren ist. Denn wäre es so gewesen, Satan hätte sie niemals mehr freigegeben«, murmelte ich. »Wenn sie allerdings auch nicht in einem Hafen der nordischen Länder der Christenheit war, wo war die Kogge dann all die Monate?«

»Ihr glaubt, dass Bruder Heinrich deshalb umgebracht worden ist, weil er von meinem Schwager, dem sterbenden Kapitän, das Ziel der Reise erfahren hat?«, fragte Klara Helmstede. »Aber vielleicht ist das alles nur ein tragischer Zufall, und mein Gatte und seine Kogge haben nichts mit jener Untat zu schaffen.«

»Das mag wohl sein«, gab ich zu, doch ich erinnerte mich an die Nachricht, welche mir die Tochter des Geldwechslers zugesteckt hatte.

Ich war leider nicht sehr geschickt darin, ein Gespräch zu führen – und bin es auch heute noch nicht –, schon gar nicht mit einer Frau wie Klara Helmstede, die einem die Sinne und den Geist verwirrte. So fiel mir denn keine unauffällige Äußerung ein, mit der ich unserer Unterhaltung eine neue Wendung hätte geben können. Stattdessen fragte ich schließlich rundheraus, auch wenn es grob war: »Hat Euer Gatte etwas mit den Juden von Lübeck zu schaffen? Gar mit ihrem Rabbiner?«

Aus den Augen der Reedersgattin schossen Blitze zu mir, und einen Moment lang glaubte ich, sie würde mir einen Teller ins Gesicht schleudern oder meine Wange mit ihren langen, wohlgepflegten Fingernägeln zerkratzen.

»Seid Ihr von Sinnen, Bruder Ranulf? Wir sind gute Christen«, rief sie empört.

Dann jedoch stockten ihr die Worte. Sie dachte nach – und urplötzlich änderte sich, ich vermag es nicht anders zu beschreiben, das Blitzen ihrer Augen. Und ich, Narr, der ich war, sonnte mich auf einmal in ihrer Bewunderung. Sie, die mich stets mit einer Spur Hochmut behandelt hatte, dachte nun nicht mehr an Spott.

»Jetzt weiß ich, Bruder Ranulf, warum Meister Philippe Euch zum Gehilfen erkor. Ihr werdet einen guten Inquisitor abgeben, nein, Ihr seid es schon!«, rief sie aus.

In gespielter Demut neigte ich mein Haupt, um meinen Hochmut zu verbergen – und meine Verlegenheit. Zwar schmeichelte mir die überraschende Bewunderung dieser Frau, doch warum sie meine so plumpe Frage dermaßen in Erregung versetzte – das wiederum vermochte ich nicht zu ergründen. Doch ich musste nicht lange auf die Aufklärung dieses Rätsels warten.

»Seekarten!«, rief sie nun. »Ihr spielt darauf an, Bruder Ranulf. Ja«, sie nickte, während sie weitersprach, »mein Gatte vertraut diesen neumodischen Dingen mehr als der überlieferten und erprobten Tradition, und er befiehlt auch seinen Kapitänen, es so zu halten.«

Ich blickte sie fragend an, doch verzichtete ich klugerweise darauf, etwas zu sagen.

»Wisst Ihr, Bruder Ranulf, wie ein Kapitän seinen Kurs findet?«

Ich schüttelte den Kopf und schwieg.

»Es ist ein Ding der Erfahrung, der langen Jahre auf See, der unzähligen Fahrten entlang der Küsten. Irgendwann kennt ein Seemann – ein guter Seemann zumindest, einer, der das Zeug hat zum Kapitän – alle diese Küsten. Kennt jeden Hügel und jede Windmühle, jede Kirchturmspitze und jede Halbinsel, hat Tausende und Abertausende Ellen Küstenlinie im Kopf. Ein Blick genügt ihm, und er weiß, wo er ist, bei Tag und selbst bei Nacht – vorausgesetzt, dass der Mond ein wenig Licht spendet.«

»Und wenn er einen entfernten Hafen ansteuern muss? Oder ihn ein ungünstiger Wind forttreibt? Was macht ein Kapitän, wenn die Küste hinter dem Horizont versunken ist?«

»Der Kapitän sieht auf das Wasser«, antwortete die Reedersgattin, die offenbar nicht nur in Dingen des Geldes mehr wusste, als einem Weibe anstand. »Mancherorts ist das Wasser tiefblau wie Eisen, andernorts schwarz oder grün oder braun wie eine helle Soße. Oft lässt er auch das Senkblei werfen. Das Meer, das uns doch immer gleich scheint, ist in Wahrheit an manchen Stellen bloß einige Klafter tief, an anderen hingegen Hunderte. Kennt ein Kapitän die Farbe und die Tiefe des Wassers, so mag er schon wissen, wo er sich befindet. Reicht ihm dies nicht, müssen ein paar Matrosen mit einem kleinen Eimer, der an ein festes Tau gebunden ist, Meeresgrund nach oben schöpfen. Denn mancherorts liegt gelber Sand in der Tiefe, an anderen Stellen ist es weißer, an wieder anderen Stellen sind es Steine oder schwarzer Schlamm oder brauner.«

»Also müssen Eure Kapitäne, Frau Helmstede, nicht nur die Küsten der Meere kennen, sondern auch ihren verborgenen Grund und die Farbe ihres Wassers.«

»Ja, und genau das plagt meinen Gatten: Denn um ein guter Kapitän zu werden, muss man jahrelang zur See gefahren sein. Wir jedoch handeln mit Hamburg und Bergen, mit Brügge, Stockholm, London, mit Danzig und Riga und mehr Häfen, als ich aufzuzählen vermag. Jahr für Jahr werden die Fässer, Säcke und Ballen, die unsere Koggen transportieren, zahlreicher und größer. Wir schicken Schiffe hinaus, mehr und immer mehr.«

»Das wird gut sein für das Geschäft«, warf ich ein und dachte in jenem Augenblick an die Münzen, die wir bei meinem toten Mitbruder gefunden hatten.

»Ja«, sagte Klara Helmstede, die kaum auf meinen Einwurf geachtet zu haben schien. »Gulden füllen unsere Kasse. Mit Gulden kann man neue Schiffe auf Kiel legen lassen und Seeleute anheuern, auf dass sie diese Schiffe auch bemannen. Aber Kapitäne? Die kann man sich nicht einfach kaufen: Es gibt nur wenige, denn Jahre dauert die Ausbildung, und auch von jenen, die diese lange Zeit zur See gefahren sind, sind viele nicht gut genug, um ein ganzes Meer in ihr Gedächtnis zu zwingen.

Also sann mein Gatte darüber nach, wie wir schneller Kapitäne ausbilden könnten. Es muss, so glaubt er, eine Möglichkeit geben, guten, wenn auch noch relativ unerfahrenen Männern ein Mittel an die Hand zu geben, auf dass sie die Häfen finden, die sie ansteuern sollen.

Da hörte er von neuen Karten, die in Italien und Spanien gezeichnet werden. Von Seekarten.«

»Seekarten?«

Sie lächelte mich an. »Bruder Ranulf, ihr seid gelehrt. Ihr wisst, dass Jerusalem der Mittelpunkt des Erdenrundes ist. Doch zeichnet man unsere Welt mit der Heiligen Stadt im Zentrum, dann, so erinnert Euch, sind Nord- und Ostsee kaum mehr als blaue Tintenkleckse irgendwo am linken Rand der Weltenscheibe. Das ist so, denn es ist GOTTES Wille, dass sie unbedeutende Meere nur sind.

Doch einem Kapitän, der auf diesen vielleicht unbedeutenden, doch stürmischen und gefährlichen Meeren fährt, dem nützt eine Karte wenig, wie sie wohl einem Mönch im Kloster gefiele. Was soll ein Seemann, der von Lübeck über die Ostsee bis Gotland segelt, mit einer Karte anfangen, welche alle Straßen um Jerusalem zeigt und alle Burgen der Kreuzritter im Heiligen Land und die

Mauern von Rom und wohl auch noch die Kirchen von Paris – aber nicht eine einzige Insel in der Ostsee?

So sind einige Gelehrte aus Genua, die ein ähnliches Problem plagt, wiewohl sie das Mittelmeer befahren, als Erste auf die Idee gekommen, Karten zu zeichnen, die nichts anderes zeigen als die Küsten eines Meeres sowie alle Häfen, Inseln und sogar tückische Riffe und Sandbänke.

Mit ihnen – sofern man sie zu lesen versteht, doch das lernt sich recht schnell – ist es nun nicht mehr notwendig, alle Küsten im Kopf zu haben. Man kann ja nachsehen, wo jener Hügel liegt, den man gerade erblickt hat, oder dieser Kirchturm. Ist er noch zehn Meilen von meinem Hafen entfernt oder gar einhundert? Auch dies muss man sich nicht länger merken – ein Blick auf die Karte genügt, dann kennt man die Distanz.

Das, was die Italiener seit einigen Jahren umtreibt, ist keine geheime Kunst. So haben es die Spanier von ihnen gelernt und haben nicht nur das Mittelmeer gezeichnet, sondern auch den jenseitigen, großen Ozean sowie das Meer zum Norden, zwischen Frankreich und England, weil auch dort ihre Schiffe kreuzen. Und dann haben sie einfach weitergemacht – da Männer wie mein Gatte den Wert dieser Karten erkannt haben und ihnen gutes Geld dafür bieten.

Wir haben selbst einige unserer erfahrensten Kapitäne nach Barcelona und Sevilla geschickt und sogar auf die Insel Mallorca, wo die besten Kartografen arbeiten. Unsere Schiffsführer haben alles berichtet, was sie von der Ostsee und der Nordsee wissen – und sie sind mit Karten zurückgekehrt, auf denen Ihr genau sehen könnt, wie Ihr Euren Kurs abzustecken habt, wollt Ihr von Lübeck nach Gotland segeln.«

Endlich dämmerte es mir, warum mich Klara Helmstede so bewundernd angestarrt hatte. »Diese spanischen Kartenzeichner«, hub ich an, »sind Juden?«

»Sie verstehen sich aufs Zeichnen besser als so manche Christen, die einfach nicht einsehen wollen, warum wir Jerusalem nicht in der Mitte unserer Karte haben wollen.«

»Es riecht nach Ketzerei«, flüsterte ich.

Klara Helmstede lachte. »Das mag sein, Bruder Ranulf. Deshalb ist es den Juden, deren Seelen sowieso verdammt sind, vielleicht gleichgültig. Mein Mann denkt zumindest in diesem einen Punkt genauso wie die Juden: Wenn es einem Kapitän hilft, seinen Hafen zu finden, dann kann es keine Sünde sein.«

»Kennt Ihr die jüdischen Zeichner aus Spanien?«, fragte ich.

Sie schüttelte den Kopf »Ich habe nie einen zu Gesicht bekommen, doch Namen habe ich schon gehört. Mein Gatte sprach bewundernd von einem Meister mit Namen Angelino Dulcert aus Mallorca. Und von einem Abraham Cresques, einem jungen Mann, der mit feinem Strich arbeitet.«

»Habt Ihr von einem Nechenja ben Isaak gehört?« Ich wagte kaum, diese Frage zu stellen.

Klara Helmstede dachte kurz nach, dann schüttelte sie den Kopf. »Nein, nie. Wer soll das sein?«

»Das ist gleichgültig. Es war nur so ein Gedanke«, antwortete ich rasch und bemühte mich, meine Stimme nicht allzu enttäuscht klingen zu lassen.

Klara Helmstede musterte mich aufmerksam. »Bruder Ranulf, darf ich zur Abwechslung auch an Euch eine Frage stellen?«

Ich machte eine vage Geste. »Stellt Eure Frage, Frau Helmstede.«

»Wohin will mein Gatte reisen?«

Verblüfft starrte ich sie an. Es dauerte einige Augenblicke, bis ich verstanden hatte, was sie von mir wissen wollte. »Ich dachte, das könntet Ihr mir erklären!«, rief ich dann.

Da lachte Klara Helmstede. »Mein Gatte ist in den letzten Tagen ständig in Paris unterwegs. Ich weiß nicht, was er tut oder wo er hingeht. Selbstverständlich sehe ich, dass die ›Kreuz der Trave‹ für eine Fahrt bereit gemacht wird – für eine sehr lange Fahrt, wie mir scheint –, doch mein Gatte redet nicht mit mir darüber. Ich kenne nicht einmal den Tag unserer Abreise, auch wenn ich vermute, dass er nicht mehr allzu fern ist.«

Ich schüttelte bedauernd den Kopf. »Ich muss Euch gestehen, dass ich in diesen Dingen um nichts klüger bin als Ihr«, antwortete ich betrübt. »Warum glaubt Ihr, dass er nicht einfach nach Lübeck zurückkehren will?«

»Wir laden mehr Vorräte, als wir für eine solche Reise eigentlich an Bord haben müssten. Wir könnten doch unterwegs in vielen Häfen anlegen, um Wasser und Speisen aufzunehmen, so wie wir es auf der Hinfahrt auch getan haben.«

»Das könntet Ihr nicht, Frau Helmstede«, sagte ich. »Die Seuche, von der alle Menschen sprechen, wütet in Frankreich und in vielen anderen Ländern der Christenheit. Vielleicht erscheint es Eurem Gatten da sicherer, Paris zu verlassen und nirgendwo anzulegen, bis Ihr Lübeck erreicht habt.«

Und, doch das verriet ich der Reedersgattin nicht, schneller war es obendrein: Bereitete Richard Helmstede seine Flucht vor? Fürchtete er Verfolger, die ihn in einem Hafen einholen und stellen könnten? Würde er sich überhaupt nach Norden wenden, nach Lübeck? Wer könnte ihn, hätte er erst einmal die hohe See erreicht, daran hindern, gen Süden zu segeln? Nach Spanien etwa, zu den jüdischen Kartografen? Würden ausgerechnet Juden, die ketzerische Seekarten zeichneten, einen Mann – und guten Kunden – wie Richard Helmstede an die Inquisition verraten?

Mir schwindelte bei diesen Gedanken, und ich griff nach dem Wein, den Klara Helmstede mir bereitwillig reichte. Sie schien erleichtert zu sein.

»Ich danke Euch, Bruder Ranulf«, sagte sie freundlich. »Nie zuvor ist ein Kapitän von Frankreich bis nach Lübeck – oder irgendeinen anderen Ostseehafen – gesegelt, ohne unterwegs gar manchen Hafen anzulaufen. Deshalb habe ich an eine solche Möglichkeit gar nicht gedacht. Sicherlich will mein Gatte die ›Kreuz der Trave‹ ungestört nach Lübeck bringen, auch wenn ich noch immer nicht zu sagen vermag, warum er dann mir gegenüber so verschlossen ist.

Ich hatte bislang, zumal er so schweigsam war, befürchtet,

er könnte«, sie schien einen Augenblick lang nach den richtigen Worten zu suchen, »nun, um es frank und frei zu sagen: Ich hatte Angst, dass mein Mann dorthin reisen will, wohin auch sein Bruder gereist ist. Zum Land der Teufel.«

Ich verschluckte mich am Wein und hustete. »Selbst wenn es ein solches Land gäbe – und warum sollte GOTT dies zulassen? –, so wüsste Euer Gatte doch nicht, wo es liegt.«

»Bruder Heinrich hätte es ihm sagen können«, antwortete Klara Helmstede knapp.

»Er hat dem sterbenden Kapitän die Beichte abgenommen!«, rief ich empört. »Niemals würde ein Dominikaner das Beichtgeheimnis verletzten, schon gar nicht …« Ich verstummte.

»Schon gar nicht einem Laien gegenüber, der zudem bloß ein Krämer ist«, vollendete die Reedersgattin und lachte. »Da habt Ihr wohl recht gesprochen, Bruder Ranulf! Ich danke Euch noch einmal. Ihr habt eine große Last von meiner Seele genommen, die mich all die letzten Tage bedrückte. Doch nun glaube ich, dass mein Gatte nicht finsteren Ländern entgegensteuern will, sondern, im Gegenteil, meiner Heimatstadt. In den nächsten Wochen oder vielleicht nur Tagen werden wir Paris verlassen.«

Ich sagte nichts dazu und neigte nur leicht mein Haupt. So sicher war ich mir nicht, dass Richard Helmstede bald aus der Stadt verschwinden konnte. Ich würde mit Meister Philippe reden müssen.

Außerdem, auch wenn ich mich verzweifelt bemühte, nicht daran zu denken, versetzte es meinem Herzen doch einen Stich, wenn ich mir vorstellte, dass ich Klara Helmstede womöglich niemals mehr wiedersehen würde.

Vielleicht war es dieser Trübsinn, vielleicht war es auch der Wein – ich war jedenfalls nicht so wachsam, wie es einem Mönch doch gerade in Gegenwart eines Weibes geziemt.

Klara Helmstede erhob sich vom Tisch, zum Zeichen dafür, dass das Mahl beendet sei. Hastig sprang auch ich auf und wollte schon Abschiedsworte murmeln, da neigte die Reedersgattin leicht das

Haupt. »Erlaubt Ihr, Bruder Ranulf, dass ich Euch ein Stück weit des Weges zurück zum Kloster begleite?«

Als sie meinen entsetzten Blick sah, hob sie die Hände und lachte. »Oh, seid unbesorgt! Meine Dienerin wird uns weite Umhänge bringen, niemand soll uns erkennen. Ich werde Euch nicht lange begleiten, vielleicht nur bis zum Ende des Katzenmarktes. Ich glaube nur, dass ich noch einmal aus den Mauern dieses Hauses entkommen, dass ich die frische Luft – und seien es nur die Ausdünstungen der Stadt – atmen muss, bevor die Nacht anbricht. So befreit fühle ich mich jetzt, da ich glaube, das Ziel unserer baldigen Abreise zu kennen!«

Und ich? In meiner Seele regte sich kein Widerspruch, nicht ein abweisendes Wort kam über meine Lippen. Nein, im Gegenteil: Ich verneigte mich, murmelte meinen Dank und sagte, wie sehr ich mich freue, dass sie noch einige Schritte an meiner Seite gehen wolle.

So kam es, dass die Dienerin, die mich nicht anblicken mochte, mir mit gesenktem Haupt einen weiten grauen Umhang reichte, der meinen Mönchshabit vollkommen verbarg. Einen ebensolchen Umhang warf sich Klara Helmstede über, sodass man in ihr, sah man nicht allzu genau auf den Gang, nicht einmal eine Frau erkennen konnte. Wie zwei graue Schatten glitten wir aus dem Haus. Hinein in eine Nacht der Feuer.

Erst vor dem Haus fiel mir wieder ein, dass nun die Johannisnacht anbrach. Wobei »Nacht« noch nicht das richtige Wort war für jenen sommerlichen Dämmerzustand, da die Sonne zwar nicht mehr am Himmel stand, die Dunkelheit sich jedoch noch nicht einstellen wollte. Schwer und feucht stand die Luft in den Gassen und Straßen. Blassblau war der Himmel, wie ein verwaschenes Gewand. Schwärzliche und gräuliche Schwaden durchzogen ihn, denn überall loderten bereits die Feuer auf: In den Gassen, auf den Plätzen, an den Ufern der Seine, ja auf den Brücken selbst, obzwar diese aus Eichenbalken gezimmert waren, standen hoch aufgerichtete

Scheiterhaufen. Auch auf dem Katzenplatz leckten die ersten Lohen an Reisig und Holz, als Klara Helmstede und ich das »Haus zum Hahn« verließen.

»Lasst uns näher zum Feuer gehen, Bruder Ranulf, ich bitte Euch!«, rief die Reedersgattin. Und wahrhaftig, sie fasste meine Hand und zog mich mit. Welche sündige Wonne es war, ihre Hand in der meinen zu spüren!

Niemand achtete unser. Nie zuvor in meinem Leben hatte ich so viele Menschen auf einem so engen Platz zusammengedrängt gesehen, wie in jener vom Gewitter bedrohten Nacht auf dem Katzenplatz hinter Les Halles in Paris. Die Bürger der Stadt waren wohl alle auf den Beinen, dazu Bauern aus dem Umland, fahrendes Volk und unzählige Flüchtlinge aus allen Städten und Provinzen des Reiches.

Wir drängten uns an lachenden Männern und Frauen vorbei, an kreischenden Kindern und kläffenden Hunden. Es war, als habe jedermann beschlossen, in der Johannisnacht nicht an die Seuche zu denken, die irgendwo jenseits der Stadtmauern auf uns Sünder lauerte. Ich roch Ochsenbraten, heißes Fett und warmes Brot, und die Weinschläuche kreisten von Mund zu Mund. Ich schloss meine Hand fester um die von Klara Helmstede.

So gelangten wir denn tatsächlich bis an den Rand des größten Holzstoßes, der sich mitten auf dem Platz erhob. Heiß waren die Flammen, rot und gelb loderten sie hoch, fast bis zu den Dachfirsten der Häuser am Rande. Funken stoben wie leuchtende Gespenster durch die Luft und erloschen mitten im Flug. Das Holz knackste und ächzte, als würde ein schwerer Sturm durch einen alten, müden Wald fahren.

Ein paar Vaganten spielten mit Fidel, Laute und Schalmei auf. Ich blickte mich flüchtig um, ob ich wohl die mächtige Gestalt des Pierre de Grande-Rue ausmachen könnte, doch sah ich niemanden, der ihm ähneln mochte. Die lustigen Weisen vermischten sich mit dem Prasseln des Feuers, mit den Rufen und Gesängen der Feiernden. Mir schwindelte.

Ich weiß nicht, wie lange Klara Helmstede und ich dort standen am Rande des Feuers, das brannte und brannte und doch das Holz nicht zu verzehren schien. Immer lauter wurden Musik und Geschrei, immer dunkler wurde der Katzenplatz, denn endlich kam die Nacht über die Stadt wie ein heimlicher Besucher und legte ein schwarzes Tuch über die Dächer von Paris – ein Tuch, in das unzählige Scheiterhaufen rote Löcher hineinbrannten.

Plötzlich kam von irgendwoher wie ein Windhauch, der an einem Sommertag die Oberfläche eines stillen Sees kräuselt, Bewegung in die Menge, die dicht gedrängt am Feuer stand. Lauter spielte nun die Musik und schneller, immer schneller. Und dann tanzten die Menschen. Zuerst waren es nur einige Männer und Frauen, die sich die Arme um die Schultern legten und einen kleinen Kreis formten. Dann wurden es mehr und immer mehr. Auch ich spürte an meiner rechten Schulter plötzlich einen fremden, weichen Arm mit duftender Haut: Es war eine Magd oder Bäuerin, nicht mehr jung, doch fröhlich und mit erhitztem Gesicht. Sie wollte tanzen, doch blickte sie mich kaum an, war vielleicht auch schon verwirrt vom Wein, sodass sie selbst dann nicht den Mönch in mir erkannte, da sie sich an mich drückte.

Da legte Klara Helmstede ihren Arm um meine andere Schulter und lachte hell. Ihren zweiten Arm hatte sie um einen jungen Burschen in einem roten Wams geschlungen.

So fand ich mich, der Dominikaner und Gehilfe eines Inquisitors, auf einmal gefangen in einem wilden Reigen. Nach rechts tanzte die Menge, dann nach links, dann wieder nach rechts. Große, wogende Kreise bildeten die Menschen um das Feuer und sangen Weisen, deren wilde Worte ich nie zuvor vernommen hatte. Sie dünkten mir wolllüstig, sündig, ja heidnisch – und doch berauschte ich mich am Wogen der Leiber, am Gesang, an der wilden Musik, am Feuer. Tanzen konnte ich nicht, doch stolperte ich mit, mal ein paar Schritte nach rechts, dann wieder einige Schritte nach links, hin und her, hin und her, bis ich nicht mehr wusste, wo ich eigentlich war. Mein einziger Halt war der warme, anschmiegsame

Körper der Reedersgattin, die ich nun fest im Arm hielt. Aus dem Schreien und Toben und Singen hörte ich stets das helle Lachen von Klara Helmstede heraus.

Schließlich, es mag wohl schon zur elften Stunde gewesen sein, drängten wir uns hinaus aus dem tobenden Reigen der Feiernden. Ich vermag heute nicht mehr zu sagen, wie dies vor sich gegangen sein mag. Klara Helmstede und ich sprachen kein Wort miteinander – dazu war es auch viel zu laut –, doch wie durch einen geheimnisvollen Zauber wussten wir beide, dass es nun genug war mit Tanz und Musik. Wir strebten vom Katzenmarkt Richtung Les Halles, und ich, verblendeter Narr, der ich war, glaubte, dass mich die Reedersgattin nun vielleicht doch bis zum Ufer der Seine begleiten und mir dann Lebwohl sagen würde. Schon der Gedanke, dass ich noch einige Schritte an ihrer Seite gehen durfte, machte mich glücklich und trunken.

Doch ihr Sinn stand nicht nach einem nächtlichen Spaziergang. Als wir bei Les Halles waren, fasste mich Klara Helmstede bei der Hand und zog mich mit erstaunlicher Kraft in eine Sackgasse, die einige Schritte vom Marktplatz wegführte.

Auch bei Les Halles brannten hohe Feuer, doch ihr Lichtschein drang nur noch als rötliches Glimmen zwischen die Hauswände, welche die Gasse umschlossen. Ich erkannte, dass es fensterlose Speicher waren, deren Ziegelwände links und rechts und am Ende der Gasse fast bis zum Nachthimmel aufragten wie die Mauern einer Festung. Noch schwerer und feuchter schien mir die Luft hier zu drücken, ich glaubte, im Schacht eines großen Brunnens zu stehen.

Wir waren nicht allein. Über die Musik der Spielleute und die Lieder der Tanzenden, die von ferne zu uns hinüberwehten, hörte ich ein Wispern und Flüstern, ein Stöhnen und Stammeln, wie ich es nie zuvor vernommen hatte. Erschrocken blickte ich mich um: Die Laute schienen aus den fensterlosen Mauern selbst zu dringen.

Ich brauchte ein paar Augenblicke, bis ich gewahr wurde, dass die nächtlichen Stimmen nicht den Ziegeln entsprangen. Vor den Wänden, fast ganz verborgen im Schatten, erkannte ich zwei schemenhafte Gestalten, verschlungen in einem Ringen, von dem ich glaubte, dass es ein Kampf auf Leben und Tod sein müsse. Erschrocken wollte ich zurückweichen, doch dann erkannte ich, dass da nicht einer dem anderen an die Gurgel fassen wollte. Es war die Umarmung der Wollust, in der die beiden vereint waren – so vereint in ihrem sündigen Treiben, dass sie uns nicht einmal bemerkt hatten.

Als ich endlich verstanden hatte, was die beiden Unbekannten da taten, war ich noch erschrockener, als hätten sie miteinander gekämpft. Jetzt erst begriff ich, warum mich Klara Helmstede hier hineingezogen hatte.

Ich blickte sie an, und sie musste wohl in meinem Gesicht den Ausdruck der Furcht gelesen haben. Sie hielt einen Finger an die Lippen und bedeutete mir so, zu schweigen. Dann drängte sie mich tiefer hinein bis ans Ende der Sackgasse.

Was sollte ich tun? Klara Helmstede stand zwischen mir und dem Ausgang der Gasse auf den Platz. Mein Mund war trocken, meine Hände zitterten, meine Beine wollten sich nicht rühren.

Sie warf mit einer achtlosen Geste den Umhang ab. Ihr blondes Haar hatte sich gelöst und floss nun auf ihre Schultern – zwei im Schimmer der fernen Johannisfeuer rötlich leuchtende Schleier, die ihr Gesicht umspielten. Klara Helmstede kam mir ganz nah und flüsterte: »Bruder Ranulf, wisst Ihr es nicht, obzwar Ihr doch so gelehrt seid? Das Gebot der Keuschheit gilt nicht in der Johannisnacht!«

Noch heute zittert meine Hand, da ich die Erinnerung an jene Nacht niederschreibe. An jene Nacht, da ich, hingesunken im Schmutz der Gosse, von Klara Helmstede lernte, welche Macht doch das Weib über den Mann hat. Oh ja, sie war erfahren in den Künsten der Lust, und ich ergab mich ihren Küssen, wie ich mich nie zuvor einem Menschen ergeben hatte. Sie lehrte mich, dass es auch in dieser Welt einen Garten Eden gibt – und dass er nicht in fernen Ländern zu finden sei, sondern in der Umarmung einer Frau. Sie lehrte mich, dass man sündigen konnte, ohne auch nur an die Sünde zu denken, ohne Gewissensqualen und Not. Sie lehrte mich, dass ich bis zu jener Nacht nichts gewusst hatte vom Leben der Menschen, ja, dass ich mich nicht einmal selbst gekannt hatte.

Wir tranken einander wie zwei Verdurstende. Wir umklammerten uns wie zwei Ertrinkende. Ich atmete den süßen Duft ihrer Haut ein, Rosenwasser und Schweiß.

Ich weiß nicht, wie lange wir so beieinander lagen, die Welt vergessend und vergessen von der Welt. Wir sprachen nicht mit Worten, sondern nur mit unseren Händen, mit denen wir unsere Leiber umfassten.

Irgendwann lagen wir Seite an Seite auf dem Straßenpflaster. Die Steine kühlten meine glänzende Haut, doch ich fröstelte nicht. Oben am schwarzen Nachthimmel war, im Rahmen der Hauswände, ein einziger Stern aufgegangen.

Dann spürte ich, wie sich Klara schweigend erhob. Rasch suchte sie ihre Kleider zusammen und streifte sie sich über. Ich wagte nicht, mich zu regen – aus Angst, irgendeinen Zauber zu zerstören. Erst als sie alle Gewänder angelegt und sich sogar den weiten Umhang übergeworfen hatte, richtete ich mich auf.

Sie beugte sich zu mir hinunter und küsste mich. Dann hauchte sie: »Ich werde dir eine Nachricht senden, wann und wo wir uns wiedersehen können, mein Geliebter.« Klara drehte sich um und eilte aus der Gasse.

Ich blickte ihr nach. Im rötlichen Schein der Johannisfeuer war sie wie eine Spukgestalt, die plötzlich vom Erdboden verschwand.

Ich lag noch eine Weile regungslos da und dachte an nichts. Doch nein, ich will nicht lügen: Ich erinnerte mich an Klaras Liebkosungen, ich formte mit meinen Händen ihren Körper nach, den ich vor kurzem noch umfasst hatte. Ich hatte eine Todsünde begangen – und doch reute mich nichts, nichts, nichts. Und so, als predigte ich zu mir selbst, sprach ich im Geiste die Worte aus der Heiligen Schrift: »Darum wird ein Mann seinen Vater und seine Mutter verlassen und seinem Weibe anhangen, und sie werden sein ein Fleisch.«

Später warf ich meine Gewänder über, auch den grauen Umhang, den Klara mir gegeben hatte. Als ich aus der Sackgasse schlich, warf ich einen verstohlenen Blick auf jene Stelle an der Mauer, an der sich das andere Paar in Wollust umschlungen gehalten hatte, doch war das Straßenpflaster leer.

Als ich den Platz von Les Halles betrat, blieb ich erschrocken stehen. Noch immer loderten die Feuer hoch, ja höher vielleicht noch als zuvor. Wilder auch schien mir der Reigen der Tanzenden zu sein, lauter und stampfender die Musik der Vaganten. Ich wusste kaum, wohin ich meinen schamhaften Blick wenden sollte, denn viele Weiber und Männer hatten sich schon der Wollust ergeben. Doch hatten sie sich nicht die Mühe gemacht, sich in den Schatten der Gassen zu verstecken. Sie frönten ihrer Lust vielmehr dort, wo sie gerade niedergesunken waren, mitten auf dem Platz und auf den größeren Straßen, die zu ihm führten. Neben den Unzüchtigen lagen Gestalten, die vom Wein niedergestreckt worden waren. Durch ihr Erbrochenes wateten Straßenhunde und Schweine und schleckten es auf.

Ich schlug mir den Umhang vor das Gesicht. Der Rausch der Liebe war verflogen und auch die Sinnesverwirrung, welche der Wein in mir verursacht hatte. Ich wollte zurück ins Kloster – wenn ich auch nicht wusste, wie ich es bewerkstelligen sollte, unbemerkt in meine Zelle zu gelangen.

Durch Seitengassen entkam ich den Johannisfeuern und den Tanzenden bis zur Seine. Am morastigen Ufer sah ich mich um. Einige hundert Schritt entfernt brannten die Feuer auch hier. Doch dort, wo ich mich befand, war es düster und still. Ich hatte gehofft, dass endlich ein Regenguss die schwüle Luft klären würde – und auch mich reinigte, der ich den süßen Duft der Reedersgattin auf der Haut trug. Zwar grollte Donner in der Ferne, es leuchtete fahl am Himmel, doch gewittern wollte es nicht. Also entledigte ich mich an jener dunklen Stelle meiner Gewänder, taumelte vorsichtig einige Schritte am abfallenden Grund hinein in den Fluss und tauchte meinen Leib unter.

Schaudernd, doch zugleich erfrischt und zumindest am Leib, wiewohl nicht an der Seele, gereinigt, schlich ich anschließend zurück. Meine Müdigkeit war verflogen. Ich kleidete mich an. Dann rannte ich über den Grand Pont, wo auch ein Feuer leuchtete und viele Menschen sangen und tanzten. Niemand achtete auf mich – glaubte ich wenigstens. So gelangte ich unbehelligt auf die Île de la Cité. Ich wollte über den Platz vor Notre-Dame hasten, der still und leer dalag, da die Domherren im Angesicht der Kathedrale keine Feiern duldeten, als ich plötzlich stehen blieb.

Ein schwerer Donner rollte über Paris, so wuchtig, dass ich glaubte, die Mauern der Häuser zittern zu sehen.

Doch das war es nicht. Verwundert blickte ich mich um. Irgendetwas war anders als sonst. Irgendetwas war nicht so, wie es sein sollte. Ich starrte auf die dunklen Häuserzeilen, hinter denen die Feuer aufleuchteten. Ich blickte zurück auf den Grand Pont.

Wieder rollte ein Donner heran, noch erschütternder als der zuvor. Dann zuckte ein Blitz über den Himmel, als wäre das Gewölbe, das sich über die Weltenscheibe spannt, mit Riesenhand gespalten worden.

Da entdeckte ich es: Notre-Dame!

Im rechten Turm, ganz oben, direkt unter der wuchtigen Spitze, die eher einem Burgturm zugehörig schien denn einem Hause GOTTES, flackerte ein gelbliches Licht. Einen Augenblick glaubte ich, dass es vielleicht der Widerschein irgendeines der unzähligen Johannisfeuer sei, doch dafür war dieses Leuchten, wiewohl schwach, trotzdem zu hell und gleichmäßig. Dort oben leuchtete eine Kerze.

Meine Gedanken wirbelten durcheinander. Wer mochte um diese Stunde oben im Turm sein? Noch dazu in der Johannisnacht? Warum sollte jemand dort oben sein? Und – ich erschauderte – war derjenige, wer immer es sein mochte, womöglich nicht nur in dieser Nacht auf dem Turm der Kathedrale? Vielleicht hatte er schon manche Nacht so zugebracht? Vielleicht auch die Nacht, da Heinrich von Lübeck ermordet wurde? Müsste man von dort oben denn nicht hinunterblicken können bis vor das Portal, wo die Untat verübt wurde?

Ich schwankte, ob ich zur Kirche schleichen sollte. Da rollte wieder der Donner heran, gefolgt von einem Blitz, der ein feuriges Netz auf das Firmament zauberte, bevor er erlosch.

Bevor er erlosch …

Im wirren Licht des Blitzes sah ich, dass ich nicht mehr allein war auf dem Platz vor Notre-Dame.

Der Schattenmann war da. Der Unbekannte, von dem Jacquette mir erzählt hatte.

Satan.

Das fahle Licht im Turm zu Notre-Dame bekümmerte mich nicht mehr. Ich dachte nur noch an die Todsünde, die ich kurz zuvor mit Klara Helmstede begangen hatte. Ich fürchtete, dass der Antichrist mich nun holen würde, gleich jetzt, um mich in die Hölle zu reißen. Und ich Narr – ich floh!

Die ersten schweren Regentropfen klatschten auf das Pflaster, dann mehr und immer mehr, bis dichte Schleier aus Wasser vom Himmel fielen und die Johannisfeuer zischend verdampften.

Ich rannte und rannte. Ich blickte mich nicht um, ich achtete kaum meines Weges. Einfach nur weiter und weiter! Ich wäre bis ans Ende der Welt gerannt, nur um dem Unbekannten zu entkommen.

Der Regen trieb aber auch das Volk zur Flucht. Plötzlich drängten sich Männer und Frauen auf den Gassen, ernüchtert, furchtsam nach oben blickend, wo Donner und Blitz vom Himmel hernieder fuhren, als wollte GOTT Paris für seine Sünden strafen.

Ich drängte mich durch die Menschenmassen hindurch, stieß Gestalten um mit einer Kraft, von der ich bis dahin nicht wusste, dass sie in mir schlief, und rannte und rannte. Irgendwann, ich weiß nicht, auf welchen Wegen ich dorthin gelangte, stand ich mit schmerzenden Lungen vor der Pforte des Klosters in der Rue Saint-Jacques. Rote Schleier tanzten vor meinen Augen, mein Herz raste. Zitternd stand ich so da, ließ den Regen auf mich niederprasseln und drehte mich dann langsam, ganz langsam um.

Einen Augenblick glaubte ich, dass der düstere Unbekannte direkt hinter mir stünde, um mich zu holen. Doch da war niemand. Langsam atmete ich aus.

Dann weinte ich, weinte so hemmungslos wie ein kleiner Junge. Meine Tränen vermischten sich mit dem Regen, und ich hörte nicht auf, bis die Quelle meiner Tränen in meinem Innern versiegt war.

Ich wusste nicht, ob ich dem Düsteren entkommen war oder ob er sich überhaupt die Mühe gemacht hatte, mich zu verfolgen. Ich dankte GOTT nur dafür, dass er mich vor dem Unbekannten bewahrt hatte. Für diese Nacht wenigstens.

Nach all den Abenteuern jener Stunden war es dann geradezu ein Kinderspiel, wieder in das Kloster zu schlüpfen. Der Portarius hatte, wohl angesteckt von der Ausgelassenheit der Johannisnacht, einen Weinschlauch mit in seine Stube genommen. Nun schlief er tief im Rausch und zuckte nicht einmal, als ich das leise knarrende Portal aufdrückte, hineinglitt und das schwere Schloss hinter mir vorsichtig wieder zuschnappen ließ.

Ich schlich in meine Zelle und streifte den grauen Umhang ab, den mir Klara gegeben hatte. Er hatte mich nicht vor dem Regen geschützt, denn auch meine Kutte darunter war nass. Doch ich fröstelte nicht, zu heftig klopfte mir das Herz. Ich hatte schon auf der Straße kurz daran gedacht, den Umhang einfach irgendwo wegzuwerfen – doch dann hatte ich mir gesagt, dass ich ihn vielleicht wieder benötigen würde. Ich muss nicht niederschreiben, an welche heimlichen Treffen ich dabei dachte. Also drückte ich nun den nassen Wollumhang zu einem kleinen Klumpen Stoff zusammen und schob ihn so tief wie möglich unter meine Pritsche. Das mochte gehen.

Ich zuckte zusammen, als ich eine dünne Glocke erklingen hörte: Nocturnes, das Nachtgebet!

Mit den vielen Dominikanern, die vor der Seuche geflohen waren, hatte sich die Zahl unserer Brüder im Kloster erhöht. Niemand wusste genau zu sagen, wie viele Mönche zur Kirche gehen konnten und wie viele gerade zu krank oder geschwächt waren, um zum Hause GOTTES zu kommen. So mochte meine Abwesenheit bei den Kirchgängen des Nachmittages und Abends niemandem aufgefallen sein. Auch jetzt würde man mich wohl kaum vermissen.

Doch ich wollte kein unnötiges Risiko mehr eingehen. So trat ich denn aus der Zelle und schloss mich den Reihen der Mitbrüder an. Ich sang die Hymne und murmelte das Gebet. Doch während ich noch die vertrauten Worte sprach, erschrak ich. Denn wie ich demutsvoll zu Boden blickte, da erkannte ich im flackernden Licht der Kerzen, dass der Regen nun aus meiner Kutte tropfte. Eine kleine Wasserlache hatte sich rings um mein Gewand gebildet.

Schwitzend stand ich da und wagte kaum zu atmen. Hatte jemand ein Auge auf mich? Wurde ich beobachtet? Alle Mönche hielten den Kopf gesenkt und beteten.

Nach einer kleinen Ewigkeit kam endlich der Segensspruch, und wir wandten uns dem Ausgang zu. Ich suchte in den Reihen der verhüllten Mönche nach Meister Philippe, konnte ihn jedoch nicht erkennen. Doch ich war mir sicher, dass dem Inquisitor die Wasserlache zu meinen Füßen nicht entgangen war.

DAS LAND UNTERHALB DES PARADIESES

Am nächsten Morgen wachte ich in aller Frühe auf, noch vor der Prim. Es war der Tag des heiligen Johannes des Täufers – ob er mich wohl mit dem Wasser des Jordan besprengt hätte, um mir meine Sünden abzuwaschen?

Ich wusste, dass ich mich gegen SEINE Gebote vergangen hatte. Hatte nicht sogar Jesus am Berg viel lässlichere Vergehen getadelt? *Audistis quia dictum est antiquis non moechaberis. Ego autem dico vobis quoniam omnis qui viderit mulierem ad concupiscendum eam iam moechatus est eam in corde suo.*

Auch hatte ich lange genug studiert, um die Bußbücher, in denen jede Sünde verzeichnet war, und auch, wie sie zu sühnen sei, zu kennen. Regino von Prüm etwa, der strenge Zuchtmeister, hatte in seinem Werk für die schlimmsten Formen der Wollust sieben Jahre Buße gefordert – genauso viel wie für denjenigen, der einen anderen Menschen erschlagen hatte.

Als wir im Kloster das Buch studierten, da wiesen uns die älteren Mitbrüder besonders auf die Gefahren der Sodomie hin und auf die Sünde Onans, denn diese beiden Formen der Wollust sind es ja vor allem, welche uns Mönche bedrohen.

Doch an jenem Morgen erinnerte ich mich, dass Regino von Prüm auch flammende Worte wider Mann und Weib gefunden hatte, wenn sie sich nicht der Natur gemäß vereinten. Wenn die Frau etwa in den Mund nahm, was nicht für den Mund bestimmt war, dann forderte das Buch sieben Jahre Buße. Auch wenn das Weibe auf dem Manne lag, wenn also zur Sünde der Wollust noch die schändliche Umkehrung der Verhältnisse zwischen Herrscher und Beherrschter hinzukam, musste man sich sieben Jahre kasteien, musste pilgern und fromme Werke tun.

Danach hätte ich schon nach dieser einen Nacht mindestens zweimal sieben Jahre Buße tun müssen. Und doch dachte ich, wenn ich mich der Sünden erinnerte, die Regino von Prüm so sehr geißelte, mit wohligem Schauer zurück. Fast vermeinte ich gar, wieder den Duft von Klaras Haut zu atmen und zu entflammen unter ihren erfahrenen Liebkosungen.

Und trotzdem: Ein Teil meiner Seele wurde zerfressen von Reue und Scham. Ich fragte mich, ob ich beichten sollte, wagte es dann aber doch nicht. Als ich endlich zur Prim schritt, da blickte ich nicht einmal auf zum Altar, aus Angst, von IHM auf der Stelle zerschmettert zu werden.

Auch an die düstere Gestalt dachte ich, vor der ich letzte Nacht geflohen war. Wer sonst mochte es sein denn Satan? War ich nicht für immer verloren? Wandelte ich nicht schon mit einem Fuß im Reich der Finsternis?

Doch noch während meine Seele sich in Qualen wand, gaukelte sie mir Bilder vor von Klara, von ihren blonden Locken, die auf helle Haut fielen. Meine Fingerkuppen zitterten, weil ich wieder die Brüste zu spüren vermeinte, die ich noch vor wenigen Stunden umfasst hatte. Hatte sie nicht versprochen, mich wiederzusehen? Wann würde sie mich wieder beglücken?

So war ich denn am Boden zerstört und schwebte doch zugleich im Himmel, war reuig und demütig, wie nur irgendein Mönch sein kann – und erging mich doch im Augenblick danach in wollüstigen Schwärmereien wie ein verwöhnter Edelmann.

Ich blickte mich um und forschte verstohlen in den Gesichtern meiner Mitbrüder, die den Hymnus zur Prim anstimmten, ob ihnen wohl an mir Merkwürdiges, ja Alarmierendes auffallen möge. Doch niemand achtete meiner. Sorgfältig ließ ich meinen Blick noch einmal über die dunkel gewandeten Mönche wandern – plötzlich schauderte ich.

Philippe de Touloubre fehlte in den langen Reihen der betenden Dominikaner.

So hatte ich denn, wiewohl dies kaum ein Trost sein konnte, etwas, das mich von meinen Gedanken an Wollust und Sünde fortführte. Ich fragte mich, während ich sang und betete und dabei doch nur Worte formte, die meinem Herzen nichts bedeuteten, ob der Inquisitor schon zu so früher Stunde das Kloster verlassen hatte. Oder war er womöglich seit gestern gar nicht zurückgekehrt?

Ich erschauderte und hatte einen Augenblick lang die Vision, dass Meister Philippe für meine Sünden büßen musste: Denn was wäre, wenn ihm gestern Abend oder in der vergangenen Nacht etwas zugestoßen war? Was wäre, wenn der Finstere ihn geholt hatte, nicht mich, weil er in der Nacht den Mönchshabit des Inquisitors mit dem meinen verwechselt hatte?

Vermisste schon jemand Philippe de Touloubre? Sollte ich mit dem Prior reden? Oder wäre es eher im Sinne des Inquisitors gewesen, wenn ich nicht mit Bruder Carbonnet sprechen würde, um ihn gar nicht erst auf das Fehlen von Meister Philippe hinzuweisen?

»Oh HERR«, murmelte ich, »sende mir ein Zeichen. Was soll ich tun?«

Doch GOTT erhörte mein Flehen nicht. Die Prim ging zu Ende, und nichts gab es, das ich als SEIN Zeichen hätte deuten können.

So beschloss ich, dem Prior zwar nichts zu sagen, das Kloster jedoch zu verlassen, um in der Stadt nach Meister Philippe Ausschau zu halten. Es gelang mir ohne Schwierigkeit, vom Prior die Erlaubnis einzuholen, mit einem Bruder, dessen Name Malachias war, zum Einkaufen heilkräftiger Krauter entsandt zu werden. Jener Malachias war aus Toulouse nach Paris geflohen. Wir hatten schnell herausgefunden, dass er sich besser noch als unser Apotheker auf das Mischen von allerlei heilenden Aufgüssen und lindernden Tees verstand. Doch da ein Geschwür seine Oberlippe aufgerissen hatte, sprach er sehr undeutlich; auch wollten viele Marktweiber gar nicht mit ihm reden, weil sie ihn für verflucht hielten. Deshalb entbot ich mich denn, Bruder Malachias zu begleiten.

Da seine Lippe ihn so sehr hinderte, sprach Bruder Malachias nicht mehr Worte, als unbedingt notwendig war. So verließen wir schweigend und noch zu früher Stunde das Kloster in der Rue Saint-Jacques. Nach dem Gewitter war die Luft kühl, klar und angenehm frisch. Das Straßenpflaster glänzte sauber, da der Unrat vom Wolkenbruch in die Seine gespült worden war. Nur die überall niedergebrannten Scheiterhaufen störten den Eindruck von Reinheit: Schwarz und stumpf war das Holz, und es roch bitter nach nassem Rauch.

Auf der Straße war es ruhiger, als ich es je zuvor erlebt hatte. Viele Bürger lagen nach den Tänzen, der Musik und wohl auch anderen Vergnügungen der Johannisnacht, noch in ihren Betten. Mönche und Priester gingen zahlreich hierhin und dorthin, Marktweiber strebten den großen Plätzen zu, auch ein paar Diener und dazu Bauern, die Hühner und Kirschen verkaufen wollten. Dann und wann taumelte, noch benommen vom Wein, ein Zecher aus einer dunklen Gasse, blinzelte in der Sonne und machte sich rasch auf den Heimweg. Doch all dies war nichts im Vergleich zum lärmenden Durcheinander normaler Pariser Tage – und erst recht nichts im Vergleich zum Gedränge, das in den letzten Wochen geherrscht hatte.

Plötzlich machte ich noch eine Feststellung, die mich mindestens genauso beunruhigte: Es gab an jenem Tag keine neuen Flüchtlinge mehr, die zuvor doch stetig durch eines der vielen Stadttore hineingeströmt waren. Es war, als wäre eine menschliche Flut von einem Tag zum anderen versiegt.

Manchmal blickte ich mich unauffällig um – stets hoffend, dass irgendwann doch die ersten Bauern, die ersten Bürger anderer Städte beladen mit Habseligkeiten hinter Karren und Wagen durch die Straßen wanken würden. Doch niemand kam. Paris lag still da und, so unglaublich dies klingen mag, beinahe leer. Es war, als gäbe es im Land um die Stadt keine Menschen mehr.

Bruder Malachias und ich schritten die Rue Saint-Jacques hinab Richtung Seine, bogen allerdings schon vor der Kirche Saint-

Severin nach rechts ab. Es war nicht sehr weit von dort bis zur Place Maubert, einem Platz, geformt wie eine riesige Pfeilspitze, deren scharfes Ende stadtauswärts wies. Sein einziger Zierrat war die Croix Hémon, ein großes, steinernes Kreuz. Mich schauderte, denn es sah aus, als hätte Jesus leibhaftig dort hängen können, so düster und groß war es.

Überhaupt war die Place Maubert übel beleumundet, lag hier, an der kleinen, auf den Platz führenden Rue Coupe-Geule, doch das Kollegium, das der königliche Kaplan Robert de Sorbon vor über einem Jahrhundert für mittellose Studenten der Theologie gestiftet hatte. Berühmt war es, und gerne hätte ich dort meine Studien betrieben. Doch inzwischen war ich lange genug in Paris, um zu ahnen, dass ich so bald nicht dort arbeiten würde. Inzwischen wusste ich auch, dass zumindest die weltlichen Studenten bei den Bürgern wenig angesehen waren. Sie galten als dem Weine übermäßig zugetan, als anmaßend und rauflustig.

Da an der Universität, deren Kollegien fast alle an der Place Maubert lagen, auch Medizin gelehrt wurde, war der dortige Markt auf dem Platz auch dann noch eine Quelle für Heilkräuter, wenn es andernorts keine mehr gab. Bruder Malachias war einige Male hierhergekommen – bis eine abergläubische Bauersfrau, die Pflanzen aus dem Wald angeboten hatte, ihn mit Steinen und Unrat beworfen hatte, um ihn zu vertreiben; zu sehr hatte sie sein Gesicht gefürchtet.

Nun hatte sich Bruder Malachias die Kapuze so eng um den Kopf geschlungen, dass sie Lippen und Kinn verbarg. Er ging einige Schritte hinter mir und gab mir nur halblaut Anweisungen, bei welchem Stand ich stehen zu bleiben hatte. Dann deutete er auf ein bestimmtes Kraut, einen getrockneten Pilz oder ein paar Blüten, bezahlte widerspruchslos jeden geforderten Preis und schritt weiter, seine neueste Errungenschaft bereits in einem großen Lederbeutel verstauend, den er am Gurt um seine Kutte trug.

So gingen wir wohl eine Stunde über den Markt. Ich bemühte mich, unauffällig nach Meister Philippe Ausschau zu halten, doch konnte ich ihn nirgendwo erblicken. Warum auch, denn was hätte er ausgerechnet hier suchen mögen?

Als ich schon verzweifeln wollte, denn mein Mitbruder hatte alle Heilkräuter gefunden, bedeutete mich Malachias zu sich.

»Der Prior hat mir aufgetragen, das Blindenhospiz zu besuchen«, lispelte er und sprach dabei so undeutlich, dass ich nachfragen musste.

»Wir sollen tatsächlich zu den Blinden gehen, ins Quinzevingt?«

Malachias nickte nur. König Ludwig der Heilige hatte es einst gegründet als Hospiz für fünfzehn mal zwanzig Blinde, daher sein Name. Es lag am anderen Ufer der Seine, vor der Porte Saint-Honoré.

»Wir sollen den Blinden einige Kräuter bringen«, erklärte mir Malachias. »Der ehrwürdige Vater will es so, auf dass das Volk in uns Dominikanern mildtätige Brüder sehe, nicht nur herzlose Inquisitoren.«

Er hielt erschrocken inne und senkte dann den Blick. »Verzeiht mir, Bruder Ranulf«, murmelte er.

»Ihr sprecht recht: Jedermann fürchtet die Inquisition. Das muss auch so sein. Doch auch dies ist recht, dass wir Dominikaner der Herde GOTTES mehr sein müssen als Hirtenhunde. Wir müssen auch die Qualen der Körper lindern«, sprach ich und war stolz auf meine weisen Worte.

Im Geheimen zürnte ich Bruder Malachias zwar wegen seiner Äußerung über die Inquisitoren, doch ließ ich mir nichts anmerken, denn der Weg zum Blindenhospiz würde uns quer durch die Stadt führen und mir Gelegenheit bieten, nach Meister Philippe Ausschau zu halten – und nach einer stolzen, blonden Frau, die gerne allein durch die Gassen von Paris schritt.

Doch erblickte ich in den nächsten beiden Stunden weder den Inquisitor, noch sah ich Klara Helmstede. Ich war enttäuscht und hoffte, dass Bruder Malachias mir dies nicht ansah.

Was die Gattin des Reeders wohl gerade tat? Wie verzehrte ich mich schon nach ihr, kaum dass ich ein paar Stunden ohne ihre Gegenwart ertragen musste! Nur dass die Kogge noch immer an ihrem Platz lag, das erleichterte mich ein wenig.

Die Blinden wurden von Zisterzienserinnen gepflegt, deren Abtei Saint-Antoine-des-Champs dem Hospiz gegenüber lag. Quinze-vingt und das Kloster lagen im Schatten vor der Stadtmauer, nur die Rue Saint-Honoré trennte sie voneinander, eine breite Straße, die nach Osten lief – und auf der niemand zu sehen war.

Bruder Malachias und ich blickten uns an, als wir durch das Stadttor auf die menschenleere Straße hinausschritten, wir sprachen jedoch kein Wort.

Dann überbrachten wir den Schwestern die Kräuter. Sie boten uns Wasser und Brot zur Stärkung an, doch da mein Begleiter freundlich, aber bestimmt ablehnte, verneinte auch ich – obwohl mein Mund trocken war und mein Bauch grollte.

Auf dem Rückweg, wir waren schon fast am Grand Pont, kamen wir an einem Lager der Zigeuner vorbei. Jedermann weiß, dass es sich dabei um Christen aus Unterägypten handelt, die von den Sarazenen einst niedergeworfen und zum muslimischen Glauben bekehrt worden waren. Später zwar kehrten sie zum wahren Glauben zurück, doch müssen sie seither zur Buße durchs Land ziehen, ohne je in einem festen Haus schlafen zu dürfen.

Ihre Männer trugen silberne Ringe im Ohrläppchen und hatten sich mit Zauberkünsten schwarze Farbe auf die Haut im Gesicht und an den Armen gemalt, die man niemals wieder abwischen konnte. So sahen sie gar fürchterlich aus, doch grüßten sie uns freundlich, als wir vorübergingen. Eine alte Frau, mir dünkte sie wie eine Hexe, griff nach meiner Hand. Es dauerte ein paar Augenblicke, bis ich begriff, dass sie mir mit schwarzer Magie meine Zukunft aus der Hand lesen wollte.

Erschrocken zog ich meine Rechte zurück, denn zu meinen vielen Sünden wollte ich diese nun nicht auch noch hinzufügen. Da ich die Alte jedoch nicht beleidigen wollte, hob ich die Hand, die ich ihr soeben entzogen hatte, zum Segen und murmelte *»Pax vobiscum.«*

Die Alte war höchlich erfreut und verneigte sich, wobei sie mir in einer Sprache antwortete, deren Worte ich nicht verstand.

Rasch ging ich weiter. Bruder Malachias war eiliger ausgeschritten, als er der Zigeuner ansichtig geworden war, und war schon etliche Schritte voraus. Ich eilte hinter ihm drein über die Brücke und war fast auf dem Platz von Notre-Dame, wiewohl aber immer noch ein gutes Stück hinter meinem Mitbruder, als ich eine Hand an meiner Kutte spürte.

Ein Schauder durchfuhr mich, denn ich glaubte, der Unbekannte der letzten Nacht sei nun gekommen, um mich zu holen.

Doch als ich mich umwandte, erblickte ich nur eine gebeugte Frau unter einem alten Umhang. Ich dachte, dass eine Zigeunerin mir gefolgt war, und wollte sie schon mit einer Geste fortscheuchen – eher erleichtert darüber, dass mich nicht der Finstere angehalten hatte, denn wütend über diese Aufdringlichkeit –, da richtete sich die Frau auf und sah mir geradeheraus ins Gesicht.

Es war Lea.

Ich blickte in ihr schmales Gesicht, ihre dunklen Augen, sah, wie sie ihr blauschwarzes Haar unter dem schäbigen Tuch mühsam zurückgebunden hatte. Ihre Kleidung war zerschlissen und von undefinierbarer Farbe. Nirgendwo konnte ich den gelben Judenflicken sehen, den sie doch allezeit tragen musste. Ich hätte sie verhaften lassen müssen, doch dachte ich in jenem Augenblick nicht einmal daran.

Noch bevor ich einen erstaunten Ruf ausstoßen konnte, hob Lea schnell die Rechte an die Lippen und bedeutete mir mit dieser Geste zu schweigen.

Rasch sah ich mich um: Bruder Malachias schritt weiter, als hätte er mich vergessen. Ich wusste, dass ihn alles zum Kloster zog, wo er die Kräuter, die er gekauft hatte, zu seiner Medizin verrühren konnte. Ihn drängte der Wille zu helfen, mich hielten Neugier und Sünde zurück.

Die junge Jüdin hielt mich nicht länger auf, als man braucht, um eine Zeile des *PATER noster* zu beten. Auch sie blickte sich rasch um, dann holte sie unter ihrem Gewand ein Paket hervor, das in ein altes dunkelbraunes Tuch eingeschlagen war. Es war so lang wie mein Unterarm, so breit wie ein Laib Brot und so schwer wie ein Ziegel.

»Nehmt das, Bruder Ranulf, dann werdet Ihr vielleicht so manches verstehen!«, flüsterte Lea atemlos. »Versteckt es gut, niemand darf Euch damit sehen. Nun eilt Euch!«

Mit diesen Worten drehte sie sich um und lief rasch die nächste Gasse hinunter, wo sie nach wenigen Augenblicken hinter einer Hauswand verschwand.

Ich unterdrückte meinen Wunsch, nach ihr zu rufen, ja, ihr hinterherzueilen. Eben noch dachte ich an Klara Helmstede und die letzte Nacht, nun galten alle meine Gedanken Lea und ihren Worten.

Ich schob das Paket in die weite Öffnung meines rechten Ärmels. Ich hätte es nirgendwo anders verstecken können, denn in meinen am Gurt hängenden Beutel passte es nicht. Damit es nicht herausfiel, verschränkte ich beide Unterarme ineinander. Mit meiner Linken umklammerte ich sodann das Paket, das an meinem rechten Unterarm lag. Es brannte wie Feuer in meiner Hand, während ich Bruder Malachias hinterhereilte.

Nie war mir der Weg durch Paris länger vorgekommen als zu jener Mittagsstunde, nie trug ich etwas, das schwerer wog als dieses Paket, nie waren meine Hände ungeschickter als in diesem Moment, da ich versuchte, die Gabe Leas in meiner Kutte verborgen zu halten.

Wie atmete ich auf, als wir endlich das Kloster erreicht und unsere Kräuter in der Apotheke abgegeben hatten. Bruder Malachias verbeugte sich vor mir, dann eilte er zur Krankenstube, um sich der Pflege der daniederliegenden Mönche zu widmen. Ich murmelte einen Segenswunsch, doch wagte ich nicht, meine Hände aus den Ärmeln zu ziehen und ihm den Segen auch mit der Rechten zu erteilen. Ich hoffte, dass er dies nicht bemerken würde.

Ich bezwang mich und ging gemessenen Schrittes den Kreuzgang entlang, obwohl ich doch am liebsten gerannt wäre wie ein Knabe, der einen Streich begangen hat und nun nach Hause eilt. Kurz blickte ich mich um, ob ich irgendwo Meister Philippe sehen mochte. Diesmal war ich erleichtert, dass dem nicht so war, denn ich wagte gar nicht, mir auszumalen, wie es wäre, wenn ich mit dem versteckten Paket dem Inquisitor unter die Augen getreten wäre. Hätte dieser es nicht sofort entdeckt? Wie hätte ich die Situation dann erklären können, ohne nicht zugleich einen Verdacht auf Lea zu lenken?

Den ganzen Rückweg hatte ich mich schon gefragt, warum Lea mir dieses Paket überreicht haben mochte – und was es wohl enthielt.

Sie hatte ihren Judenflecken verborgen. Ich glaubte nicht, dass ihr Vater davon wusste. Vielleicht, so sagte ich mir, hatte sie mich und Bruder Malachias erblickt, als wir zum Blindenhospiz gegangen waren, denn auf dem Weg dorthin mussten wir ja an der Kathedrale Notre-Dame und mithin in der Nähe des Judenviertels vorbeiwandern. Dann hatte sie sich einen unauffälligen Mantel übergeworfen und mich erwartet, da sie ja nun hoffen konnte, mich früher oder später auf dem Rückweg wieder abzufangen.

Was mochte sie mir gegeben haben? Mit meiner Linken hatte ich unterwegs das Paket abgetastet, während ich es umklammert hielt – und ich glaubte schon zu wissen, was es enthielt: ein schweres Buch.

Sollte es eine jüdische Schrift sein? Ein ketzerisches Werk? Was geschähe mir, fände man es hier, im Kloster der Dominikaner? Und was erst würde man mit Lea und ihrem Vater machen?

Endlich war ich in meiner Zelle angelangt, blickte mich auf dem Gang noch einmal um, schlüpfte dann hinein und schloss sorgfältig die Tür. Ich setzte mich auf die Pritsche und schlug mit zitternden Fingern den Stoff um das Paket auf. Wie vermutet, fand ich ein Buch und einen Brief.

Ich versuchte, meine Ungeduld zu beherrschen, und öffnete zuerst den Brief. Es war ein halbes Blatt Pergament, das aussah, als wäre es irgendwo anders herausgetrennt worden, vielleicht aus einem Buch. Ganz schwach konnte ich noch eine kleine, schwarze Schrift erkennen, die mit einem feinen Messer sorgfältig herausgeschabt worden war und nur noch wie ein geisterhafter Schatten auf dem Pergament zu schweben schien. Quer zum gelöschten alten Text hatte jemand einen neuen geschrieben. Die Handschrift war groß, schwungvoll und klar. Ich musste nicht rätseln, wer die Buchstaben so geschickt zu setzen verstand.

Diesen Brief habe ich über all die Jahre aufbewahrt. Auch auf meinen vielen Reisen habe ich mich niemals von ihm getrennt, denn er ist mir lieb und teuer. Und so liegt er nun, Jahrzehnte später, vor mir, gelb ist das Pergament geworden und brüchig, und fast schon geisterhaft ist auch die schwungvolle Schrift, so wie die ursprüngliche endgültig verblasst ist. Ich streiche die schwärzlich verfärbten Knickstellen glatt und schiebe den Brief näher zur Kerze. So kann ich ihn abschreiben, Wort für Wort, und ihn in meinen Bericht einfügen:

Bruder Ranulf,

JHWH möge mit Euch sein auf all Euren Wegen und Euch beistehen bei all Euren Taten, auf dass ER Euch einst zählen wird zu den Gerechten. Ich schreibe Euch wieder, diesmal ausführlicher, denn ich weiß mir keinen anderen Rat, als Euch – und nur Euch, ich flehe Euch an, darüber kein Wort gegenüber dem Inquisitor zu verlieren! – die Dinge so darzulegen, wie sie mir zu sein scheinen. Urteilt dann selbst.

Mein Vater hat Euch nicht die Wahrheit gesagt, als er Euch versicherte, dass der Mönch aus Lübeck, JHWH möge sich seiner erbarmen, wegen Gelddingen bei ihm vorgesprochen habe.

Nechenja ben Isaak ist ein gerechter Mann, doch ihn plagte die Furcht vor der Inquisition – besonders vor Fragen, die Ihr an ihn stellen könntet, die er aber nicht zu beantworten vermag. Ich werde Euch nun berichten, wie es sich tatsächlich zugetragen hat, denn ich will meinen Vater nicht der Gefahr aussetzen, zu Les Halles geführt zu werden und dort am Galgen zu baumeln oder gar, wie es vor einigen Monaten mit gefangenen Landsknechten hier geschehen ist, gefesselt in die Seine gestoßen zu werden, um dort zu ertrinken wie eine schwarze Katze, die angeblich Unglück bringt.

Mein Vater sammelt seit vielen Jahren schon geografische Werke. Schon immer, fragt mich nicht nach den Gründen dafür, ich kenne sie nicht, strebte er danach, Landkarten, Atlanten, Reiseberichte und dergleichen zu erwerben, seien sie nun Werke der Alten oder Früchte heutiger Gelehrsamkeit. Seine Sammlung hat meinem Vater einen gewissen Ruhm eingetragen, zumindest im Kreise der Männer, die solcherart Gelehrsamkeit zu schätzen wissen – Christen wie Juden.

An jenem Abend nun suchte uns Heinrich von Lübeck auf und begehrte, die Bibliothek meines Vaters zu sehen. Mein Vater war überrascht – und auch, verzeiht, Bruder Ranulf, erschrocken, denn jeder Dominikaner ist in seinen Augen zugleich auch ein Inquisitor –, als der Mönch an unsere Pforte klopfte. Er hatte ihn nie zuvor gesehen, wohl aber von ihm gehört.

Sein Sohn, mein Bruder, ist ja, wie Ihr wisst, Rabbiner in Lübeck und erwähnte gelegentlich auch Heinrich von Lübeck, da dieser in seiner Heimat ein geachteter Mann ist und ein verehrter Prediger. Selbst die Juden zu Lübeck schätzten seine Gelehrsamkeit und die Großmut, die er uns gegenüber stets gezeigt hat.

Also ließ mein Vater ihn ein. Heinrich von Lübeck stellte sich uns kurz vor, machte ansonsten jedoch nicht viele Worte, er schien mir in Eile zu sein. Er sagte, dass er ein bestimmtes Werk über Geografie lesen wolle, und fragte, ob es im Besitz meines Vaters sei.

Als Grund führte Heinrich von Lübeck an, er wolle etwas für seinen Freund Richard Helmstede nachsehen, den Reeder und Kapitän aus Lübeck, den Ihr, Bruder Ranulf!, inzwischen sicherlich gut kennt.

Verzeiht mir die ungeheuerlich klingende Unterstellung: Ich

glaube, dass der Mönch in diesem Punkte nicht die Wahrheit sprach, auch wenn ich ihn nicht einer Lüge habe überführen können. Ich denke jedoch, dass er eher für sich selbst denn für Herrn Helmstede dieses Werk zu sehen wünschte.

Wie dem auch sei: Mein Vater jedenfalls besaß dieses Werk und zeigte es dem Mönch. Heinrich von Lübeck war erregt, ja fast außer sich, wie es einem Mönch wohl kaum geziemt. Er wollte das Buch, kaum, dass er es aufgeschlagen und eine Seite gelesen hatte, gleich wieder zuklappen und mitnehmen. Er bot meinem Vater viel Geld dafür, doch mein Vater gibt niemals ein Buch her, das er einmal erworben hat. Er verehrt Folianten und Pergament kaum weniger als die Thora. Er blieb auch standhaft, als Heinrich von Lübeck abwechselnd flehte und drohte.

Schließlich einigten sie sich darauf, dass Heinrich von Lübeck wiederkehren sollte. Mein Vater erlaubte ihm, das Buch in seiner Bibliothek – und unter seinen wachsamen Augen, auch wenn dies nicht ausdrücklich erwähnt wurde – zu kopieren. Heinrich von Lübeck dankte ihm, er segnete uns, dann verabschiedete er sich. Das war ein paar Stunden, bevor seine Seele zu JHWH einging.

Mein Vater hat nie mit mir über diesen Besuch gesprochen, meine Fragen ignorierte er. Mit keinem Wort erwähnte er das Buch oder was daran so Besonderes wäre, dass es jener Mönch unbedingt in seinen Besitz bringen wollte. Ich glaube, mein Vater weiß selbst nicht, was Heinrich von Lübeck an diesem Werk so in Erregung versetzte, vielleicht sogar in Furcht.

Ich vermag es auch nicht zu sagen. Doch mich ängstigt dieses Buch nun. Allein deshalb habe ich es heute, da ich Euch auf dem Platz vor Notre-Dame erblickte, heimlich an mich genommen, um es Euch zu übergeben.

Mein Vater darf davon nichts wissen. Ich bitte Euch: Seht es an, studiert es, sucht es nach ketzerischen Stellen ab. Ihr seid ein Mann der Gelehrsamkeit, und Ihr seid Dominikaner. Wer außer Euch könnte herausfinden, warum Heinrich von Lübeck gerade jenes Werk lesen, kopieren und am liebsten besitzen wollte?

Vielleicht gibt Euch dieses Werk gar eine Spur, die zu dem Mann führt, der Euren Mitbruder erdolchte.

Auch Meister Philippe würde wohl eine Verbindung zwischen dem Werk und Eurem Mitbruder herzustellen wissen, doch unweigerlich würde er, der oberste Inquisitor von Paris, meinen Vater in den Kerker werfen lassen. Ihr wisst selbst am besten, dass ein Jude, der einmal im Kerker der Inquisition sitzt, aus diesem niemals wieder freikommt. Zumal in diesen Tagen, da Menschen nach Paris strömen und von einer schrecklichen Seuche berichten – und uns Juden schon böse Blicke zuwerfen. Ich weiß sehr wohl, dass viele Bürger flüstern, wir würden die Brunnen der Christen vergiften. Euch aber vertraue ich. So gebt mir, ich flehe Euch an, Nachricht, wenn Ihr etwas findet, das Licht in diese dunkle Sache bringen könnte.

Ich weiß, dass ich Schwieriges von Euch erbitte, ja, dass ich Euch geradezu anflehe, ungehorsam zu sein gegenüber Eurem Orden. Doch Ihr seid ein Mann nach dem Sinn von JHWH. Ich spüre, dass Ihr in ehrlicher Empörung den Mörder Eures Mitbruders verfolgt und ihn seiner gerechten Strafe zuführen, jedoch keine Unschuldigen im Kerker schmachten lassen wollt.

So lege ich denn das Schicksal meines Vaters – und mein eigenes – in Eure Hände. Entdeckt in jenem Buch den einen Faden, der alles zu entwirren vermag, und entdeckt ihn rasch, denn die Zeit drängt! JHWH behüte Euch.

Ich harre Eurer Antwort.

Lea bas Nechenja, Tochter des Nechenja ben Isaak

Ich starrte auf den Brief und las ihn dann ein zweites Mal. Lea bat mich darin, in der Tat, um Ungeheures.

Würde ich ihren Wünschen nachkommen, ich liefe Gefahr, selbst zum Häretiker zu werden. Doch zweifelte ich nicht einen Augenblick daran, dass es für mich keinen anderen Weg gab, als ihrem Flehen nachzukommen.

Also nahm ich vorsichtig das Buch in die Hand. Es war ein gewichtiger, wohl fast dreihundert Seiten mächtiger Foliant, gebunden jedoch in unscheinbares, vom Alter dunkel gewordenes Leder. Sein Einband war intakt, ja fast wie neu – als habe nur sehr selten jemand darin geblättert.

Ich schlug das Buch auf – und musste mich bezwingen, nicht erstaunt auszurufen.

Was eigentlich hatte ich erwartet? Ich vermag es bis heute selbst nicht genau zu sagen. Ein uraltes Werk der Katharer oder anderer Ketzer? Eine der rätselhaften Schriften der Kabbalisten? Eine andere jüdische Schrift? Ein Werk der Griechen oder Römer, jedenfalls aus heidnischer Zeit? Nun, es war nichts davon – sondern ein christliches, geachtetes, wahrhaft frommes Buch.

»Der ›*Liber floribus*‹ des Lambert von Saint-Omer«, murmelte ich.

Ich hatte von dem Werk und seinem Autor gehört, wiewohl ich es nie zuvor in Händen gehalten hatte. Lambert war ein französischer Kanonikus gewesen, Chorherr im Kapitel der Kathedrale zu Saint-Omer. Er war, wenn ich mich recht entsann, schon seit über zweihundert Jahren tot.

Der *»Liber floribus«* war eine nützliche Sammlung weltlichen Wissens, die Lambert, der ein sehr neugieriger Mann gewesen sein muss, am Ende seines Lebens zusammengetragen hatte. Ein Buch, in dem er aus der Heiligen Schrift, den Werken der Kirchenväter und den Schriften der Alten zitiert hatte. Darin, so hatte ich gehört, fanden sich Beschreibungen der Gestirne und Anleitungen zum richtigen Rechnen, Darstellungen von bekannten und fremden Tieren und Pflanzen und allerlei anderen nützlichen Wesen und Dingen. Nie jedoch hatte ich davon gehört, dass der *»Liber floribus«* im Ruch der Ketzerei stünde oder gar offiziell von der Inquisition verdammt worden wäre. Ja, noch nie war er irgendeinem meiner Lehrer so wichtig erschienen, dass er mich angehalten hätte, ihn auch nur flüchtig zu studieren.

Was also mochte es sein, dass Heinrich von Lübeck schon nach einer kurzen Lektüre derart in Erregung versetzt hatte?

Ich schlug die ersten Seiten auf – und staunte nicht schlecht. Denn zum Text gesellten sich Dutzende, Hunderte farbige Bilder von wahrhaft seltsamen und doch feinen Wesen. Ich erblickte eine kompliziert verflochtene Spirale, in deren Mitte ein Fabelwesen lauerte, halb Stier, halb Mensch. *»Minotaurus in laberintho«*, las ich.

Ich sah Blüten – und erkannte wohl manche wieder, die Bruder Malachias und ich erst vor wenigen Stunden auf dem Markt gekauft hatten. Hier erfuhr ich ihre Namen und lernte, welche Leiden sie linderten.

Lambert hatte auch Tiere beschrieben, wie man ihrer wohl kaum je im Abendland ansichtig würde: Ich staunte über ein Rhinozeros, und ich lernte, wie ein Einhorn aussah, eine Hyäne, ein Cameleopardis und ein Krokodil.

Die apokalyptischen Monster sah ich, von welchen der Prophet Hiob so schauerlich gesprochen hatte: Behemoth schritt über das Pergament, geritten vom Teufel, und Leviathan, geritten vom Antichristen. Schaudernd blätterte ich um, so lebensecht dünkten mich die Bilder, dass ich Angst hatte, die Bestien könnten lebendig werden und dem Buch entspringen.

Doch nichts davon ergab für meine Suche einen Sinn. Was hatte Heinrich von Lübeck, oder – falls Lea sich doch täuschte, und das mochte ich durchaus nicht ausschließen – was hatte Richard Helmstede mit apokalyptischen Monstern, seltsamen Tieren und heilkräftigen Pflanzen zu schaffen? Je mehr Seiten ich umschlug, desto ratloser, ja verzweifelter wurde ich. Eine Darstellung der Sonne. Eine Anweisung zur Addition. Eine Beschreibung von Bergen. Welchen Nutzen mochte sich mein toter Mitbruder davon versprochen haben?

Die Glocke läutete schon zur Vesper, und ich hätte den *»Liber floribus«* schon beinahe zugeklappt, um ihn unter meiner Pritsche zu verstecken, da blätterte ich noch einmal um. Vor mir lag eine Karte der Welt.

»Mappamundi«, murmelte ich und sah Küsten und Meere, vom einen Rand der Welt zum anderen.

Oh, wie gerne hätte ich sie in jenem Moment studiert, hätte mich eingeschlossen und die Welt vergessen! Doch ich durfte das Risiko nicht eingehen, im Kloster anwesend zu sein, jedoch nicht zur Vesper zu erscheinen. Unweigerlich hätte ein Bruder nach mir gesehen und gefragt, ob ich mich auch wohl fühle.

Also riss ich mich vom *»Liber floribus«* los, wickelte ihn in Leas Tuch und schob ihn tief unter meine Schlafstatt. Ihren Brief jedoch faltete ich zusammen und verbarg ihn unter meiner Kutte.

Dann eilte ich zur Kirche, ein demütiger Schatten unter vielen.

Wie froh und doch zugleich erschrocken war ich, da ich in der Kirche endlich wieder Meister Philippe erblicken durfte! Der Inquisitor sah müde und erschöpft aus, stand nahe beim Prior und nickte mir nur zu, als er meiner ansichtig wurde. Wir waren zu weit voneinander entfernt, um sprechen zu können.

Ich freute mich, dass ihm nichts zugestoßen war, wo immer er in den letzten Stunden gewesen sein mochte. Zugleich fürchtete ich mich jedoch davor, dass er mir irgendwie auf die Spur kommen könnte.

Sollte ich dem Inquisitor alles sagen? Sollte ich verraten, dass Richard Helmstede sich Seekarten zeichnen ließ von Juden aus Spanien? Ketzerische Karten? Und sollte ich ihm vom *»Liber floribus«* im Besitz des Nechenja ben Isaak erzählen, in dem ich soeben – mochte das noch Zufall sein? – auch eine Weltkarte entdeckt hatte? Vielleicht hatte Lea ja recht, und Meister Philippe erkannte mit einem Blick die Spur, die zur Aufklärung all unserer Rätsel führen würde?

Doch würde er nicht auch sofort die Spur entdecken, die von mir zu Klara Helmstede führte? Denn natürlich würde er mich fragen, wie ich von den Seekarten des Reeders erfahren hatte – und könnte ich Meister Philippe anlügen?

Außerdem hatte mich Lea ausdrücklich angefleht, sie zu schützen! Selbstverständlich wusste ich, dass die Bitte einer Jüdin ein

Nichts ist im Angesicht der Pflichten eines Inquisitors. Und doch: Ich wollte sie nicht verraten.

Also schwieg ich. Ich nickte Meister Philippe einen kurzen Gruß zu, dann senkte ich demütig den Blick und vermied es, während der Vesper noch ein weieres Mal zu ihm hinüberzusehen. Dann zählte ich die Worte der Hymnen und Gebete und maß mir so die verstreichende Zeit ab. In mir brannte eine sengende Sehnsucht nach meiner Zelle, wo ich dieses Buch wieder hervorzerren und in Ruhe lesen wollte! Diese Leidenschaft war kaum weniger stark als jene Wollust, die mich noch wenige Stunden zuvor entflammt hatte. So brannte ich und nahm schon in diesem Leben die ewigen Qualen vorweg, die mich dermaleinst wegen all meiner Sünden noch erwarten werden für alle Ewigkeit.

Doch so sehr mich die Leidenschaft plagte, so bewahrte ich mir doch noch einen Rest Klugheit, zumindest Vorsicht: Am Ende der Vesper war ich nicht der erste Mönch, der aufstand und dem Ausgang zustrebte. Ich betete noch ein *PATER noster*, dann erst, als einer der Letzten, schlich ich demütig zur Pforte der Kirche.

Dort traf ich auf Meister Philippe, der in ein leises Gespräch mit dem Ehrwürdigen Prior vertieft war. Für einen Moment setzte mein Herz aus, doch der Inquisitor nickte mir nur zu, segnete mich mit müder Geste und wandte sich dann wieder Bruder Carbonnet zu.

So gelangte ich denn endlich unbehelligt wieder in meine Zelle. Dort schloss ich die Tür und holte mit zitternden Händen den rätselhaften Schatz, den mir die junge Jüdin überbracht hatte, aus seinem Versteck.

Die Weltkarte war schön gemalt: die Berge rote Dreiecke, die Flüsse mäanderten gleich grünen Schlangen durch die Länder. Ein Rahmen aus Tierkreiszeichen zierte die Darstellung. Doch mich konnten der feine Strich und die leuchtenden Farben, der kriegerische Schütze, der brüllende Löwe, nicht einmal die schöne Jungfrau auch nur für einen Moment ablenken.

»HERR, hilf mir«, murmelte ich und schlug das Kreuz.

Lambert von Saint-Omer, das war selbst für einen der geografischen Künste Unkundigen wie mich unschwer zu erkennen, glaubte offensichtlich, dass unsere Welt keine Scheibe sei. Sondern eine Kugel.

Selbstverständlich war das Pergament flach, und also glich auch diese *Mappamundi* einer Scheibe. Doch ich sah, dass sie eigentlich einen perfekten Ball darstellen sollte.

»Aber das ist Ketzerei«, keuchte ich. War dies nie jemandem aufgefallen? Hatte nie ein gelehrter Bruder Anstoß genommen? Wenn die Erde nämlich tatsächlich eine riesige Kugel wäre, müssten dann nicht Menschen und Tiere auf der unteren Seite hinabstürzen ins Firmament? Und wäre dann noch Jerusalem der Mittelpunkt der Welt, wo doch die Oberfläche einer Kugel gar keinen Mittelpunkt haben konnte? Hätte GOTT SEINE Welt so schaffen wollen? Ich mochte es nicht glauben.

Der Text, der diese Karte erläuterte, fand sich auf den folgenden Seiten. Lambert von Saint-Omer ließ keinen Zweifel daran, dass er, so wie schon Aristoteles – das zumindest behauptete der Verfasser –, die Erde für eine riesige Kugel hielt. Er entschuldigte sich nicht einmal für diese Häresie, frech klang dieser Chorherr, wie nur je ein Ketzer frech seine Irrlehren verkündet haben mochte.

Ich wollte das Buch zuklappen und angeekelt zu Boden werfen. Ja, ich spielte kurz mit dem Gedanken, es in das Tuch zu wickeln, unauffällig in die Küche zu schaffen und im Herdfeuer zu verbrennen.

Doch dann erinnerte ich mich daran, dass Meister Philippe mich gelehrt hatte, dass man auf das Werk der Sünde blicken, ja es studieren musste, wenn man die Sünde ausmerzen wollte. Hatte er sich nicht auch die grausigen Verletzungen Heinrichs von Lübeck angesehen? Hatte er davor zurückgescheut, mit einer Schönfrau zu reden? Durfte ich da diese ketzerische Karte in die Flammen werfen?

Nein, ich musste sie betrachten. Ich musste mir jede Einzelheit einprägen – denn irgendwo in jener ketzerischen *Mappamundi* mochte der Schlüssel verborgen liegen zu den abscheulichen Verbrechen, die unseren Orden plagten.

Also schlug ich den *»Liber floribus«* wieder auf und zwang mich, die Karte zu studieren, als sei es die Heilige Schrift. Ganz rechts hatte Lambert von Saint-Omer den Südkontinent eingezeichnet – größer, als ich ihn je in einer Karte gesehen hatte.

»Gemäßigt ist er im Klima«, schrieb er dazu, »doch unbekannt den Söhnen Adams. Nichts hat er mit der menschlichen Rasse gemein. Das Äquatormeer, das hier die Welt zerteilt, ist nicht dem menschlichen Auge sichtbar. Die volle Kraft der Sonne heizt diesen Ozean auf und erlaubt keine Reise zu oder von der südlichen Zone. Dort aber, so glauben manche Philosophen, lebt die Rasse der Antipoden, ganz verschieden von den Menschen wegen der Unterschiede der Regionen und des Klimas. Denn wenn wir geplagt werden von Hitze, leiden sie unter der Kälte. Und die nördlichen Sterne, die wir unterscheiden können, sind ihnen gänzlich verborgen. Tag und Nacht haben sie von gleicher Länge. Doch die Eiligkeit der Sonne am Ende der Wintersonnenwende führt dazu, dass sie jedes Jahr zwei Winter erdulden müssen.«

Woher mochte Lambert von Saint-Omer diese Dinge wissen, die mir zudem reichlich verworren zu sein dünkten – wenn doch, wie er selbst schrieb, noch nie ein Mensch jenen legendären Äquatorozean gen Süden überquert hatte? Satan mochte ihm dies eingeflüstert haben, denn wer sonst hätte sich durch diese Hitze wagen können?

In der Mitte der Karte waren mir die Länder hingegen vertraut. Ich erkannte Europa, Asien und Afrika, dazwischen das Mittelmeer. »Gallia, Comata, Troja«, las ich die Namen von Ländern und Städten. Bei Afrika hatte Lambert von Saint-Omer eine Insel namens Tritonia eingezeichnet, bei Spanien die Balearics. Nördlich der Säulen des Herkules lag die Insel Betanica, wie der Verfasser England getauft hatte. Und wiederum nördlich von England lagen die dreiunddreißig kleinen Inseln mit Namen Orcades und noch weiter Gotha, das Land ewiger Kälte.

Links, weit im Westen also, genau gegenüber von Europa und Afrika, lag inmitten eines Ozeans das Paradies – zumindest glaubte dies Lambert von Saint-Omer. Wenn auch die meisten Männer von Gelehrsamkeit den Garten Eden irgendwo in Asien vermuteten, für immer unzugänglich für die Nachfahren Adams und Evas.

Ich wollte schon den *»Liber floribus«* zuklappen, um ungestört darüber nachzudenken, was diese Weltkarte mit dem Tod Heinrichs von Lübeck zu tun haben mochte – denn wiewohl sie ein ketzerisches Werk war, so fand ich doch nichts, das mir die Untat verständlicher gemacht hätte –, da zögerte ich.

Ganz links hatte Lambert von Saint-Omer noch ein Land eingezeichnet, unterhalb des Paradieses. Die Schrift dort war verwischt, als hätte jemand erst vor kurzem mit dem Finger darübergestrichen. Ich beugte mich näher zum Pergament, hielt das Buch schließlich hoch, sodass das Sonnenlicht aus dem kleinen Fenster meiner Zelle genau auf die Seite fiel. Dann konnte ich den Namen jenes geheimnisvollen Landes lesen: *terra perioeci.*

HEILIGE UND SÜNDIGE OFFENBARUNGEN

Wie viele Stunden mag ich auf diese beiden Worte gestarrt haben?

Terra perioeci. Das Land der Periöken. Irgendwo unterhalb des Paradieses. Der Name dieses Landes war es, den der sterbende Heinrich von Lübeck mit seinem eigenen Blut auf das staubige Straßenpflaster geschrieben hatte. Hatte er gehofft, dorthin zu gelangen – wenn schon nicht direkt ins Paradies, dann doch wenigstens in seine Nähe? Doch dieser Gedanke schien mir absurd zu sein, geradezu ketzerisch, zumal von einem Dominikanermönch. Wir können doch nur hoffen, dass ER uns in SEINER Gnade dermaleinst ins Paradies aufnimmt. Das Paradies oder der Ort ewiger Verdammnis, diese beiden Ziele allein sind es, die am Tag des Jüngsten Gerichts einer jeden Seele offenstehen.

Venite benediciti patris mei possidete paratum vobis regnum a constitucione mundi. Discedite a me maledicti in ignem eternum qui paratus est dyabolo et angelis eius.

Doch wenn es sich bei diesem Land um eines von dieser Welt handelte – welches mochte es sein? Wer waren die Periöken? Und warum sollten die letzten Gedanken eines sterbenden Mönches ausgerechnet ihnen gelten?

Ich suchte auf der Weltkarte vergebens nach einem weiteren Hinweis auf dieses rätselhafte Land. Dann las ich den ganzen *»Liber floribus«*, Seite für Seite, Stunde um Stunde. Meine Rechte schmerzte, denn ich beschirmte mit ihr die kleine Kerze, auf dass so wenig Licht wie nur möglich durch den Spalt unter meiner Zellentür auf den Gang scheinen mochte. Meine Augen tränten. Ich las und las und entdeckte doch kein Wort, das mir weiterhelfen mochte.

Die Vigilien wurden geläutet – ich wankte in die Kirche, sang und betete, taumelte zurück –, und dann las ich weiter. So gingen die Laudes dahin und die Prim, und draußen wurde es hell, also löschte ich die Kerze und las und las.

Doch ich fand nichts.

Zur Terz erhob ich mich mühsam. Mein Kopf dröhnte, Schweiß stand auf meiner glühenden Stirn, und meine Augen waren so entzündet, dass ich alles wie durch einen roten Schleier sah. Schwankend stand ich in der Reihe der Mitbrüder – zu schwach, um den Hymnus zu singen.

Danach wollte ich mich zurückschleppen, kraftlos und verzagt, denn ich wusste mir nicht mehr zu helfen. Doch ein Mönch trat mir in den Weg. Meister Philippe.

Rasch blickte ich demütig zu Boden, damit er mein Gesicht nicht sah, doch da war es schon zu spät.

»Du fieberst ja, Bruder Ranulf!«, rief der Inquisitor besorgt.

Sollte ich ihm alles gestehen? Welchen Moment zur Beichte sollte ich nutzen, wenn nicht diesen, da mir Meister Philippe selbst das Fortkommen verwehrte? Ich zögerte. Wäre es nicht das Einfachste, ihm den *»Liber floribus«* zu übergeben, auf das seltsame Land mit dem unheilschwangeren Namen zu deuten und dann alles Weitere dem Inquisitor zu überlassen?

Ich müsste nicht mehr nachdenken, nicht mehr grübeln, nicht mehr kämpfen. Ich könnte alles loslassen, mich ausruhen. Schlafen.

Und doch schwieg ich. Denn ich wusste nicht, wie ich dem Inquisitor dies alles erklären sollte. Ich wollte nicht, dass auch nur die Namen von Klara Helmstede oder Lea, der Tochter des Nechenja ben Isaak, fielen. Doch welche Geschichte sollte ich dann Philippe de Touloubre erzählen? Nicht einmal zu einer Lüge hätte ich mich aufraffen können, denn dazu war ich zu erschöpft. Nein, so dachte ich bei mir, ich muss erst selbst mehr wissen, bevor ich mich offenbaren kann. Dann dachte ich gar nichts mehr.

So stand ich denn vor dem Inquisitor, schwankend vor Schwäche, und schwieg. Willenlos ließ ich mich von ihm und einem eilig herbeigerufenen Novizen zum Spital geleiten, wo ich auf einer Pritsche niedersank und in einen unruhigen Fieberschlaf fiel.

Ich musste viele Stunden so gelegen haben. Als ich die Augen das erste Mal wieder öffnete, konnte ich die helle Morgensonne wahrnehmen. Das Spital war ein hoher Raum, weiß gekalkt und von großen, spitzbogigen Fenstern erhellt, die Licht und Luft zur Linderung der Qualen hereinließen. In zwei Reihen entlang eines Mittelganges waren schmale, harte Pritschen aufgestellt, die Krankenlager.

Zu beiden Seiten lagen mehrere Mitbrüder, die mit verschiedenen Leiden ins Spital geschickt worden waren. Zu meiner Rechten kämpfte ein alter Mönch, der aus der Bretagne bis nach Paris geflohen war, seinen letzten Kampf. Ich hörte seinen rasselnden Atem, doch war ich selbst zu schwach, um mich so weit zu erheben, dass ich zu ihm hinüberblicken konnte.

Durch die rötlichen Nebel des Fiebers nahm ich Bruder Malachias wahr, der gelegentlich nach mir sah. Er brachte mir eine heiße Gemüsesuppe zur Stärkung und flößte mir einen bitter schmeckenden, bräunlichen Kräutersud ein. Nachdem ich die Kelle in einem tiefen Zug geleert hatte, fiel ich in einen todesähnlichen Schlaf.

Einmal glaubte ich auch, Meister Philippe am Kopfende meines Bettes sitzen zu sehen.

»Sorge dich nicht, Bruder Ranulf«, hörte ich seine Stimme. »Es gibt noch keine neuen Spuren. Doch werden wir die Sünder finden und bestrafen.«

Vielleicht redete er tatsächlich so beruhigend mit mir. Vielleicht war Meister Philippe aber auch gar nicht bei mir, und ich bildete mir dies alles nur ein, verwirrt vom Fieber und zerquält von den vielen Geheimnissen, die ich inzwischen dem Inquisitor gegenüber verborgen hielt.

»Terra perioeci«, hallte es in meinem erhitzten Schädel wie eine magische Beschwörung. Erschrocken hielt ich mir irgendwann

den Mund zu, denn ich hatte Angst, dass ich in meinem Fieberwahn diese Worte laut gesprochen hatte. Doch als ich mich mühsam umblickte, da sah ich nur die Kranken zu beiden Seiten und niemanden sonst.

Gegen Abend, nach einem weiteren Teller Suppe und einem Löffel eines anderen, weniger bitter schmeckenden Kräutersuds aus der Apotheke von Bruder Malachias, spürte ich endlich, wie die Hitze aus meinem Kopf wich und einer großen, gleichwohl beruhigenden Mattigkeit wich. Während es draußen langsam dunkelte, fühlte ich mich, als hätte ich eine große, schwere Arbeit bewältigt.

Ich blickte dem Novizen nach, der durch das Spital ging und einige Talglichter entzündete, welche die fahlen Gesichter von uns Kranken noch weißer schimmern ließen – so, als gehörten wir schon nicht mehr zu dieser Welt, sondern zu jenem Reich, dessen Grenze ein jeder von uns nur einmal überschreitet. Der rasselnde Atem neben mir ging flacher von Stunde zu Stunde. Plötzlich wusste ich, dass der Mönch neben mir die nun anbrechende Nacht nicht mehr überleben würde. Ich betete.

So gingen die ersten Stunden der Nacht dahin. Ich dämmerte, mal lag ich wach, dann schlief ich kurz und tief. Wie aus großer Ferne hörte ich die Glocke, die zu den Vigilien rief. Ein schwaches Läuten – mir, der ich den Atem des bretonischen Mönches hörte, schien es schon die Totenglocke zu sein.

Irgendwann, ich vermag die Stunde der Nacht nicht zu benennen, wurde ich plötzlich hellwach.

Regungslos lag ich auf meiner Pritsche und lauschte. Neben mir vernahm ich das Rasseln des alten Mitbruders, allerdings langsamer und schwächer als zuvor. Zwischen den leisen Atemzügen hörte ich zunächst nichts, doch dann ertönten Schritte. Dann wieder Stille.

Lange lag ich so da und horchte. Schließlich hob ich vorsichtig den Kopf. Ich war sicher, dass auf dem Flur vor dem Spital jemand vorbeigeschlichen war, Richtung Kreuzgang.

Lautlos schob ich die kratzige Wolldecke zurück, dann richtete ich mich auf. Mir schwindelte kurz. Ich blickte zu dem bretonischen Mönch hinüber, dessen schlafende Gesichtszüge zerquält waren vom Schmerz. Ich schlug das Kreuz, wagte jedoch nicht, ein Gebet zu murmeln, aus Angst, dass selbst dieses leise Geräusch jemanden auf mich aufmerksam machen könnte. Vorsichtig stand ich auf. Ein Schauder erfasste meinen Körper, als meine nackten Fußsohlen den kühlen Steinboden berührten.

Dann schlich ich los. Wohl zwanzig Schritte waren es bis zur Pforte, die vom Spital auf den Gang hinausführte.

Die ersten zwei oder drei Schritte schwankte ich unsicher, doch dann ließ mein Schwindel nach. Ich sah mich um. Außerhalb der schwachen Lichtkreise, welche die Talgfunzeln warfen, lag das Spital im Dunkeln. Niemand regte sich.

Noch zehn Schritte.

Vom Gang her war nichts mehr zu hören. Ich fragte mich, ob mich meine überreizten Sinne getäuscht hatten, doch musste ich mich vergewissern.

Noch fünf Schritte.

Würde sich die Pforte geräuschlos öffnen lassen? Ich versuchte, mich daran zu erinnern, wie es war, als mich Meister Philippe und der Novize an diesem Morgen in den Raum geleitet hatten, doch war ich zu fiebrig gewesen, als dass ich mich nun noch an Einzelheiten hätte erinnern können.

Noch zwei Schritte.

»Was machst du da, Bruder Ranulf?«

Gerade noch konnte ich einen Aufschrei unterdrücken. Ich fuhr herum, mein Herz hämmerte, Schweiß perlte auf meiner Stirn.

Vor mir stand ein Mönch, die Kapuze weit über den Kopf geschlagen, sodass ich sein Gesicht im schummrigen Licht nicht einmal erahnen konnte.

Ich stotterte unzusammenhängende Worte.

»Du fieberst noch«, sagte der unbekannte Mönch.

»Wer bist du?«, brachte ich schließlich heraus – und fragte mich zugleich, woher er wusste, wer ich war.

»Ich habe Nachtdienst im Spital«, antwortete der Mönch, doch nannte er seinen Namen nicht. Seine Stimme war tief, aber ich konnte mich nicht daran erinnern, sie je zuvor gehört zu haben.

Ich zitterte. Meine Zähne schlugen aufeinander, und ich schämte mich dafür.

»Komm«, sagte der Unbekannte, »ich geleite dich zurück zu deiner Schlafstatt.«

Er fasste meinen rechten Arm. Seine Hand stützte mich, doch spürte ich, wie fest sein Griff war.

Ich gab auf und ließ mich von ihm zur Pritsche zurückführen.

»Du bist gütig«, brachte ich heraus.

Der Unbekannte verneigte sich, als ich mich wieder hinlegte. Dann war er, geräuschlos, wie er erschienen war, wieder verschwunden. Doch ich wusste nun, dass er irgendwo im Dunkel des Spitals war. Keine meiner Bewegungen würde ihm entgehen.

So lag ich denn auf dem Stroh und starrte mit weit geöffneten Augen in die Dunkelheit. War dies ein Zufall? War jener unbekannte Mönch tatsächlich der, der er zu sein vorgab? Nichts als ein besorgter, hilfsbereiter Pfleger im Spital?

Oder war er ein Wächter wie jener, dem ich schon einmal des Nachts nur knapp entronnen war? Vielleicht gar derselbe? Und wenn ja: Wen oder was mochte er wohl beschützen?

Ich lauschte, ob ich noch einmal auf dem Gang Geräusche hören würde. Doch alles blieb still, Stunde um Stunde, bis es schon hell zu werden begann. Nichts konnte man mehr vernehmen. Irgendwann fiel mir auf, wie vollkommen diese Stille tatsächlich war.

Die Atemzüge des bretonischen Mönches neben mir waren erloschen.

Den nächsten Tag verbrachte ich im Spital. Einige Brüder hoben den alten Mönch, der in der Nacht gestorben war, auf eine Bahre und brachten seinen Körper hinaus. Später hörte ich dann die Totenglocke läuten und noch später die Glocken, die zur Messe riefen.

Unauffällig sah ich zu den Mönchen hinüber, die Dienst im Spital versahen. Ob einer von ihnen der Unbekannte jener letzten Nacht sein konnte?

Mir schienen sie alle zu klein und zu schmächtig dafür, doch sagte ich mir, dass im Dunkeln ein jeder Mensch größer erscheinen mochte, als er bei Tageslicht betrachtet tatsächlich war. Es gelang mir jedenfalls nicht, irgendjemanden als den nächtlichen Pfleger zu identifizieren. Doch ich wagte nicht, nach dem unbekannten Mönch zu fragen.

Die Kräuter, die Bruder Malachias mir reichte, stärkten mich. Ich fühlte mich Stunde um Stunde besser. Gegen Abend erlaubte mir Bruder Malachias, die Nacht wieder in meiner Zelle zu verbringen.

Ich war erleichtert, nicht noch einmal in der Dunkelheit im Spital ausharren zu müssen – und dabei womöglich wieder dem Unbekannten zu begegnen. Der Prior gab mir zudem einen Dispens für die Nacht, sodass ich nicht an den Gottesdiensten teilnehmen musste.

So ging ich denn in meine Zelle zurück, wartete, bis das Kloster still wurde für die Nacht – und entzündete meine Kerze. Wieder studierte ich den *»Liber floribus«*. Zugleich bemühte ich mich, auf den Gang hinauszulauschen, ob ich womöglich erneut verdächtige Geräusche hören würde. Vergebens.

Weder fand ich beim zweiten Lesen des Folianten eine Spur, die ich beim ersten Mal übersehen hatte, noch hörte ich im Kloster irgendetwas, das mir verdächtig vorkam.

Deshalb rief ich mich irgendwann zur Ordnung und ermahnte mich, meine Sinne nicht erneut zu überreizen. So fiel ich denn endlich in einen tiefen, traumlosen Schlaf.

Am nächsten Morgen aß ich das Morgenmahl mit meinen Mitbrüdern im Speiseraum, wo mich der eine oder andere mit einem freundlichen, aufmunternden Nicken bedachte. Ich ahnte, dass ich noch blass sein musste, doch erwiderte ich lächelnd die Gesten. Meister Philippe allerdings konnte ich nicht begrüßen, denn er war schon verschwunden – und niemand wusste, wohin.

Zur Terz ging ich wieder in die Kirche, doch danach ruhte ich in meiner Zelle. Ich musste wieder zu Kräften kommen, denn im Kloster würde ich die Geheimnisse, die meine Seele plagten, nicht lösen können. Dabei nutzte ich die stillen Stunden in dem kleinen, kahlen Raum zum Nachdenken.

Ich musste herausfinden, was es mit dem rätselhaften Land namens *terra perioeci* auf sich hatte. Welche Verbindung gab es von diesem Land – oder von einer Seekarte – zu Nechenja ben Isaak und Heinrich von Lübeck? Hatte Richard Helmstede etwas damit zu tun?

Welche Rolle spielte der Vagant Pierre de Grande-Rue, der den toten Mönch ausgeraubt hatte und der das Messer so beängstigend gut zu führen verstand? Wo mochte er sich versteckt halten? Warum musste der Domherr Nicolas d'Orgemont sterben?

Und hatte Jacquette, die unglückliche Schönfrau, mir wahrhaftig alles gesagt, was sie in jener Nacht gesehen hatte?

Was hatten all die nächtlichen Begebenheiten in meinem Kloster zu bedeuten? Oder war dies alles nur eine Vision meiner irregeleiteten Einbildungskraft?

»*Terra perioeci*«, murmelte ich. Irgendwie lag hier der Schlüssel zu allen Geheimnissen verborgen.

Ich seufzte und streckte mich auf der Pritsche aus. Am nächsten Tag, so beschloss ich, würde ich zum Kollegium de Sorbon an der Universität gehen. Dort befand sich eine der größten Bibliotheken der Christenheit. Wenn ich in diesen Werken keinen weiteren Hinweis auf die *terra perioeci* fand – wo dann?

Doch kam es am nächsten Morgen anders, als ich es geplant hatte. Es war der Peter-und-Pauls-Tag, der Juni neigte sich seinem Ende zu und die Hitze stand wie ein drückender, unsichtbarer Schleier in den Straßen.

Wieder halbwegs bei Kräften, verließ ich das Kloster und wandte mich nach rechts. Doch hatte ich noch keine drei Schritte getan, als ich die Dienerin von Klara Helmstede erblickte. Wie stets, so vermied sie es auch an diesem Tag, mir in die Augen zu blicken.

Mir machte dies nichts aus, vielmehr schlug mein Herz vor Freude bis zum Halse. Sie hatte im Schatten eines Torbogens gestanden und wahrlich auf mich gewartet!

Nun eilte sie zu mir, besann sich dann jedoch darauf, dass es unschicklich und wohl auch zu auffällig wäre, einen Mönch auf offener Straße anzusprechen. So verlangsamte sie ihren Schritt, während auch ich, den Kopf gesenkt, wieder losmarschierte. Wer uns erblickte, mochte denken, dass wir nichts miteinander zu schaffen hatten und nur zufällig nebeneinander unseres Weges gingen.

»Meine Herrin wünscht Euch zu sehen«, flüsterte die Dienerin.

»Wann?«, zischte ich zurück und vermochte meinen Jubel kaum zu bezähmen.

»Heute Morgen noch«, antwortete sie, dann schritt sie eiliger aus. Ich musste ihr nur folgen, es war nicht nötig, dass wir weitere Worte wechselten.

Ich dachte nicht einen Augenblick daran, Klaras Wunsch nicht nachzukommen. Zwar musste das Kollegium de Sorbon nun warten, und ich würde nichts Neues erfahren über die Geheimnisse der *terra perioeci*, doch größer noch als meine Sehnsucht nach Wissen war an jenem Tag mein Verlangen nach Klara. Ja, dieses hatte sich durch die beiden Tage, da ich krank daniederlag, sogar noch gesteigert – so als ob die Hinfälligkeit des eigenen Körpers, kaum überwunden, in uns eine geradezu unbezwingbare Sehnsucht nach Befriedigung aller körperlichen Gelüste entflammt, statt unseren Geist zu läutern.

So folgte ich denn der Dienerin, wobei ich allerdings sorgfältig darauf achtete, stets einige Schritte hinter ihr zu bleiben, sie dabei jedoch nie aus den Augen zu verlieren. Wir gelangten rasch zum Katzenmarkt.

Die Frau ging um das »Haus zum Hahn« herum und betrat eine düstere, kleine Sackgasse. Dort öffnete sie einen Hintereingang zum Anwesen, schlüpfte hinein und ließ die Pforte einen Spalt breit offen. Ich wartete einen Moment, blickte mich rasch um, sah allerdings niemanden, der meiner geachtet hätte. Dann machte ich drei, vier eilige Schritte und schlich wie ein Dieb in Klaras Haus hinein.

Drinnen wartete die Dienerin, führte mich eine Stiege bis in das Obergeschoss hinauf und geleitete mich in ein Zimmer. Dann verschwand sie, ohne noch ein Wort an mich zu richten.

Ich sah mich um: Der Raum war nicht besonders groß, doch hell, da ein hohes, offenes, zweiflügeliges Fenster, das auf den Katzenmarkt wies, Licht und Luft hereinließ. Schwach drangen von unten die Geräusche der Straße herauf. Auf dem hell gefliesten Boden lag wohl ein Dutzend Schaffelle. Die Wände waren holzvertäfelt und mit schweren Tapisserien aus Brügge behängt, die Jagdszenen zeigten. An einer Wand stand ein mit kostbaren Intarsien verzierter kleiner Tisch, darüber hing ein Spiegel in goldenem Rahmen. Eine mit Blumen bemalte Waschschüssel und ein ebenso dekorierter Krug standen auf dem Tisch, daneben ein verschlossenes Kästchen aus Ebenholz und Elfenbein. Ein leichter, mit Leder bespannter Stuhl war die einzige Sitzgelegenheit. Auf der Fensterbank erblickte ich einen Zinnkrug, der zwölf weiße Rosen enthielt, deren süßer Duft das Zimmer erfüllte.

In der Mitte des Raumes erhob sich eine Bettstatt, wie ich, der Mönch, sie noch nie erblickt hatte: Vier gedrechselte Pfosten aus dunkler Eiche trugen ein mit rotsamtenen Kissen und Decken überladenes Bett, das wohl so groß war wie drei oder vier Klosterpritschen nebeneinander gestellt. Die Pfosten erhoben sich mehr als mannshoch, denn ein Baldachin überwölbte dieses Lager: ein Dach aus rotem Samt, dessen schwere, mit Goldbrokat eingefasste Vorhänge zurückgeschlagen waren.

Auch wenn ich viele weltliche Dinge noch immer nicht kannte, dies wusste ich doch sofort: Ich stand im Schlafzimmer der Reedersgattin. Mein Herz schlug mir im Halse, und ich schluckte schwer vor Aufregung. Doch glücklicherweise quälte mich meine Geliebte nicht lange mit ihrer Abwesenheit. Kaum hatte ich mich umgesehen, da öffnete sich leise die Tür – und Klara stand vor mir.

Ich glaubte, etwas sagen zu müssen, doch wollten mir nicht die rechten Worte einfallen – so stotterte ich nur und rang verlegen mit den Händen.

Sie lächelte jedoch bloß und führte einen Finger an ihre Lippen und hieß mich so schweigen. Dann wollte ich sie in die Arme schließen. Doch wieder genügte eine Geste von ihr, um mich in die Schranken zu weisen. Auf einen Schritt durfte ich mich ihr nähern, sodass ich den Duft ihrer Haut einatmen konnte – doch anrühren durfte ich sie nicht.

Dann entkleidete Klara sich.

Mit zwei Schritten, so elegant, wie sie sonst wohl nur Tänzerinnen auszuführen vermochten, streifte sie ihre flachen Lederschuhe ab. Dann hob sie mit einer koketten Geste die Haube mit dem Spitzenschleier vom Haupt, sodass ihr langes blondes Haar auf ihre Schultern floss. Nun erst sah ich ihr Gesicht ohne den Schleier – und sie lächelte und blickte mich unverwandt an. Dann glitt ihr samtenes Obergewand zu Boden, darauf folgte ihr weiter, schwerer dunkelroter Rock. Mit einem eleganten Schritt tänzelte sie hinaus aus den Gewändern, die ihr wie eine Fessel um die Füße lagen. Langsam öffnete sie die Schnüre ihres Mieders, wobei sie den Blick nicht einen Augenblick von mir nahm. Zuletzt schwebte ihr Untergewand zu Boden, leicht und lautlos wie eine Feder.

Oh, welches Wunder schuf GOTT doch am Körper des Weibes!

Nackt stand Klara Helmstede vor mir. Es war dunkel gewesen in der Gasse, in der ich sie das erste Mal geliebt hatte, sodass ich ihren Körper, wiewohl mir dünkte, ihn schon tausendfach geküsst und gestreichelt zu haben, noch nie wahrhaftig gesehen hatte. Klaras helle Haut war rein und glatt. Zwei Grübchen zierten ihre Schultern am Halsansatz. Ihr Körper war kräftig, doch verunstaltete kein Fett die kleine Wölbung ihres Bauches. Ihre Brüste waren groß und fest, ihre Hüften voll und wohlgeformt.

Noch immer hatte sie kein Wort an mich gerichtet. Nun hob sie in einer spielerischen Geste die Hand, und ich verstand: Sie wollte, dass nun auch ich mich entkleidete.

Mir schoss die Röte ins Gesicht, doch war ich ihr zu Willen. Ungeschickt nestelte ich an meiner Kutte und wusste dabei sehr wohl, dass ich mich meines einzigen Gewandes längst nicht so elegant entledigte wie sie sich ihres halben Dutzends.

Doch schließlich stand auch ich so vor ihr, wie ER mich erschaffen hatte. Für einen Moment hielt ich schamhaft die Hände vor meine Männlichkeit, doch dann zog ich sie zurück. Klara sollte sehen, dass ich mich nach ihr verzehrte.

Sie bedeutete mir, mich auf ihr Bett zu legen. Erst als ich mich dortselbst lang ausgestreckt hatte, kam sie näher. Sie ging langsam und wiegte sich in den Hüften, als genieße sie jeden Schritt. Dann kniete sie sich auf das Bett, und ich spürte, wie Kissen und Decken unter ihrem Gewicht ganz leicht nachgaben. Schließlich schwang sie sich in einer fließenden, tänzerischen Bewegung über mich. Doch ihre Knie hatte sie weit gespreizt, ihre Hände ruhten auf zwei Kissen. So lag ich unter ihr, hörte ihren Atem, sah jede Pore ihrer weißen Haut, sog den Duft ihrer Haare ein – und hatte doch noch nicht einmal eine ihrer Fingerkuppen berührt.

Ich vermag nicht mehr zu sagen, wie lange sie sich wohl so über mich gebeugt hatte und mein wollüstiges und quälendes Verlangen genoss. Doch endlich, endlich erlöste sie mich mit einem Kuss und nahm all mein Sehnen in sich auf.

Unde enim scis mulier si virum salvum facies aut unde scis vir si mulierem salvam facies.

Für eine Zeitspanne, die man nicht zu messen vermag, nahm Klara mich mit in ein anderes Reich. Weit weg vom lauten, stinkenden Paris, von den Gerüchten über die schreckliche Krankheit im Lande, weit weg von meinem Orden, von Meister Philippe, ja sogar vom toten Heinrich von Lübeck und den quälenden Fragen, die sein Hinscheiden unbeantwortet gelassen hatte.

Später, da ich erschöpft und glücklich auf den Kissen lag und mich Klaras Duft noch einhüllte wie eine unsichtbare Decke, glitt die Reedersgattin aus dem Bett und ging zu dem kleinen Tisch an der Wand hinüber. Dort öffnete sie das kostbare Kästchen und holte einen Flakon aus rotem Glas hervor, der eine farblose Flüssigkeit enthielt. Damit benetzte sie sich zwischen ihren Beinen.

»Was tust du da?«, fragte ich erstaunt.

Sie lächelte. »Keine Angst, mein Geliebter«, antwortete sie, »dies ist ein Kräutersud nach einem Geheimrezept meiner alten Magd. Er wird verhindern, dass aus Bruder Ranulf Vater Ranulf wird.«

Es dauerte ein paar Augenblicke, bis ich den Sinn ihrer Worte verstanden hatte.

»Aber das ist Hexenkunst!«, rief ich dann – und war doch, ich gestehe es, zugleich erleichtert darüber, dass sie über derartige Zaubermittel verfügte. Denn wie groß erst wäre die Schande, wenn ich, der Mönch und Inquisitor, mit einer verheirateten Frau ein Kind zeugen würde? Und Klara hätte für immer Rang, Vermögen und Ehre verloren.

Klara lachte, dann legte sie sich wieder zu mir und schlang einen Arm um mich. »Ihr Männer wisst nichts vom Liebeszauber«, flüsterte sie in mein Ohr. »Und ihr Mönche am wenigsten von allen.«

»Es stünde auch schlimm um die Welt, wenn es anders wäre«, erwiderte ich.

»Es stünde besser um die Welt«, antwortete sie mir schnippisch.

»Kennst du viele Geheimnisse der schwarzen Magie?«

Sie richtete sich auf und blickte mir forschend ins Gesicht. »Fragst du mich dies als Inquisitor?«

»Nein«, wehrte ich erschrocken ab, »ich frage dies als dein Geliebter, der will, dass es um die Welt besser steht.«

Da lachte sie und liebkoste mich. »Jakobsmuscheln sind nicht nur Symbol der frommen Pilger. Ihr Fleisch stärkt auch die Leidenschaft«, flüsterte sie. »Und wenn sich ein Weib einen Mann erobern will, so soll sie an ihren unreinen Tagen ihr Blut auffangen, trocknen und es dem Mann ins Essen mischen. Unweigerlich wird er ihr alsbald verfallen.«

Ich blickte sie entsetzt an. »Das hast du getan?«, verwunderte ich mich und schauderte.

Klara lachte. »Oh nein. Zwar weiß ich um diese Künste, doch muss ich sie nicht anwenden. Ich kann auch ohne Magie einen Mann erobern, wenn er mir gefällt.«

»Hattest du etwa schon viele Männer?«, fragte ich und spürte den eisigen Dolch der Eifersucht in meinem Herzen.

Da lachte Klara wieder. Es war ein herausforderndes, wollüstiges Lachen. »Ranulf!«, rief sie. »Sei nicht zornig deshalb, sondern freue dich darüber: Bete für jeden Mann, der mir statt meines würdigen, doch alten Gatten das Bett gewärmt hat. Segne jede meiner begangenen Sünden. Denn wäre ich eine sittsame Kaufmannsfrau, würdest du dann hier an meiner Seite liegen? Und wäre ich unerfahren, wie sollte ich dich dann in der Liebe unterweisen? So gräme dich nicht wegen meiner Vergangenheit, sondern genieße meine Gegenwart!«

Dann ließ Klara ihren Worten Taten folgen – und ich betete für ihre früheren Liebhaber, segnete all ihre Sünden und genoss ihre Gegenwart, ohne noch einen weiteren Gedanken an Vergangenheit oder Zukunft zu verschwenden.

Der heiße Sommerwind wehte den Klang der Mittagsglocken ins Zimmer, als ich mich endlich aus Klaras Bett erhob.

»Du musst dich eilen«, drängte meine Geliebte. »Mein Mann wird bald zum Mittagsmahl nach Hause kommen!«

Während wir uns hastig ankleideten, drangen all die Sorgen und Bedrängnisse, die Klara für ein paar Stunden vertrieben hatte, wieder in meinen Geist. Ich war schon fast an der Tür, als ich mich noch einmal umdrehte, einer plötzlichen Eingebung folgend.

»Kennst du ein Land, das man *terra perioeci* nennt?«, wollte ich wissen.

Falls es Klara erstaunte, dass ihr nach einem Liebesabenteuer eine derartige Frage gestellt wurde, dann ließ sie es sich nicht anmerken. Sie folgte mir bis zur Zimmertür.

»Nein«, sagte sie, »davon habe ich noch nie gehört.«

Doch sie sprach diese Worte zögernd aus, unsicher, so, als klänge dieser Name doch in ihrem Innern nach.

Ich küsste sie. »Denk darüber nach«, flüsterte ich. »Es ist sehr wichtig.«

»Nun«, seufzte sie, »wer sich einen Inquisitor zum Liebhaber erwählt, muss wohl mit solchen Fragen rechnen.«

Sie sinnierte lange. »Mir ist«, sagte sie schließlich, »als hätte ich diesen Namen doch schon einmal gehört. Ich kann mich aber beim besten Willen nicht mehr erinnern, wann und wo das gewesen sein mag oder was er bedeuten soll.«

So wähnte ich mich denn an diesem Mittag zwar um vieles glücklicher, doch um nichts klüger als am Morgen. Wir nahmen kurz, doch zärtlich voneinander Abschied.

»Ich werde dir meine Dienerin schicken, wenn ich dich wieder empfangen kann«, versprach mir Klara.

»Und ich werde jeden Tag vors Kloster gehen und nach ihr Ausschau halten«, rief ich hoffnungsfroh.

Dann ging ich langsam die Stiege hinab, während meine Geliebte oben im Rahmen der geöffneten Tür stehen blieb und mir nachsah.

»Ranulf!«, rief sie, als ich schon an der Hinterpforte war. Ich drehte mich um.

»Ich weiß es wieder«, sagte Klara. »Erinnerst du dich, dass ich dir sagte, dass wir alles verbrannten, was die ›Kreuz der Trave‹ nach ihrer unglückseligen Fahrt an Bord gehabt hatte?«

Starr blieb ich stehen. Mein Mund war plötzlich trocken, als wäre ich durch Ägyptens Wüste gezogen. Unfähig war ich, auch nur ein Wort hervorzustoßen. So nickte ich nur.

»Nun«, sagte Klara. »Wie ich dir erzählt habe, verbrannten wir auch einige Bögen Pergament. Was darauf war, weiß ich nicht, denn ich habe sie mir nicht genau angesehen. Doch an ein Blatt erinnere ich mich, da es mir aufgefallen war, als ich es in die Flammen schleuderte. Denn in großer, steiler Schrift – so, als ob jemand in aller Eile oder höchster Erregung etwas hatte festhalten wollen, jemand zudem, der womöglich nicht allzu häufig zur Schreibfeder griff – standen dort nur zwei Worte quer über der Seite.«

»*Terra perioeci*«, keuchte ich.

»*Terra perioeci*«, antwortete meine Geliebte.

Wie gerne wäre ich die Treppe wieder hinaufgeeilt, um Klara nach Einzelheiten zu fragen! Doch in diesem Moment vernahm ich Geräusche, die vom anderen Ende des Hauses bis zu mir drangen. Dann sah ich am Ende eines dunklen Flurs das Gesicht der Dienerin. Sie sah mich erschrocken an, dann hob sie warnend die Hand.

Es war nicht schwer zu erraten, dass Richard Helmstede soeben sein Haus betreten haben musste. Also schlich ich mich wie ein Dieb – der ich in gewisser Weise ja auch war – durch die Hinterpforte hinaus, während der Reeder vorne durchs Portal pompösen Einzug hielt.

Wann würde ich Klara Helmstede wiedersehen?

Draußen auf der Gasse blieb ich nicht lange, aus Angst, Richard Helmstede könnte zufällig aus einem Fenster blicken und mich erkennen. Er mochte vielleicht nicht vermuten, dass ich der Liebhaber seiner Gattin war, doch würde er womöglich glauben, dass ihm ein Inquisitor hinterherspionierte.

Erst als ich am Ufer der Seine war, verlangsamte ich meinen Schritt. Auf dem Grand Pont hörte ich zwei Marktweiber, die sich laut über die Seuche unterhielten. Glaubte man den beiden Schwätzerinnen, dann war sie schon in Orléans. Als ich den Namen dieser Stadt vernahm, dachte ich jedoch weniger an den Schwarzen Tod als vielmehr an die Schönfrau Jacquette, der Meister Philippe zur Strafe das Kloster dort angedroht hatte.

Jacquette, Klara Helmstede, Lea … Mir schien, dass die Schicksale dieser drei Frauen, die meiner Seele teuer waren, auf rätselhafte Weise mit meinem Geschick verwoben waren: Löste ich alle mir gestellten Aufgaben, so wären sie wohl behütet. Scheiterte ich, bedeutete es ihren Untergang.

Welch böser Scherz Satans, dass ausgerechnet ich, ein Mann des Glaubens und des Klosters, gleich drei Töchtern Evas beistehen musste, und dass ich glaubte, dies am besten tun zu können, indem ich gegen fast alle Regeln meines Ordens und der Inquisition verstieß!

Ich lenkte meine Schritte zur Rue Coupe-Gueule, bis zur *Universitas magistrorum et scolarium parisiensum*, dem Kollegium des Robert de Sorbon.

Es war ein großer, finsterer Bau, mit wuchtigen Säulen und schmalen, hohen Fenstern. Auf dem Weg dorthin hatte ich mir bereits überlegt, wie ich mir Zugang zur Bibliothek verschaffen könnte.

So ging ich nun selbstsicheren Schrittes auf einen Studenten zu, der am Eingang den Dienst als Pförtner versah. Er war ein junger Augustinermönch, der mich nicht eben freundlich musterte, als er meiner gewahr wurde. Die Brüder anderer Orden lieben uns Dominikaner nicht – doch ich gedachte, mir genau jene Mischung aus Abneigung und widerwilligem Respekt zunutze zu machen.

»Pax vobiscum. Mein Name ist Ranulf Higden vom Kloster der Dominikaner in der Rue Saint-Jacques«, begann ich meine in Gedanken vorbereitete Rede. Ich bemühte mich, Respekt in meiner Stimme anklingen zu lassen, denn meist fühlen sich die Mönche anderer Orden von uns gering geschätzt.

»Pax vobiscum«, antwortete der Augustiner und deutete eine Verbeugung an. Sein Gesicht zeigte bereits freundlichere Züge. »Willkommen in unserem Kollegium. Womit kann ich dir dienen?«

»Der Inquisitor von Paris schickt mich, Meister Philippe de Touloubre«, log ich. »Ich soll in seinem Auftrag ein Buch studieren, das unsere Bibliothek nicht hat. Er glaubt, dass ich es hier finden könnte.«

Bei der Nennung von Meister Philippe war der junge Mönch blass geworden. Er verneigte sich. »Folgt mir zur Bibliothek, Bruder«, sagte er und sprach dabei unziemlich rasch. Fast war es mir, als wolle er mich so schnell wie möglich loswerden – so als glaube er, dass ich ihm Unglück bringe.

Wir eilten einen düsteren Gang hinunter, der auf einen schönen Innenhof führte, wo ein Springbrunnen murmelte und Rosen in mannshohen Büschen wuchsen. Am Ende dieses Hofes öffnete der Augustiner eine Pforte – und wir traten in einen hohen Raum ein: die Bibliothek.

Zu meiner Rechten, an einer der beiden Schmalseiten der langgestreckten, überwölbten Bibliothek, standen wohl zwei Dutzend eichene Schreib- und Lesepulte im rechten Winkel zu hohen Fenstern, sodass viel Licht auf sie fallen konnte. Bei ungefähr einem Viertel der Raumlänge trennte eine hohe, mit allerlei kundig ausgeführtem Schnitzwerk verzierte Schranke diesen vorderen Arbeitsbereich ab.

Dahinter erblickte ich in langen Reihen Kisten über Kisten, mehr, als ich zu zählen vermochte. Alle waren mit schweren Beschlägen und großen Schlössern gesichert – und alle enthielten sie Dutzende Bücher. Hunderte Werke mussten hier liegen, vielleicht sogar ein paar Tausend.

Oh, es war der Himmel der Bücherfreunde, der sich so plötzlich vor mir aufgetan hatte! Endlich war ich im Kollegium des Robert de Sorbon – wenn auch aus ganz anderen Gründen, als ich sie mir erträumt hatte, seit mein Prior mir in Köln eröffnet hatte, dass ich nach Paris gehen durfte.

Ein älterer Mönch, ebenfalls im Habit der Augustiner, stand an einem der Pulte und studierte einen alten, schweren Folianten. Er würdigte mich keines Blickes, so versunken war er in den Text. An einem anderen Pult arbeitete ein junger Franziskaner. Er hatte ein Brevier aufgeschlagen und sich dazu einige Blätter Pergament bereitgelegt. Nun kopierte er den Text des Büchleins – ob er das ganze Werk abschrieb oder nur einige Sentenzen, das vermochte ich nicht zu sagen. Der Franziskaner starrte mich neugierig an, blickte dann jedoch rasch wieder auf sein Pult, als er bemerkte, dass ich ihn ebenfalls musterte.

Ein kleiner, hagerer, hinkender Mann unbestimmbaren Alters öffnete eine Tür in der Schranke und kam aus dem hinteren Teil des Raumes bis zu mir, der ich respektvoll an der Pforte gewartet hatte. Der Mann trug schlichte schwarze Kleidung, gehörte jedoch nicht zum geistlichen Stand.

Der junge Augustiner an meiner Seite verneigte sich. »Magister Jean Froissart, der Bibliothekar unseres Kollegiums«, stellte er ihn mir vor. Dann zog er sich zurück und bemühte sich nicht länger, seine Erleichterung zu verbergen, meiner Gegenwart entkommen zu sein.

Ich wiederholte meine Lüge und fragte dann höflich, ob ich ein Buch sehen dürfe.

»Selbstverständlich, Bruder Ranulf. Es ist mir eine Ehre, der Inquisition zu dienen«, antwortete Froissart.

Seine Stimme klang hoch und gebrochen. Ich hatte sofort den Verdacht, dass er lauter sprach als notwendig gewesen wäre, um den anderen beiden Mönchen anzuzeigen, dass nun ein Inquisitor im Raum sei.

Ich fühlte mich unbehaglich, versuchte jedoch, mir nichts anmerken zu lassen.

»Ich möchte gerne den *›Liber floribus‹* des Lambert von Saint-Omer studieren«, sagte ich.

Ich betete, dass kein Zittern in meiner Stimme mitklang, und hielt vor Aufregung den Atem an.

Froissart blickte mich erstaunt an. »Wie seltsam«, murmelte er.

»Was ist daran so seltsam, Magister Froissart?«, stieß ich hervor, nun aufs Höchste nervös.

Der Bibliothekar schüttelte den Kopf. »Oh, denkt nicht darüber nach, Bruder Ranulf. Wahrscheinlich ist es bloß ein eigenartiger Zufall. Es ist nur so, dass dieses Werk wohl ein halbes Jahrhundert lang von niemandem hier gelesen wurde. Und nun seid Ihr schon der Zweite innerhalb weniger Wochen, der es zu sehen wünscht.«

Ich schwankte leicht, dann fing ich mich wieder. »Ein Zufall, sicherlich«, stieß ich gepresst hervor.

»Ich bringe Euch das Buch«, sagte Froissart und verschwand hinter der Schranke.

Währenddessen suchte ich mir ein Pult, das möglichst weit von jenen entfernt war, welche die beiden anderen Mönche mit Beschlag belegt hatten.

Konnte dies wahrhaftig ein Zufall sein? GOTT, so dachte ich, würfelt nicht. Nichts ist Zufall in dieser Welt. Alles folgt einer Bestimmung.

Doch konnte ich es wagen, Froissart nach jenem anderen Mann zu fragen, der den *»Liber floribus«* zu sehen begehrt hatte? Wie sollte ich dies anstellen, ohne seinen Verdacht zu erregen? Ich beschloss, erst einmal das Werk gründlich zu studieren und dann vielleicht, so unauffällig wie möglich, die Identität jenes anderen Lesers zu lüften.

Nach einer Weile brachte mir Jean Froissart den *»Liber floribus«*. Dazu hatte er sich eine dicke Kladde unter den Arm geklemmt. Nachdem er das Werk auf mein Pult gelegt hatte, öffnete er diese Kladde und trug umständlich das Datum des heutigen Tages, den Titel des Buches und meinen Namen ein. Dann verneigte er sich und überließ mich meiner Lektüre.

Meine Hände zitterten leicht, als ich den *»Liber floribus«* aufschlug. Dies war ein Exemplar, das in edleres Leder gebunden war als das, welches Lea mir überreicht hatte. Die Initialen auf jeder Seite waren in roter Tinte ausgeführt, die Bildnisse und Zeichnungen feiner und mit sichererer Hand gezeichnet. Doch all dies interessierte mich nicht.

Ich hoffte, dass der Kopist dieser Ausgabe aufmerksamer gewesen wäre als jener, der sich mit dem *»Liber floribus«* des Geldwechslers beschäftigt hatte. Denn es ist ja so, dass jedes Buch abgeschrieben werden muss, und wer hätte sich nicht über die Fehler und Nachlässigkeiten eines Kopisten erregt? Wie oft kommt es doch vor, dass ein Schreiber, ermüdet vom stundenlangen Tun und vielleicht auch von der Geistesschwere des Textes, den er zu kopieren hat, ein und dieselbe Zeile zweimal abschreibt und dafür eine andere auslässt! Unzählig die traurigen Beispiele, da selbst in heiligsten Texten Wörter vergessen oder durch andere, dem Schreiber geläufigere ersetzt werden. Manchmal fehlen gar ganze Seiten oder Kapitel, weil der Kopist am Morgen nicht mehr weiß, wo er am Abend zuvor seine Arbeit unterbrochen hat, und das Werk, aus dem er abschreibt, an falscher Stelle aufschlägt!

Ich hoffte sehr, dass auch beim *»Liber floribus«* aus der Bibliothek des Geldwechslers einem Kopisten ein misslicher Fehler unterlaufen sei. Und dass hier, in der edleren Ausgabe im Kollegium de Sorbon, doch vielleicht mehr zu lesen sei über das rätselhafte Land der Periöken.

Doch es dauerte nicht lange, da ward all meine Hoffnung mehr als bitterlich enttäuscht. Denn wie erschrocken war ich, als ich die Weltkarte aus dem *»Liber floribus«* aufschlug: Die *terra perioeci* fehlte!

Ich rieb meine Augen und wollte es nicht glauben, doch die Karte zeigte dort, wo jenes Exemplar aus der Bibliothek des Nechenja ben Isaak Land gezeigt hatte, nur unbeschriebenes Pergament.

Meine Knie drohten nachzugeben, und so klammerte ich mich an das Lesepult und bemühte mich, keine Aufmerksamkeit zu erregen.

Als mein Atem wieder ruhiger ging, besah ich mir die Karte noch einmal genauer. Ich nahm den *»Liber floribus«* hoch und ließ das Licht aus den Fenstern durch das aufgeschlagene Pergament scheinen. Da erkannte ich es: Jemand hatte mit einem feinen Schabmesser an jener Stelle das schwere Pergament um eine Winzigkeit abgetragen – gerade genug, um die Tinte, mit der dort einst etwas verzeichnet war, auszulöschen.

Jemand hatte die *terra perioeci* aus der Landkarte des Buches getilgt.

Ich betastete das Blatt und fuhr dann vorsichtig mit den Fingerkuppen über das Pergament. Kein Zweifel: Die Ränder an der Ausschabung waren noch hart. Wäre die Austilgung vor Dutzenden oder sogar Hunderten von Jahren gemacht worden, längst wäre die Stelle durch die Feuchtigkeit wieder leicht aufgequollen, längst wären die winzigen Ränder der Schabspuren durch das Gewicht vieler darüber liegender Seiten bis zur Unfühlbarkeit zusammengedrückt worden. Diese Tilgung jedoch war noch gut zu ertasten und konnte deshalb erst vor kurzem von jemandem vorgenommen worden sein.

Vorsichtig schloss ich den Folianten und blickte starr geradeaus. Was sollte ich nun tun?

Mir schauderte, und es war mir, als habe mich etwas Kaltes, Dämonisches gestreift, etwas unsagbar Finsteres und unendlich Böses. Etwas, das größer ist als der Mensch und doch nicht GOTTES ist.

Wie lange ich so dastand und fröstelte, obwohl doch die Sommerhitze auch diese Halle erwärmte, weiß ich nicht mehr. Mich kümmerte nicht, ob mich die anderen Mönche anstarrten oder nicht. Endlich wachte ich aus meiner Erstarrung auf, griff mir den *»Liber floribus«* mit einer fast zornigen Geste und trug ihn vom Pult bis zur Schranke. Dort eilte mir Magister Froissart entgegen, die Kladde bereits unter dem Arm.

»Wer hat dieses Buch vor mir gelesen?«, fragte ich. Ich gab mir keine Mühe mehr, mir eine Täuschung auszudenken, es war mir gleichgültig, was der Bibliothekar von meinem Begehr hielt – solange er mir nur gehorchte.

Jean Froissart zögerte kurz, doch dann zuckte er mit den Achseln. »Ich werde es für Euch nachsehen, Bruder Ranulf«, sagte er kühl.

Er blätterte eine Weile in der Kladde, dann nickte er und wies mit dem Finger auf cinc Zcilc.

»Da, seht!«, rief er. »Ich erinnere mich noch, denn es war außerordentlich spät am Abend, als jemand dieses Buch zu sehen wünschte. Ich selbst war nur noch durch einen Zufall hier und wollte gerade die Bibliothek abschließen. Doch er bestand darauf, und so brachte ich es ihm.«

»Wer war es?«, fragte ich atemlos.

»Ein Dominikaner«, antwortete Froissart. »Sein Gesicht sah ich nicht, denn es war ja, wie ich Euch sagte, bereits spät. Nur Kerzen erhellten zu jener Stunde den Raum. Euer Mitbruder hatte seine Kapuze hochgeschlagen, sodass seine Züge im Dunkeln lagen, doch er hat mir ja seinen Namen gegeben. Lest selbst!«

Und ich las: »Heinrich von Lübeck«.

Ich war nicht wirklich überrascht. Irgendwie hatte ich schon erwartet, diesen Namen zu finden. Wer sonst hätte es sein können?

Doch brachte mich diese Erkenntnis der Lösung aller Rätsel auch nur einen Schritt näher? Nein, im Gegenteil: Es addierte nur ein neues Geheimnis zu jenen vielen hinzu, die mich bereits quälten.

Ich lächelte resigniert und wollte Jean Froissart schon danken und mich müden Schrittes aus der Bibliothek entfernen, ratlos und geschlagen – da stutzte ich.

»Gebt mir noch einmal Eure Kladde, Magister Froissart!«, bat ich den Bibliothekar.

Dieser reichte sie mir bereitwillig, und ich studierte noch einmal den Eintrag über Ausgabe und Rücknahme des *»Liber floribus«*. Irgendetwas kam mir seltsam vor, obwohl doch alles seine Richtigkeit zu haben schien. Den Titel des Werkes las ich und den Namen seines Verfassers; dann Heinrich von Lübeck als denjenigen, der diesen Folianten zu lesen wünschte; dann das Datum, an dem er dies tat.

Das Datum.

Der Eintrag war mit dem Tag des Sankt Quirinus datiert – jenem Tag, an dem wir den entseelten Körper Heinrichs von Lübeck gefunden hatten.

Wer auch immer an jenem späten Abend den *»Liber floribus«* ausgeliehen und darin den Hinweis auf das Land der Periöken getilgt hatte: Heinrich von Lübeck konnte es nicht gewesen sein, denn der war zu jener Stunde bereits tot.

Zum ersten Mal kam mir der Verdacht, dass Heinrich von Lübeck nicht allein gehandelt hatte. Bislang hatte ich geglaubt, dass es eine einsame Leidenschaft gewesen sein musste, die ihn angetrieben hatte. Eine Leidenschaft, die es zu ergründen galt, dann wäre auch das Rätsel um seinen Tod gelöst. Vielleicht, so vermutete ich bis zu jenem Augenblick, hatte allenfalls auch der Reeder Richard Helmstede seine Finger mit im Spiel gehabt.

Was aber, wenn stattdessen mehrere meiner Mitbrüder etwas mit jenen finsteren Geschichten zu tun hatten? Ich musste an die beunruhigenden nächtlichen Vorfalle im Kloster denken. War Heinrich von Lübeck Teilnehmer jener Treffen zur düsteren Stunde? Oder kam er diesen Versammlungen, gleich mir, eher zufällig auf die Spur – und musste deshalb sterben?

Mir schauderte.

Doch selbst wenn ich glauben mochte, dass einer meiner Mitbrüder irgendwie in das Ende Heinrichs von Lübeck verwickelt war, so erklärte mir dies weder die anderen Untaten noch die Bedeutung jenes mysteriösen Landes *terra perioeci*.

Ich verabschiedete mich von Jean Froissart und verließ das Kollegium. Doch draußen wusste ich nicht weiter. Die Hitze drückte mich nieder. Ich hatte seit Stunden nichts gegessen und getrunken und fühlte mich deshalb schwach und ausgedörrt. Ziellos ging ich durch die Gassen und versuchte, meine Gedanken zu ordnen.

Doch ich kam nicht weit. Noch auf der Place Maubert gewahrte ich eine Menge. Ich hörte abscheuliche Worte und sah, wie ein paar Marktweiber faulige Äpfel warfen. Neugierig trat ich näher – und erbleichte.

Ein paar junge Burschen hatten einen Mann gepackt, den ich zunächst für einen der ihrigen hielt – doch dann erblickte ich das gelbe, aufgenähte Judenmal auf seinem Wams. Die Umstehenden feuerten die Burschen an, die den Unglücklichen übel mit Schlägen und Tritten quälten.

»Sein Blut komme über ihn!«, schrie jemand.

»Blut, Blut!«, riefen viele andere.

Und wahrhaftig floss dem Juden bald roter Lebenssaft aus einer Stirnwunde über das Gesicht.

»Brunnenvergifter!«, hörte ich aus der Menge.

»Ihr schickt uns den Tod, weil ihr uns Christen hasst!«, keifte ein Marktweib und schleuderte, da ihr die fauligen Äpfel wohl ausgegangen waren, Dung nach dem Juden.

Die Burschen zerrten ihr Opfer bis zur Croix Hémon, dem großen steinernen Kreuz auf dem Platz. Dort drückten sie sein Gesicht gegen das Bildnis und zwangen ihn so, das Kreuz zu küssen.

Es wäre wohl schlimm ausgegangen mit dem jungen Juden, wenn ich mir nicht ein Herz gefasst hätte und vorgetreten wäre.

Als sie meiner Kutte ansichtig wurde, verstummte die Menge. Die Burschen blickten verlegen zu Boden und ließen von dem Juden ab. Ich war klug genug zu schweigen. Kein Wort des Vorwurfs oder der Ermahnung richtete ich an die Menschen. Wozu auch? Sie fürchteten sich vor der Seuche – und sie suchten jemanden, an dem sie ihre Angst auslassen konnten. Was hätten da Worte genutzt? Hätte ich denn die Seuche abwehren können? Hätte ich allen Sündern Vergebung versprechen dürfen?

So stand ich einfach da, das Haupt demütig gesenkt, die Hände gefaltet. Diese stumme Geste bewirkte wohl mehr, als es das wohlgesetzteste Wort vermocht hätte; sie säte Unsicherheit in die Herzen der Menschen und vielleicht auch Reue über ihr Tun.

Der eine oder andere murmelte einige Sätze, die ich lieber überhörte, doch niemand hob mehr die Hand wider den Juden oder gar wider mich. Die Marktweiber waren die Ersten, die zu ihren Ständen zurückkehrten, dann zerstreuten sich auch die anderen. Zuletzt machten sich die Burschen davon, in einer Eile, dass man schon sagen konnte, sie flohen vor mir.

Oh HERR, groß war noch immer die Respekt heischende Macht des Habits der Dominikaner, und gefürchtet war die Inquisition! Gepriesen seist DU, dass DU mir in jenem Moment beistandest, obwohl ich doch der unwürdigste Mönch war im Orden des Heiligen Dominicus.

Der Jude stand benommen auf und wischte sich das Blut von der Stirn. Ich sah, dass er mir danken wollte, doch hob ich die Hand, bevor er den Mund öffnen konnte. Noch immer hatte ich kein Wort gesprochen, und ich gedachte, meinen unfreiwilligen Auftritt nun auch schweigend zu Ende zu bringen. So segnete ich ihn, drehte mich um und ging langsam vom Platz in eine dunkle Gasse, die zur Seine hinunterführte.

Die Sünde des Hochmuts fraß an mir, denn ich war stolz auf mich. Ich glaubte, dass ich recht gehandelt hatte. Zugleich jedoch nagte Furcht an meinem Herzen, denn ich ahnte, dass mit jedem Tag, da die Krankheit Paris näher kam, der Hass der Menschen wuchs. Sollte GOTT nicht bald ein Wunder tun, dann würde auch ein Inquisitor nicht mehr helfen können – den Juden nicht und auch niemandem sonst.

Dieses unheilschwangere Abenteuer klärte aber immerhin auf geheimnisvolle Weise meinen Geist. Ich strebte nun eilig einem neuen Ziel zu, auch wenn sich mein Leib danach sehnte, endlich auf einer Pritsche ruhen zu dürfen.

Als ich den Hafen erreicht hatte, ging ich ohne Umschweife zur »Kreuz der Trave«. Nachdem ich mich mit einem Blick vergewissert hatte, dass Richard Helmstede nirgends an Deck zu sehen war, betrat ich die Planke, die an Bord der Kogge führte. Ich kümmerte mich dabei nicht um die erstaunten Gesichter einiger Matrosen, die eine große, eisenbeschlagene, doch – besah ich mir die Körperhaltung der Männer und ihre wenig angespannten Mienen – offensichtlich leere Truhe an Bord schleppten. Geradewegs ging ich auf den Steuermann Gernot zu, der auf dem Achterdeck stand und mich unsicher anstarrte – so, als schwante ihm Unheil.

»Ihr wollt Paris bald verlassen?«, fragte ich ihn nach einer kurzen Begrüßung. Ich wusste ja längst, dass die Kogge bereit gemacht wurde für eine lange Reise.

»Das mag wohl so sein, Herr«, antwortete Gernot zittrig.

»Das mag wohl so sein«, ahmte ich ihn nach, ehrlich empört.

»Meister Gernot, Ihr seid der Steuermann dieses Schiffes. Und Ihr wollt mir sagen, dass Ihr nicht einmal wisst, ob die ›Kreuz der Trave‹ demnächst die Leinen ablegt? Was tun denn Eure Matrosen seit einigen Tagen an Bord? Streichen sie nicht den Rumpf? Nähen sie nicht die Segel? Und sah ich nicht gerade noch einige Männer, die eine große Kiste an Bord brachten? Wozu das alles – wenn nicht, weil eine lange Reise bevorsteht?«

»Senkt eure Stimme, ich flehe euch an, Herr!«, antwortete da der Steuermann und rang die Hände. »Sonst laufen mir noch meine Männer weg!«

Ich sah ihn verwundert an. »Ihr wollt mir sagen, sie laufen davon, wenn sie einen Mönch hören, der die Stimme hebt?«

»Sie haben Angst, Herr. Sie – nein, wir alle haben Angst. Es ist so …« Er bat mich mit einer respektvollen Geste, ihm bis ans Ende des Achterschiffes zu folgen – so weit entfernt von den mittschiffs arbeitenden Matrosen wie möglich.

»Selbstverständlich weiß ich, dass wir die ›Kreuz der Trave‹ seeklar machen«, fuhr der Steuermann nun fort. »So lauteten ja auch die Anweisungen von Herrn Helmstede. Es ist nur so, dass …« Er zögerte lange und seufzte dann tief. »Dass wir weder wissen, wann wir ablegen sollen, noch, wohin die Reise geht. Und Ihr kennt ja die Geschichte von der letzten Fahrt dieser Kogge. Nun fürchten die Männer …«

»… eine Reise zur Hölle«, vollendete ich. »Nun, Gernot, seid versichert: Wenn Ihr einen Inquisitor anlügt, dann reist Ihr ganz sicher zur Hölle.«

Er hob abwehrend die Hände, dann schlug er hastig ein Kreuz. »Nein, ich schwöre es bei der Seele meiner Mutter: Ich weiß nicht mehr über diese Reise als das, was ich Euch bereits gesagt habe.«

So kam ich denn, unauffällig genug, wie ich hoffte, auf das eigentliche Anliegen meines Besuches auf der Kogge zu sprechen. »Vielleicht segelt Ihr zum Land der Periöken?«, fragte ich.

Gernot sah mich mit erstaunten Augen an. »Wo soll das liegen, Herr?«

»Ihr kennt es nicht?«, erwiderte ich enttäuscht.

»Ich habe nie davon gehört.« Nun floss der Schweiß in dicken Strömen von seinem Haupt. »Sagt, ist dies das Land des Satans?«

»Nein«, rief ich hastig und schlug nun meinerseits das Kreuz. »Das glaube ich nicht. Ich hatte nur gehört, dass es ein fernes Land sei. Und da die ›Kreuz der Trave‹ für eine weite Reise vorbereitet wird, dachte ich, dass ihr Ziel vielleicht dort läge. Es war nur so ein Gedanke von mir, der ich noch nie zur See gefahren bin.«

Der Steuermann schüttelte den Kopf. »Ich habe von Meerjungfrauen gehört und von riesigen Kraken, die aus den Tiefen emporsteigen und Schiffe verschlingen. Von bretonischen Fischern hörte ich, die Wale jagen und mitten im Ozean tote Ratten treiben sahen. Und von Gras, das auf den Wogen wächst und Segler festhält, bis die Mannschaft an Bord verdurstet ist.

All dies habe ich selbst noch nie gesehen und hoffe auch, es niemals zu erleben. Doch gehört habe ich schon davon. Das Land der Perioken aber kenne ich nicht. Noch nie hat jemand zu mir von diesem Land gesprochen«, versicherte er erneut. »Und ich glaube nicht, dass Schiffe dorthin segeln. Zumindest keine Schiffe der Christenheit.«

Ich nickte und dankte ihm. Niedergeschlagen wollte ich schon die Kogge verlassen, weil sich wieder eine Spur, der ich zu jenem geheimnisvollen Land der Perioken gefolgt war, in nichts aufgelöst hatte.

Dann, einer Eingebung folgend, drehte ich mich an der Planke noch einmal um und rief den Steuermann mit einer Geste zu mir.

»Traut Ihr mir, Gernot?«, fragte ich ihn mit leiser Stimme, sodass uns niemand belauschen konnte.

»Ja, Herr«, versicherte der vierschrötige Steuermann eifrig und nickte dabei so stark, dass sein wallendes rotes Haar am Kopf züngelte wie Flammen.

»Gut, dann müsst Ihr mir etwas versprechen.«

»Alles, was Ihr befehlt, Herr!«

»Sorgt Euch nicht«, beruhigte ich ihn. »Ich möchte nur, dass Ihr mir eine Botschaft zukommen lasst, sobald Euch Herr Helmstede sagt, wann die Reise losgeht – und wohin sie Euch führen soll. Könnt Ihr nicht selbst kommen, dann schickt mir Euren vertrauenswürdigsten Matrosen. Der Segen des HERRN wird auf dieser Fahrt ruhen, wenn Ihr Euch nur rechtzeitig offenbart.«

»Das werde ich«, versprach Gernot der Steuermann und legte zur Bekräftigung seine massige Hand auf das Herz.

Müde schlich ich schließlich zurück zum Kloster in der Rue Saint-Jacques. Ermattet war ich von den Spielen der Sünde, zu denen mich Klara Helmstede verführt hatte; erschöpft an Geist und Seele von den immer neuen Rätseln, die sich mir auftaten; niedergedrückt von der Hitze und der Angst und dem Zorn, die in den Straßen herrschten.

Doch später, in meiner Zelle, wollte ich keinen Schlaf finden. Ich hatte mich mit Wasser und Brot gestärkt und mit meinen Brüdern die vorgeschriebenen Gottesdienste besucht. Den Staub hatte ich mir von den Füßen gewaschen. Bruder Malachias hatte mir in Augen und Rachen geblickt und mich für wieder vollständig genesen befunden. Meister Philippe war nirgendwo zu sehen, niemand wusste, wo er sich befand. Ich hätte mich ohne schlechtes Gewissen auf meine Pritsche legen und meine müden Glieder ausstrecken können. Doch ich fand keine Ruhe. Während draußen das Dunkel der Nacht wie eine Decke Paris überwölbte, lauschte ich nach verdächtigen Geräuschen. Das Kloster jedoch schlief und war still wie eine Gruft.

Ich dachte an die Reedersgattin und erinnerte mich unserer Stunden der Wollust. Doch selbst dies vermochte meinen unruhigen Geist nicht abzulenken. Ständig quälte mich die eine Frage: Was bedeutet *terra perioeci*?

Seeleute, so viel glaubte ich nun sicher zu wissen, kannten dieses Land nicht. War es also ein Reich, das nur in der Fantasie existierte? Aber warum hätte es dann jemand aus einem alten Manuskript tilgen sollen? Warum sollte ein sterbender Mönch gerade diesen Namen mit seinem Blut schreiben? Doch wenn es kein Land war, das Seeleute ansteuern konnten – was mochte sich dann dahinter verbergen? War es ein Rätselwort? Musste ich nur die Buchstaben anders ordnen, um zur wahren Bedeutung vorzustoßen?

Ich folgte diesem Gedanken eine Zeit lang und schrieb in meinem Geist wohl eine Stunde oder mehr die Buchstaben der beiden Wörter in immer neuer Reihenfolge nieder – vergebens.

Schließlich wusste ich mir keinen anderen Rat, als zu hoffen, in anderen Büchern eine neue Spur zu entdecken. Wie viele Werke über Geografie mochte es geben? Ich hatte mich stets für die Theologie interessiert, weniger für die Beschaffenheit dieser Welt. So konnte ich die Zahl gelehrter Werke in diesem Feld nicht schätzen. Mochten es Dutzende sein? Hunderte?

Die Bibliothek des Nechenja ben Isaak, der solcherart Bücher, wie seine Tochter mir verraten hatte, zu schätzen wusste, umfasste wohl mehr als einhundert Folianten. Gerne wäre ich zu ihm gegangen und hätte sie in aller Ruhe studiert. Doch konnte ich es wagen, jetzt, da die Bürger jeden Juden mit mehr als nur dem althergebrachten Hass verfolgten, bei einem jüdischen Geldwechsler einzukehren? Was mochte geschehen, wenn mich jemand sähe?

Hätte ich eine offizielle Begründung gehabt, es wäre sicherlich einfach gewesen. Als Inquisitor hätte ich sagen können, dass ich weitere Spuren in den Todesfällen verfolgte. Doch ich hatte ja gerade versprochen, den Geldwechsler und seine Tochter, wenn es mir irgendwie möglich war, von den Händen der Inquisition fernzuhalten.

Nein, ich durfte Lea und ihren Vater nicht gefährden.

Also blieb mir nur, zum Kollegium de Sorbon zurückzukehren. Auch dort mochten wohl viele Werke über Geografie zu finden sein. Vielleicht, so hoffte ich, würde eines von ihnen mir einen neuen Hinweis enthüllen.

Es war wohl schon beinahe Mitternacht, da ich endlich Ruhe im Geiste fand. Ich griff zur Heiligen Schrift, um die Worte des

HERRN in meine Seele zu lassen, bevor meine Augen sich schlossen.

Über der Offenbarung des Johannes schlief ich endlich ein. Ich weiß noch, welche Sätze es waren, denn ich träumte gar viel von ihnen in jener Nacht. Da ich nicht an Zufälle glaube, war es sicherlich ein Zeichen GOTTES, das er mir sandte. Ich aber war blind und erkannte es damals nicht, obwohl es mir doch heute so deutlich scheint wie die Sonne am helllichten Tag:

Et vidi alium angelum fortem descendentem de caelo amictum nube et iris in capite eius et facies eius erat ut sol et pedes eius tamquam columna ignis et habebat in manu sua libellum apertum et posuit pedem suum dextrum supra mare sinistrum autem super terram et clamavit voce magna quemadmodum cum leo rugit et cum clamasse locuta sunt septem tonitrua voces suas.

DER ENGEL DER FINSTERNIS

Mein Plan, am nächsten Tag in Büchern nach dem Land der Periöken zu suchen, ging wieder nicht auf. Stattdessen musste ich durch Ströme von Blut waten.

Nach dem Morgenmahl erblickte ich endlich wieder Meister Philippe. Der Inquisitor eilte auf mich zu; seine Kutte war staubbedeckt, sein Gesicht gerötet.

»Fühlst du dich wieder wohl, Bruder Ranulf?«, fragte er mich.

»Ja«, antwortete ich. Freude und Schrecken zugleich durchfuhren mich. Freude, da ich ahnte, dass ich endlich wieder mit Meister Philippe auf die Jagd nach dem Verbrecher gehen durfte. Schrecken, weil es inzwischen so viele Dinge zu verheimlichen galt, dass ich mich schon fürchtete, mit dem Inquisitor zu sprechen – aus Angst, dass mich ein unbedachtes Wort verraten könnte.

Sollte ich ihm von der *terra perioeci* berichten? Doch wie ich es auch in meinem Geiste wenden mochte, mir fiel keine Geschichte ein, mit der ich ihm zwar von jenem geheimnisvollen Land hätte berichten können, gleichzeitig jedoch jede Anspielung auf die Tochter des Geldwechslers oder gar die Gattin des Reeders vermieden hätte.

Es stellte sich allerdings sogleich heraus, dass ich auch gar keine Zeit hatte, mir eine Ausrede einfallen zu lassen. Denn der Inquisitor nickte nur erfreut und fasste meinen Arm, um mich aus dem Speisesaal zu drängen.

»Wir müssen uns eilen!«, flüsterte er.

»Warum?«, wollte ich wissen, während wir schon in unziemlicher Hast durch den Kreuzgang eilten, und ich spürte, wie einige Mitbrüder uns misstrauische Blicke zuwarfen.

»Während du mit deiner Krankheit gerungen hast«, erklärte Philippe de Touloubre, ohne dabei jedoch seinen Schritt zu verlangsamen, »habe ich von einem der Spitzel, die regelmäßig für die Inquisition arbeiten, einen Hinweis auf Pierre de Grande-Rue erhalten.«

»Den Vaganten?«, fragte ich erstaunt. Ihn hatte ich inzwischen fast vergessen.

Meister Philippe nickte grimmig. »Endlich glaubt jemand, ihn gesehen zu haben. Er soll bei einem Fleischer untergekommen sein und sich in den großen Schlachthöfen verstecken.«

Ich verzog angeekelt den Mund. »Ein wahrhaft teuflisches Versteck, denn welcher Mensch würde schon freiwillig an solch einen grausigen Ort gehen?«

»Wir werden dorthin gehen. Und zwar sofort!«, verkündete der Inquisitor und bedachte mich mit einem sardonischen Lächeln.

Ich schlug ein Kreuz und wappnete mich – meine Suche nach dem Land der Periöken musste ich wohl oder übel auf einen anderen Tag verschieben.

Während wir die Rue Saint-Jacques Richtung Seine hinuntereilten, fragte ich mich, ob der Vagant etwas mit der *terra perioeci* zu tun haben könnte. Doch was? Mochte es ein »Land der Vaganten« geben? Oder ein Lied, in dem jenes geheimnisvolle Reich beschrieben wurde?

Wir eilten über den Petit Pont, die Insel im Schatten von Notre-Dame und schließlich den Grand Pont. Auf der anderen Seite der Seine wandten wir uns nach rechts, ließen die Place de Grève hinter uns und eilten einen schmutzigen, doch angenehm schattigen Weg entlang, der »Ufer der Ulmen« genannt wurde.

Unterwegs blickte ich mich unauffällig zum Hafen um: Dort ragte noch immer der Mast der »Kreuz der Trave« auf. Ich sah ein paar Matrosen an Deck stehen, doch hatten sie offenbar nichts mehr zu tun. Richard Helmstede und der Steuermann Gernot waren nirgends zu erblicken. Mein Herz schlug schneller vor Freude und Wollust, denn solange die Kogge in Paris blieb, so lange durfte ich hoffen, die Gattin des Reeders wiederzusehen.

Je länger wir entlang der Seine stromaufwärts gingen, desto ärmlicher wurden die Häuser am Uferweg. Ginster, Brennnesseln und Brombeeren wucherten nun am Rande des Weges. Der Boden war schlammig, und selbst in der Sommerhitze standen noch kleine Tümpel fauligen Wassers, deren Miasmen schrecklich stanken.

Doch dies alles war nichts im Vergleich zu dem, was sich unseren Augen und Nasen schließlich bei den Schlachthöfen bot. Diese bestanden aus einigen großen, grob aus Ziegeln und Eichenbalken zusammengefügten Hallen am Ufer der Seine. An der dem Fluss abgewandten Seite öffnete sich ein unregelmäßig geformter, staubiger Platz vor den Gebäuden.

Hier erblickte ich Bauern, Stallknechte und allerlei zwielichtige Gestalten, die gebundene Rinder, Schweine, Ziegen, Kaninchen, Hühner und auch manches verletzte oder alte Pferd mit groben Worten und noch gröberen Schlägen zu den Schlachthöfen trieben.

Noah selbst wird niemals ein derart erbärmliches Klagen vernommen haben! Die Protestlaute der größeren Tiere klangen mir wie das verzweifelte Flehen erwachsener Menschen in den Ohren, die Schreie der kleineren Tiere gemahnten mich an das Weinen von Kindern. Dieses animalische Klagen und die menschlichen Flüche und Spottworte, das Rumpeln eisenbeschlagener Karrenräder auf Steinpflaster und das markerschütternde Brüllen, das aus dem Innern der Schlachthöfe drang, bildeten zusammen einen derart infernalischen Lärm, dass ich mir am liebsten die Ohren zugehalten hätte.

Noch schlimmer war jedoch die andere, die der Seine zugewandte Seite der Schlachthöfe. Denn hier war alles voller Blut: Aus offenen Steinrinnen und tönernen Rohren ergoss sich beständig der Lebenssaft der Tiere aus dem Gebäude auf den Uferstreifen, der wohl auf hundert Schritte Länge braunrot war und noch morastiger als andernorts. Auch sah ich überall Innereien und hin und wieder gar einen abgeschlagenen Ochsenschädel. Rot färbte sich das Wasser der Seine, und dünne Blutfäden wurden von der

Strömung mitgetrieben, Richtung Place de Grève und Notre-Dame.

Es stank so sehr, dass ich kaum zu atmen wagte. Dicke, schillerndschwarze Fliegen standen in großen, dunklen Wolken über dem roten Boden und den schauerlichen Hügeln aus verwesenden Gedärmen.

»Lasst uns gehen und den Prévôt royal bitten, ein paar Sergeanten hierher zu schicken. Die mögen nach dem Vaganten suchen«, flehte ich Meister Philippe mit erstickender Stimme an.

Doch der schüttelte nur grimmig den Kopf. Dann schlug er sich die Kapuze hoch und legte eine Falte des Stoffes über seinen Mund.

»Sie würden sich schaudernd abwenden, wie du dich auch am liebsten abwenden würdest«, gab mir der Inquisitor schließlich zur Antwort. Seine Stimme klang dumpf hinter der groben Wolle seiner Kutte. »Die Sergeanten würden dann melden, dass sie niemanden gefunden haben, auf den die Beschreibung des Pierre de Grande-Rue zutrifft. Und sie hätten dabei nicht einmal gelogen – denn wer nicht sucht, der wird auch nichts finden.«

Er schüttelte den Kopf und kam näher. »Es hilft uns nichts und niemand: Wir selbst müssen hier nach dem Vaganten Ausschau halten.«

»Wo sollen wir anfangen zu suchen?«, fragte ich – und gleich darauf wurden meine schlimmsten Befürchtungen wahr.

Der Inquisitor deutete auf die erste Halle der großen Schlachthöfe, aus deren Innern die Schreie sterbender Tiere erklangen und die Blutströme quollen, die in der Seine versickerten.

»Pierre de Grande-Rue, so heißt es doch, versteht das Messer zu führen wie niemand sonst. Wenn er tatsächlich hier Unterschlupf gefunden hat – dann an dem Ort, wo Messerstecher gebraucht werden wie nirgends sonst!«, rief der Inquisitor grimmig.

Keiner achtete zunächst unser, als wir uns den Schlachthöfen näherten und unsere Schritte auf eine kleine Pforte zu lenkten.

Auch ich hatte mir inzwischen die Kapuze vors Gesicht geschlagen. Ich hatte gehofft, meinen Atem so lange als möglich anhalten zu können, sodass ich nur selten gezwungen war, einen neuen Zug jener infernalischen Luft in meinen Körper zu saugen. Doch ich war erregt, und der Wollstoff vor meinem Mund hinderte mich. So keuchte ich denn heftig, als hätte ich große Anstrengung hinter mir.

Die Pforte erschien mir, kaum, dass ich sie durchschritten hatte, wie ein Zugang zur Hölle. Düster war es hier, denn Licht fiel nur durch wenige, zudem verschmutzte Fenster hoch in den Wänden. Es war so heiß wie in einer Schmiede. Hunderte Männer erblickte ich, welche die Tiere, die den Tod rochen und in Panik davonstieben wollten, roh zu hölzernen Bänken zerrten. Menschen und Tiere schrien so laut, dass ich glaubte, mein Kopf müsse platzen.

An den Schlachtbänken standen Männer, die nur mit zerlumpten Beinkleidern angetan waren. Ihre Gesichter, ihre Hände und Arme, ihre nackten Oberkörper waren blutrot, als wären sie Dämonen. Sie schwangen lange Messer oder kurzstielige Beile, mit denen sie rasch Kehlen durchschnitten oder Köpfe abschlugen – je nachdem, wie ihnen die Häscher das Tier darboten. Das Blut der sterbenden Tiere bespritzte die Schlächter. Was nicht auf ihrer Haut kleben blieb, das tropfte von den Bänken in steinerne Wannen, von denen die Rinnen gespeist wurden, die ich draußen erblickt hatte.

Übelkeit stieg in mir hoch, und ich glaubte, ich würde meine Sinne verlieren. Doch der Inquisitor sah sich ungerührt um, dann stieß er mich an. Er deutete auf einen der Schlächter.

»Pierre de Grande-Rue«, zischte Meister Philippe. Seine Stimme zitterte vor Triumph.

Auf den ersten Blick vermochte ich den Hünen in einer der hinteren Schlachtreihen kaum von den anderen unterscheiden, so über und über war auch er mit Blut bedeckt. Doch dann sah ich, dass er außergewöhnlich groß war, kräftig und dick, dass er rote Haare hatte und einen roten Bart; in seiner Rechten hielt er ein

Messer, das noch länger war als das der anderen Männer, die hier ihrem finsteren Gewerbe nachgingen.

Doch kaum hatten wir einen Schritt tiefer hineingetan in den Schlachthof, da blickte der Mann zufällig auf. Als er unserer Kutten gewahr wurde, stieß er einen gurgelnden Schrei aus – und schleuderte sein Messer in unsere Richtung.

Für einen Moment, der kaum mehr als ein Augenzwinkern gedauert haben konnte und mir doch wie eine kleine Ewigkeit vorkam, sah ich das schillernde, scharfe blaue Eisen genau auf mich zufliegen. Ich war starr vor Schreck.

Dann spürte ich einen harten Stoß in die Rippen, der mich zur Seite warf. Ich stürzte auf den schmierigen Boden – und dort, wo ich eben noch gestanden hatte, steckte das lange Messer zitternd in einem Eichenbalken.

»Bist du unverletzt?«

Ich sah das Gesicht des Inquisitors, der sich über mich gebeugt hatte. Zum ersten Mal zeigten seine Züge Angst.

»Ihr habt mir das Leben gerettet, Meister Philippe!«, keuchte ich, während ich mich zugleich mühte, wieder auf die Beine zu kommen. »Hättet Ihr mich nicht gestoßen, dann …«

Der Inquisitor hob die Hand. »Genug!«, rief er nur. »Wir müssen ihn fangen!«

Ich blickte zu den Schlachtbänken: Pierre de Grande-Rue war verschwunden.

»Hinterher!«, befahl Meister Philippe.

Wir achteten nicht länger unserer Würde, rafften die Kutten hoch und rannten los. Vorbei an schwitzenden Ochsen, lahmenden Pferden und wild flatternden Hühnern, vorbei an Bauern, die angstvoll das Kreuz schlugen oder uns Hohnworte hinterherschleuderten, vorbei an der Reihe der Schlächter, die in ihrem mörderischen Tun innehielten.

»Wohin ist er gelaufen?«, schrie der Inquisitor sie an.

Da deutete einer auf eine offene Pforte, die in die Rückwand eingelassen war, direkt neben einer Blutrinne.

Wir rannten dorthin, traten hinaus ins Freie und versanken im braunroten Morast.

Der Vagant war nirgends zu sehen.

»Dort entlang!«, rief der Inquisitor. Er deutete auf Fußspuren, die in dem weichen Boden deutlich auszumachen waren. Wir folgten ihnen entlang der Rückwand des Schlachthofes. Ich stolperte und fiel in den Schmutz. Meister Philippe eilte mir davon.

Doch selbst er blieb stehen, als er ans Ende der Wand gelangt war. Die letzte Spur zeigte an, dass Pierre de Grande-Rue auf den Vorplatz gerannt sein musste, doch im Gedränge aus Mensch und Tier war er nirgends auszumachen. Ratlos sahen wir uns um, dann gingen wir auf gut Glück über den Platz.

»Wir haben ihn verloren«, sagte ich schließlich resigniert.

Meister Philippe nickte, doch schien er nicht sonderlich enttäuscht zu sein. »Geduld ist eine Tugend, die einem Inquisitor wohl ansteht«, ermahnte er mich. »Haben wir erst einmal eine Spur, dann haben wir auch irgendwann den Sünder. Ich habe Katharer und andere Ketzer zur Strecke gebracht – und ich glaube nicht, dass dieser Vagant hier verschlagener ist, als jene es waren. Wir werden ihn finden!«

So kehrten wir denn, besudelt mit Blut und Dreck und stinkend nach Tod und Verdammnis, zum Kloster zurück, nachdem wir das Messer des Vaganten aus dem Balken gezogen hatten.

Auf dem Weg in die Rue Saint-Jacques wollte ich Meister Philippe noch einmal dafür danken, dass er mir durch seinen Stoß das Leben gerettet hatte, doch er lächelte nur, segnete mich und sprach: »Es war der HERR selbst, der meine Hände führte. Denn mein Geist wusste nicht einmal, was ich da tat, so schnell ging alles vonstatten. Mir scheint, als habe ER noch Großes mit dir vor. Warum sonst hätte ER dich behütet?«

Die nächsten beiden Tage führte mich Meister Philippe wieder zu den Schlachthöfen. Mir schauderte beim Anblick dieses finsteren Ortes, und ich zitterte, wenn ich die Schlachtermesser sah. Außerdem brannte ich darauf, endlich die Spur vom Land der Periöken weiter zu verfolgen. Doch blieb mir nichts anderes übrig, als mich dem Inquisitor zu fügen.

Wir fragten einige Schlächter und Knechte aus und erfuhren so, dass sich der Mann, der vor uns geflohen war, tatsächlich Pierre de Grande-Rue nannte. Niemand allerdings wusste mehr über ihn zu sagen, denn er arbeitete erst seit wenigen Tagen an den Blutbänken. Und niemand vermochte uns zu verraten, wo der Vagant wohnte.

Ihn selbst erblickten wir in jenen beiden Tagen nicht. Auch die Männer, die wir befragten, schworen, dass sie ihn seit jener Flucht nicht mehr gesehen hatten.

»Es ist, als hätte er schon gestanden!«, sagte Meister Philippe trotzdem triumphierend am zweiten Abend unserer vergeblichen Suche in den Schlachthöfen. »Flieht jemand vor einem Inquisitor, dann gilt dies bereits als Eingeständnis seiner Schuld.«

»Ich würde jedoch gerne auch ein Geständnis in Worten hören«, wagte ich zu erwidern. »Denn ich bin gespannt auf das, was uns der Vagant zu berichten hat.«

Da lachte Meister Philippe und klopfte mir aufmunternd auf die Schulter. »Er wird uns alles erzählen, Bruder Ranulf. Nur Geduld!«

Wir waren schon in der Rue Saint-Jacques, nur noch wenige Schritte von unserem Kloster entfernt, als ich im Schatten unter dem Erker eines Hauses einer Gestalt gewahr wurde: Dort stand eine schlanke, offensichtlich junge Frau, die trotz der drückenden Hitze einen hellen Schleier um das Haupt trug. Als ich an ihr vorbeischritt, hob sie mit ihrer Linken kurz den feinen Stoff – und ich erkannte Lea, die Tochter des Geldwechslers.

Ich wäre vor Überraschung fast gestolpert.

»Verzeiht, Meister Philippe«, stammelte ich, »ich bin etwas ermüdet.«

Der Inquisitor lächelte mir gütig zu. »Du wirst gleich ruhen dürfen, Bruder Ranulf«, erwiderte er.

Während wir an die Klosterpforte klopften, blickte ich mich rasch noch einmal um: Lea hatte den Schleier wieder vor ihr Gesicht gelegt. Sie wartete im Schatten des Hauses.

Ich sah, dass sie wieder keinen gelben Flicken auf ihrem Gewand trug. So fiel sie zwar weniger auf, wenn sie durch die Straßen ging, doch ausgerechnet vor dem Kloster der Dominikaner, der Heimstatt der Inquisitoren, ein derartiges Risiko einzugehen …! Sollte sie jemand erkennen, würde sie unweigerlich im Kerker enden.

Schweiß brach mir aus, denn ich wusste, dass ich mich beeilen musste. Jeder Augenblick, den ich zögerte, vergrößerte die Gefahr für die junge Jüdin.

Also verabschiedete ich mich im Kreuzgang von Meister Philippe und ging gemessenen Schrittes in meine Zelle. Dort zählte ich im Geiste bis einhundert, dann spähte ich vorsichtig wieder auf den Gang.

Niemand war zu sehen.

Also eilte ich zurück, durchmaß den Kreuzgang und grüßte an der Pforte den alten Portarius. »Meister Philippe schickt mich noch auf einen Botengang«, erklärte ich ihm, da mir auf die Schnelle keine bessere Ausflucht einfallen wollte. Dann war ich draußen.

Gemessenen Schrittes ging ich die Rue Saint-Jacques hinunter Richtung Seine. Ich sah mich nicht um, doch spürte ich, wie sich Lea, kaum dass ich sie passiert hatte, aus dem Schatten an der Hauswand löste und mir dichtauf folgte.

»Ich bin so froh, dass wir kurz miteinander sprechen können«, flüsterte sie.

»Wir haben nur ein paar Augenblicke Zeit«, erwiderte ich. Dann setzte ich, weil dies so kaltherzig klang, eilig hinzu: »Aber auch ich freue mich, dich wieder zu sehen.«

Und dies war keine Lüge.

Es war schön, die junge Tochter des Geldwechslers hinter mir zu wissen, auch wenn ich nicht wagte, den Kopf zu wenden. Nur gelegentlich, mit einem Blick aus den Augenwinkeln, erhaschte ich eine Bewegung ihres grazilen Körpers; ihre fein geschnittenen Züge waren unter dem Schleier gänzlich verborgen.

Vielleicht waren es diese Reize des Weibes, die mich, nachdem ich erst ein paar Schritte getan hatte, eine Entscheidung treffen ließen. Vielleicht war es aber auch ein Gefühl, das mir sagte, allein die kluge und mutige Jüdin könne mir nun noch helfen. Jedenfalls entschloss ich mich, Lea das zu enthüllen, was ich selbst dem Inquisitor Meister Philippe verschwiegen hatte.

In wenigen, hastigen Worten erzählte ich ihr, unter welchen Umständen ich den Namen *terra perioeci* gelesen hatte. Ich berichtete vom *»Liber floribus«* aus der Bibliothek ihres Vaters – und von jener Handschrift aus dem Kollegium de Sorbon, in der jemand jeden Hinweis auf das geheimnisvolle Land getilgt hatte.

Wir waren bis zum Petit Pont gelangt, als ich mit meiner Geschichte zu Ende war. Ich verharrte einige Augenblicke am Ufer, dann ging ich langsam wieder zurück; Lea folgte mir stets. Ich konnte nur hoffen, dass wir keine Aufmerksamkeit erregten.

»Bruder Ranulf, ich danke Euch für das Vertrauen, das Ihr in mich setzt«, flüsterte die junge Jüdin, und Freude durchströmte mich ob dieser lobenden Worte.

Memores estote uxoris Loth. Quicumque quaesierit animam suam salvare perdet illam et qui perdiderit illam vivificabit eam.

»Was soll ich nun tun?«, setzte sie dann hinzu.

»Ihr müsst mir helfen«, bat ich. »Geht in die Bibliothek Eures Vaters, und studiert dort alle Bücher. Sucht nach der *terra perioeci*! Auch der kleinste Hinweis mag wichtig sein. Auch der unbekannteste aller Gelehrten, ja selbst die der Häresie verdächtigen Autoren mögen uns etwas mitteilen, das uns helfen kann, das Geheimnis zu lösen.

Eilt abends, so wie heute, vor das Kloster, wenn Ihr etwas entdeckt habt. Ich werde Euch finden und mit Euch sprechen können. Derweil werde ich die Bibliothek des Kollegiums de Sorbon aufsuchen und dort ebenfalls nach gelehrten Werken suchen, die ein Licht werfen könnten auf jenes Land.«

Lea schwieg, da uns gerade ein paar Marktweiber passierten, doch sah ich aus den Augenwinkeln, dass sie zustimmend nickte.

»Noch etwas«, flüsterte ich, als die Frauen außer Hörweite waren. »Hat Euer Vater je etwas mit einem Vaganten zu schaffen gehabt, der sich Pierre de Grande-Rue nennt?«

Die junge Jüdin war so beherrscht, dass sie selbst bei dieser Frage, die ihr sicherlich seltsam dünkte, keine Überraschung zeigte.

»Vaganten haben keine Scheu, mit Juden zu reden«, antwortete sie. »Und sie kommen viel herum. So zahlen Geldwechsler ihnen hin und wieder kleine Summen, damit ihnen das Fahrende Volk Neuigkeiten bringt. Über Armut und Reichtum in fremden Städten etwa oder wo sich gute Handwerker finden lassen oder welcher hohe Herr sich mit den Vaganten auf Glücksspiele und dergleichen einlässt. Auch mein Vater lädt manchmal Vaganten in sein Haus. Doch ich kenne deren Namen nicht, denn diese Leute stellen sich einer Frau nicht vor und mein Vater vermeidet es, mit mir über sie zu sprechen.«

»Ich meine einen Vaganten, der sehr groß und dick und dabei kräftig ist. Er hat feuerrote, wilde Haare und einen ebensolchen Bart. Wer ihn einmal gesehen hat, der vergisst seine Erscheinung nicht mehr.«

Lea dachte ein paar Augenblicke nach. »Nein«, gab sie schließlich zur Antwort, »ich kann mich nicht erinnern, jemals einen Mann gesehen zu haben, auf den Eure Beschreibung zutrifft. Doch ich könnte versuchen, meinen Vater unauffällig nach seinem Wissen über die Vaganten auszufragen«, entbot sie.

»Tut das«, antwortete ich und hätte gerne noch mehr Worte an sie gerichtet.

Doch da sah ich zwei Mitbrüder, die mir entgegenkamen. Ich senkte das Haupt, ging jedoch weder schneller noch langsamer.

Lea musste die Mönche ebenfalls gesehen haben – und verstand sofort. Sie folgte mir noch eine kurze Wegstrecke, dann bog sie in eine Seitengasse ein. So verschwand sie lautlos hinter meinem Rücken, ohne dass wir uns voneinander verabschieden konnten.

Ich traf meine Mitbrüder genau vor der Klosterpforte. »*Pax vobiscum*«, murmelte ich. Zusammen mit den beiden Mönchen, die sich nicht überrascht zeigten, mich in der Abendstunde noch auf der Straße zu sehen, trat ich dann ein.

Doch als ich mich schon in Sicherheit wähnte, fuhr mir der Schrecken in die Glieder. Es war im Kreuzgang, den ich langsam durchschritt – und wo mir plötzlich Meister Philippe entgegenkam.

»Hast du noch einen kleinen Spaziergang unternommen, Bruder Ranulf?«, fragte mich der Inquisitor höflich. »Kannst du keine Ruhe finden?«

Ich spürte, wie mir die Röte ins Gesicht schoss. Waren dies nur die freundlichen, besorgten Worte eines älteren Mitbruders, oder hatte der Inquisitor etwas geahnt? Hatte er mich gar auf der Straße gesehen und bemerkt, wie mir die verschleierte junge Frau gleich einem Schatten gefolgt war? Würden sich seine scharfen Augen überhaupt von Leas Gewändern täuschen lassen? Hatte er mich also gar gesehen – und wusste zugleich, mit wem ich gesprochen hatte? Sollte ich ihm nun die Wahrheit sagen – oder sollte ich weiter lügen?

Ich entschloss mich zur Lüge.

So murmelte ich denn etwas von meiner Besorgnis über die wirren und gefährlichen Ereignisse im Schlachthof und versicherte Meister Philippe, dass ich meine Ruhe nun jedoch wiedererlangt hätte. In unziemlicher Hast nahm ich dann meinen Abschied und eilte zu meiner Zelle. Dort lehnte ich mich an die Wand und atmete tief durch. Ich fühlte mich erschöpft. Und zugleich zitterte ich, denn dies war mir nun klar: Ich hatte den Verdacht des Inquisitors erregt.

Der nächste Tag war der des Apostels Thomas. Ein neuer, heißer Julimorgen brach gerade an. Ich war dankbar für die Kühle der Kirche, in der ich mich, noch schlaftrunken, zur Prim einfand.

Doch kaum erklangen die Stimmen der Brüder zum ersten

Hymnus, entstand Unruhe an der Pforte unseres GOTTES Hauses. Ein Novize drängte sich herein, schlich zum Platz von Meister Philippe und flüsterte diesem etwas ins Ohr. Der Inquisitor unterbrach seinen Gesang, dann gab er mir mit der Hand ein Zeichen, ihm zum Ausgang der Kirche zu folgen.

Ich wagte nicht, ein Wort zu sagen, sondern ging schweigend hinter Meister Philippe her bis zum Kreuzgang. Als ich dort ankam, schauderte ich, als hätte ein Engel der Finsternis seinen eisigen Flügel über mein Gesicht hinwegschweben lassen. Denn dort stand jener große, bärtige Sergeant, der uns einst zum toten Heinrich von Lübeck geführt hatte.

»Verzeiht, dass ich Euch aus der Kirche holen lassen musste, Ihr Brüder«, begann er und verneigte sich. Sein Atem stank noch stärker nach Knoblauch, als ich es von unserer letzten Begegnung in Erinnerung hatte. Man sah ihm an, dass ihn ein schlechtes Gewissen plagte und vielleicht auch die Furcht vor uns oder jemand anderem.

»Ich muss Euch sagen, dass wir soeben die Schönfrau Jacquette gefunden haben.«

Ich schloss die Augen und schickte ein stummes Gebet zu IHM. Einen Moment war mir, als hätte sich meine Befürchtung bestätigt und die junge Dirne wäre in die Hände ihrer Häscher gefallen.

Doch es kam noch schlimmer.

»Sie ist tot«, setzte der Sergeant tonlos hinzu.

Ich schwankte, als hätte mir jemand aufs Haupt geschlagen.

»Fühlst du dich nicht wohl, Bruder Ranulf?«

Wie aus großer Ferne vernahm ich die Stimme des Inquisitors.

»Es ist nichts, Meister Philippe«, antwortete ich. »Mich schwächt nur die drückende Hitze.«

Von all den Lügen, die ich dem Inquisitor bis dahin schon erzählt hatte, war keine wohl weiter von der Wahrheit entfernt als diese. »Es ist nichts!« Dabei war mir, als habe man mir das Herz aus dem Leib gerissen. Denn wiewohl ich der jungen Dirne niemals beigewohnt, ja sie kaum einmal mit der Kuppe eines Fingers berührt hatte, war sie mir doch zur ersten Frau in meinem Leben geworden. Ja, bei ihrem Anblick hatte ich wie nie zuvor an die Sünde der Wollust gedacht, sie hatte mich, genau wie es unsere Kirchenväter beschrieben, auf den Abweg geführt, der nun mein Seelenheil bedrohte. Und doch: Ich war glücklich in ihrer Nähe gewesen und geehrt durch ihr Vertrauen.

Ein Vertrauen, das sie mir vergebens entgegengebracht hatte. Denn ich hatte sie nicht schützen können. Ich hatte ihr keinen Ausweg gewiesen, nicht aus ihrer Seelenpein und nicht aus Paris, wo ein dunkler Schatten sie bedrohte. Stumm betete ich für ihre Seele und hoffte, dass Jacquette trotz aller ihrer Sünden in SEIN Reich eingegangen war und teilhatte an SEINER Herrlichkeit.

Dann ermannte ich mich. »Ich fühle mich stark genug für diesen Weg, Meister Philippe«, sagte ich laut. Meine Stimme zitterte, doch ich versuchte, energisch zu nicken.

»Gut«, antwortete der Inquisitor, nachdem er mich einen Augenblick lang gemustert hatte, »folgen wir dem Sergeanten!«

Der massige Uniformierte führte uns quer durch die Stadt. Fahl war der Himmel über Paris, noch gab kein Windhauch eine Erfrischung in der lastenden Hitze. Doch fern im Westen stand ein schwarzer Strich am Horizont – und ich hoffte, dass es Wolkentürme seien, die ein Gewitter bringen würden, das uns abkühlte.

Und uns von allem Schmutz und allen Sünden reinwusch.

»Sie haben sie am Baudets-Tor gefunden«, sagte der Sergeant. »Es ist noch keine Stunde her.«

»Wer hat Jacquette entdeckt?«, fragte Meister Philippe.

»Ein Färber namens Durant de Brie«, bekam er zur Antwort. »Er wohnt im ›Haus zum Bären‹ neben dem Tor und hat sie gesehen, als er ans Fenster trat.«

»War sie da schon tot?«

Das Gesicht des Sergeanten rötete sich noch stärker als zuvor. »Das haben wir nicht gefragt, Herr. Doch wir haben den Färber festgehalten. Er wird Euch Auskunft geben können.«

Wir legten den Rest des Weges schweigend zurück. Es ging

über die Seine, vorbei an Notre-Dame, wo ich Jacquette das erste Mal gesehen hatte. Am anderen Ufer schritten wir bis zur Rue Saint-Antoine, wo wir uns gen Osten wandten. Kurz vor der Stadtmauer führte uns der Sergeant in eine Gasse, die parallel zur großen Straße bis zur Befestigung lief und dort in ein kleines Tor mündete.

»Die Porte Baudets«, sagte der Uniformierte und deutete nach vorne.

Wir waren im Viertel der Gerber und Färber, und es stank nach verwesendem Fleisch, nach fauligem Leder und nach Urin und all den anderen Ingredienzen, mit denen Tierhäute zu feinen Schuhen, weichen Handschuhen und zu Pergament verarbeitet werden.

Nur ein paar Schritte entfernt Richtung Seine-Ufer lagen die Schlachthöfe, wo wir Pierre de Grande-Rue aufgespürt und wieder aus den Augen verloren hatten.

»Da liegt sie«, sagte der Sergeant. »Wir haben sie nicht angerührt.«

Ich wollte die Augen schließen und konnte es doch nicht. Wie durch böse Magie gebannt starrte ich zu jener Stelle: Es war eine Nische in der Stadtmauer, kaum zwei Armlängen tief und nur wenig breiter, ein paar Schritte neben dem Baudets-Tor.

Jacquette lag dort auf dem staubigen Boden. Die junge Schönfrau war auf dem Rücken ausgestreckt, beide Arme waren vom Körper weggebogen. Man hätte denken können, sie schliefe tief – wären ihre Augen nicht weit aufgerissen gewesen und hätten starr in die Unendlichkeit geblickt. Ihr wirres, offensichtlich seit Wochen ungewaschenes braunes Haar hatte sich wie ein Schleier um ihr Haupt gelegt. Ihr Körper erschien mir noch magerer als das letzte Mal, da ich sie gesehen hatte. Doch das mochte auch daran liegen, dass sich ihr Brustkorb nun nicht mehr hob und senkte. Ihre rechte Brust war entblößt, denn das schäbige Gewand war dort zerfetzt, doch erkannte ich dies erst bei genauerem Hinsehen. Braunrot eingetrocknetes Blut hatte sich darüber ergossen. Es war aus einem tiefen, breiten Stich oberhalb der Brust geflossen.

Qui enim mortuus est iustificatus est apeccato. »Verzeih mir, Jacquette!« So sprach ich in Gedanken zu ihr, während der Inquisitor ihren toten Körper schweigend umkreiste. »Du warst die geringste aller Dirnen – und doch hätte ich dich freudiger beschützt als selbst den Papst. Doch ich habe versagt, ich war zu schwach, um dir beizustehen in deiner Stunde der Not. Ich war nicht klug genug, den dunklen Schatten aufzuspüren, der dich belauert hat. Aber ich schwöre dir bei allen Heiligen: Ich werde diesen Schatten finden, und er soll auf dem Scheiterhaufen brennen!«

Während ich dies dachte, zuckte kein Muskel in meinem Gesicht. Meister Philippe sollte denken, dass ich schweigend und bewegungslos wartete, bis er seine Beobachtungen abgeschlossen hatte.

Als der Inquisitor sich endlich wieder aufrichtete, trat auch der dünnere der beiden Sergeanten zu uns, den ich ebenfalls schon am Schauplatz jenes Mordes getroffen hatte, der mich in die düsteren Verwicklungen von Paris hineingezogen hatte.

»Sie wird in der Nacht gestorben sein«, sagte Meister Philippe leise.

Dann gab er dem neu hinzugetretenen Sergeanten einen Wink. »Geh und hol mir den Bader Nicolas Garmel! Er mag noch mehr sehen, als ich es hier tue.«

Während sich der Uniformierte eilig auf den Weg machte, wandte sich Meister Philippe an mich. »Was denkst du, Bruder Ranulf? Was ist geschehen?«

Ich schluckte und hoffte, dass meine Stimme weder Trauer noch Rachedurst verriet. »Jacquette mag versucht haben, durch eines der kleineren Stadttore aus Paris zu entkommen«, antwortete ich.

Je länger ich sprach, desto ruhiger wurde ich. Es war, als würden mir die klaren Überlegungen den Kopf frei machen von den Nebeln der Leidenschaft. War dies vielleicht der Grund, warum der Inquisitor mich um meine Meinung bat?

»Wenn sie fliehen wollte, dann hat sie vielleicht jemand abgefangen und umgebracht. Vielleicht hat sie sich auch all die Tage im Viertel der Gerber und Färber versteckt gehalten. Schließlich sind die Miasmen hier ungesund, vor allem im Sommer mit seiner Hitze. Hier werden die Sergeanten weniger genau gesucht haben als andernorts. Trotzdem ist es von hier aus kein allzu langer Weg zu den Gassen um Notre-Dame, wo sie die Männer fand, die für ihre Dienste zahlten. Dann mag es Zufall sein, dass sie am Baudets-Tor erstochen wurde. Kein Zufall jedoch ist ihr Tod. Er zeigt uns, dass derjenige, der sie gesucht hat, sie am Ende auch fand.«

Ich holte tief Luft. »Und wer immer der Schönfrau nach dem Leben trachtete: Es war jemand, der mit einem Messer zustach. Diesmal, anders als bei Heinrich von Lübeck, zeigen die Hände keine Wunden. Mag sein, dass die Dirne ihren Mörder kannte und nicht erwartete, dass dieser eine Waffe zückte. Vielleicht hat sie ihn für einen der Männer gehalten, denen sie zu Willen sein musste.

Es mag aber auch sein, dass der Mörder sie überraschte und ihr keine Zeit mehr blieb, sich zu wehren. Zum Beispiel ...«

Lange zögerte ich, dann sprach ich meinen Verdacht aus. »Zum Beispiel, indem er mit dem Messer nicht zustieß – sondern es warf. Die Schlachthöfe sind nicht weit. Und so, wie Pierre de Grande-Rue dort das Messer nach mir geschleudert hat, so könnte er es auch nach der Schönfrau geworfen haben. Nur dass sie keinen Freund hatte, der sie aus der tödlichen Bahn der Waffe stieß.«

Ich konnte nicht mehr weitersprechen, denn nun überkamen mich doch Reue und Scham.

Der Inquisitor nickte. »Du hast viel gelernt, mein junger Bruder. Bedenken wir noch, dass auch der sündige Domherr Nicolas d'Orgemont aus dem Leben gerissen worden ist, dann bleibt nur eine Schlussfolgerung: Der Mörder Heinrichs von Lübeck hat diejenigen umgebracht, die Zeugen seiner schändlichen Tat waren.«

»Allerdings haben weder der Domherr noch die Schönfrau sagen können, wer Heinrich von Lübeck erstochen hat«, wagte ich nach kurzer Überlegung einzuwerfen.

Meister Philippe nickte. »Das ist wohl gesprochen. Doch weiß dies auch der Unhold, den wir suchen? Immerhin hat uns Jacquette doch so viel sagen können, dass wir auf die Spur des Vaganten Pierre de Grande-Rue gekommen sind. Ist er also der Mörder?«

»Es scheint mir so zu sein«, antwortete ich nachdenklich. »Er hat zudem sein Messer nach uns geschleudert. Mich schaudert es, doch mag es sein, dass er auch uns, die wir ihm auf den Fersen sind, nach dem Leben trachtet. Die Kutten werden uns nicht schützen. Er hat schon bewiesen, dass er nicht einmal davor zurückschreckt, einen Mönch zu erstechen. Und einen Domherrn von Notre-Dame, falls er auch diese Untat begangen hat.«

Der Inquisitor strich sich bedächtig über die Wange. »Nur eines verstehe ich nicht«, murmelte er. Dann leuchtete wieder die Jagdlust in seinen Augen auf. Sein Gesicht und seine Stimme verrieten, welche Freude er daran hatte, dass sich ihm ein neues Rätsel auftat, kaum dass wir glaubten, ein altes gelöst zu haben.

»Warum«, fuhr Meister Philippe schließlich fort, »sollte Pierre de Grande-Rue diese schrecklichen Taten verübt haben? Die Morde am Domherrn und an der Schönfrau – gut, da mag er unliebsame Zeugen für immer zum Schweigen gebracht haben.

Doch warum die allererste Todsünde? Warum sollte ein Vagant aus der französischen Provinz, der eher zufällig nach Paris gelangt ist, einen Dominikaner aus Deutschland, der auch erst seit kurzer Zeit in der Stadt weilt, niederstechen? Zumal es dem Täter offenbar nicht um Geld ging, denn die Münzen – ein weiteres Rätsel – trug Heinrich von Lübeck ja noch bei sich.«

In diesem Moment kamen gleich mehrere Männer auf uns zu: der hagere Sergeant in Begleitung des Baders Nicolas Garmel. Und aus Richtung der Rue Saint-Antoine stürmte, gefolgt von einigen Wachen, Ambroise de Loré auf uns zu. Dem Prévôt royal stand die Zornesröte im Gesicht, sodass seine Züge leuchteten wie Blut – ebenso wie seine scharlachrote Amtstracht.

»Ist dies die Hure, die den Mord an dem Mönch beobachtet

hat?«, fragte er, kaum dass er angelangt war. In seiner Erregung hielt es der Prévôt nicht für notwendig, einen von uns zu grüßen.

»Dies war die Schönfrau Jacquette. Sie war die beste Zeugin, die wir hatten«, antwortete der Inquisitor gelassen.

»Wer hat ihr das angetan?«, wollte de Loré wissen. »War es der Verfluchte, der auch den Dominikaner entseelt hat?«

»Das ist möglich«, gab Meister Philippe zurück.

Da fluchte der Prévôt so lästerlich, wie es seiner Stellung wahrlich nicht geziemte. »Meister Philippe!«, rief er. »Ihr wisst doch, wie es in Paris gärt! Ihr kennt die Gerüchte von der Seuche draußen im Land. Ihr wisst, dass das Volk Blut sehen will – von den Juden oder von sonst jemandem. Wenn es nach mir ginge, könnten sie ruhig alle Juden verbrennen, doch Ihr wisst, dass es dabei nicht bleiben wird, wenn das Volk erst einmal Gefallen gefunden hat am Töten und Plündern. Und Ihr wisst, dass viele Bürger glauben, all das Unglück habe mit der ungesühnten Mordtat an einem Mann GOTTES begonnen.

Was, glaubt Ihr, wird nun geschehen, wenn das Gerücht die Runde macht, dass der Mörder des Mönches wieder zugeschlagen hat? Dass er nicht nur frei herumläuft, sondern auch noch neue Opfer sucht? Ihr wisst, dass ich keine Boten mehr über Land schicken kann, weder zum König noch zum Papst. Zu unsicher sind die Straßen in Frankreich geworden, zu allgegenwärtig ist der Tod. Doch ich schwöre Euch: Wenn Paris brennen sollte, dann müsst auch Ihr Mönche ans Sterben denken! Denn der Zorn des Volkes wird dann keine Grenzen kennen.«

»Dessen bin ich mir bewusst«, antwortete der Inquisitor – und ich meinte, eine Spur von Spott in seiner Stimme zu vernehmen.

»Misitque et decollavit Iohannem in carcere et adlatum est caput eius in disco et datum est puellae et tulit matri suae. Wollen wir unterdessen den Bader befragen? Mag sein, dass er Spuren sieht, die uns zum Mörder führen, bevor Euer Palast und unser Kloster in Flammen aufgehen.«

Meister Philippe wandte sich an Nicolas Garmel. Er erzählte ihm kurz, welchen Verdacht wir hegten. Besonders betonte er, dass die Schönfrau möglicherweise nicht durch ein gestoßenes, sondern durch ein geworfenes Messer niedergestreckt worden war.

»Sieh dir die Schönfrau gut an«, ermahnte er ihn schließlich. »Gut möglich, dass es hier noch mehr zu entdecken gibt.«

In diesem Moment ließ uns ein machtvolles, lang gestrecktes Grollen erzittern. Dann wurde der Himmel finster – so finster, möchte ich glauben, wie er zur letzten Stunde war, da unser Heiland noch am Kreuze leiden musste.

»Das Gewitter ist da«, flüsterte der Prévôt und schlug ein Kreuz.

Die ersten, schweren Regentropfen klatschten auf das Pflaster.

»Eile dich!«, ermahnte der Inquisitor den Bader. »Bevor das Wasser Spuren wegwäscht.«

»Ich muss die Tote dafür entkleiden, Meister Philippe«, gab Garmel zu bedenken. Der dicke Bader schwitzte stark – ob vor Anstrengung in der drückenden Hitze oder vor Aufregung, das vermochte ich nicht zu sagen.

»Dann tue es hier, auf der Straße. Sofort! Wir werden uns ein paar Schritte zurückziehen, auf dass wir ihren entblößten Körper nicht in Augenschein nehmen müssen.«

Mit diesen Worten gab der Inquisitor uns ein Zeichen. Der Prévôt und ich folgten ihm bis unter das Baudets-Tor, wo wir vor dem Regen ein wenig geschützt waren. Die Uniformierten schlugen ihre Mäntel schützend über ihre Häupter und bildeten einen Kreis um den Bader und die Tote, auf dass kein Neugieriger ihnen zu nahe käme.

Doch diese Maßnahme war überflüssig, denn wieder grollten Donner heran. Blitze zuckten über den schwarzen Himmel. Wie aus dem Nichts kam plötzlich ein kühler Wind auf, der uns erschauern ließ. Dann öffneten sich die Schleusen des Himmels. Der Regen stürzte dicht und schwer zu Boden – so dicht, dass ich den Bader kaum noch sehen konnte und den Körper der dahingeschiedenen Schönfrau gar nicht mehr. Er war so schwer, dass ein Klatschen und Dröhnen einsetzte, das alle anderen Laute erstickte. Wie verlorene Statuen standen die verhüllten Wächter bewegungslos im Unwetter. Und wir drei Gestalten, die wir uns unter das Tor drängten, verharrten in tiefstem Schweigen.

Wohl eine halbe Stunde mochte vergangen sein, bevor der Bader zu uns kam. Nicolas Garmel war nass, als wäre er in die Seine getaucht worden, doch trotz des Regens und der Kühle glühte sein Gesicht rot. »Es ist, wie Ihr gesagt habt, Meister Philippe«, verkündete er. »Die Schönfrau ist erstochen worden. Es ist gut möglich, wenn auch durch nichts zu beweisen, dass das tödliche Messer geschleudert wurde.«

Der Inquisitor nickte. »Ist die Wunde von dem gleichen Messer gerissen worden wie bei Heinrich von Lübeck?«

Der Bader kratzte sich am Haupt. »Das kann ich nicht sagen, Herr. Ganz sicher war es auch diesmal ein Messer, kein Schwert, keine Lanze, kein Spieß, keine Axt. Doch ob es tatsächlich dieselbe Waffe war – das zu bestimmen vermag ich nicht.«

»Hast du sonst noch etwas gefunden?«

»Die Schönfrau muss Hunger gelitten haben, denn sie war sehr mager. Ich entdeckte zudem etliche Wunden und Narben von älteren Verletzungen, vor allem an den Armen und am Rücken. Doch ich fand nichts, das ihr in den letzten Stunden ihres Lebens beigebracht worden wäre.«

»Trug sie etwas bei sich?«, wagte ich einzuwerfen.

Nicolas Garmel schüttelte den Kopf. »Nein, nicht einmal einen Sous. Auch keinen Schmuck. Nur die elenden Gewänder, die sie am Leibe hatte. Nicht einmal Schuhe.«

Das verwunderte mich. Denn die wenigen Male, die ich Jacquette gesehen hatte, war sie zwar ärmlich gekleidet, doch hatte sie stets Holzpantinen an den Füßen gehabt.

»Also wollte sie nicht aus Paris fliehen«, sagte ich zu dem Inquisitor. »Denn hätte sie dies vorgehabt, dann wäre sie doch sicherlich nicht ohne Schuhe losgezogen.«

»Aber warum sollte sie ohne Schuhe durch Paris gegangen sein?«, wandte Meister Philippe ein.

Ich dachte nach – und plötzlich hatte ich ein ebenso klares wie schreckliches Bild vor meinem inneren Auge. Ein Bild, das mich schaudern ließ.

»Jacquette ist verfolgt worden!«, rief ich. »Jemand hat ihr irgendwo aufgelauert oder sie bedroht. Da ist sie geflohen. Und um besser laufen zu können, hat sie die Holzpantinen abgestreift. Sie ist gerannt, bis …«

»… sie zur Stadtmauer kam und in der Falle saß«, vollendete der Inquisitor. »Gut möglich, Bruder Ranulf. Doch hätte sie sich dann nicht gewehrt? Müssten wir davon nicht Spuren sehen?«

Dann gab er dem Bader einen Wink. »Du kannst gehen, vielen Dank«, murmelte er. Zum Prévôt gewandt, sagte er: »Lasst Eure Wächter die Tote zum Friedhof bringen. Begrabt sie in geweihter Erde«, setzte er hinzu.

»Wir hingegen«, verkündete der Inquisitor schließlich, »wollen nun das ›Haus zum Bären‹ besuchen. Ich nehme an, dass es der Färber Durant de Brie nicht verlassen durfte?«

Der dicke Sergeant nickte eilfertig. »Wir haben ihm befohlen, sich für Euch zur Verfügung zu halten, Meister Philippe.«

Die Wucht des Gewitters war inzwischen einem Nieselregen gewichen, der uns benetzte, doch niemandem mehr Furcht einflößte. So gingen wir zu einem schäbigen kleinen Haus, das sich ein paar Schritte neben dem Baudets-Turm schief an die Stadtmauer lehnte.

Ich warf noch einen letzten Blick auf Jacquette. Ich sah, wie zwei Uniformierte die Kleider, kaum mehr als Lumpen, nachlässig über den weißen, mageren Körper warfen, bevor sie ihn anhoben. Ihre Blöße bedeckten sie nicht, doch breiteten sie ein Gewand über ihren Kopf, sodass man ihr Gesicht nicht erkennen konnte.

Verstohlen schlug ich das Kreuz. Ich betete, dass Jacquette ins Paradies eingehen mochte und dort vielleicht ihren Gatten und all die anderen ihr teuren Menschen fand, die der schreckliche Krieg mit den Englischen und Burgundischen schon vor ihr aus dem Leben gerissen hatte. Ich betete, dass sie, wo immer sie nun weilte, glücklicher war als in unserer Welt der Sünder und Sterblichen. Und ich betete, dass GOTT mir die Klugheit und die Stärke schenkte, den Mann zu finden, der ihr Leben, so elend es auch war, geraubt hatte.

Als ich mich gerade abwenden wollte, fiel mein Blick zufällig auf Nicolas Garmel. Der Bader stand bereits einige Schritte abseits von uns. Auch er starrte auf die Tote, doch bemerkte er nicht, dass ich ihn ansah. Garmels Gesicht verriet Trauer – und da war noch etwas anderes. Ich brauchte wohl ein, zwei Augenblicke, bis ich wusste, was mich so verwunderte: Nicolas Garmel sah aus wie ein Mann, den ein schlechtes Gewissen plagte.

Während ich mich rasch umwandte, um keine Aufmerksamkeit zu erregen, und Meister Philippe und dem Prévôt folgte, fragte ich mich, was uns der Bader wohl verschwiegen hatte.

Und warum er dies getan haben mochte.

Durant de Brie erregte, kaum dass er uns die Pforte seines armseligen Hauses geöffnet hatte, meinen Widerwillen. Der HERR möge mir mein rasches und ungerechtes Urteil verzeihen, doch traf ich nur selten in meinem Leben einen Menschen, der mir schon beim ersten Anblick so wenig Vertrauen einflösste wie er.

Der Färber war unbestimmbaren Alters, doch sicherlich schon jenseits der dreißig. Er war weder groß noch klein, dazu sehr hager, außerdem ging er gebeugt und hinkte. Nur wenige, fahle Haarsträhnen klebten an der schrundigen Haut seines Schädels; seine Stirn war niedrig, die Augen schienen so hellblau, dass sie fast durchsichtig wirkten und ihm das Aussehen eines Blinden oder gar eines Toten gaben. Seine Nase war lang und schmal, seine Lippen warfen sich auf, die meisten Vorderzähne fehlten. Betrachtete ich sein Gesicht, so musste ich unwillkürlich an ein Wiesel denken.

»Willkommen in meinem bescheidenen Heim, ihr Herren!«, rief er und verbeugte sich tief. Seine Stimme klang brüchig wie das Rascheln schlecht gepflegten Pergaments. Er stank nach Urin und anderen scharfen Gerberstoffen.

Durant de Brie führte uns in eine Stube, die mit einigen schiefen Holzstühlen, einer Bank und einem wackeligen Tisch nur kärglich eingerichtet war. Geistesabwesend schlug er nach einer großen Kakerlake, die an einer Wand hochkroch, während wir eintraten. Ich betrachtete den dunklen Fleck, den das tote Tier auf der schmutzigen Wand hinterlassen hatte.

»Warum, HERR, hast du diesen Menschen geschickt, als Jacquette in der Stunde der größten Not war? Warum ihn? Warum nicht mich? Hätte ich ihr denn nicht viel besser beistehen können als jener elende Färber?«

Dann ermahnte ich mich, dass diese meine Gedanken die Sünde des Hochmutes in sich trugen. War ich, der wollüstige und lügnerische Mönch, nicht viel nichtswürdiger, als es jener Färber je sein könnte? War nicht Jesus Christus bei jenen Menschen eingekehrt, die von allen anderen verachtet wurden? War ich nicht wie ein Pharisäer?

So ermahnte ich mich, nicht meinem Kleinmut und meinem düsteren, doch vorschnellen Urteil nachzugeben – und stattdessen Durant de Brie so aufmerksam und großherzig zuzuhören, wie es einem jeden Menschen geziemt.

Meister Philippe stellte sich und uns nur kurz vor, hielt sich ansonsten jedoch nicht lange mit Vorreden auf. »Was hast du in der letzten Nacht gesehen?«, fragte er.

»Gesehen habe ich zunächst nichts, Herr«, antwortete der Färber und rang verlegen seine Hände. Er hatte uns gebeten, Platz zu nehmen, doch niemand von uns wollte sich auf die schmutzigen Stühle niedersetzen. So standen wir denn alle in der kleinen Stube.

»Ich konnte in der letzten Nacht wegen der drückenden Hitze nicht einschlafen«, fuhr Durant de Brie fort. »Ich lag am offenen Fenster, um wenigstens einen Hauch frischer Luft zu atmen. Da hörte ich einen schrecklichen Schrei.«

»Wann war das?«, unterbrach ihn Meister Philippe.

»Das kann ich nicht sagen. Es war noch ganz dunkel draußen. Es muss Mitternacht gewesen sein oder noch später.« Der Färber leckte sich mit der Zunge über die trockenen Lippen und sprach dann nur zögernd weiter. Man sah ihm an, dass er sich noch immer fürchtete, wenn er an die letzte Nacht dachte.

»Ich stand auf«, sagte er leise, »und trat zum Fenster. Meine Schlafstube liegt im Obergeschoss. Zunächst konnte ich nichts erkennen. Ich wollte mich schon wieder hinlegen, da brach der Mond zwischen zwei Wolken hervor. Sein fahles Licht fiel auf die Stadtmauer und da ...« Er verstummte.

»Da sahst du, wie die Schönfrau niedergestochen wurde?«, fragte der Inquisitor.

Der Färber schüttelte heftig den Kopf. »Nein, nein. Ich sah die Frau am Boden liegen. Auf dem Rücken. Blut entströmte ihrer Brust, so viel Blut. Oh, es war schrecklich anzusehen!«

»Und bist du nicht nach draußen geeilt, um ihr zu helfen?«, fragte ich empört.

»Ich fürchtete mich«, gestand der Färber und blickte zu Boden. »Denn im Zwielicht an der Mauer sah ich noch jemanden ...«

»Wen?«, fragten Meister Philippe, der Prévôt und ich gleichzeitig.

»Den Teufel!«, flüsterte Durant de Brie und bekreuzigte sich.

Wir prallten zurück, als hätte er uns allen einen Schlag versetzt. Die Wachen, die dem Prévôt bis zum Eingang der Stube gefolgt waren, schlugen das Kreuz und flüsterten. Der Inquisitor blickte den Färber mit strenger Miene an.

»Du willst Satan gesehen haben?«, fragte er. »Woran hast du ihn erkannt?«

»Es war ein Schatten da«, die Stimme de Bries war so schwach geworden, dass wir ihn kaum noch verstehen konnten. Trotzdem fuhr mir ein kalter Schauder in den Leib, kaum, dass ich diese Worte vernommen hatte.

»Ein Schatten«, fuhr er fort, »groß wie ein Mann, doch ohne Gesicht. Er verharrte kurz am Rand der Mauer, dann war er im Dunkel der Nacht verschwunden. Oh, wie zitterte und zagte ich! Ich wagte nicht, mich zu rühren, bis dass der Tag angebrochen war. Dann rief ich einen Sergeanten. Dieser Schatten muss der Engel der Finsternis gewesen sein! Ich spürte ihn, den kalten Hauch des Todes und auch die Schrecken der Hölle.«

»Das heiße Eisen des Folterknechtes wird dir den kalten Hauch schon wieder aus den Knochen treiben, und die Schrecken der Hölle werden dir wie das Paradies erscheinen, liegst du erst einmal auf der Streckbank!«, polterte da Ambroise de Loré los. Die Zornesröte hatte das Gesicht des Prévôt entflammt. »Was redest du da vom Teufel?«

Dann wandte er sich an den Inquisitor. »Das fehlt mir noch, dass jemand vom Satan faselt, der durch die Straßen von Paris schleicht und Frauen niedersticht! So viele schädliche Gerüchte laufen schon um in der Stadt. Ein falsches Wort genügt, und Paris wird brennen! Und da erzählt mir dieser stinkende Färber etwas vom schwarzen Engel der Finsternis!«

Der Prévôt trat nahe an Durant de Brie heran, der sich vor Schreck duckte und einen Schritt nach hinten auswich. »Eher vermute ich, dass du selbst diese junge Dirne geholt hast, um deine schlaflose Nacht zu versüßen, und ihr danach eigenhändig ein Messer in die Brust gestoßen hast, als dass ich glaube, der Teufel höchstselbst habe sich hierher bemüht, bloß um eine elende Hure in sein finsteres Reich zu holen!«

Ambroise de Loré winkte zwei Sergeanten zu sich. »Führt diesen Kerl ab. Wir wollen sehen, ob er auch im Kerker noch vom Teufel faselt!«

Durant de Brie schrie auf, doch eine der beiden Wachen schlug ihm mit der Faust ins Gesicht, dass ihm Blut aus seiner aufgeplatzten Oberlippe tropfte. Dann wimmerte er nur noch und ließ sich aus seinem Haus zerren.

Mit einem Nicken verabschiedete sich der Prévôt von uns. »Harte Zeiten verlangen nach harten Maßnahmen!«, rief er, dann folgte er den Sergeanten und seinem Gefangenen.

Ich war sprachlos vor Empörung. Der Färber mochte ein wenig vertrauenswürdiger Mann sein, doch diese Ungerechtigkeit, glaubte ich, hatte er nicht verdient.

»Wollt Ihr das wirklich zulassen?«, fragte ich Meister Philippe, als der Prévôt außer Hörweite war und wir noch in der Stube des Färbers standen.

Der Inquisitor blickte mich an. Plötzlich sah er sehr müde aus. »Bruder Ranulf«, antwortete er. »Ich glaube so wenig wie du, dass der elende Färber etwas mit dieser Untat zu tun hat. Oder dass er uns unter der Folter noch mehr sagen könnte, als er uns jetzt bereits berichtet hat.

Doch in einem gebe ich dem Prévôt, wenn auch höchst widerwillig, recht: Ich glaube nicht, dass Satan selbst die arme Schönfrau geholt hat – wiewohl ich nicht ausschließen mag, dass sie nun in seinem Reich schmachtet. Wenn Ambroise de Loré den Färber hätte gehen lassen, dann hätte dieser überall herumerzählt, er habe den Teufel gesehen. Das ist nun, da jedermann sich vor der Seuche und vor bösen Omen fürchtet, geradezu ein Verbrechen. Fast könnte man meinen, jeder, der so etwas tut, könnte auch gleich zur Revolte gegen den Prévôt und jede Obrigkeit aufrufen.

Bedenke, wie viele Menschen wohl zu Schaden kämen, würde sich das Volk von Paris tatsächlich erheben und in blinder Wut auf jeden losgehen, in dem es den Schuldigen an seiner erbärmlichen Lage zu erblicken glaubt!«

Ich dachte an den jungen Juden, der auf der Place Maubert beinahe erschlagen worden wäre. Und ich dachte an Leas Worte und ihre Angst. Laut sagte ich: »Wir opfern also einen Menschen, obwohl wir wissen, dass er unschuldig ist. Um so das Leben vieler anderer Unschuldiger zu retten.«

Der Inquisitor nickte. »So ist es.«

Dann legte er mir die Hand auf die Schulter. »Doch es mag sein, dass die Wut des Prévôt verraucht, bis er zu seinem Palast zurückgekehrt ist. Dann wird er den armen Färber zwar eine Zeit lang einsperren, damit dieser seine Geschichte vom Teufel nicht weitererzählen kann, doch er wird kaum einen Folterknecht mit seinem Gefangenen beschäftigen.«

Schweigend legten wir den Weg zum Kloster zurück, denn es gab am Baudets-Tor nichts mehr für uns zu tun. Das Gewitter hatte keine Erleichterung gebracht, im Gegenteil: Die Luft war heiß und drückend wie zuvor. Vom regenglänzenden Straßenpflaster und aus den schlammigen Gassen stiegen weißliche Nebel auf, die schwer über die Haut meines Gesichts strichen wie die erschlafften Blätter verwelkter Blumen. Das Atmen wurde zur Qual, jede Bewegung trieb mir den Schweiß auf die Stirn. Mücken, Schmeißfliegen und allerlei anderes Getier schwirrte durch die schwere Luft – stets darauf lauernd, uns Menschen das Blut auszusaugen.

Und doch war ich dankbar für die bedrückenden Nebel, denn eine ungewöhnliche Stille hatte sich über Paris gelegt. Es waren kaum Menschen auf den Straßen zu sehen, da jeder, der konnte, in dieser Hitze im Innern eines kühlen Hauses ruhte. Die feuchten Schleier verbargen zudem mein Gesicht. So konnte ich mich nicht durch eine unbedachte Regung verraten.

Trauer nagte in mir wie eine schreckliche Krankheit. Immer wieder glaubte ich, in den Nebeln das Gesicht von Jacquette aufleuchten zu sehen. Ich hätte gerne eine Messe zu ihrem Andenken lesen lassen, doch selbst dies war mir verwehrt. Weder hatte ich Geld, um eine Messe – und sei es eine stumme – in Auftrag zu geben, noch hätte ich Meister Philippe oder dem Prior zu enthüllen gewagt, warum ich überhaupt für eine sündige Schönfrau etwas Derartiges erbeten wollte.

Ich war der einzige Mensch auf GOTTES Welt, der um Jacquette trauerte. Und da selbst ich nicht einmal hoffen durfte, ihrer Beerdigung beizuwohnen, wusste ich nicht, wo ihr Grab zu finden sein mochte. Nichts mehr würde an die junge, unglückliche Frau erinnern, nur die Bilder in meinem Herzen.

Dann schweiften meine Gedanken zu den beiden anderen Frauen, die das Schicksal hier in Paris mit meinem Lebensweg verwoben hatte. Würde ich wenigstens Klara und Lea schützen können?

Oder – ich wagte kaum, mir dies einzugestehen – war ich vielleicht gar derjenige, der ihnen das Unglück brachte? Würde Jacquette noch leben, hätte sie sich mir nicht offenbart? Bedrohten die Geheimnisse, die mir die Reedersgattin und die Tochter des Geldwechslers anvertraut hatten, nun auch deren Leben? Was sollte ich bloß tun, um ihnen beizustehen?

Verzweiflung wollte mich übermannen. Ich fühlte mich hilflos in einem Gespinst aus düsteren Geheimnissen und unlösbaren Rätseln. Wusste ich mehr über die *terra perioeci* als noch vor einigen Tagen? Nein. Hatte ich Pierre de Grande-Rue gestellt? Nein. Wusste ich, ob Nechenja ben Isaak etwas mit dem Vaganten zu schaffen hatte? Nein. Wusste ich, wer jener Schatten war, vor dem sich Jacquette so sehr fürchtete und dem sie schließlich erlag? Nein.

Ein Novize war ich in der heilbringenden, doch ungemein verwirrenden Arbeit der Inquisition. Es war mir nur ein schwacher Trost, dass auch ein Meister wie Philippe de Touloubre diese Geheimnisse bisher nicht entschleiern konnte.

Geheimnisse, zu denen sich mir nun ein neues gesellte: das des Baders Nicolas Garmel. Hatte ich mich nur getäuscht, als ich sein Gesicht für einen ungestört geglaubten Moment beobachtete? Oder hatte er tatsächlich etwas verschwiegen?

Ich fragte mich, was er an der toten Schönfrau gesehen hatte, das ich nicht wahrgenommen hatte.

DIE BEUTE DES VAGANTEN

Die nächsten sieben Tage wurden mir zur Qual: sieben Tage, in denen ich jeden Morgen mit Meister Philippe zum Viertel rund um die Schlachthöfe ging, nun stets begleitet von einem Sergeanten. Wir suchten nach Pierre de Grande-Rue und befragten bis in die Stunden der Dunkelheit wohl drei Dutzend und mehr Schlachter, Träger, Färber und liederliche Frauenzimmer jeden Tag. Manche erinnerten sich an den Vaganten – und fast schien mir, als hätten sie alle Angst vor ihm –, doch niemand hatte ihn gesehen, seit er uns entflohen war.

Meister Philippe ließ auch elende und ehrlose Gestalten zu sich kommen, die mir zunächst eines Dominikaners und erst recht eines Inquisitors unwürdig schienen: Bettler, fahrende Messerschleifer, Lumpenhändler, ja Dungsammler und Leichenträger und sogar einen Henker. Viele von ihnen schien er, zu meinem nicht geringen Erstaunen, gut zu kennen. Er fand freundliche Worte für jeden.

Dann schickte er sie wieder fort, zurück zu den Orten, wo sie ihren wenig erbaulichen Gewerben nachgingen. Jedem gab er den Auftrag mit: »Suche nach Pierre de Grande-Rue! Wenn du ihn siehst, so eile zum Dominikanerkloster, und melde dich bei mir! Wie spät die Stunde auch sein möge, ja selbst während einer Messe – zögere nicht einen Augenblick, dich mir zu offenbaren! GOTTES Segen und mein Wohlwollen werden dir sicher sein.«

So entließ Meister Philippe die Elenden und Schmutzigen in die Gossen von Paris. Und langsam begriff ich, dass sie, auf die niemand ein Auge warf, ihrerseits die Augen der Inquisition waren. Ich bewunderte Meister Philippe dafür nur noch umso mehr – und fürchtete ihn doch auch zugleich. Denn ich erinnerte mich schamhaft meiner Abenteuer in der Stadt und fragte mich nun des Öfteren, ob nicht auch ich den tausend Augen der Inquisition schon aufgefallen war.

Doch blieben diese Momente der Unsicherheit selten, denn zumeist trieb mich die Unrast eines gefangenen Tieres. Ich wollte nach dem Land der Perioken forschen – und durfte es doch nicht.

Lea hatte sich nicht einmal vor dem Kloster blicken lassen. Vielleicht hatte sie noch nichts entdeckt. Gut möglich aber auch, dass sie gesehen hatte, wie ich täglich mit dem Inquisitor auf die Straße trat. Da mochte sie sich gefürchtet haben und hielt sich verborgen, um nicht Meister Philippes Aufmerksamkeit auf sich zu lenken.

Kein Wort auch von Klara.

Auf meinem Weg zum Viertel der Schlachthöfe passierte ich morgens und abends die Seine-Insel und sah auf den Hafen. Dort lag die Kogge unbeweglich wie eine schwimmende Burg. Die Arbeiten der Matrosen schienen eingestellt worden zu sein, doch ich wusste nicht, ob ich dies als gutes oder schlechtes Zeichen zu deuten hatte. Waren die Vorbereitungen für eine große Reise bereits abgeschlossen, und musste ich deshalb jede Stunde mit dem Auslaufen der »Kreuz der Trave« rechnen? Oder war, im Gegenteil, diese Abreise auf unbestimmte Zeit verschoben worden?

Gerne hätte ich die Reedersgattin wiedergesehen. Warum es verschweigen? Ich wollte ihr nicht nur Fragen stellen, ich sehnte mich auch nach ihrem Körper und ihren Liebkosungen. Ihr Bild erschien mir oft im Schlaf – und stets waren es wollüstige Träume, die mich dann übermannten. Wie froh war ich nun, dass ich nicht im Schlafraum mit Dutzenden Mitbrüdern nächtigen musste! Denn was hätten die wohl gedacht, hätten sie mich im Schlaf stöhnen gehört wie einen brünstigen Hirschen?

Doch war meine Scham über diese sündigen Nachtgesichter nicht halb so groß wie meine Erleichterung an jedem Morgen, da ich gewahr wurde, dass ich von Klara geträumt hatte.

Denn in den Nächten, in denen ich nicht von meiner Geliebten fantasierte, sah ich im Schlaf das leere Gesicht der toten Jacquette, über das sich ein Schatten beugte, von dem eine Furcht erregende

Kälte ausging. Trotz dieser Kälte, die mir ins Herz fraß, wachte ich dann stets schweißgebadet auf und konnte nicht wieder Ruhe finden, bis mich die Glocke zur Prim rief.

So verstrichen meine Nächte mal in sündigen, mal in Schrecken erregenden Träumen, in denen stets eine Frau meine Seele gefangen nahm. Und in den hellen Stunden wuchs meine Unruhe.

Denn wurde nicht mit jedem Tag, der nutzlos verstrich, die Gefahr auch für die beiden Frauen größer, deren Schicksal mir nicht nur am Herzen lag, sondern das ich auch noch mitzugestalten hoffte?

Vielleicht verfolgte der Schatten nicht Lea oder Klara, doch konnte ich da sicher sein? Da ich nicht wusste, warum er tötete, wusste ich auch nicht, ob der Tochter des Geldwechslers oder der Gattin des Reeders – oder gar beiden – der Tod drohte.

Die einzige Abwechslung in jenen langen, zäh dahinfließenden, erschöpfenden, drückenden sieben Tagen waren die Bauern aus dem Umland, die frisch geschnittenes Heu für das Vieh nach Paris brachten. Überall, so schien mir, stapelten sich nun Ballen, vor Häusern, auf Marktplätzen und am Seine-Ufer. Der herbe, doch frische Geruch nach Heu milderte den Gestank der sommerheißen Stadt, selbst im Viertel der Färber und Gerber.

Doch Meister Philippe betrachtete die Männer und Frauen vom Land sorgenvoll. »Es sind weniger als in den Jahren zuvor«, murmelte er, »viel weniger. Die Ernte muss schlecht sein dieses Jahr. Oder es gibt nicht genug Bauern, sie einzubringen.«

»Wo mögen die Bauern sein?«, fragte ich.

Doch darauf gab der Inquisitor keine Antwort und schlug nur das Kreuz.

Am achten Tage kam in aller Frühe ein Diener zum Kloster. Er trug das Wappen des Bischofs von Paris.

»Damit habe ich schon längst gerechnet«, seufzte Meister Philippe, als er des Boten gewahr wurde.

Und tatsächlich: Der Diener überreichte uns ein Schreiben, in dem wir – in ebenso höflicher wie unmissverständlicher Sprache – aufgefordert wurden, uns sofort bei Magister Jean Courtecuisse zu melden, dem ehrwürdigen Bischof von Paris.

»Bringen wir dies schnell hinter uns«, sagte der Inquisitor so leise, dass es der Bote nicht hören konnte.

»Ist es nicht eine Ehre, von Seiner Eminenz empfangen zu werden?«, fragte ich.

»Seine Eminenz führt zwar auch den Titel eines gelehrten Mannes, doch beherrscht er in Wahrheit so wenig Latein, dass er nicht einmal die Heilige Schrift lesen kann«, antwortete Meister Philippe und lächelte dünn.

»Der Oberhirte der Christenheit zu Paris ist, das muss ich leider einräumen, ein Mann eher von dieser Welt als von der jenseitigen. Er verkauft Pfarreien wie gewöhnliches Land, er handelt mit Pfründen, als wären es bloße Stoffballen.

Jean Courtecuisse ist der jüngste Spross einer mächtigen Adelsfamilie. Wiewohl er keine zwei Sätze zu lesen vermag, ist er doch verschlagen und auf eine gefährliche Art klug. Nimm dich also in Acht, und hüte deine Zunge, sobald du ihm gegenübertrittst!«

Eine gute Stunde später standen wir im bischöflichen Palais, einem mit Säulen, Giebeln und hohen Fenstern gar schön geschmückten Haus neben Notre-Dame. Ein Diakon führte uns in das erste Obergeschoss, wo er uns durch eine hohe Halle geleitete, wo Tapisserien, die Szenen der Jagd verherrlichten, an den Wänden hingen. Trotz der dicken Mauern des Palastes war es im Innern warm und stickig. Daher war ich erleichtert, als uns der Diakon den Weg bis zum Ende der Halle wies, wo eine Tür auf eine Loggia führte, die mit filigranen, gedrehten Säulen und steinernen Fabelwesen verziert war.

Hier saß der Bischof auf einem mit rotem Samt ausgeschlagenen, hochlehnigen Stuhl. Seine in Seidenpantoffeln steckenden Füße ruhten auf einem ebenso gepolsterten Fußbänkchen. Jean Courtecuisse war sicherlich an die sechzig Jahre alt und ungeheuer dick. Sein Gesicht war rot und glänzte wie ein polierter

Spiegel. Sein Ornat war aus feinsten Stoffen gewirkt. Ein rot-grün karierter, pelzbesetzter Mantel lag um seine Schultern, trotz der drückenden Hitze des Sommers. Ein diamant- und rubinglänzender Gürtel spannte sich um sein mächtiges Wams. Doch trug er, was mir seltsam dünkte, das kahle Haupt unbedeckt. An jedem seiner zehn fetten Finger steckte ein großer goldener Ring, sodass der Ring des Bischofs inmitten dieser glitzernden Pracht kaum auszumachen war.

Mit seiner geschmückten Rechten griff er in eine Schale aus Kristallglas und klaubte sich einige kandierte Birnen und Kirschen heraus, die er mit einem Schwung in seinen riesigen Schlund warf. Ein sehr junger, weißgesichtiger Priester hielt ihm die Obstschale hin, dann zog er sich diskret einige Schritte zurück, blieb jedoch im Schatten der Gaube stehen.

Der Bischof reichte uns mit müder Geste seine Hand, auf dass wir ihm den Ring küssten. Wir taten dies mit aller gebotenen Ehrerbietung.

Zunächst schien es so, als ob er bloß mit uns plaudern wolle. Seine Stimme war tief und klang überaus angenehm. Jovial erkundigte er sich nach der Gesundheit unseres Priors und nach dem Stand der Dinge im Kloster. Er bot uns kandierte Früchte an.

Meister Philippe antwortete höflich, lehnte jedoch – zu meinem heimlichen Bedauern – die dargebotenen Köstlichkeiten ab, sodass auch ich nicht von ihnen zu nehmen wagte.

Doch nachdem sich dieses unverbindliche Gespräch einige Zeit dahingezogen hatte, wechselte Jean Courtecuisse plötzlich das Thema.

»Sagt, Meister Philippe«, hub er an, »mir sind da Vorkommnisse zu Ohren gekommen. Unangenehme Vorkommnisse.« Dann ließ er seine Stimme verklingen und sah uns aufmerksam an.

»Eure Eminenz meinen den getöteten Mönch und den ebenso dahingeschiedenen Dekan der Domherren, den ehrwürdigen Nicolas d'Orgemont«, antwortete der Inquisitor ernst.

Der Bischof nickte, sagte jedoch nichts. Seine dunklen Augen glitzerten plötzlich wie die eines Wolfes. Ich begann, mich vor dem Bischof zu fürchten.

»Wir wissen, wer der Täter ist«, fuhr Meister Philippe ungerührt fort. »Zumindest gibt es einen Mann, von dem wir annehmen können, dass er der Unhold ist. Wir wissen auch, in welchem Viertel er sich versteckt hält. Wir jagen ihn. Wir werden ihn bald finden.«

»Das freut mich zu hören«, antwortete der Bischof und stopfte sich wieder eine Hand voll kandierter Früchte in den Mund, nachdem er den jungen Priester mit einer Geste an seine Seite beordert hatte. Dabei strich er mit seinen fetten Fingern kurz und wie zufällig über die Hand des Geistlichen. Weder Meister Philippe noch mir entging indes diese Berührung. Wir wechselten einen raschen Blick, und der Inquisitor bedeutete mir, keine Regung zu zeigen.

»Es ist überaus beruhigend zu wissen, dass die Inquisition die festeste Stütze der Kirche ist. Gerade in diesen Zeiten«, fuhr Jean Courtecuisse fort. »Ihr wisst so gut wie ich, was das Volk von Paris glaubt; welche Gerüchte in den Straßen geflüstert werden; was von der schrecklichen Krankheit erzählt wird, die angeblich schon fast an unsere Stadtmauern herangekrochen ist; und wie schnell in solchen Tagen Hitzköpfe zu Schwert und Brandfackel greifen könnten. Dies, zumindest, möchte ich als guter Hirte in meiner Herde vermeiden.« Er blickte uns wohlwollend an, doch traute ich seiner Freundlichkeit nicht.

»Also werde ich am nächsten Sonntag in Notre-Dame eine feierliche Messe zelebrieren. Ich werde selbst predigen. Von der Kanzel werde ich den treuen Christenmenschen dieser Stadt verkünden, dass der Sünder, welcher zwei Männer GOTTES meuchelte und deshalb SEINEN Zorn auf die gute Stadt Paris gelenkt hat, nun sicher im Kerker der Inquisition seiner verdienten Strafe harrt.«

Meister Philippe wurde noch eine Spur blasser als sonst. »Sonntag ist schon in zwei Tagen«, gab er zu bedenken.

»Ich vertraue dem Scharfsinn und der unnachgiebigen Jagdkunst der Inquisition«, antwortete der Bischof. Dann reichte er uns den

Ring, auf dass wir ihn erneut küssten. »Ihr dürft Euch zurückziehen«, verkündete er.

»Also haben wir noch zwei Tage«, sagte Philippe de Touloubre, als wir den Palast verlassen hatten. »Sonst machen wir uns den Bischof von Paris zum unversöhnlichen Feind. Und wer weiß, was dann geschehen mag.«

»Fürchtet Ihr Euch nicht, Meister?«, fragte ich zaghaft.

Da wandte er sich mir zu – und er lächelte so kalt, dass mir ein Schauder in die Glieder fuhr.

»Nein«, verkündete er. »Bei meinem Seelenheil: Wir werden Pierre de Grande-Rue finden. Und der Bischof wird am Sonntag etwas zu predigen haben, dass seine Gemeinde nicht so schnell vergisst!«

Fast schien es mir, als habe GOTT den Inquisitor vernommen. Denn am nächsten Tag – es war der Tag des Heiligen Benedikt, des Vaters aller Mönche – kam direkt nach der Prim, da Meister Philippe und ich uns gerade bereit machten, wieder ins Viertel der Färber und Gerber zu gehen, ein gar seltsamer Bote zu uns. Der Portarius brachte uns einen Bettler, der irgendwann bei einem schrecklichen Vorkommnis beide Beine verloren hatte und der seither auf einem kleinen Karren daherrollte, auf dem er hockte und den er mit seinen schwieligen Fäusten über den Boden schob. Ich hatte ihn erst wenige Tage zuvor gesehen – er war eines der »Augen« der Inquisition.

»Herr«, meldete er, »ich habe den Mann gesehen, den Ihr sucht: Der Vagant versteckt sich in einem Schuppen an der Porte Saint-Honoré.«

»Bist du dir da ganz sicher?«, erwiderte der Inquisitor. »Das ist nicht in der Nähe der Schlachthöfe.«

»Nein, Herr, das ist bei der Festung des Louvre, am anderen Ende der Stadt. Doch ich schwöre es: Es war Pierre de Grande-Rue, den ich dort erblickte, als ich mich eben zum Betteln am Tor einrichten wollte.«

Meister Philippe segnete daraufhin den elenden Krüppel, warf ihm ein paar Kupfermünzen zu und gebot dem Koch des Klosters, ihm ein reiches Morgenmahl aufzutragen. Dann eilten wir auf die Rue Saint-Jacques hinaus, wo uns der dicke Sergeant erwartete, denn er tat heute Dienst.

»Auf!«, rief ihm der Inquisitor zu. »Zur Porte Saint-Honoré!«

Wir eilten, so schnell uns unsere Füße trugen, bis zum jenseitigen Teil der Stadt. Dort wandten wir uns direkt am Ufer nach links und liefen weiter – ungeachtet der verwunderten Blicke, die uns zugeworfen wurden.

Schon von Weitem erkannte ich den Louvre. Atemlos erreichten wir das Tor im Schatten der Festung, die Porte Saint-Honoré, und sahen uns um.

»Sollen wir uns aufteilen und in verschiedenen Richtungen suchen, Meister?«, fragte der Sergeant keuchend.

Der Inquisitor schüttelte den Kopf. »Das ist zu gefährlich. Einzeln können wir gegen Pierre de Grande-Rue nicht bestehen. Wir müssen zusammenbleiben.«

So näherten wir uns denn vorsichtig dem schäbigen Verschlag an der Innenseite des großen Stadttores, wo traditionell die Bettler Almosen erbaten von allen Reisenden. Bauern mit von Ochsen gezogenen, hoch aufragenden Heuwagen rumpelten über das Pflaster und nahmen uns die Sicht, dazu kamen Lastenträger, Boten und ein paar Flüchtlinge. Doch der Menschenstrom war nicht so groß, dass er unsere Sinne verwirrte.

Der Sergeant winkte einen der beiden Torwächter heran, einen jungen Mann mit einer Hellebarde. Meister Philippe erklärte ihm in hastigen Worten, wen wir jagten.

»Der große Rothaarige?«, sagte der Torwächter. »Der sucht schon seit Tagen Händler oder Vaganten, die ihn mitnehmen könnten. Doch in dieser unsicheren Zeit verlässt ja niemand mehr Paris. Wir werden ihn am Sammelplatz der Reisegruppen finden, direkt außerhalb des Stadttores, neben der Straße.«

Und tatsächlich: Kaum hatten wir die Porte Saint-Honoré durchquert, erblickten wir Pierre de Grande-Rue, der im Schatten unter einer Ulme saß und döste.

»Da ist er!«, rief der Sergeant – was nicht nur überflüssig war, da wir doch alle den Vaganten schon erblickt hatten, sondern auch dumm. Denn Pierre de Grande-Rue öffnete die Augen, kaum dass er den Ruf vernommen hatte, sprang auf – und rannte davon.

»Hinterher!«, rief der Inquisitor. »Ewige Verdammnis droht Euch, wenn Ihr ihn wieder entkommen lasst!«

GOTT selbst hatte uns den jungen Wächter geschickt. Denn wir waren, nachdem wir bereits durch ganz Paris geeilt waren, außer Atem und müde in den Beinen. Doch der Soldat war ausgeruht und flink. Mit großen Sprüngen rannte er uns davon. Und ich, der ich mich keuchend mühte, sah, dass er auch schneller war als der massige Vagant.

Die Straße war jenseits der Stadtmauern ungepflastert. Gelber Staub wurde vom heißen Sommerwind aufgewirbelt und verklebte uns die Augen und kratzte in der Lunge. Doch wir ließen nicht nach.

Ich dachte an Jacquette und die schreckliche Wunde in ihrer Brust und verdoppelte meine Anstrengungen. So schnell wie der Torwächter war ich nicht, doch schneller als der Sergeant und selbst als Meister Philippe – und schneller als Pierre de Grande-Rue.

»Du wirst für deine Untaten büßen!«, dachte ich, und ein Zorn, der eines Christen und eines Mönches erst recht nicht würdig ist, loderte in meiner Seele.

So eilten wir wohl einige Hundert Schritte dahin, bis der Mann, den wir jagten, plötzlich nach rechts von der Straße abbog. Pierre de Grande-Rue hatte sich mehrmals nach uns umgesehen und wohl erkannt, dass wir ihm immer näher kamen. Ich sah, dass etwas in seiner Rechten blitzte.

»Er hat ein Messer!«, schrie ich mit letzter Kraft dem Torwächter zu, damit dieser gewarnt war. Doch der hob im Lauf nur seine Hellebarde und rief etwas Unverständliches.

Der Vagant taumelte, dann sprang er vom Weg hinunter in einen staubigen, roterdigen Schlund am Rand der Straße: Wir waren in den Tuilerien, den Gruben, in denen Ziegel aus Ton geformt und in großen, rauchenden Öfen gebrannt wurden. Wir erblickten ein paar Arbeiter, die schweren, feuchten Ton in hölzerne Formen pressten. Schwitzende Lastenträger kamen uns entgegen, die auf ihren Rücken Paletten gebrannter Steine schleppten.

Und einer jener Träger besiegelte das Schicksal des Vaganten.

Denn Pierre de Grande-Rue rannte einige Schritte weit durch die Grube, blickte sich kurz nach uns um, kam dabei jedoch ins Stolpern – und stieß mit einem der Ziegelschlepper zusammen. Beide Männer stürzten, wobei Dutzende Ziegel polternd auf den Flüchtenden fielen.

Der Vagant wand sich blutend und benommen im Staub – zu schwach, um wieder auf die Beine zu kommen. Sein Messer lag einige Schritte neben ihm im Dreck. Er wollte noch dorthin kriechen, um es zu ergreifen – und hätte es wohl unweigerlich nach dem Ersten von uns geschleudert, wenn der Wächter nicht schneller gewesen wäre.

Mit Riesensätzen sprang er heran, schrie unartikuliert auf – und schlug Pierre de Grande-Rue mit dem eisenbeschlagenen Stiel seiner Hellebarde auf den Kopf, dass der Vagant das Bewusstsein verlor und in den Staub sank.

»Meinen Segen – und zwei Livres Belohnung für dich, mein Sohn!«, rief der Inquisitor keuchend, als er uns ein paar Augenblicke später erreicht hatte. Wir alle standen außer Atem um den Vaganten. Der Sergeant beeilte sich, das todbringende Messer an sich zu nehmen.

»Fesselt ihn, dann holt Verstärkung«, befahl Meister Philippe. »Wir wollen ihn fortschaffen.«

»Wohin?«, fragte der Sergeant.

»Ins Kloster Saint-Martin-des-Champs«, kam die Antwort. »Zum Kerker der Inquisition.«

Da bekreuzigten sich die beiden Bewaffneten und sprachen fortan kein Wort mehr.

»Esto consentiens adversario tuo cito dum es in via cum eo ne forte tradat te adversarius iudici et iudex tradat te ministro et in carcerem mittaris. Amen dico tibi non exies inde donec reddas novissimum quadrantem«, sagte Meister Philippe zu mir und klopfte sich den Staub aus der Kutte.

»Was geschieht nun?«, fragte ich und mühte mich, wieder zu Atem zu kommen. Mein Herz raste – und das nicht nur wegen der Verfolgungsjagd.

»Wir werden zum Kloster Saint-Martin-des-Ghamps gehen, wie es Mönchen geziemt«, antwortete der Inquisitor, »würdig, langsam und im stillen Lobpreis GOTTES.

Der Sergeant und der junge Torwächter, dessen Schaden dieses Abenteuer nicht sein soll, werden sich um den Vaganten kümmern und ihn gebunden dorthin führen. In Saint-Martin-des-Champs werden wir dann die Zeit finden, uns ausführlich mit Pierre de Grande-Rue zu unterhalten.«

Er lächelte dünn. »Ich danke IHM fürwahr für SEINE Gnade, dass er uns endlich jenen Mann in die Hand gegeben hat. Vielleicht, wer weiß, gelingt es uns gar, die gute Stadt Paris doch noch vor SEINEM Zorn zu schützen – jenem Zorn, der schon ganz Frankreich, ja das ganze Abendland, so hört man, verheert hat.«

Ich schlug das Kreuz und folgte dem Inquisitor. Es war ein langer Weg, für den wir wohl zwei Stunden oder mehr brauchten. Zunächst gingen wir bis zur Porte Saint-Honoré zurück, doch betraten wir nicht die Stadt, sondern hielten uns außerhalb der Mauer an einen staubigen Weg, der in einem großen Bogen links von der Seine wegführte. So wanderten wir durch Felder und Obstgärten. Weiß und rosafarben blühten noch manche Apfel- und Birnbäume, in den meisten reiften schon rote und gelbe Früchte zwischen den Blättern. Mich hungerte und dürstete, doch wagte ich es selbstverständlich nicht, mir eine dieser Köstlichkeiten zu pflücken.

Der Inquisitor, der meinen Blick deuten konnte, lächelte mir aufmunternd zu. »Gedulde dich, Bruder Ranulf«, sprach er. »Saint-Martin-des-Champs ist weit mehr als nur ein Gefängnis der Kirche. Es ist ein Kloster außerhalb der Stadtmauern – und es untersteht der Abtei von Cluny, der reichsten des Landes. Die Brüder dort werden sich unserer annehmen. Wir werden ausgeruht und gestärkt das Verhör des Vaganten beginnen.«

So folgte ich ihm denn durch die Hitze und durch den Staub. Selten nur erblickten wir einen Bauern auf den Feldern, kaum je einen Boten oder Händler auf einer der nach Paris führenden Straßen, die wir kreuzten.

Zwei Hunde sah ich, die tot und mit aufgeblähtem Bauch im Graben lagen, umschwirrt von schwarzen Wolken aus Schmeißfliegen. Mir dünkten sie ein böses Omen, und wieder schlug ich das Kreuz – wiewohl hastig, damit mich der Inquisitor nicht dabei ertappte und vielleicht über meinen Aberglauben spottete.

Endlich gelangten wir auf die große Rue Saint-Nicolas, die genau nordwärts aus Paris führte. Hier lag das ummauerte Kloster Saint-Martin-des-Champs wohl einige Hundert Schritte jenseits der Wälle der Stadt.

Wahrhaftig, der Inquisitor hatte nicht übertrieben: Die Mauer um das Kloster wäre einer mittleren Stadt würdig gewesen, so hoch und mächtig war sie – dabei war sie jedoch weiß gekalkt und rein, sodass sie das Licht reflektierte, bis mir die Augen schmerzten.

Ein junger Kluniazensermönch ließ uns ein. Meister Philippe zeigte ihm an, dass demnächst ein Gefangener der Inquisition zu erwarten sei, und bat ihn, alle nötigen Vorbereitungen zu treffen.

Derweil sah ich mich um und staunte nicht schlecht. Die Gebäude des Klosters lagen inmitten großer, wohlgepflegter Kräutergärten, die betäubend dufteten. Das Gesumm unzähliger Bienen, welche um die Blüten aller Farben tanzten, erfüllte die Luft. Die Kirche war so groß, dass sie wohl an die tausend Mönche aufnehmen konnte. Eine große Rosette und viele fein gearbeitete Skulpturen zierten ihre Front; ein Glockenturm mit glänzendem, kupferbeschlagenem Dach ragte in den Himmel, und selbst das Kreuz auf seiner Spitze war vergoldet.

Zwei Novizen eilten uns durch die Gärten entgegen, grüßten ehrerbietig und geleiteten uns in ein kühles, helles Gästehaus. Dort wuschen sie uns die Füße und reichten uns anschließend Obst und weißes Brot, Käse und erquickendes, klares Brunnenwasser.

Ich schloss die Augen, hörte von irgendwoher das beruhigende Plätschern eines Springbrunnens, lauschte dem Gesumm der Bienen und dem Gesang der Vögel und dankte dem HERRN, dass er mir diese kleine Rast gönnte.

Ich musste in Schlummer gefallen sein, denn irgendwann vernahm ich die Stimme von Meister Philippe: »Mach dich bereit, Bruder Ranulf! Wir haben lange genug geruht.«

Schuldbewusst blickte ich mich um und erhob mich. »Wohin gehen wir?«, fragte ich, noch schlaftrunken.

»Wir werden in den Kerker hinabsteigen. Der Vagant ist angekommen«, antwortete der Inquisitor.

Sein Gesichtsausdruck war derart, dass ich nicht mehr wagte, das Wort an ihn zu richten.

Kein Mönch geleitete uns. Es war nur zu deutlich, dass Meister Philippe den Weg kannte, den wir nun einzuschlagen hatten. Wir durchquerten den Garten, gingen um den weiten Kreuzgang von Saint-Martin-des-Champs und passierten schließlich wieder die Klosterkirche.

Hinter dem Hause GOTTES erhob sich ein wuchtiger Bau mit mächtigen Mauern und wenigen Fenstern in plumpen, runden Bögen. Mit einem Blick erkannte ich, dass dieses finstere Haus, das eher an eine Festung gemahnte, weit älter sein musste als die anderen, so kunstvollen und lichten Monumente des Klosters.

Meister Philippe schritt zum einzigen Portal, einer schweren, eichenen Tür. Dort erwarteten uns bereits zwei Bewaffnete. Ihre Gewänder zierten die Insignien der Heiligen Inquisition. Die beiden Hellebardenträger verneigten sich schweigend, und während der eine am Tor zurückblieb, führte uns der andere hinein ins düstere Innere.

Ich folgte ihm und meinem Meister durch einen langen, fensterlosen Gang. Dann öffnete sich ein gemauerter Bogen zu einer engen, gewundenen Treppe, die in die Tiefe führte. Dumpfe Luft und ein Gestank nach heißem Eisen und anderen Dingen, die ich zu jener Zeit noch nicht zu deuten wusste, schlugen uns entgegen. Ich zog den Saum meiner Kapuze über Mund und Nase, während der Wächter eine Fackel entzündete, bevor er weiter voranschritt.

Tief ging es hinab, mir wollte es scheinen, als führte diese Treppe bis in die Hölle. Die mit schwarzem Schimmel überzogenen Wände schwitzten Wasser aus, und mit jeder Stufe nahm die Hitze zu, roch die Luft modriger.

Endlich gelangten wir wieder auf einen Gang. Hier steckten im Abstand von jeweils mehreren Schritten Fackeln in eisernen Ringen an den Wänden und warfen ein unruhiges, rotes Licht auf den Boden, der mit fauligem Stroh bedeckt war. Ein Wesen, dunkel und wohl so lang wie mein Unterarm, huschte leise raschelnd davon: die größte Ratte, die ich je gesehen hatte. In unregelmäßigen Abständen waren zu beiden Seiten des Gangs Eichentüren in die Wände gelassen – so niedrig, dass ein erwachsener Mann bestenfalls tief gebeugt, eher nur auf Knien hindurchkommen mochte. Ich glaubte, während ich voranschritt, hinter mancher der verschlossenen Pforten Schmerzensstöhnen zu vernehmen, doch das mochte ich auch meinen überreizten Sinnen zuschreiben. Einen Menschen sah ich jedenfalls nicht – bis wir am anderen Ende des Ganges in ein überraschend hohes, von wohl einem Dutzend Pfeilern getragenes Gewölbe traten.

Zwei kräftige, in kurze Ledergewänder gehüllte Männer verbeugten sich schweigend und traten respektvoll zurück, als Meister Philippe ihnen dies mir einem Wink gebot. Zu meiner Überraschung gewahrte ich im Hintergrund des hohen Raumes den Bader Nicolas Garmel, den der Inquisitor offensichtlich ebenfalls hierhin befohlen hatte. Auch er verneigte sich, doch gab er sich nicht würdevoll wie die beiden anderen Männer, sondern war blass und zitterte, als erwarte er jeden Augenblick seinen Tod.

Im Gewölbe schimmerte das Licht noch rötlicher, hier war die Luft noch stickiger, denn neben den Fackeln in eisernen Ringen strahlte ein großer Rost mit einem Berg glühender Kohlen Licht und Hitze aus.

Doch nicht deshalb stockte mir der Atem.

Mitten im Gewölbe stand ein großer Tisch aus dunklen Eichenbalken. Auf diesem lag, nackt und von einigen Hieben ein wenig zerschunden, Pierre de Grande-Rue.

Der mächtige Körper des Vaganten war immer noch Furcht einflößend, obwohl der Gefangene ausgestreckt war und sich nicht mehr rühren konnte. Seine Hand- und Fußgelenke umklammerten eiserne Zwingen, die wiederum mit schweren Ketten an Ringen befestigt waren, die tief im Eichentisch verschraubt waren.

Außer den unbedeutenden Wunden, die ihm bei seiner Gefangennahme zugefügt worden waren, schien mir Pierre de Grande-Rue unverletzt zu sein. Schweiß glänzte allerdings auf seiner Haut und ließ seine langen roten Haupt- und Barthaare verkleben; sein Atem ging schwer. Er sog die Luft ein wie nach einem Hieb, als er den Inquisitor erblickte.

»Mein Sohn«, sagte Meister Philippe, »du wirst schwerer Verbrechen und großer Sünden bezichtigt. Es sind Taten, die du nicht mehr rückgängig machen kannst. Noch aber ist es nicht zu spät zu bereuen und zu gestehen. Wenn du ohne Falsch redest und uns ehrlichen Herzens alles sagst, was du getan hast, ohne auch nur eine Winzigkeit verbergen zu wollen, dann mag der HERR dir dies dereinst zu deinen Gunsten anrechnen. Und ich verspreche dir, dass auch ich es dir zu deinen Gunsten auslegen werde, wenn du uns Zeit und dir selbst unnötige Pein ersparst.«

Dann gebot mir Meister Philippe, mich an ein Pult zu stellen, das einige Schritte neben dem Tisch stand, auf dem der Gefangene lag. Auf diesem Pult fand ich eine Feder, ein Fass Tinte und etliche Bögen guten Pergaments.

»Bruder Ranulf, du wirst das Protokoll führen und alles getreulich aufzeichnen, was der Gefangene sagt.«

Ich nickte gehorsam.

Schließlich wandte sich der Inquisitor in freundlichem, doch festem Ton wieder an Pierre de Grande-Rue. »Nun rede!«, forderte er ihn auf. Dann fragte er ihn, ob er Heinrich von Lübeck erstochen habe.

Pierre de Grande-Rue hob den Kopf, soweit es ihm die eisernen Fesseln erlaubten. Alles Wilde war aus seinem Gesicht gewichen. Furchtsam blickte er zu uns auf, einem großen, verstörten Kind ähnlicher als dem Messer werfenden Berserker, der mir noch vor einigen Tagen im Schlachthof beinahe das Leben geraubt hatte.

Für einen Moment wollte mich Mitleid gegen ihn ankommen, doch dann dachte ich an Jacquette, und dies wappnete mein Herz. Kalt blickte ich auf ihn hinab, nahm die Feder zur Hand und wartete darauf, was er uns zu sagen hatte.

»Gnade, Herr!«, hub der Vagant an. Seine Stimme war tief, doch hörte ich ein Zittern in ihr.

»Es liegt allein an dir, wie groß die Gnade der Inquisition ist«, erwiderte Meister Philippe. »Also befehle ich dir ein zweites Mal: Rede!«

»Ich habe den Mönch nicht getötet«, rief daraufhin der Vagant – und ich schrieb dies nieder, obgleich sich mir bei diesen Worten die Feder sträuben wollte.

»Den Mönch habe ich gesehen, das ja«, fuhr er fort, »doch da war er schon tot. Es war nachts, als ich an Notre-Dame vorbeischritt, die genaue Stunde vermag ich nicht zu sagen.«

»Was hattest du dort zu suchen«, unterbrach ihn Meister Philippe, »zu einer Stunde, die du nicht benennen magst oder kannst, die aber doch sicherlich schon ungewöhnlich spät war?«

Kurz zögerte der Vagant, und ich sah, wie er in seinem Innern mit sich rang. Dann seufzte er vernehmlich. »Verzeiht mir, Herr, dass ich Eure Ohren mit einer Sünde beleidige. Ich wusste, wie jedermann es weiß, dass stets Schönfrauen im Schatten von Notre-Dame ausharren, auch in der Nacht. Ich hatte in einer Taverne Glück im Würfelspiel gehabt. Da wollte ich ein paar Sous von meinem gewonnenen Geld zu einer Dirne tragen und mir den Rest der Nacht versüßen.«

Der Vagant schluckte schwer, da er diese Sünde gestand.

Doch Meister Philippe blickte ihn bloß aufmerksam an, seine Gesichtszüge blieben undurchdringlich. Die beiden Folterknechte und der Wächter sahen starr vor sich hin und schienen, wenn überhaupt eine Regung in ihnen auszumachen war, ein wenig gelangweilt. Der Bader Nicolas Garmel hatte sich an einen Pfeiler gelehnt und wirkte so, als würde er am liebsten mit dem Stein verschmelzen, um sich unsichtbar zu machen. Ich kritzelte eifrig mit der Feder über das Pergament und ließ nur kurz mein Auge über die Runde schweifen.

Statt erleichtert darüber zu sein, dass sich niemand über diese Sünde empörte, flackerte neue Angst auf in den Zügen des Vaganten. Vielleicht verstand er erst in jenem Moment, dass diese Sünde, so schrecklich sie war, uns lässlich schien angesichts jener Sünden, die wir gekommen waren zu hören.

Pierre de Grande-Rue räusperte sich. »Darf ich einen Schluck Wasser haben, Herr? Mich dürstet.«

Der Inquisitor nickte. Da trat einer der Folterknechte gleichmütig zu einem offenen Wasserfass, in dem eine Holzkelle schwamm. Mit der brachte er einen Schluck an die Lippen des Gefangenen, dann zog er sich wieder zurück.

»Ich wollte also zu nächtlicher Stunde die Kathedrale passieren«, setzte der Vagant seine Geschichte fort. »Da erblickte ich an deren Seite, vor jenem kleinen Portal, etwas Dunkles auf dem Boden. Ich hielt es zunächst für ein paar Lumpen, die jemand verloren hatte. Doch als ich näher kam, da gewahrte ich, dass es ein Mensch war, der dort ausgestreckt auf dem Boden lag. Ein Toter.«

»Heinrich von Lübeck?«, fragte der Inquisitor.

»Den Namen kenne ich nicht, Herr«, sagte der Gefangene eilfertig. »Ich weiß nur, dass es ein Mönch war, der dort die Seele ausgehaucht hatte.«

»Und du bemerktest sofort, dass er tot war?«

»Ja, er rührte sich nicht. Ich blickte mich um, als ich sah, dass er aus einer Messerwunde blutete, denn ich fürchtete in jenem Augenblick, dass auch ich von demjenigen angegriffen werden könnte, der diese Untat verübt hatte. Doch niemand zeigte sich mir, ich vernahm auch kein Geräusch.

Eine Zeit lang stand ich so unschlüssig da und wusste nicht, was ich tun sollte. Versteht Ihr, Herr?«, fragte er flehentlich, doch der Inquisitor starrte ihn nur an.

»Ich wusste doch nicht, wen ich hätte rufen sollen«, fuhr Pierre de Grande-Rue mit kläglicher Stimme fort. »Für einen Arzt war es zu spät. Das Kloster der Dominikaner war weit. Und wenn ein Vagant wie ich bei den Sergeanten einen niedergestochenen Mönch gemeldet hätte, ich wäre doch sofort in den Kerker geworfen worden!«

»In den Kerker des Prévôt royal wärest du gekommen«, erwiderte Meister Philippe daraufhin nüchtern. »Dafür schmachtest du nun im Kerker der Inquisition.«

Der Vagant schluckte schwer ob der unterschwelligen Drohung in diesen Worten. »Ich beging eine Sünde, oh verzeiht mir Herr!«, flehte er. »Als ich bei dem Toten stand und nicht wusste, wen ich rufen sollte, und sah, dass sich weit und breit niemand zeigte, da wollte ich sehen, ob ich bei dem Mönch nicht etwas holen konnte.«

»Du wolltest den toten Mönch bestehlen?«, hielt der Inquisitor fest.

Pierre de Grande-Rue wand sich, soweit es seine Fesseln erlaubten. »Ich dachte, dass er die Dinge dieser Welt nun sowieso nicht mehr brauchte. Er war ja schon ins Paradies eingegangen!«

Da vernahm ich zum ersten Mal, dass einer der beiden Folterknechte leise murrte. Mir schien, dass er langsam die Geduld verlor. Meister Philippe jedoch zeigte sich unbeeindruckt. »Was hast du an dich genommen?«

»Ein Buch, mehr nicht«, antwortete der Gefangene hastig. »Es war das Erste, was ich in einer Falte der Kutte finden konnte. Ich begann gerade erst, den Toten abzutasten, da vernahm ich plötzlich aus einer der Seitengassen neben Notre-Dame ein Geräusch. Furcht überkam mich – und ich eilte davon, ohne noch einmal Hand an den Mönch gelegt zu haben.«

»Du hast kein Geld geraubt?«, wollte der Inquisitor wissen.

Der Vagant sah ihn überrascht an. »Nein, Herr, ich habe kein Geld bei ihm gefunden. Ich hatte den Toten ja auch kaum angefasst.«

»Und das Buch? Was ist damit?«

»Ich weiß nicht, was es für ein Buch ist, Herr. Ich kann nicht lesen. Doch ich hoffte, dass ich es vielleicht für gutes Geld verkaufen mochte, also versteckte ich es.

Dann jedoch vernahm ich, dass Inquisitoren nach dem Mörder jenes Mönches suchten; und dass sie sich nicht einmal scheuten, Schönfrauen zu befragen und in Tavernen zu gehen. Freunde berichteten mir beiläufig davon, denn es kommt ja nicht alle Tage vor, dass man Dominikaner bei den Huren und Trinkern erblickt.

Niemand ahnte zunächst, dass auch ich etwas mit dem toten Mönch zu tun hatte, doch dann erzählte ich im Rausch irgendjemandem in einer Taverne davon. Ich wusste sofort, dass mir nun Gefahr drohte. Also versteckte ich mich. Gerne hätte ich auch Paris verlassen, doch wagte ich nicht, allein zu fliehen, aus Angst vor der Krankheit, die, wie man sich erzählt, draußen im Land wütet und gar fürchterlich sein soll. Spielleute oder Händler oder irgendjemanden sonst, der Paris verlassen wollte und dem ich mich hätte anschließen können, habe ich jedoch nicht mehr getroffen.«

»Hast du an jenem Abend, da du den toten Mönch ausgeraubt haben willst, noch eine junge Schönfrau mit Namen Jacquette erblickt? Man ruft sie auch ›das Täubchen‹.«

»Nein, Herr, ich bin weggelaufen, so weit und so schnell ich konnte. Zu den Schönfrauen bin ich in jener Nacht nicht mehr gegangen.«

»Und einen Domherrn von Notre-Dame, hast du den vielleicht gesehen? Sein Name ist Nicolas d'Orgemont.«

Der Vagant schüttelte den Kopf. »Ich kenne doch keinen so hohen Herrn«, antwortete er bestimmt. »Und ganz sicher habe ich in jener Nacht keinen Mann der Kirche gesehen. Außer dem toten Mönch selbstverständlich.«

»Das ist also alles, was du zu sagen hast?«, fragte der Inquisitor. Seine Stimme klang plötzlich müde.

»Ja, Herr.« Der Vagant, der spürte, dass Meister Philippe nicht mit ihm zufrieden war, zitterte am ganzen Leibe, obwohl es im Gewölbe heißer und immer heißer wurde, denn hin und wieder ging einer der Folterknechte zum Rost und legte noch mehr Kohlen auf.

»Du elender Lügner!«, donnerte der Inquisitor plötzlich so laut, dass uns allen der Atem stockte – selbst den beiden Folterknechten. Die allerdings erholten sich als Erste von dieser Überraschung und warfen sich einen wissenden Blick zu. Einer fing an, seine Hände zu massieren. Der andere entfachte noch mehr Glut auf dem Rost.

»Du willst mir also sagen«, fuhr Meister Philippe fort, »dass du den unglücklichen Heinrich von Lübeck nur zufällig erblickt hast. Du warst auf dem Weg zu einer Dirne, da lag er dir im Weg. Finster war die Nacht, so finster, dass du den Toten zunächst mit einem Haufen Lumpen verwechselt hast. Doch kaum bist du näher herangetreten, da weißt du nicht nur unzweifelhaft, dass der Mönch tot ist, nicht einfach nur besinnungslos, ohnmächtig oder verletzt, nein, du weißt sogar genau, woran er gestorben ist: einem Messerstich! Das hast du gerade selbst gesagt.«

»Ich habe schon viele Messerwunden gesehen!«, fuhr Pierre de Grande-Rue auf, doch seine Stimme klang heiser.

»Nicht genug damit«, Meister Philippe hatte sich wieder beruhigt und tat, als hätte er den Einwurf des Gefangenen nicht vernommen. »Du willst uns weismachen, dass du den Toten ausrauben wolltest. Doch einen ganzen Beutel voller Gold- und Silbermünzen lässt du liegen. Dafür stiehlst du ein Buch – obwohl du nicht einmal lesen kannst!«

»Aber das ist die Wahrheit!«, flehte der Vagant. »Mir blieb keine Zeit, den toten Mönch länger zu durchsuchen.«

»Ja, weil diese unglückselige Nacht so still war, bis du plötzlich Geräusche aus einer Gasse vernommen haben willst. Einer Gasse, in der, wie ich Grund habe zu vermuten, sich in jenem Augenblick entweder der Domherr Nicolas d'Orgemont oder die Schönfrau Jacquette oder gar beide aufgehalten haben. Zwei Menschen, die du nie gesehen haben willst – vor denen du jedoch geflohen bist, so schnell und so weit du konntest!«

»Es war doch so finster!«, stammelte der Gefangene.

»Und finster ist auch die Aussicht für dich, verstockter Sünder«, verkündete der Inquisitor.

Meister Philippe nickte den Folterknechten zu. »Zeigt ihm die Instrumente!«, befahl er.

Da nahmen die beiden Männer eiserne Zangen zur Hand, dornengespickte Peitschen, Daumenschrauben und Stricke und hielten dem Gefangenen eine glühende Kohle nahe ans Gesicht.

Pierre de Grande-Rue weitete angstvoll die Augen. »Gnade!«, kreischte er. »Ich habe alles gesagt, was ich zu sagen weiß!«

Darauf seufzte Meister Philippe, schloss die Augen und betete. Da er stumm blieb und nur die Lippen bewegte, vermag ich nicht zu sagen, welches Gebet er sprach. Doch als er die Augen wieder auftat, schlug er das Kreuz. »HERR, schenke uns Kraft«, murmelte er. Dann blickte der Inquisitor die beiden Folterknechte an und nickte. »Fangt an!«

Selbst jetzt, so viele Jahre später, sträubt sich mir die Feder, all das niederzuschreiben, dessen Zeuge ich nun werden musste.

Wohl hatte ich in Köln und auch in Paris schon gar manchen Bettler, Verbrecher oder Häretiker gesehen, der im Kerker geschmachtet und die Folter erduldet hatte, später jedoch, dank der Gnade der Richter, wieder freigelassen worden war. Ich hatte Narben auf der Haut gesehen, ausgerenkte Arme, ausgeschlagene Augen und verkrüppelte Hände. Doch hatte ich stets rasch den Blick von diesen Sündenmalen abgewendet. Es waren Verletzungen einer früheren Zeit gewesen, abscheulich anzusehen zwar, doch längst verheilt, so gut es eben ging.

Nun sah ich jedoch, wie diese Wunden geschlagen wurden. Und ich muss gestehen, auch wenn mir die Schamesröte das Gesicht verbrennt, dass ich mit einem Schauder Zeuge wurde – einem Schauder, den nicht nur die Angst in mir hervorrief. Es ging eine seltsame, schreckliche Faszination aus von diesem Schauspiel menschlicher Qualen, von der Farbe des Blutes und vom Geräusch reißender Sehnen, vom Stöhnen des Gefangenen und vom Geruch verbrannter Haut. An Jacquette dachte ich und an Rache, wiewohl mir doch zugleich graute vor dem, was ich miterleben musste.

Der Tisch, auf dem Pierre de Grande-Rue gefesselt lag, war in Wirklichkeit gar kein Tisch. Nun erst gewahrte ich seinen wahren Zweck: Es war eine Streckbank. Einer der beiden Folterknechte kam mit schweren runden Hölzern an, die er in eiserne Walzen steckte, die unterhalb der Platte in eichenen Lagern aufgehängt waren. Anschließend begab sich ein Folterknecht zur Walze am kopfseitigen Ende der Streckbank, der andere verharrte an jener der Fußseite – und dann kurbelten beide Männer auf ein leises Kommando hin in entgegengesetzte Richtungen.

Der Gefangene heulte auf wie ein getretener Hund, als seine gefesselten Arme in die eine, seine Füße in die andere Richtung gezogen wurden. Immer straffer spannte sich sein Körper. Sein Gesicht wurde zuerst rot, dann blass. Er schrie, dass ich im Innern meiner Seele zitterte. Doch dann war sein Körper so ausgestreckt, dass die Haut auf seiner Brust und seinem Bauch straff war wie ein Trommelfell. Der Vagant atmete nur noch japsend und hatte keine Luft mehr für Schmerzensschreie. Blut quoll aus seinen Hand- und Fußgelenken, die unbarmherzig von den eisernen Klammern gehalten wurden.

Dann erscholl ein Geräusch, als zerreiße jemand einen Streifen Leder – und der linke Oberarm des Gefangenen kam mit einem Ruck wohl zwei Fingerbreit weit aus der Schulter. Pierre de Grande-Rue brachte ein Wimmern zu Stande, trotz aller Atemnot. Und Nicolas Garmel, der Bader, der doch schon so viele Tote gesehen haben musste, würgte und hustete und wandte sich ab.

Die Folterknechte lösten die Walzen. Seufzend entspannte sich der Körper des Gefangenen ein wenig, während ihm einer seiner Peiniger mit der Kelle Wasser über den Kopf goss. Doch dies war beileibe keine Geste der Barmherzigkeit, wie mir sogleich klar wurde. Vielmehr sollte Pierre de Grande-Rue nur wieder zu Kräften kommen, um die nächste Qual umso länger erdulden zu können.

Der Vagant blieb ausgestreckt und gefesselt, wie er war. Nun jedoch kam einer der Folterknechte mit einer Zange und hielt dem Gefangenen eine glühende Kohle unter den rechten Fuß. Ich vernahm für einen Moment ein leises Zischen und roch den scharfen Gestank verbrennender Haut, dann erfüllte nur noch das Geheul des Vaganten meinen Kopf. Pierre de Grande-Rue schrie und zuckte in seinen Fesseln, doch es nützte ihm nichts. Langsam wurde zunächst seine rechte Fußsohle schwarz gebrannt, dann auch seine linke. Er brüllte und lästerte uns in gar fürchterlichen Worten, doch seine Stimme wurde schwächer und schwächer.

Philippe de Touloubre, welcher der ganzen Prozedur bis dahin mit unbeweglicher Miene zugesehen hatte, gab Nicolas Garmel einen Wink. Der Bader musste vortreten und dem Gefangenen einige scharf riechende Kräuter, die er aus seiner Medizintasche hervorholte, unter die Nase halten. Denn wieder sollte Pierre de Grande-Rue zu Kräften kommen.

»Gestehst du nun?«, fragte der Inquisitor, als die Augen des Vaganten nicht länger glasig waren und man vermuten konnte, dass er wieder bei Sinnen war.

Doch Pierre de Grande-Rue hub nur wieder das Fluchen an und sagte uns in vielen Worten, die GOTT so sehr lästerten, dass ich es nicht wagte, sie ins Protokoll aufzunehmen, dass er uns nicht mehr gestehen könne, als er es bereits getan habe.

»Gut«, erwiderte da Meister Philippe, »dann lasst uns weitermachen.«

Da kamen die Folterknechte mit schmalen, langen Zangen an. Ich starrte auf diese Marterwerkzeuge und zitterte plötzlich, sodass ich mich nicht mehr beherrschen konnte. Ich hatte ihren Zweck erkannt: Sie sollten dem Gefangenen die Fingernägel herausreißen.

Meister Philippe sah, wie es um mich stand, und warf mir einen mitleidigen Blick zu. Dann fasste er mich am Arm.

»Wir wollen in den Garten gehen«, sagte er zu mir. »Die beiden Folterknechte werden die Arbeit machen, für die GOTT sie erwählt hat. Nicolas Garmel wird aufpassen, dass der Gefangene nicht stirbt, bevor er uns alles gestanden hat. Ich glaube, dass es bald so weit sein wird.

Ruft uns herbei, wenn er bereit ist!«, befahl er dann einem der beiden Peiniger.

Fast willenlos ließ ich mich von dem Inquisitor aus dem Gewölbe führen. Ich war erleichtert, dass ich die Folter nicht länger mitansehen musste, doch zugleich spürte ich eine brennende Scham in mir. Ich wusste selbst, dass dies ein absurder Gedanke war, und doch: Ich kam mir vor, als würde ich Pierre de Grande-Rue im Stich lassen. Es war mir, als würde ich meine Pflicht als Mönch und Christenmensch nicht erfüllen.

Als wir einige Schritte weit den düsteren, unterirdischen Gang entlanggewandelt waren, hörten wir hinter unserem Rücken einen wilden, eher einem Tier denn einem Menschen entspringenden Schrei. Mir schauderte, und ich ahnte, dass Pierre de Grande-Rue soeben seinen ersten Fingernagel verloren hatte.

Eiligen Schrittes strebte ich nach oben und bekümmerte mich nicht einmal mehr darum, dass ich mich am Inquisitor vorbeidrängte. Ich wollte nur noch hinaus, an die frische Luft und unter GOTTES gnädige Sonne.

Erst im lieblich duftenden Garten des Klosters besann ich mich meiner Würde wieder und verlangsamte meinen Schritt. Schamvoll blickte ich zu Boden, als der Inquisitor, der gemessenen Ganges gewandelt war, nach einigen Augenblicken zu mir aufgeschlossen hatte.

»Verzeiht mir meine Schwäche, Meister«, murmelte ich.

Da hob Philippe de Touloubre die Hand und segnete mich.

»Es ist keine Schande, den Anblick der Folter zu fliehen«, tröstete er mich. »Es ist vielmehr die natürliche Reaktion eines jeden Christenmenschen auf Qual und Blut. Nur wir Inquisitoren dürfen unser Haupt nicht abwenden. Dies erschwert die Bürde unseres Amtes, doch es ist eine Pflicht, die GOTT uns auferlegt hat: Wir müssen der Hitze der Flamme standhalten, denn mit dem Feuer brennen wir die kranken Stellen im Leib der Kirche aus, auf dass der große, strahlende Körper der Christenheit rein und gesund bleibe.«

»Das weiß ich, Meister«, erwiderte ich betrübt, »doch war es für mich bislang stets nur ein Ding des abstrakten Wissens. Jetzt jedoch, da ich die Folter nicht mehr nur in der Theorie durchdacht habe, sondern auch in der Wirklichkeit erleben musste, jetzt, ich gestehe es, ist mein Fleisch schwach geworden, wiewohl mein Geist nach Gerechtigkeit und Ausmerzung der Sünden dürstet.«

»Mein junger Bruder«, Meister Philippe ergriff meinen Arm, eine Geste der Vertraulichkeit, die ich von ihm noch nie erleben durfte. »Mein junger Bruder«, wiederholte er, »die Folter dient zweierlei Zwecken: Sie hält die Mutter Kirche rein, und sie öffnet selbst dem verstocktesten Sünder den Weg zur Rettung seiner unsterblichen Seele.

Sie hält die Kirche rein, nicht nur, weil wir Häretiker und Verbrecher mit ihrer Hilfe aufspüren. Vielmehr verhindert sie auch, dass die Inquisition und damit die Kirche je ein ungerechtes Urteil spricht und damit selbst sündig wird.

Denn, wie du sehr wohl weißt, niemand kann verurteilt werden, sofern er nicht gestanden hat. Nur das Geständnis zählt vor den Richtern dieser Welt und erst recht vor jenem einen Richter, vor dem wir uns einst alle werden verantworten müssen. Was aber, wenn ein Sünder trotz erdrückender Beweise gegen ihn nicht gestehen will? Sollen wir ihn wieder freilassen? Sollen wir wahrhaftig einen Wolf, einmal gefangen, wieder auf die Herde christlicher Lämmer loslassen?«

Ich schüttelte den Kopf. Der Inquisitor blickte mich ernst an.

»Unsere oberste Pflicht«, fuhr er fort, »ist es, diese Herde christlicher Lämmer zu schützen. Denke immer daran! Wir sind die *DOMINI canes*! Haben wir einmal einen Wolf gestellt, dann dürfen wir ihn nicht wieder entkommen lassen.

Und doch gehen wir mit Sündern gnädiger um als der Jäger mit dem Wolf. Denn was ist dieses irdische Leben denn schon anderes denn ein kurzes, von Pein und Angst gezeichnetes Jammertal vor jenem ewigen Leben, dem wir alle teilhaftig sind? Gewiss, die Folter erhöht die Pein, die wir erdulden müssen. Doch wie lange mag sie andauern? Ein paar Stunden, im schlimmsten Fall vielleicht ein paar Tage.

Was ist diese kurze körperliche Qual angesichts der Ewigkeit der Höllenqual der Seele? Denn siehe, mein junger Bruder, mit glühenden Zangen mögen wir dem Körper Leid zufügen – doch wir öffnen damit selbst dem verstocktesten Sünder den Weg zurück zu IHM, in dem allein unsere Hoffnung lebt.

Hätten wir jenen Vaganten dort, dessen Schreie dich aus dem Kerker getrieben haben, nicht gestellt und gefangen, was wäre sein Schicksal gewesen? Ihm wäre die Folter erspart geblieben bis zum Ende seiner Tage. Dann jedoch wäre seine sündige Seele unversöhnt in SEIN Reich eingegangen und wäre vor SEINEN Richterstuhl gekommen! Was hätte ER zu Gunsten von Pierre de Grande-Rue in die Waagschale werfen können? Nichts!

Doch so, Bruder Ranulf, wird der Vagant gestehen, früher oder später. Mehr noch: Er wird gestehen und bereuen – und nach seinem Geständnis wird er der gerechten, doch irdischen Strafe zugeführt. Wie aber wird dann die Seele dieses Unglückseligen in SEIN Reich eintreten? Er wird kommen als reuiger Sünder und als jemand, der bereits in unserer Welt Buße getan hat für seine Untaten. Das mag die Waagschale seiner Sünden anheben!

Indem wir Pierre de Grande-Rue also foltern lassen, fügen wir seinem Körper Pein zu – doch wir retten seine Seele. Mit einigen Stunden der irdischen Qual öffnen wir ihm den Weg zur ewigen Seligkeit!«

Mit diesen und vielen weiteren, wohlgesetzten Worten linderte der Inquisitor meine Gewissensnot. Ich dankte ihm und bat ihn noch einmal um Vergebung – welche er mir auch großmütig aussprach.

Und doch plagten mich im tiefsten Innern meiner Seele Zweifel und Ängste, die ich bis heute nicht zu benennen vermag. Jedenfalls ergriff mich ein Schauder, als einer der beiden Folterknechte zu späterer Stunde im Klostergarten an uns herantrat, sich ehrfürchtig verneigte und nur einen kurzen, unheilvollen Satz sprach:

»Der Vagant ist nun so weit, Ihr Herren.«

Ein Würgen überkam mich, als ich wieder in jenes finstere Verlies trat, das ich einige Stunden zuvor gleich einem Fliehenden verlassen hatte. Schon auf dem Gang zur Folterkammer wehte mir ein Odem aus Kot und Schweiß und verbranntem Fleisch entgegen, der mir schier den Atem nahm. Dann erblickte ich Pierre de Grande-Rue, der noch immer auf der Streckbank gefesselt lag, wiewohl die Folterknechte die Bänder gelockert hatten. Die Arme und Beine des Vaganten waren schrecklich verdreht, seine Hände – ich wagte nicht, sie mir genau anzusehen – glichen blutroten Klumpen. Blut war ihm auch aus Mund und Nase getreten und ihm in breiten Strömen bis auf den Körper geflossen. Der einst mächtige Brustkasten sah eingefallen aus wie der eines alten Mannes. Sein Blick war verschleiert, als er mühevoll den Kopf in unsere Richtung wandte.

»Gnade, Ihr Herren« flehte er. Seine Stimme klang so schwach, dass ich ihn kaum noch verstehen konnte.

Der Bader Nicolas Garmel stand an der Streckbank und rieb den Körper des Unholds mit stark nach Thymian und Wacholder riechenden Tüchern ab, die den Gefangenen erfrischen sollten.

»Willst du nun gestehen?«, fragte Meister Philippe. Seine Stimme klang streng.

Als der Vagant nickte, gebot mir der Inquisitor, wieder ans Schreibpult zu treten und mich bereit zu machen, den Bericht getreulich niederzuschreiben.

Mit brechender Stimme – oft musste ihn Philippe de Touloubre ermahnen, deutlicher zu reden – gestand Pierre de Grande-Rue, dass er, erhitzt vom Besuch bei einer Schönfrau, Heinrich von Lübeck erstochen habe, als er diesen zufällig im Schatten von Notre-Dame getroffen hatte. Sein Motiv war die Gier nach Geld, denn bei der käuflichen Frau war er all seine Taler los geworden und suchte sich nun Ersatz zu verschaffen.

Nach seiner grausigen Tat beugte er sich über Heinrich von Lübeck und begann, dessen Kutte zu durchsuchen, ein Manuskript zog er zuerst hervor, denn es war der größte Gegenstand, den der Mönch bei sich getragen hatte. Den Geldbeutel konnte er allerdings nicht mehr an sich nehmen, denn bevor er weitere Durchsuchungen anstellen konnte, bemerkte er Jacquette und den Domherrn in einer Nebengasse.

Eilig floh Pierre de Grande-Rue vom Platz – nicht ohne sich die Gesichter der beiden Zeugen zuvor einzuprägen und sich vorzunehmen, sie so bald als möglich zu ermorden, um mögliche Zeugen auszuschließen. Was er denn auch tat.

Den Text, den er dem toten Mönch geraubt hatte – und den er nicht zu lesen vermochte –, versteckte er in einem aufgegebenen, halb verfallenen Haus in der Rue Portefion, direkt neben dem Temple. Dort fänden wir ihn, da er bis zur heutigen Stunde unangetastet geblieben sei, unter der fünften Bodendiele nach dem Eingang, die er gelockert habe.

Warum Heinrich von Lübeck in seinen letzten Momenten *»terra perioeci«* geschrieben habe – das konnte oder wollte Pierre de Grande-Rue jedoch auch nach langer Folter nicht sagen.

So schrieb ich denn getreulich alles Wesentliche dieses Geständnisses nieder und erschauderte, da ich gezwungen war, noch einmal all der grausigen Taten zu gedenken, die dieser Mann begangen hatte. Heiße Trauer um Jacquette stieg in mir auf, deren zufällige Anwesenheit an jenem düsteren Ort ihr Todesurteil gewesen war.

Doch ich bezwang mich und ließ mir keine Regung anmerken. Ich spürte, dass mich Meister Philippe hin und wieder verstohlen beobachtete, und wollte mir keine weitere Blöße erlauben.

Derweil war die Stimme des Vaganten schwächer und schwächer geworden. Nach den letzten Worten, die ich so getreulich mitgeschrieben hatte, brach er plötzlich ab, keuchte vernehmlich – und fiel dann in eine tiefe Bewusstlosigkeit. Auch als einer der Folterknechte mit einer glühenden Zange kam und ihm damit in die Lenden brannte, stöhnte er zwar, wachte jedoch nicht wieder auf.

Nicolas Garmel eilte zu Pierre de Grande-Rue, zwang den Mund des Gefangenen auf und flößte ihm eine durchdringend riechende, ölige Flüssigkeit ein. Auch dies brachte allerdings keine Besserung.

Da erhob sich der Inquisitor und gebot mir, das Protokoll zu unterschreiben und zu datieren. »Ich glaube, wir haben genug gehört. Wir werden Pierre de Grande-Rue wieder vernehmen, wenn er sich etwas erholt hat. Dann mag er sein Geständnis unterzeichnen und warten, bis ein Richter ihm den Prozess macht. GOTT möge ihm gnädig sein.« Er schlug das Kreuz über dem bewusstlosen Gefangenen.

»Derweil«, fuhr Philippe de Touloubre dann fort, »werden wir einen kurzen Ausflug unternehmen.«

»Wohin, Meister?«, fragte ich.

»Zur Rue Portefion!«, befahl er. »Ich möchte sehen, was dort unter dem fünften Bodenbrett nach der Pforte versteckt ist.«

So eilten wir Richtung Temple – jener alten, finsteren Burg der Templer, wo einst das Herz dieses mächtigen Ritterordens schlug und wo, so geht die Legende, ihr sagenhafter Schatz gelagert lag.

Vom Kloster Saint-Martin-des-Champs aus waren es kaum mehr als ein paar Dutzend Schritte Richtung Norden bis zum

Temple. Wir liefen einen Weg entlang, an dem einige ärmliche Hütten standen, umgeben von Feldern. Zu unserer Rechten schimmerte die Stadtmauer von Paris in der dunstigen Hitze des golden heraufdämmernden Abends. Dann bogen wir auf die Rue Portefion, die sich vom Weg, den wir zunächst gegangen waren, nur dadurch unterschied, dass sie etwas breiter war.

Doch mussten wir hier, so kurz vor unserem Ziel und fast schon im Schatten der mächtigen Mauern des Temple, unsere ungeduldigen Schritte einhalten, denn eine Prozession der Dozenten und Studenten der Universität zog an uns vorüber.

Ich weiß nicht, zu welcher Reliquie, zu welcher jenseits der Stadtgrenzen liegenden Kirche die wohl vierhundert oder fünfhundert Gelehrten gezogen waren, doch wunderte ich mich gar sehr, dass selbst sie, die weisesten und klügsten Männer von Paris, kein anderes Mittel der Hilfe gegenüber der drohenden Krankheit mehr sahen als die Prozession. So waren, im Angesicht der Not, die gelehrtesten Professoren und Doctores doch nicht besser als die einfachsten Bauern, die sich auch nicht anders zu helfen wussten als durch Fürbitte, Fasten und Prozession.

In Zweierreihen zogen sie an Meister Philippe und mir vorüber: Die ältesten Professoren zuvorderst, Kerzen in Händen haltend, dann die jüngeren, dann die Studenten, getrennt nach ihren Kollegien. Alle waren sie barfuß, und alle sangen sie fromme Hymnen. Der Inquisitor segnete sie.

Ich erblickte jedoch plötzlich einen Schatten am Wegesrand – und erbleichte. Zu beiden Seiten der Prozession zogen Ratten durch den Straßenstaub. Fast schien es mir, als hätten sie sich dem Zug der frommen Büßer beigestellt in satanischem Hohn. Dann erkannte ich die gewöhnlichen Ratten mit braunem Fell, wie man sie stets in allen Städten und Dörfern trifft. In ihrer Mitte jedoch krochen auch die fast unterarmlangen schwarzen Ratten mit, die doch sonst die Todfeinde der braunen Tiere sind und die nur auf den Feldern und in den Wäldern leben. Vielen Tieren, ob braun oder schwarz, quoll Blut aus dem Maul. Sie fürchteten die Menschen nicht mehr – und die Professoren und Studenten, fromme Lieder singend, schienen sie nicht zu sehen.

Ich schlug das Kreuz und flüsterte ein *PATER noster*. Und selbst Meister Philippe, der zunächst mich ansah, dann meinem Blick folgte und so ebenfalls der Ratten gewahr wurde, tat es mir gleich.

»Wir wollen zum Versteck des Vaganten eilen«, sagte er düster. »Ich glaube, unsere Zeit wird knapp.«

Wir fanden ohne Schwierigkeiten das verfallene Haus, das uns Pierre de Grande-Rue beschrieben hatte. Die Rue Portefion führte an der Mauer des Temple entlang, im rechten Winkel zu der Straße, auf der ich mit Bruder Anselm von Köln kommend gen Paris gewandert war. Im Umkreis von einigen Dutzend Schritt rund um die finstere Festung stand kein Haus – so, als ginge von der Burg ein Fluch aus, der Fluch der Templer; so, als müssten nicht nur der König und der Papst vor diesem Fluch zittern, sondern auch die Bauern und Knechte, welche die Felder um die strahlendste Stadt Frankreichs bestellten.

Einzig eine Hütte erhob sich nur wenig über das hohe, fast erntereife Getreide: kaum mehr als ein schäbiger Verschlag, flach, mit schiefem, hinten eingefallenem Dach, ohne Fenster, mit einer leeren Höhle in der Straßenseite statt einer Tür. Disteln und Brombeeren hielten die morschen hölzernen Seitenwände umklammert – und vielleicht verhinderten sie allein, dass diese erbärmliche, wohl schon vor vielen Dutzend Jahren aufgegebene Behausung nicht schon längst ganz zusammengestürzt war.

Kein Mensch war weit und breit zu sehen, im dornigen Gestrüpp regte sich keine Ratte, keine Eidechse huschte über die sonnenwarmen Wände, nicht einmal der Gesang eines Vogels war hier zu vernehmen.

Mir kam es wie eine Mahnung GOTTES vor, dass ER uns schließlich bis hierhin geführt hatte. Da stand, fast zum Greifen nah, der Temple vor unseren Augen, die Festung des einstmals mächtigsten Ritterordens der Menschheit. Und, da die Templer legendär reich gewesen waren, das größte Schatzhaus des Abendlandes. Den Schatz hatte niemand je gefunden, denn sein Versteck hatte der Großmeister des häretischen Ordens nicht einmal unter der Folter und auf dem Scheiterhaufen preisgegeben. Es gab nicht wenige, die ihn noch immer irgendwo in den Mauern der Burg verborgen glaubten.

Doch nicht zu diesem legendenbehafteten Ort hatte ER unsere Schritte geleitet – sondern zu einer schäbigen Hütte, die so ärmlich war, dass nicht einmal Tiere sich in ihr verirrten. Hier sollten wir unseren Schatz finden, nicht in der Burg der stolzen Templer.

»Ein gut gewähltes Versteck«, sagte der Inquisitor, und so etwas wie Anerkennung schwang in seiner Stimme mit.

Wir traten ein. Es dauerte einige Augenblicke, bis meine Augen sich an das Halbdunkel in der Hütte gewöhnt hatten. Hätte ich nicht gewusst, dass Pierre de Grande-Rue sich diesen Ort erwählt hatte, mir wäre nicht aufgefallen, dass er einem Menschen als Versteck diente. Ich sah zwar sofort viele verwischte Fußspuren im dicken Staub, der den Boden bedeckte, doch wie alt diese Spuren waren, das vermochte ich nicht zu sagen. Ich hätte wohl gedacht, dass sich hier vielleicht ein Bettler oder Wandersmann für eine Nacht ein ruhiges Plätzchen gesucht hätte.

Nun aber, da ich wusste, was der Vagant gestanden hatte, bemerkte ich, wie sorgfaltig er seine Bleibe getarnt hatte: Ein paar Armvoll altes Stroh, wie zufällig an einer Seitenwand hingeworfen, erkannte ich als Schlafstatt, die nicht nur leidlich bequem war, sondern von der aus ein Liegender auch durch die Öffnung in der Hüttenfront einen Blick auf den Weg hatte, ohne dabei selbst sofort entdeckt zu werden.

Im schiefen, aus groben Blöcken gemauerten Kamin lag Asche, die nicht mit jener feinen Staubschicht bedeckt war, welche doch den Boden mit graubraunen Schleiern überzog – ein Indiz dafür, dass hier vor noch nicht allzu langer Zeit ein Feuer gebrannt haben musste. Eine morsche Truhe, deren teilweise zerbrochene Bretter den Blick auf ihr leeres Inneres freigaben, stand nur scheinbar zufällig fast direkt an der Türöffnung.

Der Inquisitor hatte einen raschen Blick zum Boden geworfen und lächelte dünn. »Die Truhe steht genau über dem fünften Bodenbalken. Wir wollen sie ein wenig verrücken«, sagte er und packte so rasch zu, dass ich, obwohl ich ihm beisprang, keine Hilfe mehr leisten konnte: Kaum hatte Philippe de Touloubre die Truhe beiseitegezerrt, blickten wir auf ein Brett, das nur lose auf dem Boden auflag.

Der Inquisitor bückte sich, hob das Holz hoch und griff in die dunkle, längliche Öffnung, die sich darunter auftat.

»Die Wahrheit ist Preis und Segen der Folter, Bruder Ranulf!«, rief er triumphierend und holte einen in dickes braunes, schon brüchiges Leder gebundenen Kodex hervor.

Doch als der Inquisitor den Umschlag aufschlug, erkannte ich, dass es gar kein normales Buch war. Ich rang erschrocken nach Luft: Es war ein Werk der Geografie.

Langsam blätterte Meister Philippe die Seiten um. Und wiewohl ich nicht wagte, ohne eine Aufforderung von ihm näher heranzutreten, sah ich doch, dass es zwölf Landkarten waren, die, geschickt gefaltet, in einem Kodex zusammengebunden waren. Ich warf flüchtige Blicke auf Länder und Meere, auf Gebirge, Flüsse und Städte, auf verwirrende Linien und feine Zeichnungen, auf ein Gewirr aus schwarzen, roten, grünen, gelben, blauen und hellroten Farbflecken, die ich auf die Schnelle nicht zu deuten vermochte.

Der Inquisitor hatte den Kodex in der Mitte geöffnet, etwas darin geblättert und hatte dann erst die erste Seite aufgeschlagen. Ich, der ich meine Neugier kaum noch zu beherrschen wusste, streckte mich und wollte einen Blick auf jenes erste Blatt erhaschen. Einen Ozean sah ich dort verzeichnet, ich konnte allerdings nicht sehen, welches Meer es sein sollte.

Darüber prangte in großer Schrift der Titel des Werkes, den ich ebenfalls nicht zu lesen vermochte. Immerhin jedoch gelang es mir, den Namen des Kartografen zu entziffern, denn der war noch größer und zudem in auffälliger roter Schrift geschrieben. Er hieß Castorius aus Ravenna – und ich, der ich mir doch noch vor wenigen Wochen auf meine Studien und meine Gelehrsamkeit so viel eingebildet hatte, hatte diesen Namen noch nie vernommen.

Ich zermarterte mir noch mein Gehirn und suchte in meinem Gedächtnis vergebens nach irgendwelchen Erinnerungen an diesen Gelehrten, da bemerkte ich, wie der Inquisitor blass wurde. Die Hände von Meister Philippe zitterten, doch sagte er kein Wort.

Ich war überrascht, ja erschrocken und versuchte, noch einen letzten Blick auf jenes erste Blatt des Kodex zu erhaschen, bevor der Inquisitor den Band mit einer raschen, heftigen Geste zuschlug.

Und da erzitterte auch ich: Denn in jenem Ozean auf dem ersten Blatt, den ich nicht zu deuten vermochte, da lag ein großes Land. Quer über Berge und Flüsse hatte Castorius, der unbekannte Kartograf, diesen Namen geschrieben: *terra perioeci*.

Meister Philippe und ich starrten uns eine endlos lange Zeit schweigend an. Es war nicht nötig, dass wir Worte wechselten. Wir wussten beide, was wir soeben gesehen hatten.

Schließlich seufzte der Inquisitor. Dann nahm er den Kodex und verstaute ihn in einer ledernen Tasche, die er am Gürtel seiner Kutte trug. Das Werk des Castorius schlug er nicht noch einmal auf.

Enttäuscht blickte ich ihn an, doch Meister Philippe schüttelte den Kopf.

»Wir wollen dieses Buch nicht hier studieren«, beschied er mir entschieden. »Und nicht jetzt. Später werden wir die Muße dazu haben. Nun wollen wir zum Kloster Saint-Martin-des-Champs zurückeilen. Die Mönche dort sollen Boten zum Prévôt royal und zum Bischof von Paris entsenden und den edlen Herren sagen, dass wir den Mörder des Heinrich von Lübeck und des Nicolas d'Orgemont gefangen und überführt haben.

Doch vor allem wollen wir diesen Mörder selbst noch einmal dringlich befragen, wenn es sein muss, auch unter der Folter. Ich glaube nun nämlich nicht mehr, dass Pierre de Grande-Rue des Lesens nicht kundig ist. Ich will noch heute Abend wissen, was er uns über ein Land erzählen kann, das *terra perioeci* genannt wird.«

So gingen wir denn in ebenso unziemlicher Hast unseren Weg zurück, wie wir ihn gekommen waren. Doch unsere Eile war vergebens: Als wir in Saint-Martin-des-Champs anlangten, erblickten wir die beiden Folterknechte und Nicolas Garmel im Garten. Die zwei Knechte ließen einen Weinschlauch kreisen und blickten gleichmütig in die rote Abendsonne, der Bader jedoch war blass und zitterte am ganzen Leib.

»Das bedeutet nichts Gutes«, flüsterte der Inquisitor, als wir der drei Männer ansichtig wurden.

»Der Gefangene ist tot«, meldete uns einer der Folterknechte denn auch sofort. Sein Gesicht blieb reglos.

»Wie konnte das geschehen?«, fragte Meister Philippe den Bader streng.

Nicolas Garmel fiel auf die Knie, Tränen rannen über seine Wangen. »Verzeiht mir, Herr«, flehte er. »Ich konnte den Vaganten nicht länger in diesem Leben halten. Ich wollte ihm einen stärkenden Trank einflößen, doch gelang es mir nicht, seinen Geist wieder zu wecken. So kippte ich ihm zwar den Trank in den Mund, doch Pierre de Grande-Rue konnte ihn nicht mehr hinunterschlucken. Er wurde rasch schwächer und schwächer und starb schließlich.«

»Er hat nicht noch einmal das Bewusstsein erlangt?«, vergewisserte sich der Inquisitor. Zorn und Enttäuschung schwangen in seiner Stimme mit.

Der Bader zitterte noch stärker. »Nein, Herr.«

»Hat er, da sein Geist schon umnachtet war, trotzdem noch etwas gesagt? Hat er Worte gemurmelt – Worte, die dir vielleicht sinnlos erschienen sind? Lateinische Worte?«

Nicolas Garmel schüttelte den Kopf, und auch die beiden Folterknechte verneinten.

»Gut«, sagte der Inquisitor und holte tief Luft. »So war es denn GOTTES Wille, dass Pierre de Grande-Rue sein letztes Geheimnis mit ins Grab nehmen durfte. Wir wollen sehen, dass wir dieses, das letzte Rätsel auf anderen Wegen zu lösen vermögen. Auch wenn es nun vielleicht gar nicht mehr wichtig ist, denn der Täter hat seine irdische Strafe schon gefunden. Ich segne Euch und vergebe Euch den Tod des Gefangenen.«

Dann wandte sich Meister Philippe an mich. »Ich werde zum Prior von Saint-Martin-des-Champs eilen und ihn bitten, die Boten zum Prévôt royal und zum Bischof unverzüglich loszuschicken. Ich werde zuerst meinem Prior einen Bericht erstatten und dann den beiden hohen Herren selbst einen ihnen sicherlich nicht unwillkommenen Besuch machen.

Du wirst dich vergewissern, dass Pierre de Grande-Rue auch wirklich dies irdische Jammertal verlassen hat. Dann wirst du seinen Tod im Protokoll festhalten. Dieses Protokoll wirst du dann ins Kloster bringen. Dort werden wir uns zu späterer Stunde wieder treffen. Ich werde es unterschreiben und siegeln. Damit ist der Fall abgeschlossen – auch wenn wir beide wissen, dass es noch eine Frage gibt, die ihrer Beantwortung harrt.

Für den Prévôt royal, den Bischof und auch unseren Prior jedoch mag es schon reichen, dass der Täter gefunden und für immer unschädlich gemacht worden ist. Nun eile dich!«

Er segnete mich, dann gebot er mir mit einer Geste, noch einmal ins finstere Verlies hinabzusteigen.

Ich gehorchte dem Inquisitor, wiewohl mir wieder das Herz bis zum Halse schlug. Die Folterknechte blieben in der Sonne sitzen, doch der Bader musste mich begleiten, denn ich wollte einen sachkundigen Mann an meiner Seite haben, wenn ich den Toten erblickte. Auch wollte ich, ich muss es gestehen, nicht allein diesen düsteren Ort betreten.

Schweigend standen Nicolas Garmel und ich einige Augenblicke später an der Streckbank. Pierre de Grande-Rue lag noch immer in Fesseln dort, doch war diese Maßnahme längst überflüssig. Denn ohne Zweifel war der Vagant tot.

Selbst wenn er noch gelebt hätte, er wäre nicht mehr fähig gewesen, die Streckbank aus eigener Kraft zu verlassen. Ich blickte auf seine ausgerenkten Gliedmaße, die verkohlten Füße, die Brandmale überall an seinem Körper, die blutigen Hände, das fahle, selbst noch im Todesschlaf vom Schmerz gezeichnete Gesicht.

»Quält Euch nicht, Herr Garmel«, sprach ich dem Bader respektvoll Trost aus. »Selbst der Leibarzt des Papstes hätte diesen Mann wohl nicht mehr von der Schwelle des Todes fortzerren können.«

»Da irrt Ihr Euch, Bruder Ranulf«, widersprach er mir da und seufzte tief.

Ich blickte ihn überrascht an. »Wie könnt Ihr das sagen?«, fragte ich. »Welcher Mensch könnte solche Verletzungen überleben?«

»Ich«, wisperte da der Bader so leise, dass ich zunächst glaubte, mich verhört zu haben. »Ich«, wiederholte er dann mit festerer Stimme, »habe diese Qualen überlebt.«

»Ihr seid gefoltert worden?«, stieß ich ungläubig hervor.

Der Bader nickte, dann setzte er sich auf einen Schemel, überwältigt von Schwäche und seinen Erinnerungen.

»Oh, Bruder Ranulf«, gestand er mir, »ich war ein Ketzer, so sündig wohl wie dieser Vagant. Zwar habe ich nie einen Menschen getötet, doch war ich einst in meiner Jugend, als ich noch Badergehilfe in der schönen Stadt Carcassonne war, ein Anhänger jener Häretiker, die heute kaum noch einer kennt und deren Namen niemand mehr auszusprechen wagt, ohne zu erzittern.«

»Ihr wart«, ich zögerte, »Ihr wart Katharer?«

Der Bader nickte schmerzlich. »Ja. Und ich muss Euch wohl nicht sagen, welcher Inquisitor meinen Sünden schließlich auf die Schliche kam.«

Lange schwiegen wir beide und hingen unseren Gedanken nach. Ich wagte nicht, Nicolas Garmel nach Einzelheiten zu fragen. Doch schließlich ergriff der Bader von selbst wieder das Wort.

»Meister Philippe verfuhr gnädig mit mir. Ich lag auf der Streckbank einst wie dieser Unglückliche heute. Ich leugnete, wie Pierre de Grande-Rue geleugnet hatte. Ich wurde gefoltert wie er – und ich gestand schließlich meine Sünden wie er, als die Qualen meine Verstocktheit lösten.

Doch GOTT war gnädiger mit mir als mit diesem Vaganten: Drei Tage lag ich nach meinem Geständnis wohl auf der Schwelle des Todes, doch ER ließ mich ins Leben zurückkehren. Dabei wollte ich dies gar nicht mehr, denn inmitten meiner Qualen und Fieberfantasien glaubte ich, dass einem Häretiker wie mir der Scheiterhaufen gewiss war. Das wisst Ihr doch, Bruder Ranulf, nicht wahr?

Überführte Ketzer werden verbrannt. Wer seine Untaten gesteht – so wie ich es tat –, dem wird wenigstens die Gnade gewährt, nicht lebenden Leibes verbrannt zu werden.«

Ich nickte, denn davon hatte ich gehört. »Geständige Katharer wurden erwürgt, bevor man ihre Körper den Flammen übergab. Wer jedoch bis zum Ende verstockt blieb, der musste ohne diese Gnade auf den Scheiterhaufen.«

Nicolas Garmel nickte. »So wünschte ich denn in jenen drei Tagen, ER möge mich gleich in SEIN Reich holen, auf dass mir das Würgeisen und der Scheiterhaufen erspart blieben.

Meister Philippe kam zu mir in meine Zelle und sprach gütig mit mir. Er fragte mich, ob ich alle meine Sünden bereute und fortan als getreuer Sohn der Mutter Kirche leben wollte. Gehorsam bejahte ich. Da sagte er mir, dass die Inquisition Männer wie mich benötige, denn ich sei ein des Heilens kundiger Mann, kundig auch in allen anderen Dingen des menschlichen Körpers. Als reuiger Sünder hätte ich in die Hölle geblickt – und würde mich fortan viel gewissenhafter auf dem allein selig machenden schmalen Pfad der Tugend halten als ein gewöhnlicher Christenmensch, der nie dem Reiz der Häresie und der Qual der Folter ausgesetzt worden war.«

Der Bader nickte und lächelte schmerzlich. »Die Gnade, die mir Meister Philippe gewährte, war so groß, dass ich halb ohnmächtig zu Boden sank und seine Hand küsste. Mir, der ich den sicheren Tod vor Augen glaubte, öffnete sich unversehens wieder eine Tür zum Leben! Zu einem Leben als Diener der Kirche, zu einem GOTT gefälligen Leben, in dem mir Zeit gegeben wurde, alle meine früheren Sünden durch fromme Werke wieder auszugleichen.

So diente ich denn fortan der Inquisition. Als Meister Philippe aus dem Süden fortging und nach Paris kam, da nahm er mich mit. Hier bin ich zum angesehenen Bader geworden, hier habe ich das Bürgerrecht erworben. Kein Nachbar weiß, welche Torheiten ich einst begangen habe.

Wann immer Meister Philippe meiner Dienste bedarf, kann er sich auf mich verlassen. Ich untersuche die Toten, deren Schicksal die Inquisition interessiert. Ich sehe Besessene an. Wenn ein Inquisitor vermutet, dass sich in der Tracht eines Christenmenschen ein Jude versteckt, dann holt er mich, auf dass ich begutachte, ob der Verdächtige beschnitten ist oder nicht. Wann immer Meister Philippe dies befiehlt, stehe ich den Folterknechten bei, auf dass ein Verdächtiger nicht vorzeitig ins Jenseits entflieht. Dies, ich gestehe es, tue ich mit unruhigem Gewissen, denn meine Heilkunst dient ja in solchen Fällen nur dazu, die Qual eines Gefangenen zu verlängern. Doch dann sage ich mir stets, dass dieser Sünder es verdient hat zu leiden – und dass für mich, den größten Sünder unter allen, die Folter der Weg war zurück zu einem rechtschaffenen Leben.«

»In diesem Fall hätte deine Kunst den Gefangenen jedoch nicht gerettet«, erwiderte ich. »Denn selbst wenn du Pierre de Grande-Rue für heute am Leben gehalten hättest: Seine Sünden waren dergestalt, dass er auf jeden Fall hingerichtet worden wäre. Wer drei Menschen den Tod bringt, der verdient selbst nichts anderes als den Tod.«

»Aber was ist, wenn Pierre de Grande-Rue diese Untaten nicht begangen hat?«, fragte der Bader.

Seine Stimme war zu einem Hauch geworden.

Ich glaubte, mich verhört zu haben. Entsetzt starrte ich ihn an. »Was redet Ihr da, Herr Garmel? Der Vagant hat alles zugegeben!«

Nun zitterte der Bader wieder am ganzen Leib. »Ja, das stimmt«, antwortete er. »Und Meister Philippe, das weiß ich sehr wohl, ist erleichtert, in ihm den Mörder gefunden zu haben. So kann er es dem Prévôt royal und dem Bischof melden, denn lange hat er ja vergebens nach dem Sünder gesucht.

Meister Philippe hat mir immer große Gnade erwiesen, sodass ich ihn nicht enttäuschen mag. Und doch: Es quält mein Gewissen, sodass ich es wenigstens Euch, einem Mann GOTTES, anvertrauen muss. Doch schwört, dass Ihr es niemals dem Inquisitor verraten werdet!«

Mir schauderte. Doch dann versprach ich dem Bader, sein Geheimnis niemandem zu enthüllen.

Ich habe mein Wort gehalten bis zu diesem Tag, da ich dies niederschreibe und alle Menschen, die jene Geschichte betrifft, längst in SEIN Reich eingegangen sind.

»Erinnert Ihr Euch der Wunden, die Heinrich von Lübeck und die Schönfrau Jacquette gezeichnet hatten?«, fragte mich der Bader.

Mit Schrecken dachte ich daran zurück und nickte. »Es waren klaffende Wunden auf der Brust. Messerstiche, so sagtet Ihr.«

Nicolas Garmel nickte. »Ja, Bruder Ranulf, Messerstiche. Doch beide Wunden waren auf der rechten Seite der Brust.«

Und plötzlich verstand ich.

Mir war, als würde sich der Boden unter mir auftun und mich in den feurigen Schlund der Hölle zerren. Mir war, als könnte ich nicht mehr atmen. Mir war, als würde sich Pierre de Grande-Rue von der Streckbank erheben und mit zermartertem Finger anklagend auf mich weisen.

»Ja«, flüsterte der Bader heiser, als er meines Entsetzens gewahr wurde, »das ist es, was mein Gewissen quält: In beiden Fällen – und auch bei Nicolas d'Orgemont, dessen Leiche Ihr nicht saht, die ich jedoch ebenfalls untersuchte – klaffte die Wunde auf der rechten Brustseite.

Wenn man nun annimmt, dass der Mörder jener Unglücklichen vor ihnen gestanden hatte, dann deutet dies daraufhin, dass der Messerstoß mit der linken Hand geführt worden ist. Der Unhold, den die Inquisition sucht, muss ein Linkshänder sein.«

Ich sah jene Szene im Schlachthof wieder vor meinem geistigen Auge, da Pierre de Grande-Rue das Messer nach mir warf und ich glaubte, dass ich im nächsten Moment sterben würde.

»Der Vagant jedoch war Rechtshänder«, murmelte ich.

Lange saßen wir danach schweigend vor der Streckbank und blickten auf den Leichnam von Pierre de Grande-Rue. Je länger ich grübelte, desto größer wurde meine Überzeugung, dass dessen erstes Geständnis der Wahrheit entsprach – nicht das, was er uns nach der Folter gesagt hatte.

Schließlich musste ich mir selbst gegenüber zugeben, dass der Vagant uns nicht belogen hatte: Jener Mann, dessen Qualen ich als Zeuge hatte mitansehen müssen, mochte ein Sünder gewesen sein. Wohl auch hatte er versucht, die Leiche des Heinrich von Lübeck auszurauben. Außerdem hatte er den gestohlenen Kodex in der Hütte beim Temple versteckt. Doch getötet hatte er den Mönch nicht. Und auch nicht Jacquette oder den Domherrn.

Heiße Scham stieg in mir auf, da ich mich meiner Rachsucht erinnerte, als der Vagant leiden musste. Er wurde, wie Jesus am Kreuz, gequält, ohne schuldig zu sein. Und ich, ich war kaum besser als jener Schreiber, der wohl einst dem Hohepriester Kaiphas das Protokoll geführt hatte, da er unseren Heiland bezichtigte.

Zur Scham kam die Angst: Denn wenn Pierre de Grande-Rue nicht der Mörder war – wer war es dann? Wie sollte ich ihn jetzt noch finden können? Jetzt, da Meister Philippe den Fall für gelöst erklärt hatte? Jetzt, da selbst der Bischof von Paris den Vaganten in einer Messe in Notre-Dame vor allem Volk zum Schuldigen erklären würde? Niemand würde mehr nach dem wahren Täter fahnden.

Der Bader mochte meine Gedanken erraten haben. Denn plötzlich fragte er mich: »Werdet Ihr weitersuchen, Bruder Ranulf?«

Ich blickte ihn an, dann nickte ich langsam. »Ja, Herr Garmel, ja, das werde ich.«

»GOTT segne Euch, Bruder Ranulf«, murmelte er.

»Euch auch, Herr Garmel«, antwortete ich. Dann beteten wir gemeinsam an der Streckbank, auf der Pierre de Grande-Rue sein Leben ausgehaucht hatte.

Als wir danach zurück ans Tageslicht stiegen, nahm ich den Bader im Klostergarten beiseite. »Kein Wort darüber zu irgendjemandem!«, flüsterte ich ihm zu.

Da lächelte Nicolas Garmel bitter. »Bruder Ranulf«, sagte er, »dieses Versprechen kann ich Euch nicht geben. Ich werde schweigen, doch lag ich schon einmal auf der Streckbank. Sollte Meister Philippe mich befragen, so werde ich ihm keine Lüge erzählen, denn ein zweites Mal will ich nicht den Folterknechten in die Hände fallen. Ich kann Euch nur zusagen, dass ich nicht ungefragt dieses Geheimnis ausplaudern werde.«

»Das ist immerhin etwas. Ich danke Euch, Herr Garmel, und GOTTES Segen sei mit Euch.« Mit diesen Worten wandte ich mich um und strebte dem Kloster in der Rue Saint-Jacques zu, verwirrt an Geist und Seele.

Auf dem Weg zurück achtete ich nicht der Menschen auf den Straßen. Und so, als spürten sie, dass ich etwas in mir trug, das Schrecken verursachte, so, als hätte mich die Folter, deren Zeuge ich an diesem Tag geworden war, mit einem unguten Miasma umgeben, so machten mir alle eilig Platz.

Ich grübelte unentwegt über das, was ich gesehen und vernommen hatte, doch meine Gedanken glichen Raben, die in wilden Bögen um einen Toten kreisten, nicht dem geraden Flug der Zugvögel, die ein festes Ziel vor Augen haben – und es auch erreichen.

Welche Spur mochte mich jetzt noch zu dem Linkshänder führen, den außer mir niemand mehr suchte? Mochte das Geld, das Heinrich von Lübeck bei sich getragen und das der Vagant nicht gefunden hatte, der Grund für sein schreckliches Ende gewesen sein? War es vielleicht doch mehr als ein Zufall, der das Schicksal des Mönches mit dem von Jacquette und dem des Domherrn verwoben hatte? Doch welche Verbindung mochte es, außer der unaussprechlichen Sünde, zwischen einem Dominikaner und einer Schönfrau gegeben haben?

So sehr ich alle Fragen in meinem Geiste auch drehte und wendete, stets kam ich zu einer einzigen zurück: Was bedeutete *terra perioeci*? Zum zweiten Mal hatte ich an diesem Tag jenen geheimnisvollen Namen gelesen. Doch was verbarg sich hinter diesem Land? Warum mochte Heinrich von Lübeck jene zwei Worte in seinem Todeskampf niedergeschrieben haben?

Ich blieb mitten auf der Straße stehen, als hätte mich der Schlag getroffen. Denn plötzlich musste ich mir eingestehen, was ich schon lange geahnt, jedoch nicht bis ins Innerste meiner Seele gelassen hatte: Meister Philippe verschwieg mir etwas, er wusste mehr darüber, als er mir gesagt hatte.

Der Inquisitor hatte doch ohne Zweifel auch den rätselhaften Namen auf der Landkarte gelesen. Er wusste doch, dass er jenes Buch in Händen hielt, mit dem unser unglückseliger Mitbruder in jener Nacht durch die Straßen von Paris geeilt war, in der sich sein Schicksal erfüllte. Hätte Meister Philippe da nicht überrascht sein müssen? Verwirrt, so wie ich es war? Hätte er nicht sofort jenes Werk, dessen Verfasser ich nicht kannte, aufblättern und auf der Stelle nach neuen Spuren durchsuchen müssen?

Nein, er hatte es rasch zugeschlagen und eingesteckt – so, als wüsste er bereits, was dessen Inhalt war. Wenn der Inquisitor das jedoch wüsste, was mochte dies bedeuten? Kannte er den wahren Grund für die letzte Botschaft des sterbenden Mitbruders? Fürchtete er sich, mir dessen Geheimnis anzuvertrauen? Oder misstraute er mir, weil er mehr von meinen heimlichen Wegen wusste, als mir lieb sein konnte? Würde er sich gar, ich erschauderte, nun, da er einen Sünder überführt glaubte, einem anderen zuwenden: mir?

Zweifel, Fragen und Furcht trieben mich um und verwirrten meinen Geist. So sehr war ich mit ihnen beschäftigt, dass ich Klaras Dienerin nicht bemerkte, obwohl sie in der Rue Saint-Jacques vor dem Kloster auf mich wartete. So sehr war ich in meinen Gedanken gefangen, dass ich erschrocken zusammenzuckte, als sie plötzlich an meine Seite trat und sich demütig vor mir verneigte.

Schweigend steckte sie mir einen Pergamentbogen zu, der so oft gefaltet war, dass er in ihre Handfläche passte. Auch ich verlor kein Wort, als sie ihn mir überreichte und sich dann von mir abwandte und eilig die Straße hinunterstrebte, Richtung Seine.

Mein Herz schlug mir im Halse. Eben noch verwirrten mich die Fragen um den Tod des Heinrich von Lübeck. Nun wusste ich, dass mir Klara Helmstede einen Brief hatte zukommen lassen – und das Bild meiner Geliebten verdrängte alle meine Sorgen aus meinem Geist.

Rasch ging ich ins Kloster und erkundigte mich beim Portarius, ob Meister Philippe schon gekommen wäre. Als der verneinte, nickte ich und zog mich erleichtert in meine Zelle zurück. Dort entfaltete ich den Brief und las:

Geliebter!

Ich habe nur wenige Augenblicke Zeit, um dir diese Zeilen zu schreiben. Die »Kreuz der Trave« wird in vier Wochen Paris verlassen.

Es ist ein Geheimnis, das nicht einmal der Steuermann kennt. Mein Mann wollte es auch vor mir verschweigen, doch verriet er sich in einem unbedachten Moment.

Ich weiß nicht, ob er auf eigene Faust lossegeln will oder ob ihm jemand einen Auftrag gegeben hat. Wir haben keine Fracht geladen, nur viele Vorräte. Ich vermute trotzdem, dass es jemanden gibt, der meinem Gatten Befehle geben kann. Nie hätte ich so etwas gedacht! Und doch: Mein Mann scheint jemandem zu gehorchen, ja, er scheint ihn zu fürchten.

Ich vermag weder zu sagen, wer dieser Geheimnisvolle sein könnte, noch weiß ich, wohin unsere Kogge segeln soll. Ich kenne nicht das Ziel der Reise und nicht ihre Dauer. Sicher ist nur dies:

Wir laden Vorräte ein, Tag um Tag. So weiß jeder Matrose an Bord, so weiß jeder Diener im Haus, dass es bald losgehen soll. Nur, wie gesagt, niemand weiß wann genau und wohin.

Geliebter – verzeihe mir, dass ich deinen Namen nicht niederschreibe, doch sollte dieser Brief jemals in falsche Hände gelangen, dann wird er nur mich der Schande anheimgeben, nicht dich – ich sehne mich nach dir! Doch meine Sehnsucht muss ich bezähmen. Und auch du musst dich noch ein wenig in Geduld üben. In acht Tagen werden wir Gäste des Bischofs von Paris sein. Der hohe Herr hat meinen Gatten und mich in seinen Palast eingeladen. Ich weiß nicht, warum, doch mein Mann ist seither noch nervöser als zuvor.

Wir kleiden uns neu ein. Täglich ist eine Schneiderin da, die mir Maß nimmt oder mir Stoffe präsentiert. Es kann meinem Gatten nicht kostbar genug sein, ich werde aussehen wie eine Fürstin! Dann bringen uns Goldschmiede feinstes Geschmeide vorbei, manches für mich, das meiste jedoch als Geschenk für den hohen Herrn, dessen Gäste wir die Ehre haben zu sein.

So bin ich keine Stunde allein, nie bin ich unbeobachtet. In neun Tagen erst, wenn wir aus dem bischöflichen Palais zurückgekehrt sein werden und Ruhe wieder einkehrt in unser Haus, wird unsere Stunde kommen!

Bis dahin muss ich mich damit begnügen, dein Bild in meiner Seele zu tragen und die Stunden zu zählen, die mich noch von dir trennen. Da ich deine Neugier kenne – und ich selbst natürlich neugierig bin –, werde ich versuchen, mehr herauszufinden über das Ziel der »Kreuz der Trave«, ohne dabei den Verdacht meines Gatten zu erregen. Mag sein, dass ich dir in neun Tagen ein neues Geheimnis ins Ohr flüstern kann.

Meine Dienerin Magdalena, die dir diesen Brief überbringt, wird dann zur Mittagszeit vor dem Kloster auf dich warten und dich zu mir führen. Gedulde dich also noch eine kleine Weile!

Klara

Neun Tage! Wie lang würde mir diese Zeit werden! Denn nicht länger war es die Wollust allein, die mich verzehrte, sondern nun auch die brennende Ungeduld, wieder nach dem Mörder des Mönches zu suchen.

Meister Philippe würde keine weiteren Nachforschungen betreiben, das glaubte ich nun sicher zu wissen. Wahrscheinlich würde er mit mir nicht einmal über das Buch sprechen, das der Vagant Heinrich von Lübeck geraubt hatte, und auch nicht über das geheimnisvolle Land *terra perioeci*, wenn ich auch nicht wusste, warum er diese Dinge mir gegenüber verschwieg.

Ich war auf mich allein gestellt.

Doch nicht ganz: Zwei Helferinnen hatte ich, die gleich mir nur heimlich auf die Suche gehen konnten. Lea durchforschte noch immer die Bibliothek ihres Vaters nach Hinweisen auf die *terra perioeci*. Nun, da ich mit eigenen Augen, wenn auch nur schmerzlich kurz, diesen Namen in einem weiteren Werk gelesen hatte, war ich noch sicherer als zuvor, dass irgendwo in einem anderen Buch ein weiterer Hinweis auf dieses Land zu finden sein müsse.

Und Klara? Sie würde, geschickt wie sie war, nach dem Geheimnisvollen Ausschau halten, der ihrem Gatten Befehle geben konnte, und sie würde versuchen, das Ziel der Kogge zu ergründen. Die »Kreuz der Trave« würde bald ablegen. Es sollte eine lange Reise werden. Konnte das alles ein Zufall sein?

Ruhelos warf ich mich auf meiner harten Pritsche hin und her. Ich hatte keinen Beweis, ja nicht einmal einen vagen Hinweis, und doch: Konnte es möglich sein, dass das Ziel der Kogge jenes mir unbekannte Land war, das *terra perioeci* hieß?

DER SCHATTEN VON PARIS

Es kam so, wie ich es befürchtet hatte. Magister Jean Courtecuisse, der Bischof von Paris, zelebrierte am folgenden Sonntag eine Messe in Notre-Dame. Alle Mönche aus dem Kloster waren anwesend, und meine Mitbrüder versicherten mir, dass sie nie zuvor eine derart große Zahl von Gläubigen in der Kathedrale gesehen hätten wie an jenem Tag, nicht einmal, als der König von Frankreich das letzte Mal Paris mit seiner Gegenwart beehrt hatte.

Zwar erinnerte ich mich der wenig schmeichelhaften Worte, welche Meister Philippe über die Gelehrsamkeit des Bischofs geäußert hatte, doch muss ich zugeben, dass er an jenem Morgen sehr gut und sehr verständig sprach.

Schon im Morgengrauen, direkt nach der Prim, waren wir vom Kloster zur Kathedrale geeilt – und hätten doch keine Plätze mehr bekommen, wären nicht zwei Reihen den Dominikanern von Saint-Jacques vorbehalten gewesen. Das Volk stand in dichtem Gedränge wohl an die hundert Schritt weit draußen auf dem Platz. Im riesigen Kirchenschiff wogten Geistliche und Adelige, Kaufleute und Gelehrte der Universität, Handwerker und Bettler zwischen den mächtigen Pfeilern wie ein Meer aus guten Christenmenschen hin und her. Es war ein heißer Tag, und stickig war die Luft in Notre-Dame, sodass schon lange vor der Messe wohl gar mancher die Besinnung verlor.

Doch als Magister Jean Courtecuisse endlich auf der Kanzel erschien, da donnerte seine tiefe Stimme über die unzähligen Köpfe seiner Herde hinweg. In höchsten Tönen lobte der Bischof die GOTT gefälligen Taten der Inquisition und insbesondere die meines Meisters. Dann schilderte er noch einmal in allen grausigen Einzelheiten – Philippe de Touloubre hatte sie ihm ohne Zweifel eingehend beschreiben müssen – die Mordtaten an Heinrich von Lübeck und am Domherrn Nicolas d'Orgemont. Viele Gerüchte waren darob schon in Umlauf gewesen, doch hörten es die Menschen nun aus berufenem Mund, und viele vernahmen die Geschichten der Morde gar zum ersten Mal.

Der Bischof deutete diese unerhörten Sünden als die Taten, welche GOTTES Zorn auf Paris, ja auf ganz Frankreich gelenkt hatten. So erfuhren die Christen von ihrem Oberhirten die Gründe für die schreckliche Heimsuchung, vor der sie sich seit Wochen ängstigten. Nur Jacquettes Tod erwähnte er mit keinem Wort.

Sodann malte Magister Jean Courtecuisse den Gläubigen die Folter aus, die Pierre de Grande-Rue erdulden musste, bevor ER ihn vor SEINEN Richterstuhl befohlen hatte. Der Bischof schloss seine Predigt mit einem Bild der Höllenqualen, welche den Vaganten nun für alle Ewigkeiten heimsuchen würden – und den Segnungen, welche die guten Bürger von Paris hingegen davon erwarten durften, dass die Inquisition den Unhold gefasst hatte, dem zwei Männer GOTTES erlegen waren.

Selbst ich, der ich doch die schrecklichen Einzelheiten jener Sünden besser als fast jeder andere Zuhörer in Notre-Dame kannte, schauderte, als der Bischof in klaren, wohlgesetzten Worten die Morde und die Folter schilderte. Erleichtert seufzte auch ich auf, da er uns nun verhieß, dass für uns Christen in Paris der Zorn GOTTES noch einmal im letzten Augenblick abgewendet worden sei.

Doch zugleich erfüllte mich auch Trauer. Eine Trauer um Jacquette, deren Schicksal niemandem auch nur ein Wort wert war; Trauer auch um den Vaganten, der ohne Zweifel ein Sünder gewesen war, der es jedoch nicht verdiente, dass sein Ansehen derart geschwärzt wurde wie in dieser Predigt; und, wenn auch keine Trauer, so doch Mitleid mit mir selbst, dass ich nicht in der Kathedrale aufstehen konnte, um der Christenheit mit lauter Stimme zuzurufen, dass der Mörder, vor dem sich alle fürchteten, noch immer frei unter uns herumlaufen musste, ja, dass er vielleicht gerade in jenem Augenblick, da der Bischof predigte, unter den Zuhörern in der Kathedrale zu finden war. Oh, hätte ich doch geahnt, wie recht ich in meiner Verzweiflung gehabt hatte!

So aber schwieg ich betrübt – und mied den Blick von Meister Philippe.

Auch diese Furcht war wohl begründet: Der Inquisitor sprach an jenem und auch an keinem anderen Tag mehr mit mir über das geografische Werk des Castorius, das er aus dem Versteck des Vaganten geborgen hatte. Genauso verlor er kein weiteres Wort über die *terra perioeci* – es war, als hätte es dieses geheimnisvolle Land niemals gegeben, als hätte ich jene beiden Begriffe nicht selbst mit eigenen Augen gelesen.

Mit jeder Stunde, die verging, war ich mir sicherer, dass er mir etwas verschwieg. Doch was mochte er verbergen? Und warum?

Die Tage nach der Predigt des Bischofs waren erfüllt von Lobgesang und Preis GOTTES. Allenthalben, in allen Kirchen und Klöstern von Paris, wurden Messen gelesen und Prozessionen gesegnet. Es war – man konnte es fast körperlich spüren – als wäre jedem Bürger der Stadt eine Last, schwer wie eine Fuhre Steine, von den Schultern genommen. Freier gingen Männer und Frauen durch die Straßen, elastischer war ihr Schritt. Die Mägde sangen wieder fröhliche Lieder, die Burschen schauten ihnen hinterher und wagten auch manch unzüchtiges Wort, die Kinder lachten und pfiffen. Alle waren froh, dass der Unhold gefunden und damit der Zorn GOTTES abgewendet worden war. Zumal jetzt so gut wie keine neuen Flüchtlinge mehr in die Stadt kamen. Die Seuche, so flüsterte man an jeder Ecke, zog wieder ab, jeden Tag wohl ein paar Hundert Schritt weiter weg von den Mauern.

Doch die Fröhlichkeit der Menschen war eine Spur zu laut, ihr Lobpreis GOTTES klang zu dankbar, ihre Erleichterung über die Aufdeckung der Untat und die Strafe des Sünders erschien mir zu groß.

So ließ uns der Prior Messen lesen; Bruder Carbonnet schickte zudem seine begabtesten Prediger aus, auf dass sie an allen Ecken der Stadt zu den Menschen sprachen. Denn wir spürten wohl, dass die Freude dünn war wie ein Firnis auf einem Gemälde – und dass darunter noch immer eine tiefe, namenlose, dunkle Furcht lauerte. Wohl kann ich behaupten, dass niemals zuvor so viele Christen uns Dominikanern lauschten wie in jenen Tagen.

Einzig, dass ich das Kloster nicht zu verlassen wagte, schmerzte mich. Denn mit Messen und Predigten gab es so viel zu tun, dass ich mich nicht unauffällig zur Bibliothek im Kollegium de Sorbon hätte stehlen können. Außerdem war es undenkbar, dass ich gegen den Willen Klaras zu ihr geschlichen wäre oder der Jüdin Lea bas Nechenja einen Besuch abgestattet hätte.

Selbst als nach wenigen Tagen die Erregung der Bürger abflaute und wir nicht mehr zu jeder Stunde Messen lesen mussten, wagte ich mich nicht hervor. Ich fürchtete mich vor Meister Philippe. Denn wenn er mir etwas verschwieg, dann mochte er mir misstrauen. Und wenn er mir misstraute, dann mochte er meinen geheimen Wegen auf die Schliche kommen.

Ich hoffte nur, dass am verabredeten Tag – dem Tag der heiligen Margareta – mein demütiges und gehorsames Verhalten seine Aufmerksamkeit etwas eingeschläfert hatte, sodass ich die Dienerin und über sie endlich meine Geliebte würde wiedersehen können.

Doch als schon fast die Stunde gekommen war, da ich hoffen durfte, Klara wieder in den Armen zu halten, wurde ich Zeuge von einem Ereignis, das meine Seele erzittern ließ.

In jener Nacht vor dem Tag der heiligen Margareta entlud sich über Paris ein schreckliches Gewitter. Der HERR schickte eine Flut hernieder, wie er sie wohl auch an jenem Tag gesandt hatte, da Noah seine Arche besteigen musste. Donnerschläge hallten durch die Stadt, sodass die Mauern der mächtigsten Bauwerke erzitterten, und Blitze aus gleißendem Höllenlicht zuckten am Himmel.

Schlaflos lag ich auf meiner Pritsche. Doch nicht allein das schreckliche Unwetter gab meinem Geist keine Ruhe, auch ein wirrer Gedankenreigen ließ mich nicht eintauchen ins süße Meer des Vergessens und der Träume. Ich dachte an Klara und sehnte unsere nächste Begegnung herbei. Zugleich jedoch quälten mich Bilder des gefolterten Vaganten, Bilder von Jacquette, die mit klaffender Wunde auf dem Boden lag, Bilder von Lea, die mich anflehte, ihren Vater zu retten, Bilder von einigen schwarzen, blauen und roten Strichen auf altem Pergament, die einen Namen umschlossen: *terra perioeci*.

Irgendwann, es war wohl schon weit nach Mitternacht, doch das Unwetter tobte noch immer heftig über der Stadt, vermeinte ich, wieder Geräusche im Kloster zu hören, die nicht vom Regen oder vom Donner herzurühren schienen.

Konnte ich es wagen, meine Zelle zu verlassen, oder würde draußen ein Schatten auf mich lauern? Lohnte sich das Risiko einer Entdeckung noch? Denn was hätte ich schon davon, klärte ich die Geheimnisse jener unheimlichen Treffen auf?

Andererseits, so dachte ich mir, hatte ich, seit ich in Paris weilte, noch keine Sache wahrhaft zu Ende geführt. Nichts wusste ich, keine Frage hatte ich beantwortet, keine Spur bis zu deren Ende verfolgt. Wenigstens dieses Rätsel wollte ich nun klären, wenn ich auch nicht hoffte, darüber jemals mit einem anderen Menschen sprechen zu können.

So erhob ich mich denn, schlich zur Tür und warf mich dort zu Boden. Ich wartete eine gute Weile hingekauert auf dem kalten Stein, bis ein besonders heftiger Doppelschlag von Blitz und Donner das Kloster bis in die Grundfesten erzittern ließ. Sofort drückte ich die Tür auf und kroch hinaus.

Ich hoffte, dass die tobenden Elemente das leise Scheuern meiner Kutte auf dem Boden und das Knarzen der Zellentür verschluckten und dass ich in meiner Haltung nicht mehr als ein Schatten war, den selbst ein aufmerksamer Wächter übersah.

Rasch blickte ich mich um: Niemand war an beiden Enden des Ganges zu erkennen, doch konnte ich nicht sicher sein, ob sich nicht doch jemand irgendwo verbarg. Also richtete ich mich nicht auf, sondern schob mich, Brust und Bauch am kühlen Boden, Handbreit um Handbreit voran.

So gelangte ich schließlich bis zum Kreuzgang. Ich zitterte am ganzen Leib, denn die Kühle des Bodens war mir inzwischen bis in die Knochen gedrungen. Doch noch immer wagte ich nicht, mich zu erheben. So kroch ich denn weiter, der Schlange, dem Tier der Falschheit, ähnlicher als einem Menschen, bis ich in der Mitte des vom Kreuzgang allseits umschlossenen Gartens angekommen war, wo ich mich hinter der Mauer des Springbrunnens verbarg.

Der Regen schlug mir ins Gesicht und durchnässte meine Kutte, sodass mir die Kälte bald unerträglich dünkte. Ich überlegte schon, ob ich nicht einem Wahngebilde aufgesessen sei und es nicht besser wäre, in meine trockene Zelle zurückzukehren, bevor ich mir in Nässe und Kälte ein womöglich tödliches Leiden zuzöge, da gewahrte ich an einem Ende des Kreuzgangs eine lange Reihe schweigender Schatten.

Dort stand wohl ein Dutzend oder mehr Mönche mit hochgeschlagenen Kapuzen.

Mir stockte der Atem. Keine der Gestalten hatte eine Kerze oder Fackel entzündet. Lautlos bewegten sie sich in Richtung des Lesesaals der Bibliothek. Wer mochten sie sein? Warum versammelten sie sich zu nächtlicher Stunde?

Ich wäre gerne näher herangeschlichen, doch wagte ich dies nicht, denn der Brunnen, hinter dem ich mich versteckt hielt, erhob sich in der Mitte des Kreuzganges. Wo auch immer ich mich hätte hinwenden mögen: Stets hätte ich ein Stück weit über eine freie Fläche kriechen müssen, bevor ich in die Dunkelheit der pfeilergeschmückten Gänge hätte eintauchen können.

Also rührte ich mich nicht, spähte nur vorsichtig über den Brunnenrand und hoffte, noch einen Blick auf die Schatten zu erhaschen.

Und wahrlich, GOTT erhörte mein Flehen. Denn gerade, als die Mönche die Pforte öffneten, welche den Gang zum Lesesaal verschloss, zerriss ein fürchterlicher Blitz den Nachthimmel. Es waren gleißend gelbe Feuerzacken, die von West nach Ost das Gewölbe über der Welt zu sprengen schienen. Irgendwo in Paris fuhr dieser Blitz nieder. Ein gewaltiges Donnern rollte durch die Straßen, ein Grollen und Krachen. Es stank nach Schwefel.

Doch jener Blitz erhellte die Dunkelheit für einen Augenblick. Alles tauchte er in ein unwirtliches, grelles Licht, das keinen Schatten mehr ließ. Die Mönche allerdings hatten ihre Häupter furchtsam gesenkt oder abgewandt, sodass ich ihre Gesichter trotz der plötzlichen Helligkeit nicht erkennen konnte.

Nur einer, der Erste, der an der Pforte stand, hielt sein Haupt erhoben und zuckte nicht einmal, da der Blitz die Nacht erschütterte. Deutlich konnte ich die Züge unter der Kutte ausmachen. Einen Augenblick zwar nur, doch brannte sich mir das Bild in die Augen und in die Seele.

Dort stand Meister Philippe.

Ich wartete zitternd und zagend, bis die Mönche lautlos im Lesesaal verschwunden waren. Nun, da ich wusste, wer zu ihnen gehörte, wagte ich es nicht mehr, ihnen näher zu kommen. So schlich ich mich denn bei der erstbesten Gelegenheit zurück in meine Zelle. Erschöpft warf ich mich auf meine Pritsche. Die Kälte war mir in die Knochen gefahren – und doch war es nicht die Kälte des Regens, die mich erschauern ließ.

Wer waren die Mönche, mit denen sich der Inquisitor nächtens traf? Andere Inquisitoren? Was hatten sie zu bereden? Warum diese Heimlichkeit? Hatten diese Zusammenkünfte etwas mit den Toten zu tun, deren Schicksal Meister Philippe und mich aneinandergekettet hatte? Oder fanden sie gänzlich unabhängig davon statt?

Gab es sie vielleicht schon seit Jahren? Wussten die meisten Mönche im Kloster Saint-Jacques vielleicht sogar davon? War nur ich nicht eingeweiht? Oder – im Gegenteil – war ich der Einzige, der ihnen auf die Schliche gekommen war? Was sollte ich nun tun?

Hatte ich dadurch nicht noch einen Grund mehr, Meister Philippe zu misstrauen?

Mit diesen Gedanken verbrachte ich den Rest der Nacht. Einer Nacht, die in ganz Paris wohl für Unruhe sorgte, denn das Gewitter blieb Stunde um Stunde über der Stadt, als wollte der Himmel selbst zornig auf die Dächer einschlagen.

Als allerdings der Morgen heraufdämmerte, lösten sich die Wolken auf, als hätte es sie nie gegeben. Blau war der Himmel, strahlend und klar, und wie rein gewaschen die Luft. Schon nach der Prim wärmte uns die Sonne, nach der Terz stand sie bereits hoch und brannte heiß.

Meister Philippe sang bei den Gottesdiensten im Chor der Mönche, als wäre nichts geschehen. Er sah erfrischt aus und ruhig wie immer. Ich wagte nicht, ihn anzusprechen, aus Furcht, dass ich in einem unbedachten Moment etwas verraten mochte, das den Inquisitor auf die Spur meiner nächtlichen Suche gebracht hätte. Außerdem befürchtete ich, dass Meister Philippe mich fragen mochte, was ich an diesem Tage außerhalb des Klosters zu schaffen hatte.

Denn schon nach der Prim war ich auf die Rue Saint-Jacques getreten, doch zu meiner großen Enttäuschung gewahrte ich nirgendwo Klaras Dienerin. Nach der Terz eilte ich wieder hinaus – und mein Herz jubilierte, denn nun sah ich sie!

Wir verständigten uns nur durch einen Blick; keine Geste sollte uns verraten. Die Dienerin wandte sich die Straße hinab und ging Richtung Seine. Ich folgte ihr – doch wie erstaunt war ich, als ich nach einiger Zeit bemerkte, dass wir nicht zum »Haus zum Hahn« gingen. Stattdessen führte mich die Dienerin in die Kathedrale Notre-Dame. Mit einem Blick bedeutete sie mir, an einem der Pfeiler im Kirchenschiff zu warten. Dann zog sie sich zu einer Kapelle am Chor zurück und sank dort nieder zum Gebet. Ich blickte mich ratlos um, grübelnd, was dies zu bedeuten hatte.

In der Kirche drängte sich ungewöhnlich viel Volk für diese Stunde. Dann gewahrte ich mehrere Priester, die vor den Altar traten, um eine Messe zu lesen.

Eine Totenmesse.

Neugierig und nicht wenig beunruhigt trat ich näher. Ich lauschte dem aufgeregten Gerede mehrerer Müllerinnen, die in der Nähe des Pfeilers beisammenstanden, wo auch ich ausharren sollte.

So erfuhr ich denn, dass in der Nacht zuvor jener Blitz, der mir das Gesicht des Inquisitors enthüllt hatte, tatsächlich in Paris eingeschlagen war: Er war hineingefahren in die kleine Kirche Notre-Dame-de-Liesse, wo sich Christenmenschen zur Mitternachtsmesse versammelt hatten.

Vier Menschen hatte der Blitz getötet, dreißig weitere hatte er ihrer Glieder oder ihres Verstandes beraubt. So gewaltig war die Kraft des Flammenstrahls, dass sogar steinerne Platten und Eisengitter, welche den Zugang zur Krypta verschlossen hielten, vom Boden hochgerissen und durch die Luft geschleudert worden waren.

Nun hielten vier Priester die Totenmesse in der größten Kirche von Paris, denn gar viele Angehörige, Freunde und Nachbarn hatten sich eingefunden und auch viele Bürger, obwohl sie keines der Opfer gekannt hatten.

Die Heiterkeit und Hoffnung, die einen jeden in den letzten Tagen beflügelt hatten, waren wie weggeflogen. Die Ängste, die bösen Gerüchte, die unheilvollen Vorzeichen, die ein jeder gesehen haben wollte, machten wieder in getuschelten Worten die Runde. So trauerte ich zwar ob der vier Opfer, schlug das Kreuz und murmelte die Gebete, doch noch mehr beunruhigte mich das Geschwätz der Lebenden als das Schicksal der Toten. Es war, als könnte ich die Furcht wieder spüren, wie sie umging in Notre-Dame und mich streifte, gleich einem kühlen Lufthauch aus einer Gruft.

Deshalb zuckte ich eher erschrocken, denn erfreut zusammen, als ich plötzlich Klaras Stimme hinter mir vernahm.

»Dreh dich nicht um, mein Geliebter«, flüsterte sie. »Niemand soll uns bemerken.«

Mir klopfte das Herz im Halse. Oh, wie gerne hätte ich in jenem

Augenblick die Gattin des Reeders in meine Arme genommen! Doch war ich vernünftig genug, meine Leidenschaft zu bezähmen. Nicht einmal aus den Augenwinkeln sah ich sie an, sondern starrte unverwandt nach vorne, wo einer der Priester gerade den Kelch hob.

»Ich bin glücklich, dass du hier bist«, flüsterte ich. »Doch warum durfte ich nicht in dein Haus kommen?«

»Das »Haus zum Hahn‹ gleicht einem Bienenkorb. Stündlich gehen Menschen ein und aus, nie bin ich allein. Es ist so viel geschehen in den letzten Tagen. Ich werde dir alles erzählen – aber nicht hier. Ich habe dich hierherkommen lassen, weil Notre-Dame ein großer, belebter und deshalb unauffälliger Ort für ein Treffen ist. Ich bin ungesehen hier angekommen. Meine Dienerin Magdalena wird nun sehen, ob auch du von niemandem verfolgt worden bist.«

Erst da gewahrte ich, dass die Dienerin nicht länger in jener Seitenkapelle kniete, wo ich sie zuletzt gesehen hatte. Irgendwann musste sie unauffällig aus der Kathedrale geschlichen sein; ich jedenfalls konnte sie nirgends sehen.

»Du wirst verfolgt?«, fragte ich entsetzt und eine Spur zu laut.

»Sei nicht beunruhigt!«, ermahnte sie mich. »Bald wirst du alles erfahren. Wir müssen allerdings noch vorsichtiger sein als zuvor. Gedulde dich.«

Tatsächlich sah ich bald die Dienerin, wie sie wieder zum Portal hineinkam. Sie ging mit gesenktem Haupt an uns vorbei, doch nickte sie ihrer Herrin zu, zumindest deutete ich eine Kopfbewegung so.

»Gut«, flüsterte Klara. »Wir können es wagen: Magdalena wird dich zum Haus eines reichen Wollhändlers in der Rue Darnetal führen. Ihre Schwester ist dort Dienerin. Ich werde in ihrer Stube auf dich warten. Alles ist abgesprochen, fürchte dich nicht.

Ich werde nun dorthin eilen. Du wirst bis zum Ende der Messe bleiben, dann folgst du Magdalena unauffällig. Sie wird dir den Weg weisen. Ich erwarte dich sehnlichst!«

Mit diesen Worten verschwand sie und ließ mich verwirrt zurück. Wer mochte der Verfolger sein, vor dem sich Klara ängstigte? Mochte er auch mir nachstellen? Ich betete, dass ihr nichts geschehen möge.

Ich bezwang meine Ungeduld und Unruhe und harrte bis zum Ende der Messe in Notre-Dame aus. Das Licht, das durch die prachtvollen Rosetten fiel und mir doch sonst wie eine Offenbarung GOTTES dünkte, schien mir nun ein teuflischer Zauber zu sein. Ich sah gelb, rot und blau leuchtende Kreise, Punkte, Dreiecke, die auf den Pfeilern und über den Köpfen der demütig betenden Gläubigen tanzten – und erkannte in ihnen doch nur die unruhigen Seelen der Toten und der Dämonen, die uns der Herr der Finsternis schickt, um uns zu quälen. Die Pfeiler, die mir doch sonst gen Himmel strebend vorkamen, als trügen sie irgendwo weit oben, im Halbdunkel des Kirchenschiffes, das Paradies versteckt, erschienen mir nun wie wuchtige, drohende Balken eines gigantischen Galgens, errichtet, um Hunderte Menschen in seinen Schlingen zu tragen. Die heiligen Worte der Messe und die Hymnen, welche doch sonst mein Herz erfreuten und meine Seele leicht machten, klangen auf einmal hohl und lügnerisch. Oh, wie sehnte ich den letzten Segen herbei, um aus Notre-Dame eilen zu können!

Als es endlich so weit war, gewahrte ich im Gedränge an der Pforte vor der Kathedrale die Dienerin Magdalena. Ich folgte ihr in gehörigem Abstand. Sie führte mich auf die andere Seite der Stadt und mehrere Straßen entlang, die ich nie zuvor gegangen war. So versuchte ich, mir den Weg zu merken, auf dass ich ihn später ohne Schwierigkeiten würde zurückgehen können.

So schritten wir an der Kirche Saint-Sauveur vorbei und kamen unmittelbar danach an ein prachtvolles, helles Bürgerhaus beim Brunnen Fontaine de la Reine. Das Haus war wohlgepflegt, doch still. Kein Laden war an den Fenstern im Obergeschoss geöffnet, die massive Türe war verschlossen, kein Schatten regte sich hinter den Fenstern aus hellem Glas im Erdgeschoss.

Die Dienerin ging zur rechten Seite des Hauses, wo eine kleine Treppe zu einer etwas höher gelegenen Pforte hinaufführte. Es war dies wohl der Eingang für das Gesinde und für Lieferanten, die Waren für die Küche des Hausherrn bringen mochten.

Magdalena schlüpfte hinein und ließ die Pforte einen Spalt weit offen. Ich verstand – und blieb draußen auf der Straße stehen. Es war mein Schicksal, dass ich mich durch Hintereingänge in Häuser schleichen musste wie ein Dieb – ein Sünder, der sich nahm, was ihm nicht zustand. Eine Weile sah ich mich um, und als ich glaubte, dass niemand meiner achtete, eilte ich mit wenigen großen Sprüngen die Treppe hoch und verschwand im Innern des Hauses.

Ich hatte richtig geraten, denn ich fand mich in einer großen, wohlgepflegten Küche wieder. Allerdings sah es dort so aus, als habe schon seit Tagen niemand mehr gekocht, zumindest nicht für eine größere Gruppe von Menschen. Alles war sauber, ordentlich und aufgeräumt. Niemand war zu sehen, auch Magdalena nicht mehr.

Ich eilte durch die Küche, kam auf einen Gang und erspähte, dass von den vielen Türen, die dort zu beiden Seiten die Wände durchbrachen, nur eine geöffnet war: Einen Augenblick später lag Klara in einer winzigen Stube in meinen Armen.

Oh süße Lust, die uns alle Sorgen vergessen lässt! Auf dem Weg zum Haus des Wollhändlers hatte ich mich immer wieder umgesehen, aus Sorge um einen geheimnisvollen Verfolger. Ich hatte Angst um Klara. Mein Geist war verwirrt vom Gesicht des Inquisitors im nächtlichen Licht des Blitzes und vom Anblick des gefolterten Vaganten, der für ein Verbrechen gestorben war, das er nicht begangen hatte. Ich fragte mich, wo sich die *terra perioeci* befinden mochte und wie ich, ohne Verdacht zu erregen, geografische Werke studieren konnte. Ich fühlte mit der Jüdin Lea, die sich um ihren Vater ängstigte. Ich fürchtete einen Mann, der mit der Linken zwei Männer GOTTES und eine schandbare, mir jedoch teure Frau erstochen hatte.

Dann kam Klara und brannte mit ihrem ersten Kuss all die Bedrängnisse meiner Seele zu Asche. Ich seufzte auf und ergab mich ihren Liebkosungen, die ich so viele Tage entbehrt hatte.

Erst nach einer langen Zeit kam ich wieder zu Sinnen. Ich lag auf einem schmalen, harten Bett, der nackte Körper meiner Geliebten schmiegte sich noch immer an den meinen. Ich blickte mich um. Das Zimmer der Dienerin war klein, die Wände glänzten kahl, das winzige Fenster ließ nur wenig Licht ins Innere.

Klara, die mich beobachtete, lächelte. »Mach dir keine Sorgen, Ranulf«, flüsterte sie. »Der Wollhändler ist schon im Frühling nach Brügge aufgebrochen. Längst sollte er zurückgekehrt sein, doch seit Wochen hat niemand mehr etwas von ihm gehört. Seine Gattin führt den Haushalt, doch sie verbringt ihre Tage bei einer verheirateten Tochter auf der anderen Seite des Flusses. Sie wird, wie stets, erst am Abend zurückkehren. Sollte sie doch wider Erwarten früher kommen, dann wird sie uns hier in dieser Stube des Gesindes nicht finden. Meine Dienerin Magdalena hat alles vorbereitet.«

Ich dachte an die Bettler und Krüppel, welche die Augen der Inquisition waren. Wenn schon diese Elenden würdig waren, der Kirche zu dienen, dann könnten doch sicher auch Dienerinnen dazu auserkoren sein. »Ist Magdalena verschwiegen?«, fragte ich deshalb nicht ohne Unruhe.

Klara lachte. »Es ist ein bisschen spät, dass du dir darüber Sorgen machst, mein Geliebter!«, schalt sie mich neckisch. »Doch sei ohne Furcht: Magdalena ist in meinem Elternhaus groß geworden, folgte mir zu meinem Gatten und ist mir bedingungslos ergeben. Ihr allein traue ich – denn sonst traue ich niemandem mehr.«

Kälte durchfuhr meinen Körper. Ich richtete mich auf und blickte Klara an.

»Was ist vorgefallen?«, begehrte ich zu wissen.

Die Reedersgattin wurde ernst. Die Spottlust, die ich so an ihr liebte, war in ihren Augen erloschen. »Ranulf«, fragte sie mich, »ist es möglich, dass in wenigen Stunden Dinge geschehen mögen, die ein Leben, das doch schon so manches Jahr währt, von Grund auf verändern können?«

Ich lächelte schwach. »Die erste Liebesnacht, die du mir schenktest, währte wohl kaum mehr als eine Stunde – und machte doch zwei Jahrzehnte Keuschheit und Gehorsam zunichte«, erinnerte ich sie. »Und«, setzte ich rasch hinzu, um ihr Gewissen nicht zu belasten, »ich habe diese große Veränderung seither nicht einen Augenblick bereut.«

Klara blieb ernst. »Ich jedoch bereue die Veränderungen der letzten Stunden«, flüsterte sie und seufzte.

»Es begann alles mit der Einladung zum Bischof«, fuhr sie dann fort. »»Magister Jean Courtecuisse war äußerst zuvorkommend, ja huldvoll gegen mich und meinen Gatten. Auch wenn – ich gestehe meine weibliche Eitelkeit – es mich schmerzte zu sehen, dass ihm die Reize einer Frau nichts bedeuteten, denn er achtete meiner während des ganzen Abends nicht mehr, als es die Höflichkeit gebot.«

»Ich bin froh zu hören, dass der Bischof von Paris nicht mein Rivale wird«, bemerkte ich da säuerlich.

Sie fand ihr altes Lachen wieder und gab mir einen neckischen Stoß in die Rippen. »Habe ich dir nicht soeben bewiesen, welchem Mann meine Gunst gehört?«, fragte sie mich.

Dann wurde sie wieder ernst. »Nun, trotz all der auserlesenen Speisen, trotz der leisen Musik, die einige Flöten- und Lautenspieler im Nebenraum erklingen ließen, trotz Kerzenlicht und damastenen Tischdecken, trotz all der salbungsvollen Worte des Bischofs kam es mir bald vor, als müssten mein Gatte und ich einem Inquisitor Frage und Antwort stehen.«

Ich dachte daran, wie Meister Philippe den Vaganten verhört hatte, doch verzichtete ich auf eine Erwiderung.

»Höflich und in langen, verschlungenen Sätzen zwar, doch letztlich hartnäckig wie ein Jäger fragte Magister Courtecuisse meinen Gatten nach dem Wann und Wohin der ›Kreuz der Trave‹. Mir schien es, dass der Bischof sehr wohl wusste, dass wir beabsichtigen, in nächster Zeit abzulegen – doch dass er weder das Datum noch das Ziel unserer Reise kannte.

Aus irgendeinem Grund jedoch wagte er auch nicht, meinen Gatten frank und frei danach zu fragen. Er schien auch nicht die Macht zu haben, uns diese Auskünfte einfach zu befehlen – oder unsere Kogge im Hafen festzuhalten, wenn es ihm denn so beliebte.

Es war mehr, als wäre Magister Courtecuisse nicht der oberste Seelenhirte von Paris, sondern ein anderer Reeder, der neugierig einen Konkurrenten auszuhorchen versuchte. Neugierig und«, Klara zögerte kurz, »irgendwie auch voller Furcht.«

»Und was antwortete ihm dein Gatte?«

»Oh«, sie lachte, »der Bischof nötigte ihn, ein Glas Burgunder nach dem anderen zu leeren. Das hätte wohl für manches Abendmahl gereicht!«

Als sie meinen entsetzten Blick bemerkte, küsste sie mich und flüsterte. »Verzeih mir, ich vergesse immer wieder, dass du ein keuscher Mann des HERRN bist.«

Dann blickte Klara nach oben zur Decke. Es war, als würden sich die Geschehnisse der letzten Nacht nun vor ihrem Geiste noch einmal zutragen. »Mein Gatte hielt sich achtbar – ob aus Geschick oder aus schierer Not, das vermag ich allerdings nicht zu sagen.

Den Tag der Abreise verriet er jedenfalls nicht. Auch das Ziel der Fahrt wusste er geschickt bis zum Ende jener denkwürdigen Einladung zu verschweigen. Hier jedoch vermute ich, dass es ihm leichter fiel als mit dem Datum, denn so sehr der Bischof auch nachfragte und so sehr mein Gatte darüber ins Schwitzen geriet: Ich glaube, dass Magister Courtecuisse nichts von ihm erfahren konnte, weil mein Mann das Ziel selbst nicht kennt.

Ich glaube ferner, dass der Bischof dies irgendwann erkannt haben muss. Denn urplötzlich schien er alles Interesse an uns verloren zu haben. Nach einigen Sätzen, welche die Höflichkeit erforderte, entließ er uns aus seiner Gunst. Es war allerdings auch schon spät – doch die Nacht war da noch längst nicht vorüber.

Wir ließen uns in einer Trage nach Hause bringen, umringt von Dienern und Fackelträgern. Es war zu jenen Stunden, da das Gewitter mit Macht einsetzte. Es regnete, als hätten sich die Schleusen des Himmels geöffnet. Es donnerte und blitzte, dass selbst ich mich fürchtete. Viele Fackeln unserer Diener erloschen im Regen oder in plötzlichen, heftigen Böen. Auch konnte ich aus der Trage heraus kaum etwas erkennen. Und doch: Fast bin ich sicher, dass uns ein Schatten gefolgt ist, von der Residenz des Bischofs bis zum ›Haus zum Hahn‹.«

Mich durchfuhr ein Schauder. »Konntest du ihn erkennen?«, fragte ich und wusste doch zugleich, wie überflüssig diese Frage war.

Klara schüttelte den Kopf. »Nein. Ich bin ja nicht einmal sicher, dass uns wahrhaftig jemand gefolgt ist. Vielleicht war es auch eine Einbildung meiner überreizten Sinne. Mein Gatte jedenfalls, ermüdet vom vielen Wein und der hartnäckigen Befragung durch den Bischof, schlummerte auf dem Weg ein und bemerkte sicherlich nichts und niemanden.

Zum seligen Schlaf allerdings sollte er noch lange nicht finden.

Kaum waren wir im ›Haus zum Hahn‹ angelangt – wir hatten uns noch nicht einmal unserer nassen Obergewänder entledigt –, da klopfte es laut an die Tür. Ich erschrak und mein Gatte wohl ebenso. Trotzdem hieß er einem Diener nachzusehen, wer uns zu dieser späten Stunde zu stören wagte.

Es war ein Mönch.«

Ich glaubte, dass sich der Boden unter mir öffnete und ich in den tiefsten Schlund der Hölle fallen würde.

»Welchem Orden gehörte er an?«, wollte ich wissen – und konnte mir die Antwort doch schon denken.

»Es war einer deiner Mitbrüder«, antwortete Klara und bedachte mich mit einem seltsamen Blick. »Sein Gesicht konnte ich nicht sehen, denn er hatte die Kapuze übergeworfen und unser Haus wurde zu so später Stunde nur durch eine Kerze erhellt, deren flackerndes Licht nicht bis zu ihm reichte.«

»Was wollte der Dominikaner?«, fragte ich.

»Auch das weiß ich nicht. Denn sobald mein Gatte des Mönches ansichtig wurde, verfärbte sich sein Gesicht. Er wurde blass. Dann wies er mich aus dem Zimmer. Seine Worte mir gegenüber waren unhöflich, ja grob, doch hörte ich, wie seine Stimme dabei zitterte.

Also schluckte ich die scharfe Erwiderung auf diese Ungehörigkeit, die mir schon auf der Zunge gelegen hatte, wieder hinunter und gehorchte schweigend. Zumindest tat ich so. Denn kaum hatte mein Gatte die Tür hinter mir geschlossen, da schlich ich zurück und versuchte, die beiden zu belauschen. Leider sind die Türen in unserem Haus aus dicken Eichenbrettern, sodass ich kein Wort verstehen konnte. Nur so viel glaube ich zu wissen: Es hörte sich an, als ob der Mönch meinem Gatten in bestimmendem Tonfall Befehle erteilt hätte, die dieser, wiewohl voller Furcht, doch demütig entgegennahm.

Ich wagte auch, durchs Schlüsselloch zu spähen, und sah dabei, wie der Dominikaner meinem Gatten ein Buch übergab. Dann jedoch musste ich mich rasch verstecken, denn der Mönch und mein Gatte näherten sich der Tür.

Lautlos eilte ich in unser Schlafgemach, ging zu Bett und stellte mich tief schlummernd. Nach einiger Zeit kam mein Gatte und legte sich zu mir. Der Wein übermannte ihn sofort, und er schlief rasch ein, doch seine Angst – ob durch den Besuch beim Bischof verstärkt, durch den Mönch oder beide Ereignisse – quälte ihn weiter. Außerdem erfüllten die zuckenden Blitze und der grollende Donner die Nacht, auf dass nicht einen Moment Ruhe einkehrte in unserem Haus. So warf er sich unruhig hin und her, sprach manches unverständliche Wort und wurde wohl auch von finsteren Albträumen heimgesucht.

Ich wartete wohl eine halbe Stunde, ob mein Gatte wieder erwachen würde. Stets trieb er am Rand des Schlummers dahin, ohne jedoch die Augen aufzuschlagen. Deshalb wagte ich es irgendwann, mich vorsichtig und leise vom Bett zu erheben. Eine Kerze mochte ich nicht anzünden, denn ich fürchtete, dass dieses zusätzliche Licht meinen Mann wecken würde. Mir musste das flackernde Leuchten der Blitze genügen.

Zur großen Truhe schlich ich mich, auf die mein Gatte in seiner Müdigkeit achtlos sein Wams geworfen hatte. Dieser Ermattung schreibe ich es auch zu, dass er nicht mehr daran gedacht hat, jenes Buch besser zu verstecken, welches ihm der Mönch zuvor überreicht hatte. Es steckte noch in der Innentasche seines Gewandes. Es war ein alter Kodex, gebunden in brüchiges braunes Leder.«

Mir schwante Unheimliches. »Um was handelte es sich bei diesem Werk?«, fragte ich – und fürchtete mich doch schon vor der Antwort.

Klara nickte. »Im Licht der Blitze war nur wenig zu erkennen. Ich hatte nur Zeit, es einmal aufzuschlagen. Dann rollte ein so heftiger Donner über den Himmel, dass mein Gatte sich erschrocken im Bett aufrichtete. Ich musste an seine Seite eilen, bevor er richtig erwachte. Danach wagte ich es nicht mehr, das Bett noch einmal zu verlassen. Am nächsten Morgen, ich musste irgendwann entschlummert sein, da waren alle seine Gewänder weggeräumt – und das Buch war verschwunden.«

»Was hast du in jenem kurzen Augenblick gesehen?«, drängte ich ungeduldig.

»Landkarten«, verriet mir meine Geliebte. »Ich sah Karten von Ländern und Meeren, doch vermag ich nicht zu sagen, welche Region auf GOTTES Erde ich dort verzeichnet fand. Eines nur weiß ich: Der Name des Kartografen prangte in großen roten Lettern auf der Titelseite.«

»Castorius aus Ravenna«, murmelte ich.

Klara blickte mich überrascht an. »Du weißt es schon?«, entfuhr es ihr.

»Ich ahnte es«, erwiderte ich resigniert.

Meine Hände zitterten, mein Herz raste, meine Gedanken tanzten wirbelnde Kreise. Das geheimnisvolle geografische Werk, das Heinrich von Lübeck in der Nacht seines Todes bei sich getragen hatte, lag nun in den Händen des Reeders. Sollte es von Anfang an in die Hände Richard Helmstedes gelangen? Doch wozu? Es musste etwas mit dessen baldiger Abreise zu tun haben – war sein Ziel auf den Karten des Castorius verzeichnet?

Konnte dieses Ziel irgendein anderes Land sein als die *terra perioeci*?

Welche Rolle spielte dabei Philippe de Touloubre? Ich zweifelte keinen Moment, dass es der Inquisitor war, welcher, sobald er das Buch aus dem Versteck des Vaganten geborgen hatte, den Entschluss fasste, das Werk des Castorius dem Reeder aus Lübeck zu übergeben. Wahrscheinlich war es Meister Philippe selbst, der in der letzten Nacht Richard Helmstede aufgesucht hatte.

In der letzten Nacht.

Da war der Inquisitor auch Teilnehmer jener heimlichen Versammlung, die ich, wenn auch nur kurz, gesehen hatte. War er also wahrhaftig beim Reeder gewesen? Klara hatte mir die exakte Stunde nicht sagen können – und ich wusste ja selbst nicht genau, zu welcher Zeit ich Meister Philippe in der Dunkelheit des Klosters erspäht hatte. Gut möglich, dass der Inquisitor zuvor oder danach den Weg zum Reeder gemacht hatte. Dann mochten die nächtlichen Zusammenkünfte irgendetwas mit dem Reeder zu tun haben – und auch mit dem Tod unseres Mitbruders Heinrich von Lübeck.

Andererseits: Ich konnte nicht ausschließen, dass der nächtliche Besucher im »Haus zum Hahn« genau zu jener Zeit anklopfte, da ich Meister Philippe im Kloster in der Rue Saint-Jacques gewahrte – am anderen Ende von Paris, gut eine halbe Stunde Fußweg entfernt.

Dann musste es ein anderer Mönch gewesen sein, der Richard Helmstede aufgesucht hatte. Nur wer? Und wie mochte er in den Besitz des Werkes von Castorius gelangt sein? Wusste Meister Philippe davon?

Tausend Fragen quälten meine Seele und verwirrten meinen Geist. Ich beriet mich mit Klara und berichtete ihr von allem, was ich wusste, und von allem, was ich nur vermutete. Doch auch sie vermochte keine neuen Schlüsse zu ziehen. Anders als ich erkannte sie jedoch, wann es Zeit war, einen Weg, der nirgendwohin führte, wieder zu verlassen.

Während ich noch grübelte und alles immer und immer wieder bedachte, redete sie plötzlich in der Sprache der Liebe zu mir. Das ganze Haus war ruhig, kein Laut drang in unsere kleine Stube. Golden war das Licht, das durch das winzige Fenster drang und einen Schimmer um die seidige Haut meiner Geliebten legte gleich einem Heiligenschein, wiewohl sie doch eine Sünderin war.

Während ich noch ausgestreckt auf der Schlafstatt lag und mich in fruchtlosen Überlegungen erging, spürte ich plötzlich ihre Lippen und ihre Fingerspitzen auf meiner Haut. Jeder Kuss und jede Berührung war sanft und zugleich fordernd. Sie brauchte keine Worte, um mir zu befehlen: Komm, ergib dich mir!

So verscheuchte sie meine düsteren Gedanken an die Vergangenheit und die Zukunft. Ganz überließ ich mich ihr und der Gegenwart in unserem stillen Versteck inmitten der großen Stadt Paris. Wir genossen die Wollust mit der Leidenschaft der Verzweiflung. Wir tranken einander, wie Verdurstende das erquickende Nass in sich aufsaugen. Wir hielten uns fest am anderen, als müssten wir allein aus dieser Welt stürzen. Wir liebten uns, als hätten wir in jenem Augenblick schon geahnt, dass wir uns niemals wieder lieben würden.

Die Sonne stand schon weit im Westen, als Klara und ich voneinander schieden. »Die Frau des Wollhändlers wird bald zurückkehren«, hatte sie gesagt und mich dann zärtlich gedrängt, mich zu eilen.

»Wann werde ich dich wiedersehen?«, fragte ich, da ich schon die Tür der Stube geöffnet hatte.

»Ich werde Magdalena vor das Kloster schicken, wenn die Gelegenheit günstig ist. Nun, da wir dieses Versteck entdeckt haben, mag es hoffentlich häufiger geschehen als zuvor.«

Dann verabschiedete sie mich mit einem Kuss.

Ich schlich mich aus dem Haus, obwohl ich noch immer kein Geräusch vernahm, aber ich wollte kein Risiko eingehen. Klaras Dienerin war nirgendwo zu sehen. Doch ich hatte mir glücklicherweise den Weg gemerkt, den wir genommen hatten, sodass ich mich gut zurechtfand.

Meine einzige Sorge war, dass mich jemand erspähen würde, wenn ich aus dem Haus trat. Kaum hatte ich jedoch die Rue Darnetal betreten, erkannte ich, dass diese Furcht unbegründet war, denn die Angst war in die Straßen von Paris zurückgekrochen.

Freude und Hoffnung, welche die Predigt des Bischofs auf alle Gesichter gezaubert hatte, waren wieder wie weggewischt. Viel Volk war auf der Rue Darnetal unterwegs; junge Burschen standen müssig um den Brunnen Fontaine de la Reine. Alle zeigten verdrossene oder furchtsame Mienen. Obwohl sich so viele Menschen auf der Straße drängten, sprach doch kaum jemand ein Wort. Kein Gesang, keine Scherzworte erklangen zwischen den Häusern, kein Kinderlachen erscholl.

Was war geschehen? Vielleicht war es die Totenmesse für die vielen Opfer des Blitzschlages gewesen, welche in der abergläubischen Menge neue Furcht erregt hatte – eine Furcht, die von Mund zu Mund getragen wurde und die niemand stoppen konnte. Möglich auch, dass neue Nachrichten von außerhalb der Stadtmauern nach Paris gebracht worden waren. Hatte sich die Krankheit im Land doch nicht zurückgezogen? War die Seuche vielleicht sogar nähergerückt?

Zwei Ärzte der Universität gingen genau in dem Augenblick, da ich aus dem Haus trat, die Rue Darnetal entlang. Stolz schritten sie einher in ihren purpurnen Gewändern mit pelzbesetzten Kragen, mit Silber durchwirkten Gürteln und güldenen Sporen an den Fersen.

Doch niemand entbot ihnen mehr den Respekt, der ihnen gebührte. Es waren zwei ältere Männer, umgeben von wohl einem Dutzend Dienern, und sie schritten mit starren Gesichtern voran, so, als bemerkten sie nicht die gezischten Verwünschungen, die hinter ihnen laut wurden. Noch gestern hatte man sie fast so hoch geehrt wie Männer GOTTES oder Edelleute; heute jedoch murrte das Volk wider sie. Auf einmal flog eine Hand voll Kot durch die Luft und traf einen der Ärzte am Kopf. Die Burschen am Brunnen lachten, während die Diener der *medici* drohend ihre Stöcke hoben und Schimpfworte ausstießen. Die Ärzte jedoch taten, als sei nichts geschehen. Sie beschleunigten nur ihre Schritte. Fast sah es aus wie eine Flucht.

Ich nutzte den kleinen Tumult, den der Auftritt jener unglücklichen Ärzte ausgelöst hatte, um unauffällig vom Haus zur Rue Darnetal zu schreiten und mich dort in die Menge zu drängen. Ein Mönch immerhin blieb noch unbehelligt – wenn ich auch nicht wusste, wie lange dies wohl noch anhalten mochte. Ich drängte mich an einigen Marktweibern vorbei und glaubte mich schon in Sicherheit, denn nach einigen Schritten auf jener belebten Straße mochte niemand mehr meine Anwesenheit mit dem Haus des Wollhändlers in Verbindung bringen – da sah ich eine verhüllte Gestalt.

Am gemauerten Rand des Brunnens, abseits der Burschen und verborgen hinter dem hoch aufragenden Wasserspeier, löste sich plötzlich ein Schatten aus seiner Erstarrung. Es war ein Mann – oder vielleicht war es auch eine Frau. Jedenfalls war der Unbekannte trotz der Sommerhitze in einen grauschwarzen Mantel gehüllt, dessen hochgeschlagene Kapuze sein Gesicht verbarg.

Mir schauderte. Auch ich schlug die Kapuze hoch und beschleunigte meine Schritte.

Die Schattengestalt schwebte fast wie ein Geist vom Brunnen und folgte mir nach.

Ich ging schneller. Wurde ich verfolgt? Von wem? Oder war dies alles nur Ausfluss meiner überreizten Einbildung? Mehrmals blickte ich mich um: Der Unbekannte war stets hinter mir, ja, er schien mir langsam näher zu kommen.

Wohin sollte ich mich wenden? Sollte ich auf dem schnellsten Wege zum Kloster zurückkehren? Doch dafür musste ich quer durch Paris laufen. War es da nicht möglich, dass mir der Unbekannte irgendwo auf dem Weg eine Falle stellen mochte? War es nicht besser, ihm zu entkommen, ihn abzuschütteln wie der Hirsch den Jäger?

Ich versuchte zu ergründen, ob der Schattenmann wohl Linkshänder sei. Doch beide Arme hielt er in den Falten seines Umhangs verborgen, sodass ich nicht sah, ob er eine Waffe führte – und falls dem so war, in welcher Hand er sie hielt. Doch fürchtete ich, dass ich das nächste Opfer sein könnte, das man in Paris fände, mit einer klaffenden Wunde in der rechten Brust.

So fasste ich mir denn ein Herz, als ich einen älteren Bauern erblickte, der einen Handkarren zog, welcher bis oben hin mit Äpfeln beladen war. Plötzlich nämlich stürzte ich los, stieß den Bauern beiseite, kippte den Karren auf das Straßenpflaster und bog in eine kleine Seitengasse ein, die schon halb im Dunkeln lag.

Hinter mir hörte ich den Bauern fluchen, ein paar Weiber kreischten, Kinder und Burschen lachten und riefen Spottworte. Ich vernahm noch Lärm und dumpfe Schläge, dann war ich schon am Ende der Gasse. Ich kam auf eine große Straße und wandte mich nach links. Ich hoffte, dass der Schattenmann im Durcheinander aufgehalten worden sei, doch wagte ich nicht, Zeit zu verlieren, indem ich mich umdrehte.

Ohne auf die erstaunten Gesichter der Leute und ihre Rufe zu achten, eilte ich die Straße hinunter, so schnell mich meine Füße trugen. Es kam mir zupass, dass ich zu Fuß von Köln nach Paris gewandert war und seither mit Meister Philippe gar manchen weiten Weg durch diese Stadt zurückgelegt hatte. So waren meine Beine kräftig, und mein Herz war stark. Ich rannte wohl fast so schnell wie ein Treiber bei den Jagden der adeligen Herren.

Erst nach über einhundert Schritt wagte ich es, den Kopf zu wenden. Mir stockte der Atem: Ich sah den Unbekannten, den ich schon abgehängt glaubte, in der Straße. Er war zurückgefallen – doch ohne Zweifel hatte er mich noch im Blick.

Ich verdoppelte meine Anstrengung und hastete weiter. Plötzlich öffnete sich die Straße vor mir – und ich fand mich auf der Place de Grève wieder. Ich schlängelte mich an Lastenträgern und Seeleuten vorbei, duckte mich hinter Weinfässer und hoch aufgeschichtete Stoffballen, auf dass mein Verfolger mich aus den Augen verlöre. Dann stürzte ich zum Grand Pont und hastete zur Seine-Insel. Wieder blickte ich mich um, und wieder sah ich ihn, doch mittlerweile noch weiter entfernt.

Mit letzter Kraft rannte ich auf Notre-Dame zu. Mein Herz hämmerte mir in der Brust, mein Atem schmerzte mit jedem Zug, ich schmeckte bereits Blut in meinem Mund. Ich wollte durch das Hauptportal in die Kathedrale stürzen, da ich mich dort in Sicherheit wähnte, doch im letzten Augenblick hatte ich eine rettende Eingebung: Ich bog ab und eilte stattdessen an der linken Seite des Hauses GOTTES entlang.

»HERR, beschütze mich!«, flehte ich im Geiste, denn für Worte hatte ich keinen Atem mehr.

Und GOTT erbarmte sich meiner.

Ich tauchte ein in das Gewirr der steinernen Streben und Pfeiler, der kühnen Bögen und verwinkelten Vorsprünge, in jenes granitene Labyrinth, welches die Kapellen wie eine Dornenkrone umschließt. Ich betrat das düstere Reich der Schönfrauen und ihrer Liebhaber, der Taschendiebe und Bettler – und jeder Sünder dort, der meine Kutte sah, schreckte zurück, verkroch sich tiefer in das steinerne Dickicht, war Schatten unter Schatten. Das mochte meinen Verfolger, so hoffte ich, bereits gehörig verwirren.

Dann plötzlich sprang ich nach rechts und stürzte mich durch eine Pforte ins Innere der Kathedrale. Es war, wie ich im letzten Augenblick mit einem Schaudern sah, jene Porte Rouge, über der Maria als Himmelskönigin thronte – und vor der Heinrich von Lübeck erstochen worden war.

Im Innern sah ich mich um. Durch die Rosetten strömte gelbes, rotes und blaues Licht in das Schiff von Notre-Dame. Doch die Sonne stand schon so tief, dass manche Fenster kaum noch beschienen wurden. Zwar waren, wie immer, unzählige Kerzen vor den Altären entzündet worden, doch auch ihr flackernder Schein drang längst nicht überall hin.

Andererseits waren noch immer Hunderte Gläubige hier und beteten oder wanderten langsam und gedankenschwer durch das riesige Haus GOTTES. Sie glichen verlorenen Seelen, die lautlos durch das Reich der Toten schwebten.

Ich bezähmte meine Unruhe, senkte demütig den Kopf und ging nun gemessenen Schrittes weiter, bis ich eine Seitenkapelle erreicht hatte, die bereits im Dunkeln lag. Hier verbarg ich mich hinter dem geöffneten Flügel eines Altarbildes.

Irgendwann gewahrte ich den Schattenmann. Er war durch das Hauptportal eingetreten. Ich durfte wieder hoffen, denn war dies nicht ein Indiz dafür, dass er meinen Weg nicht mehr hatte verfolgen können? Dass er sich nicht einmal sicher war, mich in der Kathedrale zu finden? Ich sah an seinem zögernden Schritt und an der Art, wie er den Kopf mal nach links, mal nach rechts wandte – jedoch stets so, dass ich nie sein Gesicht erkennen konnte –, dass mein unbekannter Verfolger ratlos war.

So streifte er durch die Kathedrale wie ein unruhiger Wolf, der wieder Witterung aufnehmen wollte. Andererseits konnte er nicht sicher sein, dass ich mich überhaupt in Notre-Dame verborgen hielt. Er musste damit rechnen, dass ich, während er durch die Kathedrale schlich, längst woanders war und mich mit jedem Augenblick weiter von ihm entfernte.

Ich sah, wie er immer unruhiger wurde, wie er sich immer häufiger nach dem Hauptportal umwandte – als bedauerte er, überhaupt das Haus GOTTES betreten zu haben.

Schließlich hielt es der Unbekannte offensichtlich nicht länger aus, denn plötzlich drehte er sich um und eilte hinaus.

Ich atmete auf. Doch hielt ich es für klüger, mich noch länger verborgen zu halten. Erst als die Sonne zum Abend hin rot erglänzte, wagte ich mich durch die Porte Rouge wieder aus Notre-Dame hinaus. Vorsichtig blickte ich mich um: Viele Gestalten sah ich wohl zwischen den Pfeilern und ahnte auch ihr sündhaftes

Tun, doch niemand schien mir darunter zu sein, der meinem Verfolger ähnelte.

So ging ich denn entlang enger Gassen einen großen Bogen durch die Stadt. Erst nach vielerlei Umwegen durch Paris gelangte ich wieder zu meinem Kloster – und zwar von der stadtauswärts führenden Seite der Rue Saint-Jacques her. Sollte mein Verfolger vorgehabt haben, mich vor dem Kloster abzufangen, dann, so hoffte ich, würde er sich zwischen diesem und der Seine versteckt gehalten haben, denn dies war ja der direkte Weg von Notre-Dame bis dorthin.

Doch wie dem auch war, ich gelangte unbehelligt bis zur Pforte, wo mich der Portarius einließ. Der ältere Mitbruder bedachte mich zwar mit einem missbilligenden Blick, doch schwieg er.

Ich wiederum wagte nicht, ihn nach einem Unbekannten mit einem grauschwarzen Mantel zu fragen, denn ich wollte nicht noch mehr Misstrauen erregen. Sollte er nämlich Meldung machen beim Prior, dann mochte mir der Ehrwürdige Vater wohl mein freies Kommen und Gehen untersagen.

Ich jedoch wollte das Kloster schon am nächsten Tag wieder verlassen.

DIE VERLORENEN BÜCHER

Der Juli wich dem August. So wie der alte brachte auch der neue Monat Hitze, lähmende Feuchtigkeit und Gewitter von einer Heftigkeit, wie sie wohl kaum je ein Mensch in dieser Stadt gesehen hatte. Ich verbrachte meine Tage endlich auf die Art und Weise, wie ich mir meine Zeit in Paris immer vorgestellt hatte: im Studium.

Dennoch war alles anders, als ich es mir erhofft hatte.

War das Kloster in der Rue Saint-Jacques nicht einst Heimstatt des Albertus Magnus gewesen? Hatte er hier nicht den heiligen Thomas von Aquin unterrichtet, der zum größten Gelehrten von allen heranreifte? Ich zweifelte, ob ich dieser Meister würdig war. Denn statt stolz erhobenen Hauptes in die Bibliothek zu schreiten und heilige Schriften zu studieren, schlich ich mich am Portarius vorbei, ohne ihm mein Ziel zu nennen. Nicht die Bibel las ich oder die Werke der Kirchenväter, um die Ewige Welt zu ergründen, sondern Bücher über die Geografie dieser unserer vergänglichen Welt – und manches obskure Werk eines heidnischen Autors dazu, das eines Mönches wohl kaum würdig war.

Nur, wen kümmerte dies noch? Es war, als würde die Welt, in der ich lebte, vor meinen Augen zerfallen. Die strenge Disziplin des Klosters war dahin. Den ehrwürdigen Prior sah ich kaum noch. Die Mitbrüder flüsterten, er liege stundenlang in seiner Zelle und starre geistesverloren zur Decke und niemand wage es, ihn anzusprechen.

Meister Philippe mied ich, wo immer ich konnte. Auch dies fiel mir nicht schwer, denn man sah ihn selten in den Gottesdiensten und noch seltener im Kreuzgang, in der Bibliothek oder im Skriptorium. Niemand wusste, wo er seine Stunden verbrachte. Es gab darüber auch keine Gerüchte bei den Mönchen – zumindest kamen mir keine zu Ohren.

Da alle Brüder wie ermattet waren – so, als erwartete ein jeder resigniert das Unvermeidliche, ohne doch sagen zu können, worin dieses sich denn ausdrücken möge –, kümmerte sich auch der Portarius nicht sonderlich um mich.

Am frühen Morgen, direkt nach der Prim, passierte ich stets seine Stube, nickte ihm gemessen zu, schwieg jedoch über meinen Weg. Er hob müde die Hand und ließ mich hinaus.

Auf der Rue Saint-Jacques harrte ich dann immer einige Zeit aus, nervös im Schatten einer Seitengasse hin und her schreitend – in der Hoffnung, Magdalena zu sehen, die Dienerin, die mich zu meiner geliebten Klara führen könnte. Doch stets wartete ich vergebens, und mein Herz wurde schwer darüber.

Dann ging ich hinunter zur Place Maubert und betrat das Kollegium de Sorbon – allerdings nicht ohne zuvor einen Abstecher bis zur Seine-Insel gemacht zu haben, um einen Blick auf den Hafen zu werfen. Dass ich die Kogge sah, beruhigte mich ein wenig, auch wenn ich wusste, dass jeder Tag, der verstrich, mich der unvermeidlichen Abreise der »Kreuz der Trave« und meiner Geliebten näher brachte.

Noch immer kannte ich weder Ziel noch Zweck der heimlich geplanten Seefahrt.

Magister Jean Froissart, der hinkende Bibliothekar im Kollegium, begrüßte mich in den ersten Tagen höflich, doch misstrauisch. Nach einiger Zeit jedoch wurde er freundlicher zu mir – war ich doch oft der einzige Mensch, der sich zwischen den Lesepulten verirrte.

Je länger dieser drückende Sommer andauerte, desto wilder wurden die Gerüchte über die Seuche, die irgendwo vor den Mauern von Paris lauerte. Jeder wartete auf den Ausbruch der Krankheit, fast schien es, als würden alle Bürger erleichtert sein, bräche das Schreckliche nur endlich hervor. Doch nichts geschah.

So wanderten Männer und Weiber wie ruhelos durch die Straßen. Die Bäcker buken kaum noch Brot und gar keinen Kuchen mehr, die Schneider beschränkten sich auf das Flicken von Gewändern, nähten jedoch keine neuen, die Schlächter und Gerber ließen ihre unreinen Gewerbe ruhen, die Lumpenhändler zogen nicht mehr durch die Gassen. Für die Bettler waren dies goldene Tage, denn viele Bürger waren freigebiger als sonst, da sie ihre letzten Tage fürchteten.

Ertragreich war diese Zeit auch für die Waffenschmiede, denn ein jeder kaufte sich Dolche, Spieße, gar Schwerter, wenn auch niemand genau wusste, wozu sie dienen sollten – die Englischen und Burgundischen rührten sich nicht mehr. Man sagte, dass auch in ihren Lagern die Seuche mehr Landsknechte holte als jede Schlacht.

Auch die Schönfrauen profitierten von der seltsamen Stimmung in der Stadt und versteckten sich nicht mehr im Schatten von Notre-Dame, sondern gingen selbst am helllichten Tage ohne Furcht über die Straßen und sprachen Männer an: *mulieres publice infamatae*. Viele Männer waren nur zu willig, ihren Verlockungen zu erliegen.

Ich dachte an Jacquette, und dieser Gedanke betrübte mich sehr. Ihr Tod blieb ungesühnt.

Auch die Bedrohung der Inquisition, die düster über dem Haupt des jüdischen Geldwechslers schwebte, wollte nicht weichen, so sehr Lea auch kämpfen mochte.

Dazu würde Klara bald die Stadt verlassen, und ich ahnte nicht einmal, wohin. So fühlte ich mich denn einsam und erfolglos und musste mich ermannen, nicht in Mitleid gegen mich selbst zu versinken.

Ich verließ die Bibliothek des Kollegiums, wenn die Glocken der Kirchen zur Vesper, zur Terz und zu all den anderen Gottesdiensten riefen. Magister Jean Froissart musste mich für einen sehr gewissenhaften Mönch halten.

Tatsächlich jedoch ging ich zwar jedes Mal zurück zur Rue Saint-Jacques, doch drückte ich mich dort nur irgendwo in eine Gasse vor dem Kloster, um mich zu verbergen. Ich hoffte, dass ich einmal auf Magdalena treffen würde – doch stets ging ich nach einiger Zeit allein zurück zu meinen Büchern.

In der Bibliothek des Kollegiums ließ ich mir zuerst das Werk des Castorius kommen. Es überraschte mich nicht mehr, als mir Magister Froissart sagte, dass sich Jahre lang niemand um das Werk bekümmert hatte – und dass ich nun schon der Zweite war, der es in der letzten Zeit zu sehen wünschte.

Es überraschte mich auch nicht, dass er zwar wusste, dass ein Dominikaner dieses Buch zuvor ausgeliehen hatte – dass er jedoch nicht zu sagen vermochte, wer der Mönch gewesen sei. Als ich die Ausleihliste studierte, bemerkte ich, dass jener unbekannte Mönch einen Namen verwendet hatte, den ich noch nie gelesen hatte.

Genauso wenig überraschte es mich, dass im Werk des Castorius die erste Landkarte mit einem scharfen Messer entfernt worden war.

Lange starrte ich auf den Fetzen Pergament, der mir anzeigte, dass hier noch vor kurzem eine Spur gewesen war, die mich vielleicht zur *terra perioeci* geführt hätte. Was sollte ich nun tun? Ich fühlte mich müde und besiegt.

Doch dann sagte ich mir, dass der HERR mir zürnen würde, ließe ich mich von meiner Schwäche überwältigen. Also studierte ich, wiewohl ich keine große Hoffnung hegte, die Seiten des Castorius, welche die unbekannte Hand unangetastet gelassen hatte. Es war, wie ich befürchtet hatte: Nichts stand dort vom Land der Periöken, noch fand ich irgendetwas anderes, das mir hätte weiterhelfen können.

So beschloss ich denn, da endlose Stunden vor mir lagen, dass ich meine Nachforschungen systematischer gestalten müsse.

Die größte Autorität der Alten war der Philosoph Aristoteles. Noch Albertus Magnus und Thomas von Aquin hatten ihn, wiewohl ein Heide, in höchsten Tönen gepriesen. »Wer recht erkennen will, muss zuvor in richtiger Weise gezweifelt haben«, hatte der Philosoph verkündet.

Wiewohl mir dies lange ein höchst zweifelhafter, ja gefährlicher

Satz dünkte, so glaubte ich nun, dass er das Wesen der Wahrheit enthielt. Unbestechlich war die Logik des Aristoteles, unvergleichlich sein Wissen – und sein Werk so groß, dass ich hoffen durfte, dort etwas zu finden, das dem Unbekannten, welcher alle Bücher heimsuchte, entgangen war.

Das erste Buch, dem ich mich deshalb nun zuwandte, war die Studie »Vom Himmel« des Aristoteles. »Die Form der Erde ist notwendigerweise kugelförmig«, las ich da.

Dies hatte ich schon bei Lambert von Saint-Omer im *»Liber floribus«* gelesen – jenem Werk des gelehrten Domherrn, das Heinrich von Lübeck kurz vor seinem Tod aus der Bibliothek des Nechenja ben Isaak ausleihen oder doch wenigstens kopieren wollte. So stimmte es also, dass dieser Christ sich auf den Heiden berief und dass sehr viele Gelehrte glaubten, dass die Erde eine Kugel sei.

Es fiel mir schwer zu glauben, dass ich auf der Oberfläche einer großen Kugel herumwanderte. Hatte nicht der ehrwürdige Kirchenvater Lactantius in seinem Buch *»Divinae institutiones«* verkündet, dass die Erde eine Scheibe sei? Sprach nicht der Augenschein dafür?

Doch wenn die Erde eine Kugel war, dann mochte es doch wohl möglich sein, dass irgendwo jenseits des gekrümmten Horizonts ein Land zu finden sei, das unserem Blick bislang entgangen war. Sollte die Erde eine Scheibe sein, dann würde derjenige, der über ihr Ende hinaussegelte, unweigerlich in den schrecklichsten Abgrund stürzen. War sie jedoch eine Kugel, dann mochte man mit einem Schiff wohl überallhin gelangen, wo Wasser zu finden war.

Andererseits war mir damit allein noch nicht geholfen. Aristoteles wusste wohl viele kluge Worte zu gebrauchen über die Form der Erde, der Sphären und der Sterne – doch von einem Land der Periöken schwieg er. Auch fand ich in seinen Büchern, so sehr ich auch suchte, keine verräterischen Stellen, die darauf hingedeutet hätten, dass jemand eine Seite herausgeschnitten haben mochte.

Also bat ich den Bibliothekar, nach vielen langen Stunden mit den Werken des Aristoteles, mir die dreizehn Bücher des Ptolemaeus zu bringen. Auch er war Heide gewesen, doch ohne Zweifel der größte Geograf der Alten. Schon als Kind in der Klosterschule hatte ich seine Texte studieren müssen. Bis in unsere Zeit gilt er doch als der größte Kundige von der Beschaffenheit der Erde, der je gelebt hat.

Es dauerte ungewöhnlich lange, bis Magister Jean Froissart zurückkehrte. Noch dazu kam er mit leeren Händen und einem Gesicht, das vor Blässe glänzte wie ein Totenschädel, zurück.

»Der Ptolemaeus ist verschwunden!«, verkündete er mir mit gebrochener Stimme.

Ich glaubte, mich verhört zu haben. »Was redet Ihr da, Meister Froissart?«, erwiderte ich. »Acht große Bücher umfasst das Werk des Ptolemaeus. Ihr werdet doch sicherlich mehr als eine Abschrift davon aufbewahrt haben?«

Der Bibliothekar nickte, dann hielt er sich am Schreibpult fest, denn Schwäche erfasste seinen Körper. »Alle Bücher sind verschwunden«, flüsterte er.

»Ich habe in der Truhe nachgesehen, in der wir sie aufbewahrt haben, und noch in etlichen anderen, weil ich zunächst dachte, dass sie möglicherweise verlegt worden sein mochten. Doch es ist wahr: Das Werk des Ptolemaeus ist aus dieser Bibliothek verschwunden, als hätte es hier nie existiert.«

»Wer hat sich die Bücher zuletzt ausgeliehen?«, fragte ich und hoffte, dass meine Stimme nicht die Angst verriet, die mich gepackt hatte.

Magister Jean Froissart schüttelte jedoch nur den Kopf und seufzte. »Niemand. Zumindest nicht in den vergangenen Wochen. Der letzte Eintrag in meinen Büchern ist schon über ein Jahr alt. Seither hat niemand mehr nach dem Ptolemaeus verlangt. Der HERR allein mag wissen, wann die Bücher in den letzten Monaten verschwunden sind – und wie.« Der Bibliothekar schlug das Kreuz. Er sah so aus, als würde er gleich in Tränen ausbrechen.

»Wer war es denn, der das Werk vor so langer Zeit zu sehen

wünschte?«, hakte ich nach, als Magister Froissart sich wieder gefangen zu haben schien. »Wisst Ihr noch seinen Namen?«

»Es war einer Eurer Mitbrüder«, sagte da der Bibliothekar leise, »und vielleicht der berühmteste Dominikaner von Paris: Philippe de Touloubre.«

Nun war es an mir, mich an das Pult zu klammern, um nicht, gelähmt vor Angst, zu Boden zu stürzen.

»Was redet Ihr da?«, fragte ich keuchend.

»Es gibt keinen Zweifel«, versicherte Magister Froissart, »Philippe de Touloubre verlangte im letzten Sommer einen Band des Ptolemaeus zu sehen, den zweiten.«

»Die anderen nicht?«

Der Bibliothekar schüttelte den Kopf. »Darüber habe ich zumindest keine Einträge gefunden.«

»Könnt Ihr Euch noch an jenen Tag erinnern?«, drängte ich. »War Meister Philippe lange in Eurer Bibliothek? War er allein?«

Magister Froissart dachte lange nach. »Nun«, antwortete er schließlich zögernd, »ich kann mich nicht mehr an alle Einzelheiten erinnern. »Ich glaube, dass er damals wohl zur Mittagszeit hierhergekommen ist und das Buch von mir erbat. Begleitet wurde er von niemandem. Dann studierte er das Werk viele Stunden lang. Ich weiß noch, dass es draußen bereits dunkelte und dass alle Studenten den Lesesaal …«

Er hielt inne und fasste sich mit zitternder Hand an den Kopf.

»Was habt Ihr?«, fragte ich und ahnte Böses.

»Es war spät«, flüsterte Magister Froissart, »jetzt erinnere ich mich wieder. »Ich musste viele Folianten wegräumen. Niemand sonst war mehr zugegen, außer Philippe de Touloubre und mir. Da erbot sich dieser, den Band des Ptolemaeus selbst in die Truhe zurückzutragen, da ich doch so beschäftigt sei. Dankbar nahm ich dieses Anerbieten an. Nicht im Traum misstraute ich ihm, denn er war schließlich Inquisitor!«

»Habt Ihr Meister Philippe gesehen, als er Eure Bibliothek verließ?«, fragte ich.

Magister Froissart schüttelte den Kopf! »Nein, ich achtete seiner nicht mehr.«

»Wie viele Abschriften hatte Eure Bibliothek von dem Werk des Ptolemaeus?«

»Wir besaßen zwei Exemplare von jedem Band. Eine Abschrift, die wohl schon dreihundert Jahre alt ist, und eine, die wir erst vor einigen Jahren haben anfertigen lassen, da bei den alten Bänden langsam das Pergament mürbe wurde und die Schrift verblasste.«

»Sechzehn Bände sind viel«, murmelte ich. »Doch ich erinnere mich meiner Zeit, da ich den Ptolemaeus studieren musste: Jeder einzelne Band war schmal und hatte kaum so viele Seiten wie ein Psalter. Ein Mann allein mag diese Bände schleppen können, wenn er einen Lederbeutel oder etwas Ähnliches bei sich trägt – und dieser ließe sich gut unter einer Kutte verstecken.«

Magister Froissart blickte mich entsetzt an. »Sagt nicht laut, dass Ihr einen Inquisitor des Diebstahls verdächtigt!«, flehte er mich an. »Das ist gefährlich. Außerdem ist es durch nichts zu beweisen. Warum sollte ein Dominikaner außerdem alle Werke des Ptolemaeus stehlen?«

»Das«, flüsterte ich, »ist eine gute Frage.«

Ich verbrachte noch so manchen Tag in der Bibliothek. Doch je mehr ich las, desto höher türmten sich vor mir die Rätsel auf, bis ich glaubte, dass mein Geist von allen Seiten eingemauert sei, und ich mich lebenden Leibes begraben fühlte.

Da ich den Ptolemaeus nicht lesen konnte, beschloss ich, andere Werke der heidnischen Autoren zu studieren, auf dass ich dort vielleicht Spuren fände, die mir weiterhelfen konnten. Doch je länger ich las, desto größer wurde die namenlose Furcht, die in mir wuchs.

Ich ließ mir den Livius kommen und Cassius Dio, Plutarch und Sueton, Cicero und Marcus Aurelius. Doch nirgends wurde auch nur der Name des berühmtesten Geografen der Alten erwähnt. Keine Zeile las ich über Ptolemaeus, keinen Hinweis auf sein Werk, kein Zitat.

Ich wurde immer unruhiger und wandte mich den Kirchenvätern alter Zeit zu: Tertullian und Augustinus las ich, Lactantius und Eusebius. Schließlich studierte ich den Isidor von Sevilla, der doch das ganze Wissen seiner Zeit zusammengetragen hatte.

Nichts, nichts und wieder nichts!

Dicit ei Pilatus quid est veritas?

Was ich jedoch entdeckte, waren – mal in diesem Buch, mal in jenem – herausgetrennte Seiten; Stellen, die jemand, wie mir schien erst in jüngster Zeit, mit schwarzer Tinte unleserlich gemacht hatte; Zeilen, die mit einem Schabmesser aus dem Pergament gelöscht worden waren.

Stets ging es auf diesen Seiten um Geografie und um die Gestalt der Welt, der Meere und der Länder.

War es möglich, dass jemand alle Bücher genommen und überall den Namen des Ptolemaeus gelöscht hatte? So, als hätte es ihn und sein Werk nie gegeben? Warum las ich zudem nie von einem Castorius aus Ravenna? Weshalb gab es in keinem Werk eine Beschreibung der *terra perioeci*?

Die kalte Faust der Angst schloss sich um mein Herz, als ich an einem Vormittag nicht zum Kolleg de Sorbon gegangen war, sondern mich in die Bibliothek des Klosters in der Rue Saint-Jacques zurückgezogen hatte.

Den Ptolemaeus auszuleihen, wagte ich nicht, aus Angst, dass dies die Aufmerksamkeit Meister Philippes erregt hätte. Doch ich ließ mir von einem Novizen einige der anderen Werke der Alten bringen – überall waren dieselben Seiten herausgetrennt, die gleichen Zeilen gelöscht worden.

Waren in ganz Paris die Texte auf gleiche Art von unbekannter Hand verstümmelt worden? Oder gar überall im Abendland?

Wer vermochte Derartiges zu tun – wenn nicht die Inquisition?

Die Mönche der Heiligen Inquisition waren gelehrt, sie kannten vielerlei Schriften, sie hatten Zugang zu jeder Bibliothek. Sie waren wohl organisiert in vielen Ländern der Christenheit.

Doch warum sollte die Inquisition Bücher verändern?

Weshalb vernichteten sie Texte über Geografie? Selbst wenn diese Texte, warum auch immer, ketzerisch sein sollten: Warum erklärten sie den Ptolemaeus und die anderen Werke nicht einfach vor GOTT und der Welt zur Häresie und verboten allen guten Christen, sie zu studieren? Warum diese Heimlichkeit? Wozu dieser ungeheure, doch lautlose Aufwand?

Lag in diesen Fragen irgendwo die Antwort auf das Rätsel der Ermordung Heinrichs von Lübeck verborgen? Musste er sterben, weil er dem Geheimnis um die *terra perioeci* auf die Spur gekommen war? Erwartete dann jeden, der dieses Geheimnis anzutasten wagte, das gleiche Schicksal? Drohte auch mir der Tod?

Seit ich als Findelkind des Dominikanerklosters zu Köln das Lesen erlernt hatte, war mir die Gelehrsamkeit immer als zwar steiniger, doch sicherer Weg zu Glück und Seelenheil erschienen. Bibliotheken – jene ruhigen Räume mit ihrem Geruch nach Pergament, Leder, Tinte und dem Staub der Jahrhunderte – waren mir Inseln des Friedens gewesen, ja geweihte Orte, Kirchen gleich.

Nun jedoch fühlte ich mich wie ein Schlafwandler, der plötzlich erwacht und sich mitten auf einem Schlachtfeld wiederfindet, wo sich finstere Ritter gnadenlos bekämpfen. Bibliotheken, so lernte ich nun, waren unsichtbare Blutacker, und Bücher waren Schwert und Gift.

Was sollte ich nur tun?

Sollte ich gehen und mein Herz verschließen und nicht mehr nach Texten suchen, die es nicht geben durfte?

Doch hätte ich damit nicht Klara und Lea im Stich gelassen? Hätte ich damit nicht das Andenken an Jacquette und an Heinrich von Lübeck und sogar das an den Vaganten Pierre de Grande-Rue verraten? Konnte ich, selbst wenn ich es gewollt hätte, überhaupt noch so tun, als sei nichts geschehen?

Nein, ich war längst viel zu tief in ein schreckliches Geheimnis verstrickt, das Menschen verschlang wie ein Wesen der Hölle. Ich hatte den Begriff *terra perioeci* gelesen – einmal geschrieben mit dem Blut des sterbenden Mönches und ein weiteres Mal auf der ersten Seite des Buches von Castorius aus Ravenna. Beide Male war der berühmteste Inquisitor von Paris Zeuge gewesen.

Hatte mich nicht ein gesichtsloser Mönch eines Nachts im Kloster entdeckt, da ich herumschlich, während sich einige Mitbrüder heimlich trafen? Mitbrüder, zu denen eben jener Philippe de Touloubre gehörte? Und war mir nicht ein Schattenmann gefolgt, als ich den Ort der Sünde verließ, nachdem ich Klaras Umarmung genossen hatte? Jene Klara Helmstede, deren Gatte wiederum von einem namenlosen Mönch das Werk des Castorius erhalten hatte und auch den Befehl, bald zu einem unbekannten Ziel aufzubrechen?

Ob es nun Meister Philippe sein mochte oder irgendein anderer, der hinter all diesen schrecklichen Dingen steckte – sicher war, dass der Unbekannte wusste, dass ich ihm auf der Spur war.

Möglicherweise ahnte er nicht, wie wenig ich erst herausgefunden hatte. Doch würde er tatsächlich ein Risiko eingehen und mich unbehelligt lassen?

Nein: Mir blieb nichts anderes übrig, als den Weg, den ich nun einmal eingeschlagen hatte, auch bis zum Ende zu gehen. Ich würde suchen und suchen, bis ich das Geheimnis gelöst hatte – oder bis es auch mich verschlungen hatte.

Und wenn Bücher Schwert und Gift waren – dann auch in meiner Hand.

Also gab ich nicht auf, sondern ging wieder in das Kolleg de Sorbon und ließ mir von Magister Froissart unverdrossen immer neue, immer unbekanntere Werke der Alten kommen. Vielleicht, so hoffte ich, war jenem geheimnisvollen Bücherfälscher eine Stelle entgangen, die mir auffallen würde – und vielleicht war GOTT mir gnädig.

Ein Drittel des Monats August war über meiner Suche schon dahingegangen. Meine Augen brannten, mein Rücken schmerzte, meine Finger waren schwarz von Staub und Tinte unzähliger Seiten, die ich gewendet hatte. Da, es war am Tage des heiligen Laurentius, schon abends, kurz bevor die Glocke mich zur Komplet rufen würde, ließ ich mir die *»Anabasis«* des Xenofon kommen.

Es war der Bericht eines griechischen Soldaten, der wohl vor bald zwei Jahrtausenden mit einem Heer tief ins Reich des Perserkönigs gezogen war. Als Novize hatte ich den Namen jenes Heiden einmal vernommen, doch sein Werk hatte ich nie studiert.

Von Schlachten las ich dort und von Städten wie Babylon, dem großen Sündenort. Ich hatte mich nie sehr um die Geschichte der Heiden bekümmert, denn warum sollten Menschen mein Interesse finden, die SEIN Wort nicht gekannt hatten? So überflog ich den Xenofon mit müdem Blick. Meine Augen eilten über die Seiten, übersprangen wohl auch manchen Satz, ja ganze Abschnitte. Es war das letzte Buch, das ich an jenem Tage studieren wollte, ich war erschöpft und hungrig und wusste, dass mich bald die Glocke rufen würde.

Ich hatte Klara seit vielen Tagen nicht gesehen und sehnte mich nach ihr. Ich hatte kein Wort von Lea gehört und wusste nicht, welches Schicksal ihr drohen mochte.

Meister Philippe hatte ich seit drei Tagen nicht zu Gesicht bekommen – was mich zunächst erleichtert hatte, da ich den Inquisitor inzwischen fürchtete. Doch nun war ich beunruhigt, denn ich wusste nicht, was diese Abwesenheit zu bedeuten hatte. Tief in meinem Innern hegte ich trotz allem noch eine große Verehrung für ihn – und langsam begann ich zu fürchten, dass jener Unbekannte ihm aufgelauert hatte, nicht mir. Mochte also dem väterlichen Mönch und Freund, vor dem ich mich verbarg, so gut ich konnte, etwas zugestoßen sein? Brauchte er, vor dem ich auswich, vielleicht meine Hilfe? Derart waren meine Gedanken, während ich durch die Seiten des Xenofon blätterte. Da plötzlich hielt ich inne, denn ich las ein Wort: Periöken.

Noch einmal studierte ich den Absatz, dann noch einmal – ich wollte meinen Augen nicht trauen. Das magische Wort stand auf jenen Seiten, auf denen Xenofon die Herkunft der griechischen Soldaten beschrieb, die gen Persien gezogen waren:

»Da waren aber auch Männer unter ihnen aus dem Land der Periöken, welche seit alter Zeit die Bundesgenossen der Spartaner sind. Doch während sich die Spartaner auf dem Schlachtfelde auszeichnen, sind die Periöken vor allem für ihre Seefahrer berühmt. Ihr Hauptort ist Gytheion, ein wohlbefestigter Hafen. Als sie vom Kriegszug vernahmen, kamen viele Periöken auf schnellen Schiffen von dort übers Meer. Denn die Periöken sind schon vor langer Zeit über den Ozean gefahren und haben an der jenseitigen Küste eine Kolonie errichtet, die ›Land der Periöken‹ genannt wird. Und selbst von dort kamen sie für diesen Krieg, obwohl sie mehrere Wochen fahren mussten, bis sie in Griechenland angelangt waren.«

Lange stand ich am Lesepult und starrte betäubt ins Nichts. Was mochte dies bedeuten? Wo also lag jenes Land der Periöken?

Viel weiter war ich mit meiner Suche nicht gekommen. Und doch: Es lag jenseits eines Ozeans, viele Tagesreisen entfernt von Griechenland. Welches Meer mochte dies sein? Meinte Xenofon die Griechenland gegenüberliegende Seite des Mittelmeeres, also vielleicht Spanien oder das Land der Mauren? Oder dachte er an jene Ozeane, welche das Abendland von Babylon, Indien oder gar vom legendären Cathay trennen, wenn es dieses Land tatsächlich gibt? Oder musste ich das Land nicht vielmehr in jenem Atlantischen Ozean vermuten, in dem auch Britannien liegt?

Ich dachte an die Karte des Castorius, auf die ich kaum mehr als einen flüchtigen Blick geworfen hatte. Ich dachte daran, dass die unbekannten Mönche einem Reeder aus Lübeck, der die Meere des Nordens befuhr, ihre Befehle gegeben hatten.

Wäre das Meer Richtung Indien gemeint gewesen, hätten sich die Dominikaner dann nicht eher an einen der Kaufleute aus Venedig oder Genua gewandt, deren Galeeren ja schon beinahe jene Weltgegend befuhren?

Es war wahrscheinlicher, dass das Land der Periöken im Atlantik lag, nördlich oder gar jenseits von Britannien. Sonst hätte ein Mann wie Richard Helmstede, dessen Koggen doch jedes Jahr

Britannien anliefen, sicherlich schon längst davon gehört – und ebenso sein Steuermann Gernot.

Ich erbat mir von Magister Froissard, in dessen Gunst ich inzwischen sehr gestiegen war, ein Blatt Pergament, Feder und Tinte. Er war höflich genug, mir alles zu bringen, ohne mich zu fragen, wozu ich es benötigte. Dann kopierte ich rasch jene Sätze des Xenofon.

Nachdem ich dies getan, die *»Anabasis«* zurückgegeben und dem Bibliothekar meinen Dank ausgesprochen hatte, schleppte ich mich müde ins Freie, hinaus auf die Place Maubert.

Mein Rücken und meine Glieder schmerzten, in meinen Augen brannte Feuer, meine Kehle war trocken, doch ich beachtete diese Beschwerden kaum. Die Mühsal der Arbeit schließlich ist GOTTES Strafe für den Sündenfall von Adam und Eva. Doch süß ist die Arbeit, wenn sie Früchte trägt. Zum ersten Mal seit vielen Tagen glaubte ich, dass ich wenigstens eine Frucht des Wissens gekostet, dass ich wenigstens um eine Winzigkeit der Lösung des Rätsels näher gekommen war.

So beseelt war ich von diesem kleinen Triumph, dass es einige Momente dauerte, bis ich gewahrte, dass die Leute auf dem Platz noch sehr viel lauter durcheinanderschrien als gewöhnlich. Ich war schon halb über die Place Maubert geeilt und hatte das steinerne Kreuz Croix Hémon passiert, als ich verstand, was die Menschen so erregte.

»Die Seuche ist da!«, kreischte eine junge, gut gekleidete Bürgersfrau und achtete dabei nicht darauf, wie würdelos sie sich aufführte.

»In La Villette fallen Männer und Frauen wie Getreide vor dem Schnitter«, rief ein Bauer. »Die Toten liegen in den Straßen, dass kein Durchkommen mehr ist.«

»Und im Temple hauchen die Gefangenen ihr elendes Leben aus. Man sagt, dass nur noch Tote in dem Kerker liegen«, fiel ein Marktweib ein.

So ging es in einem fort. Ein jeder schrie so laut wie er konnte und wusste immer noch schauerlichere Geschichten zu erzählen von Krankheit und Tod. Alle diese grauenhaften Dinge sollten sich jenseits der Stadtmauern zugetragen haben, mal im Westen, mal im Osten, dann wieder im Süden oder im Norden. Gesehen hatte es niemand, gehört hatte davon jeder. So wurden die Stimmen immer lauter, als wäre ein heftiger Streit entbrannt – obwohl doch keiner eine andere Meinung zu äußern wagte als die, dass der Tod nun vor den Toren reiche Ernte hielte.

Statt demütig und ehrlich um Reue bemüht in die nächste Kirche zu streben und vor GOTT ihre Sünden zu bekennen, solange sie dies noch vermochten, brüllten und gestikulierten die Menschen wie tollwütige Tiere. Fast vermeinte ich, eine grimmige Befriedigung in ihren Stimmen zu hören, eine wahnsinnige Freude daran, dass die seit Wochen gefürchtete Seuche nun endlich in der Stadt angekommen war.

Ich fürchtete mich mehr vor der ziellosen Wut der Menge als vor der Krankheit, denn kein Leiden, das uns der HERR schickt, kann so grausam und unberechenbar sein wie die einmal entflammte Leidenschaft der Menschen. Also schlug ich meine Kapuze hoch und wollte weitereilen, da spürte ich, wie mich jemand am Ärmel festhielt.

Es war Lea bas Nechenja, die Tochter des Geldwechslers.

Ich hätte sie auch diesmal nicht erkannt, denn sie trug ein schlichtes Kleid ohne gelbe Judenmarke und ein Schleier umhüllte ihr Haupt und verbarg ihr Gesicht. Ihre Stimme jedoch überzeugte mich, dass sie es tatsächlich war, die vor mir stand.

»Helft mir, Bruder Ranulf«, flüsterte sie.

Ihr Griff war so fest, ihre Stimme klang so fordernd und doch zugleich so erbarmungswürdig, dass ich alle meine Bedenken sofort fallen ließ und mich an ihrer Seite durch die wütende Menge schob. Wir strebten zum Ufer der Seine, wo das Volk in weniger großer Zahl zusammengelaufen war und wir deshalb meinten, dass uns dort niemand zufällig belauschen könnte.

»Mein Vater schmachtet im Kerker der Inquisition«, stieß die junge Jüdin hier endlich hervor. »Und unser Haus ist von Euch Mönchen geplündert worden!«

Ich schlug das Kreuz und schloss für einen Moment die Augen. »HERR«, flüsterte ich, »wohin führt nur unser Weg?«

Dann ermahnte ich mich, ruhig und besonnen zu sein, da dies umso notwendiger war, weil offensichtlich niemand sonst mehr bei Sinnen zu sein schien.

»Was ist geschehen?«, fragte ich.

Müdigkeit und Angst zeichneten die schönen Züge der jungen Frau. »Euer Meister selbst führte an diesem Morgen wohl ein Dutzend Sergeanten und noch einmal so viele Mönche zu unserem Haus. Es war wie ein Überfall von Landsknechten.«

»Philippe de Touloubre?«, wiederholte ich ungläubig.

»Der Inquisitor höchstselbst. Die Sergeanten, die ihn begleiteten, machten sich nicht einmal die Mühe, an unsere Tür zu klopfen und Einlass zu begehren. Sie schlugen uns stattdessen die Pforte ein und stürmten das Haus, meinen Vater zerrten sie weg!«

»Was wollten sie von ihm? Was warfen sie ihm vor?«

Lea schüttelte den Kopf. »Das weiß ich nicht. Doch ich habe auch nicht alles mit anhören können – und gesehen habe ich noch weniger, denn ich befand mich zu jener frühen Stunde, da uns der Inquisitor heimsuchte, zufällig in der Dachbodenkammer. Als ich gewahrte, was geschah, da verbarg ich mich unter einem Haufen alter Wolltücher, die wir auf dem Speicher aufbewahrten.

Ich hörte wohl, wie mein Vater laut um Gnade flehte und ihn Sergeanten mit groben Beleidigungen bedachten, bevor sie ihn abführten. Doch was man ihm vorwarf, das weiß ich nicht.

Als mein Vater fortgeschafft worden war, jagten die Sergeanten die Diener aus dem Haus. Diese flohen furchtsam und waren froh, dass man sie nicht auch in den Kerker zerrte.

So plünderten die Sergeanten unseren Besitz, kaum dass der letzte Diener mit Tritten und Hohnworten aus dem Haus gejagt worden war. Da sie die Dinge auf dem Speicher jedoch nur gering achteten, suchten sie dort nicht gründlich. Deshalb blieb ich unentdeckt.

Alle Räume plünderten die Männer, nur einen nicht: die Bibliothek. Der Inquisitor persönlich betrat sie und alle Mönche folgten ihm. Kein Sergeant durfte den Raum betreten.

Später wagte ich mich unter den Stoffen hervor und spähte vorsichtig aus einer Dachluke hinaus. Da sah ich, wie die Mönche Kisten auf einen Ochsenkarren luden, der vor unserem Haus stand. Was in diesen Kisten war, das vermochte ich nicht zu sagen. Doch es müssen Bücher gewesen sein, Hunderte Bücher, vielleicht gar die ganze Bibliothek meines Vaters.«

Lea atmete schwer und blieb stehen. Sie sah erschöpft aus. Ich hätte ihr gerne Wasser und Brot angeboten, doch führte ich nichts dergleichen mit.

Als sie meinen besorgten Blick sah, lächelte sie leicht und hob abwehrend die Hand. »Macht Euch keine Sorge um mich, Bruder Ranulf, ich bitte Euch. Ich harrte bis zum späten Nachmittag auf dem Dachboden aus, dann hatten Mönche und Sergeanten unser Haus leer geplündert. Ich entwich aus dem Hintereingang.

Seither suche ich Euch. Ich wusste ja nicht, wo Ihr sein möget, doch schöpfte ich immerhin ein wenig Hoffnung, da ich Euch nicht unter den Mönchen sah, die der Inquisitor mit sich geführt hatte.

Also ging ich zum Kloster in der Rue Saint-Jacques und harrte dort eine Weile vergebens aus. Dann schlich ich mich zum Kollegium de Sorbon, weil Ihr mir sagtet, dass Ihr dort die Werke der Geografen studieren wollt. Dort führte uns das Schicksal zusammen.«

»Ja«, murmelte ich, »das Schicksal hat uns zusammengeführt. Ein düsteres Schicksal, fürwahr.«

Die Furcht war mein ständiger Begleiter geworden, seit ich in Paris war und den Körper des toten Mönches gesehen hatte. Doch zum ersten Mal verblasste nun die Furcht vor einer anderen, noch heißeren Leidenschaft: dem Zorn.

Zorn auf Meister Philippe, der den Vater der jungen Jüdin in den Kerker geworfen und ihr Heim zur Plünderung freigegeben hatte. Zorn ist allerdings kein guter Ratgeber. Und Zorn auf einen Inquisitor ist nicht nur eine Sünde und Widersetzlichkeit gegen die Gebote der Mutter Kirche, er ist auch lebensgefährlich.

Also löschte ich die heiße Wut, die in meiner Seele kochte, und zwang mich, mit kühlem Kopfe nachzudenken.

»Ich furchte das Schlimmste«, flüsterte Lea. »Seht Euch doch nur die Menge an, wie die Menschen schreien und zittern. Sie fürchten sich vor der Krankheit und sie wollen Blut sehen. Unser Blut, das Blut der Juden!«

»Was redet Ihr da?«, tadelte ich sie.

Sie lachte bitter auf. »Kennt Ihr wahrhaftig nicht die Gerüchte, Bruder Ranulf? Habt Ihr Euch in den letzten Wochen im Kloster verkrochen? Habt Ihr Eure Ohren verschlossen und Eure Augen zugehalten? Ihr seid doch, wie ich weiß, durch Paris gegangen, wie kaum ein Mönch es je getan hat.

Habt Ihr nicht gesehen, gegen wen sich der Zorn der Menge richtet? Brunnenvergifter schimpfen sie uns Juden nun. Wir hätten aus Hass auf die Christen in alle Wasserquellen Gift geträufelt. Als ob nicht wir Juden genauso an der Krankheit sterben wie die Christen!«

»Papst Clemens VI. hat verboten, dass den Juden ein Leid angetan wird«, erwiderte ich. »Seine Heiligkeit hat eine Bulle erlassen, ich habe sie gehört, als sie im Kapitelsaal unseres Klosters verlesen wurde, wie sie in jeder Kirche und in jedem Kloster der Christenheit verlesen wurde: Der Papst nennt einen jeden Mann, der die Anklage der Brunnenvergiftung erhebt, verführt von jenem größten Lügner überhaupt, dem Teufel.«

Für einen Moment zeichnete sich nun auch Zorn auf Leas schönem Gesicht ab, doch dann bedachte sie mich mit einem langen, freundlichen und mitleidigen Blick, der meinem Herzen einen Stich gab.

»Oh, Bruder Ranulf«, flüsterte sie, »Ihr seid Inquisitor und glaubt doch an das Gute im Menschen. Aber die Menschen sind nicht gut. Wer kümmert sich noch um den Papst, da die Krankheit in Frankreich so reiche Ernte einfährt?

Habt Ihr es nicht gehört? In Narbonne und Carcassonne haben sie schon Juden aus den Häusern gezerrt und auf den Scheiterhaufen geworfen – als Brunnenvergifter! Gerettet hat es diese Städte nicht, doch gelernt hat daraus niemand. Sie werden uns auch hier verbrennen wollen! Und meinen Vater haben sie schon geholt!«

»Doch der Inquisitor ist nicht wegen der lügnerischen Anklage der Brunnenvergiftung zu Euch gekommen«, erwiderte ich düster.

»Ich mag kein Menschenkenner sein, doch so gut kenne ich Meister Philippe denn schon, dass ich weiß, dass er derartigen Verleumdungen keinen Glauben schenkt. Er ist gekommen, weil er die Bücher Eures Vaters in seine Gewalt bringen wollte.«

Fieberhaft dachte ich nach. Dominikaner – meine Mitbrüder! – fälschten oder verstümmelten Bücher über die Beschaffenheit der Welt oder ließen sie gar ganz verschwinden. Deshalb, so vermutete ich, wollten sie auch um jeden Preis die Bibliothek des Nechenja ben Isaak mit ihrer in gelehrten Kreisen gerühmten Sammlung geografischer Werke in ihre Hand bringen.

Doch was verband den jüdischen Geldwechsler mit dem Lübecker Kaufmann Richard Helmstede? Oder war dies bloßer Zufall? Welche Rolle hatte Heinrich von Lübeck in diesem tödlichen Spiel inne gehabt? Und was hatte Meister Philippe mit all dem zu schaffen?

Ich erinnerte mich des Schicksals des Vaganten und erschauderte bei dem Gedanken daran, dass der Geldwechsler nun ebenso auf der Streckbank schmachten mochte wie der unglückselige Messerwerfer. Noch fürchterlicher war mir der Gedanke, dass auch Lea so enden mochte, wie ich Pierre de Grande-Rue hatte sterben sehen.

So verwirrt mein Geist auch war, keinen Augenblick zweifelte ich daran, dass ich Lea beistehen musste.

Sie war eine flüchtige Jüdin, Tochter eines von der Inquisition verhafteten Mannes. Schon die Tatsache, dass ich hier mit ihr stand und ihr Mut zusprach, statt sie auf der Stelle verhaften zu lassen, war ein derart schweres Verbrechen in den Augen der Inquisition, dass es auch mich auf den Scheiterhaufen bringen mochte. Was also hatte ich noch zu verlieren?

»Du musst dich verstecken!«, flüsterte ich Lea zu – und in jenem Augenblick fiel mir die unziemliche Vertraulichkeit, die für einen Moment zwischen uns herrschte, nicht einmal auf.

»Meister Philippe wird nach dir suchen lassen, denn er hasst es, eine Sache, die er einmal begonnen hat, nicht bis zum Ende zu führen.«

»Wo soll ich mich denn verstecken?«, erwiderte Lea resigniert. »Die Häuser der Juden werden sicherlich von den Spitzeln der Inquisition überwacht. Und selbst wenn ich irgendwo bei einem Glaubensbruder unerkannt hineinschlüpfen könnte: Ist nicht das Haus eines jeden Juden in Gefahr, geplündert zu werden?«

Ich dachte an all die Elenden und zweifelhaften Gestalten, welche die Augen der Inquisition waren. Sicherlich gab es darunter genügend, welche bei Tag und Nacht durch das Judenviertel streichen würden.

»Du musst dich anderswo verbergen – und ich weiß auch schon, wo«, antwortete ich und lächelte ihr zu. Plötzlich erschien mir wenigstens dies einfach.

»Wo?«, fragte die Tochter des Geldwechslers.

»Im Haus eines Wollhändlers in der Rue Darnetal«, antwortete ich – und achtete nicht auf Leas überraschten Blick, denn woher ich dieses Haus kannte, das wollte ich ihr aus Scham lieber nicht verraten.

Auch wusste ich nicht, wie wir, einmal dorthin gelangt, überhaupt eintreten mochten. Wir konnten ja nicht anklopfen, einen Schlüssel hatte ich auch nicht, und von den Bediensteten hatte ich niemanden gesehen. Doch was blieb uns schon anderes übrig, als dieses Versteck zu wählen?

Ich hoffte, dass ich mich an der Hinterpforte bei der Schwester der Dienerin Magdalena bemerkbar machen könnte. Sie musste ja in irgendeiner Form in die Sünde eingeweiht sein, welche Klara Helmstede und mich verband. Mochte sie nur denken, dass ich mich nach der Reedersgattin nun auch noch mit einer Jüdin der Wollust hingab – das war mir gleichgültig, solange sie uns nur das Haus ihrer Herrschaften öffnete.

»Komm«, flüsterte ich deshalb Lea zu. »Folge mir unauffällig in einigen Schritten Abstand. Doch gib darauf Acht, mich zwischen all den Menschen nicht aus den Augen zu verlieren!«

Sie tat, wie ich ihr geheißen hatte. Wir drängten uns durch die Menge über die erste Brücke, vorbei an Notre-Dame und dem Judenviertel, wo ihr Haus nun leer und öde stand; niemals würde sie es wieder sehen, so dachte ich traurig. Über den Grand Pont gelangten wir schließlich auf die andere Seite von Paris.

Auch hier waren die Bürger zusammengelaufen und riefen unsinnige Dinge durcheinander. So mancher schüttelte auch die Faust, doch gegen wen oder warum, das wusste ich nicht.

Heiß war es. Die feuchte Luft stand wie flüssiges Blei in den überfüllten Straßen. Betäubender noch als sonst war der Gestank aus den Gossen. Ich wünschte, dass endlich wieder ein reinigendes Gewitter einsetzen würde, wiewohl ich doch, nach den Erfahrungen der letzten Tage, einen neuen, verheerenden Blitzschlag fürchtete. Doch der Himmel war grau wie eine verwaschene Decke, kein Lufthauch wehte – und so hatte ich wenig Hoffnung, dass bald das erlösende Unwetter hereinbrechen würde.

Anstrengend war unser Weg. Mancher freche Bursche achtete meiner Kutte nicht und rempelte mich an, doch kamen wir ansonsten unbehelligt bis zum Brunnen Fontaine de la Reine. Hier bedeutete ich Lea mit einer – wie ich hoffte – unauffälligen Geste, dass sie warten solle.

Am Brunnen hatten sich gar viele Bettler und anderes fahrende Volk versammelt, doch ich wusste keinen besseren Platz, an dem die junge Jüdin hätte ausharren sollen, wollte sie mich nicht aus den Augen verlieren. Ich hatte vor, langsam bis zur Seitengasse und dort zum Nebeneingang des Hauses des Wollhändlers zu gehen, um an die Pforte zu klopfen. Ich betete zu GOTT, dass die Schwester Magdalenas mir öffnen und mich und die Flüchtige einlassen würde.

Doch diesmal erhörte ER mich nicht.

Ich hatte mich kaum zwei Schritte vom Brunnen entfernt, als einer der Bettler aufstand und einen gar schrecklichen Schrei ausstieß.

Ich fuhr zusammen und starrte ihn an. Für einen Moment glaubte, ja hoffte ich, dass es bloß die Laute eines Besessenen seien, wie man sie wohl tagtäglich auf Pariser Gassen vernehmen kann. Doch dann klickte ich den Bettler genauer an.

Es war ein Mann, noch jung an Jahren, auch wenn sein magerer Leib in Lumpen gehüllt war und seine Zähne schon ausgefallen waren. Als ich jedoch aufmerksamer hinsah, denn wieder schrie der Bettler auf, so Schrecken erregend laut, wie Pierre de Grande-Rue auf der Streckbank geklagt hatte, da gewahrte ich unter den Wollfetzen, mit denen er seinen schrundigen Leib verhüllte, große Geschwüre unter seinen Achseln – so groß waren diese, dass er seine Arme nicht an den Körper anlegen konnte. Diese Geschwüre nässten und eiterten, auch floss Blut aus ihnen. Schwarze Flecken zeichneten die Haut des Bettlers. Dann gewahrte ich, dass sein Atem und sein Schweiß faulig stanken, fauliger als ich je eine Leichengrube gerochen hatte.

Mit einem grässlichen Schrei taumelte der Bettler einen oder zwei kraftlose Schritte vorwärts, weg vom Brunnen, mitten auf den Platz vor dem Haus des Wollhändlers. Dann brach er zusammen und krümmte sich auf dem schmutzigen Pflaster, während ihm Blut und Schleim aus dem Mund flossen.

»Die Seuche! Er hat die Seuche! Der HERR steh uns bei: Die Seuche ist in der Stadt!«

Dergestalt schrie ein Marktweib hinaus, was wir alle fürchteten. Für einen Moment standen wir da, als wäre uns der Blitz in die Glieder gefahren. Ich dachte nicht mehr an Lea, ich dachte nicht mehr an das Haus des Wollhändlers, ich vermochte an nichts und niemanden zu denken, als wäre meine Seele freigewaschen wie die eines Kindes am Tage seiner Geburt.

Dann glaubte ich, dass sich die Hölle aufgetan hätte. Denn plötzlich gab es ein Schreien und Toben um mich herum, wie ich es nie für möglich gehalten hätte bei den Bürgern der guten Stadt Paris. Wie von Sinnen riefen Männer und Frauen, Alte und Kinder durcheinander, eilten umher wie Schafe, die den heulenden Wolf gehört hatten, und stießen sich gegenseitig zu Boden, warfen Karren um und trachteten, sich mit Fäusten und Stöcken den Weg freizukämpfen.

Da jedoch alle in eine andere Richtung fliehen wollten, war es wie das Getümmel einer Schlacht, in der jeder gegen jeden focht. Manche strebten zur Kirche Saint-Sauveur an der Rue Darnetal, dem nächstgelegenen Hause GOTTES. Andere wiederum stürzten gerade aus dieser Kirche hinaus, als sei sie keine Zuflucht mehr, sondern eine steinerne Falle.

Nur um den Bettler, der immer noch schrie, wenn auch zunehmend schwächer, tat sich ein leerer Raum auf. Glasigen Blickes starrte der Unglückliche um sich und hätte wohl flehentlich den Arm erhoben, wenn ihn die fürchterlichen Schmerzen nicht so zusammengekrümmt hätten, dass er nicht einmal zu dieser elenden Geste mehr fähig war. Er wälzte sich in Blut, Schweiß und schwärzlichem Kot und stieß mit jedem stöhnenden Atemzug seinen Lebensodem aus.

Betäubt stand ich noch immer da und ließ mich von den in blinder Angst Fliehenden hin und her stoßen. Dann wandte ich den Kopf und blickte zu Lea hinüber. Die junge Jüdin hatte sich an den Rand des Brunnens geklammert und starrte mich an. Doch ihren Blick, aus dem Entsetzen sprach, wusste ich nicht zu deuten. Wollte sie, dass ich zu ihr kam, um sie aus diesem Pandämonium herauszuzerren? Oder forderte sie mich auf, dem Sterbenden beizustehen, dem niemand sonst sich näherte?

Ich wusste selbst nicht, was ich tun sollte. Ich wollte Lea retten, außerdem plagte auch mich die Furcht vor jener schrecklichen Krankheit. Andererseits befahl mir mein Gewissen, mich als Christ zu erweisen, wollte ich nicht meine Seele endgültig an Satan verlieren.

So stand ich noch ein paar Atemzüge lang reglos auf der Rue Darnetal, nur ein paar Schritte von dem mir wie eine rettende Festung erscheinenden Haus des Wollhändlers entfernt.

Doch niemals werde ich erfahren, ob wohl mein christliches Gewissen – oder meine Furcht um Lea und mein eigenes, unwürdiges Leben in jenem inneren Ringen die Oberhand gewonnen hätte.

Denn dem HERRN gefiel es, mir die Entscheidung abzunehmen.

Plötzlich spürte ich eine eiserne Faust, die sich von hinten auf meine Schulter legte. Dann hörte ich eine Stimme, die mir vage bekannt vorkam: »Haben wir dich, du falscher Mönch!«

Ich wurde herumgerissen – und fand mich von vier Sergeanten umringt. Zwei von ihnen waren jene, die Meister Philippe und mir den toten Heinrich von Lübeck gezeigt hatten. Die beiden anderen kannte ich nicht.

Sie achteten meiner auch nicht weiter, sondern stürzten sich auf Lea, die sie an Armen und Haaren packten.

»Du Jüdin!«, schrie einer der beiden.

Da überkam mich ein Zorn, der entweder heilig war oder des Satans, auf jeden Fall war er unbezwinglich.

Ich schrie auf!, so laut ich konnte. Da erschreckten sich die beiden Sergeanten, die mich gepackt hatten, und lockerten unwillentlich den Griff ihrer Fäuste.

Ich nutzte diesen Moment der Furcht, entwand mich ihnen und sprang zu dem keuchenden, blutüberströmten Bettler. Mit einem Ruck riss ich dem Sterbenden einen seiner vor Blut und Eiter triefenden Lumpen vom Leib und schleuderte diesen schauderhaften Fetzen den beiden Sergeanten am Brunnen vor die Füße.

Die hoben entsetzt die Hände und sprangen zurück.

Das war genau das, was ich erhofft hatte.

»Lauf!«, schrie ich Lea aus Leibeskräften zu, um das Gebrüll der furchtsamen Menge zu übertönen. »Lauf um dein Leben!«

Einen Moment lang zögerte Lea – dann wandte sie sich ab und stürzte in die Seitengasse, die ich noch ein paar Augenblicke zuvor selbst betreten wollte. Die beiden Sergeanten, die sie festhalten sollten, erholten sich von ihrem Schrecken und rannten ihr nach.

Ob Lea ihnen entkommen konnte oder ob sie von ihren Häschern eingeholt wurde, das vermochte ich nicht mehr zu sehen, denn die beiden anderen Bewaffneten waren mit einem Sprung wieder bei mir. Einer schlug mir mit dem eisenbeschlagenen Stiel seiner Hellebarde über den Kopf!, dass mir schwarz wurde vor Augen und ich stöhnend niedersank aufs Pflaster.

»Ein Kranker, ein weiterer Kranker!«, hörte ich wie aus großer Ferne jemanden schreien.

Doch dann, viel näher an meinem Ohr, vernahm ich die Stimme des dickeren der beiden Sergeanten, der sich zu mir niedergebeugt hatte und mir einen weiteren Stoß versetzte.

»Du entwischst uns nicht, Bruder Ketzer!«, rief er fluchend und trat mir gegen die Rippen, dass ich mich im Dreck wälzte und um Atem rang.

»Was wollt ihr von mir?«, keuchte ich.

»Wir befolgen nur Befehle«, mischte sich da der andere Sergeant ein und gebot seinem Kameraden Einhalt, bevor der mich wieder treten konnte wie einen räudigen Hund. »Wir bringen dich zum Inquisitor«, sagte er.

»Du weißt schon, wohin«, fiel ihm der dickere ins Wort und feixte. »Nach Saint-Martin-des-Champs.«

DIE VISION DES INQUISITORS

Die Sergeanten schleppten mich in den Kerker der Inquisition. Ich wehrte mich nicht, sondern ließ mich abführen, als hätte ich keinen Willen mehr.

Da jedermann vor dem sterbenden Bettler geflohen war, zerrten mich die beiden Bewaffneten durch die verlassene Rue Darnetal. Die Menschen, die wir auf unserem weiteren Weg trafen, achteten kaum auf uns. Zu groß war die Furcht vor der Seuche, als dass sich jemand um zwei Sergeanten und einen Mönch bekümmert hätte.

Die erste Folter, welche ich in Saint-Martin-des-Champs zu spüren bekam, war die Qual der Ungewissheit. Denn mit einem heftigen Stoß landete ich in einer der Zellen in jenem unterirdischen Verlies, das ich erst kurz zuvor als Protokollant des Inquisitors betreten hatte.

Dort blieb ich. Stundenlang. Tagelang.

Ich lag auf fauligem Stroh. Wanzen saugten mir das Blut aus den Adern. Ab und an öffnete eine Hand die Klappe in der winzigen Kerkerpforte und schob mir etwas hartes Brot und einen Krug schalen Wassers hin. Beides schlang ich sofort in mich hinein, denn beim ersten Mal, da ich zu erschöpft gewesen und zuvor eingeschlafen war, stellte ich nach dem Erwachen fest, dass Ratten, groß wie kleine Katzen, meine erbärmliche Mahlzeit gefressen hatten.

Manchmal fiel der Schimmer einer Kerze oder Fackel durch den Spalt unter der Kerkertür hinein in meine Zelle, die meiste Zeit jedoch blieb es finster wie in einem Grab. Auch vernahm ich nichts: keine Stimme, keine Schritte, nicht das geringste Geräusch.

Ich war allein mit meinen Gedanken.

Meine Sorgen galten Lea und Klara. Ob der jungen Jüdin die Flucht geglückt war? War nicht auch die Gattin des Reeders in Gefahr? Denn offensichtlich hatten uns die Sergeanten ja beim Haus des Wollhändlers aufgelauert, also wusste die Inquisition von unserer sündigen Verstrickung dort. Doch was konnte ich noch tun? Nichts, rein gar nichts.

Ich konnte nicht nach Lea suchen. Ich konnte Klara nicht warnen. Ich wusste nicht einmal, ob die beiden noch lebten. Hilflos schlug ich mir die Fäuste an den feuchten, schimmeligen Kerkermauern wund. War es nicht allein meine Schuld, dass diese beiden Frauen nun in höchster Gefahr schwebten? War ich nicht Quell und Ursprung eines jeden Unglücks?

Ich wollte beten, doch fand ich keine Worte, in die ich meine Reue, meine Scham, mein Flehen, meine Hoffnung kleiden konnte. Mutlos sank ich zu Boden und weinte wie ein kleiner Junge.

Wie viele Stunden ich dort würdelos im Schmutz lag, vermag ich nicht zu sagen. Irgendwann jedoch durchfuhr mich ein Gedanke: Wie würde es aussehen, wenn genau in diesem Augenblick der Inquisitor die Kerkerpforte öffnete? Sollte man mich so finden, heulend wie ein Waschweib? Wehklagend wie eine Bäuerin? Ich war immer noch Dominikaner. Ich war ein Mann GOTTES. Es war, so glaubte ich, mein letzter Kampf. Also wollte ich ihn kämpfen bis zur Neige.

So ermahnte ich mich, tapfer und besonnen zu sein. Mir fielen die Worte des Baders Nicolas Garmel ein, dass jedermann unter der Folter zusammenbrechen werde. Wohlan, so wollte ich mich wappnen. Auf keinen Fall wollte ich schon aufgeben, noch bevor die Folter überhaupt begonnen hatte. Die beiden Knechte mit ihrer Streckbank und ihren glühenden Eisen sollten sehen, wie ein Mönch in diese Qualen ging.

So setzte ich mich denn nieder, bequem, so weit es eben ging. Dann dachte ich nach, um mir darüber klar zu werden, warum ich überhaupt in diese Hölle auf Erden geraten war, und auch, um alle Dämonen aus meiner Seele zu bannen.

Mein Unglück hatte begonnen, als ich zu dem toten Mönch geführt worden war. Genauer gesagt, es hatte mit der letzten Botschaft des sterbenden Heinrichs von Lübeck begonnen: mit den Worten *terra perioeci*. Das Werk des Castorius aus Ravenna, selbst vielen Gelehrten unbekannt, hatte jener unglückliche Dominikaner bei sich getragen. Dieses Buch hatte jenes geheimnisvolle Land verzeichnet. Und dieses Buch war von dem Vaganten Pierre de Grande-Rue, der zufällig des Weges kam, dem Sterbenden oder schon Toten gestohlen worden.

Dann gab es die Verbindung zu Richard Helmstede: Heinrich von Lübeck war Beichtvater von dessen Bruder gewesen. Dieser Bruder wiederum war mit seiner Kogge »Kreuz der Trave« auf eine rätselhafte Irrfahrt geraten, die schließlich den Kapitän und all seinen Männern das Leben gekostet hatte.

Die Kogge. Nun, in der Dunkelheit meiner Zelle und viel zu spät, um noch irgendetwas tun zu können, erinnerte ich mich wieder der eher beiläufigen Worte meiner Geliebten. Klara Helmstede hatte von dem schauderhaft anzusehenden Fell gesprochen, das sie an Bord des Schiffes gefunden hatte, dazu von einem seltsamen Korn. Alles war längst verbrannt worden.

Und doch: War dies nicht ein handfester Beweis dafür, dass die Kogge in einem fernen Land angelegt hatte? Einem Land, in dem schreckliche Wesen lebten und seltsame Pflanzen gediehen?

Heinrich von Lübeck hatte dem daniederliegenden Kapitän die Beichte abgenommen. Was hätte ihn besser davon überzeugen können, dass er nicht den Fieberfantasien eines Sterbenden lauschte, sondern einer wahren Geschichte, wenn nicht das Fell und das Korn an Bord der »Kreuz der Trave«?

Heinrich von Lübeck wiederum, mir schauderte, musste das Geheimnis der Beichte gebrochen haben, musste jene Vertrautheit, die doch so groß sein sollte wie die zwischen Vater und Sohn, verraten haben. Was hatte ihn dazu bewogen?

Irgendwie musste er – oder war es der sterbende Kapitän? – zu dem Schluss gekommen sein, dass jenes Land, das die Kogge erreichte, das Land der Periöken sei. Vielleicht erschien das dem Mönch gewichtig genug, um sich gelehrten Mitbrüdern anzuvertrauen. Und wo lebten die gelehrtesten Dominikaner des Abendlandes? In Paris.

War Heinrich von Lübeck nach Paris gereist, um hier seinen Mitbrüdern von der *terra perioeci* zu berichten? Wenn dem so war, dann musste dies zweifellos auch Philippe de Touloubre zu Ohren gekommen sein. Doch hatte dieser, als er die Leiche des Mönches erblickte, mit keinem Wort, mit keiner Geste angezeigt, dass er von jenem Land bereits zuvor gehört hatte. Hatte mich der Inquisitor getäuscht? Oder hatte ich etwas übersehen?

Als Heinrich von Lübeck so ruchlos niedergestreckt wurde, lag die »Kreuz der Trave« jedenfalls schon längere Zeit an dem Kai am Ufer der Seine. Es war außerordentlich, dass eine Kogge aus Lübeck bis nach Paris segelte. Noch ungewöhnlicher war, dass ihr Kapitän offenbar nicht einmal ahnte, warum er dorthin gefahren war.

Heinrich von Lübeck musste Richard Helmstede irgendwie überzeugt – oder ihn dazu gezwungen – haben, Paris anzusteuern, obwohl nicht einmal er wusste, wozu.

Wusste ich mehr als der Kapitän?

Es war nun nicht mehr schwer zu erraten, dass die »Kreuz der Trave« wohl jenes Land der Periöken ansteuern sollte. Die Karte des Castorius, endlich geborgen aus dem Versteck des Vaganten, die ein namenloser Mönch dem Reeder überreicht hatte: Was konnte sie anderes sein als die Karte, nach der Richard Helmstede den Kurs seines Schiffes richten sollte?

War Heinrich von Lübeck in der Nacht seines Todes mit jenem Werk auf dem Weg zu Richard Helmstede gewesen? Das Haus, das der Reeder gemietet hatte, lag einen langen Fußmarsch von Notre-Dame entfernt; die Kogge hingegen war nur einige Dutzend Schritte weiter festgemacht. Wurde der Mönch ermordet, um jene Karte nicht in die Hände des Reeders gelangen zu lassen? Doch wer sollte dies tun? Und weshalb? Vollendeten die Mitbrüder nun, was Heinrich von Lübeck begonnen hatte? Doch wozu? Weshalb hätte Meister Philippe mir gegenüber von alldem geschwiegen?

Weil dieses Werk oder die Fahrt der Kogge irgendetwas mit jenen Fälschungen zu tun hatte, auf deren Spur ich in der Bibliothek des Kollegium de Sorbon gekommen war – jenen stillen, sorgfältigen, unheimlichen Tilgungen hier und in vielleicht allen Bibliotheken der Christenheit?

War es vielleicht so, dass seit vielen Monaten Bücher allerorten geändert wurden – seit Heinrich von Lübeck sein Wissen um die *terra perioeci* den Mitbrüdern offenbart hatte? War es möglich, dass Paris das Zentrum jener weit verzweigten Verschwörung war? Falls dem so war: War es denkbar, dass die Mönche ihr Tun sogar dem Heiligen Vater in Avignon verschwiegen hatten? Wurde selbst der Papst von ihnen getäuscht?

Diese und noch viele andere Fragen vermochte ich nicht zu lösen, obgleich ich doch Stunde um Stunde in der Zelle saß und grübelte. Warum etwa war Heinrich von Lübeck kurz vor seiner Ermordung zum jüdischen Geldwechsler Nechenja ben Isaak gegangen? Warum begehrte er, ausgerechnet dort das kaum bekannte Werk *»Liber floribus«* des Lambert von Saint-Omer zu sehen? Ja, wenn ich Leas Worten Glauben schenken durfte, warum wollte er es gar in seinen Besitz bringen, zumindest aber kopieren? Auch dieses Buch nannte das Land der Periöken – hatte Heinrich von Lübecks Wunsch damit zu tun?

Im Mittelpunkt all meiner Fragen stand jedoch Philippe de Touloubre: Welche Rolle spielte der Inquisitor in dem finsteren Spiel? Was wusste er von Heinrich von Lübeck, von *terra perioeci*, vom rätselhaften Auftrag des Lübecker Reeders? Was hatten die nächtlichen Versammlungen im Kloster, an denen Meister Philippe teilnahm, mit alldem zu schaffen? War Philippe de Touloubre vielleicht noch immer auf der Spur des Mörders? Wollte er die Schleier vor allen Geheimnissen zerreißen? Oder war er doch tief verstrickt in jene Geheimnisse – und suchte nun nach Wegen, sie auch weiterhin zu schützen?

Tagelang zermarterte ich mir den Geist und war mir selbst mein eigener Folterknecht. Qualen litt ich, ohne dass dabei ein Tropfen Blut geflossen wäre. Ich wäre wohl dem Wahnsinn verfallen, hätte ich mich noch länger an diesen Rätseln versucht. Doch meine Rettung kam – ausgerechnet in Gestalt des Folterknechtes, der eines Tages im flackernden, rötlichen Schein einer Fackel die Pforte öffnete.

»Mitkommen«, befahl er mir.

»Wohin?«, wagte ich zu fragen.

Da glomm ein tückisches Leuchten in seinen Augen auf. »Zur Streckbank«, antwortete er.

»Singt ein Ave Maria, Bruder Ranulf«, flüsterte mir der Folterknecht höhnisch zu, als ich mich mühsam aufrichtete und versuchte, mir das faulige Stroh aus der Kutte zu streichen. »Heute ist der Tag der Himmelfahrt der Mutter GOTTES.«

»Mariae Himmelfahrt?«, fragte ich entsetzt. So lange hatte ich schon im Kerker geschmachtet!

Dies war der Tag, an dem die »Kreuz der Trave« Paris verlassen sollte. Sollte ich GOTT lobpreisen, da Klara an diesem Tag jenem Unglücksort entkommen würde? Oder sollte mich Trauer übermannen, da ich sie nun nie wiedersehen würde?

Oh, wie grausam wurde mit mir gespielt! Kaum war ich aus meiner Zelle getaumelt, unbeholfen wie ein Kind, denn meine Gelenke waren steif und meine Glieder schwach, da erblickte ich mit in der ungewohnten Helligkeit blinzelnden Augen am gegenüberliegenden Ende des Ganges eine Gefangene, die in eine andere Zelle geleitet wurde.

Für einen Moment glaubte, ja hoffte ich geradezu, dass Satan meinen Sinnen einen bösen Streich gespielt hatte, doch in meinem tiefsten Innern wusste ich sofort, dass ich mich nicht getäuscht hatte.

Es war Klara Helmstede, die dort in eine Zelle geworfen wurde.

Die Frau des Reeders hatte mich nicht gesehen. Ich stand wie betäubt, bis mich der Folterknecht mit einem groben Stoß vorantrieb.

Klara im Kerker der Inquisition! Oh HERR, wie lässt DU andere für meine Sünden büßen! Jacquette, die mir vertraut hatte, hatte mit einem tödlichen Messerstich für ihre Rolle in diesem finsteren Drama bezahlt – und ich hatte sie nicht schützen können. Klara wartete nun in einem dunklen Verlies auf das Urteil der Inquisition – und ich war es, der sie auf jenen schrecklichen Weg gestoßen hatte.

Dann erkannte ich die heimtückische Absicht hinter jenem kurzen Blick, der mir auf Klara Helmstede vergönnt gewesen war: Der Folterknecht hatte mir nicht zufällig mit Hohnworten klar gemacht, dass jener Tag Mariae Himmelfahrt war. Jemand hatte es ihm aufgetragen, jemand, der genau wusste, dass die »Kreuz der Trave« zu diesem Datum abfahren sollte. Dieser Jemand hatte es so eingerichtet, dass ich Klara Helmstede erblicken, jedoch nicht mit ihr sprechen konnte. Eine neue Folter, ganz ohne Blutvergießen.

Zutiefst betrübt ließ ich mich vorwärtsstoßen. Was vermochte ich noch zu tun? In jenem Augenblick ahnte ich, dass ich Klara Helmstede, die mir das Paradies auf Erden geöffnet hatte, in diesem Leben niemals wiedersehen würde.

Ich wehrte mich nicht, als man mich in der Folterkammer auf die Streckbank warf und meine Arme und Beine in Fesseln legte. Noch waren die Stricke recht locker, ich konnte meine Glieder um eine Winzigkeit bewegen und ohne Anspannung atmen.

Aus den Augenwinkeln erblickte ich den Bader Nicolas Garmel, der an einer Säule lehnte. Er sah müde und furchtsam aus und wirkte so, als würde er sich am liebsten in den kalten Stein der Säule drücken, um darin zu verschwinden.

Ich wollte ihn nicht gefährden, indem ich dem Folterknecht offenbarte, wie gut ich den Bader kannte. Also starrte ich nur kurz zu ihm hinüber, doch gab ich kein Zeichen der Begrüßung noch irgendeinen Laut von mir. Auch er blieb stumm und wandte rasch sein Gesicht ab.

Da betrat der Mann die Folterkammer, dessen Anblick ich fürchtete und doch auch herbeigesehnt hatte, mein Verhängnis und meine Erlösung in einer Person: Meister Philippe de Touloubre, der oberste Inquisitor von Paris.

Philippe de Touloubre bedachte mich mit einem gütigen und zugleich mitleidigen Blick. »Bruder Ranulf!, wie tut es meinem Herzen weh, dich so vor mir zu sehen«, hub er an.

Ich erwiderte nichts, sah jedoch, dass er keinen zweiten Mönch mitgebracht hatte. Niemand würde niederschreiben, was wir uns zu sagen hatten.

»Du hättest ein guter Inquisitor werden können«, fuhr Meister Philippe fort, »denn klug bist du und belesen. Neugierde treibt dich. Doch du bist zu schwach für das heilige Amt. Schwach vor allem im Fleisch. So bist du eine Schande für deinen Orden – und eine Gefahr für die Inquisition.«

»Klara Helmstede ist unschuldig!«, rief ich verzweifelt, denn ich fürchtete, dass er mir vor allem diese Sünde der Wollust vorhalten wollte. »Die Schuld liegt allein bei mir. Ich habe sie verführt.«

Der Inquisitor lachte. »Als ob ich dir das glauben würde! *Tunc Iesus ductus est in desertum ab Spiritu ut temptaretur a diabolo.*« Dann hob er beschwichtigend die Hand.

»Sei unbesorgt um das Weib, das dich vom Pfad der Tugend abbrachte«, fuhr er dann fort, und ich meinte, versteckten Spott in seiner Stimme zu vernehmen, obwohl seine Miene noch immer freundlich war und gütig.

»Klara Helmstede habe ich nur in den Kerker führen lassen, um ihren Willen zu brechen – was auch schon geschehen ist. Kein Folterknecht muss Hand an sie legen. Ihr sollte hier nur eindringlich gezeigt werden, dass die Inquisition um ihren Ehebruch weiß und dass wir gewillt sein könnten, ihr Vergehen fürchterlich zu strafen.

Wir werden sie jedoch bald wieder freilassen. Mehr noch: Wir werden ihrem Gatten mit keinem Wort die schändliche Treulosigkeit seiner Frau verraten.

Sie wird kaum mehr als einige Stunden hier in diesem Kerker verweilen, sodass Richard Helmstede ihre Abwesenheit nicht einmal auffallen wird, denn zur gleichen Zeit haben wir wichtige Aufträge für ihn, die ihn auf der Kogge festhalten werden.

Seine eigene Gattin wird fortan das Auge der Inquisition sein. Sie wird uns von allen Dingen an Bord des Schiffes berichten, sie wird ihren Gatten und alle Seeleute getreulich beobachten. Klara Helmstede wird der Inquisition bis zum Ende ihrer irdischen Tage ergeben dienen – und damit einen Teil jener großen Schuld abtragen, die sie auf sich geladen hat, indem sie einen Mönch verführte.«

Ich schloss ohnmächtig die Augen. Wie kalt waren die Gedanken des Inquisitors, wie präzise, wie erschreckend! Ich zweifelte keinen Augenblick daran, dass er Klara Helmstede vollkommen in seiner Gewalt hatte. Die Ketten, die er um sie geschmiedet hatte, mochten unsichtbar sein – doch waren sie unvergänglich und unzerstörbar.

Meine Geliebte würde fortan sein Spitzel sein. Ebenso ergeben und vor Furcht zitternd wie der Bader Nicolas Garmel, der ehemalige Ketzer; ebenso aufmerksam und nach Belohnung heischend wie all die Krüppel und Bettler, die durch die Gassen von Paris schlichen.

»Eigentlich wollten wir das Schiff schon losfahren lassen«, unterbrach Philippe de Touloubre meine Gedanken, »doch GOTT gefiel es, die ›Kreuz der Trave‹ noch einige Tage in Paris verweilen zu lassen.«

»Und dann wird sie hinaus auf den Atlantischen Ozean segeln«, sagte ich. »Zum Land der Periöken – wie sie es schon einmal getan hat.«

Philippe de Touloubre strich sich bedächtig über das Haupt und nickte. »Wie tut es meiner Seele weh, dass du nicht die Stärke eines Inquisitors hast«, murmelte er. »Ich hätte dich alles gelehrt, was es zu wissen gibt. Du hättest Inquisitor von Paris werden können und zugleich einer der größten Gelehrten unseres Ordens. Welcher Verlust für uns und für die Christenheit, dass du auf dem Scheiterhaufen enden musst.«

Ich versuchte, mich aufzurichten, soweit es die Fesseln erlaubten. Ich fürchtete mich. Doch GOTT ist mein Zeuge: Meine Angst vor den Flammen war nicht so groß wie meine Angst davor, in Unwissenheit zu sterben.

»Erweist mir, Meister Philippe, die Gnade und erzählt mir, warum ich sterben muss«, flehte ich.

Er blickte mich lange nachdenklich an, dann nickte er. »Selbst im Angesicht des Todes sehnst du dich nach Wissen«, sagte der Inquisitor. »Wohlan, du sollst alles erfahren.

Du hast sehr auf jene Worte geachtet, die Heinrich von Lübeck mit seinem Blut geschrieben hat. So wichtig der Hinweis auf die *terra perioeci* ist – eine andere Spur hast du darüber übersehen: das Geld.«

»Die Münzen, die Bruder Heinrich bei sich getragen hat«, murmelte ich schwach.

Der Inquisitor nickte. »Ja. Alte Münzen. Alle sind sie älter als vierzig Jahre. Sagt dir das immer noch nichts, selbst jetzt nicht?«

Ich dachte lange nach, und plötzlich kam ich mir vor wie der größte Narr der Christenheit. Zugleich durchfuhr mich ein eisiger Schreck ob jenes verfluchten Namens.

»Die Templer«, flüsterte ich.

»Ja, die Templer«, stimmte mir Meister Philippe zu. »Der große, mächtige und doch so sündige Ritterorden. Der Orden mit dem größten Schatz der Christenheit …«

»Heinrich von Lübeck trug Münzen aus dem Schatz der Templer bei sich?«, keuchte ich ungläubig.

Der Inquisitor sah mich mitleidig an. »Ein winziger Teil von jenem Gold und Silber«, sagte er und lächelte kalt.

»Es ist eine lange Geschichte«, fuhr er dann fort. Obwohl er sich bemühte, gleichmütig mit mir zu sprechen, konnte ich doch den Stolz aus seiner Stimme heraushören. Er sprach nicht nur, um mein quälendes Unwissen zu beenden. Er sprach auch, um in mir einen staunenden Zuhörer für eine Geschichte zu haben, die er vielleicht in dieser Form noch nie jemandem offenbart hatte denn GOTT.

»Es ist nun einundvierzig Jahre her«, sagte Meister Philippe, und seine Stimme wurde dabei so leise, dass ihn weder der Folterknecht noch der Bader verstehen konnten, »da ließ König Philipp der Schöne von Frankreich in einer einzigen Nacht alle Templer in seinem Reich in den Kerker werfen. Papst Clemens V. gab seinen Segen dazu.

Sieben Jahre währte der Prozess gegen sie, sieben lange Jahre der Folter und der genauesten Befragung, in dieser Zeit waren Sünden fast ohne Zahl ans Tageslicht gekommen: Die Templer, die sich Streiter Christi nannten, beteten in Wahrheit den Satan in Gestalt einer riesigen schwarzen Katze an. Sie schändeten das Andenken Christi und das Kreuz. Sie betrieben Sodomie und hatten Verkehr mit Dämonen. Sie entboten ihrem Prior regelmäßig den ›Kuss der Schande‹, der so sündig ist, dass ich selbst dir, der du die Wollust gekostet hast, nicht verraten werde, was genau es damit auf sich hat. Und ihr in der ganzen Welt gerühmter Mut in der Schlacht, ja ihre Todesverachtung rührte nur von einem Geheimtrunk her, den sie aus der Asche verstorbener Mitbrüder und unehelicher Kinder zusammenrührten.

Das zumindest gestanden die Templer.«

Philippe de Touloubre sah mich an und sinnierte. »Ich frage mich, ob ich all diese Dinge auch geglaubt hätte, wäre ich damals schon Inquisitor gewesen«, flüsterte er. »Doch war ich viel zu jung. Nun, da Seine Heiligkeit sie offensichtlich glaubte, müssen sie wahr gewesen sein, denn kann ein Papst in solchen Dingen irren?«

Meister Philippe erwartete keine Antwort von mir – und ich war klug genug, ihm meine Meinung nicht kundzutun.

»Vor vierunddreißig Jahren dann«, fuhr er fort, »wurde Großmeister Jacques de Molay zusammen mit sechsundsechzig weiteren Templern verbrannt. Es geschah vor der Kathedrale Notre-Dame, nur ein paar Schritt von der Stelle entfernt, an der Heinrich von Lübeck sein Leben aushauchte. Der Großmeister war einst der Freund des Königs gewesen und der Pate seiner Tochter. Nun, auf dem Scheiterhaufen, da die Flammen schon an ihm züngelten, rief er in letzter Todesnot: ›GOTT selbst wird mein Rächer sein!‹ Dann umhüllte ihn das Feuer und trug seine Seele von dannen – ob zum Himmel oder zur Hölle, das vermag kein Sterblicher zu sagen.«

»Der Fluch der Templer«, murmelte ich.

»Ja, in der Tat: der Fluch der Templer. Denn starben nicht Papst Clemens V. und König Philipp der Schöne noch vor Jahresfrist, wie de Molay es, schon brennend, geweissagt hatte? Fanden nicht auch alle drei Söhne des Königs, von denen ein jeder ihm auf den Thron folgte, den Tod? Sie waren verschieden jung an Jahren, der älteste starb mit nur dreiunddreißig Jahren, dem Alter unseres Heilandes, da er ans Kreuz geschlagen ward. Und obwohl die drei Söhne mit insgesamt sechs Frauen verheiratet gewesen waren, entspross doch keiner Ehe auch nur ein männlicher Erbe.«

Meister Philippe lächelte kalt. »Im Volk und selbst unter den Gelehrten in Paris wird dies als der Fluch der Templer gesehen – doch wir Inquisitoren wissen es besser ...«

Ich blickte Philippe de Touloubre atemlos an, doch der erging sich in Gedanken und schien erst nach längerer Zeit wieder zurückzufinden zu unserem seltsamen Gespräch.

»Jacques de Molay, dessen Seele sich in jenem Augenblick vielleicht schon aus dem Körper löste und SEINES Reiches ansichtig wurde und deshalb klar war wie die keines anderen Menschen je zuvor, dieser Jacques de Molay hat GOTT als Rächer angerufen.

Zwar hat ER all jene, welche die Templer verbrannten, zu sich gerufen, doch SEINE Pläne sind nicht so offensichtlich, dass sogar der gemeine Pöbel sie erkennt. Nein, sie sind versteckter, größer und schrecklicher in SEINEM Zorn.

Den legendären Schatz der Templer, all das Gold und Silber, das sie im Abendland und im Heiligen Land in einem Zeitraum von fast zwei Jahrhunderten zusammengerafft hatten, den fanden die Häscher des Königs nicht und auch nicht die Legaten des Papstes.

Doch einigen Inquisitoren – allesamt Dominikaner aus Paris – wurde das Geheimnis offenbar. Sie waren die einzigen, die bei der

Folterung eines unscheinbaren, ja nichtswürdigen Templers zugegen waren. Doch dieser Ritter, der niedrigste des Ordens, hatte, wie sich herausstellte, die Kisten mit dem Gold und Silber im Temple zu Paris versteckt – und eines Nachts, nach langer Folter, verriet er das Versteck, bevor er verschied.

Einige Mitbrüder begaben sich noch in nämlicher Nacht zum Temple, folgten den Anweisungen, die der sterbende Templer hinterlassen hatte – und ein junger Mönch entdeckte hinter einer versteckten Pforte Münzen ohne Zahl: nicht eine Truhe, nicht eine Kammer, nein, einen ganzen Rittersaal voller Gold und Silber!

Niemals zuvor hat irgendjemand dergleichen Reichtümer an einem Ort gehortet gesehen. Es war ein Funkeln und ein gleißendes Licht, als wären tausend Kerzen entzündet. Der junge Mönch trat in diese Höhle der Schätze. So betäubt war er von dieser Pracht, dass er nicht einmal auf die Schmerzen achtete, die er erlitt, als ein schwerer güldener Leuchter umstürzte und ihm dabei den kleinen Finger der rechten Hand zerschmetterte.«

»Ihr«, flüsterte ich ehrfürchtig und blickte auf die verstümmelte Rechte des Inquisitors, »Ihr wart jener junge Mönch.«

Philippe de Touloubre nickte. »Kaum mehr als ein Novize war ich. Nur einem Zufall war es zu danken, dass ich während des Prozesses für einige Wochen aus dem Süden nach Paris entsandt worden war und zu jener Gruppe gehörte, welche den Temple durchstreifte.

Noch in der gleichen Nacht schafften wir den Schatz in ein anderes Versteck. Dort ruht er noch heute an einem verborgenen Ort. Allen sichtbar und dem Himmel so nah wie nirgendwo sonst und doch unsichtbar für die Augen der Uneingeweihten. Nicht der König, ja nicht einmal der Papst weiß davon. Stets sind es nur zwölf Dominikaner, die allesamt der Inquisition zu Paris dienen, die von diesem Schatz Kenntnis haben. Ihnen wiederum unterstehen zwölf Dutzend verschwiegene Mitbrüder, die alle ihnen erteilten Aufträge gewissenhaft ausführen, ohne auch nur zu ahnen, welchen Sinn sie haben.«

Meister Philippe unterbrach seine Rede und starrte gedankenverloren zum schmutzigen Deckengewölbe der Folterkammer.

»Ich gestehe«, fuhr er schließlich fort, »dass mich dieses Geld in Verwirrung stürzte, wie mich wohl nie eine ketzerische Irrlehre so in Verwirrung gestürzt hat. Denn was sollten wir mit all dem Gold und Silber anfangen?

Überall brennt doch die Christenheit, überall erhebt Satan sein Haupt. Die Sarazenen haben Jerusalem und das ganze Heilige Land zurückerobert: Bethlehem, wo Christus geboren ward, Nazareth, sein Heimatdorf, der Berg, von dem er predigte, der Jordan, in dem er getauft wurde, das Haus zu Kapernaum, da er die Schwiegermutter des Petrus heilte, der Ort, an dem er die fünftausend speiste, das Grab des Lazarus, Jerusalems Tempel, die Schädelstätte Golgatha, über der sich sein Kreuz einst erhob, und auch das leere Felsengrab – alles in der Hand der Ungläubigen!

Aber sieh dich um, Bruder Ranulf: Wird es einen neuen Kreuzzug geben, das Heilige Land zurückzuerobern? Nein, die christlichen Fürsten des Abendlandes ziehen nicht gen Osten, sie zerfleischen sich in ihren eigenen Reichen. Stehen denn nicht die Englischen und Burgundischen in Frankreich und quälen das Land, statt gen Jerusalem zu fahren? Wer von diesen Landsknechten, wer von den Adeligen, die sie führen, verschwendet auch nur einen Gedanken an Jerusalem?

Und das ist längst noch nicht alles. Ketzer predigen Irrlehren mitten in den Ländern der Christenheit: Katharer, Fraticellen und wie sie alle heißen. Mit der Predigt und mit dem Feuer ringt die Inquisition gegen diese Häretiker, doch kaum haben wir irgendwo eine Irrlehre nach harten Kämpfen ausgerottet, da erhebt sich irgendwo anders eine neue Ketzerei. Die Kirche gleicht einem wohlbestellten Garten, in dem wir Inquisitoren Unkraut ausrupfen. Doch so sehr wir uns auch mühen, stets wächst irgendwo ein neues giftiges Kraut aus dem Boden.

Als ob auch dies noch nicht ausreichen würde in unserer Bedrängnis: Selbst im Schoß der Mutter Kirche wächst die Ketzerei, getarnt durch eine neue Gelehrsamkeit. Männer mit zerstörerischer Neugier und einem gefährlichen Wissen tragen das geistliche Ornat. Wie jener Lambert von Saint-Omer, dessen *»Liber floribus«* du, Bruder Ranulf, doch so gerne gelesen hast. Ein ehrwürdiger Chorherr, fürwahr! Doch in seinem Werk finden sich mehr Ketzereien als in den Schriften der Katharer!

Bist nicht du, mein Mitbruder, selbst ein Beispiel für jene Männer GOTTES, die vom rechten Weg abgekommen sind? Wissen willst du, um des Wissens willen. Dafür zahlst du fast jeden Preis.

Hat man dir befohlen, nachts heimlich durch das Kloster zu schleichen? Ist es eine Tugend, den Inquisitor von Paris zu belügen? Gefällt es GOTT, dass du durch Paris gehst und bei Juden einkehrst?

Armut, Keuschheit und Gehorsam hast du einst geschworen. Arm bist du, oh ja. Über die Keuschheit wollen wir schweigen. Gefährlich ist jedoch, dass du auch den Gehorsam vergessen hast. Wenn nicht einmal mehr Mönche den Gehorsam der Kirche gegenüber leisten, wer sollte es dann noch tun?

Überall ist die Christenheit bedroht: An den Grenzen schwingen die Ungläubigen das Schwert, im eigenen Land erheben die Ketzer ihr Haupt, während die Männer GOTTES, Mönche wie Ritter, ihre Pflichten vergessen. Allein wir, die *DOMINI canes*, schützen noch die Herde der Rechtgläubigen vor den reißenden Wölfen.

Nun befand sich auf einmal der größte Schatz der Christenheit in unserer Hand. Wir wussten sofort, dass GOTT ihn uns überlassen hatte, um SEINE Kirche zu schützen. Doch wie hätten wir dies tun sollen? Oh, Bruder Ranulf, ich kann dir nicht schildern, wie lange und quälend unsere nächtlichen Zusammenkünfte waren, da ein jeder von uns eine andere Idee hatte. Sollten wir zum Kreuzzug rufen und allen Rittern Geld aus dem Schatz dafür geben? Doch hätten die Landsknechte uns nicht einfach das Geld geraubt und wären von hinnen gezogen, lachend über die edelmütigen Ideen einiger Mönche?

Hätten wir mit Geld einen einzigen Ketzer von seinen Irrlehren abbringen können? Oder einen der neuen Männer des Wissens von seiner zerstörerischen Neugier? Sieh dich doch an, Bruder Ranulf: Du bist gefährlich, allein das Gold reizt dich nicht. Deine größte Gier ist die Neugier, doch weltliche Reichtümer lassen dich kalt.

Was also tun mit unserem Schatz?

Doch der HERR, der uns jenes Gold gesandt hatte, erbarmte sich unser, als ER sah, dass wir auch nach mehreren Jahren weder aus noch ein wussten.

Eines Tages klopfte Heinrich von Lübeck an die Pforte des Klosters von Saint-Jacques. Ein aufrechter Dominikaner, der den langen Weg von Deutschland bis nach Paris gegangen war, da ihn sein Wissen quälte.

Du ahnst es: Der sterbende Kapitän der ›Kreuz der Trave‹ hatte ihm von der *terra perioeci* erzählt. Bruder Heinrich war ein älterer Mönch, doch in seiner noch jugendlichen Neugier glich er dir. Was verbarg sich, so fragte er sich in einem fort, hinter jenem geheimnisvollen Land der Periöken? Da er keine Antwort darauf finden konnte, kam er zu uns, denn Paris ist das Zentrum der Gelehrsamkeit.

GOTT lenkte seine Schritte – denn dieser Bruder, der nicht in unser Geheimnis eingeweiht war, gab uns endlich den Schlüssel in die Hand, der uns die Tür aus unserem Gefängnis öffnete.

Ich erkannte es sofort: ein Land jenseits des Ozeans, den Christen unbekannt, den Ketzern, den Sarazenen! Es war, ich gestehe es ohne falsche Scham, eine Offenbarung des HERRN! Plötzlich sah ich alles vor meinem geistigen Auge, so klar, als würde es schon geben, was ich mir noch erträumte.

Heinrich von Lübeck hatte uns Kunde von jenem Land gebracht. Wir hatten den Schatz der Templer. Also dachte ich, dass wir beides zusammenbringen müssten. Wir sollten all das Gold und Silber in jenes Land der Periöken schaffen. Dazu ausgesuchte, glaubensstarke, verschwiegene Christen.

Was könnten sie dort, reich und ungestört von Sarazenen, Ketzern, Zweiflern, alles erschaffen! Sie könnten dort siedeln und Kirchen und Städte und Burgen errichten, ohne je Gefahr laufen zu müssen, überfallen zu werden. Sie könnten ihren Glauben rein halten ohne Anfechtung von außen oder von innen. Denn die Inquisitoren würden sie regieren und leiten in allen Dingen. Sie könnten Waffen schmieden und Schiffe bauen …

Ein Neues Jerusalem am jenseitigen Ufer des Atlantiks, das stand vor meinem geistigen Auge: strahlend, machtvoll, rein!

Und dereinst, nach vielen Jahren, würden die Glaubensstreiter von dort zurückkehren über den Ozean und unser sündiges Abendland mit Feuer und Schwert und dem Eifer ihrer Religion reinigen. Sie würden weiterfahren nach Jerusalem und die heiligen Stätten erobern, auf dass nie wieder ein Ungläubiger es wage, Hand auf sie zu legen!

Ja, dies alles wurde mir in einem einzigen Augenblick in die Seele gebrannt. Ich sprach mit Engelszungen und überzeugte meine Mitbrüder, nachdem wir uns so viele Jahre uneins waren, in einer einzigen Nacht von jenem Plan. Es war ein Wunder.«

Ich wusste nicht, ob ich die Vision des Inquisitors bestaunen oder fürchten sollte. Sie war hell und strahlend wie ein Feuer – doch verbrennt man sich nicht, kommt man den Flammen zu nahe?

»Habt Ihr …«, ich wagte jene nächste Frage kaum zu stellen, doch der Inquisitor hatte recht: Ich wollte Wissen haben um jeden Preis. »Habt Ihr Heinrich von Lübeck dann getötet, damit das Geheimnis um die *terra perioeci* allein bei Euch liegt?«

Philippe de Touloubre schüttelte traurig den Kopf. »Oh nein, mein junger Mitbruder, im Gegenteil: Heinrich von Lübeck war doch SEIN Werkzeug, warum hätten wir da Hand an ihn legen wollen? Zunächst jedenfalls nicht.

Wir haben den Mitbruder aus dem fernen Norden zu einer unserer nächtlichen Zusammenkünfte gerufen – dort haben wir ihn eingeweiht. In alles, den Schatz und den Plan. Da fiel er auf die Knie, Tränen rannen über seine Wangen, und er dankte GOTT für diese große Gnade, dass er bei einem so edlen Unternehmen seinen Beitrag leisten dürfe. So nahmen wir ihn auf in unsere Reihen. Als dreizehnten Mönch.

Heinrich von Lübeck war es, der Richard Helmstede dazu überredete, nach Paris zu segeln, mit der ›Kreuz der Trave‹. Denn da niemand von uns weiß, wo jenes geheimnisvolle Land genau liegt und wie es aussieht, dachten wir, es sei das Beste, genau jenes Schiff zu nehmen, das erwiesenermaßen diese Reise bereits einmal überstanden hatte.

Der Reeder kam denn auch nach Paris und mit ihm seine Gattin, womit wir nicht gerechnet hatten. Aber, wie du siehst: Auch dies war SEIN Wille, denn nun ist Klara Helmstede das Auge der Inquisition. Der Reeder weiß bis heute nicht, wohin die Reise gehen soll. Ich denke, dass er seine Vermutungen hat, doch ist er klug genug und schweigt. Er ahnt nicht, dass ich mit Heinrich von Lübeck in Verbindung stand und ihm Befehle gab. Denn stets schickte ich, wenn Anordnungen zu geben waren, einen unserer verschwiegenen Mitbrüder zu ihm.

Wir haben ihm viel Gold gegeben für die Fahrt – es ist die erste Ausgabe aus dem Schatz der Templer, die wir jemals getätigt haben. Wir lassen Kisten mit den Münzen an Bord bringen, dazu viele Vorräte. Im letzten Augenblick werden zwölf Mönche aus unserem Kreis die Kogge betreten. Sie werden die Gründer des Neuen Jerusalems sein, jenseits des Ozeans.

Richard Helmstede wird zurückkehren und fortan zwischen jenem fernen Land und unserer Christenheit reisen und Menschen und Vorräte transportieren – so wenig, dass es niemandem je auffallen wird. Langsam wird er sorgfältig ausgewählte christliche Siedler und Streiter über den Ozean bringen, ein, zwei Dutzend auf jeder Fahrt. Niemand wird sie vermissen.

Wir hätten den Kapitän schon längst ablegen lassen, doch die Seuche, die nun in Paris wütet, hat alles verzögert. Wir müssen abwarten, bis die Krankheit abgeklungen ist – was, wie ich glaube, schon bald der Fall sein wird. Es wird nur noch ein paar Tage dauern.

Nur einmal hat Satan unsere Pläne bislang gestört – eine schreckliche Fügung! Heinrich von Lübeck war dazu ausersehen, einer jener zwölf Mönche zu sein, welche die Ehre haben, das Neue Jerusalem zu gründen. Er freute sich zunächst gar sehr darüber – doch dann befielen ihn Zweifel.

Um alle unsere Spuren zu verwischen, sandten wir verschwiegene Mitbrüder aus, welche, wie du inzwischen weißt, in den Bibliotheken der Christenheit jeden Hinweis auf die *terra perioeci* löschen sollen. Nur einige wenige zuverlässige Karten wollten wir behalten, für den Kapitän der Kogge. Ansonsten wollten wir alles tilgen, was auf das Land jenseits des Ozeans wies. Denn was ist gefährlicher als ein weiser Text, den ein Unbefugter liest?«

»Aber es ist ein Verbrechen und eine Sünde, so viele Bücher zu fälschen«, flüsterte ich.

Da lachte Meister Philippe und schüttelte den Kopf. »Warum? Wo steht geschrieben, dass es ein Verbrechen ist? Ist es nicht vielmehr so, dass die Inquisition nicht nur einzelne Seiten, sondern ganze Bücher verbrennt, weil sie häretisch und somit gefährlich für die Kirche sind? Diese Stellen über das Land der Periöken sind zwar keine Ketzerei, doch ebenso gefährlich. Also lassen wir seit einem Jahr nach Büchern suchen, die uns bedrohlich dünkten.«

»Ihr selbst habt mit eigener Hand Bücher gestohlen«, warf ich ihm vorwurfsvoll an den Kopf.

Er nickte. »Ja, das tat ich, in unserem Kloster, im Kollegium de Sorbon und auch noch andernorts. Manchmal bedauere ich dies, doch weiß ich, dass es notwendig war. Das Geheimnis um die *terra perioeci* rechtfertigt jeden Preis. Jeden.«

»Auch ein Menschenleben.«

»Auch dies.«

Meister Philippe schloss die Augen, seine Züge zeigten Trauer, ja Schmerz. »Heinrich von Lübeck«, fuhr er schließlich fort und senkte dabei die Stimme so weit, dass auch ich ihn nun kaum noch verstehen konnte, »begrüßte freudig unser Ziel und war voller Ehrgeiz. Doch als er erfuhr, dass wir die Bücher verändern mussten, da protestierte er.«

Der Inquisitor lächelte kurz. »Da glich er dir: Auch Heinrich von Lübeck hatte vom süßen Wein des Wissens gekostet und kam nun nicht mehr los davon. Er glaubte, dass es eine unentschuldbare Sünde sei, die Bücher zu nehmen oder Sätze aus ihnen zu tilgen. Immer heftiger wurde sein Protest, immer lauter erhob er seine Stimme. Er drohte, zum Bischof von Paris zu gehen. Er drohte uns sogar mit dem Heiligen Vater.

Wir flehten ihn an, doch zu bedenken, wie herrlich und offensichtlich GOTT gefällig unser Unternehmen ist. Wir beschworen ihn, niemandem etwas von unseren Plänen zu verraten, nun, da er ein Eingeweihter sei. Eindringlich machten wir ihm deutlich, in welche Verwirrung sich die Christenheit stürzen würde, wüsste sie um den Schatz der Templer und um die *terra perioeci.*

Vergebens. Nicht nur, dass Heinrich von Lübeck von all unseren guten Worten nichts hören wollte. Nein, wir kamen ihm auf die Schliche, dass er seinerseits heimlich damit begann, Werke der Geografie an sich zu nehmen. Dazu stahl er sogar Geld aus den Schatzkisten der Templer! Er wollte all die Bücher kaufen, kopieren, notfalls stehlen, die wir doch verschwinden lassen mussten.

Schließlich ging er zum Juden Nechenja ben Isaak …«

»Wusstet Ihr, dass der Geldwechsler eine große Bibliothek besitzt?«, fragte ich, da der Inquisitor nicht weitersprach.

»Ja«, gestand er mir. »Wir glaubten, dass wir viel Zeit hätten, sie an uns zu bringen. Kein Christ, so dachten wir, würde bei einem Juden Bücher lesen wollen und wie sollte uns ein Geldwechsler schon gefährlich werden können?

Doch an jenem Abend entdeckte ich, dass unter den Büchern, die wir bereits an uns gebracht hatten, das Werk des Castorius fehlte. Auch waren wieder Münzen verschwunden. Und dann berichtete uns ein Spitzel, dass ein Mönch das Haus des Nechenja ben Isaak betreten habe. Ein Dominikaner.«

Philippe de Touloubre schloss die Augen und betete ein *PATER noster.* Ich schwieg.

»Heute weiß ich, dass Heinrich von Lübeck beim Juden den

›*Liber floribus*‹ des ketzerischen Chorherren Lambert von Saint-Omer kopieren wollte. Doch was genau er in dieser Nacht vorhatte und wozu er das Werk des Castorius und die gestohlenen Münzen bei sich trug, war uns allen ein Rätsel.

Wir berieten darüber in jener schrecklichen Nacht, doch bis heute haben wir keine Antwort darauf gefunden.

Wir wussten nicht, was Heinrich von Lübeck als Nächstes unternehmen würde. Eine Befürchtung allerdings hatten wir: dass er mit dem Castorius und der Kopie und den Münzen zum Bischof gehen würde. Die beiden Werke mochten genügen, dem Bischof die Existenz von der *terra perioeci* zu beweisen, und das Geld würde den Bischof in seiner Gier antreiben, uns unverzüglich mit einem Haufen Bewaffneter zu stellen.

Hätten wir dieses Risiko eingehen dürfen? Hätten wir den Traum vom Neuen Jerusalem in jener Nacht opfern sollen? Nicht einmal die Flucht wäre uns geblieben, denn mit all dem Gold und Silber wären wir zu langsam gewesen.

Wir mussten also sofort etwas unternehmen, noch in jener Nacht. Noch bevor Heinrich von Lübeck das Haus des Nechenja ben Isaak wieder verlassen hatte, mussten wir unsere Entscheidung getroffen haben.«

»Und Ihr habt Euch für den Tod entschieden«, flüsterte ich fassungslos. »Ihr opfertet tatsächlich einen Mönch, einen Mitbruder, einen Mann GOTTES.«

Ich schluckte. Nun war es an mir, ein Gebet zu sprechen. Ich gedachte des toten Heinrichs von Lübeck, den ich im Leben nie kennen gelernt hatte.

»Wart Ihr es, Meister Philippe, der in jener Nacht den Befehl gab, den Mitbruder zu erstechen?«, fragte ich schließlich.

Im Geheimen hoffte, ja flehte ich, dass wenigstens dies nicht so war; dass jemand anderes diese schreckliche Tat angeordnet hatte; dass Meister Philippe einen solchen Befehl niemals hätte geben können.

Doch der Inquisitor starrte mich nur wortlos an und schwieg.

Und da verstand ich alles. Ich erinnerte mich plötzlich der Tintenflecke, die ich an jenem allerersten Tag, da ich dem Inquisitor im Kloster vorgestellt worden war, auf seiner linken Hand gesehen hatte. Seiner Schreibhand.

»Ihr seid Linkshänder!«, flüsterte ich. »Tag für Tag habe ich Euch gesehen – und doch ist es mir nie aufgefallen.«

Trauer und Scham übermannten mich, und ich weinte, wie ich in meinem Leben noch nie und niemals wieder geweint habe seither.

»Ja«, gestand der Inquisitor schließlich. Seine Stimme war kalt, doch hörte ich, wie schwer es ihm fiel, ein Zittern zu unterdrücken. »Ja, ich selbst habe Heinrich von Lübeck mit einem Dolch niedergestreckt.

Doch kaum hatte ich die grausige Tat ausgeführt, da hörte ich Schritte. Es war, wie ich nun weiß, der Vagant Pierre de Grande-Rue, der sich, trunken und wollüstig, der Kathedrale Notre-Dame näherte. Ich floh.

Konnte ich denn ahnen, dass jener unglückselige Mönch noch nicht tot war, nachdem ich ihn getroffen hatte? Er war zu Boden gesunken und hatte sich nicht mehr gerührt, doch er muss noch einmal das Bewusstsein wiedererlangt haben; vielleicht durch die rüden Griffe des Vaganten, der ihn ausplündern wollte und dann seinerseits vor Jacquette und dem Domherrn entfloh.

So ist jedenfalls noch einmal der Geist in Heinrich von Lübeck gefahren, und er hat jenen Namen geschrieben, den wir doch um jeden Preis aus dem Gedächtnis der Christenheit tilgen wollten: *terra perioeci.*

Er wusste genau: Hätte er meinen Namen geschrieben, hätte er geschrieben, dass ich der Mörder bin, niemand hätte dies je geglaubt. Ich bin der oberste Inquisitor von Paris! Vielmehr hätte man gedacht, dass Heinrich von Lübeck mich auf diese Weise aufgefordert hätte, ihn zu rächen.

So aber schrieb er den Namen jenes verbotenen Landes, wohl in der Hoffnung, dass jemand seine blutigen Worte lesen würde, der neugierig sei. So neugierig, dass er sich auf die Suche nach dem

Land der Periöken begeben würde und darüber erführe, welche Pläne uns bewegten.

Und ich, der ich am nächsten Morgen gerufen wurde, wusste davon nichts. Welch ein Schrecken durchfuhr mich, da ich schließlich die Blutschrift las!

Und dann gab es dafür auch noch einen Zeugen: dich. Ich hatte nicht damit gerechnet, dass mich ein Mitbruder zum Ort der Tat begleiten würde. Doch der Prior, der vom Schatz der Templer so wenig weiß wie vom Land der Periöken und der nicht einmal ahnt, dass sich verschwiegene Männer regelmäßig in seinem Kloster zu nächtlichen Versammlungen treffen, dieser heilige Narr verfügte es so, weil du ein Landsmann des Toten warst und er sich davon irgendwie eine Hilfe zur Aufklärung des Rätsels erhoffte.

Wie hätte ich die Anweisung des ehrwürdigen Vaters ablehnen können? Das wäre verdächtig erschienen. Zudem glaubte ich in jenem Moment nicht, dass du mir gefährlich sein würdest. Und so hatte ich jemanden mitgenommen, der genau so war, wie Heinrich von Lübeck es sich im Todeskampf erhofft hatte: jemanden, dem Wissen über alles geht.

Und als du erst einmal die blutigen Worte gelesen hattest, da konnte ich dich nicht mehr aus meinen Diensten entlassen, denn ich befürchtete, dass du, ohne meine Kontrolle, zu unbefugten Ohren davon reden und unwissentlich irgendjemanden auf meine Spur führen würdest. Denn Spuren gab es ja genug.

Noch in der Nacht des Mordes war ich in die Bibliothek des Kollegiums de Sorbon geeilt und hatte jeden Hinweis auf das Land der Periöken im ›*Liber floribus*‹ getilgt – dafür nutzte ich den Namen des Heinrichs von Lübeck. Ich jagte den Vaganten zu Tode. Ich opferte die elende Schönfrau und den wollüstigen Domherrn.

Große Sünden beging ich, fürwahr. Eines Tages werde ich mich dafür vor einem Richter verantworten, der in mein Herz sieht. Doch fürchte ich mich nicht, denn mein Herz ist rein. Ich tat, was ich tun musste, um das Neue Jerusalem zu beschützen; um die Kirche zu beschützen; um die Christenheit zu beschützen; um das Reich GOTTES zu begründen!«

Meine Tränen waren längst versiegt. Ich fühlte mich unendlich müde und leer. »HERR, lass mich sterben!«, flehte ich leise. »Nimm mich zu DIR. DEIN Reich will ich sehen, doch nicht auf Erden, sondern im Himmel.«

»Doch wie ich mich auch mühte, alle Spuren zu verwischen«, fuhr der Inquisitor scheinbar ungerührt fort, »stets blieb doch etwas zurück, das auf mich verwies. Ja, fast schien mir, dass ich, je mehr Spuren ich verwischen wollte, nur noch mehr Spuren legte.

Auch dich ließ ich verfolgen. Von dem Augenblick an, da ich gewahrte, dass du unsere nächtlichen Zusammenkünfte belauschen wolltest, ich erfuhr von den unzähligen Augen der Inquisition, dass du den Geldwechsler Pietro Datini am Grand Pont aufsuchtest. Wozu, das konnte ich mir denken.

Ich wusste, dass du dich mit Lea, der Tochter des Geldwechslers trafst. Sogar das Buch, das sie dir heimlich gab, studierte ich in deiner Zelle, als du fort warst. Und fort warst du ja oft genug.

Wir sahen, wie Jacquette mit dir sprach. Ja, du warst es, der uns wieder auf ihre Spur gebracht hatte, nachdem sie den Sergeanten entflohen war. Eine Zeit lang wusste ich nicht, wo sie sich versteckt hielt, und war sehr beunruhigt darüber. Doch als die Schönfrau zu dir kam, konnte sie uns nicht mehr entkommen.

Und dann war da noch Klara Helmstede. Oh Ranulf!, wie gerne hätte ich dich geschont! Deine Sünden, so groß sie auch waren, hätte ich dir nachgesehen. Du hättest gesucht und gesucht und doch nichts gefunden. Doch dann trafst du die Gattin des Reeders – jenes Mannes, der in unserem Auftrag zum Land der Perioken segeln soll!

Oh, ich weiß, es war die Wollust, welche dich in ihre Arme trieb. Doch konnte ich sicher sein, dass es nur das Fleisch war, das dich zu ihr hinzog, und nicht doch auch der Geist? Sprechen Mann und Frau in der Umarmung nicht manchmal Dinge, die sie, sind sie Herren ihrer Sinne, niemals zu äußern wagen würden?

Als du Klara Helmstede trafst, Bruder Ranulf!, da warst du im Herzen unserer Verschwörung angelangt. Du wusstest es vielleicht noch nicht, doch wäre es nur noch eine Frage der Zeit gewesen, bis du alles aufgedeckt hättest. Also schlug ich zu – und ließ dich verhaften. Auch wenn es mich schmerzt, als hätte ich einen Sohn in den Kerker geworfen.«

Was hätte ich da erwidern sollen? Dass mich seine Worte schmerzten, als hätte ich, zum zweiten Mal in meinem Leben, meinen Vater verloren? Oder hätte ich den Inquistor gar bedauern sollen? Hätte ich um Vergebung flehen müssen? Hätte ich Verzeihung erbeten können? Ich sagte nichts dergleichen, denn jedes Wort kam mir nun einer Lüge gleich. Es bedeutete nichts mehr.

Meister Philippe sah plötzlich müde aus. »Die ›Kreuz der Trave‹ wird in wenigen Tagen lossegeln«, sagte er, dann erhob er sich und starrte auf mich, der ich auf der Streckbank lag, hinunter. Sein Blick war so kalt, dass mich fröstelte.

»Die Seuche hat den Steuermann Gernot geholt. Das allein schenkt dir ein paar Tage Leben. Denn wir müssen zunächst einen Ersatz für ihn finden. Dann wird die Kogge Paris verlassen und das Land der Periöken ansteuern.

Ich will so wenig Aufsehen wie möglich erregen. Also werde ich dich erst an dem Tag, da die ›Kreuz der Trave‹ Paris verlassen wird, öffentlich auf dem Scheiterhaufen verbrennen lassen. Dies wird dem Volk ein großes Schauspiel sein – und niemand wird auf das Schiff achten, wenn es die Seine abwärtssegelt. Du hast also noch ein paar Tage Zeit. Lebe wohl. Sammle deine Gedanken, reinige dein Herz und bete!«

Mit diesen Worten schlug der Inquisitor das Kreuz über mir, drehte sich um und verließ die Folterkammer, ohne mir noch einmal einen Blick zu schenken.

In seiner großen Gnade hatte Philippe de Touloubre darauf verzichtet, mich foltern zu lassen. Ja, er hatte es nicht einmal für nötig erachtet, mich offiziell nach meinen Sünden zu befragen, sodass ich ihm nichts gestehen musste, das im Protokoll für die Ewigkeit verzeichnet worden wäre. Es gab keine Zeugen unserer Unterredung.

So unbegreiflich dies klingen mag, ich war traurig darüber, dass mir die Streckbank und die glühenden Zangen erspart geblieben waren, denn ich wollte sterben. Die Folter, so hatte ich gehofft, würde mir die Tür öffnen, um jene Welt aus Blut und Sünde zu verlassen.

So aber löste mir der Folterknecht schweigend die Fesseln der Streckbank und stieß mich zurück in meine düstere Zelle.

Ich setzte mich dort nieder und haderte mit GOTT.

DAS GEHEIMNIS VON NOTRE-DAME

Mit welchen Worten vermag ich die Verzweiflung zu beschreiben, die nun meine Seele in eiserner Klammer hielt, da ich Stunde um Stunde, Tag um Tag in der finsteren Zelle saß? Allein war ich mit mir und meinen quälenden Gedanken.

Hinzu kam, dass Hunger und Durst mich mehr und mehr plagten. Wann mochte das letzte Mal jene Klappe in der Pforte geöffnet worden sein, durch die mir der Folterknecht hartes Brot und einen Krug Wasser gereicht hatte? War es einen Tag her? Oder zwei? Oder gar drei?

Oh, ich Elender. Ich wollte sterben, ja, ich sehnte mich nach der Folter, in der Hoffnung, dass sie mich aus diesem Leben erlösen möge. Doch irgendwann raffte ich mich auf, kroch müde bis zur Zellentür und schlug mit der Faust dagegen. Ich, der ich eben noch mit meinem irdischen Dasein abgeschlossen hatte, rief um Hilfe und bettelte um Wasser und Brot.

Und irgendwann wurde ich erhört.

Ich vernahm seltsam schlurfende, langsame Schritte, die sich meinem Verlies näherten. Mit letzten Kräften hob ich meine Stimme – und schloss dann wieder meinen Mund. Denn nicht die winzige Klappe wurde geöffnet, sondern unendlich langsam, ja mühselig wurde der Schlüssel der Kerkertür gedreht. Dann öffnete sich die Pforte.

Ich sah zunächst nicht mehr als einen schwachen Lichtschein. Irgendwo brannte eine Fackel und warf ihr unruhiges Licht durch den unterirdischen Gang. Mochte es Tag oder mochte es Nacht sein? Ich wusste es nicht.

Als sich meine Augen an das flackernde Licht gewöhnt hatten, gewahrte ich einen Schatten am Boden des Ganges: Es war einer der beiden Folterknechte. Nun lag er gekrümmt auf den schimmelüberzogenen Steinen und stöhnte vor Qual. Er war es, der mir mit seiner letzten Kraft die Tür geöffnet hatte.

»Bruder«, flüsterte er mit erstickender Stimme, »habt Erbarmen mit einem armen Sünder! Nehmt mir die Beichte ab, bevor ich sterben muss!«

Ich kniete mich zu ihm, obwohl ich selbst vor Schwäche schwankte. »Was ist geschehen?«, fragte ich.

»Nehmt die Fackel und seht«, flüsterte der Folterknecht.

Ich holte die Fackel, die in einem eisernen Ring am Ende des Ganges steckte. Und fürwahr: Als ihr Licht nun auf die bejammernswerte Gestalt fiel, da musste er mir nichts mehr erklären: Beulen und aufgeplatzte Schwären überzogen sein Gesicht und seinen Leib. Er blutete aus wohl drei Dutzend Wunden, selbst aus seinen Augen troff ihm Lebenssaft. Sein Atem, der nur noch stoßweise ging, stank schon nach Verwesung.

»Die Seuche, Bruder«, flüsterte er, »die Seuche holt uns alle.«

So blieb ich denn bei ihm, nahm ihm die Beichte ab und sprach ihm Mut und Trost zu, auf dass er mit leichterem Herzen in SEIN Reich gehen möge. GOTT ist mein Zeuge: Ich blieb bei dem sterbenden Folterknecht wohl mehr als eine Stunde lang, bis seine Seele mit einem letzten Seufzer entflohen war.

Dann erhob ich mich, schlug das Kreuz über dem Toten – und blickte mich um. War ich frei?

Vorsichtig schlich ich bis zum Ende des Ganges. Die Folterkammer war leer. Auch auf der Treppe, die ins Licht führte, zeigte sich niemand. Ich sah, dass am Fuße der Stufen ein Verschlag in den Felsen des Untergrundes gehauen war. Es war die Stube der Folterknechte. Einen Krug Wasser sah ich dort, auch etwas Bier, hartes Brot und eine Zwiebel. Gierig schlang ich alles in mich hinein.

Dann, da mit meinen Kräften auch mein Geist zu mir zurückgekommen war, klickte ich mich genauer um. Schließlich entdeckte ich, halb unter Lumpen verborgen, einen eisernen Ring, an dem

Schlüssel hingen. Es sah aus, als habe ihn jemand achtlos weggeworfen und dann vergessen.

Ich nahm die Schlüssel und öffnete mit ihnen die nächstgelegene Zellentür.

Das Verlies war leer.

Ich ging zur daneben liegenden Pforte, doch auch diese Zelle war leer. So öffnete ich denn eine nach der anderen. Anfangs hoffte ich noch, dass ich andere Unglückliche befreien möge, doch je mehr leere Verliese ich aufschloss, desto tiefer sank mein Mut. Klara war, wie es Philippe de Touloubre angekündigt hatte, schon längst nicht mehr im Kerker eingesperrt. Erst in der letzten Zelle fand ich einen weiteren Gefangenen.

Nechenja ben Isaak.

Ich erkannte den jüdischen Geldwechsler kaum wieder. Zunächst sah ich nur eine gekrümmte Gestalt, die im schmutzigen Stroh lag. Als ich den Mann auf den Rücken drehte, erschrak ich gar sehr. Sein Gesicht war blutig und zerfetzt – ob von den Schlägen der Folterknechte oder von den Rissen der Ratten, die ihn bereits angefressen hatten, vermochte ich nicht zu sagen. Ohne jeden Zweifel jedoch war Nechenja ben Isaak schon seit einigen Tagen tot.

Auch über ihm schlug ich das Kreuz, obwohl er doch ein Jude war. Doch ich wusste nun, dass nicht unser Glaube uns zu Sündern oder Heiligen macht, sondern dass es unsere Taten sind, nach denen ER SEIN Urteil über uns sprechen wird. Und Nechenja ben Isaak war kein Sünder gewesen, sondern ein Mann der Gelehrsamkeit und der Demut.

Und er war Leas Vater.

Ein Schauder durchfuhr mich, als ich an das Schicksal der jungen Jüdin dachte. Mochte sie noch leben? Welches Schicksal drohte ihr?

Ich durfte keine Zeit mehr verlieren. Also schlich ich eilig die Treppe hoch. Das unterirdische Verlies mochte nun als Gruft dienen für den Geldwechsler und seinen Folterknecht.

Vorsichtig blickte ich mich um, da ich oben ins Freie trat. Es war später Nachmittag. Die Luft war drückend und heiß. Im Westen zog wie eine drohende Wand ein schwarzes Gewitter herauf. Kein Lufthauch regte sich. Nichts war zu hören, nicht einmal Vogelgesang oder das entfernte Bellen eines Hundes. Nie hatte ich die Welt so still erlebt wie in jenem Augenblick.

Bedrohlich war dies, als lauere irgendwo ein schrecklicher Dämon, und alle Lebewesen hielten aus Furcht den Atem an, um nur ja nicht das Monster anzulocken.

Vorsichtig setzte ich meine Schritte durch den Klostergarten von Saint-Martin-des-Champs. Unkraut spross zwischen Thymian und Lavendel, Laub lag auf den Wegen. Seit Tagen mochte kein Mönch mehr diesen Garten gepflegt haben. Ich duckte mich und schritt voran. Das leise Knirschen der Kiesel auf dem Weg war das einzige Geräusch im Kloster. Es erschien mir laut zu sein, als würde ich meine Schritte mit Geläut und Fanfaren begleiten.

Da hörte ich noch ein Geräusch.

Ein Krachen und Scheppern, dass ich mich fast zu Tode erschreckte. Es war ein Krug oder Teller, der auf einen Steinboden gefallen und zersprungen war, irgendwo in einem der Klostergebäude. Ich war also doch nicht allein.

Rasch legte ich die wenigen Schritte zurück, die mich noch vom Kreuzgang trennten. Hier zwischen den Säulen konnte ich mich besser verbergen als im Garten, der kaum ein Versteck bot. Was mochte mich nun erwarten?

Vorsichtig öffnete ich eine Pforte, die in eine der Mauern des Kreuzganges eingelassen war. Nach wenigen Schritten stand ich in der Küche des Klosters. Niemand war zu sehen, das Feuer im offenen Kamin, der großen Kochstelle, war schon lange erloschen. Ein Laib Brot lag noch auf dem Tisch, doch der war grün und weiß vom Schimmel überzogen. Rasch trat ich zum Kamin und griff nach einem eisernen Schürhaken, den ich in der Hand wog.

Was war nur mit mir geschehen? Ich, der Mönch, der gehorsam und keusch und friedlich zu leben gelobt hatte, war fest entschlossen, mich mit dem Schürhaken zu wehren, sollte mich jemand ergreifen wollen. Nie wieder würde ich in jenen Kerker gezerrt werden! Eher ließe ich mich im Kampf erschlagen, als dass ich noch einmal das Verlies der Inquisition erdulden wollte.

So bewaffnet und grimmig entschlossen, wie es nur ein Ritter vor einer Schlacht sein kann, verließ ich die Küche wieder und schlich durch die düsteren Fluchten des verlassenen Klosters.

Irgendwann glaubte ich, menschliche Stimmen zu hören. Es war ein leises Wehklagen.

Weiter ging ich, Schritt für Schritt auf eine Pforte zu, die letzte am gegenüberliegenden Ende des Kreuzganges. Langsam drückte ich sie mit der Linken auf! Handbreit für Handbreit, derweil ich in der erhobenen Rechten den eisernen Haken hielt wie eine Streitkeule.

Doch dann ließ ich meine Waffe wieder sinken.

Es gab hier niemanden mehr, der mich hätte bedrohen können.

Ich war ins Dormitorium getreten, den Schlafsaal des Klosters. In der Tat lagen hier einige Mönche, doch wusste ich nicht, wer noch lebte und wer schon gestorben war. Wohl zwei Dutzend Männer ruhten auf dreckigem Stroh, auf ihren Bettstätten oder irgendwo auf dem steinernen Boden, so, als wären sie dort zusammengebrochen. Blut und Kot besudelten die Gewänder der Mönche. Es stank nach Eiter und Exkrementen. Ein Bruder, der große, schwärzliche Flecken auf der Stirn trug, stöhnte auf, als er mich sah, und hob flehentlich die Hand. Er war allerdings nicht mehr kräftig genug, noch etwas zu sagen. Andere krümmten sich vor Schmerzen, doch waren ihre Sinne schon so weit geschwunden, dass sie meiner nicht mehr gewahrten. Wieder andere lagen schrecklich still danieder.

Da erhob sich am anderen Ende des Dormitoriums eine Gestalt, die Scherben eines großen Wasserkruges in der Hand. Ich griff zum Schürhaken, doch dann ließ ich ihn wieder sinken, denn ich erkannte den Mann, der als Einziger noch gehen konnte zwischen all den Sterbenden.

Es war Nicolas Garmel, der Bader, der Diener der Inquisition, der ehemalige Ketzer.

»So hat Euch der Folterknecht endlich freigegeben, Bruder Ranulf?«, begrüßte er mich. »Ich hätte Euch schon vor Tagen die Kerkertüre aufgesperrt, allein dieser Mann ließ mich nicht einmal in die Nähe der Verliese kommen. Erst dann, als er selbst die Beulen im Leibe spürte, packte ihn die Furcht. Ich riet ihm, Euch freizugeben, auf dass seine Seele leichter sein möge.«

»Was ist geschehen, Herr Garmel?«, fragte ich.

»GOTT straft die Christenheit!«, sagte da der Bader und fasste sich an den Kopf. Er war müde, ein wilder Bart wucherte in seinem Gesicht, seine Haare waren fettig, seine Haut war schrundig und grau. »Es gibt kein Heil mehr, nirgends.«

»Extra ecclesiam nulla salus« antwortete ich darauf.

Da lachte er wie irre. »Außerhalb der Kirche gibt es kein Heil, wie wahr Ihr doch sprecht, Bruder Ranulf. Doch wie sieht es denn innerhalb der Kirche aus? Seht Euch doch um!«

Er wies auf die sterbenden Mönche im Dormitorium.

»Ich bin allein«, flüsterte der Bader dann und sah aus, als wäre er den Tränen nahe. »Ihr wisst, warum ich oft genug hier gewesen bin im Kloster Saint-Martin-des-Champs.

Der Inquisitor ließ mich auch vor einigen Tagen rufen. Ich sollte den jüdischen Geldwechsler wieder zu Sinnen bringen, doch die Folter war zu schwer gewesen. Als ich kam, stand ich schon vor einem Toten.

Als ich wieder gehen wollte, da brach ein Bruder des Klosters mit Beulen in den Leisten zusammen. Wir brachten ihn in die Krankenstube. Dann aber sank ein zweiter Mönch danieder, dann ein dritter. Welche Schande, Bruder Ranulf: Als dies geschah, da flohen die meisten anderen.«

Ich starrte ihn ungläubig an. »Die Mönche flohen aus dem Kloster?«, fragte ich und schüttelte den Kopf.

»Das glaubt Ihr nicht, Bruder Ranulf? Oh, Ihr seid glücklich gewesen in Eurem Kerker, glaubt mir! Denn in Paris, da verlassen

Kinder ihre Eltern und Eltern ihre Kinder. Die Frau verlässt ihren Mann, zeigen sich bei ihm die Male der Seuche; und der Mann verlässt seine Frau. Ärzte fliehen ihre Kranken, Apotheker rennen davon. Und ja, Priester weichen, als sei der Teufel hinter ihnen her.

Wenn wir denn sterben müssen, wollen wir doch zuvor beichten. Aber da ist niemand mehr, der sich der armen Seelen annimmt. Wer ein Mann GOTTES ist, der ist geflohen oder tot. Der Bischof von Paris selbst ist aus der Stadt entwichen, wohin, das weiß man nicht.«

»So schlimm ist es?«, murmelte ich.

»Ja, so schlimm«, sagte Nicolas Garmel.

»Wohl drei Dutzend Mönche flohen allein aus Saint-Martin-des-Champs. Diese Narren! Denn wohin mögen sie wohl laufen? Überall lauert doch die Seuche. Nirgends ist man mehr gefeit. So blieben denn nur einige Brüder und ich zurück, um die Kranken zu pflegen – und einer der beiden Folterknechte. Jener, der mir verbot, Euch zu befreien.

Es dauerte nur wenige Tage, da war ich der einzige Mann, der sich noch auf den Beinen halten konnte. Ich pflegte die Mönche mit meiner ganzen Kunst. Der Garten hier ist doch reich an Heilkräutern! Das Wasser ist klar! Die Luft ist rein! Und doch sterben mir die Brüder unter den Händen. Ich kann nichts tun, rein gar nichts. Nicht einmal ihre schrecklichen Schmerzen vermag ich zu lindern. Ich bin so müde.«

»Ich werde Euch helfen, Herr Garmel«, sagte ich und wollte mich sofort an die Arbeit begeben. Doch er gebot mir mit einer Geste Einhalt, dann schüttelte er erschöpft das Haupt. In jenem Augenblick sah ich, dass der Bader das Katharerkreuz an einer kleinen silbernen Kette um den Hals trug: das Kreuz, das im Kreis stand.

Er bemerkte meinen Blick und lächelte schwach. »Ja, Bruder, ich bin wieder zum Ketzer geworden. Verzeiht mir, doch der Inquisition und der Kirche mag ich nicht mehr vertrauen.«

»Tut, was Ihr tun müsst«, antwortete ich.

»Und tut Ihr, was Ihr tun müsst«, gab er zurück. »Helft mir nicht hier in Saint-Martin-des-Champs. Hier gibt es keine Hoffnung mehr. Hier gibt es niemanden, dem Ihr noch beistehen müsst.

Aber leben nicht in Paris Menschen, die Eurer Hilfe bedürfen? Wenn Ihr noch etwas Gutes tun wollt in dieser Welt, Bruder Ranulf, dann eilt nach Paris! Solange Euch der HERR noch ein paar Tage schenkt!«

Ich dachte an Klara und Lea. Ich dachte an das, was Philippe de Touloubre gesagt hatte. Nicolas Garmel hatte recht: Für mich gab es in Paris noch einiges zu tun, und ich musste mich sputen.

»Seid unbesorgt«, rief ich. »Ich werde nach Paris eilen und Euch Hilfe schicken. Haltet aus, nur noch ein paar Stunden!«

Da lachte der Bader, doch es war ein bitteres Lachen. »Niemand wird kommen, Bruder Ranulf. Ihr seid ein heiliger Narr, dass Ihr so etwas glauben könnt. Und ich bedarf auch keiner Hilfe mehr, nicht aus Paris und nicht von irgendjemandem auf dieser Welt. Jeder Tag kann nun der Jüngste Tag sein. Das Ende ist nah. Ich habe nicht mehr lange zu leiden.«

»Lasst die Hoffnung nicht sterben!«, flehte ich ihn an. »Seid stark. GOTT wird die erlösen, die wahrhaft glauben. Noch ist nicht alles verloren!«

Statt mir mit Worten zu antworten, hob der Bader nur seine Arme. Zunächst blickte ich ihn verwundert an, dann erkannte ich es: Beulen unter seinen Achseln, groß wie Hühnereier.

»Ja«, sagte Nicolas Garmel schließlich, »auch ich bin schon gezeichnet. Ein Tag noch, vielleicht werden es auch zwei. Dann werden die Beulen aufbrechen, und Blut und Eiter und schwarze Galle werden mir entströmen. Das Fieber wird mich packen, der Schmerz wird über mich kommen. Dann werde ich mich niederlegen. Und ich werde sterben – der letzte Tote dieser großen Abtei wird ein Ketzer sein.«

Was gab es da noch zu sagen?

Ich erteilte dem Bader meinen Segen, dann wandte ich mich um und verließ das Kloster. Ich wusste, dass ich Nicolas Garmel niemals wiedersehen würde.

So machte ich mich denn auf gen Paris, dessen Dächer glänzten, während dahinter wie eine schwarze Wand das Gewitter am Himmel aufzog. Die Stadt glich mir nun nicht länger dem Himmlischen Jerusalem, vielmehr glaubte ich, an den Pforten der Hölle zu stehen. Den eisernen Schürhaken packte ich fester, dann ging ich los.

Ich kam nur ein paar Schritte weit, da erblickte ich einen Toten am Wegesrand. Dann noch einen und noch einen. Um den dritten stritten sich einige Hunde. Sie knurrten und winselten, sie rissen am Körper des Unglücklichen. Von ihren Lefzen troff Blut, es stank nach Verwesung.

Ich sah mich nach Hilfe um, doch erblickte ich keinen Menschen. So schrie ich denn zornig und schleuderte auch ein paar Steine. Doch dies half nicht. Erst als ich mit dem Schürhaken auf den ersten Hund eindrosch, dass er jaulend davonstob, wichen die anderen. Doch sie umkreisten mich in wenigen Schritten Abstand und knurrten böse.

Das Gesicht des Toten war schon so zerrissen worden, dass ich seine Züge nicht mehr erkennen konnte. Ich hatte kaum Zeit, einen Lumpen, der seinen Leib bedeckte, über sein Gesicht zu werfen, da schnappte einer der Hunde nach mir. Nur weil ich mich mit einem Sprung in Sicherheit brachte, blieb ich unverletzt.

Ich wollte wieder auf das Tier losgehen, entschlossen, den Toten nicht vor meinen Augen zerreißen zu lassen, da gewahrte ich, dass auch die Leiber der Hunde Beulen entstellten. Kein Zweifel: Auch die Tiere würden sterben.

Da packte mich die Angst, und ich floh vor den todkranken Hunden und ihrem grausigen Mahl. Ich rannte den ganzen Weg, bis ich zum großen Stadttor kam, das gen Norden wies.

Doch seltsam: Keinen Wachsoldaten sah ich dort, niemand stand auf der Mauer und hielt Ausschau. Kein Bettler hockte am

Wegesrand, kein Händler hatte seinen Karren abgestellt. Ich sah weder Maultiere noch Zugochsen, ja nicht einmal Raben, die doch sonst in Scharen das Gewölbe des Tores umschwirrten. Die massigen Torflügel standen jedoch weit geöffnet. Beklommenen Herzens trat ich hindurch.

Und fürwahr: Die Hölle tat sich mir auf, da ich Paris betrat.

Dixitque ei Iesus sine ut mortui sepeliant mortuos suos tu autem vade adnuntia regnum DEI.

Das Erste, was mir auffiel, war die Stille, als ich die Stadt betrat. Keine Stimme vernahm ich, keinen Lärm: keine Flüche, keinen Gesang, keine Rufe der Marktweiber, kein Spiel der Vaganten, kein Gekreisch der Kinder; keine rumpelnden, eisenbeschlagenen Räder auf dem Pflaster, kein Hufgeklapper, kein Glockenläuten. Nur das Flattern von Taubenflügeln hallte durch die Stadt – und das Gesumm unzähliger Fliegen.

In dicken, dunklen Wolken standen sie über den Toten, die allerorten auf der Straße lagen. Ich erblickte Männer und Frauen, Kinder und Greise, manchen Edelmann, viele Bürger und Bauern, einige Bettler, auch einen Arzt in seiner prächtigen Kleidung und zwei Franziskaner. Manche waren mitten auf dem Weg hingesunken, das Gesicht schwarz wie Kohle, als hätte sie der Tod in einem einzigen Augenblick umgemäht wie der Sensenmann das Gras. Andere waren in der Bäckerei oder in der Schmiede zu Boden gegangen und nie wieder aufgestanden. Wieder andere fand ich, die hatten sich an Hauswände gekrümmt oder an die Pforten der Häuser gekrallt – so, als hätten sie mit der Kraft ihrer letzten Atemzüge verzweifelt versucht, sich in die Gebäude zu retten.

Doch wer hätte ihnen dort noch öffnen sollen? Aus den offen stehenden Fenstern so mancher Bürgerhäuser entquollen Wolken unzähliger Fliegen – und wie es in den Zimmern aussah, aus denen sie kamen, das wollte ich nicht wissen.

Schwer drohte ein Gewitter. Es stank nach Tod und Fäulnis und süßlicher Verwesung, dass es einem den Atem raubte. Zudem mussten irgendwo in der Stadt kleine Brände wüten, denn ich sah dunkle, grauschwarze Qualmwolken und feine Asche langsam durch die stickige Luft der Gassen ziehen.

So schlug ich mir denn einen Zipfel der Kapuze meiner Kutte, die in den langen Tagen im Kerker beschmutzt und zerrissen worden war, quer über den Mund, damit ich nicht gar so viele schädliche Miasmen einatmen musste. Dann ging ich weiter Richtung Seine.

Doch wie kann ich mein Entsetzen beschreiben, da plötzlich einer der Toten den Arm nach mir reckte?

Es war ein Mann, ein Bettler, der gar nicht tot war, zumindest noch nicht ganz. Der Unglückliche lag in seinen schwärzlichen, fauligen Ausscheidungen; Beulen überwucherten sein Gesicht. Fliegen hatten sich schon wie ein schrecklicher Schleier auf seinem Kopf niedergelassen. Nun, da er mit letzter Kraft den Kopf hob, flogen sie auf und umschwirrten ihn mit wütendem Gesumm. Langsam kroch der Kranke auf mich zu, die Rechte hatte er wie eine Klaue erhoben. Er stöhnte vor Schmerzen, vermochte jedoch kein Wort mehr über seine blutigen Lippen zu bringen. So flehte er mich stumm an, irgendetwas für ihn zu tun.

Doch was hätte ich noch zu tun vermocht? Wäre ich bei ihm geblieben, wäre ich bei jedem Sterbenden geblieben, ich wäre wohl nie an mein Ziel gelangt. So wandte ich mich schaudernd ab – und rannte die Straße hinunter, so schnell ich konnte.

Ich werde mich dafür schämen bis an das Ende meiner Tage, doch weiß ich zugleich, dass es richtig war, was ich getan habe. Denn nicht den Sterbenden durfte an jenem Tag meine Sorge gelten, sondern den Lebenden.

Bald gewahrte ich, dass ich doch nicht der einzige Mensch war, der sich noch auf seinen Beinen halten konnte. Hinter manchen Fenstern sah ich Schatten und misstrauische Augen, die mir folgten; Fensterläden wurden plötzlich zugeschlagen, als ich mich näherte, ich hörte, wie sich in der Türe eines Bürgerhauses leise quietschend der Schlüssel im Schloss drehte.

Dann sah ich in den düsteren Seitengassen Schatten: verhüllte

Gestalten, ob Mann oder Weib war schwer zu unterscheiden, welche die Türen der Gebäude aufbrachen und Leuchter, Teppiche und silbernes Besteck davonschleppten. Andere Schatten beugten sich gar über die entstellten Toten und Sterbenden und raubten sie aus.

Diese Verbrecher! Diese Narren! Was wollten sie kaufen mit all dem Gold und Silber? Sicherheit vor dem Schwarzen Tod? Die gab es nicht einmal im Königspalast! Vergebung ihrer Sünden? Als ob der Teufel sich von irdischen Schätzen bestechen ließe! So gaben sie denn für den Reichtum einer Stunde ihr ewiges Leben dahin.

Ich war schon ein gutes Stück meines grausigen Weges vorangekommen, da hielt ich plötzlich inne.

Musik.

Ich glaubte, dass Satan meinen Sinnen einen Streich spielen wollte, doch als ich leise weiterschlich, da vernahm ich, je näher ich der Seine kam, desto deutlicher, die Töne einer Schalmei. Dazu spielte eine Laute, und jemand schlug eine Trommel in einem wilden Takt. Kein Chor war dies, kein frommer Hymnus, sondern die Melodie von Menschen, die zum Tanz aufspielen.

Ich weiß nicht, warum es so war, vielleicht war es eine Vorahnung: Diese fröhlichen Weisen jedenfalls versetzten mich in noch größere Angst als die tödliche Stille zuvor.

Vorsichtig wagte ich mich weiter, Schritt für Schritt – bis ich zu jener Ecke kam, da sich die Straße auf die Place de Grève hin öffnete.

Dort tanzten Menschen, wohl etliche Hundert an der Zahl.

Auf dem Platz hatten sie aus zerschlagenen Truhen und Tischen, aus herausgerissenen Türen und Fensterläden einen Scheiterhaufen aufgeschichtet, der lichterloh brannte. Daneben waren große Weinfässer herangerollt worden, die aufgebrochen waren, sodass der Rebensaft aus ihnen quoll wie Blut. Im wilden roten Schein der Flammen, nur ein paar Schritte von diesen entfernt, erglänzten die goldüberzogenen Schnitzereien eines prachtvollen Altares, den verbrecherische Hände aus einer der nahe gelegenen Kirchen gezerrt haben mussten.

Auf dem Altar stand ein halbes Dutzend Vaganten. Sie waren es, die jene lustige, schnelle Weise spielten, die ich vernommen hatte.

Um das Feuer und die Musiker auf ihrer blasphemischen Bühne tanzten Männer und Weiber in einem wilden Reigen. Die meisten waren nackt, kein Fetzen Stoff bedeckte ihre Blöße. Sie schrien und jauchzten wie Bauern auf einem Dorffest und riefen einander mit derben Schimpfworten. Männer fassten Frauen, sogar Frauen fassten Männer schamlos an, dass ich es nicht zu beschreiben wage. Hin und wieder sanken zwei nieder und erkannten sich fleischlich, mitten auf dem Platz und umgeben von den Tänzern. Niemand wandte sich ab, sondern ein jeder schrie den Schamlosen, die sich am Boden wälzten, wohl noch Ermunterungen zu. So mancher erhob sich danach wieder und tanzte weiter, als sei nichts gewesen, lachend und trinkend aus den aufgebrochenen Fässern. Andere blieben am Boden liegen, ob vor Erschöpfung oder weil die Krankheit sie im Liebesspiel geholt hatte, das vermochte ich nicht zu sagen – die Tänzer jedenfalls bekümmerte dies nicht.

Schrecklicher noch als diese schamlose Unzucht, ja selbst als die Entweihung einer Kirche erschien mir der Schmuck mancher Tänzer: Mit Farbe hatten sie sich rote und schwarze Flecken auf die Haut gemalt. Einige trugen Masken aus Stroh oder Stoff!, die zerfressene Gesichter darstellen sollten. Wer vermochte da noch zu sagen, welches Krankenmal noch mit Farbe aufgetragen war – und welches bereits echt war?

So groß war mein Entsetzen über dieses Schauspiel, dass ich mich für ein, zwei Augenblicke nicht von diesem Anblick losreißen konnte. Und wer weiß, wie lange ich wohl noch am Rand der Place de Grève gestanden hätte, wäre nicht eine Frau vor meinen Augen aufgetaucht, so plötzlich, als sei ein Dämon vor mir aus dem Boden gefahren.

»Mönchlein, tanz mit mir!«, rief sie mir zu und lachte irre.

Die Frau war nicht mehr jung, doch selbst in ihrer Wirrnis erkannte ich, dass ihr dunkles Haar vor noch nicht allzu langer Zeit wohlgepflegt und in kunstvollen Locken gelegt gewesen sein musste. Sie war nackt, ihre Haut glänzte vor Schweiß, doch waren ihre Hände fein, sie war makellos – bis auf die grellroten Male, die sie sich auf das Gesicht, auf ihre Arme und Brüste gemalt hatte.

Ich wich zurück und schlug das Kreuz.

Da lachte sie jedoch nur noch lauter. »Mönchlein«, kreischte sie, »dich will ich nicht nur tanzen lehren! Du sollst der dritte Mann sein, den ich heute bezwingen werde!«

Da riss ich mich aus ihrem Griff los und floh vor ihrem wilden Gelächter.

So groß war meine Furcht, dass ich mich nicht einmal umzusehen wagte. Ich rannte und rannte, als wäre ein Dämon hinter mir her – und das war vielleicht ja auch die Wahrheit.

Weder nach links noch nach rechts blickte ich. Wie blind stolperte ich auf den Grand Pont, hastete an den verschlossenen Häusern der Geldwechsler vorüber und taumelte, am Ende meiner Kraft, auf die Insel in der Seine. Düster wie eine Zwingburg ragte Notre-Dame vor mir auf.

Ich rang nach Atem, dann schleppte ich mich zum Haus des Nechenja ben Isaak im Judenviertel nördlich der Kathedrale.

Die Tür des Gebäudes war zerschlagen; der untere Teil der Pforte hing noch schief in einer Angel, der obere lag zersplittert auf der Gasse. Die Fenster waren eingeschlagen, ein zerschnittener Vorhang bewegte sich träge im Windhauch, der von der Seine her herüberwehte. Ich hob den Schürhaken und schlich hinein.

Halb hatte ich erwartet, hier auf Schattengestalten zu treffen, doch war ich ein Narr, denn die Sergeanten und die Inquisitoren hatten das Haus ja schon zuvor geplündert, sodass es hier nichts mehr zu holen gab. Und was nicht weggeschleppt worden war, das hatten sündige Hände zerstört. Ich musste Acht geben, dass ich nicht auf zerfetzten Teppichen ins Taumeln geriet oder mich an den Splittern zerschlagener Truhen und Tische verletzte.

So bewegte ich mich vorsichtig durch das leere Heim. Als ich in die Bibliothek kam, hätte ich sie kaum wiedererkannt. Denn hier, wo allein die Inquisitoren zugegen gewesen waren, fand ich keine Spur von Gewalt. Und auch keine Spur von irgendetwas sonst: Alles war verschwunden: Bücher, Pergamentrollen, Bücherkisten, Schreibpulte, Federn, Tintenfässer – nichts, nicht ein Staubkorn, war mehr in diesem Raum.

Es war, als hätte es die große Bibliothek des Nechenja ben Isaak nie gegeben.

Ich ging über die Stiege ins nächste Geschoss. Auch hier waren die Zimmer verwüstet und ihrer wertvollen Einrichtung beraubt worden. Ich stolperte an zerschlagenen Betten und Truhen vorbei.

Endlich, da ich glaubte, dass kein Plünderer mehr im Hause sei, wagte ich es, nach Lea zu rufen. Laut rief ich ihren Namen, wohl ein Dutzend Mal. Ich sagte auch, wer ich sei, dann lauschte ich, ob ich irgendwo eine Antwort oder wenigstens ein verräterisches Geräusch hören mochte.

Vergebens.

Enttäuscht schritt ich die Stiege wieder hinunter. Ich war schon an der Tür, als ich plötzlich eine leise Stimme flehen hörte: »Bruder Ranulf, bleibt!«

Eine versteckte Tür unterhalb der Stiege schwang auf – und Lea trat heraus.

Da vergaß ich meine mönchische Würde und meine Pflicht als Christenmensch – und stürzte der jungen Jüdin entgegen und schloss sie in die Arme.

»Wie bin ich glücklich, Euch zu sehen!«, rief ich.

»Und ich nicht minder«, erwiderte Lea, und auch sie schloss mich in die Arme.

Dann berichtete sie mir mit wenigen, hastigen Worten, dass ihr an jenem Tag, da ich die Sergeanten vor dem Haus des Wollhändlers abgelenkt hatte, tatsächlich die Flucht gelungen war. Sie hatte sich zwei Tage am Ufer der Seine zwischen den Stapeln der Stoffballen und der leeren Kisten für die Schiffe versteckt, was leicht war, da dort niemand mehr Fracht ablud.

»Doch dann wurde es so schrecklich auf den Straßen, dass mir graute«, fuhr sie fort. »In einem fort starben die Menschen. Manche sanken nur ein paar Schritte vor den Kisten nieder, hinter denen ich mich verbarg. Und schlimmer noch als die Sterbenden waren die Lebenden.«

Ich dachte an das, was ich soeben gesehen hatte, nickte und legte ihr die Hand auf die Lippen. »Sprecht nicht darüber«, bat ich.

»Ich schlich mich am zweiten Abend zum Haus meines Vaters zurück, da ich nicht wusste, wohin ich mich wenden sollte. Von Euch, Bruder Ranulf hatte ich doch nichts mehr gehört. Ich dachte, Ihr würdet auf dem Scheiterhaufen enden!« Sie drückte meine Hand.

»Ich sah, dass die Sergeanten genug mit den Toten zu tun hatten, denn anfangs bemühten sie sich noch, jedes Opfer zum Friedhof zu tragen«, fuhr sie fort. »Später jedoch sah ich keinen Sergeanten mehr. Also glaubte ich mich im Haus meines Vaters sicher. Das war ich auch. Hier fand ich altes Brot und ein paar getrocknete Datteln, die niemand mitgenommen hatte. Während der Gewitter jener Tage schöpfte ich Regenwasser vom Dach in einen Krug, den ich aus der Küche geborgen hatte.

Seither verstecke ich mich, denn ich wage mich nicht mehr heraus.«

Sie machte eine kleine Pause, dann sah sie mich aufmerksam an. »Habt Ihr etwas von meinem Vater gehört?«

Sollte ich sie anlügen? Sollte ich ihr die Wahrheit sagen? Während ich mich für einen Augenblick mit diesen Fragen quälte, hatte mich mein Blick schon verraten.

»Er ist tot«, flüsterte Lea tonlos.

Da nahm ich sie wieder in den Arm und erzählte ihr von meinen Tagen im Kerker und davon, wie ich die Freiheit erlangte und dabei zufällig ihren toten Vater entdeckte. In welchem Zustand ich ihn angetroffen hatte, das allein verschwieg ich ihr.

Sie weinte vor Kummer eine lange Zeit, und ich wusste nicht, wie ich sie trösten sollte.

»Wie viele Tage habt Ihr Euch versteckt?«, fragte ich schließlich, da ich sie auf andere Gedanken bringen wollte. Zudem war diese Frage lebenswichtig. »Welcher Tag ist heute?«

Lea sah mich verwundert an. »Wenn ich richtig gezählt habe«, antwortete sie zögernd, »dann ist heute der Tag, den ihr Christen Sankt Bartholomaeus geweiht habt. Doch welche Bedeutung hat das noch, da uns auch Heilige nicht mehr beistehen können?«

»Sankt Bartholomaeus?«, rief ich da entsetzt. »Aber dann sind seit Mariae Himmelfahrt schon neun Tage vergangen! Neun Tage habe ich verloren im Kerker! Oh HERR, lass mich nicht zu spät kommen!«

Lea blickte mich an. »Wohin wollt Ihr denn noch fliehen, Bruder Ranulf? Der Schwarze Tod ist überall.«

»Ich will nicht fliehen«, erwiderte ich darauf, »ich will mich stellen. Und nicht die Seuche fürchte ich, sondern die Menschen.«

Da ich nun keinen Grund mehr sah, ihr irgendetwas zu verheimlichen, berichtete ich ihr von der Verschwörung der Inquisition und wie sie so viele Menschen in Tod und Verderben gestürzt und so viele Bücher der Vernichtung anheimgegeben hatte.

»Darum also musste mein Vater sterben«, sagte Lea, und ihre Augen blitzten vor Zorn.

»Und es wird noch viel Unglück über die Menschen kommen, wenn wir die Verschwörer nicht aufhalten«, antwortete ich.

»Aber wo sollen wir sie suchen?«

»Da, wo sie den Schatz der Templer versteckt halten«, rief ich. »Gold und Silber sind schwer. Wenn der Schatz wahrhaftig so gewaltig ist, wie man sich allerorten zuflüstert, dann bedarf es vieler Träger, um die Truhen zu bewegen, in denen er verborgen sein muss. Doch nun, da die Seuche unzählige Menschen dahingerafft hat und viele andere so von Sinnen sind, dass sie sogar Kirchen entweihen, werden die Inquisitoren kaum noch zuverlässige Träger finden können. Hast du noch einen Sergeanten gesehen? Oder einen Priester? Oder einen Mönch? Nein, die sind alle tot oder geflohen. Wenn wir also überhaupt noch eine Möglichkeit haben,

Meister Philippe und seine Mitstreiter zu stellen, dann dort, wo sie den Schatz verborgen haben.«

»Und Ihr kennt das Versteck?«

»Der Inquisitor selbst hat es mir verraten!«, rief ich triumphierend. »Wiewohl er sich dessen nicht bewusst war. Denn er sagte zu mir über den Schatz: ›Dort ruht er noch heute an einem verborgenen Ort. Allen sichtbar und dem Himmel so nah wie nirgendwo sonst und doch unsichtbar für die Augen der Uneingeweihten.‹ Allen sichtbar und dem Himmel so nah wie nirgendwo sonst – welcher andere Ort könnte das sein, wenn nicht die Kathedrale Notre-Dame?«

So eilten wir denn zum größten Hause GOTTES von Paris. Doch auch SEIN Haus war nun zur Gruft geworden. Das mächtige Portal an der Westfassade stand offen, sodass Lea und ich ohne Schwierigkeiten hineingelangen konnten. Doch dann stockte uns der Atem.

Vor den Altären waren die Kerzen heruntergebrannt. Einzig das Sonnenlicht, verschleiert von den heraufziehenden Gewitterwolken, brachte die gewaltigen Fenster zum Leuchten und füllte das Kirchenschiff mit Licht. Doch während manche Stellen deshalb in blauem und rotem Glanz erstrahlten, lagen andere schon in fast undurchdringlicher Düsternis. Schatten huschten durch den Raum und verschwanden wieder im Gewölbe.

Einen Moment lang glaubte ich, es seien die Seelen der Toten. Ich bekreuzigte mich. Doch dann erkannte ich, dass es Fledermäuse waren, die sich an den Bögen und Kapitellen festgeklammert hatten. Lea und ich hatten sie aufgescheucht, als wir eingetreten waren.

Wir waren allein – dachten wir zuerst. Doch kaum waren wir einige Schritte tiefer eingedrungen, da sahen wir, dass uns auch hier viele Tote Gesellschaft leisteten. Wir gewahrten die Körper von Dahingesunkenen zwischen Kirchenbänken und vor Altären. Vor der Pforte zur Sakristei lag ein Domherr, drei Priester und einen

Mönch erblickten wir im Chor. Der Mönch war Dominikaner, ich kannte ihn vom Kloster.

Schaudernd ging ich weiter, langsam durchmaßen wir die riesige, stille, düstere Kathedrale.

»Haltet inne, Bruder Ranulf!«, flüsterte Lea mir zu und packte mich am Arm.

Wir lauschten. Tatsächlich: Irgendwo im Zwielicht bewegte sich jemand.

Ich glaubte auch, leise Schritte zu hören. Ich hob den Schürhaken und duckte mich. Der Unbekannte kam näher. Die Schritte schienen mir seltsam zu klingen, ganz leise und gar nicht menschlich. Stumm betete ich zum HERRN, dass er uns behüten möge. Ich sah einen Schatten am Rande einer Seitenkapelle.

»Halt!«, schrie ich da, sprang auf und hob den eisernen Haken.

Ein Fauchen antwortete mir, eine rasche Bewegung, ein Schatten – dann war nichts mehr zu sehen.

Es war nur eine große schwarze Katze gewesen, ein Tier des Satans.

Mein Herz schlug mir im Halse, Schweiß klebte auf meiner Haut. »Wir müssen weitersuchen!«, keuchte ich.

Doch so genau Lea und ich auch jede Kapelle und jeden Altar, jede Pforte und jeden Winkel erkundeten: Wir fanden nichts, das den Verschwörern als Versteck hätte dienen können. Nach wohl einer Stunde – es dunkelte schon, und die Gewitterwand, die sich quälend langsam der Stadt näherte, stand endlich drohend über uns am Himmel – gaben wir die Suche im Innern auf.

Wir gingen nun draußen um die Kathedrale und wagten uns ins steinerne Dickicht der Strebepfeiler und Fialen, welches die Chorkapellen umhüllte. Es waren dies die Verstecke der Schönfrauen, und ich musste unweigerlich an Jacquette denken.

Allerdings war hier kein sündiges Weib mehr, kein Bettler, überhaupt kein lebendes Wesen war mehr zu sehen. Nur Tote auch hier, doch war mein Blick schon so abgestumpft, dass ich nicht einmal mehr genau hinsah.

Schließlich standen wir wieder vor dem Portal unter der prachtvollen steinernen Rosette und sahen uns ratlos und verzweifelt an.

»Wo mögen sich die Verschwörer verstecken?«, fragte ich.

Da gab GOTT Lea ein Zeichen.

Denn sie blickte nach oben, da sie fürchtete, dass es gleich aus den düsteren Wolken regnen würde.

»Seht, Bruder Ranulf!«, rief sie da und deutete in den Himmel.

Und dann bemerkte auch ich das Zeichen SEINES Zorns: Am finsteren Himmel kreisten wohl einhundert Raben. In großen Zirkeln flogen sie um die Kathedrale, als wären sie ruhelose Seelen, die noch an die Kirche gekettet waren. Wir sahen ihnen schreckensstarr zu, dann erkannten wir, dass sie um den südlichen Turm kreisten. Immer wieder stieß einer der schwarzen Vögel dort durch die steinernen Bögen ins Innere. Andere kamen heraus und flatterten davon, mit Fetzen im Schnabel. Ich konnte nicht sehen, was die Raben dort raubten – doch ich konnte es mir denken.

»Dort oben liegen Tote«, flüsterte Lea.

»Hinauf in den Turm!«, rief ich.

Wir eilten wieder hinein in die Kathedrale, wandten uns dort nach rechts und fanden eine Pforte. Als wir sie öffneten, entdeckten wir eine schmale, steinerne Wendeltreppe, die sich im rechten Turm der Kathedrale nach oben wand. Da keine der Fackeln, die in den eisernen Halterungen steckten, mehr brannte und nur ein paar schmale Fenster in großen Abständen in die Wände eingelassen waren, drang nur wenig Licht ins Innere. Wir mussten vorsichtig sein, dass wir nicht stürzten und uns die Glieder brachen.

Trotzdem rannte ich so rasch nach oben, wie es meine Kräfte zuließen. Den Schürhaken hielt ich umklammert. Lea folgte mir dichtauf.

Irgendwann, vielleicht auf halber Höhe des Turms, hielten wir inne, um Atem zu schöpfen. Auch nutzte ich die kurze Pause, um zu lauschen.

Nichts. Im Treppenhaus selbst schien alles still – so glaubte ich zumindest, denn draußen kündigte sich das Gewitter nun in Böen an, welche in unregelmäßigen Abständen um den Turm heulten und es mir schwer machten, ungewöhnliche Geräusche auszumachen. Ich konnte die gewundene Treppe nur einige Stufen weit hinaufsehen, sodass sich weiter oben eine Hundertschaft Landsknechte hätte verstecken können, ohne dass ich sie gewahrt hätte.

Vorsichtiger schlichen wir weiter. So gelangten wir in einen überwölbten Raum, der zur Linken eine offene Pforte aufwies. Sie führte zur Galerie hinaus, die in schwindelnder Höhe die beiden Türme miteinander verband. Ich spähte kurz hinaus, da ich glaubte, dort einen entweichenden Schatten gesehen zu haben. Doch entdeckte ich niemanden auf dem schmalen, steinernen Gang. Nur ein paar Raben flatterten auf und krächzten böse. Selbst hinaustreten oder gar bis zum anderen Turm gehen wollte ich allerdings nicht – aus Angst, dass jemand, der sich oben unter der Spitze verbarg, mich auf dieser Galerie entdecken mochte.

Ich atmete tief durch – denn nun konnte, wer immer dort oben sein mochte, mir nicht mehr entkommen, falls er noch lebte. Ich hatte befürchtet, dass uns jemand im Turm beim Hinaufsteigen gehört haben könnte. Dann wäre es ihm möglich gewesen, vom rechten Turm bis zur Galerie hinabzusteigen, über die Galerie in den anderen Turm zu wechseln und die Kathedrale unerkannt zu verlassen, während Lea und ich uns noch auf dem Weg nach oben befanden. Nun hatte ich diesen Fluchtweg abgeschnitten – vorausgesetzt allerdings, der, den wir suchten, war uns nicht gerade auf eben jener Galerie entkommen.

»Weiter!«, keuchte ich.

Noch einmal kämpften wir uns wohl viele Dutzend Stufen hoch. Die Treppe wurde immer enger und wand sich immer steiler hoch. Ich fürchtete, dass uns jemand hier auflauern würde. Wir hätten ihn im Kampfe niemals überwinden können. Zugleich fürchtete ich, dass jener Schatten, den ich glaubte gesehen zu haben, uns nun folgen könnte und Lea angriff, die hinter mir war. Wir hätten in der Falle gesessen.

Doch wir gelangten unbehelligt nach oben.

Wir traten vom Treppenhaus in eine erstaunlich große, hohe, steingewölbte, viereckige Kammer direkt unterhalb des stumpfen, an einen Beifried gemahnenden Abschluss des Kathedralenturmes. Einige schmale, doch hohe Fensterbögen ließen viel Licht von außen herein, doch waren die Scheiben an mehreren Stellen zersprungen. Drei schwarze Raben flatterten wild auf, als wir hereinstürmten. Ich schlug mit dem Schürhaken nach ihnen und vertrieb sie. Dann sah ich mich um.

Wir waren zu spät gekommen.

An der dem Eingang gegenüberliegenden Wand standen schwere Eichenkisten, manche waren fast mannshoch. Alle waren aufgeschlagen, bei manchen war der Deckel sogar abgerissen worden und lag daneben auf dem Steinboden. Und alle waren leer.

Neben den Fenstern, sodass sie gut im Licht standen, befanden sich auch einige Schreibpulte. Auf einem lag noch ein kleines Messer, wie man es zum Abschaben zu tilgender Textpassagen verwendete. Auf dem Boden lagen einige Schreibfedern verstreut, außerdem war ein Tintenfass dort aufgeschlagen und zersprungen. Blaue Tinte hatte sich über die Steine ergossen. Sie war längst getrocknet.

Es roch noch nach Pergament und Leder, doch außer einigen Fetzen, auf denen allerdings nicht eine einzige Zeile Text stand, waren keine Bücher oder Urkunden zu sehen.

Mitten in der Kammer lag ein Toter. Es war ein Mönch, den die Raben umschwirrt hatten. Ein Dominikaner.

»Tretet nicht näher!«, warnte ich Lea.

»Glaubt Ihr, ich habe die letzten Tage mit verbundenen Augen zugebracht?«, antwortete sie mir. »Ich habe so viele grausige Tote gesehen, da werde ich auch diesen Anblick ertragen.«

So hielten wir uns denn an den Händen, um uns gegenseitig Mut zu verleihen, als wir näher traten. Das Gesicht des Mitbruders, auch seine Arme und sein Oberkörper waren nicht nur von den Beulen entstellt, sie waren auch von den eisenharten Schnäbeln der Raben zerhackt worden. Und doch erkannte ich den Toten noch.

»Es ist der Portarius«, flüsterte ich fassungslos.

Wer hätte für die Verschwörer besser kontrollieren können, wer das Kloster betrat – und wer es verließ! Ich hatte, wie mir erst jetzt klar wurde, dem alten Mitbruder gegenüber die unverzeihliche Sünde des Hochmutes begangen. Niemals hatte ich den Portarius für wahrhaftig wichtig gehalten, niemals hatte ich gedacht, dass er mir gefährlich werden könnte. Und doch wusste er fast immer, wann ich das Kloster verlassen hatte. Und, wer weiß, vielleicht hatte er auch gesehen, wie ich mich vor dem Kloster in der Rue Saint-Jacques mit Magdalena, der Dienerin Klaras getroffen hatte – und mit Lea. Ein Auge der Inquisition.

»Die Seuche hat ihn dahingerafft«, sagte Lea, die blass geworden war, deren Stimme jedoch gefasst klang. »Wie lange mag er schon tot sein?«

»Ein paar Stunden vielleicht«, murmelte ich. »Er stinkt nach Fäulnis wie alle Unglückseligen, welche die Krankheit in sich trugen. Doch ich rieche noch nicht den süßlichen Hauch der Verwesung.«

Lea deutete auf die geplünderten Kisten und die leeren Schreibpulte. »Dann sind seine Mitverschwörer uns nur ein paar Stunden zuvorgekommen.«

»Doch mit all dem Gold und Silber werden sie langsam sein!«, rief ich, eilte zu einem Fenster in der linken Seite des Turms und starrte hinaus.

Als ich nur wenige Stunden zuvor an der Place de Grève angelangt war, da hatten mich die Tänzer in ihrem schauderhaften Reigen so in Angst versetzt, dass ich blindlings auf die Insel gelaufen war. In meiner Furcht hatte ich weder nach links noch nach rechts geblickt – und so hatte ich nicht bemerkt, ob die Kogge noch im Hafen lag oder nicht. Dann hatte ich Lea gesucht, anschließend war ich, besessen von meinen eigenen Dämonen, in die Kathedrale gestürzt. Nun beklagte ich innerlich meine Hast und meine Angst.

Ich spähte Richtung Hafen. Der andere Turm versperrte mir einen Teil der Sicht. Auch war der Himmel nun vollständig schwarz. Blitze zuckten über das Firmament und warfen grelles Licht über die Dächer, das die Augen blendete. Der Rauch des Scheiterhaufens, um den die Tänzer ihren Reigen drehten, zog in dichten grauen Schwaden herüber.

Trotzdem sah ich einen Mast aufragen, höher als den aller anderen Schiffe: Die »Kreuz der Trave« war noch da.

Als ich jedoch genauer hinsah, bemerkte ich Bewegungen an Bord. Schatten huschten hierhin und dorthin. Der Rauch des Feuers wurde immer dichter, die Wolken schluckten auch das letzte Sonnenlicht, ich vermochte nicht mehr genau zu erkennen, was dort vor sich ging. Doch ich glaubte, dass sich Gestalten am Segel zu schaffen machten und andere an den Leinen, welche die Kogge mit dem Kai verbanden. »Schnell!«, rief ich, in höchster Angst. »Wir müssen zum Hafen!«

Ich wollte die Treppe wieder hinabstürzen – doch da stand ein Schatten in der Pforte und versperrte uns den Weg.

Philippe de Touloubre sah aus wie der Engel des Todes. Seine Kutte war schmutzig und mit Blut befleckt. Seine Züge waren von Beulen und Wundmalen entstellt. Er stank wie ein Wesen der Hölle, seine Augen glänzten fiebrig, und in seiner Linken blitzte die lange, scharfe Klinge eines venezianischen Dolches.

»Ich ahnte, dass du es irgendwie bis hier hinauf schaffen würdest, Bruder Ranulf«, stieß er keuchend hervor. »Oh, du wärest ein guter Inquisitor geworden, vielleicht der beste der Christenheit! Doch statt Ketzer zu jagen, bist du selbst zu einem geworden. Sogar eine Jüdin bringst du hinauf in die Kathedrale von Paris!«

Meine Seele war kalt. Ich war ruhig, alle meine Sinne waren so klar, wie sie es wohl niemals zuvor und auch niemals danach wieder waren. Ich hob den Schürhaken.

»Gebt den Weg frei, Meister Philippe«, flüsterte ich.

»Niemals!«, rief er irre lachend. »Du wirst die Kogge nicht aufhalten können. Du wirst GOTTES Plan nicht stören!«

»GOTTES Plan?«, sagte ich verächtlich. »Ein menschlicher Plan ist dies – und Menschen mussten dafür sterben.«

»So wie auch ihr sterben müsst!«, stieß der Inquisitor hervor. »Hier werdet ihr fallen, und die Raben werden euch fressen.«

Mit diesen Worten sprang Philippe de Touloubre auf mich zu. Ich wollte ihn mit dem eisernen Haken treffen, doch ich bin ein Mann GOTTES und ein Mann der Bücher, kein Kämpfer. Bevor ich überhaupt nur zum Schlag ansetzen konnte, stand mein Gegner vor mir und stieß mir den Schürhaken aus der Hand.

Wir stürzten zu Boden, krachend brach ein Schreibpult, das im Weg stand, unter dem Aufprall unserer Körper zusammen. Wir rangen mit der Kraft der Verzweiflung. Das zerfressene Gesicht des Inquisitors war nur eine Handbreit von meinem entfernt, sein fauliger Atem schlug mir ins Gesicht, ich roch Blut und Schweiß. Wir wälzten uns über den Boden und knurrten und keuchten dabei wie tollwütige Hunde. Verzweifelt hielt ich seine Linke umklammert, damit sein Dolch mich nicht träfe.

Plötzlich kam der Inquisitor jedoch auf mir zu liegen und drückte mich nieder. Ich hielt seine Linke in eisernem Griff, doch seine Rechte hatte sich in meine Fäuste gegraben, um mich zu schwächen. Langsam drückte er die Spitze des Dolches tiefer hinunter. Noch zwei Handbreit trennten sie von meiner Brust. Ich wand mich und versuchte, mich zu befreien, doch kam ich nicht von ihm los. Immer tiefer drückte er die Waffe.

Noch eine Handbreit.

Dann schlitzte die Dolchspitze meine Kutte auf. Ich sah rote und schwarze Farben und hörte nur noch das Blut in meinen Adern rauschen und spürte schon das Eisen auf meiner Haut.

Da hörte ich, wie aus großer Ferne, einen Schrei – und der Albdruck ließ nach. Mit letzter Kraft bäumte ich mich auf und warf Philippe de Touloubre von mir. Dann krümmte ich mich würgend zusammen, zu kraftlos, um mich noch zu regen.

Der Inquisitor war derweil aufgesprungen. Mit der Rechten tastete er seine Schultern ab, dann schrie er nochmals auf – als er sich ein kleines Messer aus dem Fleisch zwischen den Schulterblättern zog. Das Schabmesser von einem der Schreibpulte!

Lea war zurückgewichen und starrte den Rasenden mit angstvollen Augen an. Sie hatte mich gerettet, denn sie hatte Philippe de Touloubre das schmale, kurze Eisen in den Rücken gerammt. Voller Schmerz hatte er von mir abgelassen. Doch war die Verletzung nicht tödlich, ja, sie schien ihn nicht einmal geschwächt zu haben, denn nun hob er den Dolch und schlich Lea entgegen. Die wich zurück, doch kam sie nur ein paar Schritte weit, dann stand sie an der Wand und befand sich in der Falle.

Ich krümmte mich am Boden vor Erschöpfung und Schmerz. In meinem Geiste sah ich Jacquette, wie sie mit klaffender Wunde auf dem Pflaster lag. Ich sah Klara Helmstede, wie sie vom Folterknecht ins Verlies gestoßen wurde.

»Du wirst nicht wieder triumphieren!«, keuchte ich.

Dann gab mir der Engel des Zornes Kraft. Mit einem gewaltigen Satz sprang ich auf, schrie wie ein Dämon und stürzte mich wieder auf Philippe de Touloubre.

Was dann geschah, das vermag ich bis heute nicht genau zu sagen.

Wie ein Löwe hatte ich den Inquisitor angesprungen, wir beide waren wohl quer durch den halben Raum geflogen. Dann hörte ich ein Krachen und spürte einen heißen Schmerz in der Linken. Wir waren in ein Fenster gestürzt, dessen zersplitternde Scheibe mir die Hand aufschlitzte. Doch während ich am Glas und an einer steinernen Verstrebung hängenblieb, wurde Philippe de Touloubre hinausgeschleudert.

Für einen unendlich langen Augenblick war es vollkommen still. Der Inquisitor war verschwunden.

Dann holte ich Atem und trat vorsichtig an das zertrümmerte Fenster heran.

Die Dächer von Paris lagen weit unter mir, schauderhaft leuchtend unter den Blitzen des Gewitters. Die ersten, schweren Regentropfen klatschen herunter, der Wind heulte im Strebewerk und um die steinernen Dämonen der Kathedrale. Direkt vor mir, nur mit der Linken an einem schmalen Gesims festgeklammert, hing Philippe de Touloubre über dem Abgrund.

Stumm starrten wir uns an.

Dann quälte sich der Inquisitor plötzlich ein Lächeln ab. »Reich mir die Hand, Bruder Ranulf«, bat er. Seine Stimme war wieder ganz ruhig, ja gütig. Sein Blick war klar.

Ich wusste nicht, ob er wollte, dass ich ihn packte, um mit ihm in die Tiefe zu stürzen, oder ob er wahrhaftig hoffte, dass ich ihn hinaufziehen würde. Ich sagte nichts, sondern schüttelte nur stumm den Kopf. Da lachte der Inquisitor laut auf, und er rief, dass seine Stimme weit über Paris schallte, lauter noch als die Donnerschläge, die nun vom Himmel rollten: »Du kommst zu spät! GOTT vernichtet diese Welt, und wir errichten eine neue!«

Dann ließ der Inquisitor von Paris das Gesims los und stürzte in die Tiefe. Unten auf dem Platz flatterten ein paar Raben auf und krächzten wütend.

Wie gelähmt starrte ich hinunter, wo ich den zerschmetterten Körper Philippe de Touloubres nur erahnen konnte. Den Körper des Mannes, den ich bewundert, ja, den ich geliebt hatte. Der mir, mehr als jeder andere Mann auf Erden, der Vater hätte sein können, den ich nie gehabt hatte. Ich spürte, wie mir Tränen über die Wangen rannen, und ich hörte eine Stimme aus dem Abgrund, verlockend und süß: »Spring!«, flüsterte sie. »Es ist so einfach. Spring!«

Da spürte ich einen sanften, doch festen Griff an meiner Schulter. Lea zog mich zurück vom Fenster und schloss mich in ihre Arme.

So wurde mir denn zum zweiten Mal in jener finsteren Stunde von Lea das Leben gerettet.

»Wir müssen zur Kogge«, sagte sie beschwörend. »Es gibt sonst nichts mehr zu tun.«

Da nickte ich, schlug das Kreuz und dankte ihr.

Dann stürzten wir mit der letzten Kraft, die uns noch geblieben war, die Treppe hinab und hinaus aus der Kathedrale Notre-Dame.

Doch Satan hielt für uns schon die nächste Prüfung bereit. Obwohl nun der Regen in dichten Schleiern vom Himmel fiel, dass man kaum ein Dutzend Schritte weit sehen konnte, roch ich doch den Qualm eines riesigen Feuers, und schon von weitem hörten wir das Prasseln von Hölzern in lodernden Flammen.

Wir erreichten außer Atem den Grand Pont – und sahen, dass die dicht nebeneinander liegenden Schiffe im Hafen lichterloh brannten. War dort ein Blitz eingeschlagen? Waren die Flammen des Scheiterhaufens übergesprungen, getragen von einer Windböe?

Was tat das nun noch zur Sache? Auf der Seine jedenfalls stand eine riesige Wand aus Flammen und Rauch, da Schiffe, Kähne, Kais und abgestellte Fässer und Ballen loderten. Die nackten Tänzer hatten sich am Ufer versammelt und schrien und sangen, die Vaganten spielten fröhliche Weisen dazu. Niemand versuchte, den Brand zu löschen.

Umringt von Feuer lag die »Kreuz der Trave« im Wasser.

Ich sah Gestalten dort an Deck. Eine, so schien mir, hatte langes blondes Haar, halb verborgen unter einer dunklen Kappe. Dieser Mensch allein rührte sich nicht, sondern stand am Mast wie eine Statue. Die anderen an Bord rannten hierhin und dorthin wie Ameisen, denen ein Riese den Bau zertreten hat. Die Leinen waren gelöst worden. Das Segel hing halb aufgezogen und schief am Mast, doch hatte der Wind trotzdem das Tuch gebläht und trieb die Kogge langsam voran.

»Haltet ein!«, schrie ich. »In GOTTES Namen, haltet ein!«

Doch wie laut ich auch rief, meine Stimme verklang im rollenden Donner, im Krachen des brennenden Holzes, in den Hohngesängen und lauten Weisen der irre gewordenen Tänzer und Musiker.

So glitt die »Kreuz der Trave« – halb segelnd, halb in der Strömung treibend – in eine riesige Flammenwand hinein, die fast den ganzen Fluss versperrte, bis der Segler meinen Blicken entschwand.

Lea und ich blieben auf dem Grand Pont stehen und sahen dem Geisterschiff nach, bis wir vor Rauch und Flammen zurückweichen mussten.

Nie werde ich wissen, ob die Kogge den Schatz der Templer an Bord trug oder nicht. Nie werde ich wissen, ob sie all die gestohlenen Werke der Geografie an Bord trug oder nicht. Nie werde ich wissen, ob Klara Helmstede wirklich an Bord war oder ich nur einer Einbildung aufgesessen war. Ja, ich weiß bis heute nicht einmal, ob die »Kreuz der Trave« in jener Flammenwand wahrhaftig verbrannt ist – oder ob sie nicht doch heil hindurchgesegelt ist.

Ich bete seither jeden Tag, dass die Kogge das Gold der Templer, das Wissen der Alten und meine ehemalige Geliebte in Sicherheit gebracht hat. Hin zu jenem geheimnisvollen Ort jenseits des Ozeans, von dem nun allein Lea und ich im Abendland noch wissen, dass er einst *terra perioeci* genannt worden ist.

DER KARTOGRAF AM ENDE DER WELT

Noch am selbigen Tage flohen Lea und ich aus der Stadt Paris, die uns das neue Babylon zu sein dünkte.

Alle Mönche im Kloster Saint-Jacques waren, soweit ich weiß, der Seuche erlegen. So gab es dort niemanden mehr, der die Totenbücher führen konnte – und deshalb galt auch ich als verschieden.

Leas Vater war tot. Sie hatte in Frankreich keine näheren Verwandten mehr, niemand hatte sie mehr erblickt, seit die Inquisitoren und Sergeanten ihr Haus geplündert hatten. Auch sie galt aller Welt deshalb als Opfer der Seuche.

So gab es keinen Menschen auf dem Erdenrund, der sich an uns erinnerte, und keiner vermisste uns.

GOTT in seinem unermesslichen Ratschluss gefiel es jedoch, uns das Leben zu schenken. Wir, die wir Sünder waren, erkrankten all die schrecklichen Tage lang nicht, obwohl doch Bischöfe und Herzöge vor dem Schwarzen Tod fielen.

Wir wählten kleine Wege, abseits der großen Straßen, vorbei an der verfallenen Abtei Saint-Germain-des-Près. Auf den Feldern stand das Getreide hüfthoch, und manchmal sahen wir einen Bauern, der, mit der Sense in der Hand, bei der Feldarbeit gestorben war. Tag und Nacht heulten Wölfe gar schauderhaft. Doch auch vor ihnen schützte ER uns. Waren wir hungrig, so fanden wir stets ein verlassenes Haus, in dem wir Brot, Bohnen oder Zwiebeln entdeckten. Waren wir durstig, so gelangten wir stets an einen Brunnen oder Fluss, der uns klares Wasser bot.

Spiritus ubi vult spirat et vocem eius audis sed non scis unde veniat et quo vadat sic est omnis qui natus est ex Spiritu.

Schließlich gelangten wir nach vielen Wochen des Reisens bis ins Land Spanien und dort bis zur Küste des Atlantischen Ozeans, zur Hafenstadt Palos.

Irgendwann entließ die Pest die Christenheit aus ihrem Würgegriff. So war dies denn doch nicht das Ende der Welt, das wir alle heraufdämmern zu sehen glaubten. Doch wohl jeder zweite Mensch war dahingegangen, und es herrschte eine schreckliche Leere in den Städten der Christenheit.

So wurden wir denn in Spanien mit offenen Armen empfangen, da jedermann, der ein verlassenes Haus bewohnen wollte und einem Gewerbe nachging, zu jener Zeit willkommen war. Ich hatte auf unserem Weg längst meine Kutte abgelegt und gegen die Kleidung eines Händlers getauscht, die ich in einem Haus gefunden hatte. Haare waren mir über meine Tonsur gewachsen, und erst von diesem Zeitpunkt an nannte ich mich Ranulf Higden. Meinen vorigen Namen verschweige ich, aus Furcht vor der Inquisition – denn auch diese hat die Pest überlebt.

Nach Spanien gelangten Lea und ich als Mann und Frau, obwohl wir nie geheiratet hatten. Doch wer fragte in jener düsteren Zeit schon nach Dokumenten und Zeugen?

Unseren Nachbarn in Palos galten wir immer als gute Christen, doch vielleicht wunderte sich auch der eine oder andere im Stillen, woher ich denn die Bibel und die Schriften der Kirchenväter so gründlich kennen mochte.

Lea hatte ich in den finsteren Tagen der Pest lieben gelernt – und ich liebe sie immer noch. Sie ist die Mutter meiner Kinder und die Sonne meines Lebens. Niemals habe ich versucht, sie zu bekehren. So entzündet sie – heimlich, auf dass es kein Nachbar sehe und der Inquisition melde – am Abend des Sabbat die Kerze, und ich bin still dabei und sehe ihr zu.

Warum sollte ich auch meine Stimme im Protest erheben? Ich weiß doch seit jenem Sommer der Pest nicht mehr, was ich glauben soll und was nicht.

Beati mundo corde quoniam ipsi DEUM videbunt.

Ich bin, was dich, Leser dieser Zeilen, nun nicht mehr überraschen wird, ein Geograf geworden. Ich zeichne mit sicherer Hand Karten. Sie werden geschätzt von Kaufleuten aus Genua und Venedig, aus Brügge und London. Wohlhabend bin ich darüber geworden und in manchen Kreisen sogar berühmt. Manchmal segeln inzwischen auch Kapitäne der Hansestädte bis zu meiner Stadt und bestellen Karten bei mir.

Selbst ein Schiffsführer aus Lübeck war letztes Jahr hier. Als ich ihn unauffällig nach der Familie des Reeders Richard Helmstede befragte, da erklärte er mir, von ihr gehört zu haben. Alle seien jedoch entweder an der Pest gestorben – oder auf hoher See geblieben, denn die Kogge, mit der der Besitzer einst ausgelaufen war, sei nie zurückgekehrt. Er könne sich allerdings nicht mehr des Namens dieses Schiffes entsinnen.

Ich kenne ihn, doch verriet ich mich nicht.

Manchmal, wenn ich große, komplizierte Karten anzufertigen habe, dann zeichne ich in diesen ein Land ein, irgendwo im Atlantischen Ozean. Eine Insel ist es, weder groß noch klein. Ich zeichne ein paar Berge ein, einige Flüsse und einen See – ich hoffe, dass es ein schöner Ort ist. In dünner Schrift schreibe ich dann den Namen dazu: *terra perioeci.*

Noch nie hat mich jemand darauf angesprochen. Welcher Kapitän segelt schon auf den Atlantischen Ozean hinaus? Außerdem bevölkern so viele Fabelwesen und legendenhafte Inseln und Kontinente meine Karten, dass ein Eiland mehr oder weniger dort niemandem auffällt.

Doch mittlerweile bin ich alt und schwach geworden. Meine Augen sind mir keine getreuen Diener mehr, meine Hand zittert. Schon sehr bald werde ich keine Karten mehr erschaffen können – nur diesen Bericht hier, den du, Leser, in Händen hältst, den habe ich noch vollendet.

Vielleicht wird dermaleinst ein Kapitän jenes Land auf einer meiner Karten finden und sich fragen: Wo liegt die *terra perioeci?*

Diese Hoffnung habe ich – und diese Furcht.

Gegeben am Tag des heiligen Dominicus, *anno DOMINI* 1388.

Von Ranulf Higden, Kartograf, der dies geschrieben hat mit eigener Hand.

ÜBERSETZUNG DER LATEINISCHEN ZITATE UND BEGRIFFE

S. 7
Anno DOMINI.
Im Jahre des Herrn.

S. 7
Et dimitte nobis debita nostra, sicut et nos dimittimus debitoribus nostris.
Und vergib uns unsere Schuld, wie auch wir vergeben unseren Schuldigern. (Mt. 6, 12)

S. 8
Deinde ego te absolvo.
So spreche ich dich von deinen Sünden frei.

S. 10
Quoniam enim per hominem mors et per hominem resurrectio mortuorum.
Ein einziger Mensch hat der ganzen Menschheit den Tod gebracht; und so bringt auch ein einziger die Auferstehung vom Tod. (1. Kor. 15, 21)

S. 12
Quis horum trium videtur tibi proximus fuisse illi qui incidit in latrones. At ille dixit qui fecit misericordiam in illum et ait illi Iesus vade et tu fac similiter.
»Wer hat deiner Meinung nach von den dreien als Mitmensch an dem Überfallenen gehandelt?« Der Gesetzeslehrer antwortete:

»Der ihm geholfen hat!« Jesus erwiderte: »Dann geh und tue es ihm nach!« (Lk. 10, 36)

S. 14
Nescitis quoniam corpora vestra membra Christi sunt tollens ergo membra Christi faciam membra meretricis absit. An nescitis quoniam qui adheret meretrici unum corpus efficitur erunt enim inquit duo in carne una.

Wisst ihr nicht, dass euer Körper ein Teil vom Leib Christi ist? Kann ich ihn da einfach mit dem Leib einer Hure verbinden? Das darf nicht sein. Ihr müsst doch wissen, dass einer, der sich mit einer Hure einlässt, mit ihr ein Leib geworden ist. (1. Kor. 6, 15–16)

S. 21
Et extendens manum tetigit illum dicens volo mundare et confestim lepra discessit ab illo.

Er streckte die Hand aus und berührte ihn. »Ich will«, sagte er, »sei gesund!« Im selben Augenblick war der Mann von seinem Aussatz geheilt. (Lk. 5, 13)

S. 23
Sed misso speculatore praecepit adferri caput eius in disco et decollavit eum in carcere.

Er schickte den Henker und befahl ihm, den Kopf zu bringen. Der Henker ging in den Kerker und enthauptete ihn. (Mk. 6, 27)

S. 35
Nisi unicuique sicut divisit DOMINUS unumquemque sicut vocavit DEUS ita ambulet.

Nur soll jeder so leben, wie der Herr es ihm zugemessen, wie Gott einen jeden berufen hat. (1. Kor. 7, 17)

S. 36

Te DEUM Laudamus

Dich, Herr, loben wir.

S. 37

Ego sum vitis vos palmites qui manet in me et ego in eo hic fert fructum multum quia sine me nihil potestis facere si quis in me non manserit mittetur foras sicut palmes et aruit et colligent eos et in ignem mittunt et ardent.

Ich bin der Weinstock, ihr seid die Reben. Wer in mir bleibt und ich in ihm, der bringt viel Frucht; denn ohne mich könnt ihr nichts tun. Wer nicht in mir bleibt, der wird weggeworfen wie eine Rebe und verdorrt, und man sammelt sie und wirft sie ins Feuer, und sie müssen brennen. (Joh. 15, 5–6)

S. 40

Habet omnia ad aedificationem fiant.

Alles muss dem Aufbau der Gemeinde dienen. (1. Kor. 14, 26)

S. 40

Et consummata omni temptatione diabolus recessit ab illo usque ad tempus

Und als der Teufel alle Versuchungen vollendet hatte, wich er von ihm eine Zeit lang. (Lk. 4, 13)

S. 43

Hierusalem Hierusalem quae occidis prophetas et lapidas eos qui mittuntur ad te.

Jerusalem, Jerusalem, die du tötest die Propheten und steinigst, die zu dir gesandt werden. (Lk. 13, 34)

S. 45

Tu fidem habes penes temet ipsum habe coram Deo.

Den Glauben, den du hast, behalte bei dir selbst vor Gott. (Rom. 14, 22)

S. 46

Caelum et terra transibunt verba autem mea non transient.

Himmel und Erde werden vergehen; aber meine Worte vergehen nicht. (Lk. 21, 33)

S. 46 ff.

Terra perioeci

Land der Periöken

S. 49

Dixit autem ad illam remittuntur tibi peccata.

Und er sprach zu ihr: Dir sind deine Sünden vergeben. (Lk. 7, 48)

S. 52

Ne ergo timueritis eos nihil enim opertum quod non revelabitur et occultum quod non scietur.

Darum fürchtet euch nicht vor ihnen. Es ist nichts verborgen, was nicht offenbar wird, und nichts geheim, was man nicht wissen wird. (Mt. 10, 26)

S. 59

Verumtamen vae vobis divitibus quia habetis consolationem vestram. Vae vobis qui saturati estis quia esurietis. Vae vobis qui ridetis nunc quia lugebitis et flebitis.

Aber dagegen: Weh euch Reichen! Denn ihr habt euren Trost schon gehabt. Weh euch, die ihr jetzt satt seid! Denn ihr werdet hungern. Weh euch, die ihr jetzt lacht! Denn ihr werdet weinen und klagen. (Lk. 6, 24–25)

S. 65

Mater ecclesia.

Mutter Kirche.

S. 71

Et Pilatus adiudicavit fieri petitionem eorum dimisit autem illis eum qui propter homicidium et seditionem missus fuerat in carcerem quem petebant Iesum vero tradidit voluntati eorum.

Pilatus aber urteilte, dass ihre Bitte geschähe, und ließ den los, der um Aufruhrs und Mordes willen war ins Gefängnis geworfen, um welchen sie baten; aber Jesum übergab er ihrem Willen. (Lk. 23, 24–25)

S. 74

Vae autem vobis scribae et Pharisaei hypocritae.

Weh euch, Schriftgelehrte und Pharisäer, ihr Heuchler. (Mt. 23, 13)

S. 75

Et intravit Iesus in templum Dei et eiciebat omnes vendentes et ementes in templo et mensas nummulariorum et cathedras vendentium columbas evertit.

Und Jesus ging in den Tempel hinein und trieb heraus alle Verkäufer und Käufer im Tempel und stieß die Tische der Geldwechsler um und die Stände der Taubenverkäufer. (Mt. 21, 12)

S. 76

Fluctuat nec mergitur.

Schwankend, aber nicht untergehend.

S. 88

Si me persecuti sunt et vos persequentur si sermonem meum servaverunt et vestrum servabunt.

Haben sie mich verfolgt, so werden sie auch euch verfolgen. Haben sie mein Wort gehalten, so werden sie eures auch halten. (Joh. 15, 20)

S. 90

Nemo potest duobus dominis servire aut enim unum odio habebit et alterum diliget aut unum sustinebit et alterum contemnet non potestis Deo servire et mamonae.

Niemand kann zwei Herren dienen: Entweder er wird den einen hassen und den andern lieben, oder er wird an dem einen hängen und den andern verachten. Ihr könnt nicht Gott dienen und dem Mammon. (Mt. 6, 24)

S. 94

Petrus Vesconte fecit.

Petrus Vesconte hat dies gemacht.

S. 103

Et ingressus angelus ad eam dixit have gratia plena Dominus tecum benedicta tu in mulieribus.

Und der Engel kam zu ihr hinein und sprach: Sei gegrüßt, du Begnadete! Der Herr ist mit dir! (Lk. 1, 28)

S. 133

Iesus amen dico vobis quia publicani et meretrices praecedunt vos in regno DEI.

Jesus sprach zu ihnen: Wahrlich, ich sage euch: Die Zöllner und Huren kommen eher ins Reich Gottes als ihr. (Mt. 21, 31)

S. 140

Beati mites quoniam ipsi possidebunt terram.

Selig sind, die da Leid tragen; denn sie sollen getröstet werden. (Mt. 5, 4)

S. 148

Salvandorum paucitas, damnandorum multitudo.

Wenige werden gerettet, viele verdammt.

S. 149

PATER in manus tuas commendo spiritum meum.

Vater, ich befehle meinen Geist in deine Hände. (Lk. 23, 46)

S. 154

DOMINE, quo vadis?

Herr, wo gehst du hin? (Joh. 13, 36)

S. 165

Ut omnes honorificent Filium sicut honorificant PATREM qui non honorificat Filium non honorificat PATREM qui misit illum.

Damit sie alle den Sohn ehren, wie sie den Vater ehren. Wer den Sohn nicht ehrt, der ehrt den Vater nicht, der ihn gesandt hat. (Joh. 5, 23)

S. 169

Vendite quae possidetis et date elemosynam facite vobis sacculos qui non veterescunt thesaurum non deficientem in caelis quo fur non adpropiat neque tinea corrumpit.

Verkauft, was ihr habt, und gebt Almosen. Macht euch Geldbeutel, die nicht veralten, einen Schatz, der niemals abnimmt, im Himmel, wo kein Dieb hinkommt und den keine Motten fressen. (Lk. 12, 33)

S. 176

Finis mundi.

Das Ende der Welt.

S. 180

Dilexerunt enim gloriam hominum magis quam gloriam DEI.

Denn sie hatten lieber Ehre bei den Menschen als Ehre bei Gott. (Joh. 12, 43)

S. 185
Et ascendente eo in navicula secuti sunt eum discipuli eius et ecce motus magnus factus est in mari ita ut navicula operiretur fluctibus ipse vero dormiebat.

Und er stieg in das Boot, und seine Jünger folgten ihm. Und siehe, da erhob sich ein gewaltiger Sturm auf dem See, sodass auch das Boot von Wellen zugedeckt wurde. Er aber schlief. (Mt. 8, 23–24)

S. 192
Pax vobiscum.

Frieden sei mit euch.

S. 204
Cum autem perseverarent interrogantes eum erexit se et dixit eis qui sine peccato est vestrum primus in illam lapidem mittat.

Als sie nun fortfuhren, ihn zu fragen, richtete er sich auf und sprach zu ihnen: Wer unter euch ohne Sünde ist, der werfe den ersten Stein auf sie. (Joh. 8, 7)

S. 208
Bonus homo de bono thesauro profert bona et malus homo de malo thesauro profert mala.

Ein guter Mensch bringt Gutes hervor aus dem guten Schatz seines Herzens; und ein böser Mensch bringt Böses hervor aus seinem bösen Schatz. (Mt. 12, 35)

S. 213
PATER noster.

Vater unser.

S. 213
Alma redemptoris mater.

Gnadenvolle Mutter des Erlösers.

S. 219

Uxori vir debitum reddat similiter autem et uxor viro.

Der Mann leiste der Frau, was er ihr schuldig ist, desgleichen die Frau dem Mann. (1. Kor. 7, 3)

S. 244

Audistis quia dictum est antiquis non rnoechaberis. Ego autem dico vobis quoniam omnis qui viderit mulierem ad concupiscendum eam iam moechatus est eam in corde suo.

Ihr habt gehört, dass gesagt ist: »Du sollst nicht ehebrechen.« Ich aber sage euch: Wer eine Frau ansieht, sie zu begehren, der hat schon mit ihr die Ehe gebrochen in seinem Herzen. (Mt. 5, 27–28)

S. 258

Liber floribus.

Blütenbuch.

S. 259

Minotaurus in laberintho.

Minotaurus im Labyrinth.

S. 259

Mappamundi.

Weltkarte.

S. 265

Venite benediciti patris mei possidete paratum vobis regnum a constitucione mundi. Discedite a me maledicti in ignem eternum qui paratus est dyabolo et angelis eius.

Da wird dann der König sagen zu denen zu seiner Rechten: Kommt her, ihr Gesegneten meines Vaters, ererbt das Reich, das euch bereitet ist von Anbeginn der Welt! Dann wird er auch sagen zu denen zur Linken: Geht weg von mir, ihr Verfluchten, in das ewige Feuer, das bereitet ist dem Teufel und seinen Engeln! (Mt. 25, 35 und 41)

S. 276

Unde enim scis mulier si virum salvum facies aut unde scis vir si mulierem salvam facies,

Denn was weißt du, Frau, ob du den Mann retten wirst? Oder du, Mann, was weißt du, ob du die Frau retten wirst? (1. Kor. 7, 16)

S. 281

Universitas magistrorum et scolarium parisiensum

Gesamtheit der Pariser Magister (Dozenten) und Studenten

S. 295

Et vidi alium angelum fortem descendentem de caelo amictum nube et iris in capite eius et facies eius erat ut sol et pedes eius tamquam columna ignis et habebat in manu sua libellum apertum et posuit pedem suum dextrum supra mare sinistrum autem super terram et clamavit voce magna quemadmodum cum leo rugit et cum clamasse locuta sunt septem tonitrua voces suas.

Und ich sah einen andern starken Engel vom Himmel herabkommen, mit einer Wolke bekleidet, und der Regenbogen auf seinem Haupt und sein Antlitz wie die Sonne und seine Füße wie Feuersäulen. Und er hatte in seiner Hand ein Büchlein, das war aufgetan. Und er setzte seinen rechten Fuß auf das Meer und den linken auf die Erde, und er schrie mit großer Stimme, wie ein Löwe brüllt. Und als er schrie, erhoben die sieben Donner ihre Stimme. (Off. 10, 1–3)

S. 305

Memores estote uxoris Loth. Quicumque quaesierit animam suam salvare perdet illam et qui perdiderit illam vivificabit eam.

Denkt an Lots Frau! Wer sein Leben zu erhalten sucht, der wird es verlieren; und wer es verlieren wird, der wird es gewinnen. (Lk. 17, 32–33)

S. 311

Qui enim mortuus est iustificatus est a peccato.

Denn wer gestorben ist, der ist frei geworden von der Sünde. (Röm. 6, 7)

S. 314

Misitque et decollavit Iohannem in carcere et adlatum est caput eius in disco et datum est puellae et tulit matri suae.

Und schickte hin und ließ Johannes im Gefängnis enthaupten. Und sein Haupt wurde hereingetragen auf einer Schale und dem Mädchen gegeben; und sie brachte es ihrer Mutter. (Mt. 14, 10–11)

S. 335

Esto consentiens adversario tuo cito dum es in via cum eo ne forte tradat te adversarius iudici et iudex tradat te ministro et in carcerem mittaris. Amen dico tibi non exies inde donec reddas novissimum quadrantem.

Vertrage dich mit deinem Gegner sogleich, solange du noch mit ihm auf dem Weg bist, damit dich der Gegner nicht dem Richter überantworte und der Richter dem Gerichtsdiener und du ins Gefängnis geworfen werdest. Wahrlich, ich sage dir: Du wirst nicht von dort herauskommen, bis du auch den letzten Pfennig bezahlt hast. (Mt. 5, 25–26)

S. 399

Mulieres publice infamatae.

Prostituierte (wörtlich: »verrufene öffentliche Frauen«).

S. 405

Dicit ei Pilatus quid est veritas?

Spricht Pilarus zu ihm: Was ist Wahrheit? (Joh. 18, 38)

S. 429

Tunc Iesus ductus est in desertum ab Spiritu ut temptaretur a diabolo.

Da wurde Jesus vom Geist in die Wüste geführt, damit er von dem Teufel versucht würde. (Mt. 4, 1)

S. 453

Extra ecclesiam nulla salus.

Außerhalb der Kirche gibt es kein Heil.

S. 457

Dixitque ei Iesus sine ut mortui sepeliant mortuos suos tu autem vade adnuntia regnum DEI.

Aber Jesus sprach zu ihm: Lass die Toten ihre Toten begraben; du aber geh hin, und verkündige das Reich Gottes! (Lk. 9, 60)

S. 477

Spiritus ubi vult spirat et vocem eius audis sed non scis unde veniat et quo vadat sic est omnis qui natus est ex Spiritu.

Der Wind bläst, wo er will, und du hörst sein Sausen wohl; aber du weißt nicht, woher er kommt und wohin er fährt. So ist es bei jedem, der aus dem Geist geboren ist. (Joh. 3, 8)

S. 478

Beati mundo corde quoniam ipsi DEUM videbunt.

Selig sind, die reinen Herzens sind; denn sie werden Gott schauen. (Mt. 5, 8)

Klostergottesdienste im Verlauf eines Tages

Mitternacht	Vigilien; andere Bezeichnung: Nocturnes
03.00 Uhr	Laudes
06.00 Uhr	Prim
09.00 Uhr	Terz
12.00 Uhr	Sext
15.00 Uhr	Non
17.00 Uhr	Vesper
20.00 Uhr	Komplet

Mord im Schatten der großen Pest – Medicus Matthew Bartholomew ermittelt

Susanna Gregory
DER SCHWARZE TOD
VON CAMBRIDGE
Historischer Kriminalroman
400 Seiten
ISBN 978-3-404-15961-1

England im Mittelalter. Der Schwarze Tod verheert ganz Europa. Aber der Rektor von Michaelhouse College ist nicht an der Seuche gestorben. Seine Leiche treibt im Mühlteich. Doctor Matthew Bartholomew, Arzt und Lehrer an der Universität, will der Sache auf den Grund gehen. Doch es gibt Mächte in Cambridge, die eine Aufklärung um jeden Preis verhindern wollen.

Der Auftakt der englischen Erfolgsserie um den Arzt und Mönch Matthew Bartholomew.
»Unverzichtbar für Fans historischer Romane.« *Library Journal*

Bastei Lübbe Taschenbuch